HEINZ G. KONSALIK

KINDERSTATION
SCHIFF DER HOFFNUNG

Zwei Arztromane

WILHELM HEYNE VERLAG
MÜNCHEN

HEYNE ALLGEMEINE REIHE
Nr. 01/10290

Umwelthinweis:
Dieses Buch wurde auf
chlor- und säurefreiem Papier gedruckt.

3. Auflage

Printed in Germany 1998
Umschlagillustration: ZEFA/Damm, Düsseldorf
Umschlaggestaltung: Atelier Ingrid Schütz, München
Gesamtherstellung: Elsnerdruck, Berlin

ISBN 3-453-12459-6

Keiner hatte es bemerkt, weder der Nachtwächter, der von 22 Uhr bis 6 Uhr morgens im Glaskasten der ›Aufnahme‹ saß, einen Kriminalroman las, um 3 Uhr, bei Erreichen seines toten Punktes, starken Bohnenkaffee aus der Thermosflasche trank und ein Butterbrot mit gekochtem Schinken dazu aß, noch die Nachtschwester, die dreimal gerufen wurde, weil auf der Wachstation, wo die Frischoperierten lagen, einige Kranke unruhig wurden und einer starb. Auch der Nachtarzt hatte nichts gesehen. Er pendelte in den Krankenzimmern von Bett zu Bett, stellte auf Station I, Zimmer 12, den Tod durch Kreislaufschwäche fest und legte sich dann wieder auf seine Couch, ärgerlich, daß er hier herumliegen mußte, statt sich angenehmer mit seiner Braut Veronika zu beschäftigten.

Auch bei der Einlieferung eines akuten Blinddarms – Berichtsbuch: Appendicitis, 0.12 Uhr Einlieferung, aufnehmender Arzt Dr. Wollenreiter, gelegt auf Zimmer 19 privat – hatte niemand es gesehen, was bewies, daß um 0.13 Uhr noch nichts geschehen war.

Erst um 6 Uhr, als die Schwestern den Dienst wieder übernahmen und, gestärkt durch Morgenkaffee und Frühgebete, die Stationen besetzten, entdeckte Schwester Angela vor dem Eingang das kleine, verschnürte Bündel. Es lag links neben der zweiflügeligen Tür, direkt unter dem großen Messingschild mit der aus Metall gehämmerten, erhabenen und vornehmen Schrift ›Kinderklinik Bethlehem‹. Das Bündel bewegte sich kaum merklich. Schwester Angela hätte es auch gar nicht beachtet, wenn es sich nicht bewegt hätte. So aber bückte sie sich, legte die frische Hand darauf und fuhr erschrocken zurück.

Der Nachtwächter Hubert Bramcke packte gerade seine Thermosflasche in die Aktentasche und gähnte in wohlverdienter Müdigkeit, als Schwester Angela in die Aufnahme stürzte und atemlos ausrief:

»Vor der Tür liegt ein Kind!«

»Kann's nicht mehr laufen?« fragte Nachtwächter Bramcke gemütlich. Er war ein abgeklärter Mann, den keine noch so wilde Aufregung erschütterte. Als Nachtwächter muß man so sein – früher galten die Schäfer als Philosophen, heute sind's die Nachtwächter. Wo gibt es denn noch Schäfer?

»Begreifen Sie doch! Ein Säugling liegt vor der Tür!«

Bramcke sah Schwester Angela erstaunt an. »Der kann doch noch gar nicht laufen«, sagte er tadelnd.

»Ach Sie!« Schwester Angela warf beide Arme hoch und rannte aus dem Glaskasten der Aufnahme. Sie traf auf Dr. Wollenreiter, der mißmutig aus dem Arztzimmer kam und Durst hatte. »Ein Kind!« rief sie und zeigte auf die große Eingangstür. »Dort liegt ein Kind, Herr Doktor.«

»Wo?«

»Draußen!«

»Warum denn das? Lassen Sie das Kind doch herein!« Er streckte sich wie ein erwachender Hund und hielt die Hand vor den Mund, als er – wie Bramcke – gähnte.

»Das Kind ist eingewickelt, in eine Decke –«, keuchte Schwester Angela.

Dr. Wollenreiter nickte böse. »Natürlich. Im Herbst trägt man keinen Bikini mehr.«

»Es ist ausgesetzt – ausgesetzt . . .« Schwester Angela faltete die Hände über der hellblauen Schürze. Ihr Gesicht, unnatürlich schmal in der weißen Haube und dem langen, flatternden Überwurf, war bleich und zuckte. Dr. Wollenreiter seufzte und rannte zur Tür. Dort stand schon Nachtwächter Bramcke und starrte auf das Bündel unter dem Messingschild.

»Ein Kind –«, sagte er entgeistert, als der Arzt neben ihm stand. »Man hat uns ein Kind gebracht –«

»Ein Mist ist das!« Dr. Wollenreiter bückte sich, nahm das Bündel und entdeckte unter der zusammengerollten Decke noch eine Einkaufstasche. Er trug das Bündel, das jetzt zu zappeln begann und aus dem leise, klagende, wimmernde Töne quollen, durch die Halle in das Untersuchungszimmer und löste die beiden Knoten des Bindfadens, mit dem die Decke zugeschnürt war. Schwester Angela und Nachtwächter Bramcke standen daneben, sprachlos vor Staunen.

»So was liest man sonst nur in Romanen ...«, stotterte Bramcke. Er hatte vergessen, daß er müde war, daß er sich nach seinem Bett sehnte und nach der Wärme seiner Frau Erna, die noch eine halbe Stunde neben ihm liegen blieb, wenn er nach Hause kam, um ihm das Gefühl ehelicher Zufriedenheit zu geben. »Was ist's denn nun? Mädchen oder Junge?«

Dr. Wollenreiter schwieg verbissen. Mist so was, dachte er wieder. Das wird einen Rummel geben im Bau. Der Ober wird kommen, der Chef wird toben, die Polizei wird untersuchen, Verhöre, Protokolle und die dummen Witze des Chefs: »Was haben Sie eigentlich als wachhabender Arzt getan, Wollenreiter? Sie müssen *alles* hören! Alles! Wenn im Keller ein Floh furzt, müssen Sie ihm entblähende Mittel verabreichen!« Man kannte das. Professor Karchow hatte schon ganz andere Tiraden losgelassen, um lächerlicher Kleinigkeiten willen. Und nun ein ausgesetztes Kind. Amtlich: Findelkind! Es ist zum Kotzen!

Die Decke fiel auseinander. Darunter kam ein in rosa

Wolltüchern eingewickeltes Kind zum Vorschein, dick verpackt, warm und geschützt. Das winzige, runde Gesichtchen war rosig und verzerrte sich jetzt etwas im Weinen. Es riß das Mündchen auf und schloß es wieder und verursachte schmatzende Laute.

»Es hat Hunger!« rief Schwester Angela. »Ich hole sofort von der Milchstation –«

»Halt!« Dr. Wollenreiter hob die Hand. »Nichts holen wir! Erst stellen wir fest, was mit dem Kind los ist.«

»Ein Mädchen –«, sagte Bramcke verträumt. Der Arzt schielte zu dem Nachtwächter.

»Nun heulen Sie nicht vor Rührung, Bramcke. Das hier ist eine Riesensauerei! Das Kind ist nach meiner Schätzung vier Tage alt. Und eine herzlose Mutter legte es einfach vor unsere Tür –«

»Das ist ja auch der beste Ort –«

»So kann man's auch sehen!« Dr. Wollenreiter wikkelte das Kind weiter aus. Er warf die Windel in einen neben ihm stehenden Eimer und betastete den winzigen, rosigen Körper vom Kopf bis zu den Zehen. Dann drehte er das Kind auf die Bauchlage und fühlte es weiter ab. Nach der Palpation des Kopfes deckte Dr. Wollenreiter den kleinen, zappelnden Körper wieder zu. »Gesund!« sagte er laut. »Ein knallgesundes Mädchen! Hautfarbe gerötet und von mattem Glanz, Turgor normal, Unterhautfettpolster gut, Muskeltonus normal ...«

»Daß die Ärzte nie deutsch sprechen können –«, brummte Bramcke. »Was ist'n nun?«

»Das Kind ist nach erster Untersuchung okay. Ob es innere Schäden hat, müssen wir noch sehen.« Dr. Wollenreiter sah auf die elektrische Uhr an der gekachelten Wand des Untersuchungszimmers. »Schwester Angela, holen Sie mal den Ober aus dem Bett!« sagte er mit sichtlicher Schadenfreude.

»Jetzt? Um diese Zeit?«

»Ein ausgesetztes Kind vor unserer Klinik ist es wert, daß sich der Herr Oberarzt Julius selbst mit ihm beschäftigt. Und die Polizei rufen Sie auch an, Schwester.«

»Ohne den Chef zu fragen?«

»Auch der Professor kann ein Findelkind nicht leugnen. Sagen Sie mal, hat der Chef nicht einen Freund? Einen Staatsanwalt? Der war doch öfter hier.«

»Ich weiß es nicht. Die Schwester Oberin –«

»Los! Los! Alarmieren Sie alles, was nötig ist!« Dr. Wollenreiter sah auf Bramcke, der mit dem Zeigefinger vor den großen, blauen Augen des Kindes hin und her wedelte. »Haben Sie Kinder, Bramcke?«

»Ja. Vier Stück. Alle erwachsen.«

»Daher! Sie sollten wissen, als alter Vater, daß Säuglinge von vier Tagen noch keine figürlichen Wahrnehmungen haben. Ihr wippender Zeigefinger erzeugt nur einen Luftstrom, weiter nichts.«

Beleidigt legte Bramcke die Hände auf den Rücken und richtete sich auf. »Euch Ärzten kann man auch gar nichts richtig machen. Was passiert nun mit dem Kind?«

»Es wird Gegenstand behördlicher Betriebsamkeit werden. Presse, Rundfunk und Fernsehen werden die Bevölkerung aufrufen: Wer hat gesehen, daß eine schwangere Frau plötzlich nicht mehr schwanger ist, aber auch kein Kind herumfährt? Wer hat gesehen, gehört, gerochen ...? Eine Welle von Klatsch wird über die Polizei hereinbrechen, aber die richtige Mutter zu finden, ist ein Problem. Im übrigen bleibt das Kind bei uns, bis es so kräftig ist, daß es in ein Waisenhaus überstellt werden kann.«

»In ein Waisenhaus?« rief Bramcke entsetzt.

»Wohin denn sonst? Wir sind eine Klinik für kranke

Kinder. Wenn sich rumspricht, daß in ›Bethlehem‹ Findelkinder hochgepäppelt werden, können wir eine Annahmestelle für ausgesetzte Säuglinge einrichten.«

Nachtwächter Bramcke wandte sich ab und ging aus dem Zimmer. Er war beleidigt. Herzlos, diese Ärzte, sagte er sich. Seit zehn Jahren bin ich Nachtwächter in der Klinik, ich habe eine halbe Kompanie junger Ärzte durch die Schule Professor Karchows gehen sehen, und immer war's das gleiche: Sarkasmus, Unpersönlichkeit, Patienten sind Zimmernummern und Fälle, es ist, als ob man kein Seelenleben mehr hat, wenn man den weißen Kittel überzieht. Aber vielleicht muß das so sein. Wo käme man als Arzt hin, wenn man jeden toten Patienten beweint wie das eigene Kind –.

Aber hier handelt es sich um einen lebendigen Säugling, den man ausgesetzt hat. Um ein hübsches, rosiges, schmatzendes Mädchen, eine Handvoll Mensch, dem man das Leben schenkte und das man nun wegwarf.

Nachtwächter Hubert Bramcke beschloß, mit seiner Frau Erna zu sprechen. Und er hatte es plötzlich eilig, nach Hause zu kommen.

Dr. Wollenreiter beugte sich über den Säugling und hörte mit dem Stethoskop die Herztöne und die Atmung ab. Dabei sah er neben dem Tisch noch immer den Rock und die hellblaue Schürze von Schwester Angela.

»Was ist denn, Schwester?« fragte er laut. »Sie heißen doch Engel! Nun fliegen Sie schon zum Telefon –«

»Das Kind hat Hunger! Ich bringe erst Milch!«

»Hat es bis jetzt in seiner Decke gelegen, wird's auch noch eine halbe Stunde länger liegen. Oberarzt Dr. Julius soll kommen! Nachher heißt es wieder, die jungen Assistenten sollten lieber Urintöpfe auswaschen als Diagnosen stellen! Sie kennen doch den Alten!«

Schwester Angela rauschte beleidigt aus dem Untersuchungszimmer. Dr. Wollenreiter war allein mit dem Findling, setzte sich neben das zugedeckte Kind und untersuchte die Einkaufstasche, die unter der Decke gelegen hatte. Sie enthielt sechs vollständige Garnituren, Jäckchen, ein Paar gehäkelte Schühchen, zwei Unterlagen, ein Mützchen und einen Zettel. In Blockschrift stand darauf:

»Seien Sie gut zu ihr. Und verzeihen Sie mir. Ich wußte keinen anderen Ausweg.«

»Aha!« sagte Dr. Wollenreiter laut und sah das leise wimmernde Kind an. »Deine Mutter wußte also keinen Ausweg mehr! Immer dasselbe, mein Kleines. Man liebt sich, es passiert, und nachher ist die Not groß und der Mut miserabel.«

Schwester Angela kam zurück, in der Hand eine kleine Flasche mit gewärmter Milch. In der Klinik hatte der Alltag begonnen. Türen klappten, auf dem Gang quietschten die Medikamentenwagen. Die Fieberthermometer wurden verteilt, die Schwesternhelferinnen und freien Schwestern kamen ins Haus. 7 Uhr.

»Der Herr Oberarzt kommt sofort!« sagte Schwester Angela. Sie beugte sich über das winzige Mädchen und hielt die Flasche hoch. »So, und jetzt kommt die künstliche Mutti –«

Dr. Wollenreiter verzog das schmale Gesicht. »Was haben Sie denn da in der Pulle?«

»Natürlich Muttermilch!« antwortete Schwester Angela spitz. »Körperwarm, wie es sich gehört.« Sie sah wieder auf die Uhr an der gekachelten Wand. »Ihre Nachtwache ist um, Dr. Wollenreiter«, meinte sie deutlich.

»Ein Glück!« Wollenreiter stand auf und dehnte sich. »Ich gehe ins Wachzimmer und hau mich hin. Falls die Verhöre beginnen, dreimal klingeln.«

Im Flur traf er die Stationsärztin der Privatstation

Professor Karchows. Dr. Renate Vosshardt kam gerade durch die Tür und winkte der Pfortenschwester zu.

»Hallo!« rief Wollenreiter. »In unseren Laden kommt frische Luft, Kollegin! Gehen Sie mal in die Aufnahme! Da liegt ein Geschenk! Vier Tage alt, weiblichen Geschlechts, kerngesund!« Er gab Renate Vosshardt die Hand und beneidete wie immer den Oberarzt Dr. Julius, von dem das Gerücht durch die Klinik geisterte, er werde Dr. Vosshardt heiraten.

»Das ist doch nicht möglich!« rief Renate. »Ein ausgesetzter Säugling! Bei uns?«

»So ist es! Bin gespannt, was der Alte dazu sagt.«

Dr. Wollenreiter lachte, gähnte ungeniert und ging dann mit müden Schritten zum Arztwachraum. Dort warf er sich auf die Couch, kreuzte die Arme unter dem Nacken und schlief nach wenigen Minuten ein.

Die Aufregung war weniger groß als man erwartet hatte.

Gegen 10 Uhr umstanden Professor Dr. Karchow, Oberarzt Dr. Julius, Dr. Wollenreiter, Schwester Angela und Kommissar Gutenberg das frisch gebadete, gewickelte und in praller Sattheit schlafende Findelkind. Auf einem Tisch neben dem weißen Bettchen lagen die Sachen, die die noch unbekannte Mutter dem Kind mitgegeben hatte. Kommissar Gutenberg hatte jedes Teil genau betrachtet und dann mit den Schultern gezuckt.

»Rosa Babywäsche wird in unserer Stadt in vielleicht hundert Läden an tausend Kundinnen verkauft. Die Decke ist eine ganz gewöhnliche und billige Reisedecke, die Einkaufstasche ebenfalls ein Massenprodukt, vielleicht sogar aus einem Supermarkt mitgenommen und damit völlig anonym. Damit können wir also gar nichts anfangen. Da muß es einen Arzt geben oder zumindest eine Hebamme. Das Kind ist gesund, gut genährt und, wie Sie, meine Herren, bestätigen, auch sachgemäß nach der Geburt behandelt.«

»Das stimmt. Die Abnabelung ist einwandfrei, die Ligatur ist fehlerlos, ebenso die Wundversorgung.« Professor Karchow rückte an seiner Goldbrille. Er war ein kleiner, dicklicher Mann mit einer Glatze, der mehr wie ein gemütlicher Rentner aussah als wie ein Tyrann, vor dem die Klinik ›Bethlehem‹ zitterte. Bekannt geworden war er durch ein Lehrbuch über Mißbildungen der Kinder durch innersekretorische Störungen, das ihm zwar kein Geld, aber internationalen Ruhm eingebracht hatte. Seit elf Jahren leitete er ›Bethlehem‹, las an der benachbarten Universität als a. o. Professor und galt in Studentenkreisen als der Mann, der seinen Facharztberuf verfehlt hatte. Seine oft bissigen, sarkastischen Bemerkungen paßten besser zu einem Gynäkologen als zu einem Kinderarzt. Er war verheiratet mit einer Baronin, hatte drei Kinder, die verstreut in aller Welt lebten und die nur zum Geburtstag und zu Weihnachten schrieben, in englischer, französischer und spanischer Sprache.

»Aber das will wenig besagen, Herr Kommissar«, fuhr Professor Karchow fort. »Es gibt Fälle, in denen eine Mutter alles allein tat, mit dem Instinkt eines Tieres.«

»Aber so perfekt?«

»Man wundert sich manchmal, was man so sieht.«

»Außerdem muß das Kind von einer zweiten Person zur Kliniktür getragen worden sein. Wenn das Kind wirklich nur vier Tage alt ist, liegt die Mutter noch im Wochenbett.«

»Wieder ein Irrtum, Kommissar! Wochenbett ist so ein alter, eingebürgerter Ausdruck. Ich kenne Mütter, die standen nach der Geburt wieder auf, als sei nichts geschehen. Dr. Julius –«, Karchow sah seinen Oberarzt durch die Goldbrille an –, »erinnern Sie sich an den Fall Wempes? Walburga Wempes war eine Hausangestellte. In der Nacht gebar sie in ihrem Zimmer ein Kind – niemand hatte ihr den Zustand angesehen –, stieg um 6 Uhr früh in den Keller, steckte die blutige Bettwäsche in die Waschmaschine, verrichtete den ganzen Tag über gewissenhaft ihre Arbeit, gab dem Neugeborenen am nächsten Morgen nach Abgang des Kindspechs die erste Nahrung und erwürgte es dann in einer Art Kurzschlußpanik. Sie sehen, auch das kommt vor. Vier Tage sind eine lange Zeit. Da kann eine junge, kräftige Mutter schon wieder marschieren, wenn es sein muß.« Karchow wandte sich von dem kleinen weißen Bett ab und trat an das Fenster des großen Krankenhauses. Es war die Kleinkinderstation. Bettchen neben Bettchen stand hier auf blauem, gewachstem Linoleum. Aus ihnen sahen die Köpfchen der kleinen Kranken auf die Ansammlung der weißen Mäntel, kahle, blonde, schwarze, braune Schädelchen, apathisch, plärrend, lachend, quiekend, brüllend, spielend, lallend. Fünf Schwestern arbeiteten hier in einem kleinen Inferno von Lärm und Gerüchen.

»Ich beneide Sie nicht um Ihre Suche, Herr Kommissar«, sagte Professor Karchow. »Unsere Stadt hat über 400 000 Einwohner. Wer sagt, daß die Mutter aus unserer Stadt kommt? Sie kann angereist sein, aus Bayern oder Schleswig, aus Bremen oder Passau, Hannover oder Saarbrücken. Wie wollen Sie da überhaupt recherchieren?«

»Meistens hilft uns ein Hinweis der Bevölkerung.«

»Ach so!« Karchow steckte die Hände in die Tasche. »Natürlich! Ich vergaß. Sie werden erstaunt sein, wieviel uneheliche Mütter es gibt.«

»Aber *eine* Spur wird die richtige sein.«

»Weidmanns Heil!« Karchow wandte sich ab und

verließ den Kleinkindersaal. Im Flur drückte er Kommissar Gutenberg die Hand. »Sie erinnern mich an eine Frau, die ich bei der Überfahrt mit der ›Bremen‹ im New Yorker Hafenbüro traf. Sie hatte einen Ring verloren, auf dem Schiff, von der Reling war er ihr in den Ozean gefallen. Und nun sagte sie: ›Ich gebe Ihnen 100 Dollar, wenn Sie den Ring finden. Wissen Sie, er ist mir da ins Wasser gefallen, wo die halbgeschmolzenen Eisberge sind –‹ Ihre Lage, lieber Herr Gutenberg, scheint mir ähnlich –«

Es begann damit, daß Julia Bergmann, Serviererin im ›Café Bornmeyer‹, auf dem Marktplatz einen Weihnachtsbaum kaufte. Sie hatte sich eine halbe Stunde freigenommen, ging nun von Stand zu Stand, besah die Fichten, die man gebräuchlicher Tannenbaum nennt, prüfte einige Bäume rundum und entschloß sich schließlich, für 10,50 einen Baum von 1,50 m Höhe zu kaufen. Er war gerade gewachsen, hatte gleichmäßige Zweige, schien frisch zu sein und nadelte nicht beim kräftigen Schütteln.

Mit dem Baum unterm Arm überquerte sie die Straße, als ein Lastwagen bremste und ein junger Mann das Fenster des Führerhauses herunterkurbelte.

»Es ist mir unerträglich, ein so schönes Mädchen sich so abschleppen zu sehen. Werfen Sie den Baum hinten in den Wagen und klettern Sie zu mir!« rief er. Der junge Mann hatte ein offenes, ehrliches Gesicht, blonde, lockige Haare und schöne blaue Augen. Julia Bergmann zögerte etwas, aber dann überwand sie die Bedenken, lachte zurück und nickte.

»Ich heiße Franz Höllerer«, sagte der junge Mann hinter dem großen Steuerrad, als Julia neben ihm auf den harten Kunstlederpolstern saß. »Sie haben mich wohl noch nie gesehen?«

»Nein! Wo denn?« fragte Julia.

»Kleine Leute übersieht man eben. Ich war dreimal in dem Café, wo Sie arbeiten. Einmal haben Sie mich sogar bedient. Königskuchen und ein Kännchen Kaffee. Ohne Sahne. Wegen der Linie.« Er lachte wieder, und es klang so jungenhaft und lebenslustig, daß Julias Herz einen Hüpfer tat. Sie wurde rot und nickte bloß.

Vor dem elterlichen Haus Julias half ihr Franz Höllerer den Baum abladen, verabschiedete sich mit einer Verbeugung und winkte beim Abfahren aus dem Führerhaus zurück. »Auf Wiedersehen!« rief er durch das Geknatter des Motors, und Julia winkte zurück.

Sie sahen sich wieder. Erst einmal, dann zweimal in der Woche. An einem freien Nachmittag fuhren sie hinaus zum Rodeln, tranken Grog und küßten sich zum erstenmal. Mitte Januar brachte Julia nach langem Zögern Franz Höllerer mit nach Hause. Trotz der kurzen Zeit ihrer Bekanntschaft wußten sie, daß sie sich liebten und daß es auf der Welt nur sie zwei geben würde, wenn sie glücklich sein wollten.

Ernst Bergmann, der Vater Julias, war Buchhalter in einem Steuerhelferbüro. Der Umgang mit Zahlen und vor allem mit Kunden, die falsche Einkommensteuererklärungen abgaben und das als Ehrensache ansahen, hatte ihn mißtrauisch gegen jeden gemacht. Er sagte immer: »Das treueste Gesicht ist das schlimmste! Ich sehe es ja täglich. Man kann keinem Menschen trauen, nur sich selbst.«

So lebte Ernst Bergmann auch. Er war seit sieben Jahren Witwer, hatte Julia großgezogen und sein Leben ganz auf das zweigleisige Familienleben abgestellt. Er trank sein Bier zu Hause und nicht an der Theke, er hatte keinen Stammtisch, keine Freunde, keine größeren Lebensinteressen als gutes Essen und Ruhe nach dem Essen, er sah im Fernsehen die Tagesschau an und spielte auf dem Plattenspieler preußische Märsche, denn er war einmal Feldwebel gewesen, bei der Infanterie, der Königin der Waffen, wie er immer sagte. Das war eigentlich, bis auf Heirat, Geburt Julias und Tod seiner Frau, das größte Erlebnis seines Daseins gewesen: Vor einer Gruppe Soldaten stehen und zu schreien: »Das Geweeehr – über! Augen – rechts! Augen geeerade – aus! Geweeehr – ab! Rührt euch!« Und dann der Krieg! Polen, Frankreich, Griechenland, Rußland. Immer vorneweg. EK II und EK I, silberne Nahkampfspange, zweimal verwundet, nicht schwer, aber genug, um davon zu sprechen. Das war in der Jugend. Nun war er fünfundvierzig, behäbiger geworden, trug eine Brille, rechnete die frisierten Bilanzen durch, machte Steuererklärungen, vor denen er sich im geheimen schämte (er war ja ein guter Preuße und hatte jahrelang dem Staat treu gedient), strich am Letzten des Monats sein Gehalt ein und hatte nur einen einzigen verwegenen Traum: Julia wird einmal besser heiraten. Sie arbeitet in einem Café. Dort wird sie Gelegenheit haben, gute Bekanntschaften zu schließen.

Für Ernst Bergmann bedeutete deshalb der Besuch Frank Höllerers eine einschneidende Tatsache in seinem Leben. Julia stellte einen Mann vor. Das einzige Licht seines Lebens sollte weggetragen werden. Er war bereit, darum zu kämpfen, wenn der Eindringling nicht seinen Vorstellungen entsprach.

Das aber war der Fall, als Julia ihm sagte: »Franz ist Fernfahrer«, hatte Ernst Bergmann erst einmal nach Atem gerungen, hatte einen Schluck Bier getrunken und sich mit zitternden Händen über die Haare gestrichen.

»Was ist er?« hatte er zurückgefragt.

»Fernfahrer bei Diederichs & Co. Er fährt einen Fünftonner. Kreuz und quer durch Deutschland. Morgen kommt er von Hamburg mit einer Ladung Fässer voller Salzheringe.«

»Salzheringe!« Ernst Bergmann starrte seine Tochter wie eine geisterhafte Erscheinung an. »Bist du noch bei Sinnen, Julia?!«

»Ja und nein, Paps. Ich liebe ihn. Ich liebe ihn! Ich liebe ihn!«

»Salzheringe!«

»Nein, Franz!«

»Laß die dummen Witze, Julia!« schrie Bergmann. »Welche Ausbildung hat er? Einen Führerschein kann jeder machen, das ist doch kein Beruf. Hat er die mittlere Reife? Das ist das mindeste, was mein Schwiegersohn haben muß. Natürlich hat er sie nicht. Wäre er sonst Fernfahrer? Bei Diederichs & Co. Ausgerechnet.« Bergmann kannte Diederichs & Co. Die setzen in der Gewinn- und Verlustrechnung mehr Verluste ab, als zehn Lastwagen haben konnten, und dabei fuhren sie nur mit vier! »Der Mann kommt mir nicht ins Haus!« entschied Ernst Bergmann und klopfte mit den Fingerknöcheln auf den Tisch. »Keinen Schritt! Seit wann kennt ihr euch überhaupt?«

»Seit dem Weihnachtsbaum, Paps.«

Bergmann verzichtete auf weitere Fragen. Sie kamen ihm zu dumm vor. Kennen sich knapp zwei Monate und spielen Vorstellen! Mit Blumenstrauß womöglich. Wie damals, als er bei Helmas Vater vorsprach, ein junger Unteroffizier, mit blankgewienerten Stiefeln und neuen, blitzenden Silbertressen. »Was sind Sie, können Sie, werden Sie?« hatte Helmas Vater gefragt, und er hatte forsch geantwortet: »Ich bin Soldat des Führers, Herr Hollfeld. Es ist meine Aufgabe, das Großdeutsche Reich zu schützen! Der Dienst mit der Waffe ist der ehrenvollste Beruf der Nation!« Ja, das waren noch Zeiten! Da hatte man Mumm in den Knochen. Und Helmas

Vater hatte kleinlaut »Soso, na ja. Wenn's so ist!« gesagt und seine Zustimmung zur Heirat gegeben. Erst hinterher erfuhr Bergmann, daß Schwiegervater Hollfeld ein alter Sozi war, eine Tatsache, die er nach 1945 öffentlich bekannte und als Aushängeschild seiner demokratischen Gesinnung benutzte. Merkwürdigerweise hatte es immer geholfen. Der Deutsche hat eben einen Hang zur Historie.

Nun kam also trotz aller Widerstände Franz Höllerer in das Haus Bergmanns. Er brachte keine Blumen mit, sondern erschien in einem dunkelgrauen Anzug und stellte auf den Tisch eine Flasche Kognak. Keine gute Marke, aber immerhin einen trinkbaren Kognak.

»Herr Bergmann«, sagte Franz Höllerer unbefangen. »Julia wird es Ihnen ja schon gesagt haben: Wir wollen heiraten!«

Das war so selbstverständlich, daß es Ernst Bergmann die Sprache verschlug. Er fand sie erst wieder, als die Flasche entkorkt war und Franz auf die Gläser wartete, die Julia aus der Küche holte.

»Junger Mann!« sagte da Bergmann mit gemessenem Ton. »Packen Sie Ihre Flasche wieder ein ... ich gebe Ihnen meine Tochter Julia *nicht*!«

»Und warum nicht?« fragte Höllerer verwirrt. »Ich bin ein anständiger Mensch, ich verdiene mit Überstunden in der Woche fast 200 Mark, ich kann eine Neubauwohnung bekommen, ich habe Kinder gern, ich habe noch nie einen Tripper gehabt, bin nie besoffen, rauche mäßig, bin mit fünfundzwanzig Jahren natürlich nicht mehr unschuldig –, das waren Sie sicherlich in dem Alter auch nicht mehr, vor allem als Soldat, der Sie waren, wie mir Julia erzählte –«

Hier fiel endgültig die Klappe, Ernst Bergmann sprang auf, streckte den Arm weit zur Tür aus und besann sich darauf, daß ein guter Feldwebelton durch Zwerchfellatmung unterstützt wird.

»Hinaus!« brüllte er dröhnend. »Sie Flegel! Sie unreifer Bursche! Ich lasse mir von Ihnen nicht den grauen Rock beleidigen! Sie Rotzjunge!«

Franz Höllerer klemmte die Kognakflasche unter den Arm und ging aus der Wohnung. »Über den Rotzjungen reden wir noch!« rief er zurück. Dann schlug er die Tür zu und hörte noch, wie Julia seinen Namen rief. Er zögerte, wollte umkehren, aber dann stieg er doch die Treppe hinunter, kletterte in seinen kleinen Privatwagen und fuhr davon.

Am nächsten Tag traf er Julia im ›Café Bornmeyer‹. Sie weinte sofort von neuem, und er tröstete sie mit den Worten: »Nicht heulen, Julia. Dein Alter ist eben ein Kommißkopp. Warten wir ab, bis du einundzwanzig bist, dann heiraten wir ohne seinen Senf! Julia, wir sind doch erwachsene Menschen! Die Alten, die leben ja noch im vergangenen Jahrhundert!«

Man kann modern oder unmodern sein . . . Liebe ist immer die gleiche, und die Auswirkungen sind es ebenfalls. Im Februar, an einem Sonntag, trafen sich Julia und Franz wieder. Sie bummelten durch den Schnee im Stadtpark und setzten sich im Parkhaus in eine Ecke, bestellten Tee mit Zitrone und sahen sich tief und sehnsuchtsvoll in die Augen.

»Du –«, sagte Julia plötzlich, und sie war ganz ernst dabei. »Im Juni werde ich einundzwanzig. Heiraten wir dann gleich?«

»Natürlich, Schätzchen.«

»Und die Wohnung?«

»Wenn es sicher ist, daß wir heiraten, miete ich sie. Die Leute verlangen zwar 2000 Mark Vorauszahlung, aber das schaffen wir schon. Ich habe mit dem Chef bereits gesprochen – er gibt mir ein Darlehen.«

Julia nickte und sah in ihr Teeglas. Sie rührte mit dem Löffel darin herum, obgleich der Zucker längst aufgelöst war.

»Wieviel Zimmer hat die Wohnung, Franz?«

»Drei, mein Süßes.«

»Mit Küche?«

»Ohne Küche, Wohnzimmer, Schlafzimmer, Kinderzimmer, Bad und so das ganze Pipapo. Wir werden wie die Fürsten leben. Allerdings, du, das habe ich mir genau ausgerechnet, müssen wir in den ersten zwei Jahren noch beide arbeiten, bis das Darlehen bezahlt ist. Dann geht's uns besser –«

Julia nickte wieder. »Es wird schon gehen, Franz. Und das Kinderzimmer –«, sie stockte und senkte den Kopf, »das werden wir gleich gebrauchen können . . .«

Franz Höllerer saß wie vor den Kopf geschlagen. Er sah Julia mit geöffnetem Mund an, kratzte mit den Nägeln über die Tischdecke und spürte unter der Hirnschale ein rhythmisches Klopfen.

»Soll . . . soll das heißen –«, stotterte er und kam sich dabei reichlich dumm und hilflos vor.

»Ja, Franz.«

»Seit wann weißt du es?«

»Seit gestern. Ich war beim Arzt.«

»Aber wieso denn?« Franz Höllerer wischte sich über die Augen. Ein Kind, dachte er. Wir fangen direkt mit einem Kind an. Das habe ich nicht gewollt, verdammt noch mal. Ich wollte vom Leben noch etwas haben, ich wollte mit Julia in Urlaub fahren, sonntags Touren ins Gebirge machen, und nun wird das Kind kommen, und alles wird sich nur um den Säugling drehen. Das freie Leben ist vorbei. »Das kann doch gar nicht sein, Julia!« sagte er dumpf.

»Doch, Franz. Weißt du . . . Mitte Januar . . . du hast mich vom Café abgeholt, wir gingen in deine Wohnung, du wolltest mich überraschen, mit einem Bausparvertrag –«

Franz Höllerer nickte. Wirklich, die Überraschung ist gelungen, dachte er. Jener Abend also. Er sah hinaus in den Stadtpark und erinnerte sich. Wie glücklich waren sie für eine Stunde. Und wie gedankenlos. Nun war nichts mehr zu ändern.

»Du ... ich freue mich ...«, sagte er mit schwerer Zunge. »Unser Kind. Ich bin noch ganz verwirrt. Natürlich heiraten wir sofort.«

»Vater darf es vorher nicht erfahren.« Julia faßte über den Tisch und ergriff Franz' Hände. »Ich habe Angst vor ihm. Ich glaube, er schlägt mich tot.«

»Dummheit. Das war früher. Im vorigen Jahrhundert.«

»Vater ist noch aus dem vorigen Jahrhundert. Immer sagt er: Unsere Eltern, die gute alte Zeit – da galt noch Sitte und Moral. – Er hält nichts von der neuen Zeit.«

»Auch in der guten alten Zeit gab es Kinder, die vorher kamen. Ich spreche mit deinem Vater noch einmal.«

»Bitte, bitte, nein. Wenn wir im Juni heiraten, ist ja alles gut.«

»Und dein Zustand? Er sieht es doch.«

»Er wird es nicht sehen. Es gibt jetzt so gute Korsetts – ich werde mich so schnüren, daß es keiner merkt.«

»Das schadet doch dem Kind, Julia.«

»Nein.« Sie schüttelte heftig den Kopf. »Wenn andere es können –«

Es wurde ein trüber Tag, obgleich die Sonne schien und der Schnee im Stadtpark glitzerte wie eine Decke aus blauweißen Diamanten. Früher als sonst trennten sie sich – sosehr sie sich liebten und wußten, daß sie zueinander gehörten, jetzt mehr als je zuvor, hatte jeder von ihnen das Bedürfnis, allein zu sein.

Am nächsten Tag brachte ein Laufjunge einer Blumenhandlung einen großen Strauß roter Rosen in das ›Café Bornmeyer‹. Auf einer Karte stand: »Mein Liebes! Ich habe mich gestern dumm benommen. Die ganze Nacht habe ich an uns denken müssen ... uns, das bist du, das Kind und ich. Auch wenn es schwer werden wird für uns: Laß uns glücklich sein!«

Julia Bergmann lächelte verträumt, als sie den Strauß in eine Vase auf das Sahnekuchenbuffet stellte. Am Abend aber schimpfte sie mit Franz Höllerer.

»Die Rosen haben – ich bin zum Laden gegangen, Franz! – 25 Mark gekostet! Das ist Verschwendung! Was hätten wir für dieses Geld schon an Windeln und Wickeltüchern kaufen können! Mein Lieber, wir müssen jetzt anders rechnen!«

Buchhalter und Steuerhelfer Ernst Bergmann bemerkte wirklich nichts. Wohl sah er, daß seine Tochter Julia etwas zunahm, aber das schob er auf die natürliche weibliche Entwicklung und auf die gute Pflege, die Julia bei ihm hatte. Da die Bedürfnisse Ernst Bergmanns rein häuslicher Natur waren, wurde am Essen nicht gespart. Daß so etwas ansetzt, ist klar, und er freute sich, daß Julia so prächtig gedieh.

Die Hochzeit im Juni fand nicht statt.

Zweimal versuchte Julia, ihren Vater zu seiner Zustimmung zu überreden, zweimal erschien Franz Höllerer, um mit Ernst Bergmann zu sprechen. Zweimal flog er aus der Wohnung, angebrüllt mit der von Zwerchfellatmung unterstützten Stimme des Feldwebels a. D. »Nie!« schrie Bergmann außer sich und klopfte mit den Fäusten auf den Tisch. »Ein Fernfahrer! Kann er überhaupt schreiben? Los, hol ihn ran, ich werde ihm diktieren. Er wird Thron ohne h schreiben und Nil mit ie! Und Boot oder Pfirsich oder gar Chrysanthemen ... los, bring ihn her! Ich will dir beweisen, was du heiratest! Meine Tochter! Einen Akademiker bist du wert!«

»Ob Franz Chrysanthemen schreiben kann oder nicht, ist mir egal!« rief Julia. Zum erstenmal lehnte sie sich offen gegen ihren Vater auf. Sie hatte die Fäuste geballt, ihr schmales Gesicht war gerötet. In ihrem Leib zuckte das Kind, eingeschnürt in einen Panzer aus Nylon und Gummi. »Er kann arbeiten, ist ein anständiger Mensch, er wird alles für uns tun, wir werden Kinder haben –«.

Ernst Bergmann legte den Kopf schief und starrte seine Tochter an. »Kinder! *Müßt* ihr etwa heiraten?«

»Nein. Wie kommst du darauf, Vater?« stammelte Julia.

»Das wäre das letzte!« Ernst Bergmann riß sich den Schlips herunter. Nach langer Zeit hatte er jetzt Appetit auf ein Glas Alkohol, auf ein Bier oder gar einen Kognak. »Ich würde dem Kerl den Hals umdrehen. Jawohl, das täte ich! Ganz gleich, was nachher folgt! Wenn er dir und mir *das* antäte – es wäre das Ende unserer Familie!«

Julia schwieg. Da war es wieder, die Drohung, die jede Wahrheit unterdrückte. Angst schnürte ihr die Kehle zu, sie wandte sich ab und wollte in ihr Zimmer gehen. Ernst Bergmann setzte sich schwer hinter den Wohnzimmertisch.

»Haben wir Bier im Haus?«

»Nein, Vater.«

»Dann hol mir eine Flasche, Julia.« Er sah auf, seine Augen waren friedlich geworden, ja, sie bettelten fast. »Warum muß das alles so sein, mein Mädchen? Du bist doch mein einziges Kind, du weißt doch, wie lieb ich dich habe. Warum muß in letzter Zeit immer der Streit sein?! Immer wegen dieses Höllerers. Laß ihn laufen, Julia. Sag ihm, daß es keinen Sinn hat zwischen euch.

Laß uns wieder so sein wie früher. War es nicht gemütlich bei uns, mein Kind?«

»Ja, Vater.« Julia nickte. Sie bezwang sich, nicht aufzuschreien. »Ich ... ich werde es ihm sagen, Vater –«

»Das ist gut, mein Kind. Jeder macht im Leben einmal einen Irrtum. Dann muß man stark genug sein, ihn einzusehen und die Folgen zu tragen. So, und jetzt die Flasche Bier. Bring zwei mit! Für dich auch eine, Julia –«

Niemand hatte von diesem Tage ab den Mut, dem alten Bergmann die Wahrheit zu sagen. Der Juni verstrich, Julia weigerte sich, heimlich zu heiraten, aus Angst, der Vater könne in seinem Jähzorn Unbedachtes tun und die Tragödie nur noch vergrößern. So sehr Franz Höllerer ihr zuredete, sie blieb dabei, abzuwarten.

»Was denn abwarten?« rief Franz verzweifelt. »In drei Monaten kommt das Kind! Das kannst du doch nicht aufhalten! Oder willst du etwa ... Julia ... mein Gott! Tu es nicht! Ich flehe dich an!«

»Nein.« Julia schüttelte müde den Kopf. »Ich bringe es zur Welt. Zu Hause! Bei meinem Vater. Ich habe mir das genau überlegt. Wenn es soweit ist, wenn er sieht, was geschieht, wird er anders handeln als jetzt. Ich kenne Vater. Dann wird er alles für mich tun. Bei meiner Geburt war er auch dabei, und das hat ihn maßlos erschüttert. Er wird alles vergessen, was er tun wollte, was er angedroht hat ... er wird mir helfen und alles verzeihen –«

So kam der Oktober. Ernst Bergmann war nicht in der Lage, seine großväterliche Güte zu beweisen – mit einer Lungenentzündung war er ins Krankenhaus geschafft worden. Er hatte sich die Erkrankung auf dem Holzplatz eines Sägewerkes geholt, wo er sich als gewissenhafter Steuerhelfer davon überzeugen wollte, wieviel Schwund beim Zersägen eines Stammes anfiel. Ihm war aufgefallen, daß die Differenz zwischen Rohstamm und

Naturholzwert eine erhebliche war, und er unterschrieb keine Steuererklärung, die zu offensichtlich den Staat benachteiligte.

An einem Dienstagmorgen gebar Julia Bergmann in ihrem Zimmer ein Mädchen. Niemand war bei ihr außer Franz Höllerer, den sie telefonisch von Firma Diederichs & Co. herbeigerufen hatte. Seit einer Woche ließ er sich im Lager beschäftigen, um immer erreichbar zu sein.

Franz Höllerer hatte im Rahmen des Werkschutzes beim Roten Kreuz eine Schnellausbildung als Sanitäter durchgemacht. Er hatte sein Diplom bekommen, bei Erster Hilfe eingreifen zu dürfen. Nun bewies er, was er gelernt hatte. Vier Stunden lang saß er neben Julia, trocknete ihr den Schweiß von der Stirn, hielt ihre Hand fest, wenn die Wehen den Körper durchzuckten, und zog sie auch nicht weg, als sich ihre Fingernägel tief in sein Fleisch gruben und Blut über seine Finger rann, als die Preßwehen begannen und der Kopf des Kindes sichtbar wurde.

Dann ging alles schnell. Er nabelte ab, wie er es beim Roten Kreuz gelernt hatte: Abbinden einer offenliegenden Ader. Er drückte auf Anraten Julias, die sich vorher ein Buch mit guten Ratschlägen für werdende Mütter gekauft hatte, so lange den Leib, bis sich die Plazenta abstieß, wusch das Kind, wusch Julia, gab ihr Sprudelwasser zu trinken, wickelte das Kind in angewärmte Windeln und Tücher und setzte sich dann schweißgebadet und mit zitternden Knien neben Julia aufs Bett. Sie tastete nach seinen Händen, drückte sie und nickte ihm schwach zu.

»Ich danke dir, Franz . . .«, sagte sie kaum hörbar. »Nun haben wir es überstanden.«

Dann schlief sie ein, und Franz saß neben ihrem Bett auf dem Stuhl, wagte sich nicht zu rühren und lauschte auf das greinende und später auch schlafende Kind, faltete die Hände zwischen den Knien und starrte ins Leere.

Was nun, dachte er. Wie soll es nun weitergehen?

Das Kind ist da! Ein heimliches Kind.

Was soll mit dem Kind geschehen?

Niemand weiß, was in den nächsten Tagen gesprochen wurde. Niemand weiß, wie zwei junge Menschen mit der ganzen Kraft ihrer Seelen gegen die Angst rangen, gegen das widerwärtige Leben, gegen den Gedanken, das Kind wegzugeben.

Vier Tage nach der Geburt des Kindes rief das Krankenhaus an, in dem Ernst Bergmann lag. Der Zustand hatte sich soweit gebessert, daß die Weiterpflege zu Hause stattfinden konnte. Man brauchte Betten, und wer halbwegs aus der Krisis heraus war, wurde aus der Matratze gekippt. Man kann dem Krankenhaus da keinen Vorwurf machen. Im deutschen Wirtschaftswunderland fehlen 30000 Krankenbetten und 35000 Schwestern. Auch wenn die Schaufenster überquellen vom Warenangebot und der deutsche Steuerzahler der fleißigste Geldgeber ist, bleibt Deutschland ein Entwicklungsland. Man will es nur nicht wissen.

Diese Rückkehr Ernst Bergmanns aus dem Krankenhaus war entscheidend. Die Angst schlug über Julia und Franz zusammen.

In der Nacht, gegen 4 Uhr morgens, legten sie ihr Kind, warm eingewickelt in Moltontüchern und einer Decke, vor den Eingang der Kinderklinik »Bethlehem«. Nur mit Gewalt konnte Franz nachher Julia von dem kleinen Bündel wegziehen. Er schleifte sie in seinen kleinen Wagen, der zwei Straßen weiter parkte, drückte sie auf den Sitz und fuhr schnell ab.

Um zehn Uhr kam Ernst Bergmann mit dem Krankenwagen nach Hause. »Endlich!« sagte er und streichelte seiner Tochter das blasse Gesicht. »Wie bleich du aussiehst. Hast du dir solche Sorgen um mich gemacht? Mein Kleines ... nun ist Schluß damit! Du siehst, es ist alles gutgegangen –«

»Ja, Vater, es ist alles gutgegangen –«, sagte Julia. Dann wandte sie sich plötzlich um und weinte haltlos.

Ernst Bergmann lächelte glücklich und nickte den beiden Krankenträgern zu, die ihn ins Bett hoben.

»Habe ich nicht eine gute, brave Tochter?« fragte er leise. Man sah ihm an, daß er stolz war, ein solch geliebter Vater zu sein.

Eine Klinik ist ein kleines Staatswesen für sich. Es gibt dort Gerechte und Ungerechte, Kluge und Dumme, Schweiger und Schwätzer, Arbeitende und Faulenzende, Gütige und Gehässige. Vor allem aber, wie in einer Kleinstadt, blüht der Klatsch. Auch eine Kinderklinik macht da keine Ausnahme. Und auch in »Bethlehem« war es so.

Da war die altbekannte Geschichte von Oberarzt Dr. Julius und Stationsärztin Renate Vosshardt. Ihre Liebe war genehmigt, von der Oberschwester bis zur Putzhilfe, und das will schon etwas heißen. Dr. Julius war Witwer, seit zwei Jahren. Seine Frau starb an einem Hirntumor. Ein tragischer, schleichender Tod, der Dr. Julius das Mitleid der Klinik einbrachte, zumal er sehr am Tode seiner Frau litt und erst nach einem Jahr wieder ein Lächeln zeigte. Nichts geht einer Frau mehr in die Seele als ein unglücklicher Mann, und so gönnte man Dr. Julius das Glück, in seiner Kollegin Vosshardt wieder einen Lebenszweck gefunden zu haben.

Anders war das mit dem Volontärarzt Dr. Sandru Petschawar. Ee war Inder, entstammte der vornehmen

Brahmanenkaste, hatte in Neu-Delhi, London und Paris studiert, in Paris sein Examen mit Auszeichnung gemacht und volontierte nun in Deutschland, um auch die deutsche Medizin kennenzulernen. Sein Fehler war, daß er, in Verkennung europäischer Gepflogenheiten, zu ehrlich war und das sagte, was er dachte. So etwas eckt immer an, vor allem, wenn die Hautfarbe nicht strahlend weiß, sondern milchkaffeebraun ist. Professor Karchow nannte ihn im vertrauten Kreise nur den ›Dschungelboy‹, der nach Europa gekommen sei, um etwas anderes zu sehen als trompetende Elefanten oder heilige Kühe.

Begonnen hatte es damit, daß Dr. Petschawar einmal sagte: »In Deutschland Medizin ist noch zurück. Krankenhaus in Lahore viel moderner!« Und ein anderes Mal: »Warum deutsche Studenten sitzen in überfüllten Sälen und hören nur Wissenschaft? Warum nicht wie in Amerika Studenten stehen am Krankenbett? Warum in Deutschland immer nur Theorie? Jahrelang Theorie? Man kann lernen nur in Praxis. Deutsches System von Studium ist falsches System. Zu alt –«

»Das haben wir gern!« sagte Professor Karchow, als ihm, nach Kleinstadtmanier, diese Äußerungen sofort hinterbracht wurden. »Kommt aus dem Dschungel, wo die Wilden gegen die Bäume scheißen, und kritisiert unsere Alma mater und unser humanistisches Bildungssystem! Dem Jungen werde ich mal zeigen, was ein Arzt können muß!«

Aber das war eine Fehlrechnung. Dr. Sandru Petschawar war ein vorzüglicher Arzt, der in London und Paris so viel gelernt hatte, daß Karchows Beschäftigungsrache ihn in keiner Weise aus der Ruhe brachte. Im Gegenteil – nach sechs Wochen steckte ihn Karchow auf die stille Infektionsstation, wo er Scharlach und Diphtherie beobachten konnte, weil der 2. Oberarzt sich beschwerte, Dr. Petschawar gewänne die Sympathie der Eltern durch eine unangebrachte Mehrleistung an Fürsorge.

»Arbeiten können sie, die Dschungelboys«, sagte Karchow. »Aber ihre Hochnäsigkeit ist mir zuwider. Sie sollten stolz sein, in Deutschland studieren zu dürfen!«

Da eine solche Ansicht allgemein an den deutschen Kliniken und Universitäten ist, besteht wenig Hoffnung, daß der Fortschritt auch im klassischen Land des Studiums Fuß faßt und den alten Zopf des deutschen Universitätswesens abschneidet.

Besonders übel nahm es die Klinik ›Bethlehem‹ deshalb Dr. Sandru, daß er mit der freien Krankenschwester Karin Degen liebäugelte und sie öfter zum Theater oder ins Kino einlud. Karin spürte es an der deutlichen Mißachtung der anderen Schwestern, an der Spitze die Schwesternoberin, die einmal zu ihr sagte und ihrer Stimme dabei die Spitze einer Punktiernadel gab: »Schwester Karin, Sie sind heute reichlich müde! Ich denke, Sie studieren Krankenpflege und nicht indische Kultur – «

An diesem Montag – es war Operationstag, darunter die Chefoperation einer Laparotomie zur Ausräumung eines Meckelschen Divertikels bei einem dreijährigen Knaben, Beginn 10 Uhr, Assistenzarzt OA Dr. Julius und Dr. Petschawar – flog die Kunde von Teeküche zu Teeküche, von der Klausur bis zum Sekretariat, daß Dr. Sandru beobachtet worden sei, wie er Schwester Karin Degen im Vorraum des WCs von Station IV geküßt habe. Ein Junge, der gerade aufs Klosett schlurfte, hatte sie überrascht und später in seinem Zimmer altklug erzählt: »Hört mal, die schicke Schwester Karin und der Sandru, die haben sich im Klo geknutscht. Das war knorke!«

Der Junge war zwölf Jahre alt, und Schwester Laetitia rannte sofort zur Oberin, um zu klagen, daß es jetzt soweit sei, daß in einer Kinderklinik die Kinder sittlich gefährdet würden.

»Auf dem Klosett! Wie geschmacklos!« sagte Professor Karchow, dem die Sekretärin die Schreckensmeldung überbrachte. »Waren die Klodeckel wenigstens runter?!«

Es war eine jener typischen Äußerungen Karchows, die die Runde machten durch alle Hörsäle.

Die Operation um 10 Uhr begann eine Viertelstunde später. Professor Karchow hatte Dr. Petschawar in dem Vorbereitungsraum festgehalten, während Dr. Julius, der Anästhesist Dr. Vögelein, die Instrumentenschwester und die OP-Schwester zusammen mit dem kranken Jungen, der bereits vollnarkotisiert auf dem Rollbett lag, in den OP gegangen waren.

»Mein Lieber«, sagte Professor Karchow und betrachtete den großen, schlanken, hübschen, schwarzhaarigen Dr. Petschawar wie einen Gegenstand aus der Anatomie. Er ist ein schöner Mann, dachte er. Was sein muß, muß sein! Er hat einen sportlichen Körper, er hat die strahlende Jugend, und sein braunes Gesicht ist ebenmäßig und klar. Natürlich, Inder sind indogermanischen Ursprungs! Rassenlehre von Günther. War einmal die Bibel der Hitler-Anthropologen! Wenn sie nur nicht so selbstsicher wären, diese sogenannten ›erwachenden Völker‹.

Professor Karchow räusperte sich.

»Sie wissen, was ich Ihnen sagen will, Dr. Petschawar?«

»Nein, Herr Professor«, sagte Dr. Sandru ehrlich.

»Zunächst eine Feststellung, die europäische Sitten betrifft: Ein Lokus ist zum Scheißen da und nicht zum Poussieren!«

Das Gesicht Dr. Sandrus wurde dunkler. Aha, dachte Karchow. Auch Farbige können erröten! Interessant.

»Ich weiß nicht, was Sie meinen, Herr Professor«, sagte Dr. Petschawar beherrscht. Professor Karchow wedelte mit der rechten Hand.

»Ich meine, daß es im Haus andere Orte gibt, wo man seine hormonalen Aufwallungen abreagieren kann! Von mir aus im Keller oder unterm Dach, aber nach meinem immerhin nicht übertriebenen verfeinerten Geschmack ist ein Scheißhaus nicht der geeignete Ort für sexuelle Vorpostengefechte.«

»Ich liebe Karin!« sagte Dr. Sandru laut.

»Aha! Und wie soll das weitergehen, Dr. Petschawar? Heirat? Bitte schön, ich freue mich.«

»Zunächst lieben wir uns, Herr Professor.«

»Das war fein und diplomatisch ausgedrückt. Zunächst! Diese Redewendung sollte man sich merken. Man läßt sich einladen zu einem Schlückchen Wein, aber die Flasche braucht man nicht zu bezahlen!«

»Ich verstehe Sie nicht, Herr Professor –«, sagte Dr. Sandru vorsichtig. Sein Deutsch war noch nicht so vollkommen, um bildhafte Gleichungen zu begreifen. Prof. Karchow winkte wieder ab.

»Schon gut. Gehen wir zu unserem Divertikel! Ich wollte nur sagen, Dr. Petschawar: Wenn schon Lustgefühle, dann bitte an einem Ort, wo Sie keiner unserer kleinen Patienten überraschen kann. Mit Masern kommen sie zu uns – und als Sexualfantastiker entlassen wir sie. Das geht zu weit, mein Lieber!«

Ehe Dr. Petschawar die scharfe Antwort, die er auf der Zunge balancierte, aussprechen konnte, hatte sich Karchow abgewandt und betrat den OP. Er stellte sich an das Waschbecken, seifte sich die Hände und Unterarme ein und sah über die Schulter zum OP-Tisch.

»Wie weit sind wir, Julius?« rief er.

»Ich habe gerade die Unterbauchhöhle eröffnet.« Dr. Julius' Stimme klang gedämpft durch den Mundschutz. »Das Divertikel sitzt 60 cm oberhalb der Bauhinschen Klappe, wie vermutet. Es scheint eine unvollständige Rückbildung des embryonalen Ductus omphalomesentericus zu sein.«

»Es *ist* es, mein Bester! Bereiten Sie alles für die Resektion vor –«

Dr. Petschawar, früher mit dem Waschen fertig als der Chef, trat an den Tisch. Oberarzt Julius blickte ihn über den Mundschutz hinweg kritisch an.

»Dicke Luft?« fragte er leise.

Dr. Petschawar schüttelte den Kopf. »Nicht für Sie, Oberarzt ... Sie sind weiß ...«

In seiner Stimme lag die ganze Traurigkeit eines Menschen, der sich bewußt ist, zweitrangig zu sein.

Nach der Operation, die Prof. Karchow mit der Schnelligkeit der Routine beendete, zumal er nur die letzten Handgriffe selber tun mußte, die Oberarzt Dr. Julius ihm überließ, weil es ja eine ›Chefoperation‹ war und dementsprechend auch bei dem Privatpatienten liquidiert wurde, kehrte er sofort in sein Zimmer zurück. Dort stellte er das Telefon zum Sekretariat durch und fragte, was es Interessantes gäbe.

»Liegt etwas vor?«

»Ja, Herr Professor, im Wartezimmer sitzt ein Herr, der Sie sprechen möchte.«

»Vater eines Kindes in unserer Klinik?«

»Nein, ich glaube nicht. Der Herr sagt, es sei privat.«

»Privat?« Prof. Karchow runzelte die Stirn. Privatbesuch in der Klinik. Das war etwas Neues. Er dachte schnell nach, wer von seinen Freunden oder Bekannten ihn vertraulich sprechen könnte. Denn nur das konnte es sein, vertraulich, unter vier Augen, wenn man ihn im sterilen Rahmen einer Klinik aufsuchte. »Wie sieht er aus?« fragte er.

»Mittelgroß. Alter etwa um die Fünfzig herum. Gut angezogen. Gute Manieren.« Die Sekretärin suchte nach weiteren Begriffen. Dr. Karchow räusperte sich.

»Es genügt. In zehn Minuten führen Sie den Besucher zu mir.«

Mittelgroß, um die Fünfzig? Karchow stand auf und ging abwägend hin und her. Es konnte Dr. Mallente sein. Dipl.-Ing. Mallente. Ein flotter Bursche. Ob er Kummer mit einer seiner Freundinnen hatte? Nicht bei mir, dachte Karchow. Ausgeschlossen! Wer schießt, muß sich auch das Weidmannsheil gefallen lassen! Das ist nun mal so!

Es klopfte, die Tür schwang auf, ein Herr trat ein, nickte der Sekretärin zu und blieb im Türrahmen stehen, als sich hinter ihm die gepolsterte Pforte wieder schloß. Prof. Karchow sah den Besucher erstaunt an. Kein Dr. Mallente. Ein Unbekannter.

»Bitte –«, sagte er höflich und zeigte auf einen der Sessel. »Treten Sie näher. Karchow.«

Der Fremde stellte sich nicht vor, wie es eigentlich jetzt die Höflichkeit erforderte. Er blieb auch an der Tür stehen und sah Prof. Karchow mit etwas geneigtem Kopf an.

»Sie sind älter geworden, Herr Professor«, sagte er. Er hatte eine sympathische, tiefe Stimme. »Sie kennen mich nicht mehr?«

»Ich wüßte nicht –« Karchow musterte den Besucher und suchte in der Erinnerung. Mein Gott, dachte er. In meinen fünfzig Jahren habe ich Tausende Menschen gesehen. Wenn nun jeder käme und fragte: Sie kennen mich nicht mehr?

»Darf ich fragen, was Sie zu mir führt?«

»Die Erinnerung, Herr Professor.« Der Besucher trat

näher, aber setzte sich nicht, er stützte sich nur auf die Rückenlehne des Sessels. »Ich heiße Peter Kallenbach.«

»Pardon, aber auch das sagt mir nichts«, antwortete Karchow steif. Merkwürdiger Mensch, dachte er. Noch fünf Minuten und ich drücke auf die Klingel fürs Sekretariat. Ich habe keine Zeit zum Rätselraten.

»Berlin«, sagte Peter Kallenbach. »Berlin, Herr Professor. 1946. Kinderklinik ›Am blauen See‹. Sie erinnern sich. Sie waren damals Chefarzt.«

Prof. Karchows Gesicht war starr geworden. Er setzte sich hinter seinen großen Schreibtisch. Ruhe, befahl er sich. Nur Ruhe! Wer ist überhaupt dieser Peter Kallenbach? Er legte die Hände auf die Schreibtischplatte und kam sich hinter dem Tisch geborgen wie in einer Festung vor.

»Sie scheinen sich zu irren, Herr Kallenbach.« Er hörte, wie seine Stimme rauh war. Ruhe, sagte er sich wieder.

Peter Kallenbach nagte an der Unterlippe. »Ich begreife, Herr Professor, daß man sich nicht an Dinge erinnert, die jetzt, fast zwanzig Jahre später, kaum einer noch weiß. Ich aber weiß sie noch, Herr Professor. Ich war damals Krankenpfleger in Berlin, im Hauptsitz ›Kinderhort‹, zu dem die Klinik ›Am blauen See‹ gehörte. Ich habe damals selbst gelesen, wie das alles war ... Ihre Unterschrift unter den Operationsberichten, Ihre Diagnosen, Ihre Kunstfehler –«

»Sie irren!« Prof. Karchow sprang auf. Die Schatten der Vergangenheit verflogen ... er sah sich wieder vor dem OP-Tisch stehen, die geöffneten Körper der beiden Kinder vor sich, und er starrte auf die großen, tödlichen Vereiterungen, die sich in völlig rätselvoller Weise gebildet hatten.

»Verstehen Sie das?« hatte er damals die anderen Professorenkollegen gefragt, die ebenfalls bei den Obduktionen zugegen waren. »Eine Mittelfellinfektion! Woher bloß?«

Und die Kollegen hatten wie er stumm mit den Schultern gezuckt.

Aber was ging das diesen Peter Kallenbach an ...? Für ihn war Professor Karchow einer jener Ärzte, die am Operationstisch versagt hatten und das zu vertuschen suchten.

»Ich bin nicht bereit, Ihnen über diesen Komplex Auskunft zu geben!« sagte Karchow hart. »Wie käme ich dazu?! Was wollen Sie überhaupt?«

»Sie nur erinnern. Sehen Sie, Herr Professor ... ich bin Rentner. Was man als ehemaliger Krankenpfleger von der Rentenversicherung bekommt, wissen Sie vielleicht nicht.« Peter Kallenbach griff in die Brusttasche und holte einen Schein heraus. »Hier, lesen Sie es sich durch. 248 Mark! Im Monat! Wie kann man davon leben bei den heutigen Preisen? Miete bezahlen, Schuhe besohlen, Licht und Wasser und Gas ... was bleibt übrig für das Essen, für Kleidung, für Notzeiten?«

»Sie wollen Geld!« sagte Karchow. Er sprach es aus, als spucke er Vogelmist aus, der ihm in den Mund gefallen war.

»Ich stelle es Ihnen anheim, Herr Professor.«

»Ganz klar also: Sie wollen mich erpressen?«

»Ich möchte nicht, daß das Bekanntwerden der dunklen Punkte Ihrer ärztlichen Vergangenheit Ihre weitere Karriere und Ihren Lebensabend belastet. Sie sind ein bekannter Mann geworden, Herr Professor, Sie haben jetzt eine große, eigene Klinik ... ist das alles nicht monatlich 200 Mark wert? Nur 200 Mark! Was bedeuten Ihnen 200 Mark? Für mich aber sind sie die Sicherheit meines Lebensabends.«

»Keinen Pfennig!« schrie Professor Karchow hochrot im Gesicht. »Verhaften lasse ich Sie!«

»Dann muß ich reden! Es würde schreckliche Folgen haben, auch für Ihre Familie, Herr Professor! Ist Ihnen Ihre Klinik, Ihre Ruhe, Ihre Familie nicht lumpige 200 Mark monatlich wert? Überlegen Sie es sich doch bitte. –«

Die Stimme Peter Kallenbachs hatte etwas Unterwürfiges, ja fast Trauriges an sich. Professor Karchow setzte sich wieder und trommelte mit den Fingern auf den Tisch.

»Ich bin mir keiner Schuld bewußt!«

»Aber wer glaubt es Ihnen? Ihre Unterschriften stehen unter den Todesursachen. Wer glaubt heute noch Beteuerungen?«

Das war es, was auch Karchow mit erschreckender Deutlichkeit einsah. Niemand würde es ihm glauben. Hatte er Zeugen?

Professor Karchow nickte schwer.

»Kommen Sie morgen wieder, Herr Kallenbach«, sagte er wie erschöpft. »Morgen, um 3 Uhr nachmittags. Ich habe dann mehr Ruhe, mich mit Ihnen zu unterhalten.«

Peter Kallenbach drückte den Hut gegen seine Brust und verbeugte sich. »Es freut mich, Herr Professor«, sagte er in seiner hündischen Art, »daß wir unser Leben in Ruhe beenden können. Sehen Sie, ich bin ein alter Mann, vom Leben betrogen, ich habe meine Frau und alle Kinder in Berlin beim Luftangriff verloren, ich bin vorzeitig Rentner geworden, das Herz, wissen Sie, total kaputt ... ich habe immer im Dunklen gestanden, wie Brecht so schön sagt, man hat mich nie gesehen ... Nehmen Sie es mir nicht übel, Herr Professor, wenn ich mir jetzt ein Bröckchen Zufriedenheit hole von dem, der diesen Abfall vom reichen Tisch des Lebens gar nicht spürt. Auf Wiedersehen bis morgen, Herr Professor.«

Noch eine Verbeugung, devot und tief, dann war Peter Kallenbach gegangen.

Professor Karchow saß eine ganze Weile stumm und starr hinter seinem Tisch und sah vor sich hin ins Leere.

1946, dachte er, Kinderklinik ›Am blauen See‹. Eine Kommission aus Berlin. Vier Ärzte vom Gesundheitsamt.

Sie obduzierten die Körper der Kinder. Die schreckliche Wahrheit, die nur ein Zufall gebracht hatte. Ein Zufall, der Peter Kallenbach hieß. Eine Wahrheit, die damals fast eine medizinische Sensation gewesen war.

Doch wer glaubte ihm das alles, jetzt, nach fast zwanzig Jahren?

Es war hoffnungslos.

Professor Karchow griff zum Telefon und drückte auf den Knopf: Sekretariat.

»Fräulein Mayer«, sagte er langsam, aber betont, »rufen Sie bitte Herrn Allach an. Jawohl, Staatsanwalt Dr. Heinz Allach. Ich möchte ihn dringend sprechen. –«

Staatsanwalt Dr. Allach traf eine halbe Stunde nach dem Telefonat in der Klinik ›Bethlehem‹ ein. Er fand Professor Karchow in sehr erregtem Zustand vor, was er daran erkannte, daß Karchow wie versonnen in einem der Ledersessel hockte und vor sich hinstierte. Das war schon immer seine Art gewesen, die Rätsel aufgab. Dr. Allach kannte Karchow schon aus der Studikerzeit her, sie waren in der gleichen Verbindung, sie hatten zusammen auf dem Paukboden gestanden und versucht, sich die Schädel zu blessieren. Obwohl Allach zwei Köpfe größer als Karchow war, hatte er nie versucht, eine Terz oder Quart bei ihm anzubringen. So klein Karchow war, so wendig war er auch und vor allem von einer bewundernswerten ausdauernden Stärke. Oft hatte Allach seinen Freund erregt gesehen . . . aber dann tobte er nicht, sondern kroch in sich zusammen. Wenn Karchow laut wurde, war es weniger gefährlich . . . nur wußten das die wenigsten, am allerwenigsten die Assistenzärzte und Schwestern, die in der Klinik vor Karchow zitterten.

»Kopf hoch, alter Junge!« sagte Dr. Allach, als er eingetreten war und die Tür hinter sich geschlossen hatte. »Wo brennt's denn?«

Professor Karchow winkte zu einem der Sessel und sah seinen staatsanwaltlichen Freund aus melancholischen Augen an.

»Ich werde erpreßt, Heinz«, sagte er rauh.

Staatsanwalt Allach hob die Augenbrauen.

»Oho!« Einen Augenblick überflog er das bisherige Leben Karchows. Nirgendwo war ein Ansatz, wo ein Erpresser den Hebel ansetzen konnte, der Karchow aus Ruhe und Ansehen hob. Das Leben Karchows war klar und zielbewußt, er war glücklich verheiratet, ohne Skandale und Liebschaften (unter Freunden kennt man die Seitensprünge), er hatte drei guterzogene, erwachsene Kinder, er hatte sich nie politisch festgelegt. »Was gibt es denn bei dir schon zu erpressen?« sprach er seine Bedenken aus. »Das ist doch lächerlich –«

»Leider nicht –« Karchow zeigte wieder auf den Sessel. »Nimm Platz, Heinz.« Er hob den Kopf. Das Gesicht war fahlbleich. Dr. Allach erschrak ehrlich. »Willst du einen Kognak?«

»Danke. Vielleicht hinterher.« Allach setzte sich. »Nun verlier nicht deine berühmte Haltung, Hans! Erpressung! Wir lassen den Kerl einsperren! Du kennst den Lumpen?«

»Ja. Ein ehemaliger Krankenpfleger aus meiner Klinik.«

Dr. Allach schob die Unterlippe vor. Plötzlich sah er die Situation anders. In einer Klinik passiert vieles hinter verschlossenen Türen, bleibt manches Geheimnis einer kleinen Gruppe, wird einiges verschwiegen oder erlogen. Aus solchen Kleinigkeiten aber können Tragödien werden ... eine falsche Diagnose, die tödlich wurde, eine verkehrte Behandlung, die Komplikationen auslöste, ein Nichterkennen einer Krankheit, ein falsches Medikament ... es sind hunderterlei Dinge, die geschehen können, weil auch der berühmteste Arzt nur ein Mensch ist und daher nicht unfehlbar und allwissend. Aufgeblasen aber, sensationsumkleidet kann so eine Kleinigkeit den Ruf eines Mannes wie Karchow anknacken, vor allem, wenn ein Mann so sehr von den minder erfolgreichen Kollegen gehaßt wird wie Karchow. Es war bekannt, daß mindestens sieben Professoren auf den freien Stuhl Karchows warteten und sich ärgerten, daß der ›König von Bethlehem‹ sich einer so eisernen Gesundheit erfreute.

»Ist irgend etwas Außergewöhnliches passiert?« fragte Allach vorsichtig. Professor Karchow nickte schwer.

»Was heißt außergewöhnlich? Zwei Kinder starben –«

»Mein Gott! In einem Krankenhaus mit vierhundert Betten kommt so etwas ja vor.«

»Natürlich. Jeden Tag stirbt bei uns ein Kind. Oft weiß man das im voraus, schon bei der Einlieferung. Aber diesen beiden Fällen war es nicht anzusehen.«

Dr. Allach stand nun doch auf, ging zum Bücherschrank, holte die Kognakflasche aus dem Barfach und zwei Gläser. Karchow winkte ab.

»Ich nicht. Danke.«

Der Staatsanwalt goß sein Glas randvoll und sah in die goldgelbe Flüssigkeit. Zwei Todesfälle, die ungewöhnlich sind. Die Sache kann ernst werden.

»War ... waren es zwei Kunstfehler von dir?« fragte Allach stockend. Er hatte wirklich Hemmungen, seinen

Freund danach zu fragen. Karchow schüttelte wieder den Kopf.

»Kunstfehler, wie man so schön bei uns sagt, nicht ... es war Unwissenheit.«

»Aber Hans!« Allach setzte das Glas mit dem Kognak erschrocken ab. »Wie kannst du so etwas sagen?!«

»Weil es wahr ist.« Professor Karchow nahm die Goldbrille ab, putzte sie mit der Krawatte und setzte sie wieder auf. »Zweimal der gleiche Fall, in Abständen von drei Monaten. Einmal ein Junge, das andere Mal ein Mädchen. Soviel ich mich erinnere, neun und zwölf Jahre alt. Beide waren in einen Verkehrsunfall verwikkelt, beide hatten eine Milzruptur. –«

»Eine Bitte vorweg, Hans.« Dr. Allach hob die Hand. »Ich bin ein saudummer Staatsanwalt. Wenn du in deiner medizinischen Terminologie bleibst, verstehe ich kein Wort.«

Professor Karchow lächelte schwach. »Ich weiß, in Latein warst du immer eine Flasche. Also – beide Kinder hatten eine Zerreißung der Milz. Da hilft nur eines: eine Exstirpation – Verzeihung –, eine operative Entfernung der Milz. Es führt zu weit, dir jetzt zu erklären, daß die Milz ein ungeheuer wichtiges Körperorgan ist, das Lymphozyten erzeugt, den Zerfall der Erythrozyten regelt, kurzum: Die Milz ist für den Bluthaushalt fast unentbehrlich. Hier aber ging es nicht anders ... die Milz war zerrissen, sie mußte raus!«

»Das ist doch kein besonderer Fall, denke ich.«

»Natürlich nicht. Die Kinder überlebten den Eingriff blendend, nach fünf Tagen waren sie völlig fieberfrei, ab dem siebenten Tag bekamen sie normale Kost, sie waren fröhlich, die Eltern bedankten sich bei mir als den Lebensretter ihrer Kinder ... am achten Tag plötzlich, während der Visite sogar, wurden sie blaß, verloren in Sekundenschnelle das Bewußtsein, schlagartig setzte hohes Fieber ein, wir pumpten Penicillin in die kleinen Körper, soviel zu verantworten war ... es half nichts. In der Nacht starben sie. Beim erstenmal, bei dem Jungen, standen wir vor einem Rätsel. Ich holte Professor Darbeck von der Pathologie herüber und auch Professor Vennomann von der Chirurgie – obgleich Vennomann mich einmal sehr beleidigt hatte. Aber auch sie wußten keine Erklärung. Bei der Sektion des Jungen erkannten wir dann die Todesursache. Es war eine Mediastinitis, eine Infektion des Mittelfells. Und das war ein neues Rätsel! Bei dem kleinen Mädchen befiel mich sogleich die Angst in Erinnerung an den Jungen ... wir taten prophylaktisch alles, was nur zu tun ist ... und wieder das gleiche: Mittelfellinfektion und Exitus. Damals hielt ich ein Konsilium mit allen mir bekannten Klinikern ab, und es ergab sich, daß vereinzelt bei Milzexstirpationen solche Komplikationen eintraten. Das beruhigte mich etwas. Bis dieser Kallenbach zu mir kam –«

»Wer ist Kallenbach?«

»Der Krankenpfleger, der jetzt eine monatliche Rente von 200 Mark von mir haben will.« Professor Karchow nahm die Goldbrille wieder ab, putzte sie wieder mit der Krawatte und setzte sie auf. Die Erregung ließ die Gläser beschlagen, es war, als ziehe Dampf aus seinen Poren. »Er sagte mir etwas, was mich umwarf.«

»Ein Krankenpfleger – dir?« Staatsanwalt Dr. Allach lächelte mild. »Lieber Hans, mir scheint, hier wird eine Mücke wirklich zum Elefanten aufgeblasen.«

»Professor zu sein, ist nicht gleichbedeutend mit Allwissenheit.« Karchow starrte auf das Muster des großen Teppichs, der das ganze Zimmer auslegte. »Kallenbach hatte viel Nachtdienst. Was tut man in Nächten, in denen man nicht schlafen darf? Man liest! Auf jeden Fall tat es Kallenbach. Meine jungen Wachärzte halten sich mit anderen Mitteln wach. Bei diesen Lektüren war Kallenbach auf den Bericht vom Tode des SS-Obergruppenführers Heydrich gestoßen. Bekanntlich wurde am 25. Mai 1942 auf den damaligen Stellvertretenden Reichsprotektor in Prag ein Bombenattentat verübt, das ihm die Milz wegriß. Professor Hohlbaum exstirpierte die Milz, gab nach dem Eingriff Tetanus- und Gasödemserum, alles verlief glatt – wie bei uns! Und doch starb am achten Tag nach der Operation Heydrich – an einer Mediastinitis, wie unsere beiden Kinder! Also eine berühmte Parallele.«

»Na und?« fragte Dr. Allach verständnislos.

»Es kommt gleich.« Professor Karchow griff nach dem Glas seines Freundes und trank es leer. »Krankenpfleger Kallenbach kam mit dem Buch zu mir und zeigte mir die Stelle. Da steht in dem Bericht, daß Professor Hohlbaum nach der Operation eine Unterredung mit dem Prager Stadtphysikus Dr. Kindermann hat. Und dieser Dr. Kindermann berichtet, daß er in seinem Institut Versuche angestellt und beobachtet hat, daß Hunde und Katzen, denen man die Milz entfernte, Serumgaben nicht vertrugen und an einer – Mediastinitis eingingen!« Karchow sprang auf und trat unruhig an das Fenster. »Es war wie ein Blitzschlag, Heinz! Ich erinnerte mich plötzlich: Bis heute ist noch ungeklärt, ob man nach einer Milzentfernung Serum verabreichen darf. Mal geht es gut, mal ist der Verlauf infaust. Bei meinen zwei kleinen Patienten war es so ... und ich habe mir lange ausreden müssen, daß ich durch Unwissenheit zum Mörder der Kleinen geworden bin. Und nun kommt Kallenbach –«

»Blödsinn, Hans!« Dr. Allach sprang ebenfalls auf. »Niemand kann dir daraus einen Vorwurf machen. Wenn man bis heute nicht weiß, ob nach der Entfernung der Milz –«

»Was besagt das?« unterbrach Karchow. »Eben weil man es nicht weiß, hätte ich alle Eventualitäten ausschalten müssen ... wenn ich daran gedacht hätte. Aber das ist es ja. Ich habe nicht daran gedacht ... übrigens Darbeck und Vennomann auch nicht. Sie standen ja auch vor einem Rätsel.«

»Und dieser Kallenbach?«

»Für ihn ist dieses Wissen nun Kapital.« Professor Karchow wandte sich zu seinem Freund um. »Du als Staatsanwalt weißt ja, wie so etwas läuft. Informationen an die Presse ... und mit ein paar Schlagzeilen wirst du zermalmt und bis zur Unkenntlichkeit verstümmelt. Was nützen da Proteste und Gegendarstellungen? Die Masse des Volkes hat es aufgesogen wie Rauschgift, sie will dieses Opfer haben. Karchow an die Wand! Steinigt ihn! Er hat zwei Kinder umgebracht! Man wird so lange trommeln, bis ich am Ende bin.« Er hob mit einer fast kindlichen Hilflosigkeit die Arme. »Was soll ich machen, Heinz? Ich hatte, bevor du kamst, eine halbe Stunde Zeit, darüber nachzudenken. Es steht mehr auf dem Spiel als meine Stellung als Chef von ›Bethlehem‹. Ich habe eine Familie, ich habe eine Frau aus adeligem Hause, ich habe eine gesellschaftliche Stellung – ein Skandal fegt alles weg und schadet völlig Unschuldigen.«

»Und wie denkst du dir die Lösung?«

»Ich werde diesem Kallenbach seine 200 DM monatlich zahlen.«

»Unmöglich!«

»200 DM merke ich nicht. Insoweit hat Kallenbach recht. Wenn man sich mit 200 DM seinen ruhigen Lebensabend erkaufen kann –«

»Hans! Was ist aus dir geworden?« Dr. Allach ging zum Schreibtisch und legte die Hand auf das Telefon. »Ganz davon abgesehen, daß es untragbar ist, dich in den Händen eines Erpressers zu lassen, der dann beliebig seine Forderungen steigern kann, ist es für mich als Staatsbeamten unmöglich, ein solches Subjekt noch länger in Freiheit zu sehen. Ich werde diesen Kallenbach verhaften lassen.«

»Und dann?«

»Dann wird ihm der Prozeß gemacht.«

»Und im Prozeß redet er, und die Presse erfährt es doch.«

Dr. Allach nahm die Hand vom Telefon. Die Situation war nicht so einfach, das erkannte er völlig. Aber ebenso sicher war es, daß er als Vertreter des Staates eingreifen mußte, wenn eine strafbare Handlung bekannt wurde. »Wo wohnt dieser Kallenbach?« fragte er.

»Ich weiß es nicht. Er will wiederkommen. Um 15 Uhr.« Karchow strich sich nervös über den kahlen Schädel, als sprössen noch die blonden Haare, mit deren Locken er als Student die meisten Erfolge bei Haustöchtern hatte.

»Ich werde auch hier sein.«

»Und Kallenbach verhaften?«

»So sicher wie das Amen in der Kirche.«

»Und der Prozeß?«

»Es wird keinen geben. Wenn dieser Kallenbach, wie er sagt, das Geld will, um ruhig zu leben, so wird er es sich überlegen, ob er sein ruhiges Leben hinter Gittern verbringen will.«

Karchow nickte. »Du mußt es wissen, Heinz. Ich hatte geglaubt, du würdest mir zustimmen, wenn ich Kallenbach das Geld zahle –«

»Nie!« Dr. Allach lächelte sarkastisch. »Ich bin Beamter, Hans. Bei uns geht man eine gerade Straße, auch wenn sie an einer Mauer endet und man sich den Kopf einrennt. Aber sie ist gerade – das allein ist wichtig.«

Am nächsten Tag wurde Peter Kallenbach von Kriminalkommissar Gutenberg im Beisein des Staatsanwaltes Dr. Allach verhaftet. Professor Karchows Mitwirkung erschöpfte sich in dem lapidaren Satz:

»Mein lieber Kallenbach ... ich kann nicht anders. Es geht nicht um die 200 DM –«

»Ich weiß, Herr Professor.« Kallenbachs altes, verfallenes Gesicht schien über Nacht noch mehr Runzeln bekommen zu haben. »Es geht allein um das Recht! Und das wollen wir jetzt durchexerzieren, jawoll! Ich lasse mich nicht mundtot machen! Damals, in der Klinik, da haben Sie mich vor allen anderen angeschrien, weil ich ein Klistier zu kalt gegeben hatte. ›Sie wollen wohl den Patienten verstümmeln?‹ haben Sie gebrüllt. ›Was haben Sie sich eigentlich dabei gedacht, Kallenbach? Einen Darm reizt man zärtlich wie eine Jungfrau, aber Sie gehen ran wie ein Marokkaner nach zwei Flaschen Wein!‹ Von da an hieß ich in der Klinik nur noch der ›Darmreizer‹. Immer habe ich es gehört: Da kommt der Darmreizer! Jede junge Schwester wurde darauf hingewiesen. Der da, sehen Sie den, das ist unser Darmreizer. Ich wurde zu einer Spottfigur ... jahrelang, bis zu meiner Pensionierung. Glauben Sie, das vergißt man, Herr Professor? Aber mit 'nem kleinen Mann kann man ja so etwas machen. Doch jetzt geht es anders rum! Jetzt werden die Großen gekniffen!«

Nach dieser Rede ließ er sich willig abführen, als habe er sich völlig ausgepumpt.

Dr. Allach blieb zurück. Prof. Karchow stand am Fenster, trommelte an die Scheiben und bebte vor Erregung.

»Da haben wir das Motiv«, sagte Dr. Allach leise. »Gekränktes Ehrgefühl, aufgespeichert über Jahre hinweg, bis es aufbricht wie ein Vulkan. – Stimmt das mit dem Klistier?«

»Mag sein. Mein Gott, soll ich jedes Gespräch mit meinen Pflegern und Schwestern notieren?«

»Wußtest du, daß man Kallenbach diesen Spottnamen gegeben hat?«

»Natürlich nicht. Ich kenne ja meine eigenen nicht mal.«

»Hans im Dynamit –«

»Wie bitte?«

»Einer von ihnen.«

»Und saudumm dazu! Meine Ärzte haben keinen Humor mehr. Es ist zum Weinen.« Karchow trat vom Fenster weg. »Wir hatten damals als junge Schlipse andere Namen für unsere Chefs. Einer, Professor Lohrbeck, hieß zum Beispiel ›Prostata-Akrobat‹. Jeder kannte seine Hypertrophie, aber er behandelte sich nicht. Ist auch später daran gestorben.« Karchow sah durch das Fenster, wie man unten den Krankenpfleger Kallenbach in den grünen Polizeiwagen schob, als sei er ein Raubmörder. »Ich hätte ihm doch 200 DM geben sollen –«, sagte er leise. »Schon wegen seiner jahrelangen seelischen Qual ... es wäre ein gerechtes Schmerzensgeld gewesen, Herr Staatsanwalt. Aber nun ist es zu spät.«

»Ja.« Dr. Allach nickte. »Nun ist es zu spät. Das Räderwerk der Justiz hat ihn aufgenommen, er wird verschrottet –«

Zwei Tage später kam über die Klinik ›Bethlehem‹ das seltene Glück, von dem jeder Chefarzt träumt ... einesteils im Guten, weil es Ruhm und unbezahlbare Publicity bringt, andernteils mit Schrecken, denn die Probleme, die sich auftun, wollen auch gemeistert werden.

Von der Frauenklinik rief Prof. Stumpfner an. Was er sagte, war so elektrisierend, daß Karchow einen roten Kopf bekam.

»Mein lieber Hans«, berichtete Stumpfner, »bei mir sind soeben Vierlinge geboren worden! Jawohl, alle gesund, soweit man das bei Vierlingen sagen kann. Hast du Platz in deinen Brutkästen?«

»Für deine Vierlinge immer!« rief Karchow fröhlich zurück. »Ich schicke sofort einen Spezialwagen rüber und hole sie ab.«

»Da ist aber noch was, Hans.« Professor Stumpfner machte eine Kunstpause. »Zwei von den Kleinen sind Siamesen.«

»Blödsinn!« Karchow lachte. »Entweder sind alle vier aus Siam oder gar keins. Zweimal verschiedene gibt's nicht.«

»Hänschen, medizinisch Siamesen. Zwei der Kleinen sind am Kopf zusammengewachsen –«

Das war es, was Karchow elektrisierte. Er sprang auf und drückte gleichzeitig auf zwei Knöpfe neben dem Telefon. Oberärzte zu mir, hieß das. Es schellte bei Dr. Julius und bei Dr. Heimbach.

»Ist das auch sicher?« rief Karchow ins Telefon. »Bernhard, ich warne dich! Ich habe soeben Alarm gegeben. Am Kopf zusammengewachsen?«

»Ja. Die anatomische Beschaffenheit im Inneren der Köpfe interessiert uns im Augenblick gar nicht, das heben wir uns für später auf. Es geht darum, die vier am Leben zu erhalten.«

»Her damit! Ich habe einige Inkubatoren frei! In zwanzig Minuten ist der Wagen bei dir. Grüß dich, Bernhard.«

»Mach's gut, Hans!«

Karchow legte auf. Im gleichen Augenblick klopfte es. Die Oberärzte Julius und Heimbach traten ein. Sie sahen ihren Chef in freudigster Stimmung und schalteten innerlich um. Sie waren nach dem Alarm zum Chefzimmer gelaufen in der festen Gewißheit, einen Anraunzer zu bekommen. Nun sahen sie den Alten mit glänzenden Augen hinter dem Schreibtisch, und als er ihnen zuwinkte, waren die letzten Zweifel geschwunden.

»Meine Herren«, sagte Karchow fast feierlich. »Wir bekommen Vierlinge zur Aufzucht! Aber das ist nicht alles ... zwei von den Vierlingen sind am Kopf zusammengewachsen. Diese Möglichkeit ergibt sich etwa jedes zweimillionste Mal ... daß die Kinder lebensfähig bleiben, ist überhaupt nicht errechnet!« Karchow reckte seine kleine, dickliche Gestalt wei Napoleon vor der Ansprache an seine Generale. »Meine Herren! Es wird der Ehrgeiz unserer Klinik sein, nicht nur die vier durchzubringen, sondern auch die siamesischen Zwillinge später zu trennen, und zwar mit Erfolg.«

Die beiden Oberärzte nickten stumm. Ihre Gedanken waren die gleichen: Der Alte freut sich wie eine alte Jungfer, die noch einen Mann gekriegt hat ... wir aber werden die Hauptarbeit haben. Ihre Sorge war berechtigt, denn Karchow sprach weiter.

»Herr Julius, Sie fahren mit dem Notdienstwagen zu Prof. Stumpfner in die Frauenklinik und holen die Kleinen ab. Herr Heimbach, Sie bereiten die Inkubatoren vor und lassen für die Vierlinge ein Zimmer räumen. Möglichst isoliert liegend, damit die Presse nicht das Zimmer stürmen kann. Wie ich Stumpfner kenne, hat er bereits ein Kommuniquè herausgegeben. Und sagen Sie Wollenreiter, daß er alles abfangen soll, was nach den Vierlingen fragt. Ich werde morgen selbst das Nötige in die Presse geben –«

Station I wurde von einer hektischen Betriebsamkeit überflutet, ohne daß die große Klinik auf den anderen Stationen etwas merkte. Nur Dr. Sandru Petschawar wurde von Professor Karchow attackiert, als dieser selbst die Bereitstellung der Inkubatoren überprüfte.

»Sagen Sie mal«, sagte Karchow leichthin, »bei Ihnen sind doch Mehrgeburten nicht selten.«

»Nein, Herr Professor.«

»Aber sie sterben meistens, nicht wahr? Passen Sie darum gut auf, wie man das bei uns macht, im rückständigen medizinischen Germany. Wir haben zwar keine Krankenhauspaläste, wo man den Patienten auf den Klosetts den Hintern mit Heißluft trocknet, aber wir haben Hygiene und Sauberkeit und vor allem physiologische Lebensbedingungen – «

Dr. Sandru schwieg. Er biß sich auf die Unterlippe, beugte sich über einen der Inkubatoren und stellte den CO_2-Gehalt der temperierten Luft in dem Glasgefäß ein, in dem die Säuglinge sich weiterentwickeln sollten.

Befriedigt verließ Karchow das Sonderzimmer. Man kann es ihnen nie zu oft sagen, dachte er, wie große Idioten sie sind. Selbstbewußt werden sie später schnell genug. Wir alle haben auf unsere Chefs geschimpft ... und wie sind wir selbst geworden? Das muß einfach so sein, so wie man das Zäpfchen in den Anus schiebt und nicht als Pastille lutscht.

Als der Notdienstwagen von der Frauenklinik zurückkam, stand Karchow im Untersuchungszimmer schon bereit, als warte er auf Stichwort und Auftritt.

Vorsichtig wurden die beiden mitgeschickten Inkubatoren auf weichen, erschütterungsfreien, dicken Gummirädern durch die Halle gefahren. Man hörte Dr. Wollenreiter schimpfen, weil die Schwestern aus den Zimmern rannten, um einen Blick auf die an den Köpfen zusammengewachsenen siamesischen Zwillinge zu werfen. Oberarzt Dr. Heimbach und Dr. Sandru standen neben den Inkubatoren wie eine Ehrenwache. Professor Stumpfner hatte seinen Oberarzt mitgeschickt, ein Beweis, welche Größe er diesem

Transport beimaß. Karchow begrüßte den Oberarzt mit kollegialer Würde und Zurückhaltung.

»Professor Stumpfner läßt Sie grüßen, Herr Professor«, sagte der Oberarzt artig. »Die Mutter macht sich große Sorgen, und so bin ich mitgefahren, um ihr zu berichten, daß hier alles getan wird, was möglich ist.«

»Mehr noch, mein Bester! Wir tun fast Unmögliches!«

Der Oberarzt lächelte mokant. »Außerdem ist der Vater noch nicht verständigt. Er hat eine Nacht gewacht und ist dann nach Hause gegangen. Wir haben ihn angerufen. Er wird zu Ihnen kommen.«

»Was soll ich hier mit dem Vater?« Karchow strich sich über die Glatze. »Natürlich, Erzeuger haben das Recht, ihre Produkte anzusehen, aber im Augenblick sind sie noch im unreifen Zustand. Wollenreiter! Wo stecken Sie? Lassen Sie die Schwestern in Ruhe, Wollenreiter!«

Dr. Wollenreiter rannte in das Zimmer. »Die Kinder kommen«, rief er, ohne abzuwarten, was Karchow wollte.

»Natürlich kommen sie, Sie Witzbold! Wollenreiter! Sie beziehen Wache! Der Vater kommt auch gleich! Wimmeln Sie ihn ab! Oder nein, melden Sie ihn mir. Man muß ihn darauf vorbereiten, daß er Vater einer Sensationsnummer geworden ist!« Dr. Julius kam mit der ersten gläsernen Maschine ins Zimmer. »Vorsicht!« schrie Karchow. »Jungs, habt ihr gar kein Gefühl?! So etwas will Kinderarzt sein! Man sollte euch erst mit rohen Eiern jonglieren lassen, ehe man euch auf die Kinder losläßt!«

Das war wieder ein typischer Karchow-Ausspruch, den der Oberarzt der Frauenklinik mitnahm und der bald die Runde machen würde. Und dann beugte sich Karchow über den Brutkasten und sah auf die in Watte gepackten, runzeligen, faltigen Wesen, die kleine Menschen waren, die atmeten, sich bewegten, die großen Münder aufrissen. Ein Anblick, den Karchow schon tausendmal gesehen hatte und der ihn immer wieder zu dem Gedanken reizte: Soviel wir von dem Leben wissen ... ein Wunder bleibt's doch! Hier aber war es etwas Besonderes ... Vierlinge, zwei von ihnen tatsächlich an den Schädeldecken zusammengewachsen, als habe jemand versäumt, sie rechtzeitig einzukerben und zu selbständigen Lebewesen zu machen.

Karchow spürte den stummen Blick seines I. Oberarztes und schüttelte den Kopf.

»Nein, Julius, die bringen wir durch. Und wenn Sie noch so ungläubig gucken ... ich weiß, welches Kukkucksei mir da der Kollege Stumpfner ins Nest gelegt hat. Aber wir brüten es aus, Julius. Das läßt unsere Ehre gar nicht anders zu. Wir machen aus diesen Zwergen kräftige Menschen.«

Die Glastüren schlossen sich. Die Schwestern gingen zurück auf die Stationen. Nur Dr. Wollenreiter blieb in der Aufnahme zurück, getreu des Auftrages, den Vater abzufangen. Er hatte sich einige Informationen vom Oberarzt der Frauenklinik geben lassen. Vater: Philipp Lehmmacher. 40 Jahre. Beruf: Gartengestalter.

O Himmel, dachte Wollenreiter und grinste. Was man mit Spaten und Kunstdünger alles machen kann –

Professor Karchow untersuchte noch die Vierlinge mit der Behutsamkeit, die man dünnstem Glas angedeihen läßt und stellte fest, daß der Kreislauf aller vier Kinder sehr gestört war, als ein Mann in die Halle der Klinik ›Bethlehem‹ stürmte, mit flatterndem Schlips, übermüden Augen und ungekämmten Haaren. Dr. Wollenreiter trat aus dem Glaskasten des Portiers und hob abwehrend beide Arme, als der Mann auf ihn zuschoß wie ein Kampfstier.

»Herr Lehmmacher?« fragte Wollenreiter.

»Ja!« brüllte Philipp Lehmmacher. »Wo ist mein Kind? Warum ist es hier und nicht bei meiner Frau? Ist es krank? Sagen Sie es mir! Man ruft mich an, ich solle hierher kommen! Stimmt etwas mit dem Rhesusfaktor nicht? Ist es blau?«

Dr. Wollenreiter seufzte, schob einen Stuhl heran und zeigte darauf. Lehmmacher schüttelte wild den Kopf.

»Sitzen? Ich? Jetzt? Um Himmels willen, nein! Wie kann ich das? Darf ich mein Kind sehen?«

»Es ist doch besser, wenn Sie sitzen – «, sagte Wollenreiter trocken. »Zumindest stellen Sie sich an den Stuhl, damit Sie's nicht weit haben – «

»Ist . . . ist es tot, Herr Doktor?« Schweiß rann Philipp Lehmmacher über das Gesicht. Mit seinen rissigen, verarbeiteten Händen wischte er sich die Haare von den Augen weg. »War . . . war es nicht lebensfähig?«

Dr. Wollenreiter seufzte tief. »Sie leben – «, sagte er laut. Philipp Lehmmacher tastete nach der Stuhllehne.

»Wieso – sie?« stammelte er. »Es sind Zwillinge –?«

»Nein, mein Bester.« Dr. Wollenreiter klopfte ihm auf die Schultern. »Sie haben eine gärtnerische Glanztat vollbracht.«

»Dri – Drillinge – «, hauchte Lehmmacher. Sein Gesicht wurde leichenblaß. Er schwankte. Die Augen begannen zu flattern. Dr. Wollenreiter sah ihm interessiert zu. Jetzt kollabiert er, dachte er. Interessant zu sehen, wie es einen Vater umhaut, wenn er erfährt, daß er statt eins vier Kinder hat. Überhaupt dieser Philipp Lehmmacher. Ein unscheinbarer, schmaler Mann, nichtssagend und übersehbar. Aber so ist es immer: Die Kleinsten sind die Fleißigsten. Schon beim Militär war es so . . . beim Gepäckmarsch gingen die Bullen ins Gras, aber die Kleinen marschierten einen weg, daß die Muskeln brannten.

»Mein bester Herr Lehmmacher«, sagte Dr. Wollenreiter mit Genuß, »ich gratuliere Ihnen zu der seltenen Geburt von Vierlingen –«

Philipp Lehmmacher riß den Mund auf, aber kein Ton kam heraus. Er sank auf den Stuhl, starrte den Arzt an, pendelte mit dem Kopf wie ein Watschenmann, dem man eine geschmiert hat, sein fahles Gesicht wurde rot und dann wieder weiß ... dann lehnte er den Kopf gegen die Hüfte Dr. Wollenreiters und stammelte: »Haben ... haben Sie einen Schnaps, Herr Doktor ...?«

»Natürlich! Kommen Sie!« Wollenreiter faßte Lehmmacher unter, zog ihn vom Stuhl und schleifte ihn mehr als daß er ihn stützte hinüber in sein Zimmer. Dort ließ er ihn aufs Bett fallen und holte eine Flasche Klaren.

Von den siamesischen Zwillingen, das soll ihm der Alte beibringen, dachte er dabei. Im Augenblick hat er mit der Zahl Vier genug.

»Vierlinge –«, stöhnte Lehmmacher und starrte ins Leere. »Wie ist das denn möglich? Meine arme Erna –«

»Die hat's überstanden, Herr Lehmmacher. Arbeit gibt's jetzt für Sie.«

»Vier Stück auf einmal! Können Sie sich das erklären?«

»Schlecht.« Wollenreiter goß ein großes Glas Schnaps ein. »Vielleicht haben Sie bei Ihrer Arbeit als Gärtner zuviel Gase von Kunstdünger eingeatmet –«

Philipp Lehmmacher lehnte sich zurück. Ein fades Lächeln zog über seine Lippen. »Ach Sie, Herr Doktor –«

»Sehen Sie, Sie können schon wieder lachen! Und nun ein Prost auf die vier! Präparieren Sie sich darauf, Herr Lehmmacher ... ab morgen sind Sie ein berühmter Mann! Mindestens eine Illustrierte wird Ihnen die Story abkaufen. ›Mein Weg zum Vierlingsvater.‹ Oder:

›Wir sind vier, Mutti!‹ Aber passen Sie auf, die Serienredakteure in den Illustrierten sind ganz ausgekochte Jungs. Verkaufen Sie Ihre Story nicht zu billig!«

Philipp Lehmmacher trank mit einem gewagten Schluck das ganze Glas aus. Er hustete heftig, warf die Arme empor und lief blau an.

»Himmel! Was ist denn das? Wie heißt der Schnaps?« schnaufte er. Wollenreiter lächelte still.

»Wollreiterlein! Ich braue ihn mir selbst aus dem reinen Alkohol des Labors –« Er hielt die Flasche hoch. »Noch einen?!«

»Um Himmels willen, nein! Meine vier Kinder sollen doch keine Waisen werden –«

Über die Sensation, die über die Kinderklinik ›Bethlehem‹ hereingebrochen war, vergaß man ganz das arme Findelkind. Nur Schwester Angela kümmerte sich darum, als sei sie die Mutter. Seit Tagen lag sie Dr. Wollenreiter und Oberarzt Dr. Julius in den Ohren, beim Chef durchzusetzen, daß das Kind getauft würde. »Jetzt ist's noch ein Heide!« jammerte Schwester Angela. »Wenn ihm etwas passieren sollte – O Gott, gerade dieses arme Wurm hat das Himmelreich verdient –«

Am Morgen des nächsten Tages hatte Prof. Karchow einen Presseempfang gegeben. Vater Philipp Lehmmacher wurde geknipst, aber an die Kinder ließ Karchow keinen heran.

»Erstens, meine Herren, ist der Anblick noch nicht ästhetisch genug, zweitens könnten Sie Bakterien einschleppen, und drittens möchte ich jede Sensation vermeiden.«

Das war sehr klug gesprochen, vor allem der letzte Teil des Satzes. Die Journalisten grinsten und wußten, was sie schreiben würden. Wie Dr. Wollenreiter vorausgesagt hatte, bekam Philipp Lehmmacher das erste Angebot einer Illustrierten. Exklusivbilder der Vierlinge und der siamesischen Zwillinge. Serienchef Gehmann war selbst gekommen, um diesen Knüller einzukaufen. Beredt schilderte er Vater Lehmmacher die Chance, Millionen in aller Welt bekannt zu werden als der Erzeuger einer lebenden Sensation. Auch auf seinen gärtnerischen Beruf würde sich das auswirken. Vater Lehmmacher zögerte und sah Dr. Wollenreiter an. Der schüttelte den Kopf.

»Ich überlege es mir«, sagte Lehmmacher schlau. »Vielleicht bieten andere Illustrierte mehr . . .«

Nach der Pressekonferenz lud deshalb Redakteur Gehmann den Vierlingsvater Lehmmacher zu einem Essen ein, erzählte Witze, machte Franz Josef Strauß nach und schimpfte über Seebohm. So einigte man sich auf eine Option, und Lehmmacher bekam so viel Vorschuß, daß er sich einen neuen Anzug kaufen konnte und noch drei Babyausstattungen dazu.

Dr. Wollenreiter stand zu dieser Zeit neben Dr. Julius und Schwester Angela in der Klinikkapelle und war Pate bei der Taufe des Findelkindes.

»Was muß ich denn alles in diesem Stall machen?« hatte er geschrien, als erst Schwester Angela und dann Dr. Julius zu ihm kamen und ihm sagten: »Sie müssen Pate sein!«

»Sie haben die Kleine gefunden«, sagte Schwester Angela mit milder Stimme. »Sie haben sie ins Leben getragen.«

Wollenreiter seufzte und übernahm die Patenschaft.

»Nennen wir es Maria, Herr Pfarrer«, schlug Schwester Angela vor, als sie vor dem Priester standen. Sie trug das Kleine auf den Armen, es war eingehüllt in ein weißes Moltontuch, und über dem Köpfchen lag ein Taschentuch mit Spitzenkante. »Maria brachte ihr Kind in einem Stall zur Welt, in Bethlehem . . . Was könnte besser zu der Kleinen passen?«

»Und als Nachname?«

»Prof. Karchow hat den Namen Ignotus vorgeschlagen. Zu deutsch: Unbekannt.«

»Maria Ignotus – ein schöner Name«, sagte Wollenreiter nachdenklich. »Wir sollten dabei bleiben, Herr Pfarrer.«

Der Priester nickte.

». . . und so taufe ich dich, du Wesen Gottes, das niemand haben wollte und das man wegwarf wie ein Stück Papier, auf den Namen Maria Ignotus. Möge Gott immer an deiner Seite stehen und die Hand über dein Haupt halten. Amen –«

Schwester Angela weinte, als sie die kleine Maria über das Taufbecken hielt und der Pfarrer sie mit dem Taufwasser benetzte und sie segnete. Selbst dem harten Wollenreiter war es merkwürdig zumute – er biß die Lippen zusammen, nahm das Kind dann in seine Arme und trat ebenfalls zum Taufbecken.

Die kleine Maria Ignotus weinte leise . . . dann hustete sie, hohl und heiser, als sei ihr winziger Brustkorb eine große, leere Halle. Wollenreiter runzelte die Stirn. Er sah Schwester Angela an, und diese hob die Schultern.

»Sie hustet zum erstenmal«, sagte sie leise.

»Aber wie!« Wollenreiter gab das Kind an Dr. Julius weiter – dann war die Taufe beendet. Ohne Ehrfurcht vor dem geweihten Ort legten sie Maria Ignotus auf den Altar, wickelten sie aus und hörten sie mit den Membranstethoskopen ab. Der Befund war klar. »Eine Sauerei!« rief Dr. Wollenreiter und wickelte Maria Ignotus wieder in die Tücher. »Eine beginnende Pneumonie! Aber ich sage ja immer . . . morgens ist der Teufel los. Da kommen die Putzgeschwader, reißen die Fenster auf, und ohne Rücksicht auf die Kinder wird gelüftet und gebohnert!« Er nahm das Kind auf, drückte es an sich, und mit sprachlosem Staunen sah Schwester Angela, wie Dr. Wollenreiter sich niederbeugte und der Kleinen einen zärtlichen Kuß auf das im Weinen schiefgezogene Mündchen gab. »Aber das sage ich!« rief Dr. Wollenreiter nach diesem Ausflug in selbst für ihn rätselhafter Zärtlichkeit. »Wenn ich morgen früh auf die Stationen komme und Staubtuchwedler haben die Fenster offen . . . ich schmeiß sie hinaus! Nicht zur Tür – aus dem Fenster!«

Er deckte das Taschentuch mit der Spitzenkante (eine Erinnerung Schwester Angelas an ihr Elternhaus) wieder über das Köpfchen Marias, schlug ein Moltontuchende über das Gesicht und ging aus der Kapelle . . . wie ein Vater, der sein getauftes Kind wegträgt und mit seinem Leib vor allen Unbillen schützen will.

Dr. Julius und Schwester Angela und auch der Pfarrer sahen ihm verblüfft nach.

»Verstehen Sie das, Herr Oberarzt?« fragte Schwester Angela stockend. »Der Dr. Wollenreiter –«

»Er ist wie närrisch auf das Kind«, stellte Dr. Julius fest.

»Wollenreiter ist ein grober Klotz«, sagte der Pfarrer und legte seine Stola ab. »Aber das scheint nur so, in Wahrheit hat er ein samtweiches Gemüt. Er will es nur nicht selbst wissen, er wehrt sich dagegen, und deshalb ist er so.«

Vor der Kapelle, auf der Diele, stand Nachtwächter Hubert Bramcke. Er trat Wollenreiter entgegen, als dieser mit dem Kind aus der Kapelle kam.

»Wie heißt es?« fragte Bramcke heiser.

»Maria! Warum? Was wollen Sie eigentlich hier? Ihr Dienst beginnt doch erst um 20 Uhr!«

»Ich habe erfahren, daß das Kind heute getauft werden soll. Und da dachte ich –« Nachtwächter Bramcke kratzte sich den Kopf und sah das Bündel in Wollenreiters Armen. »Ich habe mit meiner Ollen gesprochen. Und sie war sofort bereit dazu – so kenn ich se gar nicht.«

»Wozu war sie bereit?« Wollenreiter wollte an Bramcke vorbei. »Mann, erzählen Sie mir doch jetzt nicht Ihre Bettgeschichten!«

»Ich will die kleine Maria adoptieren!« brüllte Bramcke. Brüllen ist die einzige Möglichkeit bei diesem Flegel von Arzt, dachte er. Und ich nehme die Kleine auch zu mir. Genau haben wir uns alles überlegt. Wir sind zwar nicht reich, aber auch nicht arm. Wir können sie später auf die höhere Schule schicken, ja, und sogar studieren kann sie. Ich schließe sofort eine Ausbildungsversicherung für Maria ab. Sie soll einmal im Leben alles haben, gerade weil man sie aus dem Leben wegstoßen wollte. Wir, die Bramckes, werden für sie sorgen, solange wir kriechen können. Auf keinen Fall kommt sie in ein Waisenhaus. Nie und nimmer.

Dr. Wollenreiter blieb stehen und starrte den Nachtwächter Bramcke an.

»Adoptieren?« fragte er gedehnt. »Sie?«

»Werden Sie nicht beleidigend, Herr Doktor!« brummte Bramcke.

»Wie alt sind Sie?«

»Sechzig, Herr Doktor. Warum?«

»Warum! In zehn Jahren sind Sie siebzig –«

»Rechnen kann ich alleine –«

»Sie können in Ihrem Alter doch keinen Säugling mehr großziehen. Begreifen Sie das doch, Bramcke. Kein Jugendamt wird dem zustimmen.«

»Ins Waisenhaus kommt Maria nicht!« brüllte Bramcke und ballte die Fäuste. »Ich geh' an die Öffentlichkeit, wenn Maria in ein Heim kommt.«

»Was wollen Sie dann mit einem zehnjährigen Kind? Und noch weiter – wenn Maria aufs Gymnasium kommt, sind Sie ein seniler, tatteriger Greis, vor allem, wenn Sie so wie bisher weitersaufen –«

»Herr Doktor –!« schrie Bramcke. »Ich trinke keinen Tropfen mehr! Ab sofort!«

»Wer sagt denn das? Wer will sie denn wegtun?«

»Wo soll sie denn bleiben? Kennen Sie jemanden, der ein Findelkind adoptieren will?«

»Warten wir es ab, Bramcke.« Dr. Wollenreiter drückte das zappelnde Bündel an sich.

Und auch Nachtwächter Bramcke starrte Dr. Wollenreiter sprachlos nach, als dieser mit Maria Ignotus zum Fahrstuhl rannte, als wolle er das Kind noch in dieser Minute entführen.

Das Leben von Julia Bergmann und ihrem Vater, Steuerhelfer Ernst Bergmann, ging ungetrübt weiter. Tagsüber arbeiteten beide in ihren Firmen ... Vater vor den frisierten Bilanzen der Steuerkunden, Julia als Serviererin im Café Bornmeyer ... abends saßen sie wie immer zusammen, sahen fern, aber nur nützliche Dinge wie Tagesschau und Wetterkarte (nach der sich Ernst Bergmann seine Garderobe für den nächsten Tag aussuchte, was oft zu Fehldispositionen führte, die Bergmann aber hinnahm, weil der Irrtum nicht freien Forschern, sondern Beamten passierte, und ein echter Preuße schimpft auf keinen Beamten!), manchmal sahen sie auch eine Oper oder ein Schauspiel, machten ein Quiz mit, bei dem Ernst Bergmann durch Wissen glänzte und sich von seiner Tochter bewundern ließ, nur die Revuen schaltete er aus und einige derbe Volksschwänke. »Man muß immer auf die Kultur bedacht sein, mein Kind«, sagte er dann. »Ordinäres gibt es im täglichen Leben genug ... da braucht man keine Bildröhre.«

Zufrieden war Ernst Bergmann vor allem, daß das

Verhältnis mit dem ›Heringsfahrer‹ Franz Höllerer abgeflaut war. Julia sprach nie mehr davon, daß sie heiraten wollten. Höllerer hatte auch nicht mehr die Frechheit, noch einmal vorzusprechen, und wenn sich die beiden sahen, so war es reiner Zufall, denn die Wagen der Spedition Diederichs & Co. fuhren ja kreuz und quer durch die Stadt.

Im Gegenteil – Bergmann hatte einen standesgemäßen Freier für Julia ins Auge gefaßt. Er hieß Dr. Wülferich, war Referendar bei der Stadtverwaltung, im Augenblick Abteilung Steueramt, stammte aus einer angesehenen Anwaltsfamilie und hatte zweimal zu Bergmann gesagt: »Sagen Sie mal, Herr Bergmann, war das entzückende Mädchen, das Sie abholte, Ihre Tochter? Gratuliere! Das Mädel ist ja bildhübsch!«

Bergmann nahm dieses Interesse als Beweis einer erwachenden Zuneigung und spielte mit dem Gedanken, dem Schicksal behilflich zu sein und Dr. Wülferich mit Julia irgendwie zusammenzubringen. Der Umgang mit einem Akademiker, so folgerte Bergmann logisch, würde Julia die letzten Gedanken an den ›Heringsfahrer‹ austreiben. Bildung und Kultur sind eben doch stärker.

Was sich in Wahrheit abspielte, davon sah und hörte Ernst Bergmann nichts, er konnte es nicht einmal ahnen.

Tagelang warteten Julia und Franz auf die Pressemeldungen, daß vor der Kinderklinik ›Bethlehem‹ ein Kind aufgefunden sei. Ein armes, unbekanntes, erst vier Tage altes, ausgesetztes Kind. Vielleicht sogar ein Bild dazu: Wer kennt diesen Säugling? Wer hat beobachtet, wo ein Säugling plötzlich verschwunden ist?

Aber nichts geschah. Franz Höllerer traf Julia weinend auf der Bank im Stadtpark – ihrem Treffpunkt – an. Sie war verzweifelt und konnte kaum noch sprechen.

»Es ist tot«, schluchzte sie. »Ich fühle es. Darum bringen sie auch nichts in der Zeitung. Es ist erfroren. Und ich habe es so warm eingewickelt ... Ich habe es getötet, Franz. Ich spüre es. Eine Mutter spürt das, glaube es mir. Es lebt nicht mehr. O Gott! Was soll ich tun?! Ich kann nicht weiterleben unter diesem Druck. Ich geh' zur Polizei und erzähle alles –«

»Und was dann?« Franz Höllerer trocknete ihr die Tränen vom Gesicht und umarmte sie. »Was hast du dabei gewonnen? Dann ist alles aus. Und zwar endgültig.«

»Aber ich habe meine Ruhe.«

»Im Gefängnis sitzt du. Dein ganzes Leben ist ruiniert. Verdammt noch mal, und alles nur, weil dein Vater so ein Tyrann ist. So ein von vorgestern Übriggebliebener! Ihn hätte man aussetzen sollen.«

»Nenn das Wort nicht mehr!« schrie Julia auf.

Franz Höllerer wußte nicht mehr weiter. Er saß neben Julia, starrte auf die herbstbunten Bäume und auf das Laub, das der Wind vor sich hertrieb. Wir hätten das alles nicht tun dürfen, dachte er. Aber wir sind in eine Panik gekommen und haben einfach den Kopf verloren. Nun ist nichts mehr rückgängig zu machen. Ob das Kind lebt oder nicht ... wir müssen weiterleben, wir müssen einen neuen Weg suchen, wir müssen – wie, das wissen wir noch nicht – den sturen Tyrannen Ernst Bergmann davon überzeugen, daß wir zueinandergehören. Nur das allein kann unser Ziel sein.

»Ich habe eine Idee«, sagte Höllerer plötzlich.

»Ja, Franz?«

»Ruf in der Klinik an.«

»Ich?« Julia sprang auf. »Aber –«

»Von einer Telefonzelle aus. Und du sagst: Hier spricht die Mutter des Kindes, das Sie gefunden haben. Wie geht es ihm? Ist es gesund? – Sie werden so überrascht sein, daß sie dir zunächst Auskunft geben. Und dann legst du auf ...«

»Ich ... ich kann das nicht, Franz.« Julia lehnte den Kopf an Höllerers Schultern. »Ich werde ohnmächtig, wenn sie sagen: Das Kind ist tot –«

»Dann rufe ich an. Aber mir werden sie nichts sagen.«

»Versuch es, Franz –«

»Versuch du es, Julia. Eine Minute Kraft ... dann ist ja alles vorbei. Dann haben wir Klarheit –«

»Jetzt ... jetzt sofort?« stammelte Julia. Sie klammerte sich an Franz fest, als solle sie in einen Fluß geworfen werden.

»Wir fahren zum Bahnhof. Das ist am unauffälligsten. Komm, Julia ... es ist ja auch mein Kind –«

Julia nickte. Sie hakte sich bei Höllerer unter. So gingen sie aus dem Stadtpark bis zu Höllerers kleinem Auto, stiegen ein und fuhren zum Hauptbahnhof.

Von einer Zelle im Bahnpostamt riefen sie die Kinderklinik ›Bethlehem‹ an. Es meldete sich die Pfortenschwester, aber diese stellte sofort um, als sie hörte, daß sich jemand nach dem Findelkind erkundigen wollte.

»Einen Augenblick, ich gebe die Station –«, sagte sie.

Es knackte dreimal, zitternd hielt Julia den Hörer an das Ohr. Auf der anderen Seite preßte Franz sein Ohr gegen das Bakelitgehäuse. Schwester Angela meldete sich. Sie hatte keine Ahnung ... die Pfortenschwester ließ nur durchschellen.

»Hier Station I«, sagte Schwester Angela. »Bitte?«

»Es ... es handelt sich um das Findelkind bei Ihnen ...«, sagte Julia mit schwerer Zunge. »Ich wollte nur fragen ... lebt es ... wie geht es ihm ... ist es gesund?«

»Wer spricht denn da?« rief Schwester Angela. Durch ihr Herz fuhr ein glühendheißer Stich.

»Hier spricht die Mutter –«, sagte Julia. Ihr Körper fiel gegen Höllerer, der sie mit beiden Armen umfing und aufrecht hielt.

»Dem Kind geht es gut!« sagte Schwester Angela eisig. »Und wenn Sie wirklich die Mutter sind, so will ich Ihnen sagen –«

Der Hörer fiel aus Julias Hand, die Stimme Schwester Angelas sprach ins Leere.

»Es lebt . . .«, stammelte Julia und sah Franz groß an. »Es lebt . . . unser Kind lebt –«

Dann wurde sie ohnmächtig. Höllerer hatte genug zu tun, Julias schlaffen Körper gegen die Wand zu drücken, den Hörer an die Gabel zu hängen und dann in der engen Zelle zu warten, bis die Besinnung wiederkam. Er küßte Julia, er massierte ihre Brust, er gab ihr leichte Ohrfeigen, er massierte ihre Schläfen, bis sie die Augen wieder aufschlug, er spuckte sich, in Ermangelung von Wasser, in die Hand und rieb ihr damit die Stirn ab.

Langsam kam Leben in den Körper Julias. Die Kraft kehrte zurück, die Muskeln gehorchten wieder, das Blut pulsierte wieder bis zum Gehirn.

»Es lebt –«, war das erste Wort, das Julia wieder sprach. »O Gott, Franz . . . ich bin glücklich . . .«

Und dann weinte sie, und Franz Höllerer spürte auch bei sich, wie die Tränen aus den Augen quollen.

Es lebt! Unser Kind lebt!

Eng umschlungen standen sie in der Telefonzelle und weinten. Und sie waren glücklich wie noch nie –

Am Sonntag, zur allgemeinen Besuchszeit, betrat Julia Bergmann die Kinderklinik ›Bethlehem‹. In den Strom der Mütter und Väter, Onkel und Tanten, Großmütter und Opas, die sonntags zu den Kinderstationen strebten, fiel sie nicht auf. Sie war eine von hunderten Besuchern, die am Glaskasten der Pfortenschwester fragte, wo die Säuglingsstation I sei.

»Zweiter Stock!« sagte die Pfortenschwester.

Der nächste wartete schon. Isolierabteilung? Bitte bei

Dr. Hatzenberg melden. Isolierstationsbesuch kann nur mit ärztlicher Erlaubnis stattfinden –

Julia Bergmann sah die breite Treppe hinauf. Nebenan brummten zwei Fahrstühle hinab und hinauf und brachten Mütter, Väter, Omas und Opas zu den Stationen. Das Haus der Stille war einmal in der Woche überflutet wie von Termiten. Es war der Tag, an dem Prof. Karchow zu Hause blieb, auf die Jagd ging oder seine Briefmarkensammlung sortierte. Unter den Besuchern war auch Philipp Lehmmacher. Ihn nahm Dr. Heimbach in Empfang und führte ihn in das Sonderzimmer.

Ich gehe zu Fuß, dachte Julia. Zwei Treppen hinauf ... da habe ich Zeit, noch einmal alles durchzudenken, was ich sagen werde.

Langsam ging sie die breite Treppe hinauf. Es war ihr, als stiege sie in den Himmel.

Ich werde mein Kind sehen ... ich werde sehen, wie es atmet, wie es schreit, wie es sich bewegt ... vielleicht kann es schon das Händchen heben. In einem weißen Bettchen wird es liegen, und es wird satt und zufrieden sein.

Zweiter Stock. Säuglingsstation I. Eine Woge von Vätern und Omas, Müttern und Großvätern. Zwei riesige Glasfenster in den Wänden, dahinter Bettchen an Bettchen und zwischen ihnen Schwestern, die die Kinder hochhoben und den Verwandten zeigten. Es war eine Anordnung Prof. Karchows: Kein Außenstehender betritt die Säuglingszimmer! Nur durch die Scheibe können sie die Kinder sehen, sie, die Bazillenträger! In Amerika hatte Karchow dieses Sicherheitssystem gesehen und sofort bei sich eingeführt. In vier Jahren waren die Infektionen bei den Säuglingen um ein Drittel zurückgegangen. Ein voller Erfolg, über den Karchow in der Medizinischen Schrift einen Artikel verfaßte, der ihm den anderen Spitznamen: ›Der gläserne Hans‹, eintrug.

Mit steifen Schritten ging Julia zu den riesigen Fenstern. Ihre Beine zitterten, jeder Schritt war eine Qual, war wie ein Gang über einen glühenden Boden.

Dann stand sie vor dem Fenster und starrte auf die Bettchen. Eine Schwester kam auf der Zimmerseite an die Scheibe und sprach zu ihr durch ein Mikrofon.

»Guten Tag. Welches Kind möchten Sie sehen?«

Verwirrt strich sich Julia über die Augen. Welches Kind, ja, welches Kind denn? Mein Gott, was soll ich sagen?

»Der Name bitte –«, sagte die Schwester geduldig.

»Ich ... ich weiß nicht ...« Julia Bergmann hob bedauernd und um Verständnis bettelnd die schmalen Schultern. Über ihr Gesicht zuckte es. »Ich kenne es nicht ... ich ... ich bin nur gekommen –«

»Wir haben hier neunundsiebzig Säuglinge.« Die junge Schwester lächelte nachsichtig. Man erlebt oft wunderliche Dinge hinter den Glasscheiben. Väter, die sich wie Irre gebärden, Tanten, die kindisch werden und gackgackgack machen, Onkel, die mit angezogenem Kinn ihre Neffen oder Nichten mustern und sich ausrechnen, was die übernommene Patenschaft noch alles bis zur Volljährigkeit dieses schreienden Bündels da hinter dem Fenster kostet.

»Sie sind eine Verwandte?« fragte die junge Schwester gütig.

»Nein – Ich bin nur gekommen weil –« Julia rang nach Worten und Kraft. Dann straffte sie sich und sah der Schwester in die forschenden Augen. »In der Zeitung stand etwas von einem Findelkind. Wir ... das heißt ich ... ich würde es vielleicht adoptieren ... Aber sehen möchte ich es gerne vorher –«

»Einen Augenblick.« Die junge Schwester legte das Mikrofon auf einen Tisch und verschwand seitlich durch die Tür.

Julia Bergmann trat von der großen Scheibe zurück. Andere drangten heran. Schreiende und lachende Menschlein wurden hochgehalten, Finger klapperten, sinnlose Worte wie »Wo ist denn mein süßes Männilein?« oder »eieieiei ... hier bin ich! Hier. Tante Julchen! Guckguck!« prallten gegen die Fenster. Geduldig, lächelnd, trainiert von Prof. Karchow und Oberarzt Dr. Julius, immer, auch in den dümmsten Situationen, freundlich und zurückhaltend zu sein, hoben die Säuglingspflegerinnen die Kinder hoch und zeigten sie den schwatzenden Verwandten.

Drei oder vier Besucher wurden in Nebenzimmer gebeten. Isolierfälle. Oder schwere Erkrankungen, die man nicht zeigen wollte. Diese Verwandten, meist die Eltern, kamen nicht freudig zurück auf den großen Flur. Meistens hatten die Frauen rotgeränderte Augen, und um die Mundwinkel der Väter zuckte es.

Julia lehnte sich gegen die Wand und wartete. Jetzt wird man mich abführen, dachte sie, und sie hatte plötzlich gar keine Angst davor. Es schien ihr wie eine Erlösung zu sein ... Ja, ich bin die Mutter, würde sie sagen, wenn man sie direkt danach fragte. Ich habe sie ausgesetzt, aus Angst vor dem Vater. Aber ich habe nie geglaubt, daß es so schwer sein kann, sich von einem Kind zu trennen. Ich will es wiederhaben ... hören Sie, ich will es wiederhaben –

Vor ihr wuchs ein weißer Kittel auf. Dr. Wollenreiter räusperte sich, als er sah, wie geistesabwesend die merkwürdige Besucherin war. Julia fuhr zusammen und starrte den Arzt ängstlich an.

»Wollenreiter –«

»Bergmann.« Julia nannte ihren richtigen Namen, sie überlegte gar nicht dabei.

»Sie wollten Maria Ignotus sehen?«

»Wen bitte?« Julias Herzschlag setzte aus. Maria

Ignotus. Das muß ein Irrtum sein ... das ist sicher eine Verwechslung.

»Unser Findelkind.« Dr. Wollenreiters Gesicht war ernst. »Es heißt jetzt so, weil wir den richtigen Namen nicht wissen.«

»Maria –«, sagte Julia verträumt. Maria Ignotus. Welch ein schöner Name.

»Ja. Schwester Marion sagte mir, Sie seien gekommen, um das Kind eventuell zu adoptieren?« Dr. Wollenreiter überflog mit geübtem Blick die zarte Gestalt Julia Bergmanns.

»Ich glaube, Ihnen schon jetzt sagen zu können, daß die zuständigen Behörden nicht zustimmen werden, denn in Ihrer Jugend ...«

»Mein Vater würde es adoptieren.«

»Wie alt ist Ihr Herr Vater?«

»Ende vierzig.«

»Das ist wieder zu alt.« Dr. Wollenreiter räusperte sich. »Es werden Ehepaare in den dreißiger Jahren bevorzugt, damit das Kind lange ein gesichertes Elternhaus hat. Sie verstehen – der Vater vielleicht zweiunddreißig –« Er nannte diese Zahl nicht beliebig. Er war selbst zweiunddreißig Jahre alt.

»Ach, so ist das.« Julia Bergmann versuchte ein entschuldigendes Lächeln. »Ich wußte das nicht. Ich las es in der Zeitung, und da hatte ich sofort die Idee ... und wollte mir das Kind bloß vorher einmal ansehen –.«

»Verständlich.« Dr. Wollenreiter lächelte zurück. Abgefangen, dachte er. Als wenn ich Maria Ignotus so kampflos hergeben würde. Der richtige Vater für sie ist ja vorhanden, es ist eigentlich alles da, was nötig ist: ein gesichertes Einkommen, ein gutes Elternhaus, Bildung und Herzenswärme ... nur die dazugehörende Mutter fehlt noch, und um diese Lücke wollte sich Wollenreiter von jetzt an intensiv bemühen. Er hatte da schon einige junge Damen in Auswahl, die aber alle nicht ahnten, daß sie mit einer Hochzeit gleichzeitig vollendete Mutter wurden.

»Außerdem könnten Sie das Kind nicht sehen, Frau Bergmann –«, fügte er hinzu. »Maria ist auf Isolierstation.«

»Sie – sie ist krank?« schrie Julia auf.

»Ja.« Wollenreiter wunderte sich über diesen Ausbruch. »Schließlich sind wir ja eine Kinderklinik. Maria hat eine Pneumonie.«

»Was ist das . . . wenn ich fragen darf, Herr Doktor?«

»Eine Lungenentzündung. Nicht schwer, aber bei Säuglingen hat man so etwas nie gern.«

Julia nickte hilflos. Sie ist krank, Lungenentzündung, sie hat Fieber, wälzt sich in dem Bettchen, und niemand ist da, der bei ihr sitzt, der die Nacht über wacht, nur fremde Menschen, denen es gleichgültig ist, ob sie röchelt oder Durst hat, ob sie Schmerzen empfindet oder stirbt . . . ein Kind wie hundert in dieser Riesenklinik, ein Fall nur, eine Nummer auf dem Krankenblatt.

In diesem Augenblick war sie versucht, laut zu schreien: »Ich bin die Mutter! Ich! Ich! Gebt sie mir wieder!« Aber sie schwieg, zurückgehalten durch die fragenden Augen des Arztes, der verwundert die plötzliche Blässe der Besucherin konstatierte und auf einen Kollaps wartete.

»Ich lasse Ihnen ein Glas Wasser bringen«, sagte er, als er bemerkte, wie Julia wieder tiefer durchatmete.

Sie schüttelte den Kopf und drückte sich mit den flachen Händen von der Wand ab.

»Danke, Herr Doktor. Es geht schon wieder. Die Enttäuschung . . . ich hatte mich so gefreut . . .«

»Liebe Frau Bergmann. Sie sind doch noch so jung. Adoptieren . . . selbst ist die Frau!« Wollenreiter versuchte die Flucht in den Witz. »Oder ist es sicher, daß Sie – oder Ihr Gatte –«

»Nein, durchaus nicht.« Julia strich sich wieder die Haare aus der Stirn. Sie warf noch einmal einen Blick auf die vielen Bettchen hinter den großen Scheiben und hatte die Kraft, ein paar gerade und sichere Schritte vorwärts zu machen. Wollenreiter blieb an ihrer Seite, er brachte sie bis zum Fahrstuhl.

»Ich danke Ihnen, Herr Doktor«, sagte sie tapfer.

»Aber bitte. Es war sehr wenig und nichts Erfreuliches, was ich tun konnte.«

Sie hatte kein Gefühl mehr für Raum, Zeit und Umgebung, als sie im Aufzug stand und abwärts glitt. Sie wurde erst wieder völlig sie selbst, als sie vor dem kleinen Wagen Franz Höllerers stand und dieser sie auf den Sitz zog.

»Was ist?« sagte Franz und legte den Arm um Julia. »Wie siehst du denn aus, Kleines? Ich hätte doch mitgehen sollen –«

»Es ist krank –«, sagte Julia. Ihre Stimme klang unendlich müde. »Lungenentzündung. Es liegt isoliert. Und es heißt Maria Ignotus –«

Und da erst verließen sie alle Kräfte. Sie warf den Kopf an Höllerers Schulter und weinte haltlos.

Franz Höllerer fuhr schnell ab.

Das heimliche und von der Klinik diskret geduldete Liebespaar Dr. Renate Vosshardt und Oberarzt Dr. Bernd Julius traf sich in einem Raum der Klinik, den Professor Karchow die ›Bastelstube‹ nannte. Hier standen Geräte herum, die sowohl Karchow selbst wie auch eine Reihe längst nicht mehr bekannter Ärzte von ›Bethlehem‹ konstruiert hatten, und die mehr oder weniger erfolgreich eingesetzt worden waren, um dann in Vergessenheit zu geraten. Da waren neue Apparate zur völligen Stillegung von Knochenfrakturen (bis heute noch eine Utopie, denn eine völlige Stillegung ist kaum durchführbar), Lichtbögenkästen neuer Art, Trainingsapparate für Rekonvaleszenten von Poliomyelitis, ein halbfertiges Gerät, das den Herztakt akustisch wiedergab, eine Klimakammer für Pertussis-Kranke bis drei Jahre ... Apparate voll Ideen und Ringen um den medizinischen Fortschritt, die sich nach der Erprobung aber als zu kompliziert oder zu naiv erwiesen.

Es war eine Marotte Professor Karchows, solchen Forschungen nicht von vornherein ablehnend gegenüberzustehen. Wenn andere Chefs gleich sagten, wenn jemand mit einer Idee kam: ›War schon da und wurde als Scheiße erkannt!‹ hörte sich Karchow die Vorschläge geduldig an, nickte und sagte: »Machen Sie mal 'nen Probeapparat, mein Lieber. In der Theorie hört sich alles fantastisch an ... die Praxis beweist es nur.« Und meist fügte er hinzu: »Vielleicht gelingt Ihnen ein großer Wurf. Wenn Semmelweis nur durch Händewaschen berühmt wurde, warum soll in meiner Klinik nicht mal ein Knüller entstehen?«

Bisher war er nicht entdeckt worden. Aber nun schien es, als sei der richtige Mann in Aktion getreten: Oberarzt Dr. Julius.

Renate Vosshardt traf ihn in der ›Gerätekammer‹ an, als er über einer Zeichnung grübelte und ein merkwürdiges Gebilde aus verschlungenen Nylonschnüren in der Hand hielt. In ihnen hingen Kinnbügel und Lederschlaufen.

Leise, auf Zehenspitzen, schlich sie sich heran, beugte sich dann vor und küßte Dr. Julius in den Nakken. Er fuhr zusammen und drehte sich schnell um.

»Was ist los, Bernd?« fragte Renate Vosshardt. »Du bist zusammengezuckt, als seist du ein ertappter Täter.« Sie setzte sich mit einem Schwung auf den Tisch und strich den hochgerutschten Rock herunter, eine bloße Gewohnheit, denn Bernd Julius war die Anatomie Renates nichts Unbekanntes mehr.

»Was hast du da überhaupt für Strippen in der Hand? Und Zeichnungen?«

Sie nahm die Papiere und hielt sie ans Licht. Es waren Zeichnungen zweier zusammengewachsener Köpfe, die durch ein Schnürkorsett während des Wachstums an der Nahtstelle eingeengt werden sollten.

»Unsere Siamesen?« Sie legte die Zeichnungen so schnell auf den Tisch zurück, als seien sie heiß. »Du willst dich doch wohl nicht an eine Operation wagen, Bernd?!«

Oberarzt Dr. Julius warf das Nylonkorsett, das er in der Hand hielt, zu den Zeichnungen auf den Tisch. Er lehnte sich zurück und breitete die Arme aus.

»Der Chef hatte die Idee –«

»Der Chef! Dann soll er's auch machen!«

»Der Chirurg bin ich, mein Kind.« Dr. Julius umfaßte die Beine Renates und schloß einen Augenblick wie in tiefer Übermüdung die Augen. Er legte die Stirn auf ihre Knie und sah dann nach einigen Sekunden wieder auf. »Es ist nicht der erste und wird auch nicht der letzte Versuch sein, siamesische Zwillinge zu trennen.«

»Und wie liefen diese Versuche aus?«

»Bisher schlecht. Ein Kind starb.«

»Und trotzdem willst du es versuchen?«

»Sollen die Kinder an den Köpfen zusammengewachsen bleiben? Das ist doch unmöglich!« Dr. Julius sprang auf und zog Renate mit in eine Ecke des langen Raumes. Dort hing einer der Lichtkästen, vor deren Mattglasscheiben man die Röntgenbilder betrachtet. Er knipste die Beleuchtung an. Vier Röntgenaufnahmen waren eingespannt. Die Köpfe der Zwillinge.

»Sieh dir das an. Jeder Kopf ist voll ausgebildet. Jeder

hat sein eigenes Hirn, seine eigenen Funktionen, ist in sich abgeschlossen. Nur eine kleine Brücke ist vorhanden, wo sie zusammenstoßen.«

»Aber auf die kommt es an, Bernd.«

Renate Vosshardt starrte auf die vier Fotos. Was Julius noch nicht aussprach, sah sie ganz deutlich. Sie tippte mit dem Zeigefinger auf eine undeutliche, in der Aufnahme verschwommene Stelle.

»Und der hintere Ast? Wenn nun die Aorta cerebri posterior gemeinsam ist? Wenn hier keine Trennung in zwei getrennte Blutkreisläufe vorhanden ist?«

»Um das festzustellen, will Karchow in etwa drei Monaten eine eingehende Untersuchung vornehmen. Bis dahin muß ich soweit sein, die technischen Vorbedingungen für eine Trennung vorlegen zu können.«

Renate wandte sich vom Leuchtkasten ab und ging zum Tisch zurück. Sie beugte sich wieder über die Zeichnungen. Julius hatte in verschiedenen Wachstumsphasen die Wirkungen des Einschnürkorsetts dargestellt. Danach konnten die Zwillinge bei normalem Wachstum frühestens nach dem ersten Jahr, wenn nicht erst im zweiten Jahr getrennt werden.

»So lange wird Karchow nicht warten wollen«, sagte sie, als Dr. Julius wieder hinter ihr stand. »Zwei Jahre. Der Chef ist wie ein Jagdhund, der eine Fährte gewittert hat. Den Ärzten der Kinderklinik Bethlehem gelang es zum erstenmal, siamesische Zwillinge zu trennen. Beide Kinder leben und sind gesund ... er sieht und hört schon die Schlagzeilen der Weltpresse.«

»Ich operiere erst dann, wenn ich mir völlig sicher bin, kein Risiko einzugehen«, sagte Oberarzt Dr. Julius fest.

»Karchow wird sagen: Jeder Chirurg muß mit Risiken arbeiten. Ohne Mut keinen Blinddarm – du kennst ihn doch.«

»Dann soll er es allein machen.«

»Der Chirurg der Klinik bist *du* –«, wiederholte Renate die Worte ihres Bräutigams.

»Also habe ich es auch zu verantworten.« Julius raffte die Zeichnungen vom Tisch und schob sie zusammen mit dem Nylonmodell in eine große Aktentasche. Dann drehte er sich plötzlich um und sah Renate groß an. »Wann heiraten wir?«

Renate Vosshardt wurde rot, so sehr sie sich dagegen wehrte.

»Du hast nie darüber gesprochen, Bernd.«

»Immer –«

»Nie so direkt.«

»Man spricht in der Klinik über uns.«

»Ich weiß es.«

»Und es stört dich nicht?«

»Nein.«

»Wieso?«

»Eine Klinik, in der nicht getratscht wird, ist eine kranke Klinik.« Renate Vosshardt lächelte. Sie stellte sich auf die Zehenspitzen, machte ein Schnütchen und blinzelte Julius an. »Findest du nicht, daß wir eigentlich ein äußerst langweiliges, bieder-bürgerliches Liebespaar sind? Alle wissen, daß wir uns lieben und heißen es gut, wir sprechen über Hochzeit wie über einen Knochenbruch, wir dürfen uns küssen, ohne heimlich zu tun, wir sind so völlig normal, als seien wir schon zwanzig Jahre lang verheiratet ...«

Dr. Julius wischte sich verwirrt über die Augen. Er beugte sich vor und küßte Renate schnell auf die gespitzten Lippen.

»Ja, aber das ist doch gut so«, sagte er.

»Ich weiß nicht, Bernd.« Renate Vosshardt setzte sich auf den Tisch und ließ die schönen, schlanken Beine baumeln. »Irgendwie kommt mir unsere Liebe zu steril vor. Kuß – Tupfer, Umarmung – Kompresse, eine Liebesnacht – abbinden.«

»Renate!« rief Julis betroffen.

»Wir sind schon alte Ehekrüppel, ohne daß wir das ›güldene Ringlein am Finger‹ tragen.« Renate schüttelte die gelockten Haare aus der Stirn. »Wir sind schon abgeklärt, ohne Mumien zu sein. Wir sehen uns an, wir küssen uns, und wenn wir uns wieder trennen, gehen wir zum Leuchtkasten und betrachten uns Lungenflügel oder Magenfüllungen. Irgendwie ist da etwas schief, Bernd.«

Oberarzt Dr. Julius sah seine Braut verwirrt an. Bis heute hatte er den Zustand seiner Liebe als beglückend betrachtet. Er liebte und wurde geliebt, und die Belastung der Erinnerung an den Tod seiner ersten Frau, an dieses schreckliche Sterben durch einen Hirntumor, der langsam alle Körperfunktionen abdrückte, bis nur noch ein atmender Körper im Bett lag, ein pulsendes Stück Fleisch, aber sonst völlig funktionsunfähig, diese grausamen Monate wurden langsam durch die Nähe Renates verwischt. Diese Zeit hatte ihn ernster gemacht, als er in Wahrheit war, ja, ohne es zuzugeben, hatte er im tiefsten Inneren eine Art Angst vor einer neuen Ehe. Er hatte seine erste Frau sehr geliebt, sie war das gewesen, was man lapidar eine Schönheit nennt, er war, von Natur aus ein wenig schwerblütig, überwältigt von dem Glück, das ihn getroffen hatte. Der Sturz aus diesem Himmel war um so grausamer und wirkte jetzt nach in den Gedanken: Was hat das Schicksal mit Renate vor? Auch Marion war gesund, als ich sie geheiratet hatte . . .

»Es ist doch etwas Schönes, wenn wir in einem so völligen Gleichklang leben –«, sagte er leise. Renate nickte.

»Natürlich. Aber sag mal – bist du eigentlich eifersüchtig?«

»Und wie.«

»Auf – na, auf keinen.« Dr. Julius lachte. »Du liebst ja nur mich.«

»Glaubst du –«

»Was heißt das ... Renate?« Dr. Julius ließ die Tasche auf den Boden fallen, die er gerade aufgenommen hatte. Renate tänzelte um den Tisch herum und wiegte sich in den Hüften. »Angenommen, mir gefallen andere Männer auch gut?« rief sie.

»Unmöglich!«

»Wieso unmöglich? Du bist nicht der Nabel der Welt.«

Dr. Julius starrte sie völlig entgeistert an. »Renate! Ich bitte dich! Es ist doch völlig ausgeschlossen, daß –«

» – daß ich andere Männer nett finde? Wieso denn? Zum Beispiel unseren schicken Inder Sandru –«

»Aber das ist doch Blödsinn.« Dr. Julius versuchte, Renates Arm zu ergreifen, aber sie wich ihm aus und lief um den Tisch herum. Einen Augenblick zögerte er, dann lief er ihr nach, und wie zwei sich jagende Kinder rannte er hinter ihr her, immer im Kreis, und Renate lachte, warf den Kopf in den Nacken und entwischte immer wieder seinen zugreifenden Händen. »Bleib stehen, du Aas!« keuchte er. »Ich bekomme dich! Ich war Klassenmeister im Laufen!«

»Vor zwanzig Jahren!« Renate bückte sich und entschlüpfte ihm wieder. »Und da habe ich einen Mann kennengelernt, einen Architekten, ein schicker Mann, sag' ich dir! Groß, schwarzhaarig, wie ein Römer sieht er aus –«

»O du Hexe!« Dr. Julius stürzte vorwärts. Diesmal überrumpelte er Renate, riß sie an sich und verhinderte jede Gegenwehr, indem er sie mit seinen Armen wie in einem Schraubstock festhielt und küßte.

»O Pardon!« sagte jemand von der Tür her. Julius und Renate fuhren auseinander. Professor Karchow war in die ›Bastelstube‹ getreten und wippte nun auf den Fußspitzen genießerisch auf und ab.

»Ich suchte Sie, Julius. Meine Sekretärin sagte mir, Sie seien hier, um in Ruhe zu forschen. Man sieht's. Sie beschäftigen sich mit der Dämpfung hormonaler Aufwallungen –«

»Herr Professor.« Dr. Vosshardt senkte den Kopf. »Wir haben soeben beschlossen, bald zu heiraten.«

»Brav, meine Lieben.« Karchow lächelte grausam. »Die ›Gerätekammer‹ ist da ein guter Ort. Sie erinnert ein wenig an die Folter –« Er kam näher, die Hände in den Taschen seines weißen Kittels. »Die heutige Jugend hat eine eigene Romantik in Liebesdingen, was? Der Dr. Sandru bevorzugt den Lokus als Chambre séparé, Sie, lieber Julius, umgeben sich mit ausrangierten Schwitzkästen. Chancun a sont gôut!«

Oberarzt Dr. Julius verzichtete auf eine rednerische Gegenwehr, sie wäre umsonst gewesen. Gegen Karchows Sarkasmus war nicht aufzukommen. Einmal hatte es jemand geschafft. Ein junger Stationsarzt, ein Berliner. Er wurde als Oberarzt weggelobt, weil Karchow der Ansicht war, zwei Typen wie er seien für eine Klinik nicht tragbar. Es sei denn, es wäre eine psychiatrische Anstalt.

»Was macht unsere Siamesentrennung?« fragte Karchow, plötzlich völlig ernst und korrekt! Das war seine gefürchtete Art ... während die anderen noch lachten und den Humor ausbauten, war er schon wieder nüchtern und der ›Chef‹.

»In zwei Jahren, Herr Professor –«, begann Dr. Julius. Er schwieg, als er die Augen Karchows sah. Sie starrten ihn an, als habe Dr. Julius vernehmbare Darmstörungen.

»Ist da nicht ein Rechenfehler unterlaufen?« fragte Karchow vorsichtig.

»Nein! Wir müssen abwarten, bis die natürliche Kopfentwicklung es uns möglich macht, die Einschnürung so dicht zu schließen, daß nur noch die Durchtrennung einer kleinen Brücke übrigbleibt.«

»Hm.« Professor Karchow sah an Dr. Julius vorbei auf einen alten Ätheranästhesieapparat. »Und wenn wir nun eine größere Brücke durchtrennen?«

»Dann ist der Mortalitätsfaktor wesentlich größer.«

Und hier kam das, was Renate und Dr. Julius erwartet hatten. Karchow winkte ab. »Als man den ersten Blinddarm rausrupfte, war das eine Weltsensation. Heute macht das jeder Volontärarzt. Ich bin kein Chirurg, bester Julius, insofern muß ich mich ihrem Urteil beugen, aber ganz so dumm bin ich auch nicht, um zu erkennen, daß man die Sache früher machen kann –«

»Sie meinen – aktueller –«

»So kann man's auch nennen.« Karchow sah seinen Oberarzt staunend an. »Mensch, Julius? Sie werden ja witzig! Wenn das der Einfluß unserer kleinen Vosshardt ist . . . gratuliere, Frau Kollegin –«

Er drehte sich um und ging hinaus. Renate hakte sich bei Dr. Julius ein und stieß ihn an.

»Was nun? Was willst du tun?«

»Zwei Jahre warten –«, sagte Dr. Julius fest. »Und vorher heiraten, von wegen der anderen Männer –«

Ein paar Tage später kam es zu einer Aussprache zwischen der kleinen Krankenschwester Karin Degen und dem indischen Gastarzt Dr. Sandru Petschawar. Da Sandru einen anstrengenden Dienst bei den Vierlingen machte und Karin Degen auf der Isolierstation arbeitete, sahen sie sich in der letzten Zeit selten. Nie hatten sie Zeit gefunden, sich länger zu sprechen; auch schien es, als wolle Dr. Petschawar nach den Attacken Karchows sein Verhältnis zu Karin etwas unauffälliger gestalten.

Es war reiner Zufall, daß beide zur gleichen Zeit dienstfrei hatten und sich auf der Straße trafen.

»Wohin gehen wir Sandru?« fragte Karin Degen. Gegen ihre sonstige Art war sie ernst und verschlossen. Sandru hob die Schultern und lächelte sein verführerisches Lächeln.

»Nix weiß, Liebling. Bestimme du.«

»In ein Café?«

»Oder zu dir –« Er griff in die Tasche seines Wettermantels und hob ein Schlüsselbund hoch. »Ich hab' noch Schlüssel von Wohnung.«

»Gut gehen wir.«

Der Weg war kurz, nur drei Häuserblocks weiter, und sie gingen schweigend. In der kleinen Wohnung Karins setzte sich Sandru in einen Sessel, knipste das Radio an und suchte zärtliche Musik. Karin räumte das Kaffeegeschirr vom Morgen in die winzige Küche, kämmte sich vor dem Dielenspiegel und blieb dann an der Tür des Wohnzimmers stehen. Lange sah sie auf Dr. Petschawar. Er saß nach vorn gebeugt und wiegte den Oberkörper im Takt der Musik, die aus dem Radio drang.

Einen Augenblick verschwamm das Bild vor Karins Augen . . . sie sah statt dessen eine halbnackte Gestalt auf der lehmigen, heißen, ausgetrockneten Erde sitzen, mit untergeschlagenen Beinen, eine einsame Flöte klagte, und der braune, schwitzende Oberkörper bewegte sich im Takt der Töne hin und her, wie der Leib der Schlange.

Karin Degen schloß die Augen, das Bild löste sich auf . . . vor dem Radio saß wieder Sandru, elegant gekleidet, die braunen Hände mit den hellen Fingernägeln gefaltet.

Aber irgendwie war eine Kluft zwischen ihm und Karin, die uralte, rätselhafte Abwehr des Weißen gegenüber dem Farbigen.

»Du –«, sagte Karin. Ihre Stimme war belegt, als sei sie stark erkältet. »Du, Sandru ... ich bekomme ein Kind –«

Dr. Petschawar sah kurz hoch. »Von wem?« fragte er dann.

»Für diese Frage sollte ich dir eine runterhauen!«

»Aber Liebling –« Sandru erhob sich und drehte die Musik etwas leiser. »So etwas habe ich erwartet. Wir werden heiraten und zurück nach Kalkutta gehen.«

»Ich nach Indien? Nie!«

»Aber ich bin doch in Deutschland nur, um lernen. In vier Monaten ist vorbei.«

»Dann lasse dich in der Klinik anstellen.«

»Bei Karchow? No, my Darling! Eher bei Teufel.«

»Gut, dann da. Kinderärzte sind gesucht.« Sie kam näher und setzte sich auf die Sessellehne. »Wieso hast du eigentlich so etwas erwartet?«

Sandru lächelte breit. »Du groß in Leidenschaft. Wunderbares Mädchen –«

Es war, als streiche eine eisige Hand über Karins Rükken. Sie zog die Schultern hoch und zog den Kopf ein. Mein Gott, was ist aus dieser Liebe geworden, dachte sie. Sandru war nicht der erste Mann in ihrem Leben, o nein ... da gab es vorher noch ein paar lustige Assistenzärzte, sogenannte Durchgangsliebschaften, die so lange hielten, wie die fröhlichen Burschen auf Station waren. Aber als Dr. Petschawar kam, umweht vom Zauber einer fernen Welt, ein Brahmane, ein Stück aus 1001 Nacht, lebendgewordenes Kinobild, da hatte Karin geglaubt, nun sei die wirkliche Liebe in ihr Leben getreten. Ein halbes Jahr war nun seit der ersten Begegnung vergangen, man kannte sich zu gut, man vergrub sich in der Illusion der Liebe, aber wenn Karin vor Sandru aufwachte und sah ihren weißen Körper neben seiner dunklen Haut liegen, kam die ganze Ernüchterung eines fahlen Morgens über sie. Dann badete sie sich, als müsse sie etwas Ekliges an sich abwaschen, und betäubte ihre Gedanken dann wieder durch neue, wildere Zärtlichkeiten.

Nun wußte sie, daß sie ein Kind bekam. Es war der dritte Monat. Vorher hatte sie alles, was für sie erreichbar war, versucht, das Schicksal abzuwenden. Sie hatte glühend heißen Rotwein getrunken und dann ein Sitzbad genommen, sie hatte Tabletten zur Anregung der Hormone genommen, sie hatte an den Tagen der ausbleibenden Menstruation schwere Turnübungen verrichtet, die vor allem den Leib beanspruchten. Nichts war geschehen. Das in ihr wachsende Kind war stärker.

»Ich . . . ich werde dich nicht heiraten«, sagte sie leise. »Hörst du . . . ich *kann* dich nicht heiraten. Frage nicht warum. Ich will nicht mehr.«

Dr. Petschawar nickte. In seine Augen trat ein wehmütiger Zug. »Ich bin dunkel –«, sagte er gedehnt.

»Dummheit. Ich habe dich trotzdem geliebt.«

»Oder deswegen. War anders als sonst –«

»Ich habe mich geirrt. Ich habe mir zu viel zugemutet.« Karin Degen setzte sich und legte die Beine über die Sessellehne, Sandru sah sie mit schrägem Kopf an. Sie trägt einen schwarzen Schlüpfer mit dunkelroten Spitzen, stellte er fest. Wie weiß ihre Haut dagegen aussieht. Die Opposition der Farbe. »Ich kann mich nicht daran gewöhnen, nie Sandru, in Indien zu leben, vielleicht auf einem einsamen Dorf, umgeben von Bauern und heiligen Kühen, Fakiren und Bettlern. Ich habe Angst davor.«

»Indien ist schön. Meine Heimat ist wunderschön«, sagte Dr. Petschawar mit schwermütiger Stimme. »Ich werde gehen auf Dorf und dort heilen. Darum ich ja hier zu lernen. Meine Heimat braucht Ärzte. Gerade auf Land.«

»Ich könnte da nie leben. Und darum können wir auch nicht heiraten. Aber ich bekomme ein Kind von dir ... wie stellst du dir das weiter vor?«

»Ich nicht weiß anderes als heiraten.«

»Du bist doch Arzt, Sandru.«

»Ja.« Er sah sie neugierig und verständnislos zugleich an.

»Du kannst mich von dem Kind befreien –«

Sandru Petschawar schwieg. Sein schönes, braunes, ebenmäßiges Gesicht versteinerte. Er verstand, was Karin von ihm wollte, und in diesem Moment riß auch bei ihm eine Kluft auf, die nie zu überbrücken war. Ein Kind ist ein Segen der Götter, hatte er gelernt. Ein Kind ist wie ein Heiligtum. Man betet zu Shiva, daß er Kinder schenke. Einzugreifen in den Gang der Natur, wäre eine Verhöhnung Gottes, die zur ewigen Verdammung führt.

»Nein!« sagte er hart.

Karin legte das Kinn auf ihre angezogenen Knie. Ihre grünlichen Augen funkelten.

»Ich kann das Kind nicht bekommen, verstehst du das nicht? Ich habe dich geliebt, na ja ... wir waren vielleicht dumm, zu glauben, daß wir uns immer lieben könnten. Aber jetzt ist das anders. Du gehst zurück nach Indien – und ich soll hierbleiben und ein Kind haben. Überleg doch mal den Unsinn. Ich bin zweiundzwanzig Jahre, ich will noch was vom Leben haben, ich will auch mal heiraten – und dann ist immer das Kind da –«

»Ein braunes Kind –«, sagte Sandru bitter.

»Auch das noch, ja.«

»Ein weißes Kind wäre kein Hindernis.«

»Vielleicht nicht.« Karin warf die Beine von der Sessellehne und sprang auf. »Ich sehe, du begreifst es nicht. Eure Mentalität ist anders.«

»Für uns ist ein Mensch nur ein Mensch.«

»Aber bei uns ist ein Mensch mit einem dunklen Kind etwas, was man mit der Zange anfaßt. Die Leute sind eben so, ich kann sie nicht ändern. Aber ich muß mit ihnen leben, und deshalb kann ich das Kind nicht bekommen.« Sie kam auf Sandru zu und sah ihn fordernd an. »Es ist für dich eine Kleinigkeit –«

»Nein!« sagte Dr. Petschawar. »Meine Religion –«

»Deine Religion!« schrie Karin plötzlich unbeherrscht. »Deine Götter! Was kümmern mich deine Götzen? Ein Kind bekomme ich! Und ich will es nicht! Du –« Sie senkte den Kopf und sah ihn von unten her an. Ihre Lippen waren zusammengezogen und gekräuselt. »Wenn ich sage, daß du mich überfallen hast ... daß du mich gezwungen hast ... daß ich nie, nie wollte, aber du bist wie ein wildes Tier über mich hergefallen – was glaubst du, was man mit dir machen wird –?«

»Nix glauben –«, antwortete Sandru steif.

»O doch! Man glaubt es doch! Wenn ich schwöre –«

»Du gemein –« Dr. Petschawar nahm seinen Mantel von der Stuhllehne, über die er ihn geworfen hatte. Karin schnellte an ihm vorbei und stellte sich ihm in den Weg.

»Du willst gehen, was? Du willst einfach gehen?!« schrie sie schrill. »Erst große Liebe spielen und dann kneifen! Und ich kriege das Kind! Aber so ist das ja immer ... den Männern passiert ja nichts! Nur wir Frauen müssen uns dann herumplagen, weil wir glaubten, ein paar Minuten glücklich zu sein! Du bleibst! Du sorgst dafür, daß das Kind nicht zur Welt kommt.«

»Nein!«

»Ich zeige dich an! Ich ... ich ...« Sie hob die Fäuste und trommelte gegen Sandrus Brust. Wut und Angst verzerrten ihr Gesicht. »Du Feigling! Du Schwächling! Du ... du Schwarzer!«

Dr. Petschawar atmete tief auf. Dann nahm er Karin an der Schulter, schleuderte sie in das Zimmer zurück und verließ wortlos die kleine Wohnung. Hinter sich hörte er, wie sie eine Vase gegen die zuschlagende Tür warf, wie sie unverständliche Worte schrie und dabei aufstampfte.

Ich werde mit Professor Karchow sprechen, dachte er, als er die Treppe hinunterstieg. Morgen früh gleich werde ich es ihm sagen. Ich habe nichts Unrechtes getan. Ich habe nur ein Mädchen geliebt. Oder dürfen nur die Weißen lieben . . .?

Zu Fuß machte er sich auf den Heimweg. Er hatte über eine Stunde zu laufen bis zu seinem möblierten Zimmer. Und er hatte Zeit genug, dabei darüber nachzudenken, wie man sich verhalten müsse, wenn Karin ihn wirklich anzeigte.

Ich bin in Deutschland, dachte er. Hier gibt es keinen Rassenhaß mehr. Hier sind alle Menschen gleich. Und hier ist die Wahrheit wirklich noch wahr.

Es ist merkwürdig, wie ungenau die Völker den deutschen Charakter sehen –

Sandru Petschawar sprach nicht mit Professor Karchow. Der Chef war auf einen Kongreß gefahren. Einen Tag später sagte sich Sandru, daß ein Geständnis doch nur einige sarkastische Bemerkungen Karchows hervorlocken würde, die dann in dem Satz gipfeln würden: »Mein lieber Petschawar, Sie sehen daran, daß Farbe keine Rolle spielt – Fleisch bleibt Fleisch. Und die Art der Zeugung ist rassisch auch gleichbleibend. Kümmern Sie sich mal um die deutschen Alimentenbestimmungen –«

Dr. Wollenreiter dagegen hatte einen wilden Kampf zu bestehen. Sein Gegner war der Nachtwächter Hubert Bramcke, der es sich in den Kopf gesetzt hatte, das Findelkind Maria Ignotus zu adoptieren. Er kam mit einem schweren Geschütz zu Wollenreiter, mit der Abschrift eines Antrages an das Jugendamt.

»Die Sache läuft«, sagte Bramcke befriedigt. »Meine Olle ist ganz närrisch auf das Kind. Wer hätte das gedacht?«

Wollenreiter sank auf einen Stuhl und las den Antrag. »Das lasse ich nicht zu«, sagte er und warf die Briefkopie auf die Erde. »Bramcke, Sie alter Querkopf, das Kind erlebt ja nie bei Ihnen die sogenannte ›Nestwärme‹.«

»Warum denn nicht?«

»Sie sind zu alt!« schrie Wollenreiter.

»Wie ich mich fühle, werde ich hundert.«

»Hoffen Sie nicht darauf, daß Alkohol konserviert.«

Hubert Bramcke nahm den Brief vom Boden und steckte ihn wieder ein.

»Sie sind Arzt, weiter nichts«, sagte er hoheitsvoll. »Sie haben sich um die Kranken zu kümmern. Das hier ist eine Sache des Herzens. Das entscheiden andere als Sie. Ich werde mit Ihnen nicht mehr darüber sprechen. Ich möchte Maria sehen.«

»Nein«, sagte Wollenreiter verbissen.

»Sie lassen mich nicht zu meinem Kind?«

»*Ihr* Kind!« Wollenreiter lachte schrill. »Bramcke, schnallen sie ab. Ich bin Pate von Maria. Und ich bestimme mit, in wessen Hände es kommt.«

»Abwarten.« Nachtwächter Bramcke strahlte große Siegesgewißheit aus. »Und nun möchte ich–«

»Mein Patenkind ist noch auf Isolierstation«, sagte Wollenreiter.

»Ach. Noch immer Lungenentzündung?«

»Ja.«

»Was ist das für eine Mistklinik, die nicht einmal eine dumme Lungenentzündung heilen kann?« schrie

Bramcke. »Drei Wochen liegt das Kind auf Isolierstation! Gibt es denn kein Penicillin mehr?!«

»Sie hätten Arzt werden sollen, Bramcke«, sagte Wollenreiter giftig. »Dann könnten wir das Problem der Überbevölkerung schnell lösen –«

»Wer kümmert sich um Maria?!«

»Ich.«

»Das ist ja Mord.« Bramcke sank auf einen Stuhl und stützte den Kopf in beide Hände. »Aber ich bin ja nur ein armer Nachtwächter, und das Kind ist ein ausgesetztes Würmchen. Wohlfahrtssatz. Massenbehandlung. Selbst der Löffel Rizinus wird noch verdünnt für Kassenpatienten –«

So ging es über eine Stunde, bis Bramcke endlich ging, ohne Maria Ignotus gesehen zu haben. Er drohte fürchterlich, aber Dr. Wollenreiter war wie ein Erzengel, der das Paradies bewachte. Viel mehr als die Auseinandersetzung mit Bramcke beschäftigte und ängstigte ihn der Antrag, den der Nachtwächter eingereicht hatte. Es war logisch, daß jede Behörde ein offenes Ohr hatte, wenn es darum ging, Gelder einzusparen. Blieb das Kind unadoptiert, so mußte der Staat für alle Lasten aufkommen ... Ernährung, Kleidung, Krankenkosten, Ausbildung, ein Katalog von Ausgaben und Verpflichtungen, die bei einer Adoption mit einem Federstrich an die neuen Eltern übergingen und den Sozialfonds entlasteten. Kein Wunder, daß Adoptionsanträge bevorzugt und wohlwollend bearbeitet wurden.

Dr. Wollenreiter kam ein Besuch von Staatsanwalt Allach entgegen, der in der Klinik erschien in Unwissenheit der Reise Prof. Karchows. Da Oberarzt Dr. Julius operierte, übernahm es Dr. Wollenreiter, den Staatsanwalt von der Abwesenheit des Chefs zu unterrichten.

Allach kam mit erfreulichen Nachrichten. Er hatte es mit allen juristischen Kniffen so hingebogen, daß die Ermittlungen im Falle Kallenbach sich noch lange hinzogen und die Staatsanwaltschaft erst einmal drei Gutachten abwartete, die sich mit dem Rätsel der interstitiellen plasmazellulären Pneumonie beschäftigten. Es war zu erwarten, daß die Gutachten so wissenschaftlich und unverständlich ausfielen, daß die Richter sich überfordert sahen und das Verfahren gegen Prof. Karchow – falls es überhaupt eröffnet wurde – einstellten.

Peter Kallenbach saß unterdessen im Untersuchungsgefängnis und schrieb seine Memoiren.

Zuerst lächelte man darüber und gab ihm Papier und Tinte mit dem Hinweis, die Tinte nicht zu saufen und auf das Papier keine unanständigen Zeichnungen zu malen, später, als sich die Seiten füllten, wurde er von dem Kalfaktor mit ›Guten Morgen, Herr Goethe‹ begrüßt ... aber als der Gefängnisdirektor die ersten fünfzig Seiten gelesen hatte, wurde man verlegen und rief Staatsanwalt Dr. Allach herbei.

Was Kallenbach da niederschrieb, war nicht bloß sein eigenes unwichtiges Leben, sondern eine Anklage gegen die Medizin von heute. Mit ungelenken Worten schilderte er Irrtümer im Labor und im OP, Fehldiagnosen von bekannten Ärzten und Dinge hinter den Kulissen der großen Krankenhäuser, die Dr. Allach zu dem Ausruf nötigten:

»Himmel noch mal, wenn das veröffentlicht wird, wird es gemeingefährlich! Das ganze Vertrauen zum Arzt geht ja in die Binsen!«

»Wer will Kallenbach hindern, seine Memoiren zu schreiben?« wandte der Gefängnisdirektor ein.

»Niemand. Aber wir werden verhindern, daß die Memoiren schnell an die Öffentlichkeit kommen.«

Die Staatsanwaltschaft fand dann auch einen legalen

Weg: Kallenbach schilderte Erlebnisse im Gefängnis, die man als tendenziös bezeichnete und die Papiere vorerst beschlagnahmte.

»Auch gut«, sagte Kallenbach. »Ich habe Zeit. Einmal kommt die Wahrheit ans Licht. Solange ich hier sitze, spare ich 'ne Menge Geld.«

Dr. Wollenreiter unterrichtete Staatsanwalt Dr. Allach von der Reise Prof. Karchows und fügte dann hinzu: »Eine rein private Frage, Herr Staatsanwalt: Wie ist die Rechtslage bei einem Findelkind in unserer Klinik? Finden noch Ermittlungen nach den Eltern bzw. nach der Mutter statt?«

»Aber ja. Warum?«

»Solange Ermittlungen sind, ist doch eine Adoption nicht möglich?«

»Nein. Es besteht ja die Möglichkeit, die leiblichen Eltern zu finden. Erst wenn wir von der Aussichtslosigkeit überzeugt sind, geben wir das Kind frei.«

Dr. Wollenreiter atmete auf. Sein Gesicht wurde rot vor Freude. »Es ist also im Augenblick noch gesperrt – wenn man so sagen darf?«

»Ja.«

»Und wie lange etwa noch?«

»Das ist nicht zu sagen.« Dr. Allach hob die Schultern. »Es liegt an den Ermittlungsbehörden. Warum interessiert Sie das so, Doktor?«

»Es haben sich bei uns schon Adoptiveltern gefunden.«

»Abwimmeln, Doktor.« Dr. Allach lächelte. »Ist tatsächlich die Menschenfreundlichkeit so groß?«

»Ja. Zwei ernsthafte Bewerber haben sich schon in den Haaren.«

»Sie sollen ihre Frisuren schonen.« Der Staatsanwalt lachte. »Mit einem Jahr müssen Sie rechnen, Doktor. Die Amtswege sind genau . . . aber lang.«

»Ein Jahr noch. Danke.« Dr. Wollenreiter war tief befriedigt. In einem Jahr – so hoffte er – konnte er neben seinem Gehalt, seiner Wohnung und seiner Vaterliebe auch eine Mutter liefern. Es mußte sich doch möglich machen lassen, innerhalb eines Jahres die Richtige zu heiraten.

Bei Dr. Julius saßen in diesen Tagen auch die Eltern der Vierlinge, Erna und Philipp Lehmmacher. Sie hatten – durch eine Glasscheibe – ihre vier Kinder besichtigt. Sie lagen noch immer in zwei Inkubatoren, wurden beatmet und mit Sonden ernährt und gediehen prächtig, wie Dr. Julius versicherte. Für Philipp Lehmmacher allerdings war kein Fortschritt sichtbar. Ihm kamen seine vier Kinder noch immer wie vier abgezogene Hasen vor.

Vor allem die beiden Siamesen interessierten ihn. »Werden sie durchkommen, Herr Oberarzt?« fragte er, nachdem die Inkubatoren von Dr. Petschawar wieder weggerollt worden waren. »An diesen beiden Kleinen hängt unser Herz besonders. Sie wissen ja ... das Leid verstärkt die Liebe.«

Das war schön gesagt. Philipp Lehmmacher hatte diesen Satz einmal in einem Roman von Stefan Doerner gelesen und ihn für nützlich befunden, als eigener Aphorismus zu dienen. Seitdem sagte er diese Schmalzweisheit zu jeder Gelegenheit und hatte immer einen Achtungserfolg. Die Leute nickten und bekamen elegische Augen.

Auch Dr. Julius nickte, was Lehmmacher sehr befriedigte.

»Die beiden sind sehr kräftig. Wir haben alle Hoffnung, sie in vielleicht eineinhalb Jahren trennen zu können.«

Philipp Lehmmacher sah schnell seine Frau Erna an. »Darüber wollte ich mit Ihnen sprechen, Herr Oberarzt.« Er räusperte sich und suchte nach Worten, die überzeugend klingen sollten. »Erna, das ist meine Frau, und ich haben uns durchgerungen« – durchgerungen ist gut, dachte er; das wirkt, das zeigt echte Seelenqual –, »die lieben Kleinen nicht trennen zu lassen.«

Dr. Julius war einen Augenblick sprachlos. Dann schüttelte er den Kopf. »Das ist doch unmöglich!«

»Wieso denn, Herr Doktor?« fragte Erna Lehmmacher.

»Wenn die Kinder größer werden, können sie nur in Schräghaltung gehen –«

»Daran gewöhnen sie sich sicherlich«, meinte Philipp Lehmmacher treuherzig.

»Es sind zwei lebensfähige Mädchen. Jeder ihrer Körper hat seine volle Funktion, nur an den Köpfen sind sie miteinander gefesselt. Das Leben wird ihnen später, je älter sie werden, zur Hölle. Überlegen Sie doch: Immer aneinander, nie ausgehen können, nie tanzen, keines der Mädchen kann sich verlieben, bei den einfachsten täglichen Dingen, bei der Notdurft etwa, muß die andere immer mit, ist eine krank, muß die andere, gesunde, mit im Bett liegen ... und das sind alles Kleinigkeiten gegen das, was ihr Zusammengewachsensein an Qualen im täglichen Leben bringt. Eine Trennung ist hier nicht nur notwendig, sondern absolut lebenswichtig.«

»Aber wir müssen sie genehmigen?«

»Ja.«

»Ich sage nein.« Philipp Lehmmacher sah an Dr. Julius vorbei. »Ich will es nicht mehr.«

»Aber warum denn nicht, um Himmels willen?!« rief Dr. Julius.

»Aus Angst. Können Sie garantieren, daß –«

»Eine Garantie kann bei einer Operation nie ein Arzt

übernehmen. Die Möglichkeiten von Komplikationen, die wir nicht ahnen können, ist groß –«

»Sie sagen es. Sie sagen es, Herr Doktor. Komplikationen. Was habe ich davon, wenn die Kinder getrennt sind, aber tot? Nein. Sie bleiben so, wie sie sind« – Philipp Lehmmacher sah seine Frau an. Er spürte, wie sie innerlich schwankte, und trat ihr auf den Fuß. Dr. Julius sah es, und das machte ihn stutzig. Da steckt keine Angst dahinter, spürte er plötzlich. Da ist ein Ereignis von außen eingetreten, das dem guten Lehmmacher die Vernunft verwässerte.

»Sagen Sie die Wahrheit!« herrschte er unvermittelt Erna Lehmmacher, den schwachen Punkt der Familie, an. Erna zuckte zusammen, stieß ihren Mann in die Seite und sagte stockend:

»Sag du es, Philipp.«

»Was denn?« knurrte Lehmmacher und sah weg.

»Sie wissen sicherlich nicht, daß man durch einen Gerichtsbeschluß das Sorgerecht den Eltern wegnehmen kann, wenn das Kind Schaden erleidet. Ich werde mich nicht scheuen, das zu beantragen«, sagte Dr. Julius scharf.

Philipp Lehmmacher seufzte und umklammerte die Krücke seines Regenschirmes. Er warf einen bissigen Blick auf seine Frau Erna und wischte sich dann mit dem Handrücken unter der Nase her.

»Sie wissen, Herr Oberarzt, ich bin Gartengestalter«, setzte Lehmmacher zu einem Plädoyer in eigener Sache an. »Aber das ist ein dummes Wort. Ich bin Gärtner. Popeliger Gärtner bei einer Industriefirma. Ich halte dort die Grünanlagen sauber, die die Verwaltungsgebäude umgeben. Auch 'n paar Ziersträucher, japanische Kirschen, zwei Perückensträucher, einen Essigbaum und so anderes. Mein Gehalt reicht gerade, daß ich einmal täglich normale Verdauung habe. Tariflohn, wissen

Sie. Wir Gärtner sind immer das Schlußlicht gewesen. Ja, und nun, nachdem die Vierlinge da sind, läuft es besser. Da läuten die Glocken, wie man so sagt. Erst die Illustrierten für die Bildrechte, jetzt 'ne Wochenzeitung, die mich als ›Gärtner der Familie‹ jede Woche mit 'nem Artikel bringen. Kobumne, nennen se das.«

»Kolumne –« sagte Dr. Julius ernst.

»Genau. Nächste Woche schreibe ich über die Anlage eines Mistbeetes.« Philipp Lehmmacher sah seine Frau hilfesuchend an. »Aber das alles ist ja nicht von Dauer, nicht wahr?« fuhr er fort. »Vierlinge interessieren schon nicht mehr, und die Gartenkolumne ist nach 'nem Jahr auch weg. Aber die beiden zusammengewachsenen Köpfe, die bleiben. Ganz real gedacht, Herr Oberarzt, ist das ein Kapital. Ein wachsendes Kapital gewissermaßen. Ein so armes Schwein wie ich muß an später denken. Eines Tages kriege ich Rheuma von der Arbeit draußen, und was dann? Wir Gärtner sind immer rheumatisch gefährdet. Ich habe einen Bekannten, der ist schon ganz krumm, und mein Onkel lief rum wie ein lebendiges Fragezeichen. Weiß man, was kommt?«

Philipp Lehmmacher schwieg erschöpft. Er war um den Brei herumgeschlichen, so gut und so lange es ging – nun war er am Ende. Er sah seine Frau an und stieß sie in die Rippen.

»Nu sag du doch auch mal was.«

Erna Lehmmacher nickte. »Wir haben ein schönes Angebot bekommen, Herr Doktor. Pro Tag 100 Mark.«

»Das sind im Monat 3000 Mark, Herr Oberarzt!« rief Philipp Lehmmacher, »Januar, März, Mai, Juli, August, Oktober und Dezember sogar 3100 Mark. Und das für Jahre. Ist das nichts? Wir können auf einen Rutsch reich werden. Und die Kinder werden ein schönes Leben haben –«

»Und alles andere frei. Krankenkasse bezahlt der Unternehmer. Und ärztliche Betreuung auch«, fügte Erna hinzu.

Dr. Julius bekam einen schweren Druck in der Brust.

»Was ist denn das für ein Angebot?« fragte er ahnungsvoll.

»Eine große Firma. Reist durch die ganze Welt. Amerika, Asien, Australien ... und natürlich auch Oktoberfest und andere Kirmesse ...« Philipp Lehmmachers Gesicht glänzte. »›Willibalds Abnormitätenschau‹ nennt sich das Unternehmen. Täglich 100 Mark. Ist das nicht ein Glück für uns und die Kinder, Herr Oberarzt?«

Dr. Julius verschlug es zunächst die Sprache. Er sah Philipp Lehmmacher wie einen Exhibitionisten an, ehe er ungläubig fragte: »Das ist doch nicht ihr Ernst –«

»Aber ja, Herr Doktor! Hundert Mark am Tag! Das bekommen *Sie* nicht!«

»Allerdings nicht. Ich habe auch keine zwei Köpfe.«

»Eben.« Philipp Lehmmacher nickte heftig. »So ein Naturereignis muß man ausnutzen. Das kommt – so sagten mir die Manager von ›Willibalds Abnormitätenschau‹ – alle hundert Jahre vor. Alle hundert Jahre, Herr Doktor. Und dann ausgerechnet bei Lehmmachers. Das verpflichtet doch, der Menschheit zu zeigen, was alles möglich ist.«

»Man sollte sie einsperren!« Dr. Julius hieb auf den Tisch. Erna zuckte erschrocken zusammen und rückte zu ihrem Mann. »Gut, daß Sie mich aufklärten, Herr Lehmmacher!« schrie Julius. »Ich werde sofort das Jugendamt einschalten! Ich werde verhindern, daß die Kinder eine Jahrmarktattraktion werden!«

Philipp Lehmmacher war hochrot geworden. Er sah seine Erna an und bemerkte, daß sie von ihm eine männliche Tat erwartete. Also sprang er auf und hieb mit der Faust gleichfalls auf den Tisch.

»Verhindern? Sie? Sind das *meine* siamesischen Zwillinge oder Ihre, was? Sie wollen mir verbieten, Geld zu verdienen? Ja, wo leben wir denn? Das sind ja Töne aus dem Tausendjährigen Reich! Sie sind ja von gestern, Herr Doktor! In einer Demokratie leben wir, im Grundgesetz steht's ganz deutlich: Persönlichkeitsrecht, Entfaltung der eigenen Persönlichkeit, persönliche Freiheit! Und meine erste Freiheit ist es ja wohl, daß ich meine Kinder bekomme! Daß ich mit ihnen tun kann, was ich will! Das wäre ja noch schöner, wenn ich nicht mal ein Recht über das habe, was ich im Schweiße meines Angesichts gezeugt habe –«

»Philipp«, sagte Erna schamhaft und senkte den Blick. »Das interessiert doch nicht.«

»Und wie das interessiert!« schrie Lehmmacher. »Ich kann am Tag hundert Mark verdienen, und da kommt so ein Arzt und sagt, das erlaube ich nicht! Ja, Himmel noch mal, wo leben wir denn? In Rußland?!« Philipp Lehmmacher baute sich vor Dr. Julius auf, er zitterte heftig und sprach sich innerlich Mut zu, dieses Tempo und diese Rolle durchzuhalten. »Ich verlange die Herausgabe meiner Kinder, Herr Oberarzt!« brüllte er.

Dr. Julius schüttelte den Kopf.

»Nein!« antwortete er knapp.

»Ich gehe zum Staatsanwalt!«

»Das wäre in Ihrem Falle der richtige Weg.«

Philipp Lehmmacher setzte sich verwirrt. Die Ruhe des Oberarztes nahm ihm den Nerv, weiter zu toben und den wilden, starken Mann zu spielen.

»Wieso?« fragte er.

»Weil das, was Sie mit den Kindern vorhaben, fast kriminell ist. Die Vierlinge sind noch nicht lebensfähig –«

»Aber sie leben doch. Wir haben's doch vorhin gesehen.«

»Sie leben im Inkubator. Im Brutkasten, wie es der

Volksmund nennt. Sie haben die gleichen Lebensbedingungen wie im Mutterleib. Außerhalb des Gerätes würden sie sofort sterben.«

»Da siehst du's,« sagte Erna leise und rückte von ihrem Mann ab. »Immer deine Voreiligkeit. Er hat nämlich schon einen Vorvertrag unterschrieben . . .«

»Was haben Sie, Sie Unglücksmensch?« rief Dr. Julius.

»Na ja, die Leute wollten es so. Sie nennen es Oppison . . .«

»Option.«

»Ja.« Lehmmacher spielte nervös mit seinen Anzugknöpfen. »Ganz unverbindlich, haben sie gesagt. Nur für den Fall, daß andere Unternehmen auf den gleichen Gedanken kommen könnten. Sie waren zuerst da . . . und das stimmt ja denn auch.«

»Was sind Sie bloß für ein Vater«, sagte Dr. Julius. Lehmmacher wurde wieder rot, aber dieses Mal schämte er sich.

»Ich habe nur an die Kinder gedacht, Herr Doktor. Glauben Sie mir. Dreitausend Mark im Monat. Ich hätte über die Hälfte gespart. Für die Kinder. Sie hätten später keine Sorgen mehr gehabt –« Er sah treuherzig zu Dr. Julius empor. »Es ist doch kein Verbrechen, wenn ein Vater an später denkt. Ich will doch nur das Beste für meine Kinder –«

»Und das allein ist der Grund, warum sie nicht getrennt werden sollen?«

»Ja, Herr Doktor. Getrennte Siamesen sind ja keine Attraktion. Nur einmal vielleicht, wenn die Operation gelungen ist. Wenn, Herr Doktor, nicht wahr –«

Dr. Julius mußte Lehmmacher in diesem Punkt recht geben. Der Erfolg der Trennung war noch nicht sicher. Noch wußte man nicht genau die anatomischen Zusammenhänge in der Kopfbrücke, kannte nicht die

Blutkreisverwandtschaft, die Nervengemeinschaften, alles äußerst diffizile Dinge, von denen eine Fehlkoppelung eine Trennung überhaupt unmöglich machte oder die Opferung eines der Kinder bedeutete, damit das andere, getrennte, sich normal entwickeln konnte.

»Wir müssen das alles der Zeit überlassen, Herr Lehmmacher«, sagte Dr. Julius gütig. Es hat keinen Sinn, ihn anzupfeifen, dachte er. Er hat vielleicht wirklich nur an die Zukunft gedacht, in der naiven Art, die alle Bedenken ausschaltet, wenn es heißt, hundert Mark am Tag einzunehmen. Für ihn, den kleinen Gärtner, der in der Lohnliste des Industriekonzerns nur eine mehrstellige Nummer ist und den niemand vermissen würde, wenn ihn der Schlag träfe, war dieses Angebot wie der Zipfel eines Zaubertuches, das nach einem Märchentraum in seinen Händen blieb. Wer kann es ihm verübeln, daß er durchdrehte?

»Mindestens ein Jahr wird es noch dauern, bis wir überhaupt wissen, ob die Kinder trennbar sind. Ich sage das Ihnen jetzt in aller Deutlichkeit, damit Sie keine weiteren Dummheiten machen.«

Philipp Lehmmacher räusperte sich. »Ein Jahr?« Er hob die Schultern. »Der Herr Professor sagte mir beim letzten Besuch, daß es schneller gehe. Was ist nun richtig?«

Oberarzt Dr. Julius schluckte den Ärger, der in ihm aufquoll, hinunter. »Warten wir es ab«, antwortete er steif. »Im übrigen wäre es vielleicht wirklich besser, wenn Sie diese Dinge mit dem Chef besprechen –«

Mir schieben sie den Schwarzen Peter nicht zu, dachte er, als er später in sein Zimmer ging, um sich umzukleiden. Karchow will den Ruhm – das ist sein gutes Recht, er ist der Chef der Klinik ... aber operieren werde ich, und geht es schief, halte ich den Kopf dafür hin. Ich ganz allein.

Zum erstenmal lag zwischen Prof. Karchow und Oberarzt Dr. Julius eine Krise in der Luft.

Abgesehen von einigen bösen Unfallverletzten, zwei Zyanosen und einer Lungenembolie, was Prof. Karchow zu dem intimen Ausruf anregte: »Julius, Sie sind ein Teufelskerl! Aber nehmen Sie diese Erkenntnis nicht als Leiter, in den Himmel zu steigen«, flossen die Wochen eintönig hin.

Ein Außenstehender sieht im Betrieb einer großen Klinik immer den Schauplatz von Sensationen. Wenn er das Schild ›Operationsabteilung. Eintritt verboten!‹ an der Milchglastür liest, läuft ihm ein Schauer über den Rücken. Dort wird um das Leben gerungen, denkt er dann. Dort vollbringen die Männer im weißen Kittel ihre einmaligen Taten. Dort werden neue Möglichkeiten geboren, Menschen zu retten. Dort manifestiert sich das Genie des Arztes. Geheimnisse und Unbegreiflichkeiten wehen ihn an, er wird ganz klein und schüchtern und denkt an die vielen Berichte, die er schon gelesen hat ... Herz-Lungen-Maschine, künstliche Niere, Herzklappen aus Plastik, Arterien aus Kunststoff, Unterkühlnarkose, Klimakammern, Sauerbruch und Mayo-Klinik, großer Blutaustausch und Elektrochirurgie ... und er betrachtet die Ärzte, die durch die weißen Milchglastüren gehen, wie Götter. In ihren Händen liegt das Leben –

In Wahrheit ist der Alltagsbetrieb einer Klinik so nüchtern wie die Dienstzeit eines Finanzamtes oder die Bürostunden bei Sepplhuber & Co. Alles geht nach Plan, Fiebermessen, Stuhlgang und Bettenaufschütteln, womit meistens der Tag beginnt. Die Neuaufnahmen werden untersucht, die Gesunden entlassen, die Sterbenden dem Gebet überlassen, es gibt Visiten, die Operationstage, die Sprechstunden für die Eltern, es wird geröntgt und klistiert, injiziert und Tabletten geschluckt, gewickelt und verbunden, gesalbt und gepudert. Tagaus, tagein, in über hundert Zimmern, in vierhundert Bettchen mit vierhundert schreienden quäkenden, greinenden, lachenden, lallenden, seufzenden, stöhnenden, zitternden Mündchen. Ein Fließband von Hygiene und Hilfe, eine sterile Werkstatt des Lebens mit einigen Vorarbeitern und einem Meister und einem Chef, der ab und zu sagt: »Es fasziniert mich immer wieder, seit über vierzig Jahren nun schon, daß aus einem solchen schreienden, hilflosen Menschenwurm ein Einstein oder ein Albert Schweitzer entstanden ist.«

Karin Degen hatte sich krank gemeldet und war in die Schweiz gefahren, um dort einen Arzt zu finden, der für viel Geld in ihr Schicksal eingreifen würde. Sie suchte vergebens, fuhr weiter nach Italien und sogar nach Jugoslawien, aber die einzigen, die bereit waren, den Eingriff zu unternehmen, waren zweifelhafte Frauen mit noch zweifelhafteren Instrumenten, die meistens nur aus verschieden langen, zugespitzten Sonden bestanden.

Schaudernd fuhr Karin wieder nach Deutschland. Im Schwesternunterricht hatte sie an Schaubildern gezeigt bekommen, welche Verletzungen durch solche Eingriffe entstehen konnten. Der Tod durch eine Sepsis war dabei noch das geringste Übel – er befreite ja. Schlimmer waren die dauernden Schäden, das lebenslange Siechtum, die zurückbleiben konnten.

So gab es für Karin Degen keine andere Wahl, als das Kind Dr. Petschawars auszutragen. Nach ihrer Rundreise war sie sogar entschlossen, Sandru doch zu heiraten und mitzugehen nach Indien. Was soll's, dachte sie. Vielleicht gewöhnt man sich daran, wie ja vieles, wenn nicht alles im Leben Gewohnheit ist. Zärtlich kann er sein, gut sieht er aus, und seine braune Haut wird sich auch ertragen lassen, so wie ich sie in den ersten Wochen unserer Liebschaft ja auch nicht gesehen habe, sondern nur ihn, den Mann, den Eroberer meines Körpers. Und es war mir völlig gleichgültig, ob er weiß, schwarz oder gelb war. Selbst violett hätte ich nicht gemerkt –

Um so größer waren ihre Enttäuschung und ihr innerer Zusammenbruch, der sich aus Entsetzen und grenzenloser Verlassenheit zusammensetzte, als sie bei ihrer Rückkehr in die Klinik ›Bethlehem‹ erfuhr, daß Dr. Sandru Petschawar in der Zwischenzeit gekündigt und nach Indien zurückgekehrt sei. Frühzeitig. Heimweh hatte er angegeben. Heimweh.

»So ein Lump!« schrie sie in ihrer kleinen Wohnung die Wände an. »So ein Schuft! So ein asiatisches Schwein!« Sie hieb in ohnmächtiger Wut in die Kissen, zerfetzte das Bild Sandrus, das in einem Lederrahmen auf dem Nachttisch stand, und zertrat das Glas mit stampfenden Füßen, bis es pulverisiert war. Dann weinte sie und hatte einige Augenblicke große Lust, sich selbst zu töten. Mit Gas oder mit Gift, durch das Durchschneiden der Pulsader oder durch einen Sprung aus dem Fenster.

Aber auch die höchste Verzweiflung ging vorbei. Nach einer durchweinten und durchtobten Nacht kam die große Nüchternheit über sie, der ›reale Medizinerverstand‹, wie Prof. Karchow bei Lehrgängen von seinen Schwestern immer plädierte.

Es ist nicht zu ändern, dachte Karin Degen. Das Kind wird geboren werden . . . aber damit ich leben kann, darf es nicht länger atmen als bis zur Abnabelung. Und keiner soll es sehen – weder meinen Zustand vorher, noch das Kind hinterher. Ich werde mich schnüren und in Korsetts pressen, und wenn mir die Luft dabei ausgeht. Und essen werde ich, in aller Öffentlichkeit Berge von Lebensmitteln verschlingen. Wen wird es wundern, daß die kleine Schwester Karin dicker und dicker wird und rund wie ein Tönnchen? Veranlagung, werde ich sagen. Meine Mutter wog auch 220 Pfund. Was kann ich dafür? Lacht mich ruhig aus –

In der Klinik bedauerte man Karin nicht, daß Dr. Petschawar plötzlich seinem Heimweh erlegen war. Man gönnte es ihr. Vor allem die Nonnen lächelten mit jener übersonnten Beschaulichkeit, die dem damit Betroffenen das Gefühl der Explosion verleiht. Für sie war die Liebe Karins zu dem Farbigen etwas Verbotenes gewesen, ein Verrat an Gott, denn Karin war katholisch getauft, und Dr. Sandru war ein Hindu. Nun war er weg, ab zu seinen vielgliedrigen Göttern, von denen die Göttin der Fruchtbarkeit sogar über hundert Brüste haben sollte. Und selbst Prof. Karchow spielte bei einer Visite auf Karins Station in seiner bekannten Art darauf an, indem er sagte: »Was ein richtiger Mann ist, dem sind hundert lieber als zwei.« Und alle Ärzte hinter ihm grinsten breit. Ein Chefwitz ist doch ein wahres Teufelsding.

Warum Sandru gegangen war, wußte eigentlich niemand. Die Anspielungen auf seine Hautfarbe konnten nicht der Grund sein, zumindest verstand Karchow das nicht. »Ich würde mich doch nie beleidigt fühlen«, sagte er einmal zu Oberarzt Dr. Julius, »wenn mich einer ›Du Weißer‹ nennt. Wie kann es da abträglich sein, wenn man sagt ›Du Schwarzer‹? «

»Die Farbigen haben Komplexe, Herr Professor«, sagte Dr. Julius vorsichtig.

»Dummheit! Warum denn?«

»Weil wir Weißen ihnen seit Jahrhunderten immer gesagt haben, sie seien minderwertig. Was man hundert Jahre lang gesät und wachsen gelassen hat, kann man nicht mit einem Axthieb umlegen. Darum tragen die Negerinnen der gehobenen Kreise jetzt langhaarige Perücken, darum lassen die Asiaten die Lidfalte korrigieren. Ich glaube, Dr. Sandru ist gegangen, weil er sich einsam fühlte unter uns so bewußt weißen Menschen.«

»Soll das ein Vorwurf sein?« brauste Prof. Karchow auf. »Ich habe ihn behandelt wie jeden anderen jungen Arzt auch.«

Dr. Julius schwieg. Das ist es eben, dachte er für sich. Ein intellektueller Farbiger wird es nie verstehen, daß für einen deutschen Ordinarius die jungen Ärzte dumme Hampelmänner sind, die man gar nicht anredet, sondern nur über dem Umweg über den Oberarzt anspricht. Er wird auch nie verstehen, daß ein junger Arzt nie und nimmer recht hat, auch wenn er recht hat, denn das Recht ist immer auf seiten des Chefs. Warum – das ist nie erklärbar, das ist Tradition des deutschen akademischen Geistes. In einem Krankenhaus von Boston kann ein Assistenzarzt sagen: »Chef, Sie irren sich bei Ihrer Diagnose« – in Deutschland fliegt er mit hellen Entrüstungsschreien hinaus.

Eigentlich ist das Mittelalter in Mitteleuropa noch nicht vorüber –

Die Kündigung war von seiten Dr. Petschawars völlig formlos erfolgt. Er hatte nach einer Visite sich bei Prof. Karchow melden lassen und in seiner ruhigen Art gesagt:

»Herr Professor – am nächsten Samstag ich hören auf.«

»Wie bitte?« hatte Karchow geantwortet und seine Goldbrille abgenommen.

»Mein Flugzeug geht am Sonntagmorgen nach Kalkutta.«

»Ach nee! Mein Flugzeug geht! Sagen Sie mal, Dr. Petschawar, seit wann leiden Sie an Schizophrenie? Wenn ich Sie richtig verstehe, wollen Sie so mir nichts, dir nichts am Sonntag absegeln in Richtung Heimat. Für immer.«

»Ja, Herr Professor.«

»Und warum, wenn es erlaubt ist, noch diese frivole Frage zu stellen?«

»Ich habe Heimweh.«

»Heimweh.« Karchow warf sich die Brille auf die Nase. Das war ein Kunststück, das ihm keiner nachmachen konnte. Man hatte es bei den Assistenzärzten wochenlang geübt. »Sie rufen nach Papa und Mama was?«

»Ich sein Waise, Herr Professor.«

Karchow sprang auf. »Lassen Sie doch die dummen Reden, Dr. Petschawar! Ich mache Sie darauf aufmerksam, daß Sie einen Anstellungsvertrag haben. Auf drei Jahre. In Deutschland werden Verträge erfüllt ... wie das woanders ist, weiß ich nicht, interessiert mich auch nicht. Aus einem so eingespielten Klinikbetrieb wie ›Bethlehem‹, wo einer auf den anderen angewiesen ist, wo jeder ein Rädchen in der großen, reibungslos laufenden Maschine ist, vom Putzmädchen bis zum Professor, vom Pinkellaboranten bis zum Oberarzt, kann nicht einfach einer ausscheren und sagen: Ich gehe! Was denken Sie sich eigentlich dabei?«

»Nichts, Herr Professor.«

»Diesen Eindruck habe ich auch.« »Prof. Karchow sah den indischen Arzt aus glitzernden Augen an. »Ich nehme die Kündigung nicht an.«

»Mein Flug ist bereits gebucht.«

»Dann buchen Sie wieder aus, in Teufels Namen!«

»Ich habe auch das Zimmer gekündigt.«

»Dann schlafen Sie im Wachraum, bis Sie ein neues haben.Dort steht ein weiches Bett! Im Busch schlafen Sie auf 'ner Matte.«

Das schöne, ebenmäßige Gesicht Dr. Sandrus wurde

hart. Über die großen, etwas mandelförmigen, schwarzen Augen zog ein Schleier.

»Sie können eine Klage beim indischen Gesundheitsministerium einreichen, das mich vermittelt hat –«, sagte er leise. »Ich fliege am Sonntag zurück in meine Heimat, und ich bin glücklich darüber.«

»Wie herrlich Sie sprechen können!« schrie Prof. Karchow.

»Ich haben geübt diesen einen Satz eine Woche lang. Guten Tag!«

Petschawar wandte sich ab. Prof. Karchow hieb mit der Faust auf den Tisch. Ein Packen Röntgenplatten dämpfte den Schlag.

»Halt!«

»Bitte, Herr Professor?« Petschawar drehte sich um.

»Ihr Benehmen ist skandalös!« schrie Karchow hochrot.

»Laute Stimmen sind nicht überzeugend. Ich mich nicht wohl fühlen hier. Europa gut zu lernen und hat alten, guten Ruf ... aber nix Herz und Seele. Europa ist altes, krankes, aber kluges Mann –«

Sprachlos ließ Prof. Karchow den indischen Arzt gehen. Am nächsten Morgen schon kam Dr. Sandru nicht mehr zum Dienst. Karchow verzichtete darauf, nachzuforschen, was los sei. Er holte sich aus der Universitätsklinik einen jungen Arzt und übergab ihm die Station Dr. Petschawars. Da der Inder auch die Inkubatoren mit den Vierlingen betreute, wurden diese verlegt und kamen zu Dr. Wollenreiter.

»Sagen Sie mal, Wollenreiter –«, sprach Prof. Karchow den seit einigen Wochen etwas bedrückten Stationsarzt an. Auf dem Jugendamt hatte Wollenreiter erfahren, daß in etwa zwei Monaten das Kind zur Adoption freigegeben werden könnte. Ganz klar hatte man ihm gesagt, daß nur ein Ehepaar in Frage käme, das nachweislich keine eigenen Kinder bekommen könne. »Ich kann mich doch, um Maria Ignotus zu adoptieren, nicht kastrieren lassen!« hatte Wollenreiter gebrüllt. Die Beamten fanden das sehr unpassend und der Würde einer Behörde abträglich und behandelten Wollenreiter wie dicke Luft. Sie wedelten ihn hinaus.

»Sie haben doch eine Fachausbildung als Chirurg durchgemacht?« fragte ihn jetzt Prof. Karchow. Wollenreiter ahnte Komplikationen und schüttelte den Kopf.

»Angefangen, Herr Professor. Ich habe es dann aufgesteckt, weil's mir zu lange dauerte. Man soll nicht meinen, was für Probleme in einem solch verhältnismäßig kleinen Körperteil wie im Kopf stecken.«

»Wieso Kopf?« fragte Karchow irritiert.

»Ich wollte mich für Neurochirurgie spezialisieren.«

»Wollenreiter! Das weiß ich ja gar nicht!« Prof. Karchows Gesicht glänzte wie mit Speck eingerieben. »Sie haben Neurochirurgie –«

»Bei Professor Lynck, jawohl.«

»Eine Kapazität! Wollenreiter, Sie sind mein Mann! Sie können Dr. Julius unterstützen. Ich gebe Ihnen den Auftrag bis Mitte des nächsten Jahres sich mit der Trennung unserer Siamesen zu beschäftigen. Julius ist da äußerst vorsichtig, ich meine, *zu* vorsichtig. Die Zusammenwachsung ist nur ein kleiner Steg. Natürlich brauchen wir Hirnschalen zur Defektdeckung, aber die bekommen wir schon.«

»Und welche Funktionen haben die beiden Kinder durch diesen Steg gemeinsam?«

»Das wird sich noch herausstellen. Auf jeden Fall, lieber Wollenreiter, beschäftigen Sie sich mal damit –«

Dr. Wollenreiter sah dem Chef nachdenklich nach. ›Lieber‹ Wollenreiter hatte er gesagt . . . wenn Karchow so sprach, war es immer gefährlich. Ruhig leben kann man in einer Klinik nur, wenn man außerhalb des Blickfeldes des Chefs ist. Hat der Chef einen erst einmal bemerkt, sei es im schlechten oder noch fataler im guten Sinne, dann ist es mit der Ruhe vorbei.

Wollenreiter tat das einzig Richtige: Er ging sofort zu Oberarzt Dr. Julius und erzählte ihm alles. Dr. Julius seufzte.

»Vor zwei Jahren nicht«, wiederholte er seine alte These.

»Wollen Sie die Verantwortung übernehmen?«

»Ich denke nicht daran.« Wollenreiter hob die Hände. »Ich fühle mich wohl als Stationsheini. In drei Jahren mache ich meine eigene Praxis auf, wenn alles gutgeht. Ein Onkel will mir die Einrichtung bezahlen. ›Gute Kinderärzte soll man fördern‹, sagte er. Onkel Leopold hat allen Grund, so zu denken – er hat drei außereheliche Kinder.«

Dr. Julius lachte. Typisch Wollenreiter.

»Und was machen wir nun?« fragte er.

»Wir wurschteln herum, Herr Oberarzt. Wir tun so, als zerrissen wir uns im Forscherwahn. Und warten ab, bis Sie den Startschuß geben. Karchow wird die Siamesen nie an andere Kollegen abgeben ... die Trennung muß in ›Bethlehem‹ erfolgen. Großer Bericht: Aus der Klinik Prof. Dr. Karchow–« Dr. Wollenreiter nahm eine Zigarette, die ihm Julius anbot. »Glauben Sie, daß es gelingt, diese Trennung?«

»Wenn man mir Zeit genug läßt ... ja.«

Eine klare Antwort. Wollenreiter fragte nicht weiter, er hatte unbedingtes Vertrauen zu Dr. Julius.

So standen die Dinge in der Klinik ›Bethlehem‹, als Julia Bergmann zusammenbrach.

Es war kein plötzlicher Zusammenbruch und auch kein körperlicher. Sie hatte einfach nicht mehr die innere Kraft dazu, zu ertragen, daß ihr Kind, als elternloser Findling mit dem Namen Maria Ignotus dem Wohlwollen Fremder ausgesetzt, in einem Krankenhaus lag und sie keine Möglichkeit hatte, es zu sehen, es auf den Arm zu nehmen, mit ihm zu sprechen, zu spielen, die kleinen, dicken, warmen Fingerchen in die Hand zu nehmen, sein Lachen zu hören, sein Weinen, die glatte, nach Pfirsich riechende Säuglingshaut zu riechen und neben ihm zu schlafen und auf die tiefen, seligen Atemzüge zu lauschen.

In den ersten Wochen war es weniger schlimm gewesen, da hatte sie noch genug mit sich selbst zu tun. Ihre Brüste waren prall geworden und vermißten den schmatzenden Säuglingsmund. Damit die Milch nicht durch das Kleid näßte, legte sie einige Lagen Zellstoff in den Büstenhalter. Viermal am Tag mußte sie sich auf der Toilette des Cafés ›Bronmeyer‹ einschließen und mit einer Pumpe aus Glas die Milch absaugen. Einen Tag versäumte sie es einmal, bewußt, um zu sehen, ob es dann am nächsten Tag vielleicht wegbliebe ... aber in der Nacht erwachte sie vor wahnsinnigen Schmerzen, ihre Brüste schienen zu zerspringen, Übelkeit überfiel sie und ein Zittern wie Fieberschauer ... da legte sie den gläsernen Apparat wieder an, und das ganze Elend ihrer heimlichen Schande, ihres schrecklichen Tuns, ihrer unauslöschbaren Schuld kam wieder über sie.

Dann, nach einigen Wochen, ließ es nach und verschwand dann völlig. Um so mehr aber wuchs in ihr die Sehnsucht nach dem Kind, breitete sich in ihr ein Muttergefühl aus, das so hemmungslos wurde, daß sie an jeden Kinderwagen herantrat, hineinblickte, die kleinen, runden, süßen Köpfchen anstarrte und dann wegrannte, als flüchte sie vor etwas Grauenhaftem.

»Ich kann nicht mehr, Franz –«, sagte sie zu Franz

Höllerer einmal, als sie sich wieder am Sonntag im Stadtpark trafen. »Ich halte es nicht mehr aus. Ich hätte nie geglaubt, daß ich das Kind um so sehnsüchtiger liebe, je länger es von mir fort ist –«

»Aber wir können es doch nicht mehr zurückholen«, sagte Franz Höllerer dumpf.

»Ich gehe zur Polizei und gestehe alles –«

»Und dann? Dann kommst du ins Gefängnis. Das ist ganz sicher. Kindesaussetzung, oder wie man das nennt. Man kann daraus sogar versuchten Mord machen –«

»Aber ich wollte es doch nicht töten!« schrie Julia verzweifelt. »Gerade weil es leben sollte, weil es einmal ein gutes Leben haben soll, habe ich es vor die Tür der Kinderklinik gelegt. Wenn ich es hätte umbringen wollen . . . das wäre einfacher gegangen –«

»Julia –«, stammelte Höllerer entsetzt. »Sag so etwas nicht. Unser Kind –«

»*Unser!* Wo ist es denn?« Sie warf den Kopf in beide Hände und schwankte im Sitzen. »Ich halte es nicht mehr aus . . .«, weinte sie haltlos. »Ich werde wahnsinnig. Jede Nacht liege ich da und starre an die Decke und denke: Was macht es jetzt? Schläft es? Oder weint es, und keiner kümmert sich drum, keiner steht am Bettchen, niemand beruhigt es . . . Furchtbar ist das, unerträglich.«

Es wurde ein sehr trüber Sonntag im Stadtpark. Zwei Stunden lang gingen sie durch die kahlen Baumalleen, durch die Kälte, die den Boden unter ihnen knacken ließ . . . später schneite es, und sie standen unter dem Dach eines kleinen Barocktempels, der mitten im Stadtpark lag, sahen auf die lautlos niederschwebenden weißen Flocken, auf die Sträucher und Wiesen, die wie mit Watte zugedeckt wurden, sie waren stumm wie die Natur um sie herum, bis ins Herz kalt wie die Luft, die sie atmeten. Sie wußten keinen Ausweg aus ihrer Not ... sie wußten nur, daß es so nicht weitergehen konnte. Ihre Liebe zerbrach an ihrer Schuld, und statt daß sie wuchs und sie enger aneinander band, wie sie es geglaubt hatten, erkannten sie jetzt mit Schrecken, daß das große Bindeglied fehlte: das Kind.

»Ich werde mit Vater reden –«, sagte Julia nach dem langen, quälenden, selbstanklagenden Schweigen.

Franz Höllerer nickte. »Und dann?«

Sie wußte auf die Frage keine Antwort, ebensowenig wie er. Ernst Bergmann, der biedere Buchhalter und Helfer in Steuersachen, würde diesen Schicksalsschlag hinnehmen, das war gewiß. Er zerbrach daran nicht, dazu war er zu sehr festgefügt in seiner Welt des Rechts. Aber gerade das war es, was gefährlich schien. Er würde Rechenschaft verlangen.

Von Julia, seiner Tochter, die ihn enttäuscht hatte, so sehr verraten, daß sein väterliches Herz zerbrach und er nur noch ein Standbild der Vergeltung schien.

Von Franz Höllerer, der Julia verführt hatte, denn so würde es Bergmann nennen.

Und er würde der Gerechtigkeit dienen, indem er beide der irdischen Gerichtsbarkeit übergab, gnadenlos, weil die Ordnung in der Welt ihm wichtiger war als sein Herz. Als ein verstehendes, verzeihendes Herz.

Sie wußten es zu genau, Julia und Franz, und sie standen in der Kälte, starrten in den Schnee, und es fehlte ihnen der Mut, Konsequenzen herauszufordern.

»Ich gehe mit«, sagte Franz Höllerer endlich. »Ich lasse dich nicht allein mit deinem Vater.«

»Du weißt, er läßt dich doch gar nicht in die Wohnung. Heringsbändiger nennt er dich.«

»Dann werde ich mir den Eintritt erzwingen!« schrie Höllerer und drückte Julias schmächtigen Körper an sich.

»Das würde alles nur viel schlimmer machen. Nein, Franz.« Sie schüttelte den Kopf. »Ich sage es ihm allein. Am Abend, wenn er sein Bier trinkt, wenn er gut gelaunt ist ... Ich stehe das schon allein durch.« Sie lächelte schwach und legte den Kopf an Höllerers Brust. »Ich habe ja schon ganz andere Sachen durchgestanden, nicht wahr –«

Franz nickte. In seiner Kehle saß als dicker Kloß die Angst um Julia. Wenn ihr Vater sie anzeigt, werden wir flüchten, dachte er. In der Nacht noch werden wir über die Grenze in die Schweiz fahren. Ich werde überall Arbeit finden, ich habe zwei gesunde Hände und zwei muskulöse Arme. Ob im Granitbruch bei Bellinzona oder als Abschmierer auf einem Zürichsee-Dampfer ... ich habe keine Angst vor der Arbeit.

»Komm–«, sagte er leise. »Du frierst ja.« Er legte den Arm um sie, öffnete seinen Mantel und schob sie darunter. »Wir haben noch zwei Stunden Zeit. Gehen wir zu mir?«

»Nein, Franz.« Julia schüttelte den Kopf. »Nicht böse sein – aber ich kann heute nicht. Ich ... ich fühle mich wie tot. Ich möchte mein Kind wiederhaben.«

Sie schlug den Mantel vors Gesicht und weinte.

Es schneite noch immer. Es würde eine weiße Weihnacht werden –

Ernst Bergmann hatte nach seiner glücklich überstandenen Lungenentzündung – er sagte immer ›Pneumonie‹, wie er es von den Ärzten gehört hatte – nicht wieder die alte Lebenskraft zurückgewonnen, die er vorher ausgestrahlt hatte. Er fühlte sich jetzt oft als alter Mann, was er natürlich nicht zugab ... aber immer öfter geschah es, daß er Julia einen Vortrag über die Nützlichkeit der Ehe hielt und über die Aufgabe einer gesunden, jungen Frau, völkisch gesehen, im großen und, speziell gesehen, als Erfüllung des eigenen Lebensraumes. Dabei streute er Bemerkungen wie: »Ich komme jetzt ins Großvateralter« ein und erzählte einmal von einem Bekannten, der bereits Großvater sei und ganz närrisch auf sein Enkelkind.

Bisher hatte Julia den Reden ihres Vaters stumm zugehört. Einige Ausdrücke kamen ihr wie aus einer fernen Welt vor, vor allem wenn Ernst Bergmann von der Weitergabe gesunden Volkstums redete und immer wieder davon anfing, daß die Aufgabe der deutschen Frauen die Aufzucht eines starken Geschlechts sei.

Als Schlußpunkt kam dann regelmäßig die große Klage.

»Warum kümmerst du dich eigentlich nicht um den jungen Dr. Platzke? Der Vater hat eine Kleineisenfabrik, der wir die Bilanzen frisieren, und der Junge ist ein begabter Jurist, nicht hübsch, aber ein Mann braucht nicht hübsch zu sein, sondern klug und lebensgewandt. Und beides ist der Platzke. Das wäre ein Schwiegersohn.«

»Ich liebe ihn aber nicht, Vater«, war dann die regelmäßige Antwort Julias. »Ich suche mir meinen Mann allein.«

»Einen Lastwagenfahrer wie diesen Flegel Höllerer. Julia, so etwas könnte mich zu einem Schlaganfall reizen.«

Es war klar, daß solche Abende immer mit einem Mißton endeten. Meistens ging Julia früher als vorgesehen ins Bett und ließ Ernst Bergmann brummend vor dem Fernsehgerät sitzen.

An einem dieser Winterabende, als Bergmann Rührei mit Speck zum Abendessen verzehrt hatte und seine Flasche Pilsener entkorkte, als er wieder ansetzte: »Du, Julia, ich habe wieder den Hans Dörre gesprochen, sein Enkelkind hat die Masern. Der Mann ist ganz durcheinander. Hans, habe ich da gesagt, Masern ist doch halb so schlimm. Hat meine Julia auch gehabt. Und du und ich auch. Nun stell dich mal nicht so an, Opa –«, da sagte Julia unvermittelt in einem tiefen Schluck ihres Vaters aus dem Pilsglas hinein:

»Möchtest du Großvater sein, Paps?«

Ernst Bergmann brachte die artistische Leistung fertig, sich nicht zu verschlucken. Er stellte das Glas nur mit einem Knall zurück auf den Tisch, wischte sich den Mund mit dem Handrücken ab und sagte:

»Was soll das heißen, Julia?«

»Möchtest du's gern?« fragte sie zurück, etwas ängstlicher geworden, aber doch noch mutig genug, um weiterzusprechen.

»Natürlich. Jeder Vater einer erwachsenen Tochter hat einmal die Lebensgrenze erreicht, wo er Enkel sehen will.« Bergmann schob die Bierflasche unruhig hin und her. »Soll das heißen, Julia, daß du dir den jungen Platzke doch einmal ansehen willst? Ein großer, geheimer Wunsch von mir ginge dann in Erfüllung, vielleicht der größte, den ich alter Mann noch auf dieser Welt habe –«

»Nein, Vater. Platzke nicht.«

»Wieder dieser Heringsbändiger? Nie und nimmer!« fuhr Bergmann auf. »Spukt der Flegel noch immer rum? Hast du ihn wiedergesehen? Hat er sich dir genähert? Verdammt, ich schreibe an seine Firma und drohe ihm mit der Polizei.«

»Und ... und wenn es nun dazu zu spät wäre, Vater?« sagte Julia leise.

Ernst Bergmann ließ die Bierflasche los und wischte sich wieder über den Mund, ohne daß er getrunken hatte.

»Ich verstehe dich nicht, Julia –«, sagte er verwirrt.

Jetzt muß es geschehen, dachte Julia. Jetzt – oder nie!

Jetzt muß er die volle, grausame Wahrheit erfahren. Entweder wird er mich totschlagen, oder er wird selbst einen Herzschlag bekommen, oder er wird es hinnehmen wie einen Wolkenbruch oder ein Erdbeben, als ein Naturereignis, dem er sich nicht widersetzen kann.

»Du kannst dich an einen Artikel in der Zeitung erinnern, Vater?« sagte sie stockend. Ihre Stimme schwankte erst, aber je länger sie sprach, um so fester wurde sie, und um so größer wurden ihr Mut und ihre Gleichgültigkeit vor dem, was kommen würde. »Der Artikel über das Kind, das man ausgesetzt vor der Kinderklinik ›Bethlehem‹ fand? Es war ein Mädchen, ein paar Tage alt, genau vier Tage ... und nie fand man die Eltern, bis heute nicht.«

»Ich weiß. Eine Schande. Eine entmenschte Mutter –«

»Vielleicht hatte sie Angst –«

»Es gibt keine Angst, die so groß sein kann, daß man sein eigen Fleisch und Blut aussetzt.«

»Das sagst *du*? Wenn es nun die Angst vor dem eigenen Vater war?«

»So etwas gibt es nicht.« Ernst Bergmann schüttete das Glas mit Bier wieder randvoll. »Diese Mutter ist in meinen Augen eine Mörderin.«

»Sie war nur verzweifelt, Vater.« Und plötzlich schrie sie, ballte die Fäuste und hob sie hoch empor. »Am Ende war sie wahnsinnig vor Angst ... und sie hat das Kind weggegeben, weil sie einen Tyrannen als Vater hat! *Ich* habe es weggegeben, *mein* Kind habe ich vor die Tür von ›Bethlehem‹ gelegt, *ich* bin die Mörderin in deinen Augen! Es ist mein Kind, mein Kind, mein Kind –«

Sie sank zusammen, fiel auf den Stuhl und schlug mit der Stirn gegen die Wand.

Ernst Bergmann saß erstarrt vor seinem Bier und

stierte ins Leere. Er begriff es noch nicht ... er verstand nur, daß seine Tochter Julia schrie, daß sie sich anklagte, ein Kind ausgesetzt zu haben, daß sie den Verstand verloren hatte, ganz plötzlich, von einer Minute zur anderen. Ein furchtbares Ereignis, das Ernst Bergmann noch nicht begreifen konnte, gegen das er sich innerlich sträubte, auflehnte und abschloß. Julia ist wahnsinnig geworden ... so etwas gab es doch nicht.

»Dein Kind –«, sagte er heiser und wunderte sich, daß er überhaupt sprechen konnte. »Aber wieso denn?«

»Ich habe es geboren, hier in der Wohnung, in meinem Zimmer, auf dem schmalen Bett, in dem Mutter gelegen hat –«

»Aber wieso denn?« stammelte Ernst Bergmann. Langsam, ganz langsam begriff er. »Wann denn?«

»Als du im Krankenhaus warst, Vater.«

»Ich ... ich habe doch nie etwas bemerkt ... Ich –«

»Ich habe immer ein strammes Korsett getragen, Vater.«

»Und wer ... wer ist der Mann?«

»Franz –«

Ernst Bergmann saß wie ein Holzklotz. Es blieb alles aus, was Julia befürchtet hatte. Er tobte nicht. Er schlug nicht. Er bekam keinen Herzschlag. Er saß bloß da, stumm, wie gelähmt, wie aus Wachs gegossen.

»So sag doch etwas, Vater!« schrie Julia. Auf der Stirn, mit der sie gegen die Wand geschlagen war, bildete sich ein roter Fleck. Wie ein Kainszeichen sah es aus. »Sitz doch nicht so schrecklich stumm herum! Schlag mich doch! Wirf mich hinaus! Nenn mich eine Hure! Verfluche mich! Nur sprich, Vater, sprich ein Wort –«

»Was soll ich denn sagen?« murmelte Ernst Bergmann.

»Ich habe ein Kind!« schrie Julia schrill. »Begreifst du das nicht?«

»Doch, doch – ich begreife es.« Er griff zum Bier, trank das ganze Glas in einem Zug aus, setzte es auf den Tisch, wischte sich den Mund und starrte wieder ins Leere. »Ein Kind. Dein Kind. Mein Enkelkind. Ein Mädchen. O Gott –«

Es war die erste seelische Regung. Er zuckte zusammen und wandte sich zu Julia um.

»Warum hast du mir nicht die Wahrheit gesagt?« fragte er dumpf.

»Du weiß es doch, Vater.«

»Bin ich denn ein Unmensch?«

»Bei Franz warst du es.«

»Warum hast du nie versucht, mir zu vertrauen?«

»Damals hättest du uns aus dem Haus geprügelt.«

Der alte Bergmann schwieg. Er drehte sich wieder um und sah in das Zimmer hinein. Stück für Stück setzte sich jetzt in ihm das Bild der Wirklichkeit zusammen.

Julia hat ein Kind.

Von Franz Höllerer.

Sie hat es ausgesetzt.

Also haben wir kein Kind.

Aber es ist da, und wenn wir den Mund aufmachen, wird Julia ins Gefängnis gehen müssen. Meine Tochter im Gefängnis. Das bedeutete auch den beruflichen Tod des Buchhalters und Steuerhelfers Bergmann.

Es gab also kein Zurück mehr ... es gab nur ein Vorwärts.

»Wo ist das Kind jetzt?« fragte Ernst Bergmann leise.

»Noch in der Klinik ›Bethlehem‹, Vater.«

»Du weißt es genau?«

»Ja. Ich wollte es besuchen. Aber da war es krank.«

»Krank?« Bergmann fuhr herum. »Mein Enkelkind ist krank?«

»Lungenentzündung –«

»Weil sie nicht aufpassen in der Klinik. Weil die Weiber zum Lüften immer die Fenster aufreißen. Und dann strampeln sich die Kleinen los, und schon ist's passiert.« Bergmann sprang auf, der Stuhl stürzte hinter ihm um. »Das Kind muß aus der Klinik! Sofort! Das Kind gehört hierher! Mein Enkelkind gehört –«

Er schwieg plötzlich. Die Situation wurde ihm wieder klar. Für Maria Ignotus gab es weder Vater noch Mutter, noch einen Großvater. Es war ein Findling, ein moderner Kaspar Hauser.

»Wie konntest du nur so etwas tun ...« stotterte Bergmann erschüttert. »Meine Tochter setzt ihr Kind aus ...«

»Mich trifft keine Schuld, Vater.«

Das war deutlich. Ernst Bergmann verließ stumm den Wohnraum und schloß sich in sein Schlafzimmer ein. Erst nach einer Stunde kam er wieder heraus. Julia saß auf dem Sofa, bleich wie ein Leinentuch, die Hände gefaltet.

»Wir fahren morgen in die Klinik«, sagte Ernst Bergmann ruhig. Etwas Väterliches, nein Großväterliches strahlte von ihm aus, eine fremde Herzlichkeit, die Julia sprachlos machte. »Hörst du – ich sehe mir mein Enkelkind an.«

»Ja, Vater«, stammelte Julia.

»Wir werden hingehen unter dem Vorwand, das Kind zu adoptieren. Ich habe mir alles genau überlegt.«

»Ja, Vater.«

»Und diesen Franz Höllerer bringst du mir morgen hierher. Es wird mir nichts anderes übrig bleiben, als ihn in meinem Hause aufzunehmen.«

»Ja, Vater.«

Bergmann schüttelte den Kopf. »Himmel noch mal,

kannst du nichts mehr anderes sagen als das dumme ›Ja, Vater‹?«

»Doch, Vater ...« Julia schluckte und breitete die Arme aus. »Ich bin so glücklich ... ich habe den besten Vater der Welt –«

Das war ein Augenblick, in dem sich Ernst Bergmann schrecklich erbärmlich vorkam.

Dr. Wollenreiter war in einer Panikstimmung. Er rannte auf dem Flur seiner Station hin und her, stieß die Schwestern an, gab unsachliche Antworten auf sachliche Fragen und brüllte sogar einmal die Oberschwester an: »Lassen Sie mich doch in Ruhe mit ihren Pißfragen! Wadenwickel? Muß ich mich hier um jeden quersitzenden Furz kümmern?«

Die Station erstarrte in Opposition und Beleidigtsein. Grund der Ausfälle Dr. Wollenreiters war ein Anruf von Oberarzt Dr. Julius aus dessen Sprechzimmer.

»Hier sitzt ein Herr«, hatte er gesagt, »der gerne unsere Ignotus adoptieren will. Er hat sogar schon mit dem Jugendamt gesprochen. Ich schicke ihn gleich zu Ihnen, damit er sich die Kleine ansehen kann.«

»Lassen Sie ihn oben, Herr Oberarzt!« hatte Wollenreiter zurückgebellt. »Ich drehe dem Mann den Hals um! Wer ist es denn?«

»Ein Herr Bergmann. Buchhalter und Steuerhelfer!«

»Das Wort Steuer allein genügt, einen Mord zu begehen!«

»Seien Sie nicht kindisch, Wollenreiter.« Dr. Julius hatte gelacht. »Es ist auch im Sinne des Chefs, daß Maria Ignotus in gute Hände kommt.«

Klick. Aus. Dr. Wollenreiter feuerte den Hörer auf die Gabel zurück.

Laß ihn kommen, diesen Buchhalter, dachte er bitter. Ich werde ihm ein anderes Kind zeigen. Ein Kind mit einem Hydrocephalus. Wenn er den kürbisähnlichen Kopf sieht, wird ihm die Adoption vergehen. Maria Ignotus bekommt er nicht. Nie! Ich lasse sie mir nicht nehmen –

Voll großer, innerer Erregung fuhr Ernst Bergmann mit dem Fahrstuhl hinunter zur Station Dr. Wollenreiter. Julia neben ihm wirkte blaß und schmal, fast selbst wie ein Kind, das man an der Hand nehmen mußte, um es gleich der Schwester abzuliefern.

»In fünf Minuten werde ich mein Enkelkind sehen«, sagte Bergmann, während er hinabglitt in der nach Sagrotan riechenden Kabine. »Ich wette Julia, daß es auch mir ähnlich sieht –«

An der Fahrstuhltür wartete bereits Dr. Wollenreiter auf den unliebsamen Besuch. Als er Julia sah, stutzte er und suchte in seiner Erinnerung. Die kenne ich doch, dachte er. Irgendwo habe ich sie schon gesehen. Und zwar hier in der Klinik. Aber wann und wo?

Da Wochen zwischen dem ersten Besuch Julias und ihrem zweiten Versuch, das Kind zu sehen, lagen, kam Wollenreiter zu keinem anderen Ergebnis, als daß ihm die junge Dame bekannt sei.

Julia dagegen erkannte Dr. Wollenreiter sofort. Ihr Herz setzte einen Schlag aus, sie biß die Lippen aufeinander und wartete darauf, daß der sie kritisch musternde Arzt ihren ersten heimlichen Besuch ansprach. Statt dessen fragte Wollenreiter:

»Ich weiß nicht, aber wir kennen uns, gnädige Frau. Hatten Sie nicht ein Kind bei uns in der Klinik?«

»Nein!« antwortete Ernst Bergmann laut, ehe sich Julia zu einer Antwort bereit fand. »Meine Tochter ist noch unverheiratet –«

»Das schließt nicht aus –«

»Ich bitte Sie!« Bergmann sah den Arzt strafend an. »Es handelt sich um *meine* Tochter, Herr Doktor!«

»Gewiß!« Dr. Wollenreiter schüttelte leicht den Kopf. Diese Ähnlichkeit. Wo war das bloß? Wo hatte er dieses Mädchen gesprochen?

»Können wir das Kind jetzt sehen?« sagte Bergmann forsch. Er war ungeduldig. Mein Enkelkind, dachte er. Ich bin Opa. Ich kann noch erleben, wie eine neue Generation aufwächst. Ob es wirklich etwas Ähnlichkeit mit mir hat?

»Sofort.« Wollenreiter schob das energische Kinn vor. Wenn er jetzt den Hydrocephalus sieht, fällt er um, dachte er schadenfroh. »Zimmer 4. Ich begleite Sie.«

Sein schöner Plan wurde in diesem Augenblick zunichte gemacht. Aus dem Lastenaufzug trat Oberarzt Dr. Julius und kam auf die kleine Gruppe zu. Sein Gesicht verzog sich zu einem sonnigen Lächeln, als er die verblüffte und enttäuschte Miene Wollenreiters bemerkte.

»Ich schließe mich an«, sagte Dr. Julius fröhlich.

»Aber Sie kennen das Kind doch, Herr Oberarzt«, versuchte Wollenreiter eine leise Abwehr. Dr. Julius nickte.

»Eben, weil ich es kenne, will ich mit. Und ich kenne auch Sie, mein Lieber.«

Wollenreiter seufzte. »Sie sind kein guter Kamerad –«, flüsterte er Julius zu, als er an ihm vorbeiging. »Man kann die Korrektheit auch übertreiben.« Und laut sagte er zu Ernst Bergmann: »Ich habe mich geirrt. Maria Ignotus liegt auf Nr. 10. Darf ich bitten?«

Je näher sie der Tür mit dem schwarzen Nummernschild 10 kamen, um so schwerer wurden Bergmanns Beine. Die letzten Meter hakte er sich bei seiner Tochter unter, und auch Julia preßte sich eng an ihren Vater.

Wollenreiter ging voraus. Aber er kam sofort zurück und schloß die Tür.

»Es schläft –«, sagte er leise.

Das war der letzte Versuch, der allerletzte verzweifelte. Aber Oberarzt Dr. Julius schüttelte den Kopf.

»Säuglinge schlafen viel, das wissen wir ja. Wir brauchen das Kind ja nicht aufzuwecken ... aber ansehen ist möglich.«

»Bitte!« Wollenreiter klinkte distinguiert die Tür wieder auf. Der Blick, den er Julius zuwarf, war wie vergiftet. Julius lächelte und klopfte dem Stationsarzt die Schulter.

»Machen Sie kein Menkenke, Wollenreiter«, sagte er leise, bevor er Julia und Bergmann ins Zimmer folgte. »Was wollen Sie denn mit einem Säugling?«

Stumm, Hand in Hand, standen Julia und ihr Vater vor einem kleinen, weißen Gitterbettchen. Wie verloren lag auf dem flachen Kissen, unter einer weiß bezogenen Wolldecke, das Köpfchen mit den spärlichen Haaren zur Seite, das Mündchen etwas geöffnet. Maria Ignotus. Es hatte die Händchen zu Fäusten geballt, und ab und zu zuckte die kleine Stubsnase im Schlaf, als sitze eine Fliege darauf. Der Atem war tief und regelmäßig. Es sah rosig aus, wie aus Marzipan.

Ernst Bergmann rang mit seiner Fassung. So etwas Wundervolles hat meine Julia geboren, dachte er. So einem Engel gab sie das Leben. Und sie setzte es aus, warf es weg, konnte sich von ihm trennen, für alle Zeiten, weil sie Angst hatte. Angst vor mir! Vor mir!

Das war ein Gedanke, der ihn fast zerriß. Er drückte das Kinn an den Kragen, schluckte krampfhaft und sagte dann, nur um zu zeigen, wie stark er sei und wie wenig beeindruckt:

»Nicht mal ein Plumeau hat das Kind.«

»Säuglinge dürfen nicht so dick zugedeckt werden«, flüsterte Julia. »Sie können sonst ersticken.«

»Ach so –«

Ernst Bergmann beugte sich über das Bettchen. Als

müsse er mit seinen Augen jeden Zentimeter des Gesichtchens fotografieren, tastete er mit seinem Blick das im Schlaf rosige Köpfchen ab. Wollenreiter und Julius, die an der Tür stehengeblieben waren, warteten geduldig.

»Widerlich, so etwas«, flüsterte Wollenreiter voller Gift und Galle. »So ein alter Knopp! Was will er mit dem Kind? Daß das Jugendamt so etwas zuläßt? Man hat mir gesagt, daß nur junge Ehepaare mit nachweislicher Kinderlosigkeit Säuglinge adoptieren können.«

»Herr Bergmann macht einen soliden Eindruck. Maria Ignotus wird es bei ihm gut haben. Ich habe vorhin das Jugendamt angerufen. Sie kennen Bergmann.«

Julia wagte nicht, näher an das Bett zu treten oder sich gar wie ihr Vater darüberzubeugen. Sie wußte, daß sie sich verraten würde, daß sie nicht mehr die Kraft aufbringen würde, wie eine Fremde auf ihr Kind zu sehen. Es zuckte ihr in den Fingern, das Kind an sich zu reißen, zu herzen und zu küssen und zu schreien: »Ich bin die Mutter! Ich! Macht mit mir was ihr wollt ... aber jetzt gebe ich es nicht wieder her!«

Um das zu verhindern, blieb sie in einiger Entfernung stehen und überließ es ihrem Vater allein, seine großväterlichen Gefühle zu entwickeln. Sie wußte nur eins: Alle Angst war vergebens gewesen, völlig sinnlos. Ernst Bergmann würde sich jetzt nie mehr von diesem Kinde trennen.

Ja, er würde seine eigene Tochter ins Gefängnis gehen lassen, damit sie ihre Schuld abbüßte, aber Maria Ignotus gab er nicht mehr aus der Hand.

Die Verwandlung Bergmanns war vollkommen. Als er sich aufrichtete und zu Julia zurücktrat, glänzten seine Augen.

»Es hat meine Ohren–«, flüsterte er ihr zu. »Sieh dir das an ... genau meine Ohren ...« Auf Zehenspitzen ging er zurück zur Tür zu den beiden wartenden Ärzten und blinzelte ihnen zu. »Ein schönes Kind. Ich werde mich so schnell wie möglich um die Adoption bemühen. Ich danke Ihnen, meine Herren, daß Sie einem alten Mann noch eine solch große Freude bereiten.«

»Es ist eine Schicksalsfügung, Herr Bergmann.« Dr. Julius stieß Wollenreiter in die Rippen, der ebenfalls etwas sagen wollte. Verbissen schwieg er darauf. »Uns wäre es lieber gewesen, die richtige Mutter hätte sich gemeldet –«

Julia tastete nach der Hand ihres Vaters. Bergmann begriff, was seine Tochter in diesen Minuten durchmachte. Er zog sie aus dem Zimmer auf den Flur, Wollenreiter schloß leise die Tür.

»Wie lange wird so ein Adoptionsverfahren dauern?« fragte Bergmann mit belegter Stimme. »Sie haben doch da einige Erfahrung, Herr Doktor?«

»Sehr lange«, brummte Wollenreiter.

»Das kommt darauf an«, milderte Dr. Julius ab. »Wenn das Kind gesund ist –«

»Es leidet noch unter den Nachwirkungen der Pneumonie«, fiel Wollenreiter wieder ein.

»Das kenne ich.« Bergmann nickte. »So etwas nimmt ja einen Erwachsenen schon mit, geschweige so ein zartes Kindchen. Sicherlich waren die Fenster wieder auf, wie immer in den Krankenzimmern –«

Wollenreiter verstand diesen Angriff. »Nein«, sagte er grob. »Aber wenn man ein Kind im Herbst auf die Erde vor eine Tür legt, braucht man sich nicht zu wundern, wenn es niest.«

Julia senkte tief den Kopf und schwieg. Bergmann suchte nach neuen Worten, auch ihn ergriff das Schicksal seiner Enkeltochter maßlos. Sie muß sofort zu uns, dachte er. Sofort! Es darf nicht länger gezögert werden!

Hier kann man nicht abwarten, bis der Beamtenweg heruntergeschneckt ist, hier muß man handeln.

Er war sich im klaren, daß er jetzt begann, kriminell zu denken. Aber das schreckte ihn nicht mehr. Die Wandlung des stillen, korrekten Buchhalters Bergmann war vollkommen. Es war, als sei von ihm bloß die äußere Hülle geblieben, aber alles im Inneren ausgewechselt worden.

»Normal dauert es auch lange, nicht wahr?« fragte er noch einmal.

»Mit einigen Wochen muß man schon rechnen.«

»Und es liegen Masern in der Luft«, fügte Wollenreiter grausam hinzu. »Wir bekommen seit drei Wochen lauter Masernfälle ins Haus. Bei epidemischen Erkrankungen entlassen wir keine Kinder, schon gar nicht Säuglinge –«

Oberarzt Dr. Julius schwieg und lächelte nur. Wollenreiter kämpft wie eine Tigerin um ihr Junges. Er zerfleischt alles, was in seine Nähe kommt. Aber es wird aussichtslos sein ... auch Prof. Karchow ist gewillt, Maria Ignotus in gute Hände zu geben. Ohne Aufsehen möglichst. Die Sache mit Kallenbach war unangenehm genug. Man brauchte keine Publicity mit solchen Vorfällen wie Findlingen; die Vierlinge und vor allem die Siamesen waren Reklame genug, die keine Flecken vertrug. Gelang die Trennung der zusammengewachsenen Köpfe, so war der Name Karchow in aller Mund, und Dr. Julius war eine Dozentur sicher.

Dr. Wollenreiter blieb auf der Station zurück, während Julius die beiden Besucher bis zum Ausgang begleitete. Er sah ihnen nach, wie sie langsam zum Taxenstand gingen, der vor dem Krankenhaus auf der gegenüberliegenden Straßenseite eingerichtet war. Julia hatte sich bei ihrem Vater eingehakt, ihre Beine schleiften über den Boden, sie machte den Eindruck einer Schwerkranken, einer halb Gelähmten. Dr. Julius schüttelte den Kopf und ging in die Halle zurück.

Ein merkwürdiges Paar, dachte nun auch er. Aber das Jugendamt muß es ja wissen. Die Auskunft war hervorragend.

Nachdem sie das große Einfahrtstor der Klinik passiert hatten, blieb Ernst Bergmann stehen und sah Julia nachdenklich an.

»Hast du gesehen«, fragte er leise, als könne man sie hier noch hören, »daß das Zimmer zu ebener Erde liegt?«

»Nein Vater.« Julias Antwort war schwach. Wie schön es aussieht, dachte sie nur. Wie glücklich es schläft. Mein Kind –

»Das Zimmer liegt im Parterre. Zum Garten hinaus. Ich habe vor dem Fenster Sträucher sehen können. Vom Garten bis zur Fensterbrüstung können es keine zwei Meter sein –«

»Mag sein, Vater –«

»Es ist so. Ein junger Mann mit etwas Mumm in den Knochen ist mit einem Klimmzug auf der Brüstung. Das ist gar kein Problem.« Ernst Bergmann rüttelte die wie abwesend über die Straße blickende Julia am Arm. »Ist dein Franz ein guter Turner?«

»Ich weiß nicht, Vater.«

»Wir werden ihn fragen. Er soll heute abend zu uns kommen. Ich habe da so einen Plan –«

»Was für einen Plan, Vater?«

»Später, Julia.« Ernst Bergmann hatte es nun eilig, eine Taxe zu bekommen, und winkte mit beiden Armen zu den wartenden Autos. »Laß mich ab jetzt alles machen. Ich begehe keine Dummheiten. Du hättest viel mehr Vertrauen zu deinem Vater haben sollen. Das alles wäre gar nicht nötig gewesen. Aber der alte Bergmann bringt das schon in Ordnung. Nur keine Sorge.

Ich lasse doch meine Enkelin nicht in fremden Händen –«

Wortlos saßen sie dann im Auto und fuhren nach Hause. Das Pflaster unter ihnen hoppelte gegen die Räder, der Motor rauschte. Julia preßte die Hände gegen die Ohren. Alle Geräusche verdichteten sich in ihr zu einem einzigen Rhythmus ... Mein Kind ... mein Kind ... mein Kind ...

Als sie ausstiegen, mußte Ernst Bergmann sie fast tragen. Der Besuch war über ihre Kraft gegangen.

Es war Franz Höllerer nicht ganz wohl zumute, als er am Abend an der Wohnungstür von Bergmann schellte. Noch weniger gefiel ihm, daß Ernst Bergmann selbst öffnete und nicht Julia, von der er noch schnell erfahren wollte, wie die Stimmung war.

»Kommen Sie herein, Franz!« sagte Bergmann. Daß er Höllerer so formlos beim Vornamen nannte, brachte Franz völlig aus dem Gleichgewicht. Er ging an dem Alten vorbei in die kleine Diele und sah sich nach Julia um.

»Ist Julia nicht hier?« fragte er unsicher.

»Doch. Im Bett.«

»Im Bett? Ist sie krank?« In Höllerers Stimme schwang ehrliche Sorge.

»Nein. Erschöpft.«

»Wovon erschöpft? Darf ich zu ihr?«

Ernst Bergmann wollte nein sagen, aber dann kam ihm zum Bewußtsein, daß Franz Höllerer mehr als er selbst ein Recht habe, sich um Julia Sorgen zu machen.

»Sie steht gleich auf«, sagte er deshalb ausweichend. »Gehen wir ins Wohnzimmer. Dort hinten die Tür.«

»Ich weiß.«

»Ach ja, Sie wissen ja. Natürlich.« Bergmann ging hinter seinem Schwiegersohn her, und es war ein merkwürdiges Gefühl, denken zu müssen: Dieser mir völlig fremde Mann hat nun ein Recht auf meine Tochter. Er ist sogar der Vater meines Enkelkindes.

Im Zimmer stellte Bergmann eine Flasche Bier auf den Tisch, holte zwei Gläser und schenkte ein. Im Badezimmer rauschte das Wasser. Julia war aufgestanden. Franz Höllerer atmete sichtbar auf. Es schien sich um keine schwere Erkrankung zu handeln.

»Julia hat mir alles erzählt –«, begann Ernst Bergmann, die ein wenig drückende Stille zu zerschneiden.

»Alles –?« fragte Höllerer zurück.

»Ja, alles. Auch die Sache mit dem Kind.«

»Lassen Sie sich erklären, Herr Bergmann –«

»Was brauche ich Erklärungen, Franz? Es ist geschehen, und damit basta.« Ernst Bergmann sah auf den Schaum seines Bieres. »Ein schönes Kind –«

»Aber –«, Höllerer blieb der Mund offen. Hier ist etwas faul, durchzuckte es ihn. Wieso ein schönes Kind? Keiner von uns hat es doch gesehen. Der Alte hat den Verstand verloren, als Julia ihm alles gebeichtet hat.

Ernst Bergmann schüttelte den Kopf. Er las im Blick Höllerers genau, was dieser dachte.

»Nein, ich bin nicht übergeschnappt, mein Junge. Wir waren heute in der Klinik ... Julia und ich. Wir haben das Kind angesehen.«

»Aber –«, Franz Höllerer sah sich hilfesuchend um. »Die lassen doch keinen an das Kind.«

»Mich schon. Ich habe mich erboten, den Findling zu adoptieren.«

»Sie wollen – Nein!« Höllerer sprang auf. »Es ist mein Kind!«

»Setzen!« Bergmann winkte energisch auf den Stuhl. »Erst wollte es keiner, jetzt schlagen sie sich darum. Ich bin der Großvater.«

»Unbestreitbar.«

»Also spreche ich ein Wort mit. Das Kind muß aus der Klinik zu uns. Bis wir die Genehmigung haben, es zu adoptieren, kann noch Wochen dauern. Mir scheint, daß die Ärzte da Schwierigkeiten machen, vor allem einer von ihnen. Warum, weiß ich nicht. Aber darauf lasse ich mich nicht ein. Ich will meine Enkelin hier haben. Der einfachste Weg wäre, der Polizei zu beichten. Dann geht Julia ins Gefängnis. Wollen Sie das?«

»Auf gar keinen Fall!«, rief Franz Höllerer.

»Dann sollte alles klar sein. Es liegt wesentlich an Ihnen, ob Julia unvorbestraft bleibt. Und ob wir das Kind bekommen.«

»An mir? Wieso?«

»Sind Sie ein guter Turner?«

»Ja.« Höllerer trank völlig verwirrt einen Schluck Bier. Es schmeckte ihm plötzlich gar nicht mehr. Julia kam ins Zimmer, trat hinter ihn und küßte ihn auf die Backe. Sie tat es in Gegenwart ihres Vaters so selbstverständlich, daß es Ernst Bergmann einen Stich in das Herz gab. Ich muß mich daran gewöhnen, dachte er. Sie gehört zu ihm und er zu ihr. Väter von erwachsenen Töchtern müssen umdenken, vor allem dürfen sie nie eifersüchtig sein.

»Guten Abend, Franz –«, sagte Julia leise.

»Guten Abend, Liebes –«

»Ich versuche gerade, Franz etwas zu erklären«, sagte Bergmann, als sich Julia an die Seite Höllerers gesetzt hatte. »Er ist ein guter Turner, wie er sagt.« Bergmann machte eine Sprechpause und fuhr dann mit Betonung fort: »Das Zimmer liegt zu ebener Erde. Bis zur Fensterbrüstung sind es knapp zwei Meter. Mit einem Klimmzug ist man oben –«

Franz Höllerers Blick ging von Julia zu Bergmann und wieder zurück. Er verstand, aber was er verstand, war so abenteuerlich, daß er es einfach nicht begreifen wollte.

»Das ist doch nicht Ihr Ernst –«, sagte er nach einer Weile Schweigen.

»Mein vollster.«

»Ich soll mein Kind stehlen?«

»Ihr habt es ausgesetzt . . . nun holt ihr es wieder zurück. Das ist zwar rechtlich nicht korrekt, aber moralisch kann man es verantworten.«

»Das ist Kidnapping«, rief Franz Höllerer.

»Ich kann nicht amerikanisch«, sagte Bergmann stur. »Für mich ist es das Zurückholen meines Enkelkindes, um das ihr beide mich betrügen wolltet. Wer den Mut hat, ein Kind auszusetzen, sollte erst recht den Mut haben, es wiederzuholen. Oder soll ich ins Zimmer klettern?!«

»Aber Vater«, rief Julia.

Franz Höllerer stand auf und ging in dem Wohnzimmer hin und her. Was der alte Bergmann da vorschlug, leuchtete ihm ein. Nur wie es dann weitergehen sollte, das wußte er nicht.

»Wie stellt ihr euch die Zukunft vor?« fragte er laut. Ernst Bergmann hatte auf diese Frage gewartet.

»Auch darüber habe ich nachgedacht. Ihr zieht nach München. Ich miete euch eine Wohnung. Kraftfahrer braucht man überall. Das ist alles kein Problem. Schwieriger ist es mit mir. Ich werde so schnell keine gleichwertige Stelle in München finden.«

»Du willst auch nach München, Vater?« stotterte Julia.

»Welche Frage. Ich bin da, wo meine Enkelin ist. Aber macht euch darüber keine Sorge – ich liege euch nicht auf der Tasche. Ich finde schon etwas.« Bergmann holte seine Brieftasche heraus und legte einige Notizzettel auf den Tisch. »Ich habe heute nachmittag mit einigen Maklern in München telefoniert. Ihr könnt sofort eine Vierzimmerwohnung in Schwabing beziehen.« Bergmann schob einen der Zettel über den Tisch zu Franz Höllerer. »Ich habe sie bereits gemietet.«

Höllerer wischte sich über die Augen. »Himmel, welch ein Tempo«, murmelte er. »Wir haben dich alle verkannt, Vater.«

Bergmann atmete tief auf. Er nagte an der Unterlippe und erhob sich dann. »Mein Junge –«, sagte er sichtlich bewegt. »Auch ich hatte eine falsche Meinung. Aber wenn du mal in meinem Alter bist und deine Tochter wird erwachsen, wirst du mich verstehen. Dann wirst du auch denken: Meinen Schwiegersohn suche ich mir aus. Das denken alle Väter, und sie fallen meistens dabei herein. Es kommt doch immer anders. Aber Schwamm drüber! Unser Kind ist wichtiger als solche Sentimentalitäten.« Er umarmte Franz Höllerer, schlug ihm auf die Schulter, und jeder wußte, daß die Familie nun komplett war, daß es keine Probleme mehr gab, kein Versteckspielen mehr, keine Angst.

»Gut. Ich tue es«, sagte Franz entschlossen. »Aber wann?«

»So schnell wie möglich.« Bergmann schien im Geiste zu rechnen. »Erst fahrt ihr nach München und richtet die Wohnung ein. Es muß ja alles komplett sein, wenn ihr mit dem Kind kommt. Dann muß man eine schöne Nacht abpassen, am besten Neumond . . .«

»Vater, du könntest einen Krimi schreiben –«, sagte Julia zwischen Lachen und Erregung.

»Und wenn man in der Zwischenzeit unser Kind in ein anderes Zimmer verlegt hat und ich ein falsches hole?«

»O Gott, das kann passieren«, rief Julia entsetzt.

»So dumm könnt auch nur ihr sein. Am Tage vor dieser Nacht überzeuge ich mich selbst noch mal, ob sie noch in diesem Zimmer liegt. Vor allem müssen wir wissen, welches Fenster es ist. Von draußen sehen sie alle gleich aus. Ich werde irgend etwas an die Scheibe kleben, eine kleine Plakette oder sonst was. Ich weiß es noch nicht. Aber ich werde mich überzeugen. Schließlich steht mir ja als Adoptionsantragsteller ein gewisses Kontrollrecht über meine zukünftige Tochter zu –«

Man blieb an diesem Abend bis tief in die Nacht zusammen und besprach immer wieder in allen Einzelheiten den Plan, Maria Ignotus aus der Klinik ›Bethlehem‹ herauszuholen. Franz Höllerer versprach, an der Laderampe von Diederichs & Co. in jeder freien Minute Klimmzüge zu üben. In einem alten Lagerschuppen, der nicht mehr benutzt wurde, der aber noch fünf unversehrte Fenster hatte, wollte Höllerer außerdem das lautlose Zerschlagen einer Scheibe üben. Mit einem Sack und Schmierseife. Es kam darauf an, daß keine Scherben klirrten, sondern daß sie durch die Schmierseife am Sackstoff kleben blieben. Das hört sich simpler an, als es in Wirklichkeit ist.

Als der kleine Wagen mit Höllerer endlich durch die Nacht davonbrummte, stand Ernst Bergmann am Fenster und sah den verschwindenden Rücklichtern nach.

»Ein netter Kerl –«, sagte er zu Julia, die hinter ihm stand und die Arme um seinen Hals geschlungen hatte. »Ihr solltet wirklich werden –«

Die Ereignisse wurden – natürlich unbewußt – durch Dr. Wollenreiter beschleunigt, und zwar so, daß Ernst Bergmann, sein unbekannter Gegner, in regelrechte Zeitnot geriet.

Wollenreiter hatte wieder einen seiner berühmten Alleingänge unternommen, war bis zum Leiter des Jugendamtes vorgedrungen und hatte ihm, da sich dieser als Akademiker herausstellte, als Bundesbruder zum

Bundesbruder klargemacht, daß der Antragsteller Ernst Bergmann zu alt sei.

»Maria Ignotus gehört in einen modernen, jungen Haushalt«, plädierte Dr. Wollenreiter mit sichtbarem Erfolg. »Soll das Kind schon in der Spielhose vergreisen? Überlegen Sie doch mal ... Bergmann kann doch nur einen kleinen Teil der Entwicklung miterleben, und was dann? Seine Tochter? Die wird eines Tages selbst heiraten und eigene Kinder kriegen. Soll Maria Ignotus dann das fünfte Rad am Wagen sein? Das hat sie nicht verdient.«

»Ich werde mir das überlegen, lieber Bundesbruder«, versprach der Leiter des Jugendamtes. »Ihre Argumente haben etwas für sich –«

Der Erfolg der Überlegungen war ein amtliches Schreiben an Ernst Bergmann. Es überraschte ihn, als er zwischen zwei Münchner Stellenangeboten schwankte ... Buchhalter in einem Illustriertenverlag oder Buchhalter in einer optischen Fabrik. Die Gehälter waren beide gleich und lagen so, daß man sagen konnte: mies.

»Julia«, schrie Bergmann nach der Lektüre des Schreibens. »Julia! Wir haben keine Zeit mehr! Das Jugendamt macht Einwände. Ich sei zu alt! Ich – zu alt! Denen werde ich was sagen! Denen werde ich zeigen, wieviel Mumm noch in den Knochen des Bergmann ist! Zu alt! Und das mir!« Er warf den Brief auf den Boden und stampfte darauf herum. »Aber jetzt heißt es handeln! Jetzt kommt es auf Stunden an! Soll ein anderer unser Kind bekommen? Nicht auszudenken! Los! Wir fahren sofort zu Franz.«

Höllerer war unterwegs mit dem Viertonner und kam erst am Abend zurück. Er fand zwei aufgeregte Familienmitglieder auf dem Autohof und führte sie in sein Übungsgebäude, den alten Schuppen. Bergmann setzte sich nicht auf die angebotenen leeren Kisten, sondern rannte in höchster Erregung hin und her.

»Morgen muß es geschehen. Keinen Tag später! Ich gehe am Nachmittag in die Klinik und überzeuge mich, wo sie liegt . . . und in der Nacht holst du sie.«

»Unmöglich«, sagte Franz Höllerer. »Und dann nach München?«

»Sofort!«

»Ich habe vierzehntägige Kündigung, so schnell geht das nicht.«

»Kündigungsfrist! Wo es um deine Tochter geht«, schrie Bergmann. »Pfeif was auf die Frist.«

»Das kann mich aber ein Arbeitsgerichtsverfahren kosten.«

»Auch das pauken wir durch.«

»Und außerdem fällt es auf: Kind weg, ich weg, Julia weg. Das merkt doch jeder.«

»In unserer Stadt sind fast 700000 Menschen. Als ob es da auffällt, wenn zwei plötzlich umziehen.«

»In diesem Zusammenhang doch.«

»Wer soll es denn merken?«

Franz Höllerer schwieg. Ihm kam das alles nicht mehr ganz geheuer vor. Daß er sein Kind holen würde, war sicher, aber um es perfekt zu machen, brauchte man Zeit. Ein einziger Fehler, der zur Entdeckung führte, bedeutete das Ende aller Zukunftspläne. Dann saßen Julia und er im Gefängnis, und sie würden das Kind nie wieder bekommen. Entziehung des Erziehungsrechtes, nannte man so etwas.

»Morgen nacht«, sagte Bergmann stur. »Irgend jemand hat beim Jugendamt quergeschossen. Vor ein paar Tagen war ich ja noch nicht zu alt. Wir müssen handeln, Kinder!«

»In Gottes Namen – gut.« Höllerer hob die Schultern. »Versuchen wir es morgen.«

»Versuchen?« schrie Bergmann. »Es muß gelingen!«

»Gut. Es gelingt. Aber ich habe ein ungutes Gefühl dabei, lieber Schwiegervater –«

Prof. Karchow war zum erstenmal in seinem Leben nicht in der Lage, seinen Sarkasmus auszuspielen oder eine seiner Bemerkungen loszuwerden. Nicht aus Mangel an Gelegenheit, sondern aus einer gewissen Scheu heraus. Und das war selten bei Karchow. Er rief deshalb auch seinen Oberarzt Dr. Julius zu Hilfe, und zwar vom Sekretariat aus.

»Julius, kommen Sie mal rüber«, sagte er. »Bei mir sitzt ein Geistlicher. Ja, ein Monsignore sogar. Er hält mir gerade einen Vortrag, daß es nicht im Sinne der Kirche sei, die siamesischen Zwillinge zu trennen.«

»Ich komme sofort«, antwortete Dr. Julius. Diese neue Komplikation bei den Vierlingen Lehmmachers schien ihm sehr kompakt zu sein. Wenn die Kirche sich für einen medizinischen Fall interessiert, ist meistens auch die Öffentlichkeit informiert und in zwei Lager gespalten.

Im Chefzimmer erhob sich Monsignore Blond und begrüßte den Chirurgen Julius. Ewald Blond machte seinem Namen keinerlei Ehre, denn er war schwarzhaarig, verhältnismäßig jung für seinen päpstlichen Titel und klein und dicklich.

»Sie also sind der Mann, der unsere lieben Zwillinge trennen will?« sagte er zum Oberarzt Dr. Julius. Ein Hauch von Güte und Gefahr wehte den Arzt an. Er merkte es fast körperlich.

»Sie kennen den Fall genau, Monsignore?«, fragte Dr. Julius direkt. Eine Frage, die Prof. Karchow aus Höflichkeit unterlassen hatte. Statt dessen hatte er den Monsignore mit Jagdabenteuergeschichten unterhalten und tunlichst das Medizinische vermieden.

»Zum Teil, Herr Doktor.«

»Man muß das Ganze kennen, um sich ein genaues Urteil zu machen, Monsignore«, sagte Dr. Julius. »Die Medizin ist etwas Reales ... sie verspricht Heilung, aber kein ewiges Leben ...«

Prof. Karchow wurde rot. »Na, na, Julius –«, warf er ein. Monsignore Blond lächelte gütig.

»Die zornigen jungen Männer«, sagte er weise. »Lassen Sie ihn, Professor. In Wahrheit steht am Operationstisch ja doch Gott neben ihm.«

»Nein. Mein zweiter Assistent«, antwortete Julius.

Monsignore Blond sah Dr. Julius lange und schweigend an. Dann räusperte er sich und faltete die Hände im Schoß.

»Man hat mir gesagt, daß eine solche Trennung von Siamesen meistens den Tod des einen Kindes bedeutet.«

»Meistens –«, stimmte Dr. Julius bei.

»Die Statistiken beweisen es. Die Kirche steht aber auf dem Standpunkt, daß eine Operation, bei der man von vornherein weiß, daß ein Kind sterben muß, unstatthaft ist. Sie ist – im weitesten Sinne natürlich – Mord mit dem Skalpell. Es geht nicht an, daß man ein Leben rettet, indem man das andere tötet.«

»Wenn wir die Siamesen nicht trennen, sind sie in dieser Form auch nicht lebensfähig. Die Infektion des einen etwa bedeutet auch den Tod des anderen.«

Monsignore Blond hob beide Hände. »Dann ist es Gottes Wille, Herr Doktor. Gott hat sie so auf die Erde gelassen, Gott nimmt sie so auch wieder zu sich –«

Dr. Julius sah zu Prof. Karchow hin. Dieser schnitt sich äußerst konzentriert eine Zigarre zurecht und vermied es, Stellung zu nehmen.

»Ich komme da nicht mehr mit«, sagte Dr. Julius laut. »Ich sehe die Notwendigkeit rein medizinisch. Wenn ich bei jedem Eingriff erst Bibelkommentare lesen soll –«

»Können Sie garantieren, Herr Doktor, daß die beiden Kinder die Trennung überleben?« fragte Monsignore plötzlich ohne priesterliche Verbrämung. Dr. Julius schüttelte energisch den Kopf.

»Nein! Wer kann das.«

»Aber Sie wagen die Trennung?«

»Natürlich.«

»Wie wollen Sie den Tod eines Kindes, falls es zu dieser Tragödie kommt, vor den Eltern verantworten?«

»Wie wollen Sie es als Vertreter Gottes verantworten, daß Menschen gesegnet und ihnen die Absolution erteilt wird, die Bomben herstellen, mit denen später Frauen und Kinder getötet werden?«

»Sie werden unsachlich, Julius –«, versuchte Prof. Karchow im letzten Moment noch eine Brücke zu schlagen. Monsignore Blond war aufgesprungen. Er reichte Julius bis an die Brust.

Aber was ihm an Körpergröße fehlte, machte er an Mut wieder gut. Er starrte zu Dr. Julius hinauf und machte den Eindruck, als gälte es, einen Teufel auszutreiben.

»Sie sind gottlos!« rief er.

»Nein, Monsignore.« Dr. Julius behielt seine Ruhe. »Ich bin ein gläubiger Katholik. Aber ich lehne es ab, Gott für alle Dinge verantwortlich zu machen, die hier auf Erden geschehen. Fühlte er sich verantwortlich, ließe er Feuer und Schwefel regnen, um endlich den Menschen Vernunft beizubringen. Hier geschieht so vieles in seinem Namen, vor dem *Er* sich schaudernd abwenden würde.« Dr. Julius ging um Monsignore Blond herum und setzte sich an den runden Rauchtisch. Prof. Karchow blinzelte ihn an. Julius sah ostentativ weg. Natürlich, die Kohlen aus dem Feuer hole ich.

Er bleibt der Grandseigneur der Medizin. »Ich denke, wir sollten in medias res gehen«, sagte er laut. »Wer hat Sie geschickt, Monsignore?«

»Mein Gewissen.«

»Haben Sie mit den Eltern Lehmmacher schon gesprochen?«

»Nein. Aber ich werde es tun.«

»Da werden Sie etwas Erhebendes erleben. Die Eltern sind nämlich auch gegen die Trennung.«

»Ach«, sagte Monsignore Blond bloß.

»Ja, aber nicht aus religiösen, ethischen, moralischen oder sonstwelchen Motiven, sondern weil sie das Angebot haben, ihre Siamesen als Jahrmarktattraktion auszustellen. Für 100 DM täglich.«

»Pfui«, rief Monsignore Blond entrüstet.

»Es ergibt sich nun folgende logische Entwicklung: Kirchlicherseits wird eine Trennung abgelehnt, weil die Gefahr besteht, daß ein Kind dabei stirbt. Also bleiben sie zusammen. Ungetrennt aber werden sie – das kann niemand verhindern, auch Sie nicht, Monsignore – eine Schaubudennummer. Ich glaube nicht, daß dies im Sinne der Kirche ist.«

»Durchaus nicht!« Monsignore Blond setzte sich in den dritten Sessel und nahm mit bebender Hand eine Zigarette aus dem goldenen Kasten, den ihm Karchow hinhielt. »Ich werde dem Vater ins Gewissen reden –«

»Das Gewissen hört bei 100 DM täglich auf, Monsignore. Man muß real sehen. Lehmmacher ist ein armer Gärtner. Für monatlich 3000 DM wird er Feueranbeter, wenn man es verlangt. Wir leben heute in einer absolut kommerziellen Welt, so traurig es sein mag.« Oberarzt Dr. Julius sah, wie Monsignore Blond ihm innerlich recht gab, aber äußerlich noch immer um seine Position rang. »Den Kindern ist mehr geholfen, wenn wir das Wagnis der Trennung wählen, als daß sie die Jahre ihres Lebens als einen Fluch Gottes betrachten. Und das werden sie, wenn sie denken lernen und begreifen, welches Schicksal man ihnen zumutet.«

Monsignore Blond verabschiedete sich bald, nicht ohne die Bemerkung, daß er erst selbst mit den Eltern sprechen wolle. Prof. Karchow hielt Dr. Julius zurück, als dieser dem Geistlichen folgen wollte.

»Noch ein Wort, Julius –«

»Bitte, Herr Professor?«

»Ich habe die ersten Röntgenaufnahmen machen können. Vom hinteren Arterienast aus haben sie einige gemeinsame Adern.«

Dr. Julius schwieg einen Augenblick. Dann sagte er stockend:

»Ich habe das befürchtet, Herr Professor. Vielleicht hat der Monsignore doch recht ... Bei dieser Operation muß Gott neben mir stehen –«

»Was will der denn schon wieder hier?« sagte Dr. Wollenreiter mürrisch, als die Pfortenschwester ihm Ernst Bergmann meldete. »Führen Sie ihn ins Wartezimmer. Ich muß erst rückfragen.«

Der Leiter des Jugendamtes, den Wollenreiter sofort anrief, bestätigte, daß man Bergmann geschrieben habe. »Vielleicht hat er den Brief noch nicht bekommen«, sagte der Amtsleiter. »Er soll vorgestern hinausgegangen sein.«

»Dann muß er ihn schon längst bekommen haben.«

»Bei der Post ist alles möglich. Wir haben einmal einen Eilbrief in den Nachbarort geschickt und einen gewöhnlichen Brief nach Flensburg. Der nach Flensburg war eher da als der Eilbrief, der nur zwölf Kilometer Wegstrecke hatte.«

»Was will denn der alte Bergmann hier noch?«

»Wahrscheinlich das Kind sehen. Solange er noch

nichts weiß, steht ihm das zu. Zeigen Sie ihm Maria Ignotus. Morgen hat er ja das Schreiben, und es ist vorbei.«

Wollenreiter empfing daher Ernst Bergmann sehr reserviert und sagte zu Beginn sofort: »Das Kind war letzte Nacht sehr unruhig. Ganz kurz nur, Herr Bergmann, dann muß ich Sie wieder bitten, zu gehen.«

Bergmann nickte stumm. Er ging neben Wollenreiter über den langen Flur und merkte sich, wieviel Zimmer zur Gartenseite hin lagen. Wenn jedes Zimmer ein Fenster besaß, war es einfach. Aber Bergmann wollte auf Sicherheit gehen.

Vor Nr. 10 blieb Wollenreiter stehen. Also noch das gleiche Zimmer.

»Zwei Minuten –«, sagte er zu dem alten Bergmann. »Eigentlich dürfte ich Sie gar nicht hereinlassen, ohne daß man Sie steril gemacht hat.«

»Himmel noch mal, sind Sie pingelig«, sagte Bergmann. »Wenn man alle Mütter, die ihre Kinder zu Hause anfassen, erst desinfizieren sollte –«

»Hier ist eine Klinik, mein Herr.« Wollenreiter sah Bergmann mißachtend an, als sei dieser ein faulender Kohlkopf. »Zwei Minuten!« Und er klinkte die Tür auf.

Ernst Bergmann handelte schnell. Er hielt sich an dem Bettchen nur ein paar Sekunden auf, starrte auf seine Enkelin, die auf dem Kissen lag, mit den Fingerchen spielte und den fremden Mann mit großen, leuchtenden blauen Augen ansah. Dann lachte es, das Mündchen verzog sich, wie Sonnenschein glitt es über die zarte Haut.

Bergmann riß sich von diesem herzerweichenden Anblick los, rannte ans Fenster und blickte hinaus in den Garten.

Brüstung – Gartenboden keine zwei Meter, stellte er fest. Und dann klebte er eine kleine weiße Siegelmarke an die Scheibe, rechts unten, gleich über dem Holzrahmen. Da am Nachmittag nicht mehr geputzt wurde, würde niemand sie entdecken, und wenn, so störte sie nicht, und man würde sie am Fenster lassen. Hier kalkulierte Bergmann das Trägheitsmoment des Menschen ein, und er tat richtig damit.

Kaum stand er wieder am Bettchen und streckte seine Hand aus, um die Fingerchen Marias zu fassen, ging die Tür wieder auf, und Wollenreiter trat ein.

»Zwei Minuten sind vorbei, mein Herr!«

Bergmann fuhr auf. »Sie stehen wohl mit der Stoppuhr in der Hand vor der Tür, was?« rief er empört. »Das ist ja schlimmer wie beim Militär.«

»Eine große Klinik lebt nach der Uhr. Darf ich bitten?«

»Ich werde bei Ihrem Chef eine Beschwerde einreichen!«

»Das steht Ihnen frei«, antwortete Wollenreiter kühl.

»Man wird hier behandelt wie ein Hund! Raus, an den Baum, Bein hoch, rein! Unerhört!«

Dr. Wollenreiter machte Platz und ließ den empörten Bergmann aus dem Zimmer. Maria Ignotus begann zu greinen, die lauten Stimmen hatten es erschreckt.

»Jetzt weint sie«, schrie Bergmann auf dem Flur.

»Wenn Sie auch so brüllen wie ein Stier –«

»Bei mir hat sie gelacht, als sie mich sah. Aber kaum waren Sie im Zimmer, weint sie. Kinder haben ein feines Gefühl. Sie sind der Kleinen total unsympathisch. Man sieht's und man hört's.«

Wollenreiter verzichtete darauf, mit Bergmann einen langen Disput zu beginnen. Morgen hat er den Brief, dachte er zufrieden. Morgen ist dieser Spuk vorbei.

Er ließ Ernst Bergmann nach einem kurzen, unpersönlichen Kopfnicken einfach stehen und ging in sein Zimmer.

»Flegel«, brummte Bergmann und steckte die Hände in die Tasche. »Morgen früh werdet ihr eure Sicherheit verloren haben.«

Er war in diesen Minuten direkt froh darüber, diesem Dr. Wollenreiter eine bittere Lehre zu erteilen.

Ach ja, es gibt so viele Möglichkeiten, sein moralisches Gewissen zu besänftigen –

Um zwei Uhr nachts – Nachtwächter Bramcke hatte seine Runde gerade beendet, saß im gläsernen Portierkasten und trank ein Täßchen Kaffee – hielt vor der Gartenmauer der Kinderklinik ›Bethlehem‹ ein kleiner Wagen. Niemand hörte das leise, helle Singen des Motors, niemand achtete auf das Zuklappen der Türen.

Ernst Bergmann und Franz Höllerer standen an der Mauer, durch die Scheibe des Rücksitzes starrte das bleiche Gesicht Julias zu ihnen hin.

»Alles klar, Franz?« sagte Bergmann wie ein Feldherr. »Julia bleibt im Wagen, ich stehe Schmiere an der Mauer und du saust los. Hast du nichts vergessen?«

»Nein, Vater.« Franz Höllerer kontrollierte seine Ausrüstung. Stablampe, der Sack, zwei Pfund weiße Schmierseife, ein kleines Stemmeisen, ein Schraubenzieher, mehr war nicht nötig, wie die Übungen im Lagerschuppen bewiesen hatten.

»Dann los. Und viel Glück!«

Franz Höllerer schwang sich auf die Mauer, indem er in die Hände Ernst Bergmanns stieg und so die Kante fassen konnte. Ein Klimmzug, und er saß oben. Bergmann nickte. Ein guter Turner, der Franz. Ein kräftiger Kerl.

Und auf der Mauer erst fiel ihm ein, wie er, mit dem Kind im Arm, auf der anderen Seite wieder hinaufkommen sollte.

»Wir haben ein Seil vergessen«, sagte er leise.

»Ein Seil? Wozu?«

»Für die andere Seite.«

»Himmel, Arsch und Zwirn!« Bergmann hieb die Fäuste zusammen.

»Lauf zum Wagen, hinten im Kofferraum ist ein Abschleppseil. Das muß reichen.«

Bergmann rannte los. Kofferraum auf, Seil heraus, zurück. Keuchend erreichte er die Mauer und warf Franz den Strick hoch. Dann lehnte er sich an die Steine, drückte die Hände gegen das Herz und atmete stoßweise. Man ist keine dreißig mehr, dachte er. Diese Aufregung, diese Belastung. Tief Luft holen, Ernst, ganz tief Luft holen.

Franz Höllerer sprang in den Garten. Die weiche Erde dämpfte seinen Fall, man hörte gar nichts.

Die Nacht war klar und ziemlich hell. Der abnehmende Mond war noch halbvoll, und Franz mußte im Schatten der Büsche und der Mauer an den Flügel heranschleichen, in dem Maria Ignotus lag.

Im Schutze der Hauswand huschte er die Fensterreihe entlang und suchte den kleinen weißen Papierfleck, das Siegel, das Bergmann an die Scheibe geklebt hatte.

Fast am Ende des Gebäudes sah er es. Ein weißer Punkt.

Franz Höllerer hockte sich unter die Brüstung, faltete den Sack auseinander und bestrich ihn dick mit Schmierseife.

In der Pförtnerloge erschien zu diesem Zeitpunkt Dr. Wollenreiter. Er hatte Nachtwache und wollte sich die Zeit mit einem Gespräch mit Bramcke vertreiben. Seit es feststand, daß Bramcke nicht adoptieren konnte, hatte sich ihre Feindschaft gelegt.

»Eine Tasse Kaffee, Herr Doktor?« fragte Bramcke, als Wollenreiter gähnend auf einen Stuhl sank. »Meine

Olle kocht einen Kaffee, daß Schlafkranke aufwachen.«

Wollenreiter nickte. »Eine miese Nacht«, sagte er schläfrig. »Keine Einlieferung, nichts.«

Unter der Fensterbrüstung packte Franz Höllerer die Schachtel mit dem Rest der Schmierseife wieder ein. Dann trat er zurück und musterte die Höhe. Mit einem Sprung kann man die Brüstung fassen, dachte er. Wenn das Kind bloß nicht anfängt zu schreien –

»Na, wie schmeckt der Kaffee?« fragte Nachtwächter Bramcke und wickelte ein Wurstbrot aus Pergamentpapier. »Meine Olle hat die Bohnen noch nie gezählt. Das hat se im Griff, wie so manches –« Er lachte mekkernd und erwartet von Dr. Wollenreiter einen gepfefferten Medizinerwitz als Antwort.

Aber der Arzt war nicht in der rechten Laune. Neben der Schläfrigkeit, gegen die er ankämpfte, hatte ihn eine unerklärliche innere Unruhe erfaßt. Er hatte das Bedürfnis, immer herumzugehen, kreuz und quer durch das schlafende Haus, so sinnlos es auch war. Er stand auf, umkreiste Bramcke, riß die Tür des Glaskastens auf und lauschte hinaus in die stille Halle. Bramcke kaute mit vollen Backen.

»Erwarten Sie wieder 'nen Findling, Herr Doktor?« Er trank etwas zu hastig, bekam einen Schluckauf und machte laut »hick«. »So was kommt nicht in Serie vor – hick –, das war einmalig. Wie kann eine Mutter bloß – hick –«

»Seien Sie mal still!« Wollenreiter winkte ab.

»Was ist denn?«

»Irgend etwas liegt in der Luft.«

»Ja. Schnee.«

»Quatsch! Ich kenne diese Unruhe an mir.«

»Noch 'n Kaffee, Herr Doktor?«

Wollenreiter schloß wieder die Tür des Glaskastens.

Blödsinn, dachte er. Auf den Stationen 1–3, die er betreute in dieser Nacht, lagen zwei schwere Fälle, und diese kontrollierte ständig die Nachtschwester. Sie würde klingeln, wenn es notwendig war. Was sollte anderes schon passieren?

Er trank gehorsam noch eine Tasse des Bramcke-Kaffees, aber die innere Unruhe blieb.

Franz Höllerer hatte den Sprung geschafft. Er hing an der Brüstung, seine Finger krallten sich in den Stein, er pendelte zweimal hin und her, dann zog er sich mit einem kräftigen Klimmzug hoch, bis er die Ellenbogen aufstützen konnte.

Geschafft. Die erste Etappe. Langsam zog er den Körper nach und setzte sich auf die schmale Steinbrüstung. Er wickelte den mit Schmierseife bestrichenen Sack auseinander und drückte die klebrige Seite fest gegen die Fensterscheibe.

Noch einmal lauschte Franz nach allen Seiten.

Im Garten war es still, auf der Hauptstraße vor dem Haus rauschten einige Autos vorbei. Irgendwo bellte ein Hund. Hell, kläffend, heff-heff. Ein Spitz.

Franz Höllerer winkelte den linken Arm an und stieß mit dem Ellenbogen gegen die Scheibe. Er hatte es so oft geübt, und doch wunderte er sich jetzt, daß nicht der geringste Laut aufklang, kein Klirren, kein Splittern, nur der dumpfe Schlag, der aber sofort erstarb, da er keinerlei Resonanz fand.

An dem Kartoffelsack, in der Schmierseifenschicht, staken die Glasscherben. Ein vorsichtiger Ruck, weg mit dem Sack, ein Griff durch das Loch im Fenster, Herunterdrücken des Riegels. Lautlos schwang die zertrümmerte Scheibe nach innen ins Zimmer.

Der Weg war offen.

Wie leicht man ein Kind stehlen kann, durchfuhr es Franz Höllerer. Es ist überhaupt kein Problem. Da denkt man, sein Kind ist in einer Klinik sicher, und es genügen ein Stück Sackleinen und zwei Pfund Schmierseife, um ein Verbrechen zu begehen.

Vorsichtig ließ er sich in das dunkle Zimmer gleiten, deckte die Hand über das Scheinwerferglas und knipste die Stablampe an. Ein Hauch von Licht glitt über die Wände, Tapeten, Wickeltisch, Spülstein.

Das Bettchen. Weißlackierte Gitterstäbe.

Das Kind.

Franz Höllerer hatte ein ganz merkwürdiges Gefühl, als er sich über die Gitterstäbe beugte und den Schein der Stablampe schräg auf das Köpfchen gleiten ließ. Eine ihm unbekannte Schwere des Herzens drückte in seiner Brust, ein plötzliches Glücksgefühl, das über alle Nerven flimmerte.

Mein Kind, dachte er. So sieht mein und Julias Kind aus. So rosig, so rund und dick, so wundervoll selig.

Er knipste die Lampe aus, wartete ein wenig, bis sich seine Augen an die fahle Dunkelheit gewöhnt hatten, und schob dann seine Hände ganz sacht unter den warmen Körper des Kindes. Zusammen mit der Decke, unter der es lag, hob er es vorsichtig auf, schob es auf den zweiten Arm und drückte es gegen seine Brust. Auf Zehenspitzen eilte er ans Fenster zurück, setzte sich auf die Fensterbank, drehte die Beine ins Freie und sah hinaus in die Nacht und auf den Gartenboden unter sich. Es gab nur eines: springen. Zwei Meter sind keine Höhe, aber mit einem Säugling in den Armen, mit dem eigenen, jetzt gestohlenen Kind, sind zwei Meter eine Gefahrenquelle.

Franz Höllerer zögerte. Er beugte sich über das schlafende Kind und zwang sich, nicht den kleinen, im Traum lächelnden Mund zu küssen. Eine ungeheure Zärtlichkeit überflutete ihn, aber gleichzeitig mit ihr kam auch die Angst, eine Angst, die er früher nie gekannt hatte und ihn jetzt abhielt, etwas zu wagen, was er vor diesen Minuten als ausgesprochen dumm abgetan hätte.

Er rutschte, so weit es möglich war, nach vorn, saß auf der Steinbrüstung und überlegte, wie er das Kind am besten halten konnte. Er entschloß sich, beide Arme anzuwinkeln und den kleinen Körper in den Armbeugen wie in einer Wiege zu schützen.

Endlich sprang er, und es gelang besser, als er befürchtet hatte. Der weiche, mit Schneematsch überzogene Boden federte zurück, Maria Ignotus erwachte nicht ... sie öffnete nur schmatzend das Mündchen.

Franz rannte wie besessen die Mauer entlang und erreichte mit fliegendem Atem die Stelle, an der das Abschleppseil herunterhing. Oben auf der Mauer hockte Ernst Bergmann. Es war ein lächerlicher Anblick; ein alter Mann mit flatternden weißen Haaren saß nachts auf einer Mauer, geduckt wie ein Kater auf dem Liebesstrich, und ruderte mit beiden Händen, als er den Schatten heranrennen sah.

»Was dauert das lange«, zischte er. »Was ist denn los? Gab es etwa Schwierigkeiten? Ich wollte schon nachkommen!«

»Nimm das Kind, Vater!«

Höllerer hob das Bündel in der weißüberzogenen Decke hoch. Mit zitternden Händen nahm Bergmann das Kind, hielt es fest, während Franz an dem festgehakten Schleppseil die Mauer hinaufhangelte, dann sprang Höllerer auch zuerst auf die Straße, nahm das Kind wieder und rannte zum Wagen.

Ächzend ließ sich Ernst Bergmann von der Mauer gleiten und lief Höllerer nach. Das Abschleppseil ließ er an der Mauer hängen.

Im Wagen nahm Julia das Kind aus Höllerers Armen und legte es auf den Schoß. Sie weinte vor Glück, hielt ihre Hände schützend über den kleinen Kopf und drückte das Gesicht an die Wolldecke.

»Mein Liebling«, flüsterte sie. »Mein Kleines, mein Süßes . . . nun bist du endlich bei mir. Ich gebe dich nie, nie mehr her –«

Franz saß schon hinter dem Steuer und ließ den Wagen an, als Ernst Bergmann japsend heranschwankte und auf den Sitz fiel.

»Ab«, stöhnte er. »Bloß weg!«

Dann warf er den Kopf nach hinten und rang nach Atem.

Seine Brust hob sich ein paarmal pfeifend, als entweiche Luft aus einem Ballon; als Franz Höllerer anfuhr und mit hoher Geschwindigkeit in Richtung Stadt raste, lag Ernst Bergmann schief auf dem Nebensitz und war ohnmächtig geworden.

Dr. Wollenreiter hielt es in dem Portierglaskasten nicht aus. Es war ihm, als stecke er in einer Klimakammer, in der man die Luftzufuhr vergessen hatte.

»Wenn es hier Föhn gäbe, würde ich sagen, so ein Wetter ist fast Mord«, rief er und riß die Tür auf. Er sah, daß in der Teeküche die Nachtschwester beschäftigt war. Sie suchte im Medikamentenschrank eine Ampulle. Kreislaufinjektion für Zimmer 18, dachte Wollenreiter. Er stand in der großen Eingangshalle, von der vier Flure zu den Stationen abgingen, eine Drehscheibe zu einem halben Hundert Schicksalen.

Nachtwächter Bramcke war ihm gefolgt. Er rauchte eine Zigarre, Brasil. Zu 30 Pfennig. Ein Nachtwächter ist kein Krösus.

»Ich weiß nicht, was mit mir los ist«, sagte Wollenreiter laut. Seine Stimme dröhnte in der nächtlichen Leere wie eine Fanfare und wurde von den weißen Wänden zurückgeworfen. »Diese Adoptionsgeschichte macht mich ganz dusselig. Kommen Sie mit, Bramcke? Ich will eine kleine Runde machen ... das beruhigt vielleicht. Ich habe einfach das Bedürfnis zu laufen.«

»Wenn's sein muß«, brummte Bramcke. »Meine Frau sagt zu so etwas immer: Du hast Ameisen im Hintern.«

»Vielleicht!«

Sie gingen von Zimmer zu Zimmer, sahen kurz hinein und schlossen wieder die Tür. Einmal, bei einem fiebernden Kind, hielt sich Wollenreiter länger auf, fühlte den Puls, schellte nach der Nachtschwester und ordnete einen Wadenwickel an.

So kamen sie auch zu Zimmer 10.

»Unser Liebling –«, sagte Bramcke, als Wollenreiter an die Klinke griff.

»Seien Sie still! Maria Ignotus hat einen leichten Schlaf –«

Die Tür schwang auf. Frische, kalte Nachtluft wehte Wollenreiter und Bramcke entgegen. Sie prallten fast zurück.

»So eine Sauerei«, knirschte Wollenreiter. Es war, als explodiere er vor Wut. »Da hat einer das Fenster aufgelassen! Und sie hat gerade die Pneumonie überstanden. Na, ich werde die Station zusammenscheißen, daß sie klein wie die Wanzen werden!«

Wollenreiter und Bramcke rannten gleichzeitig zum Fenster, um es zu schließen. Und gleichzeitig sahen sie auch die zerbrochene Scheibe.

»Licht«, brüllte Dr. Wollenreiter.

Noch bevor Bramcke an dem Schalter drehte, war der Arzt am Bettchen. Mit beiden Fäusten hieb er auf die Gitter.

»Weg«, schrie er. Seine Stimme überschlug sich. »Weg!«

Bramcke lehnte wie gelähmt an der Wand. »Das ist doch nicht möglich ...«, stammelte er. »Das kann doch nicht sein ... was heißt weg ...?«

»Geklaut«, brüllte Wollenreiter. »Man hat mir Maria geklaut!«

Er stürzte wieder zum Fenster und beugte sich hinaus. Dann sah er in dem schneematschigen Boden die Fußspuren. Männerschuhe. An der Hauswand lag ein Kartoffelsack mit festgeklebten Glasscherben.

Mit einem Satz war Wollenreiter auf der Brüstung und sprang in den Garten. Wie ein Jagdhund raste er der Fußspur nach, kam an die Mauer, sah das Abschleppseil, kletterte hinauf und starrte auf die leere Straße.

Die Spur war verwischt. Sie endete auf dem Asphalt, am Bordstein, in einem unbekannten, längst irgendwo durch die Nacht fahrenden Auto.

Dr. Wollenreiter hieb in sinnloser Wut mit der Faust auf die Mauer. »Schweine«, brüllte er in die Nacht hinaus. »O ihr Schweine! Ich bringe euch um, wenn man euch erwischt!«

Er war zehn Minuten zu spät gekommen.

Nach diesem Schicksalsschlag kannte Wollenreiter keine Rücksicht mehr.

Zurückgekehrt in die Klinik, rannte er an der bleichen, zitternden Nachtschwester, die ratlos vor dem leeren Bettchen stand, vorbei zur Portiersloge, riß das Telefon an sich und jagte erst Oberarzt Dr. Julius und dann Prof. Dr. Karchow aus dem Schlaf.

»Maria Ignotus ist soeben gestohlen worden«, schrie er in die Muschel. »Ich alarmiere sofort die Polizei!«

Dr. Julius begriff sofort und rief zurück: »Ich komme, Wollenreiter. In zehn Minuten bin ich da! Behalten Sie den Kopf! Rufen Sie den Freund des Chefs an, Sie wissen, den Staatsanwalt Allach!«

Prof. Karchow, aus tiefstem Schlummer gerissen, brauchte erst eine Anlaufzeit. Außerdem hatte er Rotwein getrunken und einen ziemlich schweren Kopf. Aber dann begriff auch er, was über seine Klinik ›Bethlehem‹ hereingebrochen war.

»Wollenreiter, das ist ja entsetzlich«, rief er. »Keine Polizei. Rufen Sie Allach an! Und kein Wort an die Öffentlichkeit! Vergattern Sie die Nachtschwester und Bramcke, kein Wort zu sagen! Ich komme gleich! So eine Sauerei, Wollenreiter! Die fehlte uns noch!«

Innerhalb einer Stunde waren sie alle in dem leeren und nun eiskalten Zimmer 10 versammelt. Karchow, Staatsanwalt Dr. Allach, zwei Beamte eines Dezernates für Vermißte, Oberarzt Dr. Julius und der völlig gebrochene Dr. Wollenreiter.

»Du mußt ein Sonderdezernat bilden«, sagte Karchow heiser zu Dr. Allach. »Es müssen Verrückte gewesen sein. Eine Erpressung scheidet ja aus. Erpressung!« Karchow schlug sich mit der flachen Hand an die Stirn. »Kallenbach!«

»Der sitzt in Untersuchungshaft.«

»Von ihm beauftragte Helfer. Ganz klar ist das. Er hat irgendwie einen Auftrag hinausschmuggeln können. Sie haben Maria Ignotus entführt, um auf mich einen Druck auszuüben. Um mich fertigzumachen. Das ist ein Werk von Kallenbach.«

»Ich glaube nicht so recht daran.« Staatsanwalt Dr. Allach betrachtete den Kartoffelsack und die in der Schmierseife klebenden Glasscherben. Ein Kriminalbeamter hatte den Sack ins Haus gereicht. Drei weitere Beamte waren dabei, die vielen Spuren zu sichern ... im Garten, an der Mauer, auf der Straße. Von den wunderbar plastischen Schuhabdrücken im weichen Gartenboden nahmen sie Gipsabzüge vor. Das Abschleppseil wurde mit Handschuhen zusammengerollt und in einen Papiersack getan. Asservatentüte, so heißt es in der schönen Juristensprache.

»Wer soll es denn sonst sein?« fragte Dr. Julius. »Alles weist darauf hin, daß die Entführung genau und präzise geplant wurde.«

»Eben darum.« Dr. Allach trat vom Fenster zurück. »Es wurde eingehend vorbereitet, aber keinerlei Wert auf Spurenverwischung gelegt. Wichtig allein war nur das Kind. Und das bestärkt mich in einem Gedanken: Die eigene Mutter hat das Kind zurückgeholt!«

»Warum setzt sie es dann erst aus?«, fragte Dr. Wollenreiter dumpf.

»Weiß man, was in solch einem jungen Mädchen vorgeht? Erst ist die Panik da: Ich bekomme ein Kind! Dann legt man es vor die Tür. Später aber, wenn sich die Zustände irgendwie normalisiert haben, kommt die Reue, kommt die Muttersehnsucht, schlägt das Gewissen so lange an die Seele, bis der zweite Akt der Kriminalität einfach zwingend wird: Man holt das Kind zurück!« Dr. Allach atmete auf. »So, nur so kann es gewesen sein.«

»Das leuchtet ein«, sagte Prof. Karchow nachdenklich. »So kann es gewesen sein, es muß aber nicht.«

»Natürlich nicht. Im Augenblick sind wir nur auf Hypothesen angewiesen. Aber wir haben so viele Spuren, daß wir unter Mitwirkung der Öffentlichkeit die Täter auffinden werden.«

»Um Himmels willen, keine Öffentlichkeit!« Prof. Karchow hob abwehrend beide Hände. »Ich will ja gerade jeden Skandal vermeiden.«

Staatsanwalt Dr. Allach schüttelte den Kopf. »Das ist ausgeschlossen, Hans. Wir müssen den Sturm über uns ergehen lassen. Ohne Mitarbeit der Bevölkerung ist hier gar nichts zu machen.«

»Dann seien wir still –«

»Und Maria bleibt verschwunden«, rief Dr. Wollenreiter dazwischen. Karchow sah ihn strafend an, aber Wollenreiter war nicht mehr empfänglich für Vorgesetztenblicke. Man hatte seine kleine Maria Ignotus gestohlen, sein Patenkind. Er schrie nach Rache, nach Vergeltung.

»Unmöglich!« Dr. Allach zog die Übergardine vor das zerbrochene Fenster. Es zog erbärmlich. »Wenn die Theorie stimmt, daß die eigene Mutter es geholt hat, so können wir zufrieden sein und der Öffentlichkeit sogar eine rührselige Geschichte servieren – aber was ist, wenn die Theorie nicht stimmt und wirklich ein Verbrechen vorliegt? Wir könnten alle, wie wir hier stehen, unseren Hut nehmen und in die Wüste gehen.«

»Und wie soll das Kommende aussehen?« fragte Prof. Karchow seufzend.

»Zuerst Meldung des Tatbestandes in der Presse, in Funk und Fernsehen. Verbreitung der Abbildungen von dem Kartoffelsack, dem Abschleppseil und den Schuhabdrücken. Und dann möchte ich einen großen Bluff loslassen, der den Entführern einen Schock versetzt. Vielleicht führt dies zu einem schnellen Erfolg.«

»Und das wäre?« fragte Dr. Wollenreiter.

»Ich werde in allen Zeitungen verbreiten lassen«, sagte Dr. Allach mit verschmitztem Lächeln, »daß das geraubte Kind das falsche war.«

Es dauerte noch einen Tag, ehe Franz Höllerer und Julia nach München fahren konnten. Ernst Bergmann führte lange Telefongespräche mit Möbelfirmen und plünderte sein Sparkassenbuch, auf dem die Ersparnisse von fast zwanzig Jahren eingetragen waren. Dann war es endlich soweit, daß er sagen konnte:

»In der Münchner Wohnung ist jetzt das Allernötigste vorhanden. Vor allem Schlafzimmer, Küche und alles für das Kind. Los, fahrt ab! Alles andere könnt ihr ja in den nächsten Tagen dazukaufen. Nur erst mal weg aus der Stadt –«

Julia war in diesen vierundzwanzig Stunden hektischer Betriebsamkeit nicht zu sprechen. Sie war nur immer bei dem Kind. In der Drogerie eines entfernten Stadtteils hatte man Milchpulver, Möhrenbrei und alles gekauft, was ein Säugling brauchte. Bekam Maria Ignotus keine Mahlzeiten oder wurde trockengelegt, saß Julia stumm, mit im Schoß gefalteten Händen neben dem Körbchen und sah ihr Kind an.

Am nächsten Abend verabschiedeten sie sich von Bergmann und fuhren ab. »Ich komme bald nach«, sagte Bergmann und küßte das in Decken gewickelte Kind noch einmal auf die kleine, rosige Stirn. »Ich werde es hier allein nicht aushalten.«

In der Zwischenzeit arbeitete die Polizei pausenlos, aber ohne Erfolg.

Die Untersuchungen von Kartoffelsack und Abschleppseil im Labor ergaben, daß es sich um Gebrauchsgüter handelte, wie sie zu Tausenden in der Stadt vorhanden waren. Wer gerade dieses Seil und diesen Sack wo gekauft hatte, war überhaupt nicht nachprüfbar. Allein nur der Sohlenabdruck des Schuhes brachte eine Gewißheit: Es handelte sich um eine Relief-Gummisohle Marke Arkagum, Größe 43. Über den Großhandel waren an die Schuhmacher der Stadt im Laufe der letzten zwei Monate genau 4629 Sohlen geliefert worden.

Staatsanwalt Dr. Allach legte diese Zahlen seinem Freund Karchow vor, um zu beweisen, daß es einfacher sei, einen Keuchhusten zu heilen, als auf Grund einer Spur ein Verbrechen zu lösen.

»Ich habe auch mit der Veröffentlichung noch gezögert«, sagte er später. »Wenn wir verbreiten, daß die falsche entführt wurde, müssen wir der Presse ja die richtige Maria Ignotus vorführen. Können wir das? Hast du ein Musterkind in der Klinik?«

Prof. Karchow verneinte. Alle Kinder hatten Eltern, die sich weigern würden, ihr Kind als Lockvogel einzusetzen.

»Rufen wir mal bei den Waisenhäusern an«, schlug Karchow vor. »Vielleicht haben die dreimonatige Säuglinge, aus denen man eins auswählen könnte.«

Nach einigen Telefonaten standen neun Kinder zur Verfügung. Fünf fielen von vornherein aus, da es Jungen waren. Von den vier Mädchen waren zwei Hinterlassenschaften von Fremdarbeitern und dem Aussehen nach wenig geeignet, Maria Ignotus zu vertreten. Zwei Mädchen, die letzten also, hatten körperliche Schäden.

»Wer sieht das denn?« sagte Dr. Allach mit der Unbekümmertheit eines Gemütsathleten. »Es wird gewikkelt, und kein Reporter wird es wieder auswickeln! Es geht um die Gesichtchen. Die sind doch in Ordnung?«

»Ja –«, sagte Prof. Karchow. Ihm war etwas unwohl dabei. »Ich finde diese Falle etwas unmoralisch, Heinz.«

»War es moralisch, das Kind zu stehlen?« rief Dr. Allach. »Kennst du einen besseren Weg, die Diebe in Verwirrung zu bringen?«

»Vorausgesetzt, daß es wirklich die leiblichen Eltern sind.«

»Natürlich. Wenn nicht, geht der Schuß ins Leere. Damit müssen wir rechnen.«

Und so fand gegen Mittag eine große Pressekonferenz im Ärztekasino der Kinderklinik ›Bethlehem‹ statt.

Prof. Karchow erklärte das Verbrechen in aller Einzelheit und stellte nachher die wirkliche Maria Ignotus vor. Das Kind wurde von allen Seiten fotografiert, Staatsanwalt Dr. Allach nahm das verschnürte Bündel sogar selbst auf den Arm, und Dr. Wollenreiter war bereit, in einem Interview zu erklären, daß man aus Isoliergründen eine Stunde vor der Bettruhe gezwungen wurde, einige Zimmer umzubelegen und so ein anderes Kind auf Zimmer 10 kam. Ein masernverdächtiges Kind, das zudem noch anämisch war.

Am Morgen, zwei Tage nach der Entführung also, als Julia und Franz gerade nach einer anstrengenden Nachtfahrt über schneeglatte Autobahnen in München angekommen waren, stand es in den Zeitungen.

Ernst Bergmann las es und bekam einen Herzanfall.

Er glaubte es.

In München allerdings war man nicht entsetzt. Franz und Julia hatten andere Sorgen, als Zeitungen zu lesen. Es fehlte an Bettwäsche und Handtüchern, an Windeln und Wickeltüchern, an Geschirr und Töpfen, rund heraus an allem, was in einen Haushalt, der funktionieren soll, gehört. Die Möbelfirmen hatten zwar die Möbel hingestellt, wo sie nach ihrer Meinung hingehörten, mehr aber auch nicht. In den Fassungen brannten die nackten Birnen, der Küchenherd stand an seinem Platz, war aber nicht angeschlossen, die Fenster gähnten vor Leere, denn Bergmann hatte zwar an die Matratzen, aber nicht an die Gardinen gedacht, und so lebten Julia und Franz die ersten Stunden im neuen Zuhause wie Totalgepfändete zwischen Möbelfragmenten, schliefen bis zum Mittag und fuhren dann, nachdem das Kind satt und zufrieden im Körbchen lag, in die Stadt, um den Haushalt zu vervollständigen.

Wer hat da Lust, eine Zeitung zu lesen? Wer hat die Zeit dazu?

Am nächsten Tag beherrschten neue Themen die Schlagzeilen. Zwei Morde, ein Großbrand, eine der schon zur Gewohnheit gewordenen politischen Dummheiten Deutschlands, ein Interview mit einem prominenten Politiker, der einen anderen prominenten Politiker mit wohlgesetzten Worten einen Dummkopf nannte. Maria Ignotus war vorbei. Eintagsfliege der Presse.

Ernst Bergmann indessen wußte nicht, was nun werden sollte. Er hatte gezögert, ein Telegramm nach München zu schicken. Umkehren! Es ist die falsche! Oder so ähnlich. Wußte man, ob nicht die Post alles Verdächtige melden mußte? Telefonieren hatte auch keinen Zweck, denn in der neuen Wohnung war noch kein Anschluß. Also blieb nur ein Eilbrief übrig, und den setzte Ernst Bergmann in Marsch. Er legte den Zeitungsausschnitt bei, das auch ein Foto der ›richtigen‹ Maria Ignotus brachte. An den Rand schrieb er: ›Ich glaube wirklich, daß unser Kind so aussieht.‹

Er schrieb es in wirklichem Zweifel. Säuglinge sehen fast alle gleich aus, dachte er. Rund, rosig, stupsnasig. Nur die Mütter können sie auseinanderhalten. Aber Julia kann es nicht. Sie kennt ja ihr Kind nur vier Tage.

Nach einer unruhigen Nacht und Einnahme vieler Herztropfen machte sich Ernst Bergmann auf den Weg zur Klinik ›Bethlehem‹. Er wollte absolute Gewißheit haben.

Dr. Wollenreiter empfing ihn wieder und war merkwürdigerweise bereit, ihn sofort an das Bettchen von Maria Ignotus zu führen.

»Hat man eine Spur?« fragte Bergmann, als sie über den langen Flur gingen. Wollenreiter nickte.

»Ja.«

»Wirklich?« Bergmann blieb das Herz stehen. »Wer war es denn?«

»Namen werden noch nicht genannt.« Wollenreiters Stimme klang heiser, als bemühe er sich, seine Erregung herunterzuschlucken. »Die Hauptsache ist ja, daß man unsere kleine Maria nicht entführt hat. Ich vermute, daß die Diebe das Kind sofort zurückbringen, wenn sie erfahren, daß es das falsche ist.«

»Das glaube ich auch«, sagte Bergmann mühsam. »Das glaube ich sogar bestimmt.« Er sah hinüber zu dem Zimmer 10, aus dem gerade eine Schwester trat mit einem Gestell voller Milchflaschen. »Wo liegt sie denn jetzt?«

»Auf 23.« Wollenreiter blieb plötzlich stehen. »Überhaupt, da fällt mir etwas ein! Was wollen Sie eigentlich noch hier? Das Jugendamt hat uns mitgeteilt, daß Sie für eine Adoption nicht in Frage kommen.«

»Ich habe dagegen Berufung und Beschwerde eingelegt«, sagte Bergmann schnell. »Ich betrachte mich noch immer als erster und aussichtsreichster Bewerber.«

Wollenreiter seufzte. Ein ekelhaftes Theater, das ich hier spielen muß, dachte er. Aber was würde ich nicht alles tun, wenn ich damit Maria zurückbekomme.

Im Zimmer 23 standen vier Bettchen mit vier schreienden Säuglingen. Sie hatten Hunger und warteten auf die Milchflaschen, die noch in der Stationsküche im Wasserbad erwärmt wurden.

»Hier«, sagte Wollenreiter und zeigte auf das Kind aus dem Waisenhaus. »Sie sehen, es geht der Kleinen gut.«

Ernst Bergmann stand vor dem Kind und starrte es an.

Kein Zweifel, es war sein Enkelkind. Zumindest sah es so aus. Er konnte keinen Unterschied feststellen zwischen dem Kind, das er auf Nr. 10 gesehen hatte, und diesem kleinen, schreienden Körper unter der Decke. Er kratzte sich hinter dem rechten Ohr, beugte sich über die Gitterstäbe und sah in die aufgerissenen Äuglein.

»Stimmt«, sagte er heiser. »Sie ist es! Da bin ich aber zufrieden, Herr Doktor.«

»Glauben Sie, wir zeigen Ihnen ein anderes Kind?«

»Aber nein.« Bergmann verließ das Zimmer. Er taumelte etwas. Sie haben in München ein fremdes Kind. Alles war umsonst ... die Vorbereitung, die Mühe, die Angst, das Risiko. Die Wohnung, die neue Einrichtung, die Flucht. Wir haben das falsche Kind entführt –

Auf der Straße kam ihm erst voll zum Bewußtsein, wie ausweglos seine Lage war. Er schlug den Mantelkragen hoch und wanderte durch den kalten Schneetag. Ziellos, durch Straßen, die er gar nicht kannte, an einem Park vorbei, wo die Betonstützen der abmontierten Bänke wie Grabsteine im Schnee aussahen. In diesem einsamen Park blieb er stehen und starrte auf eine Schar Spatzen, die sich um ein weggeworfenes Stück Brot balgten.

Wir müssen das Kind zurückbringen, dachte Ernst Bergmann. Aber wie? Noch einmal einbrechen und es zurücklegen ins Zimmer, war unmöglich. Es blieb nur der Weg, es wieder nachts vor die Tür zu legen. Aber dieser Ausweg gefiel Bergmann am allerwenigsten. In der Nacht war es bitter kalt, und niemand konnte wissen, wann man das Kind entdeckte. Trotz aller Decken konnte es bis dahin erfroren sein.

Sein Schicksal machte ihn nicht nur ratlos, sondern auch – zum erstenmal in seinem Leben – so etwas wie haltlos.

Er ging in eine Wirtschaft und trank einen Schnaps.

Er besuchte auf dem Heimweg noch viele Wirtschaften, und je mehr er trank, um so weinerlicher kam er sich vor und um so haltloser kippte er die kleinen Gläschen in sich hinein.

Als er nach drei Stunden Rückweg seine Haustür erreicht hatte, konnte er kaum noch gehen und stehen und schwankte betrunken in seine Wohnung.

Zum erstenmal in seinem Leben flüchtete sich Ernst Bergmann in die Besinnungslosigkeit des Suffs.

Die Veröffentlichung der Presse und im Fernsehen hatte einen sensationellen Erfolg. 938 Hinweise aus der Bevölkerung brachten der Kriminalpolizei hektische Bewegung und Staatsanwalt Dr. Allach bald eine Gelbsucht. Da man jeder Spur nachgehen mußte (denn eine konnte ja wirklich die richtige sein), aber von Beginn an wußte, daß alle Arbeit erfolglos sein würde, kam er sich vor wie der Zauberlehrling in Goethes Gedicht, der an seinen selbstbeschworenen Geistern zugrunde geht.

»Es gibt kein perfektes Verbrechen«, sagte Dr. Allach zu Prof. Karchow. »Einen Fehler macht jeder! Der Berufsverbrecher und erst recht der Amateur. Und hier waren es Amateure! Immerhin ist der Kreis etwas eingeengt. Der Kartoffelsack stammt von der Kartoffelgroßhandlung Müller. Die Kundenliste von Müller haben wir auch. Allerdings liefert Müller auch an die Firma Diederichs & Co., die wiederum einige Supermärkte beschickt. Und hier hören die Spuren auf. Supermarktkunden sind anonyme Kunden! Es ist – gelinde gesagt – zum Kotzen!«

»Du hast also keine Hoffnung, daß Maria Ignotus wiederkommt?« fragte Prof. Karchow.

»Doch!«

»Ach! Und wieso?«

»Nicht durch eine Anzeige, nein. Aber ich möchte wetten, daß jetzt einige Gehirne dampfen über dem Problem: Wie kriegen wir das falsche Kind wieder los? Ich würde die Klinik ab jetzt besonders gut bewachen lassen.«

»Ist das nicht Aufgabe der Polizei?«

»Es geschieht bereits. Aber auch innerhalb der Klinik sollte man wachsam sein. Wieviel Personen sind an den Besuchstagen im Haus?«

»Schwer zu sagen. Aber bestimmt einige Hundert.«

»Ist es da nicht leicht, in einer Einkaufstasche einen

Säugling einzuschmuggeln und irgendwo, auf einer Toilette etwa, auszusetzen?«

»Soll ich an der Tür jedem Besucher die Taschen abtasten?« rief Prof. Karchow. »Wir machen uns ja lächerlich!«

Staatsanwalt Dr. Allach sah das ein. Eine lückenlose Überwachung der großen Klinik war gar nicht durchführbar. Es gab ungezählte Möglichkeiten, ein Kind zurückzubringen.

»Hast du besondere Sicherungen für das angeblich richtige Kind getroffen?« fragte er.

»Ja. Es ist in einem Zimmer, das zu einem Lichthof hinaus liegt und daher durch das Fenster nicht zu erreichen ist.«

»Und wie erreicht man den Lichthof?«

»Durch eine Tür vom Laborflur aus. Diesen Weg kennt nur ein Eingeweihter.«

Dr. Allach hob die Schultern. »Dann bleibt uns nur noch die Geduld, abzuwarten, was in den nächsten Tagen geschieht. Daß etwas geschieht, ist ganz sicher.«

Prof. Karchow seufzte. »Wer hätte gedacht, daß ein ausgesetztes Kind solch einen Rummel verursacht? Wenn es nach mir ginge, würde ich die ganze Sache begraben. Das Kind hat seine eigenen – oder fremde – Eltern bekommen, es ist, wollen wir hoffen, geborgen, denn niemand stiehlt einen Säugling unbekannter Herkunft, wenn er keinen Mutterkomplex hat. Es ist unlogisch, daß juristisch alles so kompliziert werden muß.«

»Entführung ist eine Straftat, ganz gleich aus welchen Motiven. Stell dir vor, man hätte eines deiner Kinder im Säuglingsalter gestohlen.«

»Sie hatten ein Elternhaus. Maria Ignotus aber ist ein Findling.«

»Und doch ein Mensch wie wir mit allen Rechten an der menschlichen Gesellschaft.«

»Und wenn sie es durch die Entführung vielleicht besser hat als ein Leben im Waisenhaus?«

»Dann wird man das bei einem Urteil berücksichtigen. Auch Verbrechen aus Güte oder Mitleid bleiben Verbrechen.«

Staatsanwalt Dr. Allach hatte allen Grund zu hoffen.

Um diese Zeit saß Ernst Bergmann im Zug nach München, um über seine falsche Enkelin zu beraten.

Der Gesundheitszustand der siamesischen Zwillinge hatte sich verschlechtert. Sie zeigten beide eine Herzschwäche, die mit vorsichtig dosierten Injektionen aufgehalten wurde. Oberarzt Dr. Julius wagte es deshalb nicht, schon jetzt das von ihm konstruierte und von Prof. Karchow begutachtete Schnürkorsett um die Köpfe der Zwillinge zu legen.

Aus dem Inkubator waren sie herausgenommen worden, ihre physische Lebenskraft war erreicht. Sie aßen gut, wurden dicker, gediehen also prächtig, überstanden eine Infektion und machten einen fröhlichen Eindruck. Sie lachten viel und waren die Lieblinge der Station.

Vater Philipp Lehmmacher sonnte sich in seinem Ruhm, Erzeuger von Vierlingen und einer anatomischen Abnormität zu sein. Die beiden gesunden Kinder waren nun zu Hause bei Erna, es fehlte ihnen an nichts, denn eine Zeitung hatte die Patenschaft übernommen, und eine Puderfirma kaufte sich das Recht, ihre Produkte mit den Bildern der Vierlinge zu schmücken.

Weniger einfach ging der Erwerb mit der Kolumne ›Gärtner der Woche‹. Philipp Lehmmacher hatte zwar gelernt, wie man Bäume beschneidet und Gras sät, Büsche stutzt und Kunstdünger streut, aber mit der Zeichensetzung und der Grammatik, erst recht aber mit der Rechtschreibung kam er nicht zurecht und lieferte seine Manuskripte mit Kernsätzen wie diesen ab: ›Im Winter, wen Schne ligt, hat der Gärtner nix zu tun. Dan kan er sich kümern um die Geräte, fettet solche ein, um sie bei Früjahr gut in dem Erdreich einstechen zu könen.‹ Der verantwortliche Redakteur beschimpfte jeden Montag, wenn der ›Gärtner der Woche‹ sein Manuskript ablieferte, den Chefredakteur, daß er ihm solche Idiotenarbeit eingebrockt habe. Außerdem kamen erregte Gegenartikel von anderen Gärtnern, die Philipp Lehmmacher anrieten, noch einmal Vierlinge in die Welt zu setzen, aber die Hände vom ehrbaren Gartenhandwerk zu lassen, denn davon verstünde er nichts. Sein Ratschlag, Regenwürmer auszusetzen, um einen guten Rasen zu bekommen, sei irrenhausreif. Lehmmacher verwies in einem Gegenartikel auf die englischen Parkrasen, für die die Gärtner sogar Regenwürmer aus Holland importierten, um den Boden naturgemäß zu durchlüften. »Luft ist wichtig«, schrieb er. Worauf der Redakteur ein Wort aussprach, das unter gebildeten Menschen nicht höflich ist und deshalb hier auch nicht steht.

Die Herzschwäche seiner Siamesen machte Lehmmacher starke Sorge. Er hatte den Besuch von Monsignore Blond bekommen und mit Freuden vernommen, daß die Kirche eine Trennung ablehne, wenn das Leben des einen Kindes in Gefahr sei. Still ließ er sein Gewissen berieseln, als Monsignore Blond von ›Willibalds Abnormitätenschau‹ anfing und Lehmmacher das Ungeheuerliche vorhielt. Dreimal in der Woche besuchte er die zusammengewachsenen Zwillinge, stritt mit Oberarzt Dr. Julius herum und lehnte es ab, seine Kinder in das Schnürkorsett pressen zu lassen.

»Da hinein?« rief Lehmmacher entsetzt, als er das Nylongestell besichtigte. »Nie und nimmer! Das ist ja eine Qual!«

»Die Kinder merken davon gar nichts«, sagte Dr. Julius. »Lediglich das Kopfwachstum wird reguliert. Sie beschneiden doch auch die Rosen, damit sie im nächsten Jahr üppiger blühen.«

»Meine Kinder sind keine Pflanzen«, schrie Lehmmacher. »Ich bin gegen eine Trennung, die Kirche ist dagegen, meine Frau ist dagegen, verdammt noch mal, haben wir denn kein Recht auf unsere Kinder?«

Hinzu kam, daß Lehmmacher Angst hatte. Wenn man in eine Klinik einbricht, um ein unbekanntes Findelkind zu stehlen, um wieviel eher kann man dann siamesische Zwillinge entführen, die ja ein bares Kapital darstellen. Dr. Julius hatte große Mühe, ihm diesen Gedanken auszureden.

»Ein normales Kind kann verschwinden, aber gerade das Zusammengewachsensein ist der beste Schutz. Überall auf der Welt fällt man damit auf.«

Seine Stellung bei dem Industriekonzern hatte er gekündigt. Es ging einfach nicht mehr. Weniger arbeitsmäßig als psychisch. Immer, wenn Lehmmacher im Vorgarten des Verwaltungsgebäudes arbeitete, und das war ja sein Arbeitsplatz, wenn er mit Tannenreisern abdeckte oder vor dem Frost umpflanzte, kamen Witzbolde aus der Verwaltung zu ihm und riefen: »Philipp, grab nicht zu tief – Vierlinge sind genug!« Und das war noch ein milder, ein stubenreiner Satz. Es wurde so schlimm, daß Lehmmacher zornbebend beim Personalchef sich melden ließ, seine Papiere verlangte und schrie: »In einem Betrieb, der so tief die Intimsphäre verletzt, bleibe ich nicht!« Das mit der Intimsphäre hatte er mal bei Soraya gelesen, es gefiel ihm so gut, daß er es behielt.

Und während Philipp Lehmmacher im großen und ganzen sorglos war und sein Schicksal lobte, das ihm mit Vierlingen einen Hauch von Wohlstand ins Haus geblasen hatte, stieg Ernst Bergmann in München aus dem Zug und rannte auf Julia und Franz Höllerer zu, die auf dem Bahnsteig auf ihn warteten. In ihrer Mitte wippte ein moderner, hochrädriger Kinderwagen.

Bergmann stieg das Blut in die Schläfen.

»Kinder«, stammelte er, als er die ersten Begrüßungsküsse hinter sich hatte und einen Blick in den Kinderwagen warf. Ein vermummtes Köpfchen unter einer weißen Pelzdecke. Ein schlafendes Engelsgesichtchen. »Kinder – ist das nicht furchtbar? Ich meine, ich werde verrückt!«

»Es kann nicht stimmen, Vater«, sagte Julia leise. »Ich sage dir – es stimmt nicht! Das hier ist unser Kind.«

»Nein!« Ernst Bergmann umfaßte die Schulter seiner Tochter. Er brauchte mehr Halt als sie. »Ich habe ja die richtige Maria Ignotus gesehen –«

Lähmendes Schweigen lag zwischen ihnen. Sie standen noch auf dem Bahnsteig, nahe den gläsernen Kabinen, in denen die Aufsichtsbeamten saßen und die Fahrkarten abnahmen. Die Menschenmassen strudelten um sie herum, wogten auf sie zu, teilten sich, schlossen sich hinter ihnen wieder . . . sie waren wie eine Insel in einem wilden, tosenden Meer, eine erstarrte Lava aus Hilflosigkeit und Ratlosigkeit.

Schließlich schüttelte Julia langsam den Kopf.

»Nein«, sagte sie laut. Der alte Bergmann zuckte zusammen, als sei ihm etwas auf den Kopf gefallen.

»Was, nein?«

»Dieses Kind hier ist mein Kind!«

»Julia –«

»Es ist es«, schrie Julia so laut, daß sich einige Reisende erschrocken herumdrehten. »Ich will nichts mehr davon hören. Für mich ist dies hier mein Kind! Ich fühle es, wenn ich es ansehe, wenn ich es auf den Arm nehme, wenn ich es bade und es nackt in meinen

Händen strampelt. Eine Mutter spürt das, ihr Gefühl irrt sich nicht –«

»Eine Mutter!« Ernst Bergmann schob den Hut in den Nacken. »Ist selbst noch ein dummes Ding von einundzwanzig Jahren und will wie eine Mutter fühlen! Himmel noch mal, Dr. Wollenreiter hat mir doch das richtige, unser Kind gezeigt!«

Julia schwieg verbissen. Sie schob den Kinderwagen von Bergmann weg, als bedeute die Nähe des Großvaters Gefahr. Sie beugte sich in den Wagen und küßte die Nase des Säuglings, und es war eine solche Zärtlichkeit, die von ihr ausströmte, daß selbst der alte Bergmann feuchte Augen bekam.

»Komm, laß uns erst nach Hause gehen«, sagte Franz Höllerer heiser. »Ruh dich aus, Vater. Du hast die ganze Fahrt über gegrübelt und keine Ruhe gehabt. Wir sollten das später alles mit Bedacht besprechen –«

In der kleinen Neubauwohnung, in der noch so vieles fehlte, bis sie eine komplette Wohnung war, warf sich Bergmann in einen der einfachen Sessel und ließ sich zunächst eine Flasche Bier reichen. Gierig trank er sie leer. Auch hierin zeigte sich eine Wandlung ... früher hatte er immer gesagt: »Man schlingt das Essen nicht runter, man säuft nicht wie ein Tier ... der kultivierte Mensch hat auch das Essen zu einem ästhetischen Akt veredelt.« Und so trank er sein abendliches Fernsehbier auch nur in kleinen, wohldosierten Schlukken – nicht allein wegen der Ästhetik, sondern so reichte eine Flasche auch länger. Es ist eben ein Segen, zum Beamten begabt zu sein.

Das alles gab es nicht mehr. Ernst Bergmann trank die Flasche Bier fast in einem Zug, dann wurde er ehrlich müde, zog sich die Schuhe aus, legte sich auf die Couch und schlief kurz darauf ein. Er schnarchte sogar.

Julia und Franz saßen unterdessen im Schlafzimmer

auf dem Bett, hatten ihr Kind zwischen sich auf der Matratze liegen und sahen es unentwegt an.

»Es hat unter der linken Achsel ein kleines Muttermal«, sagte Franz Höllerer. »Wußtest du das?«

»Natürlich. Ich habe es gleich gesehen –«

»Auch früher?«

»Wann früher?«

»Gleich nach der Geburt –«

»Hatten wir da Zeit, auf so etwas zu achten? Hast du daran gedacht, das Kind von allen Seiten zu begucken? Wir waren doch völlig kopflos.«

Franz nickte stumm. Es waren vier schreckliche Tage, dachte er. Heute erscheinen sie völlig sinnlos, wenn man an sie zurückdenkt. Alles, aber auch alles hatten wir falsch gemacht. Wie zwei erwachsene Menschen sich bloß so völlig in Angst auflösen konnten – es war jetzt unverständlich. Aber damals verloren sie den Kopf, reagierten sie auf den sekundenschnellen Einfall, taten sie Dinge, die von keiner Vernunft mehr kontrolliert wurden. Wer denkt da an einen Leberfleck unter der linken Achsel?

»Du willst das Kind behalten?« fragte er leise, als schäme er sich überhaupt dieser Frage.

»Ja, Franz.«

»Und der ewige Zweifel: Ist es wirklich unser Kind ...«

»Maria ist unser Kind! Und wenn hundert Ärzte sagen, es stimme nicht – für mich ist es mein Kind!«

»Wenn es so ist –« Franz Höllerer erhob sich vom Bett und trug Maria Ignotus zurück in den Kinderwagen. »Dann soll es so weitergehen, als sei nichts geschehen.«

Drei Stunden später allerdings war die mühsam errungene innere Ruhe wieder zerstört. Ernst Bergmann hatte nach drei Stunden Schlaf wieder einen Teil seiner alten Vitalität zurückgeholt.

»Ich habe mir das alles genau überlegt, Kinder«, sagte er. »Eigentlich wußte ich es schon blitzartig, als mir Dr. Wollenreiter unser richtiges Baby im Bettchen zeigte. Wir bringen es wieder zurück –«

»Was sollen wir?« rief Franz Höllerer entsetzt.

»Fangen wir noch mal von vorne an!« Ernst Bergmann trommelte mit den Fingern nervös auf die Tischplatte. »Wir fahren zurück, morgen schon, und legen das Kind wie damals wieder vor die Tür der Klinik ›Bethlehem‹. An unser richtiges Kind werde ich schon rankommen! Und wenn ich zum Familienminister nach Bonn fahre! – Was haltet ihr davon?«

Und Julia sprach aus, was auch Franz Höllerer in diesem Augenblick dachte:

»Gar nichts! Du bist ja verrückt, Vater!«

Beleidigt lehnte sich Ernst Bergmann zurück und sprach an diesem Tage kein Wort mehr.

Das Jahr ging zu Ende, der Frühling wischte den Schnee weg und zauberte mit dem ersten warmen Wind und dem ersten lauen Regen grüne Spitzen an Bäume und Sträucher. Im Garten der Klinik ›Bethlehem‹ blühte plötzlich ein Mandelbäumchen, und im Rasen stecken gelbe und violette Krokusse. Dr. Wollenreiter war noch immer nicht verheiratet, Peter Kallenbach saß noch immer in Untersuchungshaft, nachdem drei Haftprüfungstermine abgelehnt worden waren, die Vierlinge gediehen prächtig, Nachtwächter Bramcke klagte über seine Olle, die jedes Frühjahr eifersüchtig wurde, weil dann neue Lernschwestern in die Klinik kamen und Bramcke jetzt morgens später nach Hause tappte, Dr. Julius und Dr. Renate Vosshardt hatten das Aufgebot bestellt, Prof. Karchow war wieder einmal geehrt und zum Vorsitzenden irgendeines Ausschusses ernannt worden, sogar von Dr. Petschawar aus Indien war eine Karte gekommen, ohne Absender allerdings, was Schwester Karin Degen als eine Frechheit betrachtete. »Ich bin jetzt Leiter einer eigenen Klinik«, schrieb Dr. Sandru auf englisch. »Aus den Fehlern, die ich sah, habe ich gelernt. Ich danke Ihnen allen herzlich.«

»So kann man auf höfliche, vollendete Art auch jemanden in den Hintern treten«, sagte Prof. Karchow und gab die Karte an Dr. Julius weiter. »Lassen Sie den Arschtritt im Kollegium rotieren, das hebt die Stimmung!«

Philipp Lehmmacher sah dem neuen Jahr mit anderen Gefühlen entgegen. Seine Kolumne über Gärtnerei lief im Frühsommer aus. Der Jahresvertrag war erfüllt, und man hatte ihm gesagt, daß er nicht erneuert würde, denn im Garten geschehe ja nun jeden Monat immer das gleiche, was er schon beschrieben habe. Ein Plan Lehmmachers, eine ›Veredelungskunde‹ zu schreiben, wurde abgelehnt. Der verantwortliche Redakteur drohte dem Chefredakteur, schreiend den Verlag zu verlassen, wenn noch ein Jahr lang Lehmmacher-Manuskripte auf seinen Schreibtisch kämen.

Was also tun? Da hat man Vierlinge, die alle leben, sogar zwei Siamesen sind dabei, das Geld liegt auf der Straße, und man darf es nicht aufheben! Ist das Demokratie?!

Philipp Lehmmacher schrieb an den Bundestag. Die Herren Abgeordneten, die ja vom Volk gewählt seien und daher die Meinung des Volkes zu vertreten hätten (man sieht, wie weltfremd im Grunde seiner Seele doch Philipp Lehmmacher war!), sollten einmal anfragen, ob ein Vater mit seinen Vierlingen nicht tun dürfe, was *er* wollte!

Er erhielt keine Antwort, was ihn sehr erbitterte. Und Philipp Lehmmacher beschloß, bei der nächsten Wahl einen weißen Zettel abzugeben.

Maria Ignotus war noch nicht gefunden worden, auch der Trick mit dem falschen Kind hatte nicht gewirkt. Es war nicht zurückgebracht worden. Für Staatsanwalt Dr. Allach stand somit fest, daß die Kindesräuber aus einem reinen Mutterkomplex gehandelt hätten, dem es völlig gleichgültig war, ob es dieses oder jenes Kind war. Es war ein Kind, das genügte. Daß es gerade Maria Ignotus war, schien eine Verkettung bitterer Umstände zu sein.

»Die eigene Mutter war es auf keinen Fall!« referierte Dr. Allach vor Professor Karchow und den Ärzten von ›Bethlehem‹. »Die eigene Mutter will *ihr* Kind haben! Wir müssen uns unter diesen Umständen damit abfinden, daß uns nur ein Zufall helfen kann. Der Zufall ... die oft einzige Hilfe des Kriminalisten.«

Für Dr. Wollenreiter war dieses eine Ohnmachtserklärung. Aber auch er sah keinen Lichtblick. Er mußte sich damit abfinden, Maria verloren zu haben. Sein Sarkasmus verstärkte sich – zu den Kindern seiner Station war er wie ein Vater, aber zu Erwachsenen hatte er ein ständig kampfbereites Verhältnis. Seine Bemerkungen wurden Anlaß zu Beschwerden bei Professor Karchow, vor allem die Eltern, die ihre Kinder mit sogenannten Umweltschädigungen einlieferten, psychischen Beschwerden, die sich als Schlaflosigkeit, Brüllsucht oder auch Melancholie manifestierten, kamen zum Chef der Klinik und fragten erregt: »Müssen wir uns das gefallen lassen?« Karchow ließ sie fast immer zu Dr. Julius weiterreichen, der sich dann anhören mußte, wie Wollenreiter mit den Eltern umsprang.

Einmal geschah folgendes: Ein Kind von zwei Jahren wurde eingeliefert. Es schrie und schrie, war scheu und verkroch sich vor anderen Menschen. Die Eltern waren verzweifelt. Irgendein Schock mußte das Kind seelisch verändert haben.

Dr. Wollenreiter sprach mit der Kleinen zehn Minuten ... er sagte nicht: ›Bist du wohl still! Ruhe! Hör auf mit Schreien!‹, sondern er nahm das sich widersetzende Kind auf den Schoß, schälte eine Banane und gab ihm stückchenweise zu essen. Dabei erzählte er eine kleine Geschichte von einer Puppe, die plötzlich keine Haare mehr hatte, weil sie immer so schrie und dabei alle Haare ausfielen ...

Das Kind beruhigte sich, hörte zu und lächelte Dr. Wollenreiter schließlich an.

»Das ist uns unverständlich«, sagte die junge Mutter und staunte. »So haben wir Monika noch nie gesehen. Wir haben anstellen können, was wir wollten ...«

»Kommen Sie bitte mal mit!« Dr. Wollenreiter ging voraus zum Sprechzimmer und blieb hinter dem Schreibtisch stehen. Die jungen Eltern standen etwas betreten mitten im Raum. »Sie sind Ingenieur?« fragte er den Vater.

»Ja. In der Planungsabteilung.«

»Wieviel verdienen Sie?«

»1200 Mark. Aber was hat das mit der Krankheit –?«

Dr. Wollenreiter winkte ab. Er sah die junge Mutter an.

»Und Sie arbeiten auch noch?«

»Ja. Als Sekretärin. Warum?«

»Wer ist bei dem Kind?«

»Ein Mädchen –«

»Man soll es nicht glauben!« Dr. Wollenreiter hieb mit der Faust auf den Tisch. »Geld verdienen! Ein Auto haben! Fernsehen, eine Stereoanlage, Clubgarnituren, einen Pelzmantel, eine Gefriertruhe, Partys, eine Wohnung für 500 Mark Miete – aber das Kind marschiert am

Rande mit. Na Gott, es ist eben da ... nehmen wir eine Göre dazu, die paßt darauf auf, macht das Fläschchen heiß und sieht zu, daß es still auf dem Rücken liegt, die kleine Monika ... Morgens schläft es noch, wenn man zum Geldverdienen losrast, abends schläft es auch, wenn man müde nach Hause kommt, und wenn es dann mal schreit, gehen die Nerven durch, und man schreit zurück. Geld! Geld! Geld! Luxus! Leben! Das ist alles! Wissen Sie, was dem Kinde fehlt? Die Nestwärme, die jeder Spatz hat! Eltern fehlen dem Kind. Mutter und Vater, die nicht nach der Lohntüte jagen, sondern sich um das Werden eines kleinen Menschen kümmern. Das Kind ist krank an der Lebenslust seiner Erzeuger! Ihre Monika ist ein Opfer Ihrer Prosperität!«

»Müssen wir uns das gefallen lassen?« rief in zitternder Erregung eine Viertelstunde später der Vater vor Dr. Julius. »Was ist das überhaupt für ein Flegel von Arzt?!«

»Unser bester.« Dr. Julius hob die Schultern. »Der Kollege Dr. Wollenreiter ist ein bißchen zu geradeheraus, das ist alles. Er hätte Ihnen auch sagen können: Das Kind leidet an Umweltstörungen – Das hätte genügt.«

»Dann ... dann stimmt es also, was er sagt? Sie geben ihm auch noch recht?« Der Vater setzte empört seinen Hut auf. »Ich muß schon sagen, eine merkwürdige ärztliche Betreuung ist das, wo die Eltern beschimpft werden wie ... wie ... Ich finde einfach keine Worte! Ich werde das Kind in eine andere Klinik bringen lassen!«

»Dort wird man Ihnen das gleiche sagen.« Dr. Julius begleitete die erregten Eltern zur Tür. »Solche Wohlstandskinder bilden heute bereits schon ein Problem. Sie sind nicht die einzigen Eltern, die sich den Vorwurf gefallen lassen müssen, des Geldverdienens willen ihre Kinder zu vernachlässigen. Nicht körperlich, o nein ...

seelisch, und das ist viel schlimmer.« Er blieb stehen, bevor er die Tür öffnete, und sah den hochrot gewordenen Vater an. »Wenn draußen die Sonne scheint, so wie heute, gehen Sie dann mit Ihrem Kind spazieren? Ins Grüne, an einen Schwanenteich, über eine blühende Wiese ...?«

»Wann denn, Herr Oberarzt?« stotterte der Vater.

»Am Samstag, am Sonntag ...«

»Samstags habe ich noch eine Nebenbeschäftigung als Statiker übernommen, und sonntags ... einmal müssen ja auch *wir* ausruhen können, Herr Doktor.«

»Sehen Sie.« Oberarzt Dr. Julius lächelte schmerzlich. »Darüber sollten sie mal nachdenken. Keine Klinik kann einen duftenden Waldspaziergang ersetzen ... und diese Therapie können Sie umsonst haben – wenn Sie Zeit für Ihr Kind hätten.«

Das war ein Fall, den Oberarzt Dr. Julius noch klären konnte. Manchmal aber brüllte Dr. Wollenreiter die Eltern so an, daß sie mit einer Klage drohten. Einmal hatte er sogar geschrien: »Sie sind nicht wert, ein solches Kind zu haben!« Da hatte Prof. Karchow Dr. Wollenreiter zu sich kommen lassen. Auch Dr. Julius war zugegen.

»Ich weiß, was los ist«, sagte Wollenreiter mürrisch, als er im Chefzimmer stand. »Der Delinquent meldet sich zur Stelle. Soll ich den Nacken freimachen, damit man besser zuschlagen kann?«

Prof. Karchow strich sich mehrmals mit der flachen Hand über seine Glatze. »Sie wissen, ich habe eine unselige Schwäche für Typen«, sagte er. »Als Sie bei mir eintraten, damals noch ein junger Assistent, sagte ich mir: Der paßt hierher. Der hat eine Schnauze, die man im Todesfall extra zuschlagen muß. Aber was zuviel ist – bei aller Duldung Ihrer Originalität –, ist zuviel!«

»Das Recht ist immer zuviel«, antwortete Dr. Wollenreiter dumpf.

»Quatschen Sie nicht, Wollenreiter!« Prof. Karchows Augen hinter der Goldbrille funkelten. »Legen Sie sich eine Bremse an. Sie wissen, daß Kollege Waygand weggeht, daß somit die II. Oberarztstelle frei wird. Aber, Himmel noch mal, kann ich denn einen Oberarzt gebrauchen, der die Eltern anrotzt? Wollenreiter, was ist denn mit Ihnen los?«

»Ich liebe Kinder, Herr Professor. Aber die Eltern finde ich meistens zum Kotzen! Wenn ich die Diskrepanz sehe zwischen Zeugung und Aufziehen der Erzeugten, könnte ich an die Decke gehen. Natürlich, Kinder in die Welt setzen, das kann jeder, dazu gehört nicht viel, den Weg dazu finden selbst Blinde ... aber aus dem hilflosen Kind dann einen vollwertigen Menschen zu machen, dazu sind heute fast 70 Prozent der Eltern zu dumm!«

»Und Sie glauben, es wird besser, wenn Sie ihnen das ins Gesicht schreien, was?« Prof. Karchow schüttelte seinen dicken, runden Kopf. »Es stimmt, das ist ein alter Lehrsatz: Die Erziehung der Kinder beginnt bei den Eltern. Aber doch nicht so, wie Sie es praktizieren!«

»Herr Professor –« Dr. Wollenreiter atmete ein paarmal tief durch. »Gestern habe ich einen Vater aus der Klinik gefeuert.«

»Was haben Sie?« fragte Dr. Julius betroffen.

»Ich habe den Vater hinten am Kragen genommen und aus dem Zimmer geworfen. Auf den Flur. Schwester Angela brachte gerade Tee herein.«

»Ja, sind Sie denn von Sinnen?« stammelte auch Prof. Karchow.

»Der Vater war neunzehn Jahre alt. Er erschien in einer Lederjacke, schwarz, auf dem Rücken einen gestickten Siouxindianer, er hatte Nietenhosen an, hauteng, und darüber hochhackige Cowboystiefel mit Goldverzierungen. Hände in den Taschen, Zigarette im

Mundwinkel, kam er zu mir und sagte: ›Na, Doktor, nun zeigen Sie mir mal meinen Brüller! Nachdem sie mir die Vaterschaft zugeschoben haben, will ich mir mal meinen Volltreffer ansehen.‹« Dr. Wollenreiter drückte das Kinn an. »Der Volltreffer kam sofort. Ich habe ihm eine gewischt, daß er auf dem Boden saß. Dann habe ich ihn gepackt und hinausgeworfen. Herr Professor – das tut mir jetzt noch gut.«

Prof. Karchow sah zu Dr. Julius. »Was sagen Sie nun, Julius?« fragte er hilfesuchend.

»Ich hätte dem Kerl auch eine gescheuert, Herr Professor.«

»Ich auch.« Karchow schlug die Hände zusammen. »Eine rohe Zeit, meine Herren! Statt sich zur Ethik zu entwickeln, wachsen wir wieder hinein in die Höflichkeit eines Neandertalers. Dr. Wollenreiter . . . bereiten Sie sich auf Ihre Oberarztstelle vor. Danke.«

In diesem Augenblick hätte Wollenreiter seinen Chef umarmen können. Aber wer tut das schon bei seinem Professor?

Für Schwester Karin Degen war es kein Problem, ihren Zustand zu verbergen. Die Schürzen, die sie tagsüber beim Dienst trug, verbargen viel, außerdem schnürte sie sich so stramm, daß selbst die leichten Frühjahrskleider noch paßten, selbst dann noch, als Anfang Mai der neunte Monat begann und die einzige Sorge war, wie sie das Kind unbemerkt zur Welt bringen konnte.

Niemand hatte bis zu dieser Stunde etwas bemerkt. Nun ja, sie war etwas draller geworden; böse Münder, die es ja immer in der Klinik gab, behaupteten, das sei nur zu natürlich, denn seit dem Weggang Dr. Sandrus habe Karin endlich Zeit, sich etwas zu erholen. Daß sie keine neue Liebschaften anfing, was man allgemein erwartet hatte, zumal zwei Volontärärzte gekommen waren und sich um Karin Degens Gunst bemühten, war etwas Neues und paßte eigentlich nicht zum Bild der kleinen Karin.

In den Tagen vor der Niederkunft wurde sie immer wortkarger. Ihr Kind der Klinik vor die Tür legen, wie es damals die unbekannte Mutter mit Maria Ignotus getan hatte, war nicht möglich. Das Baby würde braun sein, das wußte sie, und die Gefahr der Entdeckung war zu groß. Auf keinen Fall aber war sie bereit, das Kind zu töten und zu verscharren. Sie hatte diesen Gedanken schon einmal gehabt ... aber wer täglich acht oder zehn Stunden lang mit Säuglingen umgeht, sie wickelt und nährt, sie pflegt und umhegt, kann unmöglich zur Mörderin eines Kindes werden.

So war das Problem noch nicht gelöst, was geschehen sollte, als Schwester Karin an einem Freitag den Nachtdienst übernahm. Dr. Julius rief sie noch schnell zu sich, ehe er die Klinik verließ.

»Auf Zimmer 9 liegt eine Neueinlieferung. Ein sogenanntes Besatzungskind. Braun wie eine Kakaobohne. Es ist zwei Tage alt und hat eine Hepatitis mit auf die Welt gebracht. Sehen Sie sich das Kind öfter an, Schwester Karin. Ich glaube nicht, daß es den Morgen erlebt. Übrigens ein seltener Anblick – braun und Gelbsucht, das gibt eine fast olivgrüne Hautfarbe. Die Mutter kennt die Wahrheit und nimmt es nicht tragisch, wenn der Ausgang letal ist. Gute Nacht, Schwester Karin –«

»Gute Nacht, Herr Oberarzt.«

Dann kam die Nacht.

Viermal sah Karin Degen nach dem winzigen olivfarbigen Säugling in Zimmer 9. Sie sah, daß es keine andere Hoffnung mehr gab als ein Wunder.

Um 11 Uhr nachts bekam sie plötzlich, wie der Einschlag eines Blitzes, die erste Wehe. Sie krümmte sich, hielt sich an der Tischkante der Teeküche fest und atmete ein paarmal tief. O Himmel, o Gott, dachte sie verzweifelt. Jetzt, gerade jetzt! Hier, in der Klinik, während der Nachtwache. Wie grausam ist das alles –

Von dieser Stunde an begann ein Wettlauf mit der Zeit, mit dem Schmerz, mit der nächtlichen Pflicht.

Zweimal noch, zwischen den Wehen, machte sie ihren Kontrollgang. Sie sah den Nachtwächter Bramcke in seinem Glaskasten sitzen, lesen und rauchen. Sie winkte ihm sogar zu, als er zu ihr hinschaute und nickte ... und sie rannte schnell in ein Zimmer, in irgendeins, weil die neue Wehe ihren Leib krümmte, sie preßte die Knie und Schenkel zusammen, hieb die Hände gegen die Wand und kratzte mit den Nägeln den Putz auf.

Dann ging es nicht mehr. Sie lag auf dem Bett in ihrem Wachzimmer, hatte Gummitücher und Laken unter sich gelegt, war nackt ausgezogen und starrte auf ihren nun freien, nicht mehr geschnürten, sich hochwölbenden und zuckenden Leib. Neben sich hatte sie einen Verbandstisch gefahren. Auf ihm lag alles, was zur Geburt nötig war, vom heißen Wasser bis zur Nabelklemme, von der Schere bis zum Wickel, vom Plastikeimer für die Placenta bis zu fertig aufgezogenen Injektionsspritzen mit blutstillenden Mitteln. Die Tür hatte sie abgeschlossen. Sie hatte nichts vergessen.

Um 3 Uhr morgens gebar sie das Kind Dr. Sandru Petschawars. Einen Jungen. Ein gesundes Kind. Als der Kopf durchtrat, biß sie in ein Bettlaken, das sie in der Hand hielt, sie schrie in beide Fäuste hinein, und so wurde es nur ein dumpfes Stöhnen, das nicht durch die Tür in den stillen Stationsgang drang. Die letzte Wehe warf sie halb ohnmächtig zurück ... aber dann war sie merkwürdig klar und wie von einem Zentnerdruck befreit, sie fühlte das Blut um sich, das zappelnde Etwas zwischen ihren Schenkeln, eine selige Erschlaffung glitt über sie, eine Müdigkeit, als atmete sie Äther ein . . . Sie zwang sich, wach zu bleiben, richtete sich auf, nabelte das Kind vorschriftsmäßig ab, wälzte sich von der blutigen Gummiunterlage, schleppte sich weiter, gab sich zwei Injektionen, legte das kleine braunhäutige Wesen auf einen Packen Zellstoff und kümmerte sich dann wieder um sich und um die letzten Phasen der Geburt.

Um 4 Uhr morgens war alles vorüber. Todmüde lag Karin Degen auf dem Bett. Die Wäsche war abgezogen, die Spuren waren weggewischt, neben der Tür stand der Wäschewagen, niemand würde am Morgen kontrollieren, woher die blutigen Laken und Binden stammten. Die automatischen Wäscheschlucker beförderten alles in die Zentralwäscherei, wo sortiert und gewaschen wurde. Das einzige, was blieb, war das Kind. Ein kleiner, gesunder Junge, fast sechs Pfund schwer, mit krausen Härchen und kaffeebrauner Haut.

Gegen 5 Uhr erhob sich Karin Degen wieder. Sie wunderte sich, woher sie die Kraft nahm. Sie schob den Wäschewagen vor sich her und hielt sich an ihm fest. Nachwächter Bramcke sah kurz hoch und dann auf seine Uhr. Bald geschafft, dachte er jetzt. Noch knapp zwei Stunden. So 'ne Nacht ist lang, auch wenn man's gewöhnt ist.

Langsam, Schritt für Schritt, fuhr Karin Degen den Wäschewagen zu den Wäscheschluckern neben den Toiletten. Sie stopfte alles hinein und hörte mit einem Aufatmen, wie die Stücke wegglitten in den Sammelkeller. Dann ging sie zu Zimmer 9, um nach dem farbigen Hepatitis-Säugling zu sehen.

Das Kind lag starr in seinem Körbchen, unbeweglich und kalt. Es war – irgendwann zwischen 1 Uhr und 5 Uhr morgens – gestorben, wie es Dr. Julius vorausgesagt hatte. Und beim Anblick des braunen, toten Kindes durchzuckte es Karin Degen. Es schlug in ihr ein, und es war so überwältigend, daß sie das tote Kind aus dem Körbchen hob, auf den Wäschewagen legte, mit einem Laken zudeckte und schnell zurück zu ihrem Wachzimmer fuhr. Dort verbarg sie den kleinen Körper in ihrem Schrank, wickelte ihr eigenes, schlafendes Kind noch einmal neu und trug es hinüber in Zimmer 9.

Als es in dem Körbchen lag, unterschied es sich in nichts von dem gestorbenen Kind. Es war braun, neugeboren, ein noch verschrumpeltes, faltiges Bündel mit krausen, dunklen Haaren. Nur eine Hepatitis hatte es nicht.

Mit diesem Rätsel werden sie allein fertig werden müssen, dachte Karin Degen und lehnte sich erschöpft gegen die Wand. Man wird es nie merken. Nie.

Manchmal ist das Schicksal auch auf der Seite der Verzweifelten.

Um 7 Uhr wurde Schwester Karin abgelöst. Schwester Angela übernahm wieder die Station.

»Etwas Neues?« fragte die Ordensschwester.

»Nein, Schwester Angela. Nichts. Eine ruhige Nacht.«

»Und Zimmer 9?«

»Auch ohne Komplikationen.«

Schwester Angela blickte kurz zu Karin Degen. »Sie sehen blaß aus, Karin. Wie dem Tod entsprungen. Ist Ihnen nicht wohl?«

»Ich habe schon seit Tagen Gallenschmerzen, Schwester.«

»Ich würde das mal dem Herrn Oberarzt mitteilen.«

»Morgen sage ich es. Guten Morgen, Schwester.«

»Guten Morgen. Ruhen Sie sich aus, Karin –«

So verließ Karin Degen die Klinik ›Bethlehem‹. In ihrer Einkaufstasche trug sie, in ein Badetuch gewikkelt, den winzigen toten Körper des Kindes hinaus. Nachtwächter Bramcke begleitete sie sogar ein Stück und erzählte drei neue Witze von Klein-Erna. Karin Degen lachte pflichtschuldig. Ins Bett, dachte sie dabei. O ein Bett! Ich bin so müde, so kaputt, so völlig fertig.

Am Abend, nach einem bleiernen Schlaf den ganzen Tag über, fuhr sie hinaus in den Stadtwald und vergrub den kleinen Körper mitten unter himmelhochstrebenden Birken und Fichten. Sie empfand keine Gewissensbisse dabei. Sie hatte niemanden getötet. Sie hatte im Gegenteil das Leben eines Kindes gerettet. Was sie begrub, war nicht ihr Opfer. Es war die Hülle eines armen Wesens, das geboren worden war, um gleich wieder zu sterben.

Das Phänomen der Klinik ›Bethlehem‹ wurde gegen Mittag das Kind auf Nummer 9.

Zuerst besichtigte es Dr. Wollenreiter, weil Schwester Angela behauptete, da stimme etwas nicht.

»Gestern war es oliv, heute ist es wieder braun«, sagte sie fassungslos.

»Es spielt vielleicht Chamäleon?« sagte Dr. Wollenreiter in seiner typischen Art. Aber dann hielt er es doch für angebracht, Oberarzt Dr. Julius zu benachrichtigen.

»Ich komme da nicht mehr mit«, sagte er durchs Telefon. »Das Negerbaby mit der Hepatitis –«

»– Exitus?« fragte Dr. Julius dazwischen.

»Von wegen! Das liegt im Körbchen und hat Hunger!«

»Lassen Sie die faulen Witze, Wollenreiter.«

»Kommen Sie runter, und sehen Sie sich das an. Die Hepatitis ist wie weggeblasen. Keine Gelbfarbe mehr, Körperchen schön braun, keine Leberschwellung mehr, Zunge völlig frei, Augäpfel weiß – das leuchtendste Weiß meines Lebens –, das Kind ist gesund bis auf die Knochen!«

»Dummheit!« Oberarzt Dr. Julius legte auf und war

nach fünf Minuten selbst im Zimmer 9. Was Dr. Wollenreiter berichtet hatte, war wahr. Der Säugling, auf dessen Exitus man hatte warten können, war gesund. Über Nacht.

Eine halbe Stunde stand Prof. Karchow am Körbchen und starrte auf den kleinen, braunen, nackten Körper. Um das linke Handgelenk war ein Leukoplast mit dem Namen: Roland Honnemann.

Die Diagnose auf dem Krankenblatt aber stimmte nicht. Das Kind war gesund.

»Wie erklären Sie das, meine Herren?« fragte Karchow und deckte das Kind zu. »Wenn ich nicht selbst gesehen hätte, wie infaust der Fall war. Und über Nacht –. Wer hatte Wache?«

»Schwester Karin Degen.«

»Ach, unsere Indienkennerin! Und was sagt die?«

»Sie hat am Morgen gemeldet, daß die Nacht ruhig gewesen sei. Fünfmal hat sie Zimmer 9 kontrolliert. Da schlief der Säugling.«

»Er hat seine Hepatitis weggeschlafen«, sagte Prof. Karchow sarkastisch.

»So etwas gibt es doch nicht«, meinte Dr. Julius.

»Wie Sie sehen, Julius ... es ist alles möglich! Mich wundert in der Medizin überhaupt gar nichts mehr! Oder haben Sie eine Erklärung für diesen Fall?«

»Nein –«, antwortete Dr. Julius gedehnt.

»Die Mutter wird sich freuen.« Dr. Wollenreiter verzog sein Gesicht. »Daß der Junge wieder gesund ist, wird sie uns nie verzeihen. Eine einfachere Trennung von einem Fehltritt gab es nicht. Und nun strotzt das Baby vor Gesundheit. So können Wunder zu Schicksalen werden.«

»Was rätselhaft bleibt, ist die Spontaneität der Heilung.« Prof. Karchow schüttelte den Kopf. »Sie widerspricht allen bekannten Verläufen einer Hepatitis. Bei

Kindern, gerade bei Säuglingen, muß man vieles anders sehen als bei Erwachsenen. Vor allem in den ersten Lebenstagen können gewisse hormonale und auch andere Funktionen erst später einsetzen. Aber was eine echte Hepatitis ist, die sitzt! Und braucht ihre Zeit! Aber, bumm – über Nacht –, weg ist sie . . . das ist ein wahres Rätsel.«

Und es blieb ein Rätsel. So gerne Prof. Karchow sonst Erfolge aus der Klinik ›Bethlehem‹ in medizinischen Fachblättern veröffentlichte, was ihm den Geruch einer gewissen Pressegeilheit einbrachte – diesen Fall des Negermischlings Roland Honnemann publizierte er nicht. Ihm war die ganze Angelegenheit selbst zu dubios, zu undurchsichtig, zu unerklärbar. Hier konnte man sagen: Es war eine Fehldiagnose. Wer konnte das Gegenteil beweisen?

Die Mutter, die am zweiten Tag in die Klinik kam, beunruhigt, weil noch kein Anruf über das Ableben des kleinen Roland gekommen war, führte Wollenreiter selbst an das Bettchen in Zimmer 9.

»Ein Prachtkerl«, sagte er mit Wonne in der Stimme. »Sehen Sie sich das an, Fräulein Honnemann – er quiekt vor Gesundheit!«

Fräulein Helga Honnemann wurde in diesem Augenblick ohnmächtig. Sie konnte nicht mehr sagen, ob vor Freude oder aus Schreck.

Keiner wußte, wie es geschehen konnte. Nun, da es aber geschehen war, empfand man es als sinnlos, noch lange Nachforschungen anzustellen: In einer großen Wochenzeitung erschien ein Artikel mit der Überschrift: »So wird verschleiert!«

Autor: Peter Kallenbach.

Der Artikel schilderte prägnant die beiden Fälle der interstitiellen Lungenentzündung in der Klinik ›Bethlehem‹ und das Versagen des berühmten Prof. Karchow. Noch schlimmer – es war die Rede davon, daß hohe Kreise diese Vorfälle bagatellisieren oder gar verschleiern wollten.

»Sind große Namen tabu?« fragte Peter Kallenbach seine Leser. »Dürfen nur kleine Assistenzärzte Fehler machen? Irrt sich ein Ordinarius nie? Was hier in der berühmten Kinderklinik ›Bethlehem‹ geschah, war ein Betrug an den Eltern, die ihre kleinen Lieblinge voll Vertrauen in ein Krankenhaus gaben, damit sie geheilt, aber nicht infiziert werden.«

Ein Artikel, der auf die Tränendrüsen von Millionen Müttern drückte. Prof. Karchow erfuhr davon durch einen Anruf seiner Frau, der geborenen Baronesse. Sie lag mit Migräne darnieder, nachdem der Gärtner gesagt hatte: »Gnä' Frau, unser Herr Professor wird in der Presse zur Sau gemacht!«

Karchow explodierte und fuhr zu Staatsanwalt Dr. Allach.

»Dein Untersuchungsgefängnis ist ein Miststall«, brüllte er. »Da können ganze Tiraden hinausgeschmuggelt werden! Ganze Kübel voll Dreck! Hast du das gelesen?« Er warf die Zeitung auf den Tisch. Dr. Allach nickte.

»Ich habe schon nachforschen lassen. Kallenbach schweigt natürlich. Wie diese Kassiber hinauskamen, ist nicht zu erfahren.«

»Natürlich nicht! Weil die Ganoven die Polizei für Idioten halten! Und mit Recht! Mit Recht!« Prof. Karchow sank auf einen der Dienststühle. Buche natur, mit Holzsitz. »Was soll nun werden? Wie soll das weitergehen? Wie kann ich mich gegen diesen Schmutz verteidigen? Ich kann ja sagen, was ich will, es wird immer heißen: Rede du nur, irgend etwas Wahres ist doch dran!« Karchow wischte sich den Schweiß von der

Glatze und von den Brillengläsern. »Das Peinliche ist ja, daß etwas Wahres dran ist –«, fügte er dumpf hinzu.

»Ich weiß, Hans.«

»Aber man muß die Fälle medizinisch sehen! So eine interstitielle Pneumonie ist eine verteufelt schwer erkennbare Sache. Himmel noch mal – hat man als Mensch nicht das Recht, sich zu irren?«

»Als Mensch schon. Aber von einem Professor verlangt der normale Mensch das Wissen Gottes.« Dr. Allach hob die Schultern. »Das ist nun mal so, du weißt es doch. Wenn du einem Vater sagst: Ich weiß nicht, was Ihr Kind hat. Lassen Sie es zur Beobachtung hier, wird er denken: Das will ein Professor sein? Und weiß nicht mal, was meine kleine Erna hat? – Sagst du aber einen gelehrten lateinischen Satz, wird man dich bewundern, auch wenn du nur gesagt hast: Fisch esse ich am Sonntag nie!« Dr. Allach ging unruhig vor Prof. Karchow hin und her. »Es hat gar keinen Sinn, zu dementieren – von deiner Seite aus. Ich werde von der Staatsanwaltschaft aus eine Erklärung an die Presse geben, daß dieser Bericht der Kassiber eines Untersuchungsgefangenen ist, der wegen Erpressung verhaftet wurde.«

»Und dann?«

»Dann wird es Zeit, daß ich die Untersuchungen abschließe und einen Prozeßeröffnungsantrag stelle. Das hat der Kallenbach jedenfalls erreicht.«

»Und was weiter?« sagte Karchow heiser.

»Dann wirst du als Zeuge gehört werden und mußt erzählen, wie es war.«

»Also die Wahrheit?«

»Ja, du wirst vereidigt werden.«

»Und so etwas nennt sich Justiz und mein Freund!« Karchow sprang auf. »Da kann ich mich ja gleich auf den Markt stellen, mit einem Schild vor der Brust: Ich bin der Karchow, das akademische Rindvieh von Bethlehem!«

»Du siehst zu schwarz, Hans.«

»Und meine Frau? Migräne hat sie schon. Heute abend wird ihr Vetter da sein, das Familienoberhaupt. Graf von Hollfeldt. Uralter Adel, seit sechs Generationen degeneriert. Er wird sagen: Lieber Hans, wenn das stimmt, muß ein Ehrengericht der Familie –« Karchow schnellte hoch. »Zum Kringelscheißen ist das«, brüllte er. »Kann man diesem Kallenbach nicht den Mund stopfen? Wenn ich bedenke, welches erneute Rindvieh ich war, als ich dich, den Beamten benachrichtigte, anstatt dem Kallenbach stillschweigend seine dummen 200 Mark zu zahlen! Aber so ist es immer: Braver Bürger sein ist Selbstmord! Wer dem Staat vertraut, sollte sich gleich einen Sarg dazu kaufen. Guten Tag!«

Staatsanwalt Dr. Allach ließ seinen Freund ohne Gegenrede ziehen. Menschlich verstand er ihn zu gut, dienstlich aber lehnte er diese Haltung Karchows strikt ab. Er grübelte darüber nach, wie man durch einen Aufmarsch von Gutachtern die Weste Prof. Karchows wieder weiß werden lassen konnte. Es war keine Manipulation, sondern nur ein Kampf gegen die Dummheit der Masse. Die Ansicht, ein Arzt dürfe sich nicht irren, war so verwurzelt wie ein Amen nach dem Gebet. Daß ein Arzt auch nur ein Mensch war, hinterließ stumme Verwunderung.

Zufälle sind im Leben häufiger als man denkt oder gar merkt. Oft ist das, was man eine logische Entwicklung nennt, nur eine Kette von Zufällen, so wie beim Roulett etwa eine Serie Rouge erscheint.

Als Prof. Karchow wieder in die Klinik ›Bethlehem‹ zurückkehrte und wie ein hungriger Stier in sein Büro stürmte, erwartete ihn dort Oberarzt Dr. Julius.

»Keine Grabreden, Julius«, schnaubte Karchow. »Warum haben Sie noch keinen schwarzen Schlips um? Wo sind die anderen? Will man seinem Chef nicht die Abschiedsarie singen?«

»Im Wartezimmer sitzen Herr und Frau Dr. Prenneis, Herr Professor.«

»Wer?«

»Landgerichtspräsident Dr. Prenneis, Herr Professor.«

»Was will denn der hier?«

»Er hat soeben sein Kind eingeliefert.«

»Der? Ein Kind? In seinem Alter?«

»Ein Nachkömmling, Herr Professor. Außerdem ist die zweite Gattin des Präsidenten erst achtundzwanzig Jahre alt und seit vier Jahren mit ihm verheiratet.«

»Donnerwetter!« Prof. Karchow putzte seine Goldbrille. »Man sieht, Beamtendienst erhält jung! Hübsche Frau?«

»Eine Schönheit, Herr Professor.« Julius lächelte versteckt. Er kannte Karchow zu genau.

»Prenneis ist doch in den Sechzigern, was? Und dann so etwas Junges?« Karchow setzte seine Brille auf. »Na ja, man fühlt sich ja auch noch nicht alt, was Julius. Um was handelt es sich denn?«

»Um den dreijährigen Sohn des Herrn Präsidenten. Er ist gefallen und hat sich das Knie aufgeschlagen.«

»Und da bringen sie den zu mir?« fragte Karchow entgeistert.

»Ja. Der Kleine ist ein Hämophile. Es liegt eine kritische hämophile Gonitis vor.«

»Und das sagen Sie erst jetzt? Julius! Wo sind die Herrschaften?«

»Nebenan, in Ihrem Wartezimmer, Herr Professor.«

Landgerichtspräsident Dr. Prenneis stand am Fenster, sah in den frühlingsbunten Garten und trommelte gegen die Scheiben. Frau Prenneis, eine wirkliche hellblonde Schönheit, hockte auf dem Rand eines der Ledersessel und schien zu beten. Ihre Köpfe fuhren herum, als Prof. Karchow ins Zimmer stürzte.

»Bitte, haben Sie keine Sorgen, gnädige Frau, und auch Sie, Herr Landgerichtspräsident, ganz ruhig«, sagte Karchow nach der förmlichen Begrüßung mit Vorstellung und Handkuß. »Mein Oberarzt hat schon genau berichtet. Einer meiner besten Ärzte, Dr. Wollenreiter, kümmert sich um Ihren Sohn. Ich werde ihn mir auch gleich ansehen. So schrecklich früher die Bluterkrankheit war – die Krankheit der Könige, so nannte man sie, und geschrieben wurden genug dramatische Märchen über sie, Rußland, Zarewitsch, Rasputin, na, Sie wissen es ja –, so sehr hat sie ihre Schrecken jetzt durch die moderne Therapie verloren. Wir kennen heute die verschiedensten Globuline und können die Blutungen zum Stillstand bringen ...«

»Ich hoffe es.« Landgerichtspräsident Dr. Prenneis strich sich nervös über sein Gesicht. Er war ein hagerer, rüstiger, sportlich wirkender Herr. Jugend erhält jung, ein alter Hut, dachte Karchow und lächelte Frau Prenneis an. »Ich vertraue Ihnen, Herr Professor. Sie wissen nicht, wie sehr ich an dem kleinen Detlev hänge. Zu so später Lebensstunde noch ein so junges Glück, und dann so tragisch. Meine Frau wollte den Jungen unbedingt zu Ihnen bringen.« Dr. Prenneis sah Karchow forschend an. »Ich gestehe, ich hatte etwas Hemmungen ... nach diesem Artikel in der Presse –«

Bei Karchow setzte der Herzschlag aus. Eine Ohrfeige hätte nicht schlimmer sein können.

»Ich ... ich sehe mir das Kind erst an –«, sagte er heiser, verließ schnell das Wartezimmer und ließ den Präsidenten zurück. In seinem Büro warf er die Arme hoch und schnappte nach Luft.

Noch niemals in seinem Leben war er so erniedrigt worden.

So traf ihn Oberarzt Dr. Julius an, mit hochrotem Kopf und jagendem Atem. Einen Augenblick dachte er, der Chef sei krank, habe einen Kollaps bekommen, aber dann sah er die funkelnden Augen hinter den Brillengläsern und wußte, daß Prof. Karchow sich in einem Stadium höchster Erregung befand.

»Ich komme wegen der Neueinlieferung«, sagte Dr. Julius vorsichtig.

Karchow schöpfte tief Luft. »Gegen den Widerstand des Vaters hat die Mutter ihn zu uns gebracht!«

Dr. Julius begriff sofort. Der Presseartikel, die erste Reaktion einflußreicher Kreise. Er versuchte nicht, nichtssagende Worte als Tröstung vorzubringen, er überging einfach die peinliche Situation.

»Aus dem Labor ist der Befund da. Ich habe sofort eine Untersuchung machen lassen, da das Kind ja den Bluterpaß nicht bei sich hat und die Eltern das in der Aufregung auch vergessen haben. Es ist eine Hämophilie A.«

»Könnte es anders sein? Steht die Blutung?«

»Wollenreiter ist noch darum bemüht.«

»Also nicht!« Prof. Karchow knöpfte mit zitternden Fingern seinen weißen Kittel zu. »Julius, der Junge muß gerettet werden! Und wenn wir hinterher vor Müdigkeit umfallen! Wir müssen so lange bei ihm bleiben, bis die Gefahr gebannt ist! Kommen Sie –«

Sie rannten in den OP I, wo Dr. Wollenreiter, ein anderer Arzt und zwei Schwestern um den kleinen Patienten bemüht waren.

Der Junge sah blaß aus, fahl, wie ausgeblutet. Das Kniegelenk, auf das er gefallen war, war dick aufgetrieben und rotschwarz. Ein gewaltiges Hämatom hatte sich gebildet. Aus der harmlosen, kleinen Rißwunde über der Kniescheibe aber troff ununterbrochen das Blut auf die rostbraune Gummiunterlage. Der Junge war ohnmächtig. Dr. Wollenreiter kontrollierte gerade Puls und Atmung, während eine Schwester den Infusionsgalgen heranrollte.

»Was ist denn?« rief Prof. Karchow und beugte sich über das Kind. Er sah die tiefen Ringe unter den geschlossenen Augen und hörte die flache Atmung. Das war alarmierend. »Wo bleibt denn die Transfusion?« brüllte er. »Was ist das denn für eine Lahmärschigkeit! Frischblut ran! Und wo bleiben die Konserven mit dem antihämophilen Globulin AHG? Kreuzdonnerwetter noch mal, es ist doch alles in der Blutbank vorhanden? Wollenreiter, hauen Sie ab, kümmern Sie sich um die Heranschaffung der Cohnschen Fraktion I! Womit haben Sie Blutstillung versucht?«

»Mit einer Clauden-Tamponade, Herr Professor«, brüllte Wollenreiter im Hinauslaufen zurück.

»Julius!« Karchow betupfte die Rißwunde wieder mit Clauden. »Bringen Sie Fibrinschaum mit Thrombin ran! Oder halt, nein! Holen Sie Stypven.«

Dr. Julius zögerte einen Augenblick. Stypven war ein Schlangengift-Thrombokinase-Präparat, das sie bisher wenig in der Klinik ›Bethlehem‹ angewendet hatten. Warum, das wußte Julius auch nicht. Bluter waren selten in der Klinik, daran mochte es liegen.

Prof. Karchow injizierte, bevor das Stypven gebracht wurde, intravenös zehnprozentige NaCl-Lösung, und zwar 10 ml. Ganz langsam und vorsichtig spritzte er. Die geringste Verletzung erzeugte wieder neue Komplikationen, vor allem mußte jede intramuskuläre Injektion vermieden werden, da von ihnen neue Hämatome ausgingen.

Dr. Wollenreiter kam zurück mit Frischblut, Plasma und Globulin-AHG-Lösungen. Zunächst wurde

Frischblut, von der Blutbank vor einer halben Stunde abgezogen, an den Infusionsgalgen gehängt und die Vene des Kindes zur Transfusion fixiert. Auch Dr. Julius kam zurück mit dem Fibrinschaum und dem Stypven.

»Blutung steht«, sagte Prof. Karchow nach einigen Minuten und richtete sich auf. Aus der Rißwunde floß kein Tropfen mehr. Die lokale Blutstillung war gelungen. Nun kam es darauf an, daß die inneren Blutungen aufhörten, daß Frischblut und Globulin die Gefahr des Verblutens für den Augenblick hemmten, bis durch die ständig erfolgende Regeneration des Blutes die Gefahr wieder wuchs ... die ständige Angst der Bluter, bei der geringsten Verletzung zu sterben.

Prof. Karchow überzeugte sich, daß Kreislaufmittel und die laufende Transfusion das Kind wieder kräftiger werden ließen. Die fahlbleiche Farbe ließ nach, die Schleimhäute wurden wieder rosig, wie sich Karchow nach einem Blick in den Mund selbst im stillen beglückwünschte. Er wusch sich die Hände und eilte in das Wartezimmer der Privatpatienten zurück.

Dort saß Frau Prenneis weinend im Sessel, während Landgerichtspräsident Dr. Prenneis erregt hin und her lief. Beim plötzlichen Öffnen der Tür hörte Karchow noch, wie er sagte: »Ich war dagegen! Mich trifft keine Schuld, wenn etwas schiefgeht! Ich wollte ihn zur Universitätsklinik bringen!«

»Die Gefahr ist vorbei«, sagte Prof. Karchow so laut, daß Dr. Prenneis zusammenzuckte wie unter einem Schlag. Die Mutter fuhr aus dem Sessel hoch. Sie war unfähig, etwas zu sagen; sie schluchzte auf und fiel dann in die Polster zurück. Aber es war ein tiefer Seufzer der Erlösung und des Dankes.

»Er ... er wird nicht verbluten ...«, stotterte Dr. Prenneis und wurde rot dabei. Sichtlich schämte er sich. Seine letzten Worte mußte Karchow gehört haben, das war im ungeheuer peinlich.

»Ich habe nie die Möglichkeit in Betracht gezogen, daß es ernsthafte Komplikationen gibt«, sagte Karchow mit unbewegter Miene. »Meine Klinik ist mit den modernsten Mitteln eingerichtet, wir haben eine eigene Blutbank . . . Ihr Sohn bekommt im Augenblick Frischblut und Gerinnungspräparate, nach zwölf Stunden werden diese Fusionen wiederholt, und dann dürfte überhaupt keine Gefahr mehr bestehen. Auch die lokale Blutbildung ist unter Kontrolle. Es besteht gar kein Anlaß zur Sorge mehr.«

Dr. Prenneis sah kurz auf seine Frau. Sie hatte den Kopf abgewandt und weinte leise. Mit ein paar Schritten trat er auf Karchow zu, den er um zwei Haupteslängen überragte.

»Ich danke Ihnen aus tiefstem Vaterherzen«, sagte er mit belegter Stimme.

»Es war meine Pflicht.« Karchow lächelte schwach. »Wozu bin ich Arzt?«

»Trotzdem. Ich hatte keine Hoffnung mehr.« Dr. Prenneis zögerte und machte ein paar Schluckbewegungen, als säße ihm ein Fremdkörper im Hals. »Soweit privat, Herr Professor. Dienstlich wird mich Ihr Fall, diese dumme Pneumonie-Geschichte da, in Zukunft sehr interessieren. Ich werde mich selbst darum kümmern und die Herren der zuständigen Kammer sprechen. Mir scheint, daß hier aus einem Luftzug ein steifer Wind gemacht wird.« Dr. Prenneis wischte sich über die Augen. Das ›Dienstliche‹ war beendet. Er hatte genug angedeutet, und Karchow verstand ihn sehr gut. »Wann können wir unseren Sohn sehen?«

»In vielleicht einer Stunde, Herr Präsident.« Karchow knöpfte lässig seinen weißen Kittel auf. »Wenn ich die Herrschaften solange in unser Kasino einladen darf –«

»Wir nehmen Ihre Zeit ungebührend in Anspruch, Herr Professor.«

»Durchaus nicht. Ich habe mich für Sie freigemacht.«

Höflichkeitsfloskeln, verlogene Sentenzen, gesellschaftliche Maskerade. Prof. Karchow kniff die Lippen zusammen. Wie anders würde die Unterhaltung ausgesehen haben, wenn er hätte melden müssen: Ihr Sohn ist nicht mehr zu retten gewesen.

Der Erfolgreiche ist immer König, dachte er bitter. Aber wehe ihm, wenn er einziges Mal danebentritt und stolpert.

Vier Tage nach der Rettung des kleinen Sohnes des Landgerichtspräsidenten kam die Quittung ins Haus Karchows.

Staatsanwalt Dr. Allach rief an. Man hörte seiner Stimme an, daß er mit dem, was er zu sagen hatte, nicht einverstanden war.

»Peter Kallenbach ist aus der Haft entlassen worden«, sagte er. »Das Gericht hat einen Eröffnungsbeschluß abgelehnt, weil die Straftat zu geringfügig ist. Sie verweist auf den Privatklageweg. Du kannst also diesen Kallenbach wegen Beleidigung oder Verleumdung anzeigen, wenn du willst.«

»Ich will aber nicht«, antwortete Karchow erfreut. »Und wie geht es nun weiter?«

»Kallenbach ist bereits aus dem U-Gefängnis heraus. Die Akten sind geschlossen und werden verstauben. Ich nehme an, daß Kallenbach nun wieder bei dir auftaucht und wieder um seine 200 DM bittet. Du Rindvieh wirst sie ihm geben.«

»Nein, jetzt nicht mehr.«

»Und warum auf einmal nicht?«

»Die Sache mit den Pneumonien wird vergessen werden ... aber die beiden neuen Erfolge aus meiner

Klinik, die Trennung der Siamesen und die Rettung des Präsidentensohnes – letzteres wird von Mund zu Mund wandern –, geben ein anderes Bild des Hauses ›Bethlehem‹, als es Kallenbach gezeichnet hat.«

Es war ein Irrtum Prof. Karchows, zu glauben, daß Erfolge geeignet sind, auch kleinste Mißerfolge zu überdecken. Die Welt verlangt von einem großen Arzt stets Großes, Erhabenes, Einmaliges, Wunderbares ... um so mehr aber fallen die Menschen wie Bestien über den Berühmten her, wenn auch er sich irrte und die Illusion der Masse zerstörte, Gott und er seien unfehlbar.

Was bedeutet die Trennung von siamesischen Zwillingen? Was bedeutet es, daß Hunderte Kinder unter seinen Händen gesund werden, daß tagaus, tagein Ärzte und Schwestern an den kleinen Betten stehen und gegen die Krankheiten kämpfen. Es ist selbstverständlich. Aber ein einziger Fehlgriff unter tausend Griffen, und man richtet ein Kreuz auf, einen Galgen der Empörung.

Arzt sein heißt zum Märtyrer bereit zu sein.

Man sollte es in den Eid des Hippokrates aufnehmen.

Prof. Karchow merkte es schon am nächsten Tag, nachdem er am Abend vorher mit einer Flasche Sekt die elegante Lösung des Kallenbach-Problems gefeiert hatte.

Der Redakteur eines kleinen Wochenblattes, das von den Alltagssensationen und den Liebschaften berühmter Zeitgenossen lebte, rief in der Klinik an.

»Es liegt uns nichts daran, die Bevölkerung zu beunruhigen oder das Vertrauensverhältnis zwischen Arzt und Patient zu stören«, sagte der Redakteur zu Prof. Karchow am Telefon. »Es geht uns nur um die Wahrheit! Um die Wahrung des freien Wortes. Dürfen wir einen unserer Herren hinüberschicken, damit er sich ein Bild über Ihre Klinik macht?«

»Nein«, sagte Prof. Karchow grob. »Mein Haus ist eine Herberge von kranken Kindern, aber nicht der Nährboden billiger Sensationen.«

Das war ein Fehler.

In dem Wochenblatt erschien eine Artikelserie. Diktatoren in Weiß! Prof. Karchow hieß darin Prof. Warschau, aber jeder wußte, wer gemeint war.

Es kostete Karchow größte Mühe, ruhig zu bleiben und zu schweigen, obwohl seine Frau, die geborene Baronesse, wieder eine Migräne bekam und zur Kur nach Meran abreiste.

Die von der ganzen Klinik ›Bethlehem‹ erwartete Hochzeit zwischen Oberarzt Dr. Julius und Dr. Renate Vosshardt fand nicht statt. Das Aufgebot vergilbte im Kasten des Standesamtes, bis es vom Amtsdiener herausgenommen wurde. Auf unbestimmte Zeit verschoben.

Schuld daran war eine neue technische Assistentin, die Dr. Julius eingestellt hatte, um Labor und Röntgenstation zu vervollständigen. Da Fräulein Lisa Heintel, ein braunrotes Püppchen mit einem runden Gesicht und zwei neckischen Grübchen in den Wangen, mit schlanken Beinen in hochhackigen Schuhen und einem Lachen, das in Kaskaden perlte, auch manuell begabt war, beschäftigte Dr. Julius sie auch für die Vorbereitung zur Siamesentrennung und übertrug ihr die Kontrolle des Kopfkorsetts, mit dem die Zwillinge seit einem Monat eingeschnürt wurden. Öfter saßen sie auch in der ›Bastelstube‹ und entwickelten zusammen ein neues Gerät zur Ruhigstellung von Knochenbrüchen nach erfolgter Extension.

Dr. Renate Vosshardt betrachtete diese neue Arbeitsgemeinschaft mit kritischen Augen. Öfter tauchte sie ganz unmotiviert in der ›Bastelstube‹ auf, riß einfach, ohne anzuklopfen, die Tür auf und trat ein, stellte sich neben Dr. Julius und sah zu. Das ging so weit, daß Dr. Julius einmal sagte: »Bitte, unterlaß diese dumme Nachspioniererei, Renate! Du machst dich ja lächerlich –«

»Sie ist hübsch, dieses Fräulein Heintel, nicht wahr?« antwortete sie mit der Spitzheit, die zur Naturbegabung der Frauen gehört. »Hübsch, jung, offenherzig und ehrgeizig!«

»Das stimmt alles, bis auf offenherzig.«

»Der Herr Oberarzt ist begeistert von ihr, nicht wahr? Natürlich nur vom Fachlichen her! Eine fleißige Arbeiterin! Und manuell so begabt! Was sie mit ihren Händen so alles anstellen kann –«

»Laß diese blöden Bemerkungen, Renate«, sagte Dr. Julius grob. »Fräulein Heintel ist mir eine richtige Hilfe.«

»Hach, wer bezweifelt das?« Dr. Vosshardt lachte grell. »Man lächelt in der Klinik über mich, weißt du das? Die gute Renate, die schon zu Lebzeiten Witwe wird, heißt es. Wollenreiter sagte neulich: Beste Kollegin, Männer sind wie Kinder. Neues Spielzeug übt einen ungeheuren Reiz auf sie aus.«

»Saublöde Reden. Ich werde mit Wollenreiter sprechen!«

»Ganz so saublöd ist es nicht, mein Lieber.« Renate Vosshardt strich sich die Haare aus der Stirn. Sie saßen im Arztkasino und tranken ein Glas Tee mit Zitrone. »Ich sehe es doch, wie sie dich anhimmelt. Wie ihre grünen Äuglein blitzen, wenn sie nur deinen Schritt von weitem hört. Wie sie die Haare schnell ordnet, wie ihre Zungenspitze über die Lippen huscht, wie eine Schlange, die das Kaninchen wittert.«

»Aus dir spricht grundlose Eifersucht und läßt dich gehässig werden.«

»Gibst du zu, daß du mehr mit ihr zusammen bist, als es nötig ist?«

»Nein!«

»Daß du leugnest, macht die Sache nur noch verdächtiger.« Renate Vosshardt schob mit einer wilden Bewegung ihr Teeglas weg. »Wir haben nie Zeit füreinander außerhalb der Klinik –«

»Den Grund übersiehst du ja –«, sagte Dr. Julius gequält.

Renate schwieg verbissen. Ihre Liebe zu Julius war tief und echt. Sie hatte nie zu den Mädchen und jungen Ärztinnen gehört, die Liebe nur als eine hormonale Angelegenheit betrachten, als ein Auf und Ab innersekretorischer Wallungen. Sie hatte vor Dr. Julius nur eine einzige Liebschaft gehabt, in ihrer Studienzeit, einen Medizinstudent im 6. Semester. Sie wollten sich verloben, aber ein Motorradunfall setzte dieser jungen Liebe ein jähes Ende. Dieses Erlebnis hatte Renate Vosshardt seelisch still und hart gemacht. Sie wich allen Anträgen aus, sie zeigte nie für einen Mann mehr Interesse als für einen guten Bekannten, und so fröhlich sie sein konnte, so ausgelassen manchmal, so lockend ihr Körper wirkte und ihr Lachen so viel versprach, so sehr täuschte man sich in allem, was eine tiefe Bindung betraf. Erst als sie Dr. Julius begegnete, wurde es anders. Er war Witwer, er war ein ernster Mensch, er liebte seinen Arztberuf, er führte ihn nicht bloß aus.

Als er sie zum erstenmal küßte, war es etwas Unverständliches. Er kann küssen, dachte sie, als sich ihre Lippen öffneten und den Kuß erwiderten. Er kann wirklich küssen. Er fühlt sich gar nicht kalt an, er kann Gefühle zeigen und Gefühle erwecken. Er ist ein Mann. Er ist ein richtiger Mann. Und es ist wohltuend, von ihm geküßt zu werden. In allem, was er tut, ist etwas Vollendetes, etwas Endgültiges. Auch in seinen Küssen.

Von da an liebte sie ihn wirklich. Es war schon jetzt, vor ihrer Ehe, die Liebe einer inneren Reife, eine ausgeglichene Liebe, die nur – in der ganzen Zeit – zweimal aufwallte und vulkanisch wurde. In jenen zwei Nächten, in denen sie sich gehörten. Da brachen alle Dämme, da waren sie nur noch Natur. Die Morgen, die diesen Nächten folgten, waren fahl und wieder nüchtern. Sie kochte Kaffee in der Kochnische ihrer kleinen Appartementwohnung, schmierte ihm die Brötchen, goß den Kaffee ein und band ihm den Schlipsknoten. Ein uraltes Ehepaar, dachte sie. Wir kennen uns schon hundert Jahre. Wir haben schon immer zusammengehört.

Nun war es plötzlich anders. Lisa Heintel war gekommen, das rehhafte, grünäugige Geschöpf einer modernen Welt, ein Schmetterling aus dem Zaubergarten der Jugend, ein schillernder Falter aus dem Liebesparadies. Raffiniert trug sie ihren weißen Kittel, über der Brust zu eng, in der Taille eingeschnürt durch einen Gürtel, um die Hüften gelegt wie eine zweite Haut. Ein aufreizender Körper. Ein Mann, der das nicht bemerkte, mußte blind sein. Selbst Dr. Wollenreiter, sonst sarkastisch gegenüber Frauen, bekam beim Anblick Lisa Heintels glänzende Augen, kontrollierte Schlips und Frisur. Die Schwesternschaft der Klinik begann, Lisa zu hassen. Allein schon dies bewies, welche Ausstrahlung sie auf Männer besaß.

Und ausgerechnet Oberarzt Dr. Julius sollte die Stärke besitzen, diesem Charme der Natur nicht zu erliegen? Renate Vosshardt hielt es für unmöglich, weil es einfach unlogisch war.

Sie schrak aus ihren Gedanken auf. Julius sprach.

»Wenn es dich beruhigt . . . Fräulein Lisa ist in einen jungen Architekten verliebt.«

»Ach, das weißt du auch? Ich denke, eure Gespräche sind nur fachlicher Natur?«

»Bitte, werde nicht unsachlich, Renate.« Dr. Julius trank sein Glas Tee aus. »Wenn man zusammen stundenlang bastelt, spricht man auch über persönliche Dinge, das ist doch selbstverständlich.«

»Basteln ... das hast du gut gesagt«, zischte Renate giftig.

Wortlos erhob sich Dr. Julius und ließ Renate sitzen. Er verließ das Kasino, ohne sich umzudrehen. Dr. Vosshardt biß die Zähne zusammen. Wie eine dumme Göre behandelt er mich! Wie ein hergelaufenes Ding! Man sollte dieser Lisa die Augen zerkratzen. Man sollte ihr Gift in den Kaffee tun! Oh, wie ich das Biest hasse.

Sie ballte die Fäuste unter dem Tisch und blieb sitzen. Sie wußte, daß ihre Beine vor Wut zitterten.

Jetzt geht er wieder zu ihr, dachte sie. Und sie schüttelt die rostbraunen Haare, blitzt ihn aus ihren Schlangenaugen an und wiegt ihren Busen vor ihm wie Orangen im Wind.

Man sollte sie zerreißen!

An diesem Tag zerbrach ihre Heiratsabsicht.

Mit einem Ruck riß Renate wieder die Tür der ›Bastelstube‹ auf und trat ein. Dr. Julius und Lisa Heintel saßen sich gegenüber, Knie an Knie, und Julius legte das Modell des neuen Stillegungsgerätes um ihren entblößten Unterarm. Sie lachte dabei und sagte gerade in dem Moment, als Renate eintrat:

»Das kitzelt aber, Herr Oberarzt.«

Und Dr. Julius lachte (Oh, so hat er bei mir nie gelacht, durchfuhr es Renate), und er antwortete:

»Alles, was kitzelt, tut gut –«

»Lassen Sie sich das mal näher erklären, Fräulein Heintel!« fuhr Renate Vosshardt dazwischen. »Oberarzt Dr. Julius kann bestimmt viele Varianten des Kitzelns erklären –«

Langsam, mit ernster Miene zog Dr. Julius das Gerät vom Arm Lisa Heintels zurück.

»Bitte, verlaß sofort das Zimmer –«, sagte er dabei völlig ruhig.

In Renate setzte der Herzschlag aus. Ihr Gesicht wurde bleich vor Erschrecken. Sie spürte, wie das Blut aus ihren Lippen wich, wie spröde sie wurden, als würden sie aufplatzen.

»Bitte!« sagte sie heiser. »Ich warte vor der Tür auf dich –«

Sie rannte aus der ›Bastelstube‹ und knallte hinter sich die Tür zu. Lisa Heintel sah mit grünschillernden Augen verträumt und rührend kindlich zu Dr. Julius.

»Was hat das Fräulein Doktor? Sie ist in letzter Zeit so nervös und reizbar? Ich glaube, sie hat etwas gegen mich –«

»Das werden wir gleich klären.« Dr. Julius verließ den Raum, wütend und gleichzeitig beschämt, daß sich so etwas um seine Person abspielen konnte. Der Vorfall würde in der Klinik von Mund zu Mund gehen, und es war zu erwarten, daß Professor Karchow in kurzer Zeit eine seiner sauren Bemerkungen abschoß.

Vor der Tür, im Flur, stand Renate Vosshardt an der Wand. Sie weinte vor Wut. Als Dr. Julius herauskam, stürzte sie auf ihn zu, als wolle sie ihn anspringen.

»Schaff das Weib weg!« zischte sie. »Ich bitte dich, schaff diese Schlange weg! Ich vergesse mich eines Tages –«

»Das hast du bereits. Vor wenigen Minuten. Dein Benehmen ist unwürdig.«

»Unwürdig nennst du das?! Und du wirfst mich vor ihren Augen aus dem Zimmer? Mich, deine Braut?! Ist das etwa nicht unwürdig? Das ist flegelhaft!«

»Renate!«

»Ich habe gesehen, wie du sie gestreichelt hast –«

»Dummheit! Ich hatte ihr gerade das neue Gerät umgelegt.«

»Gekitzelt hast du sie.«

»Himmel noch mal! Bin ich ein Primaner, der seine Flamme krault?« Dr. Julius' Stimme wurde laut. »Wenn du so wenig Vertrauen hast, Renate –«

»*Ihr* traue ich nicht! Ihr! Sie geht um dich herum, als erwarte sie, daß du ihr die Kleider vom Leib reißt!«

»Du bist total verrückt!« Dr. Julius wandte sich ab. »Wenn du weiter in diesem Ton sprichst und eine grundlose Eifersucht dich so blind macht, ist es besser, wir brechen die Unterhaltung ab.«

Er wollte gehen, aber sie hielt ihn an seinem weißen Kittel fest. Sie riß ihn fast zu sich. Ihr Gesicht zuckte.

»Du gehst zu ihr zurück?«

»Nein! Ich gehe an meine Arbeit, bei der mir Fräulein Heintel hilft!«

»Das ist ja das gleiche! Bernd!« Sie klammerte sich an ihm fest. »Wenn du jetzt zu ihr gehst, wenn du jetzt, gerade jetzt nicht bei mir bleibst, wenn du mich hier draußen stehen läßt wie einen alten Regenschirm ... Bernd ... ich zieh das Aufgebot zurück!«

Eine Weile standen sie sich stumm gegenüber und starrten sich an. Dann löste Dr. Julius sachte die Finger Renates von seinem Kittel.

»Wir sind doch erwachsene, real denkende Menschen, Renate«, sagte er ruhig. »Wir sollten uns doch nicht in solche Verbohrtheiten verrennen. Geh auf deine Station zurück ... wir sehen uns dann heute abend nach dem Dienst.«

»Wie Sie befehlen, Herr Oberarzt«, antwortete Renate Vosshardt zwischen den Zähnen. »Noch eine fröhliche Kitzelei –«

Sie warf den Kopf in den Nacken, wandte sich ab und rannte die Treppe hinunter. Dr. Julius sah ihr mit einem

Kopfschütteln nach. Er begriff das alles nicht. Er benahm sich korrekt wie immer, ihn interessierte Lisa Heintel als Frau nicht im geringsten. Sie war ein Mädchen aus einem Lebenskreis, den er nicht kannte und dem er sogar etwas spöttisch gegenüberstand. Sie war schon eine Generation unter ihm, und wenn auch die Jahre sie nicht so sehr trennten, so doch der Lebensernst, den Dr. Julius verkörperte. Es war ihm undenkbar, Lisa Heintel in den Arm zu nehmen wie Renate Vosshardt, er wäre sich irgendwie lächerlich vorgekommen. Gewiß, sie war hübsch ... aber das war auch alles. Für ihn reichte es nicht. Unter Liebe verstand er mehr als nur den Körper.

Sinnend ging er zuück in die ›Bastelkammer‹. Lisa Heintel stand an einem Bunsenbrenner, die Gasflamme zischte, und sie hielt einen kleinen Topf über das Feuer.

»Was machen Sie denn da?« fragte Dr. Julius zerstreut.

»Ich koche Wasser. Simples Wasser. Dort steht eine Büchse Pulverkaffee. Ich meine, eine Tasse Kaffee täte uns ganz gut.«

»Das ist eine vorzügliche Idee.« Dr. Julius setzte sich an den Experimentiertisch. »Und bitte zwei Stückchen Zucker.«

So ging die Verlobung zwischen Dr. Julius und Dr. Renate Vosshardt zunächst auseinander.

Dr. Julius wartete an diesem Abend über eine Stunde auf Renate. Als sie nicht kam, war er versucht, zu ihrer Appartementwohnung zu gehen, aber dann siegte auch bei ihm der Stolz. Nein, dachte er. Ich habe mir nichts vorzuwerfen. Ich habe nicht zu Kreuze zu kriechen. Wenn sie glaubt, kein Vertrauen mehr zu haben, dann hat es keinen Sinn, ihr dies einreden zu wollen.

Er fuhr nach Hause, sah sich ein dummes Fernsehprogramm an, trank ein paar Kognaks und schlief dann ohne große Gedanken ein.

Am Vormittag des nächsten Tages ließ ihn Prof. Karchow rufen.

»Julius«, sagte er. »Was ist mir Dr. Vosshardt? Sie hat sich krank gemeldet und gleichzeitig eine Kündigung eingereicht. Haben Sie Krach?«

»Ja, Herr Professor.« Dr. Julius nagte an der Unterlippe. »Sie hat gekündigt?«

»Es ist zum Kotzen!« Karchow setzte sich hinter seinen mächtigen Schreibtisch. »Der Inder haut ab, Wollenreiter wird seit der Entführung von Maria Ignotus trübsinnig, die Renate legt sich schmollend ins Bett – es fehlt nur noch, daß Sie nun anfangen, sich etwas auszudenken!«

»Keine Sorge, Herr Professor.«

»Was ist vorgefallen? Voreehelicher Streit? Ein anderes Weib? Gestehen Sie, Julius. Sie wissen, ich bin nicht nur Ihr Chef, sondern auch Ihre Amme!«

»Renate ist auf Lisa Heintel eifersüchtig.«

»Das ist ja wohl der Gipfel der Blödheit«, rief Karchow.

»Sagen Sie das einmal einer eifersüchtigen Frau. Ihr Gehirn ist für Argumente nicht mehr zugänglich.«

»Was machen Sie denn mit der Heintel?«

»Nichts. Ich konstruiere mit ihr einen neuen Apparat zur völligen Stillegung von Frakturen der Extremitäten.«

»Aha!« Prof. Karchow legte den Kopf zur Seite. »Wie wäre es, wenn Sie diese Forschungen etwas abstoppten?«

»Einer dummen Eifersucht wegen? Nein.«

»Sie sind ein Dickkopf, wissen Sie das?«

Dr. Julius lächelte schwach. »Das habe ich von meiner Amme –«

Karchow verzog das Gesicht. Er hatte eine Schwäche für Julius. Nicht allein wegen seiner ungeheuren Begabung als Arzt und Chirurg, auch menschlich mochte er ihn. Allerdings hatten sie sich in den Jahren ihrer Bekanntschaft und gemeinsamen Tätigkeit an der Klinik ›Bethlehem‹ zusammengerauft. Das erste halbe Jahr ihrer Zusammenarbeit war grausam . . . Prof. Karchow kämpfte um seinen Anspruch als unumschränkter Herrscher der Klinik, als König in seinem Reich, und dieser Oberarzt Dr. Julius kümmerte sich herzlich wenig um die bissigen und oft beleidigenden Bemerkungen seines Chefs, sondern lächelte Karchow nur an, wenn dieser tobte oder in seiner eiskalten Art Sarkasmen von sich gab. Den Höhepunkt erreichte der Kampf bei einer Operation, wo Dr. Julius seinen Chef, der ihm assistierte, anfuhr, er sollte besser abklammern. Prof. Karchow hatte daraufhin alle Instrumente auf den Fliesenboden des OPs geschleudert und den Operationssaal verlassen. Ruhig, als sei nichts vorgefallen, beendete Julius den Eingriff allein.

Zwei Stunden später stand er Prof. Karchow gegenüber und sagte in seiner nüchternen Art: »Der Junge ist gerettet. Er wird trotzdem weiterleben.«

Dieses ›trotzdem‹ warf Karchow um. Er hatte Dr. Julius einen Platz angeboten und gesagt: »Lieber Julius, der Klügere gibt nach. Seien wir uns einig, daß ich der Klügere bin.«

»Ich habe das nie bezweifelt, Herr Professor«, hatte Julius geantwortet. Und so wurde eine Kameradschaft auf Biegen und Brechen.

»Was soll denn nun werden, Julius?« fragte Karchow jetzt.

»Wenn Renate gekündigt hat, lassen Sie sie gehen.«

»Und Ihre Heirat?«

»Ich betrachte eine Ehe als eine Gemeinschaft gegenseitigen Vertrauens. Wenn diese Grundlage nicht gegeben ist –«

»Sie sind ein nüchterner Bursche, Julius! Sie lieben doch Renate?«

»Ja, Herr Professor.«

»Zum Teufel noch mal! Dann nehmen Sie mal den Kopf untern Arm und latschen zu ihr hin. Legen Sie sich neben sie ins Bett – das weitere kommt zwangsläufig, und alles ist in Butter!«

»Nein, Herr Professor.« Dr. Julius saß steif in einem der tiefen Ledersessel. »Es wäre irgendwie das Eingeständnis einer Schuld. Aber ich habe nichts zu bekennen.«

»Wir Männer sind immer die Schuldigen, das müssen Sie sich merken! Frauen haben eine Begabung, Unlogik als unangreifbare Beweise unserer Schuld zu modellieren! Das beste ist dann ... klein beigeben, Blumen und Geschenke kaufen oder – in Ihrem Alter – ins Bett!« Prof. Karchow nahm seine Brille ab und putzte die Gläser mit einem kleinen, wildledernen Lappen. »Ich nehme an, daß Dr. Vosshardt übermorgen wieder fit ist.«

»Ich gehe nicht zu ihr, Herr Professor.«

»Und ein Ersatz? Haben Sie einen Ersatz?«

»Dr. Solbach wird die Station mit übernehmen, bis eine neue Kollegin oder ein Kollege eingetreten ist.«

»Und ich soll die Kündigung wirklich annehmen?«

»Ja.«

»Das bedeutet das Ende Ihrer Verlobung, Julius.«

»Ich weiß, Herr Professor. Aber ich möchte feststellen, daß nicht *ich* gekündigt habe.«

»Welch ein Affentheater!« Karchow setzte die Brille auf und schlug die Hände zusammen. »Lauter unreifes Obst! Immer mit 'nem dicken Kopp! Und dabei ist das Leben so kurz und sollte zu jeder Minute genossen werden! Julius, Sie sturer Bock, geben Sie doch einmal nach! Renate wartet sicherlich auf Sie! Ich kenne die Frauen, ich bin ein alter Praktiker. Von der Sekunde an, wo Sie bei ihr klingeln, sind Sie der Sieger!«

Es nutzte alles nichts. Prof. Karchow gab es nach einigen Minuten auf. Er rief die Verwaltung an und gab seine Genehmigung, die Kündigung von Dr. Renate Vosshardt anzunehmen. Seufzend legte er dann den Hörer zurück.

»Zufrieden, Julius?«

»Meinen Zustand kann man nicht als Zufriedenheit bezeichnen, Herr Professor. Ich bin betrübt, daß alles sich so entwickelt hat.«

»Betrübt!« Karchow hieb mit der flachen Hand auf den Tisch. »So redet ein Fisch, wenn ihm der Laich wegschwimmt! Haben Sie denn kein heißes Blut in den Adern?«

»Ich glaube schon. 36,7 Temperatur, das ist bei mir normal, Herr Professor.«

»Ich werfe Sie gleich aus dem Zimmer, Julius!« Karchow lachte. »Gehen Sie jetzt als Ersatz wenigstens an die kleine Heintel ran?«

»Bestimmt nicht.« Julius lächelte schwach zurück. »Ich habe nie Verständnis dafür aufgebracht, daß sich Menschen auf einem Vulkan ansiedeln –«

Dr. Vosshardt kam nicht mehr in die Klinik ›Bethlehem‹ zurück. Durch einen Boten ließ sie ihre persönlichen Sachen aus ihrem Zimmer holen, auch ein eingerahmtes Bild von Dr. Julius.

Später hörte man dann, daß sie als ärztliche Leiterin eines Kindererholungsheimes in Bayern verpflichtet worden sei. Man bedauerte Oberarzt Dr. Julius allgemein, gab der grünäugigen Lisa Heintel die Alleinschuld und versuchte, ihr das Leben in der Klinik schwerzumachen. Sie merkte es wohl, aber mit Charme und Unbekümmertheit setzte sie sich darüber hinweg. Für sie war Dr. Julius wirklich auch nur ihr Oberarzt, ihr unmittelbarer Vorgesetzter. Anders wurde allerdings ihre Einstellung zu dem groben Klotz Dr. Wollenreiter. Ihn umstrich sie wie eine heiße Katze, und Wollenreiter kam oft in die Bedrängnis, seinen Widerstand aufzugeben. Dann flüchtete er sich in unflätige Bemerkungen. Gespannt beobachtete die ganze Klinik diesen ungleichen Zweikampf, im Arztkasino wurden Wetten abgeschlossen, wann Wollenreiter dem süßen Gift der Heintel erliegen würde, die Ordensschwestern schnitten Lisa als Sinnbild der leiblichen Sünde.

So ging der Frühling vorbei, der Sommer kam, ein heißer August brütete über der Stadt.

Dr. Julius fuhr in Urlaub. An den Wörthersee.

In diesem Jahr hatte sich nichts Aufregendes mehr ereignet. Gärtner Philipp Lehmmacher resignierte. Der Vertrag mit dem Schausteller war annulliert worden, die täglichen 100 DM waren somit futsch, auch der Ruhm von Vierlingen verbraucht sich mit der Zeit, und so schlug sich Lehmmacher mit dem Problem herum, eine große Familie zu ernähren. Zwei der Vierlinge waren längst zu Hause, während die Siamesen noch immer in einem Sonderzimmer von ›Bethlehem‹ lagen und wuchsen und dick und rund und gesund wurden. Nach dem Urlaub sollte die Trennung versucht werden. Zehn Spezialuntersuchungen waren abgeschlossen, zehn Gutachten von Hirnkapazitäten lagen vor. Eine Trennung war möglich. Lebenswichtige Teile konnten dabei nicht verletzt werden. Lediglich das Problem der gemeinsamen Hirnadern war gegeben ... aber auch das machte bei dem heutigen Stand der Chirurgie keine Schwierigkeiten mehr, wo man fehlende Adernstücke durch Kunststoffadern ersetzen konnte.

Nur das Gespenst einer Embolie drohte, aber es steht unsichtbar ja neben jedem operativen Eingriff.

Julia Bergmann und Franz Höllerer hatten geheiratet. In aller Stille, in München. Maria lief nun schon ihre ersten tappenden Schritte. Sie war ein schönes Kind geworden, pausbackig und fröhlich, und es sah Franz Höllerer ähnlich, wie eine Tochter nur ihrem Vater ähnlich sehen kann. Staunend betrachtete Großvater Ernst Bergmann immer wieder sein ›falsches‹ Enkelkind, verglich es mit seinem Schwiegersohn und schüttelte den Kopf.

»Es muß doch was Wahres dran sein«, sagte er, »daß die Umwelt den Menschen formt.«

»Quatsch, Papa«, antwortete Julia. »Maria ist unser Kind, das ist das ganze Geheimnis.«

Ernst Bergmann schwieg dann. Er hatte sein richtiges Enkelkind im Bett gesehen, der Arzt hatte es ihm selbst gezeigt. Ein Arzt lügt nicht! Aber er begann sich trotz aller anfänglichen inneren Abwehr an die kleine Maria zu gewöhnen. Er nahm sie auf den großväterlichen Schoß, er spielte mit ihr, er ging mit ihr im Englischen Garten spazieren und zeigte ihr auf dem Gartensee die Schwäne und Enten, er kaufte ihr Spielzeug und Puppen und benahm sich so, wie sich ein Großvater zu benehmen hat. Und als der Sommer kam, hatte sich auch Ernst Bergmann daran gewöhnt, daß Maria das richtige Kind war. Wenigstens tat er so.

Karin Degen, die kleine Krankenschwester mit dem großen Herzen, versah immer noch fleißig und unauffällig ihren Dienst auf der Station. Das braunhäutige Wunderbaby mit der spontan geheilten Hepatitis war längst von seiner Mutter abgeholt worden. Niemand hatte den Austausch bemerkt, und Karin Degen war glücklich, daß ihr Kind ein gutes Zuhause gefunden hatte und leben durfte.

Probleme gab es nur bei Fräulein Helga Honnemann, der Besatzungskindsmutter. Ihr Sohn Roland, wie er getauft worden war, entwickelte sich entgegen aller rassischen Gesetze. Der Vater war ein Neger gewesen, breitnasig, wulstlippig, mit krausem Persianerkopf. Helga Honnemann hatte nur einmal mit ihm zu tun gehabt, und da war sie angetrunken. Nüchtern wäre sie weggelaufen. Nun aber war das Kind da, es wurde ein halbes Jahr, und es zeigte keinerlei negroiden Züge, im Gegenteil – Rolands Haut wurde heller, milchkaffeebraun, seine dunklen Haare waren glatt und strähnig, seine Lippen schmal, seine Nase gerade. Er konnte der Sohn eines Arabers sein, eines Türken, eines Persers oder Inders, aber niemals der Sohn eines Negers.

»Ich verstehe das nicht«, sagte Helga Honnemann immer wieder. »Er hat gar nichts von seinem Vater.«

»Sei doch froh, du dumme Gans!« schimpfte ihre Mutter, die Witwe Honnemann. »Schlimm genug, daß er überhaupt braun ist. Man sollte dir jetzt noch den Hintern blau hauen!«

So stand es in der Klinik ›Bethlehem‹ und mit den Menschen, die mit ihr verbunden waren, als Oberarzt Dr. Julius an den Wörthersee reiste. Er nahm eine dicke Aktentasche Schrifttum mit ... Operationsberichte von allen gelungenen oder mißlungenen Siamesentrennungen aus aller Welt. In aller Ruhe wollte er sie, in einem Liegestuhl unter einem Sonnenschirm, studieren und aus den Erfahrungen seiner Vorgänger lernen.

An einem herrlichen Sonnentag, über dem Wörthersee stand der Sonnenglast und schwebte die Dunstwolke des aufgesaugten Wassers der Sonne entgegen, mietete er sich ein Segelboot und ließ sich auf den See hinaustreiben. Faul lag er auf den Planken, hatte die Segelstange festgezurrt, sonnte sich und dachte an gar nichts. Er hatte völlig abgeschaltet – er war nichts als ein großes, in der Sonnenhitze schmorendes Stück Fleisch.

Das Boot glitt langsam vor dem Wind über den See, es schaukelte und hüpfte, fuhr, ganz wie die Windströmung sich drehte, einen weiten Halbkreis und wiegte sich dann durch das blaue Wasser, steuerlos, denn es war ja Platz genug auf dem See.

So kam es, daß das Segelboot einen Ruderkahn rammte, in dem ebenfalls eine Gestalt lang ausgestreckt in der Sonne lag. Ein Mädchen in einem bunt geblümten Bikini, die Haare unter einem orangenen Tuch zusammengebunden, schillernd von eingeriebenem Fett. Ein schöner, schlanker, schon gebräunter Körper.

Der Zusammenprall war nicht dramatisch. Es knirschte nichts, es zerbrach nichts ... es gab nur einen leichten Stoß, das Ruderboot kippte um, und das schlafende Mädchen rutschte in den See.

Auch Dr. Julius wachte von dem leichten Ruck auf, blickte über Bord und sah neben sich den Kiel des Kahnes treiben. Aus dem Wasser tauchte jetzt ein Kopf auf, ein orangefarbenes Tuch, braune Schultern, von denen das Wasser abperlte ... das Mädchen prustete, spuckte Wasser aus, kraulte zu dem umgestürzten Boot und versuchte, sich daran festzuhalten.

Aber das mißlang, der Kiel war glatt und mit Algen überzogen.

»Warten Sie«, rief Dr. Julius und rannte nach hinten, wo ein Rettungsring an einer langen Leine lag. »Ich ziehe Sie herauf. Bleiben Sie längsseits! Können Sie schwimmen?«

Das Mädchen im See antwortete nicht. Es kraulte neben dem wegtreibenden Segelboot her und duckte sich, als der Rettungsring über sie heranflog.

Dr. Julius hatte gut gezielt. Der gekalkte Korkring traf genau den Kopf des Mädchens, es gab einen neuerlichen dumpfen Schlag, das Mädchen warf die Arme hoch und versank.

Mit einem Hechtsprung sprang Dr. Julius über Bord, tauchte neben dem treibenden Rettungsring, faßte ein Bein, zog daran, tauchte wieder auf und zog den Mädchenkörper an sich heran. Ohne lange hinzuschauen, schwamm er zu seinem Segelboot zurück, schob und drückte den schlaffen Körper über Bord und zog sich dann selbst nach.

Das Mädchen lag auf dem Bauch, besinnungslos, kaum atmend.

Dr. Julius hatte keine Zeit, sich über die Schönheit des Körpers zu wundern ... er drehte das Mädchen auf den Rücken und riß das über das Gesicht gerutschte Tuch weg. Und dann wurde er noch betretener, aber doppelt aktiv. Er löste das Oberteil des Bikinis, begann mit dem Luftpumpen und ging dann zur Mund-an-Mund-Beatmung über, bis er spürte, wie sich das Mädchen regte und er das Zittern ihrer Lider sah, das erste Anzeichen des Erwachens.

Als sie die Augen aufschlug, saß er neben ihr und rauchte eine Zigarette. Er lächelte sie freundlich an, nickte ihr zu und hatte den Gesichtsausdruck eines erfolgreichen Lausejungen.

»Guten Tag, Renate –«, sagte er höflich. »Wie geht es dir –?«

»Auch das noch«, sagte Renate Vosshardt. »Mir bleibt auch wirklich nichts erspart –«

Sie deckte die Hände über ihre Brust und schloß wieder die Augen.

»Hast du wenigstens einen Schnaps an Bord, du Nilpferd?«

»Nein«, antwortete er, verwirrt über ihre Reaktion. Er hatte erwartet, daß sie sofort aufsprang und energisch verlangte, das Segelboot wieder verlassen zu können. Statt dessen streckte sie sich auf den sonnenheißen Planken aus, schloß die Augen, legte bloß – als einzige Abwehr – ihre Hände über ihre nackten Brüste und sprach mit ihm, als seien sie vor einer Stunde gemeinsam auf den See hinausgesegelt, als sei kein halbes Jahr der endgültigen Trennung zwischen ihnen gewesen.

»Dachte ich mir. Du hast nie die Begabung eines Playboys gehabt. Ein zünftiger Junggeselle mit einem Segelboot auf dem Wörthersee hat für alle Fälle – wie etwa diesen jetzt – eine wohlsortierte Bar an Bord.«

»Ich werde es mir merken.« Dr. Julius setzte sich auf die Bordwand. »Ich werde nächstens mit einer ganzen Butike herumsegeln. Vielleicht schaffe ich es doch noch, ein Spielknabe zu werden.«

»Das möchte ich sehen.« Renate Vosshardt lächelte, drehte sich auf den Bauch und sah in das blaue, in der Sonne schillernde Wasser. »Nachdem wir uns also auf diese für dich typische Art wiedergetroffen haben –«

»Verzeihung, aber mir scheint, daß du nicht aufgepaßt hast.«

»Ich habe mich in meinem Boot gesonnt, das darf ich doch wohl noch? Bekanntlich werden die Kleinen immer von den Großen gerammt. Du hast mich einfach überfahren.«

»Ich habe geschlafen.«

»Auch nichts Neues!«

Beleidigt wandte sich Dr. Julius ab und ging nach hinten zum Ruder. Es hat sich nichts geändert, dachte er wütend. Sie greift wieder an. Sie hat die gleiche schnoddrige Art behalten, die ich nie an ihr bemerkt habe, bis sie plötzlich nach der dummen Eifersucht wegen dieser Lisa Heintel zum Ausbruch kam.

»Ich bringe dich zum Ufer zurück. Wo wohnst du?«

»Im Hotel ›Wurgl‹. Es hat einen eigenen Bootsplatz. Und mein Kahn?«

»Den nehmen wir in Schlepp.«

»Wie denn? Er schwimmt fünfzig Meter von uns entfernt wie ein toter Walfisch davon . . .«

Dr. Julius kam zu Renate zurück und sah hinaus auf den See. Der bemooste Kiel des Bootes schaukelte träge in der Sonne.

»Wir fahren ran und seilen ihn an.«

»Bitte! Ahoi, Kapitän!«

Dr. Julius fand das dumm und wieder unangebracht. Sie will mich unbedingt ärgern, dachte er. Sie will mich aus der Ruhe bringen. Aber nicht den Bernd Julius, meine Beste. Ich lasse mich nicht provozieren.

Er band das Segel los, drehte vor dem Wind und ließ das Boot durch das aufspritzende Wasser rauschen. Renate band sich ihr Bikini-Oberteil wieder um und klammerte sich an einigen blinkenden Haken fest. »Bist du verrückt?« schrie sie. »Sollen wir auch umkippen?«

»Kapitän, ahoi!« rief Dr. Julius zurück. Er lachte, seine Haare wehten im Zugwind, sein weißes Hemd blähte sich. Er sah groß und stark aus, sportlich und kühn, aber im Innern hatte er große Mühe, seine eigene Kühnheit zu ertragen. Er war kein geübter Segler, er war ein blutiger Anfänger, und er ahnte Schreckliches, wenn zum Beispiel das Segel aus seiner Hand riß und herumschlug. Dann mußte das Boot einen Salto schlagen, so dachte er sich das.

Renate stemmte die schönen Beine gegen die Bordwand. Das gekenterte Ruderboot kam schnell näher, sie rauschten direkt darauf zu.

»Willst du es in Grund und Boden fahren?« schrie sie. »Dreh ab, Bernd! Halt an!«

Dr. Julius vollzog ein Wendemanöver wie ein alter Routinier. Er war selbst verblüfft, wie es ihm gelang, daß das Boot sich nicht neigte und unterging, daß es brav auf dem Wasser blieb und nicht zum Flugzeug wurde. Er fuhr eine weite Kurve um das gekenterte Ruderboot und raffte dann das Segel. Sie standen. Mit dem Unterarm wischte sich Julius den Schweiß von der Stirn und aus dem Gesicht. Renate Vosshardt gab ihre Klammerhaltung auf.

»Seit wann kannst du segeln?« fragte sie etwas kleinlaut.

»Ich habe viele verborgene Talente.« Julius zog Hose und Hemd aus und sprang ins Wasser. Mit schnellen Schwimmstößen erreichte er den Kahn und rückte ihn vor sich her zum Segelboot zurück.

»Wirf eine Leine rüber«, rief er prustend, als er mit dem Kahn längsseits war. Renate sah sich um.

»Was für eine Leine?«

»Leine, mit einem L am Anfang!«

»Dümmere Bemerkungen fallen dir wohl nicht ein?« Jetzt war sie die Unterlegene, sie merkte es, und sie ärgerte sich rot darüber. Nach einigem Suchen fand sie am kleinen Ruderhaus eine Taurolle, schleppte sie zur Bordwand und warf sie ins Wasser. Ein Ende band sie um die kleine Ankerwinde und hielt sich dann an irgendeinem gespannten Seil fest, weil das Boot zu schwanken begann.

Dr. Julius kletterte wieder an Bord. Er schüttelte das Wasser aus seinen Haaren, trocknete sich mit einem Handtuch notdürftig ab und kam wie ein alter Seemann, mit wiegendem Gang, zu Renate Vosshardt.

Ohne ein Wort zu sagen, nahm er ihren Kopf in beide Hände, zog die vor Verblüffung Erstarrte an sich und küßte sie. Ebenso plötzlich ließ er sie wieder los, drehte sich um und sagte im Weggehen:

»So, das wollte ich immer schon sagen.«

»Bist du verrückt?« stotterte Renate. »Wir sind doch entlobt –«

»Aber ich werde ein Playboy. Playboys küssen gern, oder nicht?«

»Hast du zuviel Wasser geschluckt? Oder spürst du so etwas wie einen Sonnenstich? Du kannst mich doch nicht einfach küssen.« Tränen standen ihr in den Augen ... sie wußte selbst nicht, ob es Tränen der Wut oder des Glückes waren.

»Ich kann noch mehr!« Rrr-ritsch ... das Segel glitt wieder hoch und blähte sich im Wind. »Wir segeln jetzt zurück, brechen den Urlaub ab und heiraten!«

»Du hast doch einen Sonnenstich –«, sagte Renate und setzte sich auf die Ankerwinde. »Ich habe vierzehn Tage im voraus bezahlt! Die ferienge ich ab.«

»Eine neue Wortschöpfung, aber trotzdem feriengen wir nicht, sondern heiraten! Ich habe es satt, dir ab und zu immer wieder zu begegnen und dich dann umzurennen! Und außerdem hast du dich dumm benommen.«

»Du!«

»Ich habe dir keinen Anlaß gegeben –«

»Himmel! Fängt das schon wieder an? Was macht diese Schlange Lisa?«

»Sie ist noch da und ringelt sich um Wollenreiter.«

»Ach –«

»Ja, ach ...! Siehst du nun, wie dumm du warst?« Dr. Julius glitt vor dem Wind dem Ufer des Wörthersees entgegen. »Also, wie ist das? Heiraten wir?« schrie er und hatte Mühe, das Boot richtig zu lenken und langsam zum Ankerplatz und zu den Stegen zu bringen. Renate hielt sich wieder fest, irgendwo unter ihnen bumste es.

»Ja! Damit du endlich zufrieden bist«, rief sie zurück. »Aber die Vorausbezahlung –«

»Wohnen wir auf der Hochzeitsreise ab –«

In diesem Augenblick fiel Renate zum zweitenmal

ins Wasser. Das Boot stieß gegen den Steg, an dem Julius elegant anlegen wollte, machte einen erschrockenen Hüpfer nach rückwärts und schüttelte sich wie ein nasser Hund. In einem sanften Bogen flog Renate über Bord, dem Gesetz der Fliehkraft gehorchend.

Lachend zog Dr. Julius sie auf den Steg, und er lachte immer mehr, je wütender Renate wurde.

»Du Stümper«, schrie sie und schüttelte ihre langen, nassen Haare. »Du Anfänger! Du Angeber! O Gott, wäre ich doch nie auf den Gedanken gekommen –«

»Auf welchen Gedanken?« fragte Dr. Julius und drückte die flachen Hände gegen sein Zwerchfell.

»Dich hier zu treffen!« Renate Vosshardt stampfte auf und ballte die Fäuste. »Wollenreiter hat mir vier Wochen vorher geschrieben, daß du am Wörthersee Urlaub machen willst . . .‹

Wieder fand die Hochzeit nicht statt.

Aber diesmal war es keine Lisa Heintel, die es verhinderte, keine Eifersucht oder eine Auseinandersetzung um Lappalien, sondern Prof. Karchow empfing die zu früh Heimgekehrten mit der Mitteilung:

»Gut, daß Sie kommen, Julius. Guten Tag, Renate. Na, alles in Ordnung? Was so eine Luftveränderung ausmacht! Wir müssen die Siamesen operieren.«

»Müssen? Wieso denn?« Oberarzt Dr. Julius betrachtete die neuesten Röntgenaufnahmen. Er hatte das befürchtet. Trotz des Einschnürkorsetts entwickelten sich die beiden Köpfe eigenständig. Dort, wo die Schädeldecken zusammenstießen, begannen sie, sich zu hindern, das Wachstum wurde gehemmt, die Köpfe deformierten sich, flachten ab . . . trennte man die Kinder jetzt nicht, würden ihre Köpfe später mehr breit als lang sein, unförmige Birnenköpfe. Die Zeitspanne von mindestens zwei Jahren, die Julius für nötig hielt, wurde durch das schnelle Wachstum überholt. Eine Operation war jetzt akut geworden.

»Sind die Eltern unterrichtet?« fragte Dr. Julius.

»Noch nicht.«

»Haben Sie mit Prof. Hahnel gesprochen?«

Eberhard Hahnel war Chef der neurochirurgischen Klinik. Dr. Julius hatte darauf bestanden, daß er bei der Operation zugegen sein sollte. Karchow hatte sich erst geweigert. »Er wird selbst operieren wollen«, hatte er eingewendet. »So etwas läßt sich Hahnel doch nicht aus der Hand nehmen! Und soll er Ihnen etwa assistieren? Der Hahnel? Lieber Julius, seit wann sind Sie utopisch?«

»Ich möchte nur, daß er anwesend ist. Auch ich kann mal einen falschen Griff tun.«

»Wo ist Ihr Zutrauen geblieben, Julius? Haben Sie Angst vor dem Eingriff?«

»Nein. Aber es beruhigt, wenn ein Mann wie Hahnel im Hintergrund steht. Der beste Schauspieler braucht ab und zu einen Souffleur.«

»Gut denn!« Karchow hatte geseufzt. »Ich werde mit dem Kollegen Hahnel sprechen.«

Wider Erwarten hatte Prof. Hahnel zugesagt. Jetzt aber war er nicht im Lande ... er machte eine Vortragsreise durch die USA, hatte vor drei Tagen aus Minnesota geschrieben und schöne Grüße bestellt.

»Hahnel reist durch Amerika«, sagte Prof. Karchow. »Wir müssen ohne ihn auskommen, Julius.«

»Wann kommt er zurück?«

»Vielleicht in zwei Monaten.«

»Das ist alles zusammen ein großer Mist, Herr Professor.«

»Ich weiß, Julius. Aber Wollenreiter hat ja einen Hauch Neurochirurgie mitbekommen.«

»Nur einen Hauch, eben! Ich brauche einen Taifun!«

In den folgenden Tagen hatten weder Renate Vosshardt – sie war ohne große Formalitäten wieder in der Klinik ›Bethlehem‹ eingestellt worden, und Karchow hatte durch seinen einflußreichen Namen alle Stürme abgewendet, die bei Renates letzter Stellung begonnen hatten – Zeit noch Gedanken, sich um ihre Heirat zu kümmern. Alles drehte sich nur um die kommende Operation.

Die Zwillinge wurden noch einmal mit aller Gründlichkeit untersucht, vor allem das gemeinsame Hirnvenensystem wurde millimeterweise aufgenommen, vergrößert und studiert. Dann begann Dr. Julius etwas, was er seit Jahren nicht mehr getan hatte ... er legte sich im Keller eine Art Anatomie an. Drahtkäfige wurden angeschafft, Stroh und Heuballen wurden in den Keller gebracht, Nachtwächter Bramcke übernahm freiwillig einen neuen Tagesdienst – er wurde Tierpfleger. Denn innerhalb von vier Tagen waren zwei Keller mit Ratten und Meerschweinchen bevölkert, mit drei Hunden und – Prof. Karchow hatte die Kaufsumme bei der Verwaltung durchgesetzt – mit einem Affen, einem Schimpansen.

Nachtwächter Bramcke entdeckte sein tierliebendes Herz. Um Ratten kümmerte er sich nicht, bis auf die Fütterung. Sie hatten ihn von jeher angeekelt. Aber vor den Käfigen der drei struppigen Hunde und vor allem des Affen saß er stundenlang, spielte mit ihnen und unterhielt sich mit dem Schimpansen wie mit einem Menschen.

»Mein lieber Bruno –«, sagte er zum Beispiel. Wollenreiter hatte den Schimpansen so genannt. »Er sieht aus wie einer, der Bruno heißt«, hatte er die Namensgebung begründet. Und so hieß der Affe nun Bruno. »So ist das Leben«, philosophierte Bramcke und rauchte dabei eine Pfeife. »Man wird gefüttert, um nützlich zu sein. Bei uns Menschen ist es auch so. Zugegeben, das ist eine Schweinerei, aber wie soll man sich dagegen wehren?«

Zu Dr. Julius aber sagte er: »Herr Oberarzt, wird Bruno sterben?«

»Ich hoffe nicht, Bramcke. Er wird der letzte in der Operationsreihe sein.«

Dr. Wollenreiter dagegen, der auch ab und zu die Tiere besuchte, klopfte Bramcke einmal auf die Schulter, als dieser wieder bei Bruno saß und mit ihm sprach.

»Na, wie ist's, Bramcke?« fragte Wollenreiter. »Wollen Sie Bruno nicht adoptieren?«

Bramcke verzichtete auf eine Entgegnung. Gegen Wollenreiter zu kämpfen war sinnlos. Er hatte eine zu große Schnauze.

Und dann begannen die Probeoperationen. Zuerst bei den Ratten und Meerschweinchen. Alles vollzog sich genauso wie bei der Operation an Menschen. Dr. Wollenreiter und Renate Vosshardt assistierten. Es wurde intravenös narkotisiert, jeder Schnitt wurde wie am Menschen ausgeführt, mit Gefäßklammern, Wundhaken, Ligaturen, Umstechungen.

Für die Operationen hatte Dr. Julius sich besonders kleine Operationswerkzeuge anfertigen lassen. Nadelfeine Pinzetten griffen die kleinen Rattenadern, winzige Gefäßklemmen klammerten ab, zwergenhafte atraumatische Nadeln wurden in ebenso kleinen Nadelhaltern gefaßt. In einer Sterillösung lagen zwirnsfadendünne Kunststoffadern aus Dacron, die Dr. Julius im Austausch mit herausgenommenen echten Gefäßen transplantieren wollte.

Bramcke saß, als die Operationen begannen, im Nebenkeller und tröstete den unruhig gewordenen Affen Bruno. Der Blutgeruch war nicht zu vermeiden, und ein Affe ist ein kluges Tier.

»Wir haben noch Zeit, Bruno«, sagte Bramcke liebevoll und schälte dem Schimpansen eine große Banane. »Nebenan sind noch zwanzig Ratten, neun Meerschweinchen und drei Hunde. Und dann kommst erst du. Aber keine Angst, unser Oberarzt schafft es. Und wenn du später die künstlichen Adern im Kopf hast, Bruno, kann dir nie mehr 'ne Ader schwellen, wennste dich ärgerst. Komm, 'ne leckere Banane ... wir kümmern uns gar nicht um nebenan, was, Bruno?«

Die ersten Operationen an den Rattengehirnen waren qualvoll und mühsam. Die Größenverhältnisse störten noch. Teilweise mußte Oberarzt Dr. Julius unter einer großen Lupe arbeiten, wie ein Uhrmacher, der ein winziges Rädchen oder Schräubchen sucht und anziehen muß. Die Transplantation der Kunststoffadern war ein Werk feinsten Fingerspitzengefühls.

»So bekommt man das Gefühl für die fast unsichtbaren Dinge im Hirn«, sagte Dr. Julius, wenn er mit schmerzendem Rücken sich zurücklehnte und eine Pause einlegte. Dann arbeitete Dr. Wollenreiter weiter. Er zeigte sich als geschickter, begabter Operateur. Es war erstaunlich, zu beobachten, wie der sonst so grobe Mann mit feinsten Fingerbewegungen die Ligaturen um die kaum sichtbaren Gefäße legte.

Nach fünf Tagen starben von zehn operierten Ratten vier an Durchblutungsstörungen des Gehirns. Die anschließende Sektion bewies es.

»Kein Wunder«, sagte Prof. Karchow, der jeden Tag in den Keller hinabstieg, um das Team bei der Arbeit zu besichtigen. Dabei wurde er einmal von Bruno in den Zeigefinger gebissen. Bruno schien eine Antipathie gegenüber Karchow zu haben. Immer wenn der Chef erschien, fletschte er die Zähne und heulte schauerlich. »Was hat das Vieh nur?« schimpfte Karchow. »Der Bramcke kann mit ihm umgehen wie mit einem Kind.«

»Bruno ist ein Verächter der Obrigkeit«, sagte Dr. Wollenreiter. »Er mag keine Chefs.«

»Kein Wunder –«, sagte also Karchow nach den vier toten Ratten. »So fein kann kein Mensch operieren, daß er eine winzige Rattenhirnader nicht bei der Ligatur zuzieht. Warten wir ab, wenn Sie an die Meerschweinchen und Hunde kommen! Und erst an dieses Aas von Bruno! Immerhin – sechs überlebende Ratten –, das macht Ihnen keiner so schnell nach, Julius.«

Sie übten drei Wochen, Tag für Tag.

Die Ratten starben meistens, aber die Meerschweinchen überlebten, und die drei Hunde liefen nach der Operation und dem Einsetzen der Kunststoffadern herum, als sei in ihrem Gehirn nichts geschehen. Sie bellten, sie fraßen, sie tranken ... nur der helle Hautfleck und die Nähte in dem rasierten Fell deuteten darauf hin, daß an ihnen eine große Veränderung vorgenommen worden war.

Als die Operation an Bruno begann, war es wie eine Generalprobe. Nachtwächter Bramcke zeigte eine Erregung, als müsse sein eigenes Kind auf den OP-Tisch. Er bereitete Bruno mit gütigen Reden auf sein unabwendbares Schicksal vor. Er verpflegte ihn in den Tagen vorher besonders gut, er gab ihm sogar heimlich Schokolade und trank eine Flasche mit ihm, was Bruno sichtlich zu begeistern schien.

Um 9 Uhr morgens war es dann soweit. Ein Notoperationstisch war im Keller aufgestellt worden, Schimpanse Bruno bekam eine Beruhigungsinjektion und wurde dann von Dr. Wollenreiter zuerst mit einem Ätherspray ›kampfunfähig‹ gemacht. Es war, als ahne er, was man mit ihm vorhatte ... er sprang gegen die Gitter, als Wollenreiter kam, fletschte das Gebiß, kreischte, biß um sich, entriß Wollenreiter die Spritze und warf sie gegen die Wand.

»Bravo, Bruno«, sagte Bramcke wohlgefällig.

»Unterlassen Sie Ihre dämlichen Bemerkungen«, rief Wollenreiter wütend. Er sprühte Bruno mit Äther an, und da der Affe wütend war und kräftig schnaufte, atmete er schon nach zwei Zügen genügend Äther ein, riß die Augen auf und fiel dann um.

»Mit Gewalt geht alles«, bemerkte Bramcke, aber er half, Bruno aus dem Käfig zu ziehen, auf einen Tisch zu legen und hielt sogar den Arm fest, als Wollenreiter nun das Narkosemittel in die Armvene injizierte.

Da man Bruno vorher nicht zur Operation präparieren konnte, rasierten Bramcke und Wollenreiter nun die linke Kopfseite, sterilisierten die Operationsstelle, indem sie sie mehrmals mit in Waschäther getränkten Tupfern abwuschen, mit 70%igem Alkohol reinigten und dann mit einer 5%igen Jodtinktur bestrichen.

Dann trug Bramcke seinen Bruno liebevoll wie ein Kind auf den Armen in den Nebenkeller und legte ihn auf den OP-Tisch. Der Schimpanse wurde festgeschnallt, wie in einem richtigen OP wurde er ganz mit blaugefärbten, sterilen Tüchern abgedeckt, bis auf das Operationsfeld. Plötzlich öffnete sich die Tür und Prof. Karchow trat ein. Renate rückte gerade den Scheinwerfer richtig. Bruno schnarchte laut, was Bramcke elegisch werden ließ.

»Da komme ich ja gerade zur rechten Zeit«, sagte Karchow und beugte sich über den abgedeckten Affenkopf. »Er müßte eigentlich die Größe der Kinderköpfe haben. Haben Sie gemessen, Julius?«

»Die anatomischen Maße sind fast gleich. Wir werden unter den gleichen Arbeitsbedingungen operieren wie später an den Zwillingen.«

»Dann mal los!«

Wollenreiter kontrollierte noch einmal Atmung und Puls, Herztätigkeit und Blutdruck.

Bruno war ein gesunder Affe, die Narkose bewältigte er wie einen tiefen Schlaf.

Als sich Dr. Julius das Skalpell geben ließ, verließ Nachtwächter Bramcke den Operationskeller. Nicht, daß er kein Blut sehen konnte, aber es war ihm unmöglich, daneben zu stehen, wie man Bruno den Kopf aufschnitt und die Schädeldecke aufsägte.

Die Operation dauerte vier Stunden. Die größte Schwierigkeit bei der Transplantation einer Ader ist die Vermeidung einer Luftembolie, da das Einsetzen des neuen Zwischenstückes aus Kunststoff ja nicht in einem Vakuum geschehen kann.

Vier künstliche Gefäßstücke setzte Dr. Julius ein, die gleichen Gefäße, die bei der Trennung der siamesischen Zwillinge ebenfalls durchtrennt und mit dem körpereigenen Blutkreislauf verbunden werden mußten.

Prof. Karchow saß neben dem OP-Tisch auf einem Hocker und schwitzte vor Aufregung. Er war Kinderarzt, er hatte einen internationalen Namen, die Trennung der Zwillinge würde – falls sie gelang – mit seinem Namen verbunden sein. Aus der Klinik Prof. Karchows, würde es heißen. Aber aller Erfolg lag allein in den Händen seines Oberarztes und Günstlings Dr. Julius, und so hielt er wie die anderen am OP-Tisch den Atem an, als Julius das letzte, das dickste Gehirnvenenstück eingesetzt hatte und den Blutdurchgang wieder freigab.

»Puls flach –«, meldete Dr. Wollenreiter mit belegter Stimme. »Atmung normal, Blutdruck 60 zu 85. Herz flattert etwas.«

»Gib mir eine Coramin, Renate«, sagte Dr. Julius. Er trat zurück, lehnte sich an die Wand und riß sich die Schürze vom Leib. Tiefe Ringe lagen unter seinen Augen, er hatte das Gefühl, umfallen zu müssen und zu schlafen. Die Müdigkeit lag wie eine Bleiplatte auf seinem Kopf. Dazu kam eine plötzliche Not, zu wenig Luft zu bekommen. Das Herz hämmerte gegen die Rippen.

Prof. Karchow erhob sich und ging auf ihn zu.

»Julius«, sagte er leise. »Ich werde mich dafür einsetzen, daß bei der nächsten freien Professur Sie den Stuhl bekommen.«

Dr. Julius nickte müde. Renate und Dr. Wollenreiter vernähten jetzt die Operationswunde, nachdem sie die herausgesägte Schädeldeckenscheibe wieder eingepaßt hatten. Bruno würde einige Wochen noch Kopfschmerzen haben, weiter nichts . . . wenn die Operation gelungen war, wenn Hirn und Gefäße die eingesetzten Fremdkörper annahmen und nicht nach einiger Zeit wieder abstießen. Eine Nekrose im Hirn war ein Todesurteil.

Auch Bramcke kam wieder in den Keller. Er hatte an der Tür gelauscht. Mit ihm wallte eine Fahne von Alkohol herein. Vier Stunden Warten und Qual kann ein richtiger Mann nur mit einer Flasche aushalten.

»Bru-Bruno –«, sagte er und blinzelte Dr. Wollenreiter an. »Lebt er noch?«

»Wenn Sie ihn nicht gleich mit Alkohol vergiften«, sagte Wollenreiter grob. »Hauchen Sie ihn bloß nicht an!«

Beleidigt verließ Bramcke wieder den Keller und setzte sich neben den leeren Stall. Wie man sich an ein Tier gewöhnen kann, dachte er. Und wenn's ein Affe ist. Aber was hat man denn als alter Mann noch auf der Welt –?

Eine Woche später sah man klarer.

Bruno hatte den Eingriff überstanden. Er hatte zweifellos Kopfweh, saß beleidigt in seinem Käfig und hielt sich ab und zu den Schädel fest, aber er aß wieder normal, fletschte Prof. Karchow an, der ihn ab und zu besuchte, und tippte an seine Stirn, wenn Wollenreiter mit ihm sprechen wollte.

»Er ist völlig gesund, das beweist es«, sagte Bramcke glücklich und giftig zugleich. »Er erkennt wieder seine Umwelt.«

Eine Röntgenuntersuchung – wieder sprühte Wollenreiter Bruno mit Äther an – bewies, daß die eingesetzten Kunststoffadern prächtig funktionierten, das Hirn normal durchblutet wurde und die Aderstücke nicht abgestoßen wurden.

»In zehn Tagen geht es los«, sagte Oberarzt Dr. Julius zu Renate Vosshardt. »Wir werden Zeit genug haben, die Zwillinge darauf vorzubereiten. Vor allem kräftigende Kost, Ruhe und auf den Kreislauf achten. Wollenreiter soll sich weniger um Lisa kümmern und sein Bett neben den Zwillingen aufschlagen. Und dann, mein Mädchen«, er legte den Arm um Renate und küßte sie auf die Schläfe, »dann heiraten wir endlich.«

»Wenn nicht wieder Siamesen dazwischenkommen.«

»Nach der Statistik dürfte das nicht der Fall sein.«

»Bei uns ist alles möglich – ich wundere mich über gar nichts mehr.«

In diese zehn Tage Vorbereitungszeit fielen zwei Ereignisse, die nur deshalb nicht eine Sensation wurden, weil alles in der Klinik ›Bethlehem‹ von der Trennung der Zwillinge sprach. Prof. Karchow war geschickt genug, durch Mittelsmänner der Presse einen Wink zu geben ... noch bevor der endgültige Termin der Operation überhaupt feststand, sprach man überall davon und brachten die Zeitungen Artikel ihrer ›Ärztlichen Mitarbeiter‹.

Über Vater Philipp Lehmmacher ergoß sich ein warmer Regen. Er wurde wieder Mittelpunkt der Wochenzeitungen, bekam Pakete und Geldspenden, wurde Ehrenmitglied eines ›Clubs der Väter, von denen man spricht‹, durfte vier Gärten prominenter Bürger der Stadt betreuen und gab – etwas schamhaft allerdings – bekannt, daß seine Frau Erna bereits wieder guter Hoffnung sei. Frische Luft macht eben kräftig.

Auf die Frage, was er machen würde, wenn er wieder Vierlinge bekäme, wußte er keine Antwort. Er wagte gar nicht, an diese Möglichkeit zu denken.

In diesen Zwillingsrummel hinein kamen die beiden schon erwähnten Ereignisse:

Fräulein Helga Honnemann, die Mutter mit dem Negerkind, kam in die Klinik und legte Dr. Wollenreiter ihr Kind auf den Untersuchungstisch.

»Sehen Sie sich das mal an, Herr Doktor«, sagte sie ratlos. »Das Kind wird immer heller! Aber der Vater ist ein echter Neger. Das geht doch nicht mit rechten Dingen zu. Mein kleiner Roland muß doch krank sein! Er verliert seine Farbe!«

Einen Tag später wurde die kleine Tochter Maria der Eheleute Höllerer in die Klinik ›Bethlehem‹ eingeliefert. Sie hatte eine hochfiebrige Masernerkrankung, und da sie mit ihren Eltern nur zu Besuch in der Stadt war, mußte sie in die Klinik aufgenommen werden. Dr. Renate Vosshardt schrieb auf die Fiebertabelle: Maria Höllerer. Morbilli.

Dieser ungewollten Rückkehr von Maria Ignotus nach ›Bethlehem‹ ging ein großer innerer Konflikt voraus.

Buchhalter Ernst Bergmann war vor zwei Monaten von München zurück in seine alte Heimatstadt gezogen. Er fand in München nicht die ihm zusagende Stellung, er kam mit der bayerischen Sprache nicht zurecht, und als ihn einmal eine Tischrunde in einer Bierhalle einen ›Saupreißen, einen dreckerten‹ nannte, beschloß er, als Preuße zurück nach Preußen zu ziehen.

In seiner Heimatstadt fand er sofort seinen Posten bei dem Steuerberater wieder, schloß die alten Freunde vom Kriegsverein in seine Arme und kam sich vor wie ein heimgekehrter verlorener Sohn.

Nun hatten ihn Julia und Franz mit dem Kind besucht, und eines Morgens lag die kleine Maria fiebernd im Bett, fantasierte und glühte. Der Hausarzt stellte Masern fest, und zwar in einer sehr akuten Form. Er riet, Maria in die Kinderklinik zu bringen.

Den ganzen Tag über waren sich Julia und Franz uneinig, ob sie den Rat befolgen sollten. Schließlich siegte die Sorge um das Kind.

»Sie werden es nicht wiedererkennen«, sagte Franz Höllerer. »Erstens sieht es jetzt ganz anders aus als damals als Säugling, und zweitens haben die den ganzen Fall längst vergessen. Ich habe da gar keine Sorge –«

»Und wenn sie es doch entdecken?« stammelte Julia.

»Unmöglich! In dem Jahr sind Hunderte Kinder durch die Klinik gegangen . . . wenn die jedes Kind darauf untersuchen wollten, ob es das entführte ist – ich sage dir, es ist unmöglich!«

So kam Maria Ignotus auf Station IIa – Isolierstation – und in die Pflege des neuen Stationsarztes Dr. Hansmann, der für Dr. Petschawar eingetreten war. Sie wurde ein Kind wie hundert andere, bekam eine Karteikarte, eine Fiebertabelle, eine Krankengeschichte. Routinemäßig besuchte sie Dr. Julius, wenn der Chef die Visite nicht wahrnehmen konnte.

Am fünften Tag traf Julia auf dem Flur mit Dr. Wollenreiter zusammen. Sie sahen sich an und erkannten sich sofort. Wollenreiter blieb stehen.

»Gnädige Frau –«, sagte er verblüfft. »Ist wieder ein Kind zur Adoption bei uns?«

»Wieso?« stotterte Julia verwirrt.

»Als wir uns das letztemal sprachen, waren Sie doch mit Ihrem Herrn Vater hier, um unsere arme Maria Ignotus zu besichtigen. Ein paar Tage später ... na, Sie wissen ja!« Dr. Wollenreiter wurde in Erinnerung an diese Stunden blaß.

»Ich habe jetzt ein eigenes Kind hier –«, sagte Julia leise.

»Ach. Was fehlt ihm denn?«

»Masern. Sehr fiebrig. Auf Station IIa –«

»Machen Sie sich keine Sorgen, gnädige Frau.« Dr. Wollenreiter lächelte begütigend. »Masern sind nicht gefährlich. Wir werden Ihren kleinen Liebling kerngesund machen.«

Er verabschiedete sich und lief weiter.

Erst am nächsten Tag erinnerte er sich an die Begegnung mit der jungen Frau, und da er gerade eine freie Stunde hatte, fuhr er zu Station IIa, um sich das Morbilli-Kind einmal anzusehen. Ohne Argwohn, ohne Grund, vielleicht nur darum, um zu sehen, ob das Kind Ähnlichkeit mit seiner hübschen, jungen Mutter habe.

Er kam gerade ins Zimmer, als Dr. Hansmann am Bettchen saß und die Rötungen auf dem Rücken untersuchte. Maria hatte die Ärmchen hochgestreckt und sah dem neuen Onkel im weißen Kittel ängstlich entgegen.

Große, blaue Augen hat sie wie die Mutter, dachte Dr. Wollenreiter. Aber die süße Stupsnase ist nicht von ihr. Und dann sah er plötzlich den kleinen Leberfleck unterm Arm und zuckte zusammen wie unter einem elektrischen Schlag.

»Herr Kollege, lassen Sie mal die Arme oben«, rief er und rannte ans Bett. Maria zog erschrocken das Köpfchen zwischen die Schultern. Auch Dr. Hansmann blickte sich verwundert um.

Dr. Wollenreiter beugte sich über die Gitter des Bettchens und legte seinen Zeigefinger auf den Leberfleck. »Was ist das?« fragte er mit belegter Stimme.

Dr. Hansmann sah Wollenreiter schief an. »Ein Naevus pigmentosus«, sagte er mokant.

»Nein! Ein Erkennungszeichen! Wie heißt das Kind?« Wollenreiter riß die Fiebertabelle vom Bettende. »Maria Höllerer! Maria! Ich hatte es im Gefühl! Sie ist es! Sie ist es!« Er warf die Fiebertabelle hoch in die Luft und rannte aus dem Zimmer. Maria Ignotus verzog den Mund, als wolle sie weinen. Dr. Hansmann streichelte ihr über die Wangen.

»Das war ein lustiger Onkel Doktor, was?« sagte er tröstend. »Wollte mit dem Blättchen Flugzeug spielen.«

Er legte das Kind zurück, deckte es zu und ging hinaus. Auf dem Flur begegnete ihm die Stationsschwester.

»Haben Sie Wollenreiter gesehen?« fragte er.

»Er rannte an mir vorbei wie ein Verrückter.« Die Ordensschwester schüttelte den Kopf. »›Sie ist es!‹ hat er dabei gerufen.«

»Ganz normal ist er nicht.« Dr. Hansmann ging nachdenklich weiter. »Was hat er bloß mit diesem dummen kleinen Leberfleck?« sagte er leise zu sich selbst.

Dr. Wollenreiter war nicht aufzuhalten, er glich in diesen Augenblicken einem Taifun. Wie ein ausgebrochener Irrer stürzte er in das Zimmer Dr. Julius', der gerade seine Braut Renate küßte.

»Aufhören mit Knutschen«, schrie Wollenreiter. »Sie ist wieder da! Auf IIa! Sie hat die Masern!«

»Wer ist wieder da?« Dr. Julius starrte Wollenreiter an.

»Meine Maria Ignotus –«

Wollenreiter ließ sich in einen Sessel fallen und wischte sich den Schweiß vom Gesicht.

»Sie hat den süßen kleinen Leberfleck unterm Arm ... sie ist es bestimmt –«

»Sagen Sie mal, Wollenreiter, sind Sie übergeschnappt?« sagte Dr. Julius laut. »Oder haben Sie einen getrunken?«

»Kommen Sie mit«, schrie Wollenreiter. »Auf Zimmer 2 von IIa liegt sie! Sie heißt Maria Höllerer! Maria! Merken Sie was? Ich lasse mich fressen, wenn sie es nicht ist!«

»Es wird sich niemand finden, der Sie schwer verdaubaren Klumpen auffressen wird!«

»Julius, lassen Sie jetzt alle Sarkasmen, bitte! Wo ist der Chef? Er kennt den Leberfleck auch! Man hat Maria Ignotus gebracht, weil es nicht anders mehr ging! Und ich ...« Wollenreiter zuckte aus dem Sessel hoch.

»Was haben Sie denn nun schon wieder?« fragte Dr. Julius.

»Ich kenne die leibliche Mutter! O ich Idiot! Ich Idiot! Julius, knallen Sie mir eine runter!«

»Ich hätte große Lust, es zu tun!«

»Sie hatten damals recht – die eigene Mutter hat es aus dem Bett gestohlen! Und sie hat es vorher sogar besichtigt, und wir – Sie und ich – haben sie sogar herumgeführt!«

»Unmöglich!«

»Erinnern Sie sich! Vater und Tochter, die Maria adoptieren wollten –«

»Dieser Buchhalter aus dem Steuerbüro –«, sagte Dr. Julius gedehnt.

»Genau der! Mutter und Großvater waren das! Jetzt heißt sie Höllerer, und ich fresse mich selbst, wenn dieser Höllerer nicht der legitime Vater von Maria ist! Ein Kidnapper-Familienunternehmen!« Dr. Wollenreiter stampfte zur Tür. »Kommen Sie mit ... sehen Sie sich das an!«

Zwei Stunden später, nachdem auch Prof. Karchow am Bettchen von Zimmer 2/IIa gestanden hatte, wußte man es ganz sicher: Maria Höllerer war Maria Ignotus!

Wollenreiter war nicht mehr ansprechbar.

Er hatte ›sein‹ Kind wieder.

Anders reagierten Prof. Karchow und Oberarzt Dr. Julius.

»Wollenreiter –«, sagten sie streng. »Über diesen Vorfall halten Sie den Mund! Wir können jetzt solche Sensationen nicht gebrauchen, wo wir vor der Siamesentrennung stehen. Die ganze Sache bleibt unter uns. Wir werden diese Frau Julia Höllerer ins Haus bestellen und uns anhören, was sie zu sagen hat. Es wird sich alles regeln lassen.«

»Auch Staatsanwalt Dr. Allach wird nichts erfahren. Vorläufig nicht«, fügte Karchow hinzu. Wollenreiter nickte schwach.

»Die Hauptsache ist ja, daß sie wieder hier ist –«

»Ich glaube, Sie sehen die ganze Sache falsch!« Dr. Julius faßte Wollenreiter unter und zog ihn hinaus auf den Flur. »Das Kind hat Eltern.«

»Die es ausgesetzt haben!«

»Und wiedergeholt haben.«

»Ja, zum Teufel noch mal, ist ein Kind denn ein Skatspiel? Mal gibst du, mal gebe ich . . .« Wollenreiter riß sich von Dr. Julius los. »Das letzte Wort habe ich noch nicht gesprochen!«

»Es wird ein Ja zu allem sein, was kommt.« Julius lächelte und klopfte Wollenreiter auf die Schulter. »Nun seien Sie mal friedlich, wir hören uns erst die Eltern an. Wie ich Sie kenne, wird Ihre empfindsame Seele zukken, wenn Sie die volle Wahrheit wissen.«

Mit dem hellbraunen statt schwarzen Roland Honnemann war es ungleich schwieriger, hinter das Geheimnis zu kommen. Um es gleich zu sagen: Man kam nicht dahinter.

Prof. Karchow bemühte sich selbst um dieses Rätsel einer Fehlpigmentierung, wie er es diagnostizierte. Er untersuchte den kleinen, strammen Roland, stellte keinerlei negroide Züge fest und sagte in seiner spöttischen Art: »Wenn ich nicht genau wüßte, daß Mutter Honnemann niemals Dr. Petschawar gekannt hat, würde ich sagen: Hier wächst ein Inder heran!« Niemand ahnte, wie nah er der Wahrheit war. Man lachte laut bei diesem absurden Gedanken.

Immerhin regte dieser Fall Prof. Karchow an, alle erreichbare Literatur über Pigmente und ihre Störungen zu studieren. Aber nirgendwo fand er Hinweise dafür, daß ein farbiges Kind, vor allem aber ein Negerkind, im Mischlingsstadium 1. Grades plötzlich die Farbe verliert und hellhäutig wird.

Eine Zeitlang beschäftigte sich Karchow mit dem Gedanken, darüber in der Zeitschrift ›Kinderklinik‹ einen Artikel zu schreiben. Aber dann verschob er es. Erst die Trennung der Siamesen! Das war das Wichtigste. Ihm gegenüber hatte alles andere zurückzustehen.

Roland Honnemann wurde wieder entlassen mit dem Bemerken, man solle ihn in etwa sechs Wochen wieder nach ›Bethlehem‹ bringen. »Krank ist er nicht«, sagte Dr. Renate Vosshardt, die Fräulein Honnemann ihr Wunderkind übergab. »Jedenfalls ist es nichts Ansteckendes oder Gefährliches. Es kommt schon mal vor, daß sich die Hautfarbe etwas verschiebt.«

»Aber ich habe eine Bekannte, die hat auch ein Baby von einem Negersoldaten. Das ist fast schwarz«, sagte Fräulein Honnemann verzweifelt. Und Renate antwortete, was schon Mutter Witwe Honnemann zu ihrer Tochter gesagt hatte:

»Ich würde das als eine gute Fügung hinnehmen –«

Fräulein Honnemann nahm ihren Roland und verließ die Klinik. Konnte denn niemand verstehen, daß ihr das Kind unheimlich wurde? Wenn aus einem Hühnerei ein Hund schlüpfen würde, wäre die ganze Welt verrückt vor Staunen, dachte sie bitter. Aber bei einem Menschen nimmt man es hin –

Es ist eine komische Welt, in der wir leben!

Julia Höllerer und Franz wurden von der Stationsschwester zum Fahrstuhl geführt und eine Etage höher gefahren, als sie am nächsten Tag sich nach dem Befinden ihrer Tochter Maria erkundigten. Gleich bei ihrem Eintreffen hatte Schwester Berta den Besuch beim Chef gemeldet, und Karchow rief Wollenreiter und Dr. Julius zu sich.

»Sie sind da«, sagte er wie ein Feldherr, der den Feind auf das Schlachtfeld marschieren sieht und nun seine eigenen Truppen bereitstellt. »Wollenreiter, ich ermahne Sie im voraus: Benehmen Sie sich wie ein vernünftiger Mensch! Ihre Position ist ungleich besser als die der Eltern! Vergessen Sie das nicht!« Karchow griff zum Telefon und ließ sich mit der Station IIa verbinden. »Schwester Berta, bringen Sie die Eltern Höllerer.«

Julia erkannte sofort die Tür des Chefzimmers wieder, zu der sie von Schwester Berta geführt wurde. Sie blieb ruckartig stehen.

»Was sollen wir bei dem Herrn Professor?« fragte sie.

»Der Chef möchte Sie gerne sprechen . . .«

»Ist . . . ist Maria etwas kränker, als wir denken?« stotterte Franz Höllerer.

»Ich weiß es nicht«, wich Schwester Berta aus. »Der Herr Professor hat mich nur gebeten, Sie zu ihm zu bringen. Mehr kann ich Ihnen auch nicht sagen.«

Sie klopfte. Von innen ertönte Karchows Stimme.

»Herein!«

Die Tür öffnete sich. Franz Höllerer drehte seinen Hut in den Händen. Julias Beine zitterten. Sie sah in dem großen Zimmer nicht nur den Professor, sondern auch den Oberarzt und neben ihm das düstere Gesicht von Dr. Wollenreiter. Und sie wußte plötzlich alles.

Sie tastete nach der Hand ihres Mannes, drückte sie und hielt sie fest.

»Komm –«, sagte sie leise, mit schwankender Stimme. »Wir müssen ganz mutig sein. Es geht wirklich um unsere Maria –«

Hand in Hand betraten sie das Zimmer Prof. Karchows.

Oberarzt Dr. Julius übernahm es, die wie mit Elektrizität aufgeladene Spannung zu lösen, indem er mit einer kleinen Verneigung zu Julia sagte:

»Frau Höllerer?«

»Ja –«, antwortete Julia leise. Sie sah dabei weder Professor Karchow noch Dr. Julius an, ihr Blick hing an Dr. Wollenreiter. Von ihm kam die Gefahr, das spürte sie, das wußte sie.

»Ist ... ist etwas mit unserer Maria?« fragte Franz Höllerer laut.

»Das kann man wohl sagen!« erwiderte Dr. Wollenreiter! Er handelte sich einen strafenden Blick seines Chefs ein, aber er sprach ungerührt weiter. »Es sind da einige Unklarheiten, die wir jetzt bereinigen wollen –«

»Ist ... ist die Krankheit so schlimm?«

Noch hatte Franz Höllerer nicht gemerkt, welchen Grund diese Zusammenkunft wirklich hatte. Er dachte nur an das Kind. Julia sah ihn bittend an, sie würgte an den Worten, die ihr im Mund lagen. »Sie wissen alles!« wollte sie schreien. »Sie werden uns anzeigen. Wir haben nur einen Traum vom Glück gehabt ... das wird jetzt alles anders werden. Wir werden in eine Gefängniszelle gehen, und Maria wird in ein Waisenhaus kommen.« Aber sie hatte nicht die Kraft, es jetzt zu sagen. Sie starrte auf Dr. Wollenreiter, der die Tür zum Büro öffnete und ein Bettchen in das Chefzimmer rollte.

»Maria –«, stotterte Franz Höllerer entgeistert.

»Das ist Ihr Kind?« fragte Professor Karchow. Zum erstenmal ergriff er jetzt das Wort. Julia nickte stumm. Höllerer sagte unbefangen: »Natürlich.«

»Wann wurde es geboren?«

Und jetzt erkannte auch Höllerer die Situation. Mit einem Schritt war er neben Julia und legte den Arm schützend um ihre zuckende Schulter.

»Ach so!« sagte er gedehnt. »Das ist ein kleines außergerichtliches Verhör? Sie brauchen gar nicht weiter zu fragen, meine Herren ... ja, es ist das ausgesetzte Kind. Meine Frau hat es damals vor die Tür Ihrer Klinik gelegt, weil sie keinen anderen Ausweg wußte.« Und als Julia etwas sagen wollte, drückte er ihren Kopf an sich und rief über ihre zerzausten Haare hinweg: »Zufrieden, meine Herren? Bitte – nun rufen Sie die Polizei! Lassen Sie uns verhaften. Meine Frau als Kindesaussetzerin, mich als Kindesentführer! Ach ja, ich vergaß ... entführt habe das Kind ich! Ich allein! Ich habe das Fenster eingedrückt mit einem Sack und Schmierseife, ich habe Maria aus dem Bett geholt und bin mit ihr nach München geflüchtet.«

Dr. Wollenreiter war bleich geworden. Er stützte sich auf das Kinderbettchen und umkrallte die hölzernen Gitterstäbe.

»Woher wußten Sie, daß es das richtige Kind war? Wir haben doch nachher veröffentlicht, daß man das falsche geraubt habe.«

»Ich habe es nie geglaubt.«

»Eine Mutter kann man nicht betrügen –«, sagte Julia leise und sah zu ihrem Kind hinüber.

»Aber eine Mutter bringt es übers Herz, ihr Kind vor einer fremden Tür auszusetzen?« schrie Wollenreiter plötzlich.

Maria Ignotus begann zu weinen. So viele weiße Kittel, so viele laute Stimmen. Erschrocken legte sie die geballten Fäustchen an den Mund und schluchzte. Dr. Wollenreiter streichelte ihr über die Haare, um sie zu beruhigen.

»Ich hatte damals keine andere Wahl –«, sagte Julia kaum hörbar.

»Keine Wahl? Eine Mutter, die ihr Kind hergeben kann, ist ... ist ...«

»Bitte, mäßigen Sie sich, Wollenreiter«, warf Prof. Karchow ein. »Es steht uns nicht zu, hier Urteile abzugeben. Wir sollten uns lieber mit der verzwickten Situation auseinandersetzen, die jetzt entstanden ist. Ein ausgesetztes Kind, ein geraubtes Kind, ein wiedergebrachtes Kind ... erst unbekannt, dann von den leiblichen Eltern wieder aufgenommen ...« Er hob beide Arme. »Meine Herren, ich bin kein Jurist, die haben bestimmt dafür irgendeinen Paragraphen und einen wunderschönen Tatbestandsnamen – wir aber stehen vor der Frage: was nun?«

»Ganz einfach: Maria bleibt bei mir«, sagte Wollenreiter.

»Das haben Sie sich gedacht –«, antwortete Höllerer laut.

»Sie haben kein Recht mehr auf das Kind.«

»Ich bin die Mutter«, schrie Julia.

»Und haben Ihr Kind weggeworfen! Einfach auf die Straße gelegt! Wie ein lästiges Paket«, schrie Wollenreiter zurück.

»Was wissen Sie, was man aus Verzweiflung tun kann?« Julia schwankte. Dr. Julius nahm sie aus den Armen Höllerers und führte sie zu dem großen Ledersofa. Sie schlug die Hände vor die Augen und weinte. Höllerer stand unschlüssig herum, er wußte nicht, wie er weiter reagieren sollte. Er fühlte sich den Ärzten unterlegen, aber eine Schuld anzuerkennen, war er nicht bereit. Er hatte sein Eigentum geholt. Maria war sein Kind.

Karchow nahm seine Brille ab und putzte sie umständlich. Wollenreiter beruhigte Maria, indem er mit ihren Fingern spielte und sie unter dem Hals kitzelte, Dr. Julius tropfte Kölnisch Wasser auf ein Taschentuch und hielt es Julia hin.

»Bitte«, sagte er beruhigend. »Wir sind ja zusammengekommen, nicht, um Sie der Polizei zu übergeben, sondern um einen Weg zu finden, der alles normalisiert. Dr. Wollenreiter ist etwas laut – aber das ist er immer. Kümmern Sie sich nicht darum. Sie kennen doch einen Dampfkessel. Wenn der nicht ab und zu Dampf abläßt, platzt er –«

Dr. Wollenreiter schwieg verbissen. Er erkannte, daß Maria Ignotus für ihn verloren war. Und er wunderte sich selbst über sich, daß ihm diese Erkenntnis weh tat, körperlich schmerzte. Er, durch dessen Hände in den vergangenen Jahren Hunderte Kinder gegangen waren, Kinder, die für ihn nur kleine, liebe Patienten, aber nicht mehr waren, spürte beim Anblick der kleinen Maria, daß auch ein so grober Kerl wie er sein Herz auf so merkwürdige Art vergeben konnte.

Prof. Karchow setzte seine Brille wieder auf. Er hatte einen Gedanken ›herausgeputzt‹, wie man in der Klinik sagte, wenn Karchow seine Nachdenklichkeit mit Gläserpolieren ausfüllte.

»Zunächst wollen wir eines ausschalten, meine Herren«, sagte er forsch. »Die Polizei! Das gibt nur wieder Unruhe, das gibt in der Presse Rummel, das richtet die Blicke der Öffentlichkeit auf uns in einem Augenblick, in dem wir vor der großen operativen Tat stehen. Ich schlage deshalb vor, daß wir den ganzen Fall intern regeln. Etwa so: Ich teile meinem Freund, Staatsanwalt Dr. Allach, mit, daß man das Kind Maria Ignotus zum zweitenmal vor unsere Tür gelegt hat. Es ist also zurückgekehrt.«

»Wildwest in der Klinik ›Bethlehem‹«, sagte Wollenreiter giftig.

»Unterlassen Sie Ihre wohlfeilen Bemerkungen«, sagte Karchow hart. »Oder wissen Sie was Besseres? Meckern kann jeder ... besser machen, darauf kommt es an! Ich habe von jeher die unverbindliche Masche der Kritiker abgelehnt! Da kritisiert man Opernaufführungen, Inszenierungen, schauspielerische oder sängerische Leistungen, Bücher und Reden ... aber sagt man zu den Kritikern: Bitte, da ist die Bühne! Zeigt, daß ihr es besser könnt! Singt mal, inszeniert, malt Bühnenbilder, schreibt selbst ein Buch ... dann furzen sie vor Angst und machen in die Hose! So etwas liebe ich! Wer kritisiert, muß in der Lage sein, Besseres vorzuweisen. Eigene Leistungen!« Er sah zu Oberarzt Dr. Julius und nickte ihm zu. »Sie hatten da vorhin einen Gedanken, Julius –«

»Ja.« Oberarzt Dr. Julius setzte sich neben Julia auf das Sofa und hielt ihre bebenden Hände fest. »Ich nehme den Gedanken des Herrn Professor wieder auf. Maria ist von den unbekannten Entführern zurückgebracht worden. Das wird der Polizei gemeldet, dem Jugendamt, den anderen zuständigen Behörden. Und wir, die Klinik, schreiben Ihnen, Frau Höllerer, offiziell einen Brief, daß das Kind, das Sie einmal adoptieren wollten und in der Zwischenzeit gestohlen wurde, wieder verfügbar ist – ein schönes, deutsches Beamtenwort, nicht wahr? – und wir die Adoption nun beim Jugendamt befürworten. Der Einfluß des Herrn Professors wird es möglich machen, daß Sie Maria schnell wiederbekommen ... allerdings dann als Adoptiveltern. Im Grunde ist das ja gleich –«

Julia nickte. Sie hatte nur die Hälfte verstanden. Ich werde Maria nicht verlieren, das war alles, was sie begriff. Ich werde nicht verhaftet werden. Unsere Familie wird zusammenbleiben ... Franz, Maria und ich. Für immer zusammenbleiben.

Sie nahm plötzlich die Hand Dr. Julius', und ehe er es verhindern oder sie wegziehen konnte, hatte sie sich darüber gebeugt und sie geküßt. Wie ein Sklave, dem man die Freiheit geschenkt hat. Dr. Julius war betroffen und wurde rot.

»Aber ich bitte Sie, Frau Höllerer –«, stotterte er.

»Es ist, als habe ich Maria jetzt zum zweitenmal geboren«, sagte Julia glücklich. »Immer war der Druck in uns: Was geschieht, wenn es doch einmal herauskommt? Wir haben doch keinerlei Papiere für Maria, und wir haben immer darüber gegrübelt, wie es einmal werden wird, wenn sie größer ist ... wenn sie in die Schule kommt, wenn sie ihren Geburtsschein vorlegen muß ... Abwarten, haben wir immer gesagt. Auch dafür wird es eine Lösung geben. Bis dahin vergehen ja noch fünf Jahre. Wer weiß, was in fünf Jahren ist ... Wir haben einfach den Kopf in den Sand gesteckt.« Sie lächelte auf einmal und sah Franz mit tränennassen, aber strahlenden Augen an. »Das ist nun alles vorbei! Wir werden eine richtige, normale Familie sein ... mit allen Papieren ...«

Franz Höllerer nickte mehrmals. Dann wandte er sich an Prof. Karchow.

»Und wenn das Jugendamt der Adoption nicht zustimmt?« fragte er.

»Warum sollte es das nicht?« fragte Karchow zurück.

»Wer kennt die Gedankengänge der Beamten? Wenn

nun andere Bewerber vorliegen, reichere, bessergestellte, so mit Villa und allem Drum und Dran. Es ist doch klar, daß solche Adoptionseltern vorgezogen werden.« In Höllerers Brust entstand plötzlich ein riesengroßer, zentnerschwerer Stein, der auf das Herz drückte. »Können ... können Sie garantieren, daß das Jugendamt uns Maria übergibt?«

»Garantieren? Natürlich nicht«, antwortete Prof. Karchow ehrlich.

»Aha! Und was dann?« Höllerer verkrampfte die Finger ineinander. »Dann bekommt jemand anders unsere Maria, unser Kind. Und wir dürfen noch nicht einmal die Wahrheit sagen, denn dann sperrt man uns ein. Das geht doch nicht, Herr Professor.«

»Am besten ist, Sie klauen es zum zweitenmal«, sagte Dr. Wollenreiter gehässig. »Aber dieses Mal lasse ich das Fenster offen, damit die Klinik keine Sonderausgaben für neue Fenster hat!«

Prof. Karchow sah Wollenreiter wieder strafend an. Aber das war nur eine Reaktion, weil ein Assistenzarzt ungefragt an einem Gespräch teilnahm. »Kein schlechter Gedanke –«, sagte er gedehnt. »Wenn das Jugendamt nein sagt, holen Sie Maria –«

»Und alles geht wieder von vorne los! Nein!« Dr. Julius erhob sich aus dem Ledersofa und zog Julia mit. »Wir müssen allen Einfluß geltend machen, daß das Ehepaar Höllerer das Findelkind Maria Ignotus bekommt. Herr Professor, Herr Dr. Wollenreiter – hier steht die Mutter des Kindes. Das allein sollte uns anspornen, trotz allem, was gewesen ist, für die Gerechtigkeit einzustehen. Alles andere hat davor zurückzutreten. Lassen Sie uns sofort die Aktion beginnen. Es wird, da es sich um einen Behördenweg handelt, doch einige Wochen dauern, bis man klar sieht und das Leben der Familie Höllerer normalisiert ist.« Er wandte sich an Julia und strich ihr mit einer fast väterlichen Geste eine Haarsträhne aus der Stirn. »Mit sechs oder acht Wochen müssen wir rechnen, Frau Höllerer.«

Julia nickte. »Und wenn es ein halbes Jahr dauert, Herr Doktor ... was spielt die Zeit für eine Rolle, wenn ich weiß, daß ich Maria dann für immer bei mir habe – «

»Ich glaube, wir bleiben die ewigen Verlobten«, sagte Renate Vosshardt. »Wir haben einfach keine Zeit zum Heiraten. Ein Wunder, daß uns die paar Stunden bleiben, uns zu lieben.«

Sie lagen nebeneinander am Rande eines lichten Waldes. Das Gras war hoch und hart, sie hatten es erst niedertreten müssen, um die Decke auszubreiten. An diesem Sonntag hatten sie sich den Luxus geleistet, hinauszufahren ›ins Grüne‹. Die Probeoperationen waren zufriedenstellend verlaufen, Affe Bruno erholte sich gut, er fraß wieder normal und hatte auch anscheinend keine Kopfschmerzen mehr. Wenn die Operation an den Lehmmacher-Zwillingen so erfolgreich war wie die an Bruno, würde Oberarzt Dr. Julius eine der seltenen Trennungen gelingen, bei der nicht ein Zwillingsteil geopfert werden mußte.

»Wir heiraten noch vor Weihnachten – «, sagte Julius.

»Du glaubst daran?«

»Ganz fest.«

Sie küßten sich, und wie zwei junge Verliebte blieben sie eng umschlungen liegen, Körper an Körper, sich küssend, streichelnd, ganz dem Glücksgefühl hingegeben, daß man zueinander gehörte und ihre Körper keine Geheimnisse mehr verbargen.

»Sag mal – « Renates Zähne nagten aufreizend an Julius' Ohrläppchen. Er empfand das wie ein Kribbeln, das durch seinen ganzen Körper zog, und zwang sich, nicht unruhig zu werden. »Hast du eigentlich damals auch gewußt, daß ich am Wörthersee war?«

»Nein.«

»Du hast mich nicht bewußt gerammt?«

»Auf Ehre nicht.«

»Es war purer Zufall?«

»Ja.« Er legte seine Hand auf ihre fest Brust. »Aber du wußtest es doch –«

»Natürlich. Ich wußte nur nicht, wie ich es anstellen sollte, mit dir wieder zusammenzukommen. Als du mich rammtest, war ich gerade zwei Tage im Hotel Wurgl und hatte noch immer keinen Plan. Dir einfach irgendwo zu begegnen, auf der Promenade, bei einem Konzert, das war mir zu dumm. Du wärest auch an mir vorbeigegangen –«

»Sicherlich.«

»Sturer Hund!«

Er lachte und legte seinen Kopf zwischen ihre Brüste. Sie lag ganz still, nur ihre Finger spielten in seinen Haaren.

»Was wäre gewesen, wenn wir uns nicht wiedergetroffen hätten?« fragte sie, als Julius nicht weitersprach, sondern stumm die Berührung mit ihrem Körper genoß.

»Ich weiß es nicht, Liebste.«

»Du hättest eine andere geheiratet, nicht wahr?«

»Nein.«

»Lüg nicht! Wörthersee, ein Segelboot, Manieren wie ein gelernter Playboy . . . du willst mir doch nicht einreden, daß du nur zur Erholung am See warst.«

»Nur, um Ruhe zu haben!«

»Ha! Wie glatt du lügen kannst!«

»Ich hatte die wichtigsten Lehrbücher über Kopfchirurgie mit. Ich wollte mich in aller Stille vorbereiten.

Und dann traf ich dich wieder. Ruhe weg! Kein Lehrbuch habe ich angeschaut.«

»Und das hat dich gereut, was?«

»Ja –«

»Du Schuft!« Sie nahm seinen Kopf, stieß ihn von ihrer Brust und wälzte sich über den Körper Julius'. »Ich erwürge dich«, zischte sie, und ihre Augen flammten. »Ich erwürge dich sofort, wenn du dich auf der Stelle nicht anders benimmst wie ein Bücherwurm!«

Die Träger ihres Badeanzuges glitten herunter.

»In der Anatomie«, sagte Julius trocken, »haben wir immer ausgelost, wer solch eine Mädchenbrust sezieren durfte ...«

Mit eine hellen Schrei ließ sich Renate auf ihn fallen und drückte ihre Lippen auf seinen Mund.

»Ich bringe dich aus der Ruhe ... stammelte sie zwischen zwei Atemzügen. »Beim Teufel ... ich zerfetze deine widerliche männliche Überlegenheit –«

Später lagen sie wieder nebeneinander, sahen in die ziehenden Wolken und fühlten, wie der Schweiß auf ihren Leibern prickelnd in der Sonne trocknete.

»Woran denkst du jetzt, ehrlich?« fragte sie.

»Daran, daß wir eigentlich noch sehr jung sind.«

»Das ist kein Gedanke, das ist eine Wahrheit.«

»Wir werden Kinder haben.«

»Zwei bestimmt.«

»Und ich werde vom Tage unserer Trauung an kein Auto mehr fahren –«

»Ich habe keine Angst, Bernd ...«

»Aber ich. Ich würde unsicher bei dem Gedanken, daß sich einmal alles wiederholen könnte. Ich werde allem aus dem Wege gehen, was unsere Liebe gefährden könnte. Ich könnte mir kein Leben mehr vorstellen, in dem du nicht der Mittelpunkt bist.«

Am Abend, auf der Heimfahrt, schleuderte der von

Dr. Renate Vosshardt gelenkte Wagen in einer sanften Kurve. Sie hatte keine große Geschwindigkeit, aber der Ölfleck auf der Straßendecke genügte, den Wagen wie auf Glatteis schlittern zu lassen. Er gehorchte keiner Lenkung mehr ... er drehte sich zweimal um die eigene Achse und prallte dann gegen einen der Chausseebäume. Auch der Anprall war nicht hart, aber er genügte, um das dünne Blech aufzureißen und den Wagen völlig zu zerstören.

Die Feuerwehr, die zwanzig Minuten später am Unfallort eintraf, schweißte Renate und Dr. Julius aus den Blech- und Eisentrümmern.

Ein Krankenwagen raste mit Sirene und Blaulicht zur nächsten Klinik.

Das bereitstehende Chirurgenteam begann sofort mit den Operationen. Sie arbeiteten an zwei Tischen.

Renate hatte einen Schulterblattriß und einen Unterschenkelbruch. Dr. Julius war gegen das Armaturenbrett geflogen und hatte sich den Brustkorb eingedrückt. Da zwei Rippen gebrochen waren und ihre scharfkantigen Enden in den Brustraum hineinstachen, wurde ihm sofort der Brustkorb geöffnet.

Prof. Karchow wurde telefonisch von einem Sommerabendfest weggerufen.

»Julius verunglückt?« stotterte er. »Das ist ja eine Katastrophe!« Er legte den Hörer verstört neben die Gabel, hörte nicht mehr, was die Stimme weitersprach, sondern wischte sich mit beiden Händen über das Gesicht. »Und in acht Tagen soll die Operation sein –«, fügte er leise hinzu.

Vierzehn Tage schlichen dahin.

Der Sommer neigte sich zum Herbst, die ersten Stürme schüttelten die frühverwelkten Blätter von den Bäumen. Gärtner Philipp Lehmmacher erschien jeden

Tag in der Klinik ›Bethlehem‹ und jammerte Prof. Karchow etwas vor.

»Wann werden Sie denn nun getrennt?« fragte er immer wieder. »Warum geht es nicht voran? Gut, der Herr Oberarzt ist verunglückt ... aber es muß doch noch andere Operateure geben! Ich wäre dafür, daß wir nun endlich anfangen.«

Die verdächtige Eile Lehmmachers, der sich zuerst gegen die Trennung gewehrt hatte, wurzelte auf dem gleichen Grund wie das damalige Angebot von Willibalds Abnormitätenschau: Sobald die Trennung gelungen war, wollten zwei Firmen den Namen Lehmmachers und das Bild der nun einzelnen Kinder für ihre Werbung benutzen. Er hatte bereits in einem Vorvertrag die ›Persönlichkeitsrechte‹ für diese Reklame übertragen, aber Geld gab es erst, wenn operiert war. Und zwar wollte eine Besteckfirma mit dem Slogan werben: ›So scharf wie das Operationsmesser, das die Zwillinge trennte sind auch unsere Menümesser Marke Hansablitz.‹ Die zweite Werbung lautete: ›Nur Lukas-Hafermehl gab die Kraft, daß wir einzeln weiterleben!‹

»Es hat keine Eile –«, sagte Prof. Karchow die ersten Male zu Philipp Lehmmacher. »Die Kinder entwickeln sich ja normal! Ob heute oder in drei Wochen ... das spielt keine Rolle.«

»Haben Sie eine Ahnung, Herr Professor«, antwortete Lehmmacher dumpf. »Diese seelische Belastung. Wenn Sie nicht operieren wollen, lasse ich die Kleinen in die Universitätsklinik überführen. Die machen es sofort –«

Das war zwar gelogen, aber es hörte sich gut an. Nach fünf Tagen ließ Karchow sich verleugnen und verwies Lehmmacher an Dr. Wollenreiter. Dieser war geduldiger. Er hörte sich die Klagegesänge an und meinte dann: »Lieber Vierlingsvater – ganz im Vertrauen, wir können gar nicht operieren.«

»Wir ... wir können nicht?« stotterte Lehmmacher. »Wieso?«

»Es liegt am Blut.«

»Am Blut?«

»Ja. Wir müssen den Kindern ja nach der Trennung viel neues Blut geben. Die gleiche Blutgruppe, die sie haben.«

»Natürlich. Das ist ja immer so.«

»Sehen Sie, und da liegt der Hund begraben: Wir suchen noch nach der seltenen Blutzusammensetzung der Kinder.«

»Suchen. Aber wieso denn?« Lehmmacher setzte sich. Er hatte zu dem rauhen Wollenreiter unbedingtes Vertrauen. »Ist sie etwa auch nicht normal.«

»Das kann man wohl sagen.« Wollenreiter blieb ernst. Solche Situationen liebte er, sie gehörten zu seinem zwiespältigen Wesen. »Haben Sie als Gärtner mit viel Dünger zu tun?«

»Natürlich –«, stammelte Lehmmacher.

»Phosphaten?«

»Auch. Ist ja im Kunstdünger –«

»Aha! Da haben wir es!« Wollenreiter sprang auf. Auch Lehmmacher zuckte hoch. »Daher das leuchtende Blut!«

»Leuchtend?« stotterte Lehmmacher völlig verwirrt.

»Ja! Bei einer Blutprobe, die wir am Abend machten, fiel es uns plötzlich auf. Als wir die Blutprobe im Reagenzglas wegtrugen ins dunkle Labor, schillerte das Blut in der Dunkelheit. Es phosphoreszierte. Wir waren wie vor den Kopf geschlagen. So etwas hat es noch nie gegeben. Jetzt ist ja alles klar ... Sie haben im Laufe Ihres Lebens soviel Phosphorgas eingeatmet, daß –«

Für Philipp Lehmmacher war diese ärztliche Mitteilung umwerfend. Sofort rannte er von der Klinik aus zu einigen Zeitungsredaktionen und unterbreitete ihnen die sensationelle Mitteilung: Meine siamesischen Zwillinge haben leuchtendes Blut. Ein noch nie gesehenes Phänomen.

Der Redakteur war mit Recht kritisch und rief den ärztlichen Berater der Zeitung an. Spätestens nach zehn Minuten wurde Philipp Lehmmacher höflich, aber bestimmt aus der Redaktion hinausgeleitet. Bei allen Zeitungen. Bei allen Wochenblättern. Es war zum Verzweifeln. Niemand glaubte an das phosphoreszierende Blut.

Am Abend kam Lehmmacher erschöpft und verbittert nach Hause. Die Welt glaubte an keine Wunder mehr.

In diesen Tagen des Wartens, in denen Oberarzt Dr. Julius mit bandagierter Brust mühsam herumhumpelte und am Bett Renates saß, die in einem Streckverband lag, bedankte sich der Landgerichtspräsident für die Rettung seines kleinen Sohnes.

Der Junge war wieder aus ›Bethlehem‹ entlassen worden, nachdem die Gefahr einer Nachblutung gebannt war. Eine Heilung der Krankheit, das wußten alle, war nicht möglich. Vorsicht war das Wichtigste. Keine Verletzungen, keine Stauchungen. Ein Leben, wie in Watte gepackt. Ein Mensch in einem Glaskasten. Es war ein trauriges Schicksal für einen kleinen, normalen, spielwütigen Jungen, aber es war der einzige Schutz vor neuen lebensgefährlichen Blutungen.

Krankenpfleger Peter Kallenbach war erneut verhaftet worden. Jetzt hatte man einen Grund, ihn zu verurteilen, in aller Öffentlichkeit sogar, ohne Sorge, daß es eine Sensation gab. Seine Artikelserie war eine Beleidigung und Verleumdung Prof. Karchows.

Ohne Aufsehen, nicht einmal Zuschauer saßen im

Gerichtssaal, wurde Kallenbach wegen Erpressung und Verleumdung verurteilt.

Der Gerichtsvorsitzende hielt bei der Urteilsverkündung noch eine moralische Rede und setzte die Strafe zur Bewährung aus.

»Das ist ein Geschenk, Herr Kallenbach«, rief der Vorsitzende mahnend. »Nutzen Sie es richtig! Wir haben das Vertrauen zum guten Menschen in Ihnen nicht verloren –«

Kallenbach nickte und verließ resignierend das Gericht.

Es ist schwer, mit einem Hintern allein gegen einen Misthaufen anzustinken, dachte er. Was heißt hier: ausgesetzt zur Bewährung? Er war ein alter, gebrochener Mann, der es als sein Recht ansah, seinen Lebensabend durch sein Wissen um bestimmte Dinge freundlicher zu gestalten. Jedes Wissen war Gold wert, auch das seine. Man verweigerte ihm das Gold. Gab es noch ein Recht?

Zwei Tage später verließ Peter Kallenbach die Stadt seiner Niederlage und fuhr mit dem Interzonenzug nach Berlin. Das Geld für die Fahrt pumpte er sich zusammen.

Berlin, dachte er. Hier wird es besser klappen.

Vor dreiundzwanzig Jahren war ich hier als Laborant tätig. Bei einem Dr. Wiggelein. Chefarzt Dozent Dr. Wiggelein. Es hieß immer, daß er für das Hygieneinstitut der SS tätig sei.

Heute gab es in Berlin noch einen Dr. Wiggelein. Er hatte es auf der Post im Berliner Telefonbuch nachgelesen. Praktischer Arzt und Geburtshelfer nannte er sich jetzt.

In einer kleinen Pension im Wedding schlief sich Kallenbach aus, dann, am nächsten Morgen gegen 10 Uhr, hob er den Hörer des Telefons ab und wählte die in seinem Notizbuch mit Rotstift gemalte Nummer.

»Dr. Wiggelein?« fragte er, als sich eine Stimme mel dete. »Ja, ich warte.«

Dann hörte er eine unbekannte Stimme, schnell und herrisch.

»Wiggelein.«

»Herr Doktor selbst?«

»Ja. Wer ist denn da?«

»Sind Sie der Dr. Hubert Wiggelein, der vor dem Krieg in Dahlem wohnte?«

»Ja. Was wollen Sie denn? Bitte, wer ist da?«

»Kallenbach, Peter Kallenbach, Herr Doktor. Sie erinnern sich an mich?«

»Nein. Nicht daß ich wüßte.«

Kallenbach lächelte breit. »Das Gedächtnis, Herr Doktor, das böse Gedächtnis. In dreiundzwanzig Jahren vergißt man viel. Ich leider nicht. Ich kann mich noch genau erinnern, wie ich damals von Dahlem gewisse Präparate aus unserem Labor zum SS-Hygiene-Institut bringen mußte –«

Es knackte in der Leitung. Wortlos hatte Dr. Wiggelein eingehängt. Peter Kallenbach lächelte böse. Er sah auf seine alte, verschrammte Armbanduhr.

In einer halben Stunde bin ich bei dir, dachte er. Auch, wenn alles harmlos war, damals . . . der Name SS in Verbindung mit einem Arzt ist heute immer unangenehm und einige hundert Mark wert –

»Ich bin ein Schaf, Bernd«, sagte Renate und hielt Julius' Hand fest. »Ich hätte uns bald ins Jenseits gefahren.«

»Wer konnte diesen Ölfleck sehen in der Dunkelheit? Mach dir doch keine unnötigen Gedanken, Liebes.« Er beugte sich zu ihr und küßte sie. »Aber es scheint so, als wenn wir ab sofort nur noch zu Fuß gehen dürfen.«

»Ich rühre kein Lenkrad mehr an«, rief Renate bestimmt.

»Also beginnen wir, aussterbende Menschen zu werden.« Dr. Julius lachte. Dabei preßte er die Hände gegen die Bandagen. Noch waren jedes tiefe Atmen, jedes Lachen, sogar die Körpererschütterungen beim Gehen schmerzhaft. Die leichte Gehirnerschütterung, die er ebenfalls gehabt hatte, verschwieg er. Er sagte nichts über Übelkeit und tagelanges Doppeltsehen, über Kopfschmerzen und eine bleierne Müdigkeit in den Gliedern. Da er sowieso die ersten beiden Wochen liegen mußte, war die Grundbedingung einer Commotio-Therapie – Ruhe! – ja erfüllt.

Viermal hatte Prof. Karchow die verletzten Kollegen besucht. »Ihr macht ja Sachen!« hatte er gesagt. »Aber so ist es, wenn man euch außer Augen läßt. Gehen in ihrem Alter noch in den Wald und echauffieren sich dort so, daß sie nachher keine Chausseebäume mehr sehen –«

Ein typischer Karchow-Ausspruch, den ihm niemand übelnahm.

»Ich werde übermorgen mal wieder in die Klinik gehen«, sagte Julius. »Kollege Müller III hat sich erboten, mich mit seinem Wagen hinzubringen.« Er tippte gegen das Zuggewicht von Renates Streckverband. »Ich freue mich schon darauf, wie mich Fräulein Lisa Heintel bemitleiden wird –«

»Hätte ich jetzt was Greifbares hier, ich würfe es dir an den Kopf«, zischte Renate. »Aber beruhige dich: Ich fahre mit!«

»Das wird nicht gehen, Süßes.«

»Mitsamt dem Galgen lasse ich mich hinfahren!«

»Und dann?«

»Dann montiere ich mein Zuggewicht ab und werfe es der Lisa in die männertolle Visage.«

»Noch immer eifersüchtig, Reni?« Dr. Julius lachte und keuchte dabei unter den stechenden Schmerzen.

»Immer! Und ich werde nie aufhören, es zu sein! Nicht, daß du eine solche Schönheit bist und dir deshalb alle Frauen nachlaufen. Aber ich teile meinen Mann auch nicht mit den Weibern, die in Torschlußpanik sich so etwas wie dich nehmen . . .«

Dr. Julius erhob sich und klopfte Renate auf die Hände.

»Man hört, du bist auf dem Wege der Gesundung.«

»Wieso den?«

»Du wirst wieder frech! Das ist ein gutes Zeichen!«

Er wollte wieder hinaushumpeln, als Dr. Müller III hereinkam. Sein Gesicht versprach nichts Erfreuliches.

»Sie haben eben angerufen von Ihrem ›Bethlehem‹, Kollege –«, sagte er.

»Ach! Der Chef?«

»Nein. Ein Kollege Wollenreiter. Sagen Sie mal, wer ist das eigentlich? Ruft mich an, fragt nach meinem Namen, ich sage ihn, und was antwortet er: Was, Müller III? Da hatte ich im siebten Semester einen Kommilitonen Müller III. Der aß im Sezierkeller regelmäßig Butterbrote mit Limburger Käse. Zum Selbstschutz, wie er sagte. Intensiver Käse überdecke den Leichengeruch. Sagen Sie mal, sind Sie der Käse-Müller?«

Dr. Julius lachte. Auch Renate hinter ihnen im Streckbett lachte hell auf. »Das ist typisch Wollenreiter. Lieber Kollege Müller – Wollenreiter ist das, was man ein Erzviech, aber ein Genie nennt. Solche Typen sterben leider aus. Was wollte er denn?«

»Ich sollte es Ihnen eigentlich gar nicht sagen –«

»Deswegen hat Wollenreiter ja auch angerufen«, meinte Julius sarkastisch.

»Mit Ihren Siamesen ist etwas los –«

»Was?« Schlagartig verschwand alle Fröhlichkeit aus Julius Miene. »Die Zwillinge –«

»Bei einem hat sich eine plötzliche Kreislaufschwäche eingestellt. Prof. Karchow befürchtet, daß dieses Kind stirbt und dann das andere mitsterben muß. Ist ja klar. Und er will sofort trennen –«

»Sofort? Was heißt sofort?« sagte Julius leise.

»Spätestens morgen früh. Prof. Hahnel von der Neurochirurgie ist schon in der Klinik.«

Dr. Julius zögerte und blickte schnell zu Renate. Diese verstand diesen Blick und sagte laut und beschwörend:

»Bernd, laß das! Ich bitte dich ... du kannst es doch nicht! Du bist noch zu schlapp dazu. Du hältst es nicht durch. Fordere das Schicksal nicht heraus ... wir sind ihm gerade entronnen, mit 'ner gebrochenen Haxe ...«

»Kollege Müller III.« Dr. Julius wandte sich zu dem jungen Chirurgen. »Können Sie mich in meine Klinik fahren? Sie hatten sich erboten, übermorgen –«

»Ich weiß nicht, Herr Kollege –«, sagte Müller III zögernd.

»Auf meine alleinige Verantwortung. Ich könnte es ja auch einfacher machen und eine Taxe bestellen.«

»Dann schon lieber ich!« Müller III nickte und verließ das Zimmer. Renate winkte mit beiden Händen.

»Bernd«, rief sie. »Du kannst da doch gar nichts tun! Du stehst ihnen nur im Weg.«

Oberarzt Dr. Julius schwieg. Er bewegte die Finger, er spreizte sie, er tastete an den Knöpfen seines Anzuges hinab, er strich über die Tischkante. Dann nahm er eine Nelke aus der Blumenvase und begann, von dem knotigen Stengel mit spitzen Fingern winzige Fasern abzulösen.

Es hat sich nichts geändert, dachte er zufrieden. Ich habe alle Nervenfunktionen behalten. Es ist jetzt nur eine Frage der Selbstbeherrschung und der Kraft, ob ich durchhalte. Und bei Gott – ich werde durchhalten.

»Tu es nicht, Bernd«, hörte er wieder Renates

Stimme. »Ich flehe dich an! Denk jetzt einmal an uns! Nur dieses Mal. Du kannst deine ganze weitere Karriere damit verbauen, wenn der kleinste Fehler unterläuft, für den du verantwortlich bist.«

»Es wird keine Fehler geben. Aber ich habe Angst, wenn jemand die Hirnadern transplantieren soll, der es an dieser Hirnstelle noch nicht geübt hat. Ich habe es bei den Tierversuchen gesehen, vor allem bei Bruno – man kann das nicht aus der linken Hand heraus machen.«

Müller III kam zurück. Er hatte den Hut aufgesetzt, aber seinen weißen Arztkittel noch an. Es wirkte wie eine Maskerade.

»Können wir?«

»Ja. Drück mir die Daumen!« Julius sah zu Renate. Sie nickte ihm zu, und er sah, daß in ihren Augen blanke Angst lag. Da schüttelte er den Kopf und lächelte. »Nicht, Liebes. Ich habe immer gewußt, wie weit ich gehen kann. Und wenn ich nur daneben stehe – aber dabei möchte ich sein –«

In der Riesenklinik ›Bethlehem‹ war der Betrieb wie alle Tage. Im Gegenteil – da heute Mittwoch war und Besuchstag, ergoß sich wieder eine Woge Eltern und Verwandte in die Flure und Krankenzimmer und belagerte die großen Glasfenster der Säuglingsstationen und der Infektionsabteilungen.

Nur im Operationstrakt ging man wie auf Filzpantoffeln. Im Warteraum der Wachstation, wo die Frischoperierten untergebracht wurden, hockten Philipp und Erna Lehmmacher und starrten vor sich hin. Philipp Lehmmacher roch nach Alkohol. Als er die Nachricht bekam, daß man sofort operieren müsse, da eines der Kinder plötzlich ein akutes Kreislaufversagen bekommen hatte, war sein erster Griff zur Flasche gewesen.

»Ich Unglücklicher«, hatte er gebrüllt. »Alles ist gegen mich! Jetzt trennen sie doch, aber nur ein Kind bleibt übrig! Wäre ich doch zur Abnormitätenschau gegangen! Pro Tag 100 DM! Alles futsch! Erna, ich besauf mich!«

Das tat er nicht, aber er brachte eine wehende Fahne in die Klinik mit. Dr. Wollenreiter schnupperte und sagte: »Wenn der Chef nicht dagegen wäre, könnten Sie die Narkose Ihrer Kinder übernehmen. Dreimal anhauchen – und wupp, weg sind sie.«

Heute war Lehmmacher nicht zu Späßen aufgelegt. Er sagte schroff: »Herr Doktor, Sie sind ein Flegel«, und wandte sich ab. Erna Lehmmacher weinte.

Dann war ein Hasten und Rennen im Operationstrakt. Ein Heer von weißen Kitteln eroberte den OP. Ein anscheinend hoher Gast war gekommen, denn Prof. Karchow kam ihm selbst mit ausgestreckten Händen entgegen. Prof. Hahnel, der Neurochirurg.

In einem Spezialbett auf dicken Gummirädern wurden endlich die Zwillinge in den OP-Trakt gerollt. Philipp Lehmmacher und seine Frau Erna drückten die Gesichter gegen das Fenster der Wartestube, das zum Flur führte.

»Unsere Kinder –«, schluchzte Erna. »Sieh mal ... sie sind schon ohnmächtig. Sie sehen schon jetzt wie tot aus.«

Lehmmacher starrte auf die kleinen, zusammengewachsenen Köpfe. Sie waren bereits rasiert und durch Beruhigungsinjektionen halb narkotisiert. Zwei Schwestern begleiteten das Spezialbett, das schnell in den Vorbereitungsraum geschoben wurde. Zischend und schmatzend schlossen sich die automatischen, gummigelagerten Türen. Die weißen Kittel drängten durch eine Nebentür. Dann leuchtete über dem OP-Eingang eine rote Lampe auf.

Keine Störung mehr. Ruhe! Hier wird jetzt um einen kleinen Menschen gekämpft. Um ein armseliges Leben.

Philipp Lehmmacher setzte sich wieder und nahm eine flache Flasche aus der Rocktasche. Er setzte sie an die Lippen und trank schmatzend wie ein Säugling an der Mutterbrust.

»Laß das«, sagte Erna weinend. »Du säufst, und nebenan geht es um Leben und Tod.«

»Wird es anders, wenn ich nicht saufe?« brummte Lehmmacher, aber er steckte die Flasche wieder ein.

Etwa zwanzig Minuten nach dem Aufleuchten der roten Lampe – Prof. Karchow, Prof. Hahnel, Dr. Wollenreiter und ein Assistententeam wuschen und schrubbten sich gerade Hände und Arme – schwang die Milchglaspendeltür zur Eingangshalle wieder auf, und zwei neue Gestalten kamen herein. Einer von ihnen trug einen weißen Kittel und hatte einen Hut mit einem Gamsbart auf dem Kopf. Entgeistert starrte Lehmmacher den beiden nach, die mit schnellen Schritten den Vorbereitungsraum betraten.

»Haste das gesehen, Erna . . .«, sagte er und blinzelte mit den Augen. »Wir haben doch keinen Karneval –«

»Der andere war doch der Oberarzt, nicht wahr . . .«

»Ich glaube. Ich habe nur den Kerl mit dem Gamsbart gesehen. Wer war 'n das?«

Erna hob die Schultern und faltete wieder die Hände. Sie sah auf die kleine rote Lampe. Gott, steh ihnen bei, dachte sie. Mein Gott, laß wenigstens eines überleben.

Im Waschraum drehte sich Prof. Karchow um, als er das saugende Einschnappen der Tür hörte. Er wollte gerade brüllen: »Haben Sie die rote Lampe nicht gesehen –« als er sprachlos seine Seife ins Waschbecken fallen ließ.

»Julius«, rief er. »Himmel noch mal . . . was machen Sie denn hier?«

Dr. Julius ließ sich von Dr. Müller III aus der Jacke helfen. Es war keine Zeit mehr, sich die weißen Hosen und die weißen Schuhe anzuziehen. Zwei Schwestern halfen ihm, das Oberhemd und das Unterhemd über den Kopf zu ziehen. Es war mühsam und schmerzhaft. Mit nackter, bandagierter Brust stand er mitten im Waschraum, ließ sich den Operationskittel anlegen und darüber die Gummischürze, neigte den Kopf, eine Schwester stülpte ihm die Leinenkappe über die Haare. Eine andere Schwester stand mit dem Mundtuch in einer Sterildose schon bereit. Noch immer starrte Prof. Karchow seinen Oberarzt entgeistert an.

»Was soll das denn, Julius«, sagte er endlich, als Dr. Julius an das Waschbecken trat, das ihm Dr. Wollenreiter mit einem Augenblinzeln freimachte.

»Meine Operation beginnt doch, Herr Professor –«

»Ja, sind Sie von Sinnen? Sie sind doch selbst schwer verletzt. Wer hat Sie überhaupt hierhergebracht?«

»Kollege Müller III. Er steht neben der Tür.«

»Der Käse-Müller«, sagte Wollenreiter gemütlich.

»Wer hat Ihnen denn gesagt, was hier los ist?«

»Ich, Herr Professor.« Dr. Wollenreiter sah seinen Chef ohne Furcht an. »Ich hielt es für meine Pflicht –«

Prof. Karchow schwieg. Eine Art Ergriffenheit verschloß ihm den Mund. Er wandte sich wieder zum Waschbecken, fischte seine Seife heraus und seifte sich wieder ein. Dr. Julius lächelte still. Er wandte während des Waschens den Kopf und sah hinüber zu den Zwillingen. Die Narkose hatte begonnen. Blutkonserven wurden in den OP gefahren, ein neues Beatmungsgerät, ein Oszillograph, der die Herztätigkeit aufzeichnete.

»Böse, Herr Professor?« fragte Dr. Julius.

»Darüber sprechen wir später, Julius. Was Sie machen – soviel im voraus –, ist Wahnsinn!«

Mit bloßen, vorgestreckten Händen betrat Oberarzt Dr. Julius den Operationssaal. In seiner Brust stach und bohrte es. Er verbiß den Schmerz und beugte sich über die zusammengewachsenen Köpfe der kleinen Zwillinge. Um ihn herum gruppierten sich die Assistenten.

»Wir können beginnen«, sagte Dr. Julius selbstbewußt. »Steht alles bereit?«

»Alles«, meldete Dr. Wollenreiter.

Julius streckte die rechte Hand aus. Die Instrumentenschwester reichte ihm das Skalpell.

Die Trennung der siamesischen Zwillinge begann.

Mit dem Beginn der Operation fielen alle Aufregung, alle Spannung, alle seit Monaten bestehenden Probleme in sich zusammen. Dr. Julius hatte Prof. Dr. Hahnel von der Neurochirurgie durch Handschlag begrüßt. Nun stand der hohe Gast ihm als Assistent gegenüber und betätigte Tupfer und Klemmen, eine Aufgabe, die der kleinste Volontärarzt übernehmen konnte. Prof. Hahnel machte es nichts aus. Er kannte nicht den Stolz der Ordinarien, die sich als Könige in ihrem Klinikreich aufführen und in den Augen der Umwelt nur eine kleine Stufe unter Gott stehen. Für Hahnel war es interessant, zu sehen, wie Julius die Schädeldecke öffnete und dann den Strang bloßlegte, mit dem die Zwillinge zusammengewachsen waren. Kollege Karchow hatte ihm schon von seinem Oberarzt erzählt. »Ein fähiger Mann«, hatte Karchow gesagt, und wenn er sich so vorsichtig ausdrückte, wußte jeder Eingeweihte, daß Dr. Julius ein außergewöhnlicher Operateur sein mußte.

Die ersten Handgriffe bewiesen es schon. Mit äußerster Vorsicht und um jeden Millimeter besorgt, durchtrennte er die Schädeldecke der Kinder und fand seine Berechnung bestätigt, als er schnell die Knochenlücke maß, die in jedem der Kinderköpfe durch die Trennung entstehen mußte. In einem sterilen Wärmekasten lagerten körperfreundliche Plastikhirnschalen, die als Deckung der Defekte am Ende der Operation eingesetzt werden sollten. Julius hatte die Maße vorher angegeben, berechnet aus den vielen Detail-Röntgenbildern.

Der Internist am Kreislaufkontrollgerät meldete sich.

»Kreislauf I bricht zusammen . . .«

»Coramin«, sagte Prof. Karchow, der hinter Julius stand und ihm über die Schulter sah. Dr. Wollenreiter injizierte das Kreislaufmittel, der Internist sah auf seine Meßinstrumente.

»Kommt wieder –«, sagte er laut. »Aber Herz flattert.«

»Wir werden das eine Kind opfern müssen«, sagte Karchow leise.

»Vielleicht.«

Dr. Julius hatte die gemeinsamen Hirnadern der Zwillinge freipräpariert. Kaum merklich pulsten die selbständigen Gehirne, Prof. Hahnel stillte eine Blutung aus den Kapillaren. Von hier ab begann sein Reich – aber er überließ es dem jüngeren Kollegen. Dr. Wollenreiter trat heran mit den vorbereiteten künstlichen Gefäßen aus Dacron. Prof. Hahnel sah kritisch auf die in einer Sterillösung schwimmenden Aderprothesen. Aorten haben wir schon ausgewechselt, dachte er, Teilungsstellen der Aorta, große Gefäße, aber im Gehirn, haarfeine Prothesen, das ist nicht nur neu, das ist ein Vabanquespiel.

Oberarzt Dr. Julius schien die Gedanken seines großen Assistenten zu erraten. Er ließ die Hände sinken und sah Prof. Hahnel an.

»Wollen Sie meinen Platz einnehmen, Herr Professor?« fragte er.

»Aber nein, nein«, antwortete Hahnel durch die plötzliche Frage verwirrt. »Machen Sie weiter, Herr Julius.«

»Ich durchtrenne jetzt die Aderstränge und schaffe mittels der Prothesen eine Anastomose der Hirngefäße.«

»Natürlich.« Prof. Hahnel sah auf die pulsenden Adern, die gleich durchtrennt werden sollten. Das Hirn kannte er wie seine Brieftasche, es gab keinen Winkel im Kopf eines Menschen, den er nicht bis zum letzten Millimeter untersucht hatte. Er sah auch jetzt genau, wo die einzigen Möglichkeiten waren, die Gefäße mittels der Prothesen zu einem eigenen Kreislauf einmünden zu lassen, aber dieses Wissen war für ihn theoretisch. An der Stelle Dr. Julius hätte er jetzt gesagt: Meine Herren, wir sind noch nicht soweit, Adern dieser winzigen Größenordnung zu transplantieren.

»Sie haben es – wie mir Kollege Karchow gesagt hat – geübt« sagte Hahnel deutlich. »Ihre Testoperationen waren erfolgreich. Möge Gott Ihnen auch hierbei helfen.«

Das war deutlich. Die Hauptlast lag bei Gott. Mit anderen Worten: Erfleht ein Wunder . . . mehr ist hier nicht zu tun.

Dr. Julius nickte Prof. Hahnel zu. Mit kleinen Klemmen, die Julius auch bei dem Affen Bruno benutzt hatte, unterband Hahnel den Blutstrom in den zu durchtrennenden Gefäßen. Nicht nur Prof. Karchow, alle, die um den OP-Tisch standen, hielten den Atem an. Sogar der harte Dr. Wollenreiter bekam ein ernstes, steinernes Gesicht.

Der entscheidende Schnitt stand bevor. Leben oder Tod! Leben durch die Kunst des Chirurgen – oder Tod durch das Messer eines Arztes, der zuviel gewagt hatte.

Mit einer spitzen, kleinen, scharfen Schere durchschnitt Dr. Julius die erste Ader. Er tat es mit der Gleichgültigkeit, mit der man einen Bindfaden durchschneidet. Ein paar Tropfen Blut wurden sofort mit den Tupfern aufgefangen. Hinter Julius hörte man das laute Atmen Karchows. Man sagt Ärzten eine gewisse Gefühlsroheit nach, wenn es um operative Dinge geht. Hier wischte das Erlebnis, etwas völlig Neues, etwas ungeheuer Mutiges zu erleben, jegliche innere Reserve weg.

Prof. Hahnel sah wieder Dr. Julius an. Gut, hieß dieser Blick. Durchschneiden kann jeder. Das ist nun geschehen. Und was nun? Wie will er das kleine Gefäß mit der Prothese vernähen? So kleine atraumatische Nadeln gibt es ja gar nicht. Von Gefäßklammern ganz zu schweigen.

Dr. Wollenreiter reichte eine neue, chromblitzende Schale. In ihr lagen Nadeln, die Julius selbst entwickelt hatte, winzig klein, nicht puppenhaft, nicht zwergenhaft, sondern fast schon mikroskopisch. Mit ihnen hatte er sogar Nähte an Blutgefäßen von Ratten und Kaninchen versucht. Unter der Lupe fädelte Dr. Wollenreiter hauchdünne Seidenfäden ein. Prof. Hahnel starrte entgeistert seinen Kollegen Karchow an.

»Ich bin sprachlos«, sagte er laut und bewies damit wieder, daß er fern allen Stolzes war, den sonst berühmte Ärzte wie eine zweite Haut zu tragen pflegen. »Herr Julius, haben Sie auch das Fingerspitzengefühl eines elektronischen Magneten?«

Oberarzt Dr. Julius lächelte unter seinem Mundschutz. Niemand sah es. Niemand bemerkte auch, wie oft sein Mund zuckte, wenn der stechende Schmerz von seiner bandagierten Brust aus durch den ganzen Körper jagte und sich Julius mit einer ihm selbst unvorstellbaren Energie gegen ein Zittern seiner Hände wehrte. Er lehnte sich dann gegen das blitzende Gestänge des OP-Tisches, atmete kaum und tat so, als beobachte er einige Hirnschläge oder sonstige Funktionen der Zwillinge.

Prof. Karchow hatte den dritten Assistenten zur Seite geschoben und stand nun Julius gegenüber. Er hatte an den zuckenden Lichtlinien gesehen, daß der Kreislauf wieder zusammenbrach und injizierte erneut Anregungsmittel. Der wachhabende Internist kontrollierte die Herzschläge, sie waren müde und für ein Kind unendlich langsam.

Julius mag die Transplantation gelingen, dachte er, aber bevor er sie abgeschlossen hat, ist der linke Zwilling gestorben. Dann heißt es schnell handeln . . . aber gerade Schnelligkeit ist eine Utopie bei dieser Operation.

Dr. Julius hatte die erste Anastomose hergestellt, nun durchtrennte er die nächste Ader.

»Ist etwas?« fragte er Prof. Karchow, der mit dem Internisten flüsterte. »Kreislauf?«

»Mies –«, antwortete Karchow. »Zwilling I ist nicht mehr zu retten.«

»Ich brauche noch eine halbe Stunde, dann kann die Defektdeckung beginnen. In einer Stunde können wir fertig sein.«

»Wir wollen alles Menschenmögliche tun, Julius.«

»Die vorletzte Anastomose.« Oberarzt Dr. Julius wechselte einen Blick mit Wollenreiter. Schaffen wir es? Gelingt uns heute alles, was an dem Affen Bruno so glatt verlaufen war?

Er atmete tief auf, aber gleich jagten wieder die wahnsinnigen Stiche durch den Körper. Die festen Bandagen drückten und waren vom Schweiß getränkt. Julius nagte an der Unterlippe. Nicht stöhnen, dachte er. Bloß nicht zeigen, wie es um dich steht. Noch eine Stunde . . . dann kannst du umfallen, dann kannst du dich wegtragen lassen, dann können sie mit dir machen, was sie wollen. Aber diese eine Stunde muß noch durchgestanden werden!

»Schere«, sagte Julius mit belegter Stimme.

Prof. Hahnel sah ihn nachdenklich an.

Wenn es nicht schon zu abgeklappert wäre, würde man sagen: So sieht ein Held aus!

Oder soll man sagen: Mensch, versuche Gott nicht?

In dem kleinen Warteraum saß Erna Lehmmacher am Fenster und starrte bewegungslos in den Garten der Klinik. Philipp Lehmmacher lag lang hingestreckt in einem der Sessel und schlief schnarchend. Er hatte zwei Taschenflaschen Schnaps getrunken und befand sich jetzt in einem Stadium, wo Zeit und Ort keine Rolle mehr spielten.

Seit vier Stunden warteten sie nun. Vier Stunden lang dauerte bis jetzt die Operation. Und niemand kam, um ihnen ein Wort zu sagen, niemand tröstete sie, niemand berichtete: Es geht gut! Oder: Es ist kritisch. Oder: Wir müssen noch warten.

Ein paar Schwestern, die hin und her liefen, konnten keine Auskunft geben, als Erna Lehmmacher verschiedentlich aus dem Warteraum stürzte und fragte: »Wie steht es da drinnen, Schwester?«

Immer war die Antwort gleich. »Keine Ahnung. Wir waren nebenan. In den OP darf keiner rein. Wir wissen auch nichts.«

Dann fiel auch der Trost Philipps aus. Er rutschte in den Sessel und schnarchte. Allein saß Erna Lehmmacher nun in dem stillen Raum und wartete. Vier Stunden lang. Vier Ewigkeiten. Die rote Lampe über den automatischen Türen glühte noch immer, und sie starrte auf dieses rote Licht und redete sich ein: Solange es brennt, leben sie. Es ist ihr Lebenslicht. Lieber, lieber

Gott, laß sie weiterleben ... ganz gleich, wie sie sind, wie sie einmal werden ... es sind meine Kinder. Ich habe sie so lieb wie alle meine anderen Kinder.

Kurz vor dem Ende der fünften Wartestunde erlosch plötzlich die kleine rote Lampe. Mit einem hellen Schrei fuhr Erna hoch und rüttelte ihren Mann wach.

»Philipp«, rief sie. »Philipp! Wach auf! Himmel, wach doch auf. Es ist passiert ... Philipp –«

Lehmmacher zuckte nach etlichen Rüttelstößen hoch und brüllte unmotiviert: »Festhalten! Festhalten!« Er hatte gerade von einer Jagd nach einem Dieb geträumt und wachte mit dem Schrei auf, den er im Traum ausgestoßen hatte. Dann sah er sich mit stierem Blick um, erkannte, wo er war, und sah seine Frau weinend im Zimmer hin und her rennen.

»Ist ... ist es geschehen ...?« stotterte er und schämte sich plötzlich, daß er noch immer schwankte.

»Das Licht ist ausgegangen ...« Erna zeigte auf die erloschene rote Lampe. »Sie sind fertig ... oder ... oder.«

Aus dem Vorbereitungsraum trat eine Schwester. Philipp Lehmmacher machte einen Sprung zur Tür und riß sie auf.

»Was ist los?« brüllte er.

»Ruhe!« Die Schwester winkte ab. »Warum schreien Sie?«

»Sind es Ihre oder meine Kinder?« schrie Lehmmacher zurück. Es war eine dumme Frage, denn die Schwester war eine Ordensfrau. Sie kam jetzt näher und drängte Lehmmacher mit einer verwunderlichen Kraft in das Wartezimmer zurück.

»Die Operation ist zu Ende«, sagte sie. »Es ist bis jetzt alles normal verlaufen.«

»Normal ...«, stammelte Erna. »Heißt das, daß sie ... sie leben ...?«

Die Schwester nickte. Noch, dachte sie. Aber wir alle können nicht sagen, wie lange. Ihr Kreislauf ist besorgniserregend.

»Sie leben«, sagte Philipp Lehmmacher und stützte sich auf die Sessellehne. »Es ist gelungen?«

»Ja. Sie haben jetzt zwei selbständige Kinder.«

Erna sagte nichts mehr. Sie verließ stumm das Wartezimmer und ging langsam zu einer Christusfigur, die in einer Nische der Wand stand und immer mit frischen Blumen geschmückt wurde. Dort sank sie auf die Knie, faltete die Hände, senkte das Haupt und betete still. Philipp Lehmmacher stand unschlüssig herum, atmete leise, um die Ordensfrau nicht mit seinem Alkoholdunst anzuhauchen, und zog nervös an seinem Schlips.

»Wann kann ich meine Kinder sehen?« fragte er endlich.

»Ich glaube, heute nicht mehr. Sie kommen nach der Operation sofort in ein Sauerstoffzelt. Morgen vielleicht ...«

»Warum haben wir dann gewartet?« stotterte Lehmmacher. »Ich will doch sehen, wie sie auseinander sind –«

»Das wird der Herr Professor entscheiden.«

Die Schwester nickte und verließ das Wartezimmer.

Erna Lehmmacher kniete noch immer vor der Christusstatue und betete. Philipp Lehmmacher tastete seine Taschen ab. Beide Pullen leer, dachte er. Und gerade jetzt hätte ich einen nötig.

Sie sind getrennt. Sie leben. Ich habe Vierlinge, davon zwei getrennte Siamesen. Ich bin eine Sensation. Es wird Geld regnen.

Herrgott, wenn ich jetzt einen Schnaps hätte –

Im Operationsraum war die letzte Phase abgeschlossen.

Nach der endgültigen Durchtrennung, die nach den vollendeten Anastomosen nur eine Kleinigkeit war, waren die Schädellücken mit den Plastikhirnschalen gedeckt worden. Da für beide Kinder die Kopfschwarte noch transplaniert werden mußte, wurde die Wunde nach Einstäuben mit Penicillinpuder und Verkleben der Nähte mit einer Antibiotikaplastikmasse mit Kompressen abgedeckt und dann verbunden. Die letzten Handgriffe überließ Dr. Julius den anderen Ärzten, die unter Leitung Dr. Wollenreiters das erste Operationsteam am Tisch ablösten.

Mit steifen Beinen ging Dr. Julius aus dem OP in den Vorbereitungs- und Waschraum, und erst dort sank er kraftlos auf einen Stuhl und legte den Kopf weit zurück. Eine Schwester riß ihm das Mundtuch und die Kappe ab. Entsetzt sahen Prof. Karchow und Prof. Hahnel, daß Julius' Gesicht verzerrt und fahlbleich war. Der Mund stand offen, als sei er in einem Schrei erstarrt.

»Das war ja Selbstmord«, rief Karchow und riß Julius Schürze und Kittel ab. Die durchgeschwitzten Bandagen um die nackte Brust waren etwas verrutscht. Am Pulsieren der Halsschlagader konnte man sehen, wie stark die innere Erregung war.

»Einen Wagen«, schrie Prof. Karchow die herumstehenden Schwestern an. »Hätte ich das vorher gewußt . . .«

Prof. Hahnel fühlte den Puls Dr. Julius'. Es schien, als sei Julius in einem Schwebezustand zwischen Besinnungslosigkeit und Klarheit.

»Ich habe heute das Wundern gelernt, Karchow«, sagte er leise, als sich dieser neben ihm über den Oberarzt beugte. »Man schimpft heute soviel über die jungen Ärzte und ihre Schnoddrigkeit. Mir ist um unsere Medizin nicht bange, solange wir einige Juliusse haben – «

Der Wagen wurde hereingeschoben, Karchow, Hahnel und zwei Schwestern hoben Dr. Julius darauf und deckten ihn zu.

So kam es, daß aus den sich automatisch und mit einem Sauglaut wieder öffnenden OP-Türen nicht die beiden getrennten Zwillinge herausgerollt wurden, sondern zuerst der Arzt, der sie operiert hatte.

Mit aufgerissenen Augen starrten Erna und Philipp Lehmmacher dem Rollbett nach, bis es durch die Milchglastür verschwand. Sie verstanden überhaupt nichts mehr.

»Das war doch der Oberarzt . . .«, stammelte Erna.

»Und er sah wie tot aus.« Philipp strich sich über die Augen. »Das ist ja 'n Ding . . .«, sagte er hilflos. »Das ist ja 'n Ding! Wenn schon die Ärzte dabei umfallen –«

Und sie faßten sich an den Händen, blieben an der Scheibe zum Flur stehen und warteten weiter.

Sie waren in einer Welt, in der sie sich winzig wie Käfer vorkamen.

Die Erschöpfung Dr. Julius' ließ nach einer Stunde nach. Man hatte ihm stärkende Injektionen gegeben, eine Traubenzuckerinfusion und nachher, als er wieder ›funktionsfähig‹ – wie man so schön sagt – war, ein großes Glas Rotwein.

Prof. Hahnel saß an seinem Bett. Karchow kümmerte sich um die getrennten Zwillinge, um ihre Sauerstoffbeatmung und ihr erste Minuten nach dem Aufwachen aus der Narkose. Außerdem hatte er für den Nachmittag die Presse bestellt. Gleich nach der gelungenen Operation ließ er vom Sekretariat überall bei den Redaktionen und Pressediensten anrufen und die Großtat der modernen Chirurgie verkünden. Er ließ verbreiten, daß er bereit sei, den Hergang dieser einmaligen Leistung anhand von Skizzen volkstümlich zu erläutern. Um 17 Uhr. Im Kasino der Klinik ›Bethlehem‹.

Prof. Karchow war in Hochstimmung. Der Gipfel des internationalen Ansehens war erklommen. Eine gelungene Siamesentrennung in seiner Klinik. Wenn auch Julius operiert hatte – die Großtat der Chirurgie blieb mit dem Namen Karchow verbunden, denn nach dem alten Brauch deutschen akademischen Denkens stand der Name des Klinikchefs immer am Anfang. Es ist wie in einer Schlacht ... die Soldaten kämpfen und verbluten und ersterben den Sieg, aber der Feldherr wird gefeiert. Warum das so ist ... wer kann darauf eine logische Antwort geben? Es bleibt ein Geheimnis vorgesetzlichen Denkens.

Prof. Hahnel reichte Dr. Julius wieder das Rotweinglas und stützte ihn, indem er beide Hände gegen den Rücken preßte.

»Ich möchte eines von Ihnen wissesn, Julius«, sagte er. »Aber bitte, seien Sie ehrlich. Als Sie die Operation begannen ... glaubten Sie da schon, daß sie Ihnen gelingen würde?«

»Nein«, sagte Dr. Julius schwach.

»Und trotzdem griffen Sie zum Skalpell?«

»Ich hatte kaum etwas zu verlieren. Entweder starben die Zwillinge an gemeinsamer Kreislaufschwäche, oder sie starben durch die Operation ... oder sie überlebten! Es war eine Chance 1:99. Wir haben dieses 1 Prozent erwischt. Nennen wir es unverschämtes Glück.«

»Warum so bescheiden? Sagen wir: Können! Phänomenales Können!«

Dr. Julius schüttelte den Kopf. »Es hätten auch andere gekonnt. Ich hatte genug Zeit, mich darauf vorzubereiten.«

»Vielleicht muß man jung und so selbstbewußt wie Sie sein, um so etwas zu wagen.« Prof. Hahnel nahm

Dr. Julius das Rotweinglas ab. »Haben Sie noch einen Wunsch, Julius?«

»Ja. Lassen Sie mich zurückschaffen in die Unfallklinik. Ich möchte mich bei meiner Braut erholen –«

Prof. Hahnel lachte laut. »Auch das noch! Nach dieser Tat noch Gedanken an Liebe! Erzählen Sie das keinem Amerikaner ... der macht aus Ihnen eine Comicstrips-Figur. Der Tarzan der Chirurgie!« Er stand auf und schellte nach der Stationsschwester. »Aber Sie sollen Ihren Willen haben und sich in den Armen Ihrer Braut ausruhen ...«

»Die hängt im Streckverband –«

»Himmel noch mal ... was ist denn an Ihnen normal?« Prof. Hahnel schlug die Hände zusammen. Dr. Julius lächelte müde.

»Mein Bedürfnis nach Schlaf.« Er schloß die Augen. »Man soll mich nachher röntgen. Ich glaube, ein Rippensplitter steckt noch im Brustmuskel. So verrückt können keine normalen Schmerzen sein –«

Die Pressekonferenz gelang prächtig.

Die getrennten Zwillinge lebten beide, solange die Fotografen knipsten und blitzten und die beiden kleinen Köpfe unter dem Sauerstoffzelt der Nachwelt in dramatischen Bildern erhielten.

Aber während Prof. Karchow an einer großen Wandtafel die Operation schilderte und die Fernsehkameras liefen und wie fleißige Bienen surrten und summten, kam Dr. Wollenreiter zu ihm und flüsterte ihm zu:

»Zwilling I ist soeben verstorben. Wir konnten den Kreislauf nicht mehr halten.«

Prof. Karchow nickte und erklärte unbefangen weiter.

»Nach Eröffnung der Schädelhöhlen –«

Die Operation war gelungen, die Kinder hatten noch

einige Stunden gelebt, eines lebte ja immer noch und würde auch weiterleben. Aber darum ging es ja nicht in diesen Minuten der Pressekonferenz. Es ging allein darum, eine chirurgische Einmaligkeit der Welt vorzustellen.

Aus der Klinik Prof. Karchows. Ausführender Chirurg Oberarzt Dr. Julius.

»Wer weiß, wie schwer im Zerebralraum eine Operation bei einem Kinde ist, wird ermessen, was diese Trennung bedeutet«, sagte Karchow mit sichtlichem Stolz. »Wir haben monatelang diesen Eingriff vorbereitet, wir haben an Tieren jeden Handgriff hundertmal geübt, zuletzt an einem Affen mit Namen Bruno –«

Er sagte ›wir‹ und fand das ganz selbstverständlich.

Über den Namen Bruno lachten die Presseleute. Die Atmosphäre lockerte sich, Karchow begann in seiner gefürchteten Art zu plaudern, er flocht Witze in seinen Vortrag, Anekdoten, Aphorismen. Am Ende würde es heißen: Ein toller Bursche, dieser Karchow. Ein genialer Giftzwerg. Er wußte es, er förderte es und war glücklich darüber. Ruhm und Grobheit sind Schwestern und nicht zu trennen wie siamesische Zwillinge –

Während vor der Presse das Bild einer bahnbrechenden chirurgischen Pioniertat entrollt wurde, während auf einer mit einem weißen Tuch bedeckten Schale die winzigen Instrumente, die Dr. Julius entwickelt und hergestellt hatte, herumgereicht wurden und sich die Zeitungsleute wunderten, wie man mit menschlichen, klobigen Fingern solche zarten Gebilde überhaupt anfassen und mit ihnen arbeiten konnte, schlug sich in der Klinik ›Bethlehem‹ Dr. Wollenreiter mit dem unglücklichen Vater Philipp Lehmmacher herum.

Es war eine Fügung, daß gerade Wollenreiter zugegen war. Ein anderer Arzt, selbst Prof. Karchow, hätte diesen Sturm nicht so gelassen und nachher um so heftiger zurückblasend überstanden wie der eisenharte Wollenreiter.

Erna Lehmmacher war zu Hause geblieben, nachdem man ihr den Tod des einen siamesischen Zwillings mitgeteilt hatte. »Ich habe es gewußt«, sagte sie ganz still und ohne Tränen. Sie hatte keine Tränen mehr, sie war ausgeweint, leer wie eine in der Sonne stehende Schale. »Ich bin glücklich, daß mir das andere Kind erhalten blieb. Ich will beten, daß es gesund und groß wird.«

Philipp Lehmmacher betete nicht, er war auch nicht zufrieden. Er riß seinen Hut vom Haken und stürmte hinaus. In der Klinik verlangte er, mitten in der großen Eingangshalle stehend, mit brüllender Stimme und die Schwestern aufscheuchend, einen der ›Mörderärzte‹ zu sprechen.

Schwester Angela rannte mit fliegenden Röcken zu Dr. Wollenreiter, der sich gerade umgezogen hatte, um ein Rendezvous mit der feschen Lisa Heintel wahrzunehmen.

»Der schreckliche Mensch ist wieder da!« stöhnte Schwester Angela. »Der Vierlingsvater! Er brüllt in der Halle unflätige Worte.«

Dr. Wollenreiter zog seinen Sommermantel wieder aus. Er griff nach seinem weißen Kittel, denn ein weißer Kittel ist für den Laien immer so etwas wie die Uniform einer achtungsgebietenden anderen Welt.

»Erstens ist der Lehmmacher nicht schrecklich, sondern ein Rindvieh, Schwester«, sagte Wollenreiter gemütlich. »Und zweitens wird der Wortschatz seiner unflätigen Schreie nicht so groß sein wie meiner.«

»Davon bin ich überzeugt« antwortete Schwester Angela. »Darum rufe ich Sie ja auch zur Hilfe –«

In der Halle stand wirklich Philipp Lehmmacher, in weitem Kreis umringt von Lernschwestern und erschütterten oder amüsierten Besuchern, und gab lauthals seine Meinung kund.

»Ich habe immer gewarnt, ich war immer dagegen! Aber sie wußten alles besser! Und nun ist mein Kind tot. Mein armes, kleines Kind! Hingemordet mit dem Messer! Hätte man sie zusammengelassen, würden sie weitergelebt haben. Aber nein, man wollte operieren! Ich betone nochmal: Ich war dagegen. Ich war immer dagegen –«

Dr. Wollenreiter trat in den Kreis der Zuhörer.

»Ich wußte nicht, daß Sie Politiker sind, Herr Lehmmacher!« unterbrach er den Redeschwall. Philipp holte tief Atem.

»Wieso?« brüllte er.

»Weil Sie immer betonen: Ich war dagegen! Das sind Worte von Abgeordneten oder Gewerkschaftlern! Haben Ihnen die Vierlinge vielleicht einen Platz im Gemeinderat verschafft? Experte für Bevölkerungspolitik sind Sie nun mal –«

Die Umstehenden lachten laut. Philipp Lehmmacher wurde rot und streckte kampfeslustig den Kopf vor.

»Herr Doktor –«, schrie er.

»Bitte. Zu Diensten! Kommen Sie bitte mit.«

»Mein Kind ist tot!«

»Das haben Sie ja nun lange und laut genug verkündet. Aber ich glaube, daß es selbst nicht in Ihrem Sinne ist, wenn ich Ihnen mein Beileid aussprechen würde. Ein vom Verlust seines Kindes niedergedrückter Vater benimmt sich anders.«

Lehmmacher schwieg. Er sah sich um. Er sah in belustigte, spöttische, anklagende Augen. Nirgendwo aber fand er Mitgefühl, Mitleid, Verständnis. Da wandte er sich mit einem Achselzucken ab und folgte Dr. Wollenreiter in die Aufnahmestation.

»Was ist denn nun?« fragte Wollenreiter, als sie allein

waren. »Warum brüllen Sie so herum? Und was heißt das: Mörderärzte?! Ich kann Ihnen ein Riesenverfahren an den Hals hängen. Wir haben eine Operation gemacht, von der ab morgen die ganze Welt sprechen wird.«

»Auf meine Kosten!« fuhr Lehmmacher hoch.

»Wieso auf Ihre Kosten?«

»Ich hatte Vierlinge, nun sind's nur noch drei.«

»Natürlich. Vier weniger eins ist drei. Das ist das kleine Einmaleins.«

»Alle abgeschlossenen Verträge mit den Werbefirmen lauten aber über Vierlinge! Drillinge sind weniger interessant.«

»Aha!« sagte Wollenreiter. Und dieses Aha hätte Lehmmacher vorsichtig machen sollen. Dr. Wollenreiter kam an die Grenze seiner Höflichkeit ... was nun folgen würde, konnte für Lehmmacher wie ein Wolkenbruch sein.

»Ja!« sagte Philipp munter. »Verstehen Sie nun, was die Operation für mich bedeutet? Sie kostet mich ein Vermögen! Alle Verträge werden zurückgenommen werden ... und was ist mit den schon gemachten Anzahlungen? Die wollen ihr Geld wiederhaben, und das habe ich längst nicht mehr. Herr Doktor ... ich mache die Klinik dafür verantwortlich. Die soll zahlen! Die hat mir ja alles vermasselt –«

Dr. Wollenreiter sah Lehmmacher eine Weile wortlos an. Dann sagte er ganz ruhig: »Philipp Lehmmacher, was sind Sie doch für ein Schwein!«

Lehmmacher zuckte hoch und warf die Arme in die Luft. »Ein armes Schwein bin ich, da haben Sie recht! Mein ganzes Leben lang habe ich einen krummen Buckel machen müssen, habe wie die Spatzen von dem gelebt, was abfiel, habe mich durchgehungert und war der Clown der anderen. Ich habe nie geglaubt, jemals etwas anderes zu sein oder zu werden. Und dann kam das große Glück! Vierlinge, zwei auch noch zusammengewachsen! Ich hatte endlich, endlich Glück. Und was wurde? Erst hat man mir die Kirmessache verdorben, täglich 100 Mark, dann trennt man die Zwillinge und einer stirbt dabei ... ich bin wieder das arme Schwein von früher! Und da soll man nicht verzweifeln? Herr Doktor, einen Strick sollte man sich nehmen!«

Er fiel auf den Stuhl zurück, nun wirklich ein gebrochener Mann, und begann zu schluchzen. Dr. Wollenreiter sah konsterniert aus dem Fenster. Wie kann man verlangen, daß er anders denkt als in Groschen, bestätigte er. Für ihn waren die Vierlinge die große Lebenswende ... sie waren eine Sechs im Lotto. Und plötzlich muß er sehen, daß der Schein ungültig ist, weil er nicht abgegeben wurde. Der Traum vom anderen Leben erlosch, und nun klagte er alle Welt an, ihn darum betrogen zu haben. War es ihm – von seiner Mentalität aus gesehen – zu verübeln?

»Ich will Ihnen etwas sagen, was Sie sonst nie erfahren hätten.« Dr. Wollenreiter klopfte Lehmmacher auf die Schultern. »Wenn wir Ihre Kinder nicht sofort getrennt hätten, wären sie beide gestorben. Das eine der Kinder hatte einen nicht mehr aufhaltsamen Kreislaufzusammenbruch. Wäre es gestorben, und das war sicher, hätte es das andere Kind mit in den Tod gerissen, weil sie ja zusammenhingen. So haben wir ein Kind wenigstens gerettet.«

»Das sagen Sie bloß, um mich zu trösten –«

»Fragen Sie den Herrn Professor.«

»Der wird natürlich nichts anderes sagen. Man kennt das ja. Die Ärzte mauern sich zu –«

»Nicht wieder frech werden, Lehmmacher.« Dr. Wollenreiter klopfte mit den Handknöcheln auf den

Tisch. »Sie sind jetzt nicht Vater einer kleinen Patientin und ich nicht der Arzt, sondern wir sind zwei Kumpel. Ich glaube, dann verstehen wir uns am besten. Sie gehen jetzt also nach Hause, trösten Ihre Frau und lassen diese dummen Brüllereien. Man kann gegen das Schicksal nicht anrennen, man muß es hinnehmen.«

»Das ist der typische Satz, mit dem man so arme Luder wie ich eins bin tröstet. Bei den Geldsäcken heißt es, man kann das Schicksal kaufen.«

»Nicht einen Kreislaufzusammenbruch in einem lebensunfähigen Körper.«

»Und das andere Kind?«

»Es wird gedeihen wie Ihre Pflanzen, wenn Sie sie mit Phosphat düngen.«

»Bestimmt?«

»Ganz bestimmt!«

»Und es wird wieder ganz gesund?«

»Es wird leben«, antwortete Wollenreiter vorsichtig und ausweichend. Lehmmacher war zufrieden, er verstand den Doppelsinn nicht.

Wer weiß, was alles nachkommt, dachte Wollenreiter. Wird das Gehirn normal arbeiten? Werden sich Lähmungen einstellen oder Verblödungserscheinungen? Wird das Kind sich normal entwickeln oder ewig ein Kind bleiben, in einem erwachsenen Körper das Hirn eines Säuglings? Das wird sich alles später herausstellen, und wir haben darauf keinen Einfluß mehr. Hier ist die Grenze des Arztes, die wir auch nie überspringen werden. Das Geheimnis des Gehirns, wenn es psychisch gestört ist, wird immer ein Geheimnis bleiben.

Lehmmacher stand auf. »Dann gehe ich also, Herr Doktor –«, sagte er unsicher.

»Ich bringe Sie hinaus.«

»Und wann kann ich das Kind sehen?«

»Vielleicht morgen. Wir wollen die akute Krise vorbeigehen lassen.« Wollenreiter blieb stehen. »Halt, Sie können es sofort sehen. Ein Blick durch die Scheibe. Aber erschrecken Sie nicht ... vor Verbänden sehen Sie keinen Kopf mehr.«

»Ich falle bestimmt nicht um, Herr Doktor. Wie oft müßte ich sonst auf dem Boden liegen –«

Eine Viertelstunde später ging Philipp Lehmmacher still und in sich gekehrt nach Hause. Der Anblick seines durch die Kunst Dr. Julius' geretteten Kindes hatte ihn mehr ergriffen, als er erwartet hatte. Der Rausch aus Wut und Enttäuschung war verflogen, es blieb der graue Alltag, es blieb das Kind mit mehreren künstlichen Adern im Gehirn und einer runden Plastikhirnschale.

An der Tür der Klinik ›Bethlehem‹ hatte er zu Dr. Wollenreiter gesagt: »Herr Doktor, ich danke Ihnen. Wenn Sie nicht hier wären ... Ich glaube, Sie wären in der Lage, mir eine runterzuhauen.«

Und Wollenreiter hatte genickt und geantwortet: »Mein lieber Lehmmacher ... ich war nahe davor!«

Sie schieden in bester Eintracht.

Was man befürchtet hatte, wurde Wahrheit: Die Behörden, vor allem das Jugendamt, stellten sich stur und bearbeiteten den ›Fall Maria Ignotus‹ mit der Langsamkeit und per perfiden Gründlichkeit preußischer Beamtentradition.

Zunächst wurde mitgeteilt, daß das alles ja gar nicht so einfach sei, wie man es in der Klinik ›Bethlehem‹ darstellte. Ein Kind wird ausgesetzt, wird geraubt, wird wiedergebracht ... ich bitte Sie, ist eine deutsche Behörde dazu da, Statist in einem Wildwestfilm zu spielen? Zunächst wird es Aufgabe der Kriminalpolizei sein, Nachforschungen darüber anzustellen, wo das

Kind die Monate über geblieben war. Wenn es die leiblichen Eltern geraubt hatten, so kam noch hinzu, daß das Jugendamt diese Personen zur Rückzahlung der bisher vom Staat gezahlten Verpflegungs- und Krankenhauskosten aufzufordern hatte. Um diesen wichtigen Verwaltungsakt aber durchzuführen, mußte man erst die Eltern haben, was wiederum Sache der Kriminalpolizei war. Also: Entweder verblieb das Kind in der Klinik – und zwar dieses Mal auf Kosten der Klinik – oder es mußte in ein Waisenhaus überstellt werden. Bis zur endgültigen Klärung aller offenstehenden Fragen. Erst dann konnte eine Adoption bewilligt werden. Eine Ausnahme sei nur möglich, wenn die Adoptiveltern auch die bisherigen Kosten dem Staat erstatten würden.

»Das ist typisch!« schrie Dr. Wollenreiter, als Professor Karchow den im besten Amtsdeutsch verfaßten Brief vor allen Ärzten vorgelesen hatte. »Wenn es dem Staat um die Pfennige geht, ist der Mensch einen Dreck wert!«

»Das war schon immer so, Wollenreiter.« Karchow faltete den Brief wieder zusammen und warf ihn auf den Schreibtisch zurück. »Maria Ignotus ist ein Aktenvorgang geworden. Ein in Tusche auf einem blauen Deckel gemaltes Aktenzeichen. Das Schicksal kümmert dabei wenig. Es geht darum, daß bestimmte Paragraphen erfüllt werden. Das erinnert mich an einen Vorfall im Krieg. Zur gleichen Zeit, es war in der berüchtigten Schlammperiode in Rußland, wurde durch einen Partisanenangriff eine ganze Kompanie vernichtet, und zehn Kilometer weiter starben in einem Stall vier Pferde an einer Vergiftung. Die 167 deutschen gefallenen Soldaten wurden ›ausgebucht‹, ihr Sterben im Schlamm zur Kenntnis genommen, aber die Pferde, meine Herren, die lösten einen Aktenkrieg aus. Warum krepierten sie? Genaue Meldung! Rückfrage: Wie kam Gift in das

Stroh? Eingehende veterinärmedizinische Gutachten. Erneute Rückfrage: Wer hat die Aufsichtspflicht verletzt? Und so ging es hin und her ... vier Wochen lang! In der Zwischenzeit rollte der Gegenangriff der Russen, es fielen in diesen vier Wochen noch mehrere tausend Soldaten ... sie waren nicht wichtig! Die vier vergifteten Pferde aber geisterten noch lange im Schriftverkehr herum.« Professor Karchow nickte seinen Ärzten zu. »Es ändert sich nichts, meine Herren. Wir lernen auch nicht, menschlich zu denken, wir bleiben immer Sklaven der Paragraphen. Es hat gar keinen Sinn, dagegen Sturm zu laufen. Ein kleiner, sturer Beamter auf seinem harten Stuhl hinter dem Tisch, sei es im Jugendamt, im Ordnungsamt oder beim Bauamt, hat die Macht eines Diktators und kann das Leben des einzelnen mit einem kleinen Nein lahmlegen. Beschwerden? Haben Sie schon mal erlebt, daß Dienstaufsichtsbeschwerden zu einer wirklichen Abstellung der Mängel geführt haben? Im Gegenteil – die obere Aufsichtsbehörde erfand noch massivere Dinge, um den ungeduldigen Bürger in den Hintern zu treten. Beschwerden gegen deutsche Beamte sich gleichbedeutend mit einer Selbstzerfleischung.«

»Und trotzdem gehen wir gegen diesen Bescheid vor!« rief Wollenreiter. »Und wenn ich das Geld bezahle, das die Jugendämter wollen!«

»Ich habe bereits mit dem Regierungspräsidenten gesprochen und ihm alles geschildert.« Professor Karchow hob die Schultern. »Mal sehen, was dabei herauskommt. Julia und Franz Höllerer, die Eltern Marias, sind bereit, das Kind noch einmal zu stehlen, wenn es keine andere Möglichkeit gibt. Und, verdammt noch mal, meine Herren, ich bin versucht, ihnen dafür sogar die Fenster offen zu lassen und ihnen eine Leiter an die Mauer zu stellen.«

»Bravo!« rief Dr. Wollenreiter. Karchow sah ihn mißbilligend an.

»Wollenreiter, Ihre verzückten Ausrufe sind fehl am Platze. Wir begeben uns auf das Gebiet der Ungesetzlichkeit. Aber ich hoffe, daß wir diesen Schritt nie tun brauchen. Sie halten Ihr Angebot aufrecht, die Kosten zu übernehmen?«

»Natürlich! Maria ist schließlich mein Patenkind.«

»Stimmt ja.« Karchow lächelte und ging hinter seinen Schreibtisch. Er straffte sich, und plötzlich verflog alle familiäre Stimmung, die bisher im Chefzimmer geherrscht hatte. Die Ärzte bekamen ernste Gesichter ... der Herr der Klinik stand vor ihnen, er hatte sein gefürchtetes ›amtliches‹ Gesicht aufgesetzt. Er wurde dienstlich.

»Meine Herren«, sagte Karchow mit veränderter, hellerer Stimme, »ich habe Sie zusammengerufen, um Ihnen einige Mitteilungen aus der Klinik zu machen. Erstens: Oberarzt Dr. Julius wird ab dem Herbstsemester eine außerordentliche Professur für Chirurgie annehmen und mit unserer Klinik dann nur noch lose verbunden sein, als Gastchirurg gewissermaßen. Zweitens: Mit dem Ausscheiden von Professor Julius habe ich mich entschlossen, die vakant werdende Oberarztstelle schon jetzt zu besetzen, um keinerlei Zweifel aufkommen zu lassen. Ich habe dafür Herrn Dr. Wollenreiter vorgeschlagen –«

Dr. Wollenreiter bekam plötzlich einen hochroten Kopf, aber er schwieg. Karchow sah ihn groß an.

»Wollen Sie, Wollenreiter?«

»Ja, Herr Professor ...«, sagte Wollenreiter leise.

Die amtliche Maske fiel von Karchow ab, er lachte wieder.

»Meine Herren«, rief er fröhlich, »ich bitte Sie, ein Phänomen mit aller ihm gebührenden Achtung wahrzunehmen: Wollenreiter ist zum erstenmal sprachlos geworden!«

Am Bett von Dr. Julius saßen zu dieser Stunde Julia und Franz Höllerer. Sie hatten einen großen Blumenstrauß mitgebracht und eine Flasche Wein. Außerdem einen Brief vom Jugendamt, der ungefähr die gleichen Ausführungen enthielt wie das Schreiben an Professor Karchow, nur kürzer, knapper, unpersönlicher, holzhammerähnlicher, mit einem Wort: amtlicher.

»Hätten wir das gewußt«, sagte Franz Höllerer, nachdem Dr. Julius den Brief gelesen hatte, »wären wir in eine andere Stadt mit dem Kind gefahren und hätten es dort in ein Krankenhaus gebracht. Die Fahrt hätte es auch überstanden, aber wir bekämen es jetzt ohne Schwierigkeiten zurück.«

»Ich habe Franz gesagt, daß ich zur Polizei gehe und alles gestehe«, sagte Julia gepreßt. »Ich halte das einfach nicht mehr aus.«

»Und das Geld bezahle ich auch.« Franz Höllerer verkrampfte die Hände ineinander. »Ich verdiene zwar nicht klotzig, aber ich mache Überstunden, ich bekomme das Geld schon zusammen.«

»Es sind etliche hundert Mark, wissen Sie das?« Dr. Julius lag noch immer mit seinen Bandagen im Bett, aber er konnte jetzt atmen ohne Schmerzen und spürte, wie von Tag zu Tag die Genesung fortschritt.

»Und wenn! Ich kann arbeiten, Herr Doktor! Ich habe starke Arme! Ich mache mir nicht bange vor einer Arbeit! Ich werde dort anfangen, wo's am meisten Geld gibt für die Stunde. Für mein Kind tue ich alles.«

»Und ich gehe auch ins Gefängnis, wenn's sein muß –«, sagte Julia leise. »Ich habe mit Vater darüber gesprochen. Er ist auch dafür, daß ich zur Polizei gehe und alles sage.«

Oberarzt Dr. Julius überflog noch einmal den Brief des Jugendamtes und reichte ihn Franz Höllerer dann zurück.

»Ich würde mit allen gutgemeinten Aktionen noch drei Tage warten«, sagte er. »In drei Tagen darf ich wieder ungehindert herumlaufen. Dann gehen wir gemeinsam zu der zuständigen Behörde.«

»Das wollen Sie wirklich für uns tun?« Julia ergriff die Hand des Arztes und drückte sie. »Und Sie glauben, daß Sie Erfolg haben?«

»Ich denke doch.« Dr. Julius lächelte leicht. »Es gibt da ganz einfache Methoden, und die wirksamste werde ich anwenden. Vorher aber rate ich Ihnen, zu Staatsanwalt Allach zu gehen.«

»Warum?« fragte Franz Höllerer mißtrauisch.

»Dr. Allach ist ein Freund von Professor Karchow. Er hat damals die Kindesaussetzung bearbeitet und kennt sich genau aus. Gestehen sie ihm alles – ich weiß, daß Dr. Allach Sie nicht verhaften läßt.«

»Und wenn er es doch tut? Er ist doch Staatsanwalt.«

»Auch Staatsanwälte sind Menschen.« Dr. Julius schüttelte den Kopf. »Er wird ein Protokoll aufnehmen, natürlich. Und dieses Protokoll wird in die Akte Maria Ignotus geheftet und dann der Fall abgeschlossen. Wir haben damit erreicht, daß die Jugendbehörde sich nicht mehr auf noch nicht abgeschlossene Ermittlungen berufen kann, wie es hier in dem Brief steht. Hinein in die Höhle des Löwen, meine Lieben, und keine Angst. Nicht jeder wird gefressen.«

Franz und Julia Höllerer überlegten zu Hause bei Großvater Bergmann den Vorschlag Dr. Julius' und kamen zu dem Ergebnis, daß es wirklich das beste sei. »Ich lasse mir meine Lebensversicherung auszahlen«, sagte der alte Bergmann. »Und dann blättere ich dem Amt die Scheine auf den Tisch. Einzeln! Das ist für den

Kopf des Kindes, das für den rechten Arm, für den linken Arm, für den Hals ... Die sollen vor Scham in die Erde sinken, sag' ich euch!«

»Sie tun nur ihre Pflicht, Vater. Sie haben auch nur Bestimmungen, die sie erfüllen müssen.« Julia ging unruhig hin und her. Der Gedanke, morgen vor dem Staatsanwalt Dr. Allach zu stehen und vielleicht doch noch verhaftet zu werden, ließ sie nicht still sitzen und in der Nacht auch nicht schlafen. Während Franz neben ihr leise schnarchte und im Traum sich mit Kindesräubern herumschlug, die seine kleine Maria gerade aus dem Fenster des Krankenzimmers heben wollten, starrte sie an die Decke und dachte zurück an die vergangenen Monate, an die Not, an die Liebe, an die Geburt des Kindes und die schreckliche Stunde, in der sie das kleine, warm verschnürte Bündel vor die Tür der Klinik ›Bethlehem‹ legte. Das war der furchtbarste Augenblick ... es konnte nichts anderes geben, das diese Minuten übertraf. Auch nicht das Gefängnis, wenn es sein mußte. Die Zeit würde vorübergehen, sehr schnell sogar ... und dann kam sie heraus und konnte zurückkehren zu Franz und ihrer kleinen Maria. Das Leben würde weitergehen, ein Leben mit einer gesühnten Schuld, ein freies Leben.

Am nächsten Tag gegen 11 Uhr meldete sich Julia Höllerer bei Staatsanwalt Dr. Allach. Franz blieb vor dem Gericht in seinem kleinen Wagen sitzen und sollte warten.

»Wenn ich in zwei Stunden nicht wieder herauskomme«, sagte Julia zum Abschied und küßte Franz noch einmal, »dann fahr ab. Du wirst schnell erfahren, wo sie mich hingebracht haben. Es wird alles nicht so schlimm sein ... ich habe doch niemanden umgebracht.«

Sie wurde durch vier Zimmer gelotst, sprach mit einigen Beamten und Sekretärinnen, bis sie in einen nüchternen, fast kahlen Raum geschoben wurde, in dem außer einem Schreibtisch und drei Stühlen nichts stand. Nur an der Wand hing eine große Detailkarte der Stadt.

Ein Mann erhob sich hinter dem Schreibtisch und kam auf Julia zu, als sie schüchtern und mit verkrampften Händen im Zimmer stand und die Tür sich hinter ihr geschlossen hatte.

»Frau Julia Höllerer –«, fragte Staatsanwalt Dr. Allach.

»Ja, Herr Staatsanwalt.«

»Bitte, kommen Sie doch näher.« Er streckte ihr die Hand entgegen und lächelte sie väterlich-ermutigend an. »Ich habe Sie schon erwartet –«

»Erwartet? Mich?« Julias Herz setzte aus. Die Verhaftung!

»Ja. Professor Karchow hat mich angerufen. Haben Sie keine Angst, kleine Frau . . . ich weiß nun alles.« Dr. Allach führte sie zu einem Stuhl. Er fühlte, wie sie zitterte. »Haben Sie keine Angst . . . wir werden uns nur ein wenig unterhalten. Sie erzählen mir alles, so, wie es damals war. Ich weiß aus Erfahrung, wie grausam tyrannische Väter sein können und zu welchen Verzweiflungstaten sie einen hinreißen können.«

Julia nickte. Sie sank auf den Stuhl, und plötzlich weinte sie. Ich werde nicht verhaftet, dachte sie. O mein Gott, ich werde wirklich nicht verhaftet.

Stockend begann sie, alles zu erzählen . . . von der ersten Begegnung mit Franz Höllerer bis zum Raub des Kindes aus dem Krankenzimmer der Kinderklinik. Unbemerkt lief ein Tonband auf dem Schreibtisch mit. Staatsanwalt Dr. Allach unterbrach sie nicht mit Fragen . . . es war das Geständnis eines kleinen, hilflosen, aus Verzweiflung fast wahnsinnigen Herzens . . . und doch ein Schicksal wie tausend andere, nur daß diese nicht so tragisch endeten oder an die Öffentlichkeit kamen.

Nach knapp einer Stunde trat Julia wieder aus dem Gerichtsgebäude. Franz Höllerer sprang aus dem Wagen und rannte ihr entgegen.

»Julia!« rief er überglücklich. »Julia, sie haben dich wieder gehen lassen! Was war denn? Was haben sie denn gesagt? Bekommen wir jetzt unser Kind wieder?«

Julia hob die Schultern. »Ich weiß es nicht, Franz. Aber man hat mich nicht verhaftet. Ich habe dem Staatsanwalt alles erzählt, und er hat am Ende gesagt, als ich das Protokoll unterschrieb: Warten Sie ab, kleine Frau . . . es wird sich jetzt alles klären –«

»Das kann man so und so auslegen«, sagte Franz Höllerer dumpf. »Aber die Hauptsache ist ja, daß du wieder herausgekommen bist. Und übermorgen gehen wir mit Oberarzt Dr. Julius zum Jugendamt –«

Ihr schönstes Kostüm zog Julia an, als der entscheidende Tag gekommen war. Sie holten Dr. Julius von der Unfallklinik ab und besuchten vorher noch Dr. Renate Vosshardt, die aus dem Streckverband heraus war, aber nun in Gips lag.

»Viel, viel Glück!« rief Renate ihnen zu. »Und wenn du die kleine Maria nicht mitbringst, Bernd, brauchst du mir nicht mehr ans Bett zu kommen!«

Dr. Julius hob die Finger wie zum Schwur. »Ich bringe sie mit!« lachte er siegessicher. »Allein deine dunkle Drohung gibt mir ungeahnte Kräfte.«

Der Leiter des Jugendamtes selbst war dieses Mal zu sprechen und empfing Dr. Julius und die Familie Höllerer. Er war ein im Dienst ergrauter Oberamtmann und hatte in vierzig Jahren Beamtendasein so viele Schicksale erlebt, daß der Fall Maria Ignotus für ihn nur eine

Routinesacne war und ihm jegliches Verständnis dafür fehlte, daß man hier einen so großen Auflauf veranstaltete, vom Klinikchef Professor Karchow bis zum Oberstaatsanwalt, der vor drei Stunden angerufen hatte.

Noch mehr verwunderte es ihn, daß man ihn gar nicht zu Erklärungen kommen ließ, sondern Dr. Julius nach kurzer Begrüßung zur allgemeinen Verblüffung laut sagte:

»Herr Oberamtmann, um von Beginn an gleich alle Bedenken wegzuräumen: Die vom Jugendamt für Pflege und Krankenhaus ausgelegten Geldbeträge werden von mir sofort bezahlt. Ich bitte Sie, mir die Aufrechnung zu geben. Ich zahle das Geld nachher unten in der Kasse ein.«

Der Leiter des Jugendamtes starrte den Oberarzt an, Julia und Franz ergriffen sich bei den Händen. Die Nächstenliebe ist nicht ausgestorben, dachten sie. Sie ist kein Märchen geworden, wie man heute so gerne sagt. Es gibt Menschen, die mitfühlen können und die helfen.

»Danke –«, sagte Julia leise in die Stille hinein. »Wir danken Ihnen, Herr Doktor.«

Der Oberamtmann hob hilflos die Schultern. Auch nach vierzig Amtsjahren kann man noch überrascht werden.

»Das ist doch alles erledigt«, sagte er erstaunt.

»Was ist erledigt?« fragte Dr. Julius zurück.

»Die Kostenerstattung. Der Betrag ist vorgestern schon überwiesen worden.«

»Das ... das Geld ist bezahlt ...?« stammelte Franz Höllerer. »Aber mein Gott, von wem denn?«

»Warten Sie mal.« Der Oberamtmann blätterte in der Akte Maria Ignotus. Dann hob er die Quittung hoch. »Sie ist unterschrieben von einem gewissen Dr. Wollenreiter –«

»Wollenreiter ...«, sagte Dr. Julius leise. »Dieser Eisenfresser mit dem Butterherzen.«

»Aber ... aber das ist doch unmöglich. Gerade *der*?« stotterte Franz Höllerer.

»Er hat das Geld bezahlt und den Wunsch dabei geäußert, daß Sie, Herr und Frau Höllerer, das Kind zur Adoption bekommen.«

»Ja«, hauchte Julia. Sie war knapp vor einer Ohnmacht.

»Aber das geht nun nicht mehr«, fügte der Oberamtmann hinzu. Franz Höllerer fuhr hoch.

»Wieso denn nicht? Das Geld ist bezahlt. Das ist doch die Hauptsache!«

»Ich weiß, daß sich Persönlichkeiten wie Professor Karchow, Landgerichtspräsident Dr. Prenneis und sogar der Herr Regierungspräsident selbst für die Lauterkeit der Adoptiveltern verbürgen«, sagte Dr. Julius steif.

»Ich weiß, ich weiß.« Der Oberamtmann wehrte mit beiden Händen ab, als umsumme ihn ein Hornissenschwarm. »Aber es hat sich ja alles geändert. Uns liegt die Mitteilung der Staatsanwaltschaft vor, daß die leiblichen Eltern ermittelt worden sind.«

Franz und Julia sahen sich kurz an. Vorbei, hieß dieser Blick. Es war alles nur eine Illusion. Die Mühle der Justiz hat uns zwischen den Mahlwerken, und nun werden wir verschrottet.

Der Oberamtmann sah die beiden jungen Leute an. Wie oft haben solche jungen Menschen vor mir gesessen, dachte er. Ich kann es gar nicht mehr zählen. Und immer war es das einzige, über ihnen zusammenschlagende Problem: Sie wurden mit dem Leben nicht fertig. Der Alltag war härter als ihre junge, unausgegorene Kraft.

»Sie sind die leiblichen Eltern!« sagte er laut. »Der

Umweg über die Adoption ist somit nicht mehr nötig! Die Staatsanwaltschaft hat uns mitgeteilt, daß die Akte geschlossenen und das Verfahren wegen Geringfügigkeit eingestellt wurde. Die entstandenen Kosten sind alle durch Herrn Dr. Wollenreiter bezahlt. Es besteht also kein Hindernis mehr, daß Sie Ihr Kind aus der Kinderklinik mitnehmen dürfen. Allerdings muß jetzt eine ordnungsgemäße standesamtliche Geburtseintragung erfolgen, damit wir den Namen Maria Ignotus ein für allemal streichen können und das Kind nun Maria Höllerer heißt.«

Julia nickte stumm. Dann lehnte sie sich an Franz, schloß die Augen und verlor die Besinnung. Der Oberamtmann stand hilflos davor, Dr. Julius beträufelte sein Taschentuch mit Kölnisch Wasser und rieb damit Julias Stirn ein. Franz hielt seine Frau mit beiden Händen in sitzender Stellung auf dem Stuhl.

»Es ist schön, wenn sich ein Mensch noch so freuen kann«, sagte der Oberamtmann und bemühte sich, seine Ergriffenheit nicht deutlich zu zeigen.

»Ja«, sagte Franz Höllerer leise und streichelte Julias Kopf. »Und außerdem bekommen wir in sechs Monaten unser zweites Kind –«

Eine große Kinderklinik ist ein kleines Staatswesen für sich mit vielen Schicksalen, die kommen und gehen, tagelang oder wochenlang im Mittelpunkt stehen und dann wieder untertauchen im Grau des Alltags, im Gewühl der Masse Mensch. Nur wenige Dinge bleiben zurück und wachsen mit und werden Bestandteil dieser kleine Welt, gewissermaßen die Zelle, aus der sich alles entwickelt.

Auch die Kinderklinik ›Bethlehem‹ war darin nicht anders. Professor Karchow blieb der gefürchtete Chef, und seine Grobheit, aber auch große Güte wurden nun noch verstärkt durch seinen neuen Oberarzt Dr. Wollenreiter, von dem bald der Ruf ausging: Er hat die Salzsäure als Magenheilmittel entdeckt. Seine erste Tat nach Antritt des Oberarztpostens war die Entlassung der frechen Lisa Heintel. Sie hatte es selbst verschuldet mit der Bemerkung: »Oh, mein Süßer, nun, wo du Oberarzt bist, können wir ans Heiraten denken!«

Bei solchen Reden reagierte Dr. Wollenreiter wie ein Automat, in den der Groschen fällt. Es machte Klick in ihm, er rief die Verwaltung der Klinik an und bat darum, Fräulein Heintel die Papiere auszuhändigen. Für diese Tat gewann er die Hochachtung aller Schwestern von ›Bethlehem‹. Selbst seine Grobheiten nahmen sie widerspruchslos hin.

Nachtwächter Bramcke saß noch immer jede Nacht in seinem Glaskasten, aß Schinkenbrote und trank Kaffee aus der Thermosflasche. Er hatte schlimme Wochen hinter sich. Mit knapper Not war er nach dreißigjähriger Ehe einer Scheidung entgangen.

Nach der Auflösung des Experimentierkellers, in dem Dr. Julius die Adertransplantationen geübt hatte, schaffte man die überlebenden Ratten, Meerschweinchen und Hunde weg. Nur der Affe Bruno war ein Problem. Nachtwächter Bramcke hatte sich so an ihn gewöhnt, daß er protestierte, als man Bruno in einen Zoo geben wollte.

»Den übernehme ich!« sagte er. »Bruno hat sich so an mich gewöhnt, er würde im Zoo vor Heimweh eingehen.«

Und so wurde Bruno der Anlaß, daß Frau Bramcke nach dreißig Jahren ruhiger Ehe ihre Koffer packte und weg wollte. »Mit *einem* Affen habe ich genug!« schrie sie ihren Mann an. »Das Vieh kommt mir aus dem Haus – oder ich gehe!«

Bramcke nahm diese Drohung wörtlich und behielt

Bruno. Er machte ihm einen schönen, großen Stall im Hinterhof und ging sogar mit ihm spazieren, Hand in Hand.

Dreißig Jahre Ehe sind ein starkes Band – Frau Bramcke blieb also bei ihrem ›spinnenden‹ Mann, wie sie Bramcke nannte, haßte Bruno (und Bruno haßte Frau Bramcke), und es war abzusehen, daß die letzten Jahre der Bramckes nicht mehr langweilig sein würden, sondern turbulent wie in den besten Zeiten.

»Das erhält jung!« sagte Bramcke einmal wohlgefällig zu Dr. Wollenreiter. »Sie sollen mal sehen, wie flott meine Alte wird, wenn ich Bruno frei in der Wohnung herumlaufen lasse.«

Dr. Julius war a. o. Professor für Chirurgie geworden. In seine Vorlesungen drängten sich die Studenten. Jede Woche operierte er als Gast in der Kinderklinik ›Bethlehem‹ und war glücklich, wenn er wieder durch die vertrauten Flure und Zimmer ging, die alten Gesichter der Schwestern sah, die neuen jungen Ärzte begrüßte und ihnen Ratschläge gab oder Wollenreiter schon von weitem hörte, wenn dieser mit knallender Stimme seine giftigen Kommentare gab.

Kurz vor Weihnachten heirateten Renate Vosshardt und Professor Dr. Julius. Es war fast ein akademisches Fest ... von dem Spalier der Ärzte vor der Kirche angefangen bis zum Fackelzug, den ihm seine Studenten vor dem Haus brachten.

Auch eine kleine Gratulantin war gekommen und balancierte einen großen Blumenstrauß in den dünnen Händchen. Um den Hals trug sie ein großes Schild. Ein rotes Herz, in dem geschrieben stand:

Maria Ignotus gratuliert ihrem Onkel Doktor.

Gerührt nahm Renate sie auf den Arm, und so durchschritten sie das Spalier von der Kirchentür bis zu der Hochzeitskutsche mit den beiden Schimmeln.

Selbst Dr. Wollenreiter kaute an der Unterlippe. Er hatte große Mühe, sein butterweiches Herz zu bezwingen und machte deshalb ein schrecklich finsteres Gesicht.

Die Hochzeitsfeier fand in einem großen Hotel statt. Professor Karchow, Professor Hahnel, Wollenreiter, das Ehepaar Höllerer, Rentier Ernst Bergmann, Staatsanwalt Allach und sogar Nachtwächter Bramcke mit Frau waren zugegen, und selbst der Affe Bruno hockte an einer Kette in einer Ecke der Küche und fraß Bananen und eine Schüssel mit Götterspeise. In der Klinik ›Bethlehem‹ war an diesem Tag nur ein Notdienst eingerichtet.

Landgerichtspräsident Dr. Prenneis hielt einen Toast auf Professor Karchow, Karchow antwortete mit einer Laudation auf Professor Julius, Dr. Wollenreiter erzählte Anekdoten aus der Klinik, man lachte lauthals und kam in eine ausgelassene Stimmung.

Als der Sekt eingeschenkt war, trat der Geschäftsführer an den großen Hufeisentisch heran und beugte sich zum Ohr Dr. Wollenreiters hinab.

Nach ein paar Worten wurde Wollenreiter bleich und sprang auf. »Das darf doch nicht wahr sein!« schrie er. »Herr Professor –«

Karchow sprang ebenfalls auf. »Was haben Sie denn, Wollenreiter? Was ist denn los?«

»Soeben läßt Oberschwester Angela anrufen.« Wollenreiter schluckte und strich sich die Haare aus der Stirn. »Die Nachtglocke hat geschellt, und als Schwester Angela öffnet, ist niemand da . . . aber vor der Tür liegt ein Säugling –«

»Nein!« Professor Karchow ließ sich auf seinen Stuhl zurückfallen. »Wollenreiter. Sagen Sie, daß das ein fauler Witz ist!«

»Leider nein.«

»Soll nun alles wieder von vorn beginnen?« stöhnte Karchow.

Professor Dr. Julius lächelte und winkte ab. »Denken Sie an den alten Ben Akiba, Herr Kollege. ›Es ist alles schon mal dagewesen‹, soll er gesagt haben.« Und zu Wollenreiter: »Was ist es denn? Junge oder Mädchen?«

»Junge –«

»Na also! Marius Ignotus! Wollenreiter, antreten zur Adoption!«

Die Sektgläser hoben sich. Wollenreiter lachte mit und stieß reihum an. Dann entschuldigte er sich und fuhr zurück in die Klinik.

Als sie endlich allein waren und die Hochzeitsgäste gegangen waren, als sie den Schleier abgelegt hatte und die erste Nacht eines gemeinsamen Lebens begann, standen Julius und Renate am Fenster und sahen hinaus über das verschneite Dächermeer der Stadt.

»Woran denkst du?« fragte Renate und legte den Arm um seinen Hals.

Dr. Julius lächelte und drückte Renate an sich.

»An so vieles denke ich jetzt –«, sagte er leise, »aber das Schönste ist, daß wir leben. Wie wenig denken die Menschen an diese einfache Tatsache ... vielleicht würde sonst vieles anders, menschlicher sein –«

Es begann zu schneien ... ein weißer Vorhang vor einem Fenster, hinter dem jetzt das Licht erlosch.

Denn das Glück braucht keine künstliche Sonne.

SCHIFF DER HOFFNUNG

Karl Haußmann hatte schlecht geschlafen. Die kalte Gänsebrust mit Meerrettich zum Abendessen war zu fett gewesen und hatte ihm trotz einiger ›Klarer‹ schwer im Magen gelegen. Außerdem war er dreimal von seiner Frau Erika gestört worden, immer dann, wenn er gerade glaubte, endlich einschlafen zu können, und jedesmal war es das alte Lied, das er nun schon seit Wochen hörte: »Karl, ich habe so einen komischen Schmerz im Leib. Wenn ich drauf drücke, meine ich, da ist etwas Hartes drin ...« Und wie immer hatte er auch in dieser Nacht brummend geantwortet: »Dann geh morgen mal zu Dr. Wagenfeldt. Wozu bezahl' ich soviel Beiträge für die Krankenkasse?«

Eine Nacht also, die im nachhinein noch jetzt, am sonnigen Frühsommermorgen, auf das Gemüt drückte und ihn mißmutig, einsilbig und knurrig machte. Karl Haußmann saß auf der Terrasse seines Landhauses vor dem gedeckten Kaffeetisch, rührte in der Kaffeetasse, obgleich er wegen schwankenden Blutzuckers keinen Zucker nahm, sah über den Rasen und die Rosenrabatte seines Gartens und dachte an seinen Betrieb, an die Aufträge, an die Lohnerhöhungen und an Marion Gronau, seine Sekretärin.

Karl Haußmann war ein wohlhabender, kein reicher Mann. Solange er denken konnte, hatte er schwer gearbeitet. Sein Vater fing mit einer Eisenlackiererei an, und schon als Schuljunge hatte Karl den Lack rühren und die Eisenteile in die Trockenöfen fahren müssen. Da blieb wenig Zeit für Schularbeiten und schon gar nicht für eine höhere Schule. »Was sollen Latein und Mathematik?« sagte Vater Haußmann damals. »Wer mit Eisen umgeht, braucht keinen Tacitus, und in der Mathematik genügt es, wenn man Rechnungen ausstellen und kalkulieren kann.« So wuchs Karl Haußmann an der vordersten Front des Arbeitskampfes auf, und es hatte ihm nichts geschadet. Im Gegenteil! Schon vor dem Krieg verlegte sich die Fa. Haußmann & Sohn, wie sie damals hieß, auf Emaillierungen, stellte Kochtöpfe und Kessel her, Herdwandungen und Kochmulden, lieferte Emailleschilder für die Wehrmacht und entwickelte sich nach dem Krieg und in den Zeiten des ›Wirtschaftswunders‹ zu einer der angesehensten Kleinfabriken in Gelsenkirchen. Karl Haußmann war im Vorstand des Fußballclubs, stiftete Fahnen für den Turnverein, stand einem Kegelclub vor und sang 1. Baß im Gesangverein. Er baute sich am Stadtrand von Gelsenkirchen – im Grünen, wie man hier sagt –, ein Landhaus im Bungalowstil, fuhr einen Sechszylinder, konnte zu seiner Frau Erika sagen: »Rika – was fragste, ob du dir ein neues Kleid kaufen kannst; fahr' in die Stadt und laß die Rechnung ins Büro schicken!« und war mit seinem Leben zufrieden.

Ein Wendepunkt allerdings trat ein, als er bemerkte, daß seine Sekretärin Marion Gronau enge Pullover trug und daß sich unter dem Pullover allerhand abzeichnete. Als er sie ein paar Wochen später in der Registratur allein antraf und sie ungestraft küssen durfte, hatte Karl Haußmann eigentlich den Gipfel seines erfolgreichen Fabrikantenlebens erreicht. Es war komplett. Es fehlte nichts mehr.

An alles das dachte Karl Haußmann an diesem sonnigen Morgen, trank seinen lauwarm gewordenen Kaffee aus und schmierte sich ein Wurstbrötchen. Im Haus, hinter der geöffneten Terrassentür, hörte er seine Frau Erika rumoren. Sie packte im Schlafzimmer zum viertenmal den großen Koffer und sortierte ihre Kleider. Aus dem großen Wohnzimmer, das man jetzt Wohnhalle nennt, brummte der Staubsauger. Dort war Friederike, die Hausgehilfin, bereits beim Putzen.

Morgen um diese Zeit sind wir schon auf der Autobahn bei Köln oder – wenn gutes Wetter ist und man auf den Knorpel drücken kann – schon über Koblenz hinaus, dachte Karl Haußmann. Übernachtung in Basel, dann am zweiten Tag durch die Schweiz und entlang am Lago Maggiore bis Como und am dritten Tag über Mailand, Parma und Bologna nach Rimini. Und dann nichts wie faulenzen, in der Sonne liegen, ab und zu schwimmen, Eis essen, am Abend Rotwein trinken und pennen. Schlaf nachholen und abschalten, völlig abschalten. Keine Fabrik mehr, keine Termine, keine Sorgen um das Rohmaterial, nicht immer das traurige, faltige Gesicht von Wilhelm Sczimkinsky, dem Hauptbuchhalter aus Schalke, der nun vierzig Jahre in der Firma war und immer sagte: »Man sollte von den Abgaben leben, dann ging's uns gut!« Vier Wochen nur Sonne und blaue Adria, Sand und Musik, Wein und Schlafen. Ja, und vier Wochen lang den erfreulichen Anblick von Marion Gronau im Bikini.

Karl Haußmann schob seine Tasse weg und kratzte sich das kurz geschnittene, melierte Haar.

»Rika!« rief er nach hinten zur Schlafzimmertür. »Hör mal mit dem Sortieren auf und komm her. Wozu machste dir eigentlich die Mühe? Was fehlt, kaufen wir in Rimini. Ist alles einkalkuliert. Du tust immer noch so, als ob wir jeden Pfennig dreimal rumdrehen und bespucken müssen, ehe wir ihn ausgeben. Komm mal her, Rika.«

In der Schlafzimmertür erschien Erika Haußmann. Sie war eine immer noch schöne, etwas blasse Frau von fünfundvierzig Jahren, der man die beiden erwachsenen Kinder nicht ansah. Die Tochter, die Älteste, war verheiratet in Hamburg. Der Sohn Herbert, zweiundzwanzig Jahre alt, studierte in Heidelberg Medizin und war gegenwärtig mit Freunden zum Urlaub in Schweden. Erikas braune Haare waren etwas zerwühlt vom Packen und Bücken, sie atmete schneller als sonst, aber was auffiel, waren ihre großen, braunen, glänzenden Augen und die etwas bläulichroten Lippen. Augen und Lippen waren es, die das Gesicht beherrschten.

»Der Koffer ist zu klein, Karl«, sagte sie und setzte sich seufzend neben ihren Mann auf den weißlackierten Gartenstuhl. »Und ich habe bestimmt nur das Allernötigste herausgelegt.«

»Wirf alles raus und kauf dir in Rimini Neues. Und das

schicken wir dann per Post nach Gelsenkirchen.« Karl Haußmann suchte nach seinen Zigaretten, steckte eine an und kratzte sich dann die Nase. »Habe ich dir eigentlich gesagt, daß wir nicht allein fahren?« fragte er. Diese Frage hatte er oft für sich allein geübt, damit sie wirklich gleichgültig klang.

»Nicht allein? Wer fährt denn noch mit?« Erika Haußmann sah ihren Mann verblüfft an. Bis zum heutigen Tage hatte er immer gesagt: »Wie ich mich freue, endlich mal allein zu sein mit dir!« Und nun sollte jemand mitfahren?

»Ein Herr Hellberg fährt mit. Frank Hellberg. Ein Journalist. Du kennst ihn nicht?«

»Nein. Woher?«

»Er schreibt in der Zeitung. Artikel. Abkürzung Hb. Ein netter Junge. Er ist übrigens der Verlobte von Fräulein Gronau.«

»Das heißt, daß Fräulein Gronau auch mitfährt?« Erikas Stimme war beherrscht. Dreimal, als sie ihren Mann im Büro besuchte, hatte sie Marion Gronau in der Fabrik gesehen. Und schon beim erstenmal mißfiel ihr die Art, wie sich dieses Mädchen, die Sekretärin, ihrem Chef gegenüber benahm. Wenn sie saß, rutschte der Rock bis über die Schenkel hoch, und ihr Lächeln war impertinent, provozierend und irgendwie siegessicher.

Karl Haußmann nickte mehrmals. »Es geht nicht anders, Rika. Erstens habe ich es Hellberg versprochen, zweitens werde ich auch in Rimini ab und zu diktieren müssen ...«

»Diese Briefe hätte ich auch schreiben können.«

»Ausgeschlossen! Du sollst dich erholen! Und drittens ist Fräulein Gronau eine Perle als Sekretärin. Perlen verliert man nicht gern. Und wer weiß, wie die anderen Firmen sind, was sie bieten, wie sie abwerben. Ich bin froh, daß Fräulein Gronau der Firma die Treue hält.«

»Und woher kennst du diesen Herrn Hellberg?«

Auf diese Frage war Karl Haußmann nicht vorbereitet. Er sah erschrocken dem Rauch seiner Zigarette nach und antwortete dann: »Von Fräulein Gronau.«

»Dachte ich mir.« Erika stand auf. »Wäre es nicht besser, ich kümmere mich überhaupt nicht um das Packen, sondern ihr fahrt allein nach Rimini?«

»Was ist denn das nun wieder?« Haußmann zerdrückte seine Zigarette und sprang auf. Wenn Männer im Unrecht sind, werden sie laut. Das ist eine altbekannte Tatsache, aber trotzdem geschieht es immer wieder. Auch Karl Haußmann hob seine Stimme und war beleidigt. »Was ist das für eine dumme Rederei?«

»Diese Marion Gronau gefällt mir nicht!« rief Erika.

»Vielleicht gefällst du ihr auch nicht, dann gleicht sich das aus!« rief Haußmann zurück. »Verdammt noch mal, ich fahre in die Fabrik, da höre ich wenigstens kein Gewäsch.«

Erika schwieg. Sie hatte die Hände vor den Leib gefaltet und sah ihren Mann stumm an. Sie kannte Karl nun schon seit 26 Jahren. Neunzehn war sie alt gewesen, als sie den jungen Fabrikantensohn beim Tanzen in der Stadthalle kennenlernte. Man heiratete schnell, man liebte sich mit dem Feuer der Jugend, die Kinder kamen, und dann wurde die Ehe ruhiger, eine Art Gewohnheit, mit wenigen Zärtlichkeiten, die dann auch untergingen und durch Pelze und Schmuck ersetzt wurden. Eine Alltagsehe zwischen geblümten Tapeten. Und die Freundinnen sagten: »*Du* hast es gut, Erika. Ein Haus, Geld, Schmuck, ein Auto, kannst dir alles kaufen. Mußt du glücklich sein ...«

Sechsundzwanzig Jahre, da lernt man einen Mann kennen. Und als Erika nun sah, wie Karl unruhig an seinem Schlips zog und das Thema Marion Gronau ihm sichtlich unbehaglich war, mußte sie lächeln und dachte ein wenig mitleidig: Welch ein Gockel bist du doch, Karl. Fünfzig Jahre bist du. Hast einen Bauch. Dein Kreislauf ist labil. Und wenn du drei Kniebeugen machst, keuchst du wie ein Blasebalg mit Loch. Aber sobald dir ein junges Mädchen entgegenkommt, machst du ein hohles Kreuz, trägst den Kopf steif, gehst du forscher, und deine Äuglein glänzen. Daß du nicht siehst, wie lächerlich das ist. Diese Marion Gronau ist dreiundzwanzig Jahre alt. Jünger als deine Tochter, Karl! Und wenn sie dir schöne Augen macht, dann nur, weil du der Chef bist, weil du Geld hast, weil sie sich etwas von deinem Erfolg erhofft. Und du glaubst wirklich, daß du als Mann auf sie einen Eindruck machst. O armer Karl! Wir zwei sind zusammen alt geworden, mich stört nicht dein Bauch und dein Schnarchen in der Nacht, und ich weiß, welche Pillen du zur Verdauung nehmen mußt und welche Tropfen nach dem Essen für deine Galle. Ob auch Marion Gronau das weiß? Ob sie deinen Bauch schön fände, wenn er nicht mit Gold lackiert wäre? Du bist ein alter Esel, Karl!

»Ich gehe ins Büro!« sagte Karl Haußmann noch einmal scharf. »Der ganze schöne Morgen ist mir versaut durch deine dumme Rederei! Aber wie du willst, ich blase die Reise ab. Wir fahren nicht. Ich kann mich auch hier auf der Terrasse erholen und in meinem Bett ausschlafen. Was das aber für einen Eindruck macht, jetzt, einen Tag vorher...«

»Wir fahren, Karl. Natürlich fahren wir.« Erika versuchte ein versöhnliches Lächeln. »Die jungen Leute werden sich sowieso in Rimini absondern und haben ihre eigenen Probleme.«

»Na klar«, brummte Haußmann. Der Gedanke, daß so etwas wirklich eintreffen könnte, behagte ihm gar nicht.

»Paßt dir überhaupt noch deine Badehose?«

»Warum nicht?«

»Du bist im letzten Jahr dicker geworden.«

Karl Haußmann strich sich über seinen Bauch. Wie sagte Marion Gronau, dachte er. »Ich habe eine Schwäche für stattliche Herren...« Ein wundervolles Mädchen, diese Marion. Sie wirkt wie Sekt.

»Es wird in Rimini schon eine passende Hose geben«, sagte er laut. »Also: Fahren wir oder nicht?«

»Natürlich fahren wir. Nur... ich habe Angst.« Erika lehnte sich an die Hauswand. Ihre bläulichen Lippen zuckten. »Die lange Fahrt... ob ich sie durchhalte? Heute nacht war es wieder ganz schlimm im Leib. Und heute morgen ist mir zweimal schwindlig geworden.«

»Die Wechseljahre.« Karl Haußmann zog seine Jacke an und sah auf seine Armbanduhr. 9.30 Uhr. Jetzt war die Post sortiert, und Marion wartete, um sie ihm vorzulegen. Karl Haußmann hatte es nun eilig, in die Fabrik zu kommen. Bei der Postdurchsicht waren er und Marion zwanzig Minuten allein. Da bekam er seinen Morgenkuß, Marion setzte sich ihm auf den Schoß, und er durfte ihre Beine streicheln. Bis zum Strumpfende. Dann schlug sie ihm auf die Finger und sagte mit einem süßen Lächeln: »Aber Herr Direktor...« In Rimini sollte das anders werden, verdammt noch mal. Und Marion Gronau hatte angedeutet, daß südliche Nächte, Chiantiwein und Mandolinenklang sie ganz schwach werden ließen.

»Geh zum Arzt!« sagte er zu seiner Frau, tätschelte ihr die Wange und ging zur Wohnhallentür.

»Der Arzt sagt immer nur, es sind die Nerven.«

»Ein kluger Man. Natürlich sind's die Nerven. Dir fehlt gar nichts! Wie gesagt, die Wechseljahre. Da wird man knötterig und nervös, die Fliege an der Wand ärgert einen – Hysterie nennt man so etwas, Rika! Aber das geht vorbei. Du sollst sehen: Rimini, das Meer, der weiße Sand... Himmel, schon halb zehn! Ich muß ins Büro!«

Karl Haußmann gab seinem fülligen Körper etwas Schwung, lief durch die Wohnhalle, übersprang den Schlauch des Staubsaugers und zwang sich, nicht gleich wieder kurzatmig zu keuchen. Wenig später brummte der große Wagen aus der Garage und entfernte sich in Richtung Gelsenkirchen.

Erika Haußmann setzte sich auf die Bettkante und blickte über die ausgebreiteten Kleider und die Wäsche, die sie mitnehmen wollte. Auch zwei Badeanzüge waren dabei, mit tiefen Rückenausschnitten. Sie beugte sich vor, zog sie zu sich und hielt sie hoch. Sind sie nicht zu jugendlich für mich, dachte sie. Ich bin fünfundvierzig Jahre und keine zwanzig. Kann ich mit solcher Rückenfreiheit noch gehen? Und auch an der Brust ist der Badeanzug ausgeschnitten.

Sie stand auf, ging zu dem großen, bis auf die Erde reichenden Spiegel, drehte sich und betrachtete ihre Figur.

Dafür, daß ich zwei erwachsene Kinder habe, sehe ich noch gut aus, dachte sie. Kein Fleckchen welke Haut, keine Fettpölsterchen, keine tiefen Falten. Schlanke Beine habe ich, und meine Brüste sind rund und in den Haltern straff. Ich habe kein Fett an den Hüften und kein Doppelkinn.

Aber sie ist dreiundzwanzig Jahre, diese Marion Gronau. Der Hauch der Jugend umweht sie. Wenn sie geht, vibriert ihr Körper. Vielleicht hat sie gar keinen Halter nötig, und über ihrer zarten Haut liegt noch der samtweiche Flaum. Auch ich war einmal dreiundzwanzig, und ich war hübscher als sie.

Erika Haußmann warf die beiden Badeanzüge auf das Bett, ging zum Telefon und rief ein Sportgeschäft in Gelsenkirchen an.

»Ich komme in einer Stunde zu Ihnen«, sagte sie mit entschlossener Stimme. »Bitte legen Sie mir in meiner Größe, Sie kennen sie ja, 38, eine Auswahl Bikinis zurück. Ja, Bikinis, die schönsten, die Sie haben. Ja, von mir aus die ganz modernen, auch wenn sie verrückt sind. Ich probiere sie nachher an. Schönen Dank, bis später...«

Dann saß sie wieder auf der Bettkante inmitten von Kleidern, Schuhen, Unterwäsche und Blusen, starrte auf den Koffer und dann hinaus in den sonnenüberfluteten Garten und hatte beide Hände auf den Leib gelegt.

Er schmerzte wieder. Er fühlte sich an, als sei in seinem Inneren ein runder, harter Kloß. Und wieder stieg die Angst in ihr auf, diese lähmende, das Herz umkrampfende Angst: Ist es Krebs? Bin ich schon vom Tode gezeichnet?

Und weil sie diese Angst hatte, ging sie nicht mehr zum Arzt. Sie wollte die Wahrheit nicht wissen. Sie wollte, solange es ging, bei ihrem Mann bleiben. Sie zwang sich, stark zu sein und nicht an ihre Angst zu denken.

Gerade jetzt nicht, wo es in ihrem Leben eine Marion Gronau gab.

Die Emaillewerke Haußmann & Sohn lagen in der Nähe der Zechen und Eisenwerke in Gelsenkirchen-Schalke und waren nur ein kleiner Komplex im Vergleich zu den großen Konzernen. Aber so, wie das Bankhaus Morgan eines der kleinsten, aber gesündesten Häuser in der New Yorker Wall Street ist, war auch die Emaillefabrik Haußmann & Sohn stabil und krisenfest. Haußmann beschäftigte 150 Arbeiter und Angestellte, hatte nie Krach mit der Gewerkschaft bekommen und ließ keinen Zweifel daran, daß er selbst einmal an der Maschine gestanden hatte, zehn Stunden lang stanzte und von vier Butterbroten und Malzkaffee oder einer Bohnensuppe im Henkelmann lebte. »Mir kann keiner was vormachen!« sagte er immer. »Ich kenne, wie's ist, wenn einem das Kreuz weh tut und man noch vier Stunden abkloppen muß!«

Marion Gronau wartete schon mit der Post, als Haußmann sein Privatbüro betrat, vorher den sauertöpfischen Hauptbuchhalter und Prokuristen Sczimkinsky begrüßt und zu dem technischen Leiter, der ihn sprechen wollte, gesagt hatte: »In einer halben Stunde, mein Lieber.«

»Du kommst spät«, sagte Marion, als sie allein im Chefbüro waren. Sie tat etwas beleidigt, warf die Post auf den großen Mahagonitisch und lehnte sich an die Wand, statt sich auf Haußmanns Knie zu setzen. Sie trug ein aufregendes, zitronengelbes Kleid mit tiefem, rundem Ausschnitt, in dem man die Ansätze ihrer Brüste sah. Haußmann setzte sich, wischte sich den Schweiß von der Stirn und atmete ein paarmal tief ein. Dann sagte er: »Komm, Küßchen...«

»Hast du es ihr gesagt?« fragte Marion und blieb stehen.

»Natürlich!«

»Und wie hat sie es aufgenommen?«

»Wie soll sie es aufnehmen? Ich bin der Herr im Haus. Ich habe es ihr klipp und klar gesagt und bin gegangen. Wozu lange Kommentare?«

»Ahnt sie etwas?«

»Ich weiß es nicht. Und wenn...«

»Was heißt: und wenn? Du weißt, daß ich keinen Skandal will. Ich liebe dich... aber ohne Aufsehen, Karl.«

»Aufsehen!« Haußmann trommelte mit den Fingern auf die Tischplatte. »Wenn Erika etwas merkt, werden wir uns aussprechen und dann die Konsequenzen ziehen. Die Kinder sind groß und aus dem Haus. Erika hat das Haus – ich werde ihr das Haus natürlich überschreiben – und bekommt eine anständige Rente. Was steht also einer Scheidung im Wege? Einer stillen, ganz unsensationellen Scheidung?«

»Und dann?«

»Dann heiraten wir, Marionmäuschen. Was sonst?«

Marion Gronau schwieg. Sie konnte darauf keine Antwort geben. Ihre Pläne lagen anders. Ein so hübsches Mädchen wie ich muß beweglich sein, dachte sie stets. Für das Herz ist Frank Hellberg gerade der Richtige. Für das Portemonnaie sorgt Karl Haußmann. Man müßte ihn so weit bekommen, daß er es als eine Patentlösung aller Probleme ansieht, wenn ich Frank Hellberg heirate und doch noch sein Bürokätzchen bleibe. Aber alles das wird die Zeit bringen; man soll nichts übereilen, vor allem, wenn es um Geld und Liebe geht.

»Komm, Küßchen!« sagte Haußmann wieder und spitzte die Lippen. Er ärgerte sich noch über die schlecht geschlafene Nacht, über Erikas hysterische Beschwerden und über den Gedanken, daß Hellberg in Rimini tatsächlich die Rechte eines Bräutigams wahrnehmen könnte. »Du mußt heute besonders lieb zu mir sein, denn ich habe Ärger.«

»Mein armes Bärchen!« sagte Marion betont zärtlich, gab Haußmann einen Kuß, ließ sich über die Hüften streicheln, umfing ihn dann von hinten und rieb ihr Gesicht an seiner linken Wange. »Mir fehlt ein schickes Sommerkostüm, Bärchen«, sagte sie und biß ihm ins Ohr. Haußmann röchelte vor Wonne und schnappte nach Luft.

»Kauf es dir, mein Liebling.«

»Und ein Sonnenkleid?«

»Auch.« Er hielt ihren Kopf fest, als sie ihn zurückziehen wollte, und drehte sich um. »Wann sind wir länger zusammen, Marion. Wann... wann sind wir einmal allein... ganz allein... nur wir zwei... Ich bin noch kein alter, morscher Holzklotz, Marion. Ich habe dich wirklich lieb...«

»Vielleicht in Rimini...« Sie befreite sich mit einem Ruck aus Haußmanns Händen, wich zurück zur Wand, ordnete ihre Haare und nahm die Briefmappe wieder vom Tisch. »Draußen wartet Obermeister Henkes, du wolltest ihn sprechen«, sagte sie mit veränderter, nüchterner, dienstlicher Stimme.

Haußmann strich sich mit zitternden Händen über Haare und Gesicht. Sein Herz zuckte und lag wie ein Eisenklotz in der Brust. Es war zentnerschwer von der Sehnsucht nach Marions Jugend.

»Er kann gleich kommen. Was sagt dein Verlobter Hellberg zu der Reise?«

»Er freut sich wie ein kleiner Junge. Er will die Fahrt gleich mit der Reportage über das Dolce vita an der Adria verbinden. Er kommt übrigens nachher zu dir, um dir zu danken und die Reise zu besprechen.«

Karl Haußmann nickte. Er blätterte die Post durch, ohne aufzunehmen, was er las. Es waren Worte, die an seinem Auge lediglich vorbeiglitten.

Rimini, dachte er nur. In Rimini wird sie mir gehören. Sie hat es jetzt versprochen. Drei Tage noch... drei lange, lange Tage... Was dann kam, war ihm völlig gleichgültig. Es ist meine letzte Liebe, dachte er. Mein Schwanengesang. Von da ab werde ich ein alter Mann sein und von den Erinnerungen leben. Aber diese eine, diese letzte Liebe werde ich mir noch erobern!

Eine Tür klappte. »Obermeister Henkes, Herr Direktor«, hörte er die Stimme Marions.

Er sah hoch. Henkes stand vor dem Schreibtisch, eine Mappe unter dem Arm. Wie durch einen Nebel sah ihn Haußmann.

»Die neuen Emaillemuster, Chef«, sagte Henkes. »Sie wollten sie doch noch vor Ihrem Urlaub sehen.«

Emaillemuster ... Emaille ... Wie kann dieser Mensch von Emaille sprechen, wenn seinem Chef das Herz überläuft?

»Zeigen Sie her, Henkes!« sagte Haußmann mit müder Stimme. »Heißer Tag heute, was? Die Luft steht ja. Ist Ihnen auch so dusselig im Kopf?«

»Nein, Chef. Ich nehme, wenn ich's merke, immer'n Korn.«

»Das ist gut, Henkes. Bringen Sie mir nachher auch einen. Und nun zu den Mustern ...«

Der Alltag floß weiter. Bei Haußmann & Sohn, in Gelsenkirchen, im Ruhrgebiet, in Deutschland, in der Welt. Ein Alltag mit Millionen kleinen Schicksalen, die niemand kennt.

Wie reich ist unser Leben an Ereignissen.

Man sehe nur sich selbst an ...

Der Journalist Frank Hellberg war ein Mann von sechsundzwanzig Jahren, der es nie aufgegeben hatte, von der Karriere eines ganz großen Journalisten zu träumen. Nur Glück brauchte man dazu; das Können besaß er. Ein Interview mit Mao Tse-tung oder de Gaulle, die Aufdeckung eines weltweiten Skandals auf der Linie der Christine Keeler oder der Bericht über eine verborgene Sensation – das waren, um in der Fachsprache zu bleiben, ›Knüller‹, von denen Frank Hellberg träumte. Bis jetzt schrieb er Lokalberichte und wurde ab und zu nach Düsseldorf in den Landtag geschickt, weil er satirisch schreiben konnte und man Politiker am besten satirisch betrachtet. Er verdiente leidlich, nach Tarif, hatte es sich abgewöhnt, über rätselschwangere Entscheidungen des Chefredakteurs oder des Verlegers nachzudenken, und war ein kleines, surrendes Rädchen in der großen Maschinerie des Zeitungskonzerns.

Frank Hellberg hatte Marion Gronau am Baldeney-See bei Essen kennengelernt. An einem Sonntag am Steg der Segelboote. Er hatte in der Sonne gesessen, die Beine ausgestreckt und war aus seinem Dösen herausgerissen worden durch eine helle Mädchenstimme: »Nehmen Sie mal die Beine weg! Oder haben Sie den Bootssteg gepachtet?« Aus einer anfangs zornigen Unterhaltung entwickelte sich ein schöner Sonntagnachmittag, bis man drei Monate später Verlobung feierte. Hellberg nannte sich glücklich, er liebte Marion ehrlich und glaubte, daß er der Mann sei, auf den sie bisher gewartet hatte. Sie waren ja auch äußerlich ein ideales Paar. Beide schlank und sportlich, mit blonden Haaren und lebenslustig.

Karl Haußmann war noch immer in schlechter Stimmung, als Hellberg zu ihm kam, und die miese Laune sank noch tiefer, als Frank seiner Marion in der Tür einen Kuß gab.

»Ich finde es großartig von Ihnen, Herr Haußmann«, sagte Hellberg später bei einer Zigarette und einem Kognak, »daß Sie uns mitnehmen. Von mir aus hätte ich mir solch eine Reise nie leisten können. Das Teuerste ist ja immer die Fahrt. Aber für das tägliche Leben habe ich mir ein paar Scheinchen gespart. Hoffentlich schluckt das Hotelzimmer nicht so viel.«

»Wir wohnen im Hotel ›Palma‹«, sagte Haußmann leichthin. »Mit das beste am Platze.«

»O Himmel, ich sehe schwarz!« rief Hellberg.

»Keine Sorge. Fräulein Gronau hat mich unterrichtet. Ich habe für Sie ein Zimmer in der ›Pensione Luigi‹ reservieren lassen. Zwar etwas entfernt vom ›Palma‹, aber was sind Entfernungen im Urlaub, nicht wahr? Fräulein Gronau wohnt mit uns im ›Palma‹.« Haußmann lächelte Hellberg freundlich an. »Sie fährt ja halbgeschäftlich mit, ich werde diktieren müssen und disponieren, und die Firma gibt einen Urlaubszuschuß. Es macht Ihnen doch nichts aus, Herr Hellberg?«

»Aber nein, nein!« Hellberg hob die Schultern. »Es ist schon ein riesiges Entgegenkommen von Ihnen, mich umsonst mitzunehmen. Und für Liebende – Sie sagten es schon – gibt es keine Entfernungen.«

Er lachte, aber Haußmann lachte nicht mit. Junger, unreifer Affe, dachte er böse. Was Marion nur an ihm findet? Nun ja, jung ist er. Aber dagegen habe ich im Leben etwas erreicht, aus eigener Kraft, und bin eine Persönlichkeit. Und in

Rimini werde ich auch zum glühenden Liebhaber werden. Fünfzig Jahre... das ist doch noch kein Alter!

Hellberg blieb eine halbe Stunde bei Karl Haußmann und verabschiedete sich dann. Man hatte abgesprochen, daß er mit Marion morgens um 7 Uhr bei Haußmanns sein wollte. Die große gemeinsame Reise sollte möglichst frühzeitig beginnen.

Im Flur vor dem Chefbüro fing ihn Marion ab. Sie fiel ihm um den Hals, küßte ihn und hakte sich bei ihm unter. »Ich freue mich ja so auf Rimini!« sagte sie mit schnurrender Stimme. »Es wird herrlich werden, Frank.«

»Leider wohnen wir weit auseinander, wie dein Chef sagt.«

»Was tut's?« Sie lachte und wiegte sich in den Hüften. »Zwischen dem ›Palma‹ und der ›Pensione Luigi‹ sind zwei Kilometer Pinienwälder. Ich habe in Prospekten nachgesehen. Und nirgendwo ist eine Nacht schöner als unter Sternen in einem Pinienwald.«

»Du bist zauberhaft frivol«, sagte Frank Hellberg. »Heiraten wir Weihnachten? Ich soll ab nächstes Jahr mehr Gehalt bekommen.«

»Zuerst kommt der Sommer, Franky.« Marion Gronau hakte sich wieder aus. Man kam in den allgemeinen Bürotrakt. »Du holst mich um halb sieben ab? Hast du schon gepackt?«

»Alles! Zwei Badehosen, eine Zahnbürste, drei Perlonhemden, zwei knitterfreie Hosen, zwei Paar Sandalen, einen Pullover. Eine ganze Aktentasche voll. Es ist alles so herrlich unkompliziert, wenn man nichts hat. Tschüs, Liebling!«

Er winkte Marion zu und lief dann die Treppe hinunter, immer zwei Stufen auf einmal nehmend; ein großer, fröhlicher, unbekümmerter, lieber Junge, der sich freut, daß er verliebt ist.

Sinnend blickte ihm Marion Gronau nach.

Wenn er wüßte, wie alles in Wirklichkeit ist, dachte sie. Vielleicht werde ich ihn heiraten, denn eine Scheidung

Haußmanns will ich nicht. So etwas belastet immer. Anders wäre es, wenn Erika Haußmann sterben würde... zu dem Witwer Haußmann würde ich sofort ja sagen.

Sie wandte sich ab und ging in ihr Büro zurück.

Dumme Gedanken, so etwas, empfand sie. Erika Haußmann ist eine noch hübsche und gesunde Frau. Warum sollte sie in absehbarer Zeit sterben? Sie ist nicht krank, sie hat keinerlei Beschwerden, sonst hätte es Karl längst erzählt. Sie kann noch dreißig Jahre leben.

Als sie in ihr Zimmer zurückkam, leuchtete schon das rote Lämpchen über der Tür. Zum Diktat, hieß das.

Marion Gronau sah in den Spiegel, lockerte ihre blonden Haare etwas und strich mit dem angefeuchteten Zeigefinger über die Augenbrauen.

Zum Diktat beim Chef... das hieß wieder ›Küßchen!‹ und ›Liebst du mich, mein Spatz?‹

Wie närrisch doch manchmal alternde Männer sind.

An diesem Vormittag kaufte Erika Haußmann in dem Sportgeschäft in Gelsenkirchen zwei aufregende, moderne Bikinis. Als sie sich im Spiegel der Ankleidekabine sah, war sie selbst verblüfft darüber, wie jugendlich sie aussah, wie ebenmäßig ihr Körper war und wie verführerisch ihre Brüste in dem knappen Oberteil wirkten. Und ich bin eine Mutter von zwei erwachsenen Kindern, dachte sie. Im nächsten Jahr vielleicht schon Großmutter. Was wird Karl sagen, wenn er mich so sieht? Staunen wird er. Vielleicht ist es ein Fehler, daß er mich in den letzten Jahren nie so gesehen hat. Es ist falsch, zu denken, als Mutter erwachsener Kinder müsse man sich bescheiden und immer nur seriös erscheinen. Männer lieben das Abenteuer, da ist Karl keine Ausnahme. Auch wenn es ›nur‹ das neu entdeckte Abenteuer bei der eigenen Frau ist.

Sie kaufte die Bikinis natürlich, aber dann spürte sie plötzlich eine große Schwäche in sich hochsteigen. Sie mußte sich setzen, es wurde ihr schwarz vor den Augen. Sie kam wieder zu sich, als die Verkäuferin ihr ein Glas kaltes Wasser an die bläulichen Lippen hielt und sie anrief: »Ist es jetzt besser, gnädige Frau? Soll ich eine Taxe rufen? Bitte, trinken Sie. Das wird Ihnen guttun.«

»Danke, danke...« stammelte Erika Haußmann und stand mit letzter Kraft und unsäglicher Mühe auf. Verstohlen blickte sie in einen der herumstehenden Spiegel und sah schnell wieder weg.

Ein bleiches, wie verfallenes Gesicht. Blaue Lippen. Tiefe Ränder unter den Augen. Ein erschreckender Anblick.

»Es geht schon, Fräulein, es geht schon«, sagte sie mit mühsam fester Stimme. »Ein kleiner Schwächeanfall. Mir sitzt noch immer eine verschleppte Grippe in den Knochen... deshalb wollen wir ja auch in den warmen Süden.«

Erst im Wagen ließ ihre Kraft wieder nach, sie saß, in die Polster zurückgelehnt, fast eine halbe Stunde, ehe sie fähig war, wieder selbst zu fahren.

Zu Dr. Wagenfeldt, dachte sie. Ich muß zu Dr. Wagenfeldt.

Aber dann fuhr sie doch nach Hause und legte sich auf die Couch. Wie immer hatte sie Angst vor der Wahrheit. Auch wenn heute die Krebsbehandlung große Fortschritte gemacht hatte und eine Heilung oft möglich war, sofern man die Krankheit rechtzeitig erkannte, wußte sie nicht wie sie es ertragen würde, wenn Dr. Wagenfeldt zu ihr sagte: »Keine Sorge, Frau Haußmann. Es ist nur ein harmloses Gewächs im Leib...«

Und dann würde man operieren und später bestrahlen und sie hinterher zur Kur schicken. Aber keiner würde ihr sagen, ob es nicht schon zu spät war.

Nur eins war sicher: Karl würde monatelang allein mit Marion Gronau sein.

Erika Haußmann schloß die Augen und preßte die Lippen zusammen.

Nein, ich gehe nicht zum Arzt, sagte sie sich. Ich lasse es darauf ankommen. Solange ich lebe, werde ich um Karl kämpfen. Ich will nicht schon zu Lebzeiten begraben werden...

Rimini.

Ein kilometerlanger, weißer Strand mit oftmals zehn Reihen Liegestühlen und Sonnenschirmen hintereinander, abgegrenzt von einem blauen, salzigen Meer und einer Kette weißer oder bunter Hotelpaläste. Dazwischen schreiende Kinder, Hunderte Kofferradios, flirtende Paare, Eisverkäufer, schwarzlockige Jünglinge in knappen Badehosen und mit goldenen Madonnenmedaillons auf der Brust, Pullover- und Seidenstoff-Verkäufer. Bootsvermieter und schreiende Bademeister. Dazu der Geruch von Sonnenöl und Parfum, von Schweiß und trocknenden Stoffen – sogar der Duft von Reibekuchen, die ein tüchtiger italienischer Geschäftsmann auf einem hochrädrigen Wagen bäckt und vor den Liegestühlen herschiebt, denn so viele Deutsche liegen hier und braten in der Sonne. Für sie ist der Duft von Reibekuchen wie für einen Bulgaren der Duft roter Rosen.

Und die Sonne brennt vom wolkenlosen Himmel, das blaue Meer glitzert... es ist wirklich so wie auf den Postkarten und Prospekten oder – wie Ludwig Thoma einmal schrieb – so ›wahnsinnig italienisch‹.

Die dreitägige Fahrt war ohne Zwischenfälle verlaufen. Erika hatte Marion Gronau und Frank Hellberg wie gute alte Bekannte begrüßt, ohne jegliche zweideutige Bemerkungen. Sie wirkte jugendlich, hatte sich etwas geschminkt, die Haare hochgesteckt und mit einem flotten, hellroten Chiffontuch verknotet. Sie trug ein weiß-blau gestreiftes Kleid im sogenannten Segel-Look, hohe, weiße Pumps und zwang Karl Haußmann direkt, auf ihre Beine zu sehen. Überhaupt war Haußmann sehr erstaunt darüber, wie gut Erika aussah. Und als sie neben Marion stand und ihr das Gepäck verstauen half, stellte er fest, daß Erikas Beine sogar noch schlanker und schöner waren als die Marions. Das verwirrte ihn maßlos.

In der ersten Nacht, in Basel, war er ohne Aufforderung, von sich aus, zärtlich zu seiner Frau und lag dann noch lange wach. Der Zwiespalt, in den er gekommen war, machte ihn unsicher. Zwei Zimmer weiter lag Marion Gronau, und sie trug ein teerosenfarbiges Baby-Doll-Nachthemd, das er selbst gekauft hatte.

Es war zum Kotzen! sagte er sich in dieser Nacht und wälzte sich auf die Seite, um Erika nicht immer anzusehen, die ihm plötzlich so jung vorkam wie vor fünfundzwanzig Jahren. Ich fahre doch nach Rimini, um mir Marion zu erobern, aber nicht, um mich in meine eigene Frau zu verlieben. So was Blödes!

Aber auch in der zweiten Nacht, in Como, nahm er Erika in seine Arme, aber dieses Mal aus Ärger und Opposition, denn Marion und Hellberg waren im Comer See schwimmen gewesen und hatten ihn nicht mitgenommen.

Als sie endlich in Rimini waren, stellte Erika fest, daß Marion Gronau auf dem gleichen Flur wohnte. Ihr Zimmer lag günstig, gleich neben dem Aufzug und der Treppe. Um so ungünstiger lag die ›Pensione Luigi‹. Bis zum ›Palma‹ waren es gut zwanzig Minuten Fußweg – weit genug, um telefonische Warnungen in Empfang zu nehmen, wenn Frank Hellberg die Pension verließ.

»Ein Wetterchen«, sagte Karl Haußmann und dehnte sich vor dem offenen Fenster. »Was, Rika? Ein Wetterchen! Das treibt den ganzen Schimmel aus den Knochen. Du sollst sehen, wie wohl du dich in Kürze fühlst.«

Karl Haußmann hatte alles durchorganisiert. Am hoteleigenen Badestrand hatte er zwei Kabinen und vier Liegestühle mit großen Sonnenschirmen reservieren lassen, ferner eine breite Luftmatratze, mit der man auf dem Wasser treiben konnte, und einen aufblasbaren Riesenball. Dazu eine Schwimmweste, denn er wollte Marion Gronau durch ein weites Hinausschwimmen ins Meer zeigen, wie mutig und sportlich auch ein Mann mit fünfzig Jahren noch sein kann.

Am dritten Tag in Rimini kam es zu einem Zusammenstoß.

Erika war vom Hotel aus etwas später zum Strand gegangen. Sie suchte ihren Mann, fand ihn nicht und sah auch Marion Gronau nicht im Liegestuhl. Frank Hellberg war noch nicht da; er kam immer erst gegen 10 Uhr vormittags.

Eine heiße Angst kroch in Erika hoch. Sie wollte sich zwingen, sich in den Liegestuhl zu legen und zu warten, an nichts Unrechtes zu glauben, sich selbst zu belügen ... aber sie hatte nicht die Kraft dazu. Sie lief zu den Kabinen.

Dort sah sie ihren Mann, wie er gerade aus einer der Kabinen kam. Aber nicht allein. Marion Gronau folgte ihm, und sie sah sehr erhitzt aus.

»Guten Morgen«, sagte Marion, sah Erika etwas scheu an und lief hinunter zum Strand, ohne sich umzudrehen. Wie Flucht sah es aus. Karl Haußmann hielt den aufgeblasenen Ball vor seine Brust und pfiff verlegen vor sich hin.

»Konnte sich Fräulein Gronau nicht allein anziehen?« fragte Erika spitz. »Oder klemmte ein Reißverschluß?«

Haußmann ließ den Ball fallen und holte Atem. »Bitte, nicht solche Töne, Erika!« rief er empört. »Ich habe nur den Ball aufgeblasen.«

»In der engen Kabine.«

»Da lag der Blasebalg.«

»Man kann ihn auch hinaustragen.«

»Man kann, kann, kann! Sag einmal, was soll das Trara? Willst du uns mit deiner dämlichen, grundlosen Eifersucht den Urlaub verderben? Wenn das so weitergeht, schicke ich Fräulein Gronau nach Hause!«

»Das wäre allerdings eine Lösung.«

»Und Hellberg? Wie stehe ich denn da? Soll ich sagen, meine Frau verdächtigt Ihre Braut? Bin ich ein Waschlappen? Willst du mich unmöglich machen?« Er gab dem Luftball einen Tritt, so daß er weit über den Strand bis zu den Liegestühlen flog. »Ein schöner Urlaub wird das! Eine herrliche Erholung! Man sollte sich jetzt in eine Pinte setzen und sich vollsaufen.«

Erika antwortete nicht mehr. Sie wandte sich ab, ließ den

wütenden Karl Haußmann stehen und ging langsam zurück zu ihrem Sonnenschirm. Niemand sah, daß sie weinte, ganz leise vor sich hin weinte. Sie hatte den Kopf gesenkt, als suche sie im Gehen etwas im Sand. Dann, als sie im Liegestuhl lag, deckte sie ein Handtuch über ihr Gesicht und weinte unter diesem Schutz weiter.

Ich habe geglaubt, nach Basel und Como würde alles besser, dachte sie, würde alles wieder so wie einst. Aber sie ist stärker, dieses blonde Aas. Sie hat etwas, das ich nie bieten kann: ihre Jugend. Ich werde immer, immer verlieren.

Karl Haußmann atmete auf, als Erika wegging zu den Sonnenschirmen. Eine dumme Situation, das sah er ein. Fünf Minuten später, und es wäre alles normal gewesen. Man mußte Erika beruhigen, um den Urlaub mit Marion zu retten. In der Strandstraße von Rimini hatte er ein Juweliergeschäft gesehen. Ein Armband, dachte er. Ja, ein Armband werde ich Erika kaufen. Ein goldziseliertes Armband, das sie sich schon immer gewünscht hat; von jetzt ab muß man verdammt vorsichtig sein.

Er ging nicht zum Strand, sondern zur Freiluftbar, bestellte sich ein Cassata-Eis und wartete, bis Frank Hellberg kam. In seinem Schutz ging er zu den Liegestühlen und benahm sich so, als sei nichts geschehen.

Nach dem Mittagessen kaufte er Erika das goldene Armband.

Sie bedankte sich, schloß es in ihren Reiseschmuckkoffer und beschloß, es nie zu tragen.

Am Abend, Karl hatte sich gerade umgezogen, denn abends speiste man im ›Palma‹ im Gesellschaftsanzug, erlebte Haußmann zum erstenmal eine jener ›Unpäßlichkeiten‹ seiner Frau, die er bisher – wenn sie davon erzählte – immer nur mit den Worten ›Das sind die Wechseljahre‹ abgetan hatte.

Entsetzt, völlig hilflos, außer Fassung sah er, wie Erika sich vor dem Frisierspiegel plötzlich vorbeugte, beide Hände gegen den Leib preßte und laut aufstöhnte. Ehe Karl helfen konnte, hatte sie sich die drei Schritte zum Bett geschleppt, warf sich dort auf den Rücken, zog die Beine an und wimmerte vor Schmerzen. Ihr schönes Gesicht war verzerrt, von gelblicher Blässe überzogen und mit kaltem Schweiß bedeckt.

»Mein Gott...« stammelte Karl Haußmann. »Mein Gott, was ist denn, Rika? Was hast du? So sag doch was! Rika!«

Er lief zu ihr, setzte sich auf das Bett, wischte ihr den Schweiß vom Gesicht und vom Hals, nahm ihre verkrampften Hände und versuchte, sie vom Leib zu heben, auf den sie sie gepreßt hatte.

»Laß mich«, keuchte sie. »Laß mich, geh! Es ist gleich vorbei... es ist... gar nichts... Ich... ich...« Sie wälzte sich auf die Seite, weinte in die Kissen und stammelte unverständliche Worte.

»Das... das habe ich ja nie erlebt, Rika«, sagte Haußmann und tastete nach ihrer zuckenden Schulter. »Hast du das schon öfter so gehabt? Warum hast du mir das nie richtig erzählt? So etwas verschweigt man doch nicht. Du bist doch meine Frau, Rika. Ich schwöre dir, ich habe das wirklich nicht gewußt.« Er stand auf, lief im Zimmer hin und her und kam sich wie geohrfeigt vor. Sie ist krank, dachte er dabei. Rika ist schwer krank, und nie hat sie etwas gesagt. Und wenn sie etwas sagte, habe ich sie ausgeschimpft. Ich war ein Barbar. Verdammt noch mal.

Er zuckte zusammen, als das Telefon läutete.

Marion war am Apparat. Sie rief aus der Hotelhalle an.

»Wo bleibst du, mein Bärchen?« fragte sie. »Ich habe einen bombigen Hunger.«

»Essen Sie allein!« sagte Karl Haußmann grob. »Und stören Sie uns bitte nicht mehr!« Er warf den Hörer zurück, ohne die Antwort abzuwarten.

»Na warte, mein Vögelchen«, sagte unten in der Halle Marion Gronau und legte auf. »So geht das nicht mit mir! Ich bin kein Stück Dreck!« Wütend ging sie in den Speisesaal an den reservierten Tisch und bestellte sich das beste Essen, das auf der Karte stand.

Oben, auf Zimmer 112, rannte Karl Haußmann noch immer herum, tauchte Handtücher in kaltes Wasser, wrang sie aus, trug sie zu Erika und warf sie in die Ecke, als seine Frau den Kopf schüttelte. Er setzte sich neben sie, hilflos wie ein kleiner, geschlagener Junge, und wartete, bis der krampfhafte Schmerz nachließ und Erika sich erschöpft ausstreckte.

»Geh essen«, sagte sie, als sie wieder sprechen konnte. »Sie wartet doch auf dich.«

Es war Karl Haußmann, als bekäme er die zweite Ohrfeige. Er senkte den Kopf, tastete nach Erikas Hand und hielt sie fest. Eine schlaffe, weiße, kraftlose Hand.

»Sie wird warten, bis sie grün ist«, sagte er rauh. »Wir werden erst alles tun, daß du gesund wirst. Ich rufe jetzt einen Arzt.«

»Nein, keinen Arzt. Bitte, keinen Arzt.« Erika versuchte, ihren Mann am Rock festzuhalten, aber er war schon aufgesprungen und ging zum Telefon. »Keinen Arzt!« rief sie verzweifelt. »Ich habe doch nichts! Ich habe mir doch nur gestern den Magen verdorben an den fetten Oliven. Ruf keinen Arzt. Karl. Bitte!«

»Auch ein verdorbener Magen braucht einen Arzt«, sagte Haußmann. Er ließ sich jetzt nicht mehr abhalten. Er rief die Rezeption an, bat um einen guten Arzt auf Zimmer 112 und bestellte eine Tasse Pfefferminztee. »Der ist gut bei verdorbenem Magen«, sagte er, als Erika den Kopf schüttelte. »Meine Mutter kochte ihn auch immer.«

Es dauerte nicht lange, bis es klopfte. Ein junger, schwarzhaariger, eleganter Mann trat ein, eine flache Tasche in der Hand, und stellte sich vor.

»Dr. Borgoporte.« Er sprach ein gutes Deutsch, und später stellte sich heraus, daß er drei Semester in Erlangen studiert hatte.

»Meine Frau«, sagte Karl Haußmann. »Der Magen oder

der Bauch. Sie klagt schon seit längerer Zeit darüber. Eben hatte sie einen Anfall, wie einen Krampf.«

»Mein Mann übertreibt maßlos.« Erika lag tief atmend auf dem Bett und versuchte zu lächeln. »Es ist nur eine Magenverstimmung, Doktor. Die fremde Ernährung, die Umgewöhnung...«

»Wir wollen sehen.« Dr. Enrico Borgoporte setzte sich neben Erika aufs Bett, schob das Hemd hinauf und tastete ihren schmalen Leib ab. Dort, wo auch Erika den vermeintlichen Kloß gespürt haben wollte, blieben seine Hände liegen und drückten vorsichtig den Bauch in kleinen Quadraten ab. Seinem Gesicht war nicht anzumerken, was er in diesen Augenblicken dachte. Er tastete höher, zum Magen, palpierte die Rippen, ließ Erika sich herumdrehen und hörte Lunge und Atmung ab. Aber sie wußte, daß er dies nur zur Ablenkung tat und daß seine Diagnose längst feststand.

»So ist gar nichts zu sehen«, sagte Dr. Borgoporte. »Einige Hautverschiebungen, eine leicht gespannte Bauchdecke. Ich schlage vor, Sie fahren mit mir in die Praxis, und ich mache einige Röntgenaufnahmen. Ich habe eine moderne Einrichtung, es dauert nicht länger als eine halbe Stunde.«

Er lügt, dachte Erika und beobachtete Dr. Borgoporte, wie er sich die Hände wusch. Er weiß genau, was in meinem Leib wächst und wächst und mir eines Tages das Leben abdrückt. Gut, lassen wir ihn die Röntgenaufnahmen machen. Ob er Karl dann die Wahrheit sagt?

Und was geschieht dann?

Mehr getragen als selbst gehend, verließ Erika am Arm der beiden Männer das Hotel und fuhr in die Praxis Dr. Borgoportes. Dort mußte sie sich auf einen Röntgentisch legen, die Fotoplatten wurden ihr untergeschoben, und dann wurde ihr Leib geröntgt, in drei Ebenen – von oben, von der Seite und vom Rücken aus.

»Schon fertig!« sagte Dr. Borgoporte heiter, bevor er mit den Platten in die Dunkelkammer ging. »Wie fühlen Sie sich, Signora?«

»Besser.«

»Ich gebe Ihnen nachher ein Kreislaufmittel mit und Dragées die Sie einnehmen, wenn wieder solche Krämpfe auftreten sollten.«

Spät am Abend schlich sich Karl Haußmann aus seinem Zimmer und eilte über den schwach beleuchteten Flur zum Zimmer Marions. Erika schlief fest. Die Tropfen, die sie gegen Schmerzen eingenommen hatte, wirkten wie ein Schlafmittel. Haußmann rief sie ein paarmal laut an, und als sie nicht reagierte, war es für ihn gefahrlos, zu Marion zu schleichen.

»Was willst du hier?« fragte Marion Gronau schnippisch, als sie auf wiederholtes Klopfen öffnete und Haußmann hereinließ. »Wenn du glaubst, du könntest mich behandeln wie ein käufliches Püppchen... Auf dein Geld pfeife ich! Was war eigentlich los? Hat dir deine Frau wieder den Kopf heiß gemacht? Ich habe große Lust, abzureisen und mit Frank auf eigene Kosten Urlaub zu machen. Aber dann ist alles aus, mein Lieber.«

Karl Haußmann setzte sich schwer und stierte auf den Orientvorleger vor Marions Bett. Sie hatte sich bereits ausgezogen, und durch den dünnen Perlonstoff ihres Nachthemdes sah er ihre aufreizende Gestalt. Sie schämte sich gar nicht, sondern ging vor ihm her zum Nachttisch, holte sich eine Zigarette und zündete sie an.

»Mein Frau ist krank«, sagte Haußmann dumpf.

»Krank? Wieso?« Marion starrte Haußmann ehrlich verblüfft an. »Sie war doch nie krank.«

»Sie hat es keinem gesagt. Jetzt weiß ich es. Ich habe vorhin einen Anfall miterlebt. Der Arzt hat uns mitgenommen und Erika geröntgt.«

Durch Marion lief ein deutliches Zittern. Sie zog ein paarmal an der Zigarette und zerdrückte sie dann mit nervösen Fingern.

»Ist... ist sie sehr krank?« fragte sie leise.

»Ich weiß es nicht. Morgen früh erfahre ich es. Dr. Borgoporte hat mir versprochen, ganz ehrlich zu sein.«

»Kann sie so krank sein, daß sie bald stirbt?«

»Was redest du da!« rief Karl Haußmann und sprang auf. »Wer denkt denn daran?«

»Ich, mein Bärchen! Wir könnten dann nämlich heiraten... wie du es dir immer erträumt hast...«

Karl Haußmann nagte an der Unterlippe. Plötzlich war es ihm, als zöge man ihn durch eiskaltes Wasser. Erika tot, dachte er. Das ist undenkbar. Auf einmal ist das undenkbar. Scheiden lassen, ja, das hätte ich. Aber nun ist sie krank, und sie kann sterben, wie Marion es so widerlich grob und deutlich sagt. Und da ist es plötzlich etwas anderes. Da denkt man an die vergangenen sechsundzwanzig Jahre, an die Kinder, die sie geboren hat, an den Aufbau der Fabrik, an dem sie mitgeholfen hat, an tausend Kleinigkeiten des Lebens, die man völlig vergessen hatte. Zum Beispiel vor sechs Jahren. Da hatte er eine Lungenentzündung. Vier Tage lag er mit hohem Fieber in der Krisis, und vier Tage und vier Nächte lang hatte Erika neben ihm gesessen bis zum Umfallen und Wache gehalten. So etwas vergißt man schnell, aber es kommt wieder, o ja, es kommt zurück in solchen Augenblicken wie jetzt, wo man glaubt, sich für immer trennen zu müssen... Sechsundzwanzig Jahre, ein halbes Menschenleben – und so soll es nun enden? Karl Haußmann wandte sich ab und ging zur Tür.

»Wohin willst du denn?« fragte Marion und ließ sich auf das Bett gleiten. Für sie war die Zukunft nun klar, und für diese Zukunft hieß es, Opfer zu bringen.

»Ich muß zu Erika«, sagte Haußmann heiser.

»Aber die schläft doch.«

»Ja. Aber ich muß zu ihr.«

»Hast du dir für Rimini nicht etwas vorgenommen, Bärchen?«

Haußmann blickte sich um. Etwas wie Abscheu kam in ihm hoch, wie Ekel beim Anblick einer kriechenden Schlange. Er sah die Nacktheit unter dem dünnen Schleierstoff und die fragenden Augen in dem süßlichen Puppengesicht. Und plötzlich wußte er auch, daß man nicht Karl Haußmann meinte, sondern sein Vermögen, sein Haus, seine Fabrik. Erika starb vielleicht, und die Nachfolgerin bot sich an wie eine Hure.

»Gute Nacht!« sagte Haußmann rauh und verließ das Zimmer.

»Du edler Spinner!« rief Marion ihm nach. Aber er hörte es nicht, es ging im Zufallen der Tür unter.

Dann ging er den Flur zurück zu seinem Zimmer 112 und war glücklich, daß Erika noch lebte, daß sie tief atmete, daß sich ihr Gesicht im Schlaf entspannt hatte und sogar rote Flecken auf den bleichen Wangen lagen. Vielleicht ist alles nur halb so schlimm, dachte er. Vielleicht zeigt das Röntgenbild, daß alles gefahrlos ist. O Gott, laß es so sein! Laß Erika weiterleben. Laß mir meine Frau... meine kleine Rika...

In dieser Nacht schlief Haußmann nicht. Er saß am Bett und wachte und achtete auf jeden Atemzug.

Am nächsten Morgen ging er allein zu Dr. Borgoporte. Erika wollte es so, und ihm war es auch lieber.

Die Sprechstundenhilfe ließ ihn sofort in ein Privatzimmer, als Karl Haußmann seinen Namen nannte, und durch die Art, wie sie ihn behandelte, ahnte er, was er zu hören bekommen würde.

»Versuchen Sie keine schönen Umschreibungen, Doktor«, sagte er, als Dr. Borgoporte eintrat und die drei Röntgenaufnahmen auf den Tisch legte. »Ich kann die volle Wahrheit ertragen.«

Und Dr. Borgoporte zeigte ihm die Röntgenaufnahmen, erklärte sie und sagte die Wahrheit.

Erika saß, in einem ihrer neuen, verführerischen Bikinis, am Fenster zum Balkon und sah hinaus aufs Meer, als Karl Haußmann zurückkam. Sie sah wieder jung und heiter aus, wie das blühende Leben, und ihm war es, als würge ihn jemand und schüttele ihn hin und her und schlage ihn mit dem

Kopf gegen die Wand. Wie schön sie ist, dachte er und hätte sich dabei zerreißen können, Nie, nie habe ich sie so schön gesehen seit unserer Hochzeitsreise vor sechsundzwanzig Jahren. Wie blind bin ich gewesen, wie gleichgültig, wie verbrecherisch uninteressiert. Und jetzt sehe ich es, jetzt...

»Was sagte der Arzt?« fragte Erika und lehnte sich zurück. Ihr Haar glänzte kupfern in der Sonne. Ihre rot geschminkten Lippen leuchteten. »Hat er die Wahrheit gesagt?«

»Ja, Erika.« Haußmann stützte sich schwer auf den kleinen Frisiertisch. »Du... siehst wundervoll aus, Rika.«

»Es ist Krebs«, sagte Erika mit fester Stimme. »Ich weiß es seit Monaten.«

Karl Haußmann schloß die Augen. Er konnte Erika jetzt nicht ansehen, während er nickte.

»Ja, es ist Krebs.« Seine Stimme schwankte und entglitt ihm.

»Und was nun?« fragte Erika. Sie beugte sich wieder vor und sah hinaus auf das in der Sonne schillernde, leicht bewegte Meer.

»Nun?« Haußmann ballte die Fäuste und drückte sie gegen seine Brust. »Nun werde ich Himmel und Hölle in Bewegung setzen, um dich zu retten. Himmel und Hölle! Ich glaube daran, daß du wieder gesund wirst, ich glaube fest daran.«

»Willst du das denn... daß ich gesund werde?« fragte sie. Es klang wie eine übliche Frage. Über Karl Haußmann rann es heiß und dann eiskalt.

»Aber ich liebe dich doch«, stammelte er. »Rika, ich liebe dich. Du darfst mich doch nicht verlassen... Was... soll ich denn ohne dich? Ich bin doch ein Garnichts, wenn du nicht mehr bei mir bist.« Und plötzlich hieb er auf den Tisch und trommelte mit den Fäusten auf die Glasplatte. »Himmel und Hölle werde ich in Bewegung setzen! Du wirst wieder gesund werden, Rika... du *wirst* es!«

Gesund werden. Als ob sich das einfach erzwingen ließe. Erika Haußmann blickte wehmütig hinaus auf die sonnenüberglänzte Adria. Dann drehte sie sich um zu ihrem Mann.

Karl war noch ganz außer sich. Er stampfte mit den Füßen, hämmerte mit den Fäusten auf dem kleinen Frisiertisch herum und beschwor Himmel und Hölle. Wie ein kleiner trotziger Junge, der sich eben niemals fügen will ins Unabänderliche.

»Karl!«, rief Erika mit sanfter Stimme. Er tat ihr leid. Sie hatte mit dieser Diagnose gerechnet – für ihn aber war es ein richtiger Schock gewesen. »Was nützt es, mit dem Schicksal zu hadern.«

Er kam zu ihr, packte sie bei den Armen: »Rika, Rika! So darfst du nicht reden. Was heißt denn Schicksal? Wir werden uns dagegen wehren. Du ahnst nicht, was heute alles möglich ist. Bedenk doch, die moderne Medizin...«

Kopfschüttelnd löste sie sich von ihm.

»Machen wir uns doch nichts vor! Die einen operieren und bestrahlen. Die anderen versuchen es mit Milchsäure oder mit Diät. Jedes Jahr taucht irgendein Wundermittel auf und verschwindet wieder in der Versenkung.« Sie hob die Stimme. »Aber jedes Jahr steigt die Zahl der Krebsfälle, und die Ärzte sind sich noch nicht einmal darüber einig, ob Krebs eine lokale oder eine allgemeine Erkrankung des Körpers ist.«

Karl Haußmann schluckte ein paarmal. Er begriff: Sie hatte es vorher gewußt und schon darüber nachgelesen.

»Mein Gott, Rika. Warum hast du mir denn nie einen Ton davon gesagt? Warum hast du bloß so lange geschwiegen?«

»Habe ich das?«

Sie sagte es mit einem kleinen Lächeln. Ohne Bitterkeit. Verzeihend. Karl Haußmann nagte verlegen an seiner Unterlippe. Stimmt, dachte er, sie hat gar nicht geschwiegen. Er war immer zu müde gewesen, wenn er aus dem Büro kam, um sie anzuhören. Zu sehr mit sich selber beschäftigt. Er hatte seine Ruhe haben wollen und keine Lust verspürt, die ›ewigen Klagelieder‹ anzuhören. ›Schwindelig?‹ hatte er einmal geknurrt. ›Das macht die Langeweile.‹ Und dann war er in die Wohnhalle gegangen, hatte seine Stereoanlage eingeschaltet und sich Wagner angehört. ›Winterstürme wichen dem Wonnemond.‹ Und statt an Rika zu denken, hatte er von Marion Gronau geträumt.

»Du hättest Genaueres sagen müssen, Rika«, versuchte er sich zu rechtfertigen. Aber in seinen Augen standen Schuldbewußtsein und Reue.

Erika umarmte ihn. Sie gab ihm einen Kuß, der Karl erschaudern und an Abschied denken ließ. Als ob sie ihm entrissen werden sollte, so hielt er sie fest.

»Rika, Rika!«

Er atmete den Duft ihres Haares, das wie Kupfer schimmerte. Er spürte die Sonnenwärme ihres Körpers, und er konnte einfach nicht glauben, was ihm der Arzt eröffnet hatte.

»Rika«, stammelte er, »die Diagnose ist falsch. Sie muß falsch sein.«

»Und der Schatten auf dem Röntgenbild?«

»Was weiß ich?« Er begann wieder umherzurennen. »Was ein Arzt sagt, genügt mir nicht! Wir werden drei, vier oder auch zehn Ärzte konsultieren. Wir gehen zu den größten Kapazitäten, Rika. Ich reise mit dir um die ganze Welt.«

Erika Haußmann konnte nicht verhindern, daß ihr die Tränen über die Wangen liefen. Das letztemal hat er sich so liebevoll um mich gesorgt, als unser Junge zur Welt kam, dachte sie. Unser Junge, der jetzt noch studiert.

Karl sah nicht, daß sie weinte.

»Am besten ist, wir fahren morgen nach Deutschland«, meinte er. »Nicht erst nach Haus, sondern gleich zur Universität nach Heidelberg.«

Erika schaute durchs Fenster nach draußen. Er sollte ihr Gesicht nicht sehen.

»Operieren lasse ich mich nicht«, sagte sie, obwohl er davon noch gar nicht geredet hatte. Aber er hatte daran gedacht. Seine Bestürzung verriet es.

»Warum denn nicht?«

»Und wenn es zu spät ist?«

»Unsinn! Wer sagt das? Wir müssen jede Chance wahrnehmen, Rika!«

»Operieren lasse ich mich nicht. Ich will so von dir gehen, wie du mich kennst. Nicht mit einem zerschnittenen Leib.«

Da war es wieder mit seiner Geduld zu Ende. Er brüllte los: »Du sollst nicht von mir gehen, verdammt noch mal!« Und dann leiser: »Los, fang ruhig schon an, die Koffer zu packen. Ich rede inzwischen mit den anderen. Die beiden können ja hierbleiben. Ich zahle ihnen die Rückfahrt mit der Bahn, damit sie keinen Schaden haben.«

»Nein.«

Sie kam und zog ihn zum Fenster.

»Siehst du, wie herrlich blau das Meer ist. Und dieser Blütenduft, diese seidige Luft. Laß uns bleiben, Karl. Laß mich diese vier Wochen genießen.«

Sie breitete die Arme aus und atmete tief.

»Laß uns ein Boot mieten, Karl. Bei einem Fischer. Dann rudern wir weit hinaus. Mitten in diesem blauen Wasser möchte ich schwimmen!«

Karl starrte sie an. So kannte er sie überhaupt nicht.

»Rika, ich liebe dich«, sagte er leise.

»Da, das Boot mit dem orangefarbenen Segel. Mit so einem möchte ich fahren.«

Haußmann riß sie vom Fenster weg. Er preßte sie in seine Arme. Mein Gott, wie blind war ich all die letzten Jahre, dachte er.

Später ging Karl Haußmann zum Strand hinunter. Allein. Erika blieb im Zimmer. Sie lag in einem Liegestuhl am Fenster und dachte über die vergangene Stunde nach.

Habe ich nun gesiegt? fragte sie sich.

Habe ich diese Marion Gronau aus seinen Träumen verdrängt? Habe ich wirklich meinen Mann zurückerobert? War das die Liebe wie vor zwanzig Jahren? Oder geschah alles nur in einer Aufwallung seines Mitleids und seines Schuldbewußtseins?

Nur das nicht, dachte sie bang.

Sie erhob sich, trat ans Fenster und blickte hinaus. Sie entdeckte ihren Mann sofort. Er saß neben Herrn Hellberg, dem Verlobten der Gronau. Die blonde Marion war nicht bei ihnen. Wahrscheinlich tummelte sie sich im Wasser – einer der bunten, wimmelnden Punkte im endlosen Blau.

Erika war beruhigt. Sie ließ die Jalousien herunter und versuchte, ein wenig zu schlafen.

Hellberg lag auf dem Bauch im Sand. Er hatte einen Sonnenbrand und blieb deshalb stets im Schatten des bunten Schirms.

»Wie geht es Ihrer Gattin?« fragte er, nachdem er Karl Haußmann begrüßt hatte. »Marion erzählte, sie sei krank.«

»Ja«, antwortete Haußmann, und er bemühte sich, ein möglichst unbeteiligtes Gesicht zu machen.

»Hoffentlich nichts Ernstes«, fuhr Frank Hellberg fort, und als Haußmann schwieg, setzte er in seiner jungenhaft offenen Art hinzu:

»Marion befürchtet, es sei vielleicht etwas Ernstes. Ich wollte Ihnen nur sagen, Herr Haußmann: Wenn ich Ihnen helfen kann...«

»Helfen!«

Karl Haußmann verlor plötzlich wieder die Fassung. »Menschenskind, helfen! Ich würde alles darum geben, wenn überhaupt nur jemand auf der Welt helfen könnte.« Sein Gesicht wirkte plötzlich ganz verfallen und alt. Unter der beginnenden Bräune war seine Haut fahlgelb.

»Steht es so schlimm, Herr Haußmann?«

Karl sah ihn nicht an. Er malte mit einem Finger im Sand und sagte gequält:

»Ich habe heute morgen mit dem Arzt gesprochen. Er hatte Erika geröntgt. Ganz eindeutige Sache, klarer Fall.« Er konnte nicht weiterreden. Er ließ den Kopf noch tiefer sinken und stöhnte: »Es ist furchtbar, ganz furchtbar.«

Frank Hellberg scheute sich, Haußmann anzuschauen.

Er starrte aufs Wasser, hin zu den badenden, ballspielenden, vor Vergnügen kreischenden Menschen.

»Krebs, nicht wahr?«

»Sie wissen?«

»Ist doch leider heute das Naheliegende.«

Sie schwiegen eine Weile. Dann sagte Hellberg:

»Natürlich brechen wir den Urlaub sofort ab.«

»Nett von Ihnen«, erwiderte Karl Haußmann. »Sehr anständig von Ihnen, Frank. Ich darf Sie doch so nennen. Schönen Dank für das entgegenkommende Angebot. Aber genau *das* will Erika nicht. Sie sagt, sie möchte diese vier Wochen richtig genießen.« Er schluckte, ehe er zögernd hinzusetzte: »Ich glaube, sie vermutet, daß bald ihre letzten glücklichen Stunden vorbei sind.«

»Ist der hiesige Arzt in Ordnung? War es eine klare Diagnose?«

»Ja. Ein Karzinom im Unterbauch. Dr. Borgoporte konnte nicht sagen, ob es noch operabel ist. Er rät aber zum chirurgischen Eingriff. Nur wenn man direkt hineinschaut, läßt sich entscheiden, ob man noch schneiden kann oder einfach wieder zunäht und Gott um ein gnädiges Ende bittet.« Er schlug die Hände vors Gesicht.

»Auch wenn wir hierbleiben, sollten Sie sich nicht auf das Urteil dieses einen italienischen Arztes verlassen.«

»Ganz meine Meinung, Frank. Aber Erika...«

»Vielleicht gibt es hier in der Gegend einen Spezialisten. Wissen Sie was, Herr Haußmann? Ich höre mich mal um. Ich kann einen italienischen Kollegen fragen, mit dem ich mich gestern schon unterhalten habe.«

»Bitte lassen Sie doch...«

Aber Frank Hellberg war nicht mehr zu halten. Er hängte sich ein Handtuch, das er vorher sorgfältig vom Sand befreite, über den verbrannten Rücken und rannte los.

Einige Minuten nachdem ihr Verlobter verschwunden war, kam Marion Gronau aus dem Wasser. Sie lief auf die Liegestühle zu. Drei Meter vor Karl Haußmann blieb sie stehen. Sie schüttelte sich, daß die Tropfen flogen und in der Sonne wie tausend Perlen glitzerten. Dann warf sie die Badekappe in den Sand, hob die Arme zum wolkenlosen Himmel und reckte sich. Ihr blondes Haar leuchtete wie blankes Messing. Ein paar schwarzgelockte Jünglinge blieben staunend stehen.

»Dolce bionda!« riefen sie und: »O mamma mia!«

Marion Gronau beachtete sie nicht. Sie lachte Karl Haußmann an und legte sich in den Liegestuhl, der neben seinem stand.

»Deine Frau kommte heute wohl nicht?« fragte sie beiläufig, und als er nicht antwortete, sagte sie:

»Verzeihung, oder muß ich Sie zu Ihnen sagen? Wie Sie es gestern am Telefon taten, Herr Direktor.«

»Bitte, Marion, unterlaß solche Albernheiten.«

Sie schwieg ein paar Minuten. Plötzlich sagte sie impulsiv:

»Entschuldige, Karl, es war nicht fair von mir. Auch gestern abend nicht. Ich verstehe, daß du jetzt, da sie krank ist, in erster Linie für deine Frau dasein mußt.«

»Marion, bitte, laß dir erklären.«

Ihr nackter Arm langte herüber, ihre Hand verschloß seinen Mund.

»Bitte erklär mir nichts. Es war mein Fehler, mir von Rimini zu erhoffen, was mir nicht zusteht. Vergessen wir's.«

Sie entzog ihm den Arm. Dann fragte sie behutsam:

»Darf ich mich danach erkundigen, wie es deiner Frau geht?«

»Im Augenblick nicht schlecht.«

»Was fehlt ihr eigentlich?«

Er wollte es nicht sagen. Ihr nicht. Er zögerte zu lange, weil er keine Ausrede parat hatte. Da kam sie ihm zuvor:

»Sie hat Krebs, nicht wahr?«

»Unsinn!« rief er, aber seine Verwirrung strafte ihn Lügen.

»Sie hat Krebs«, konstatierte Marion Gronau. »Ich habe es gestern abend schon geahnt.«

Und nach einer Weile: »Ich kann dir gar nicht sagen, wie leid es mir tut.«

In diesem Augenblick tauchte Frank Hellberg wieder auf.

Er beugte sich zu Karl Haußmann nieder, wollte ihm etwas ins Ohr flüstern. Aber Haußmann sagte:

»Fräulein Gronau ist bereits im Bilde, Frank. Sie können offen reden.«

Frank Hellberg setzte sich neben Haußmanns Liegestuhl in den Sand.

»Also, einen Krebsspezialisten gibt es hier anscheinend nicht«, begann er. »Aber der italienische Kollege hat mir etwas erzählt, was mich direkt elektrisiert hat. In der Gegend von Rom, da gibt es ein Nest, daß heißt Capistrello.« Er las es von einem Zettel ab, den er in der Hand hielt. »*Capistrello bei Avezzano.* Dort soll ein Arzt wohnen, der Krebskranke auf völlig individuelle Art heilt.«

»Heilt?« rief Haußmann. »Sagten Sie: heilt?«

»Ja. So heißt es. Mein Kollege hat einen Bericht über seine Heilerfolge geschrieben. Man erzählt sich wahre Wunderdinge über diesen Arzt.« Wieder zog er den Zettel zu Rate. »*Dr. Giancarlo Tezza* heißt er. Patienten, die in Rollstühlen und auf Tragen ankamen, sollen nach drei oder vier Wochen auf eigenen Beinen gesund und munter die Klinik verlassen haben.«

»Das ist doch Unsinn, Frank.« Karl Haußmann wischte sich den kalten Schweiß von der Stirn. »Das gibt es doch nicht. Wenn ein Arzt *das* könnte, wüßte es doch die ganze Welt.«

»Ich kann nur weitergeben, was mir der einheimische Kollege versichert hat. Mit Omnibussen strömen die Kranken zu diesem Dr. Tezza. Er soll übrigens nur einer, wenn auch der berühmteste, einer ganzen Anzahl ähnlicher Wunderdoktoren sein.«

»Wenn ich schon ›Wunder‹ höre.«

»Und die Erfolge?«

»Bevor ich nicht mit eigenen Augen...«

Hellberg sprang auf, ganz Feuer und Flamme.

»Genau!« rief er. »Das sollen Sie. Warum nicht probieren, statt hier vier Wochen die Hände in den Schoß zu legen. Und wenn dieser Dr. Tezza weiter nichts versteht, als Ihnen und Ihrer Frau die Hoffnung, den Glauben und den Willen zum Gesundwerden zu stärken.«

»Und was sagen die anderen bekannten Ärzte dazu? Die Professoren?«

»Sie lachen ihn aus. Oder sie beneiden ihn. Aber das ist doch kein Beweis. Semmelweis wurde auch ausgelacht. Und Robert Koch.«

»Sie meinen also...?«

»Ein Versuch kann nicht schaden.«

»Ich werde gleich mit meiner Frau darüber sprechen.« Karl Haußmann zog den Bademantel an und lief rasch hinüber zum Hotel.

Hellberg sah ihm nach.

»Wirklich ein netter Mensch, dein Chef. Kann einem leid tun. Daß ihm so etwas passieren muß.«

»Glaubst du etwa an die Wunder deines Dr. Tezza?« fragte Marion Gronau. »Oder wolltest du ihm nur unbedingt was Nettes sagen?«

»Ich verstehe zuwenig davon. Ich bin dafür, nichts unversucht zu lassen. Gerade in diesem ganz besonderen Fall.«

Marion Gronau erschrak.

»Wieso ist dies ein ganz besonderer Fall?« fragte sie, ohne ihn anzusehen.

»Na, du bist gut, Marion«, antwortete Frank Hellberg. Anscheinend völlig arglos. »Wo die Haußmanns so freundlich waren, uns mitzunehmen.«

Erika lag mit geschlossenen Augen da, als Karl das Zimmer betrat. Er ging zu ihr hin und küßte sie.

»Rika, Liebste«, sagte er. »Ich habe eine gute Neuigkeit.«

Er zog den Sessel an ihren Liegestuhl heran, setzte sich zu ihr und berichtete von Dr. Tezza aus Capistrello. Zum Schluß sagte er:

»Er behandelt nach einer individuellen Methode, Rika.

Ohne chirurgische Eingriffe. Sollten wir es nicht wenigstens versuchen?«

»Daß du dir soviel Sorgen um mich machst, du Guter.«

»Das...« versteht sich doch von selbst, hatte er sagen wollen. Er ließ es und fügte statt dessen hinzu:

»Wir lassen die anderen beiden hier, fahren ganz allein gemütlich zu diesem berühmten Arzt. Auf der Rückfahrt kommen wir dann wieder hier vorbei. Wenn ich daran denke, Rika: In drei Wochen bist du wieder gesund.«

Sie lächelte. Er war wie ein Kind. Sie mochte ihm die Hoffnung nicht zerstören.

»Gut, Karl, fahren wir. Wann soll es denn losgehen?«

»Gleich morgen, Rika.«

Sie widersprach nicht, sondern griff nach seiner Hand und drückte sie.

»Und jetzt, Rika, jetzt laufe ich schnell hinunter und bestelle uns eine Pulle Sekt.«

»Wie? Jetzt? Vor dem Mittagessen?«

»Ja, Rika, wir müssen darauf anstoßen. Auf ein gutes Gelingen, auf unsere Hoffnung, auf deine baldige Genesung.«

An der Tür kehrte er noch einmal um. Er zog sie ungestüm in seine Arme. So, als wollte er seinen Optimismus gewaltsam auf sie übertragen.

Sie fuhren doch nicht allein.

Frank Hellberg hatte inständig darum gebeten, mitreisen zu dürfen. Er hatte berufliches Interesse vorgeschützt, obwohl ihn in erster Linie menschliche Anteilnahme trieb, dabeizusein.

Und Marion Gronau hatte gesagt: »Wenn eine Frau krank ist, kann eine Frau ihr nützlicher sein als zwei Männer.«

Sie fuhren auch keineswegs gemütlich.

Karl Haußmann trat aufs Gas, als säße ihm der Teufel im Nacken. Mit den flinken, kleinen Italienern ließ er seinen großen Wagen um die Wette rasen. Aber es war kein Sport. Es war wie eine Flucht vor dem schlechten Gewissen. Oder wie eine Verfolgungsjagd, als gälte es, Versäumtes nachzuholen.

So eine Fahrweise verlangt ungeteilte Aufmerksamkeit. Gerade sie fehlte Karl Haußmann. Ihn irritierte, daß Marion Gronau hinter ihm saß.

Was soll das? dachte er. Warum wollte sie unbedingt mit in dieses Bergnest, statt in Rimini am Strand zu bleiben? Welchen Zweck verfolgt sie? Spielt sie die Sanftmütige, die Hilfsbereite nur, um in Wirklichkeit ihre Stellung zu behaupten? Oder war sie tatsächlich aus Zuneigung, aus Anhänglichkeit mitgefahren? Ein Gedanke, der Karl Haußmann zwar schmeichelte, aber nicht sympathisch war.

Um zehn Uhr waren sie in Rimini gestartet. In Porto Recananti, dreißig Kilometer hinter Ancona, aßen sie zu Mittag. Gegen sechzehn Uhr, in der Höhe von Giulianova Lido, geschah es:

An einer wegen Bauarbeiten verengten Straßenstelle tauchte plötzlich ein Sportwagen hinter einem entgegenkommenden Laster auf, um zu überholen.

Haußmann, der mit hoher Geschwindigkeit über den Schottergrund rasselte, wollte scharf nach rechts lenken. In diesem Augenblick gab es einen Knall.

Der linke Vorderreifen zerriß.

Haußmann verlor die Gewalt über den Wagen, der sich querstellte und schlitterte.

Die Schottersteine, die emporgeschleudert wurden, prasselten gegen die Bodenwanne. Ein Getöse entstand, das die Aufschreie der Frauen fast verschlang.

Zwanzig Zentimeter vor der Stoßstange des Lasters kam der Wagen zum Stehen. Das Sportkabrio, das Haußmann erschreckt hatte, war rechtzeitig sehr elegant zurückgetaucht und hielt knapp schrittweit hinter dem Laster. Die italienischen Fahrer traten an Haußmanns Wagen heran, besahen sich den Schaden, drückten gestenreich und achselzuckend ihr Bedauern und ihre Schuldlosigkeit aus, stiegen ein und fuhren davon.

Karl Haußmann saß noch immer da und hielt das Lenkrad umklammert. So, als hätten seine Hände sich verkrampft. Er war leichenblaß geworden. In seinem Gesicht zuckte es. Seine Lippen zitterten.

Erika war ebenfalls das Blut aus den Wangen gewichen. Ihre erste Reaktion war der Gedanke, Karl eine Tablette gegen Gallenbeschwerden anzubieten, doch dann fiel ihr ein, daß es ihn in Gegenwart der Gronau beschämen könnte. Und sie ließ es.

Marion Gronau goß Kölnisch Wasser auf ein Taschentuch und rieb ihre Schläfen ein. Dann reichte sie Erika das Flakon.

Keiner sagte ein Wort. Und das bedrückte Haußmann mehr, als wenn sie ihn mit Vorwürfen überschüttet hätten.

Gelassen blieb Frank Hellberg. Er ließ sich die Autoschlüssel geben, holte den Wagenheber und den Ersatzreifen aus dem Kofferraum und begann mit der Montage. Als Karl Haußmann den Schock überwunden hatte, gesellte er sich zu ihm und faßte mit an.

»Danke«, sagte er und schlug Hellberg auf die Schulter. »Fahren Sie eigentlich selber?«

»Und wie gern.«

»Kommen Sie mit meinem Schlitten zurecht?«

»Kein Problem.«

»Unter der Bedingung, daß Sie nicht über achtzig fahren, können Sie mich ein bißchen ablösen. Einverstanden?«

»Ich wüßte nicht, was ich lieber täte.«

Marion Gronau behauptete, die Fahrt auf den Vordersitzen nicht vertragen zu können. Da Karl Haußmann auf jeden Fall vermeiden wollte, neben ihr zu sitzen, bat er Erika, im Fond Platz zu nehmen. Karl, der neben dem chauffierenden Hellberg saß, meinte die Spannung, die zwischen den beiden Frauen knisterte, im Rücken zu spüren. Er war heilfroh, als sie nach rund vierzig Kilometern in Pescara eintrafen und ein Hotel fanden, das direkt neben einer Autoreparaturwerkstatt lag. Bevor sie morgen den Weg ins Binnenland mit seinen Bergstrecken antraten, mußten alle fünf Reifen in Ordnung sein.

Am nächsten Tag setzte sich Frank Hellberg gleich ans Steuer. Wie selbstverständlich. Und Marion Gronau rutschte neben ihn. Es ginge ihr besser, sagte sie. Dabei wirkte sie so still, so bedrückt, daß Karl Haußmann vermutete, Frank Hellberg habe ihr den Kopf zurechtgesetzt.

Ob der helle Junge etwas gemerkt hatte? Nur das nicht, dachte Karl. Denn seine zwiespältigen, von Eifersucht beeinflußten Gefühle ihm gegenüber waren herzlicher Sympathie gewichen.

Hellberg erwies sich als glänzender Fahrer. Er ließ den Wagen zügig dahinrollen, reagierte frühzeitig auf Kurven und Hindernisse, so daß er scharfes Bremsen vermied. Daß er sich sogar auf Bergfahrt verstand, erwies sich, als sie das Pescaratal hinter Popoli verließen und zur Forca Caruso hinaufkurvten, um die Abruzzen zu überqueren.

Gegen Mittag hatten sie es geschafft.

Sie waren am Ziel.

Eines taten sie gleichzeitig, als sie das Ortsschild erkannt hatten und in Capistrello einfuhren.

Sie seufzten.

Abgrundtief.

Alle vier.

»Wir müssen uns entschuldigen für das, was wir Ihnen da zumuten«, sagte Erika.

»Ach wo«, entgegnete Frank Hellberg übertrieben munter. »Ich finde es ausgesprochen romantisch. Man kann doch jeder neuen Umgebung Reize abgewinnen.«

»Wenn man den guten Willen hat«, vollendete Marion Gronau. Es klang ironisch.

Das kleine Bergstädtchen lag unter sengender Sonne. Die Häuser aus rohem Felsgestein klebten an den Berghängen. In den mit Lehm verschmierten Mauerritzen und auf den mit flachen Platten belegten Dächern wucherte Moos. Es roch hier nach Armut, nach Elend.

Nur zwei Gebäude ragten aus der Ansammlung halbverfallener Wohnhöhlen hervor:

Die Kirche mit ihrem schlanken Glockenturm und dem Dach aus glasierten dunkelroten Ziegeln.

Und ein in dieser Umgebung monströs wirkender, dreistöckiger weißer Bau.

Clinica Santa Barbara.

So stand es in Goldlettern auf einem Block aus hochglanzpoliertem Carrara-Marmor über dem Portal. Die Residenz des über Nacht berühmt gewordenen Dr. Tezza.

Vor dem Gebäude war der Boden planiert, Parkplatz für fünzig Personenwagen und sechs Reiseomnibusse. Die Klinik, vor deren Fenstern Blumenkästen mit rosa Kamelien und violetten Bougainvilleen hingen, war offensichtlich aufs große Stoßgeschäft eingerichtet.

Weniger das Städtchen.

Nach dem dritten Anlauf gab Karl Haußmann den Versuch auf, in Capistrello eine Unterkunft zu finden.

Sie fuhren die dreizehn Kilometer nach Avezzano zurück. Dort fanden sie drei Zimmer in einem einfachen Gasthaus. Allerdings erst, nachdem Haußmann den fünffachen Preis geboten hatte.

Das reichte, damit der Wirt die Vormieter kurzerhand vor die Tür setzte.

Erika war sehr erschöpft von der Fahrt. Karl Haußmann stützte sie auf dem Weg ins Gasthaus. Frank Hellberg kümmerte sich um das Gepäck.

»Hier sollen wir also hausen«, sagte Marion Gronau, als sie mit Hellberg allein war. »Das ist ja wie in der Steinzeit.«

»Schau mal dort hinüber«, entgegnete er und zeigte zu den Hängen der Simmbrunini-Berge. »Alles voller Wein. Dort reift ein guter Tropfen.«

Sie ging nicht darauf ein.

»Wie lange sollen wir hier Urmenschen spielen?« fragte sie.

»Beschwer dich nicht«, erwiderte er schroff. »Du hast es nicht anders gewollt. Oder?«

Vorsicht, dachte sie verblüfft und sah ihn an.

Was hieß das? Was wußte er?

Die Haußmanns fuhren am nächsten Morgen allein nach Capistrello zur Clinica Santa Barbara. Schon im luxuriös ausgestatteten Empfangsbüro wurde Karl Haußmann geschickt nach seinen Verhältnissen ausgefragt. Der Test fiel offenbar günstig aus. Nach kurzer Wartezeit standen Erika und Karl dem sagenumwobenen Arzt gegenüber.

In der Tat ein sehenswerter Mann, dieser Dottore Giancarlo Tezza. Groß, schlank und braungebrannt war er. Er trug einen schneeweißen Maßanzug. Aus seinem von einem pechschwarzen gestutzten Bart umrahmten Gesicht leuchteten seltsam faszinierende, goldschimmernde Augen.

Er wirkt wie ein Maharadscha, dachte Erika.

Oder wie ein Fakir.

Seinen Augen verdankte dieser Dr. Tezza den Ruf, es sei ihm möglich, ohne Röntgengerät in die Menschen hineinzuschauen und herauszufinden, wo sich die Krankheit verborgen hielt. Vielen Frauen wurde es schwindlig, wenn er seine Augen in die ihren senkte. Viele vergaßen in so einem Augenblick ihre Schmerzen.

Erika Haußmann ließ sich nicht so leicht beeindrucken. Firlefanz, dachte sie und hielt seinem Blick stand, bis er ›Si, si‹ sagte, auf zwei rote Ledersessel deutete und die beiden Besucher zum Sitzen einlud.

»Wir können deutsch sprechen«, sagte er mit leichtem Akzent. »Ich habe zwei Jahre studiert in Deutschland. Ich habe auch gearbeitet mit Professor Bauer, dem berühmten deutschen Spezialisten.«

Erika nickte.

Karl Haußmann zeigte sich tief beeindruckt. Professor Bauer war ihm ein Begriff. Er ahnte nicht, daß Dr. Tezza für jede Nationalität einen besonderen Experten zu nennen wußte. Dr. Tezza ging so weit, den Patienten aus östlichen

Ländern zu erzählen, er sei mit Demichow befreundet, dem sowjetischen Chirurgen, dem die Transplantation eines Hundekopfes gelungen war.

»Nun, die Diagnose ist klar?«

Eine rhetorische Frage. Er erwartete keine Antwort. »Nun ja, wer zu mir kommt, weiß, was ihm fehlt.«

Er strich seinen gepflegten Bart und blickte Erika melancholisch an.

»Bene. Gut. Der harten Wahrheit ins Auge schauen und trotzdem zu glauben, das ist eine wichtige Grundbedingung für jede Heilung.«

Erika sah nicht gerade überzeugt aus. Der Arzt fragte sie plötzlich:

»Sie glauben doch, daß Sie bei mir in den richtigen Händen sind, Signora. Oder?«

Da Erika zögerte, beeilte sich Karl zu versichern:

»Selbstredend, Dottore. Wären wir sonst gekommen?«

»Ihre Frau muß glauben«, sagte Tezza hartnäckig. »Nicht Sie.«

»Ich hoffe«, antwortete Erika leise. »Ich hoffe, obwohl die Röntgenaufnahmen...«

Dr. Tezza unterbrach sie mit großer Geste.

»Himmel, Maria, ich brauche keine Röntgenbilder. Die wenigsten Ärzte verstehen es, sie richtig zu lesen. Die Seele ist der Spiegel des Körpers. Ich erkenne die Seele in den Augen. Und ich weiß, was dem Menschen fehlt. Seele und Krankheit, das sind siamesische Zwillinge. Machen wir die Seele gesund, hilft sich der Körper selbst.«

Dr. Tezza nahm hinter einem gewaltigen Schreibtisch Platz, zog einen goldenen Füllhalter hervor und schlug ein in Leder gebundenes Buch auf.

»Beginnen wir also mit der Anamnese.«

Nachdem dieses Verhör über die Vorgeschichte der Erkrankung beendet war, wurde Karl Haußmann hinausgeschickt. Zwei außerordentlich hübsche Assistentinnen erschienen. Mit ihrer Unterstützung wurde Erika untersucht.

Gründlicher, als sie es nach den phrasenhaften Vorreden erwartet hatte.

Sie mußte sich völlig entkleiden. Der Arzt horchte, tastete ab und palpierte.

Zwischendurch diktierte er. Kurze, schnelle Sätze auf italienisch. Eine der Assistentinnen trug sie in das ledergebundene Buch ein.

Natürlich ertastete Dr. Tezza sofort die Verhärtung im Unterbauch. Aber sein Gesicht blieb regungslos.

Nach zwei Stunden durfte Erika sich wieder anziehen. Sie wurde in ein Labor geführt, wo man ihr Blut abnahm und Abstriche aus dem Rachen und von ihrer Zunge machte.

Dr. Tezza hatte unterdessen Karl Haußmann zu sich hereinbitten lassen.

»Nun, Dottore!« rief Haußmann schon in der Tür. »Dürfen wir hoffen?«

»Sie müssen hoffen. Wir leben von der Hoffnung«, sagte Tezza tiefsinnig. »Die Hoffnung aufgeben, hieße, sein Leben wegwerfen.«

Nach einer effektvollen Pause fuhr er fort:

»Ich werde die Behandlung Ihrer Frau übernehmen. Zunächst möchte ich Ihnen raten, mit drei bis vier Wochen zu rechnen. In zwei Tagen habe ich ein Bett frei, einverstanden?«

»Natürlich, Dottore, selbstverständlich.« Karl Haußmann rieb nervös die Hände. Wo mochte Erika sein? Was tat man mit ihr? Ob man ihr Schmerzen bereitete?

»Nun zu einem anderen Punkt«, sprach Tezza mit leicht erhobener Stimme, Aufmerksamkeit fordernd.

»Die Kosten der Kur…«

Karl Haußmann winkte ab. »Lieber Dottore, das Geld ist nicht wichtig. Hauptsache, meine Frau wird gesund. Wenn Sie ihr eine Chance geben…«

»Jeder Mensch hat seine Chance. Und Ihre Frau ist doch das blühende Leben. Sie besitzt die notwendige Widerstandskraft. Es gilt nur, sie zu mobilisieren.«

Haußmann nickte. Er glaubte, weil er glauben wollte. Er nahm die Phrasen als Offenbarung, die vagen Versprechungen als Verheißung.

Ihm war, als hätte er ein Geschenk empfangen, als er einen Scheck über 2000 Mark ausschreiben durfte.

Als Anzahlung.

»Wenn Sie meine Frau gesund machen, dann stifte ich fünfzigtausend Mark, Dottore«, sagte er mit bewegter Stimme.

Erika wurde gerade hereingeführt, als Dr. Tezza den Scheck in seine Brieftasche steckte.

»In drei Tagen also«, sagte er. »Ich gebe Ihnen prophylaktisch ein Röllchen Tabletten mit, Signora, falls stärkere Schmerzen auftreten sollten. Es sind Tabletten aus meinem eigenen Labor.«

Er reichte sie Erika.

»Zwei Stück in etwas Wasser. In zehn Minuten sind Sie die Schmerzen los.«

Karl Haußmann dankte Dr. Tezza überschwenglich.

Erika staunte. Sie war sehr skeptisch. Aber sie äußerte sich nicht. Sie wollte Karl die aufkeimende Hoffnung nicht rauben.

Frank Hellberg hatte mit Marion Gronau einen Spaziergang machen wollen. Es wurde nichts daraus. Dreihundert Meter hinterm Ortsausgang von Avezzano blieb Marion stehen. Sie zog die hochhackigen Schuhe aus, lief auf Strümpfen zu einem großen Felsbrocken und setzte sich.

»Das mache ich nicht mit«, sagte sie zornig. »Ich gehe zurück zum Gasthof und lege mich hin. Dieses Kaff hat nichts weiter zu bieten als hartes Pflaster und Einöde.«

Ihr Verlobter versuchte nicht, sie umzustimmen. »Ich habe ein paar Krimis im Koffer. Hol dir einen«, verabschiedete er sie und schritt, während Marion in den Ort zurückhumpelte, auf einem Pfad rasch voran, der parallel zur Straße bergwärts führte.

Richtung Capistrello.

Er wollte dort ein bißchen Umschau halten. Vielleicht gelang es ihm, einen Blick in die Klinik des Krebsdoktors zu werfen, ohne sich vorher durch Prunkportal und Marmorhallen blenden zu lassen.

Der Pfad war eine Abkürzung. Er ging zwar steil hinan, sparte dafür aber die Serpentinen aus. Nach einer knappen Stunde sah Frank das rote Kirchendach von Capistrello unter sich. Und gleich daneben entdeckte er die Klinik.

Hellberg erkannte: Der Parkplatz war schon einigermaßen besetzt. Neunzehn Wagen zählte er. Er konnte sogar erkennen, daß einige Fenster der Gebäude weit geöffnet waren.

Es reizte ihn, sich die Sache aus der Nähe zu betrachten. Er verließ den Pfad, der weiter nach oben führte, und stieg, die Füße quer setzend, vorsichtig die mit Geröll übersäte Halde hinab.

Plötzlich stockte er.

Er war an eine steile Stelle geraten. Sechs bis acht Meter ging es senkrecht in die Tiefe. Eine Stützwand, aus Felsbrokken geschichtet.

Er ging vorsichtig an ihr entlang und merkte zu seiner Beruhigung, daß sie an Höhe verlor. Jetzt trennten ihn nur noch drei Meter von einem unter ihm liegenden Pfad.

Er fragte sich gerade, ob er hinabspringen sollte, da drang ein Geräusch durch die Stille.

War es ein Tier?

Oder ein Mensch?

Es klang wie ein leises Schluchzen.

Jetzt wieder.

Frank Hellberg trat dicht an den Abhang und blickte hinunter. Da sah er das Mädchen.

Es saß auf einer Bank in einer Mauernische, hielt den Kopf in die Hände gestützt und weinte. Unaufhaltsam.

Frank wollte sie nicht erschrecken, nicht einfach hinunterspringen. Deshalb rief er sie an:

»Hallo.«

Mit so einer Wirkung hatte er nicht gerechnet: Das Mädchen sprang auf, ergriff die Flucht, von panischer Angst getrieben. Es rannte davon, geradewegs auf den nächsten Steilhang zu. Im nächsten Augenblick mußte sie abstürzen.

Da sprang Frank Hellberg.

Knapp einen Meter vor ihr und knapp einen Meter vom Abgrund entfernt landete er.

Mit ausgebreiteten Armen.

Im letzten Augenblick fing er sie auf.

Zuerst stieß sie ihn von sich. Sie wehrte sich, strampelte mit den Beinen. Er ließ sie erst los, als sie wieder auf dem steinigen Boden stand.

»Scusi, Signorina«, sagte er, ohne zu wissen, wofür er sich entschuldigte. Er deutete auf die Bank. Sie möge sich doch wieder setzen. Er reichte ihr sein blütenweißes Taschentuch und sagte, weil er nicht viel mehr auf italienisch zu sagen wußte:

»Parla te tedesco?«

Aus ihren großen schwarzen Augen sah sie ihn an.

Wie ein gescholtenes Kind. Sie setzte sich gehorsam hin. Offenbar war Frank Hellberg nicht derjenige, den sie fürchtete. Sie trocknete ihr Gesicht ab, das zart und durchsichtig wie Porzellan wirkte und von einer Flut schwarzer Haare eingerahmt war.

Dann erst sagte sie:

»Ja, ich spreche deutsch. Ich bin von Beruf Dolmetscherin, Hosteß bei einer Omnibusgesellschaft.« Frank setzte sich neben sie.

»Und wo drückt der Schuh?« Den Ausdruck verstand sie nicht. Deshalb fügte er hinzu:

»Ich meine, kann ich Ihnen helfen?«

»Ich kann nicht darüber reden«, sagte sie.

»Sie sollten es tun, bitte.«

»Nein.«

Frank Hellberg verlegte sich aufs Ausfragen.

»Gehören Sie in jenes Haus?« Er zeigte zur Klinik.

Sie nickte.

»Als Krankenschwester?«

Sie schüttelte den Kopf. Sie mußte noch blutjung sein. Höchstens zwanzig.

»Ich erkundige mich, weil ein Bekannter von mir gerade heute versucht, seine Frau dort unterzubringen. Glauben Sie, daß er hoffen darf?«

Sie schnaubte verächtlich.

»Hoffen? Es wird ihr eine Weile sehr gutgehen, wenn sie viel Geld hat. Weiter weiß ich nichts.«

»Wie meinen Sie das?«

Sie antwortete mit einer Gegenfrage:

»Ist Ihre Bekannte wirklich unheilbar?«

»Was soll das heißen?«

»Dann schadet es wenigstens nichts, wenn sie bei Dr. Tezza ihre Zeit verschwendet.«

»Was?!« rief Frank Hellberg aus. »Steht es so?«

»So steht es. Und wenn sie kein Geld mehr hat, dann setzt man sie vor die Tür. Es sei denn, sie ist jung, schön und vielleicht sogar blond. Dann mag sie auch ohne Geld bleiben. Unter einer gewissen Bedingung, verstehen Sie?«

»Mein Gott, wie können Sie solche Behauptungen aufstellen. Sie wollen sagen, daß Dr. Tezza...«

»Sie haben schon richtig verstanden«, rief sie. Plötzlich überkam sie Wut und Verzweiflung:

»Ach was, wenn Ihr Bekannter Geld hat, soll er es lieber gleich für einen goldenen Sarg ausgeben!« schrie sie und schüttelte die Fäuste.

»Oder besser: Er soll nach L'Aquila fahren und dem Polizeichef eine Million Lire bieten, damit er endlich kommt und diesen Dr. Tezza in seinem Rattennest ausräuchert!«

Sie brach in Schluchzen aus, das ihren ganzen Körper erbeben ließ und nicht enden wollte. Frank Hellberg legte den Arm um ihre Schultern, seine Linke streichelte ihr Haar. Immer wieder. Sein Hemd wurde durchtränkt von ihren Tränen, während er – bruchstückweise – ihre Geschichte erfuhr:

Daß sie Lungenkrebs hatte, daß ihr Geld aufgebraucht war, daß sie die Klinik morgen verlassen sollte, weil der Platz für eine zahlungskräftige ausländische Patientin benötigt würde. Falls sie sich nicht entschlösse, Dr. Tezzas Antrag anzunehmen. Und zwar noch heute.

Nein, sie machte nicht den Eindruck, als sei sie verrückt. So unglaublich ihre Erzählung auch klingen mochte. Sie war keine geltungsbedürftige Erfinderin von Sensationen. Sie war nichts als ein armes, sehr hilfsbedürftiges, kleines Mädchen in großer Not.

Frank Hellberg küßte sie ganz sachte auf die Stirn.

»Ich helfe dir, ich bringe das für dich in Ordnung. Wenn es stimmt, was du mir da erzählt hast, dann brauchen wir keine Million Lire, um den Polizeichef herzulocken.«

Sie schüttelte den Kopf.

»Mir kann keiner helfen«, sie stockte. Ihr schien etwas einzufallen. »Oder würden Sie mich vielleicht mit nach Bari nehmen?«

»Wieso nach Bari?«

»Lesen Sie keine Zeitung?«

»Im Urlaub nicht.«

»Von Bari gehen Schiffe nach Dubrovnik. Und von Dubrovnik kann man mit der Eisenbahn oder mit dem Omnibus nach Sarajewo fahren.«

»Ja, und? Was soll das?«

»In Sarajewo hat ein Arzt ein neues Mittel entdeckt, das schon Krebsfälle geheilt hat. Es wird in einer staatlichen Fabrik hergestellt und umsonst abgegeben. Das kann kein Betrug sein. Tausende fahren von Bari aus hinüber. Mit dem Fährschiff ›Sveti Stefan‹. Sie nennen es das ›Schiff der Hoffnung‹.«

»Wenn das wahr ist!« Frank Hellberg sprang auf. Er küßte sie auf beide Wangen.

»Kind, wenn das wahr ist! Ich schwöre dir, ich bringe dich hinüber. Du mußt mir nur helfen, meine Bekannten über diesen Dr. Tezza aufzuklären. Komm«, sagte er und nahm ihre Hand. »Wir müssen schnell hinunter.«

Sie sträubte sich.

»Ich betrete die Klinik nicht mehr, obwohl mein Koffer noch im Zimmer steht.«

»Das erledige ich«, rief er und zog sie mit sich fort.

Arm in Arm schlenderten sie durch die gepflegte Parkanlage auf der Bergseite der Klinik.

»Du wirst dich hier ganz bestimmt wohl fühlen, Rika.«

»Nur wenn du bei mir bleibst, Karl.«

»Ich komme jeden Tag.«

»Das mußt du.«

»O Rika, ich bin so froh, daß wir hergefahren sind. Ich glaube, dieser Dottore ist ein Teufelskerl.«

»Das mag schon sein.«

Er horchte auf, blieb stehen, sah ihr in die Augen.

»Rika, was ist denn? Glaubst du nicht, daß Dr. Tezza dich gesund machen wird?«

Und so, als ob sie dann etwas ganz Unmögliches täte, fragte er noch einmal:

»Glaubst du etwa nicht an ihn?«

Sie wollte ihm ihr Gesicht nicht zeigen und wandte sich ab. Da entdeckte sie Frank und das Mädchen. Die beiden kamen Hand in Hand dahergerannt. Es gab Erika einen Stich durchs Herz. Um Himmels willen, dachte sie. Er muß sich doch um seine Marion kümmern. Um meinetwillen!

»Karl«, sagte sie, »sieh mal, wer da kommt.«

Und beglückt stellte sie fest, daß Karl Haußmann nichts als ihre Gesundheit im Sinne hatte. »Mensch, Herr Hellberg«, rief er. »Für Ihren guten Tip werde ich Ihnen ewig dankbar sein. Dieser Tezza, das ist ein Arzt. Eine ganz große Persönlichkeit, sage ich Ihnen. Dem kann man sogar Wunder zutrauen.«

Haußmanns Enthusiasmus verpuffte ohne die erwartete Resonanz.

Hellberg sah eher betroffen als begeistert aus.

Er atmete heftig. Sie waren rasch bergab gelaufen. Dazu kam die Aufregung. Er hatte haarsträubende Einzelheiten über Dr. Tezzas ›Heilmethode‹ zu hören bekommen.

»Haben Sie sich etwa schon angemeldet?« fragte er jetzt. Erika vernahm den warnenden Unterton sofort.

»Übermorgen ist Einzug«, entgegnete Karl und wunderte sich, daß Hellbergs Brauen sich zusammenzogen.

»Entschuldigung«, sagte Frank Hellberg und schob das fremde Mädchen in den Vordergrund. »Gestatten Sie zunächst, daß ich vorstelle...«

Sie sagte selber ihren Namen.

»Claudia Torgiano. Aus Livorno.«

»Und nun zur Sache«, fuhr Hellberg fort. »Signorina Torgiano hat Ihnen eine Eröffnung zu machen, die Ihnen zunächst ungeheuerlich vorkommen wird.«

Er sah, wie Erika Haußmann sich auf die Unterlippe biß und ihr Mann zusammenzuckte. Und er ergänzte:

»Bitte, Sie müssen dieses Mädchen anhören. Es ist von lebensentscheidender Bedeutung.«

Niemand hatte sie kommen sehen.

Plötzlich waren sie da.

Zwei Männer in grauen Kitteln.

Der eine packte Claudia Torgiano von hinten. Mit dem rechten Arm umklammerte er ihren Leib und hob sie hoch. Seine Linke erstickte ihre Hilferufe. Der andere ergriff das Mädchen bei den Beinen.

Dann rannten sie mit ihr davon...

Einen Augenblick waren sie alle erstarrt. Dann warf sich Hellberg herum, und während Erika erst jetzt zu einem Aufschrei fähig war, Karl seine Frau stützte, aus Angst, sie könne einen Schock bekommen, rannte Hellberg den beiden grauen Männern nach.

Er erreichte sie kurz vor der Eingangstür. Sie war offen, und in der Halle warteten weitere zwei Männer in grauen Kitteln.

»Ihr Lumpen!« schrie Hellberg. Er stürzte sich auf den Mann zu, der Claudias Beine festhielt. Der Mann ließ die Beine fallen, drehte sich um und hieb einen gezielten Schlag gegen Hellbergs Kinn. Eine Sekunde lang schwankte er, aber sie genügte, um Claudia ins Haus zu schleifen. Die wartenden Männer in der Halle warfen die Tür zu. Der Graue, der Hellberg geschlagen hatte, rettete sich mit einem weiten Sprung ins Haus. Im gleichen Augenblick rasselte ein Scherengitter herunter. Die Klinik war abgesperrt wie ein Zuchthaus.

Vom Fenster seines Arbeitszimmers trat Dr. Tezza zurück ins Zimmer. Ein böses Lächeln lag auf seinen Lippen, seine bernsteinfarbenen Augen glühten. Auf dem Flur hörte er viele Schritte, die Tür sprang auf, Claudia wurde in das Zimmer geschoben. Sie sah herrlich aus in ihrem Zorn und ihrer Verzweiflung. Das bleiche Gesicht war gerötet, die langen, schwarzen Haare zerwühlt, aus den Augen schrie der ganze Haß, den sie gegen Dr. Tezza empfand. Sie blieb an der Tür stehen, nachdem die Wärter hinausgegangen waren, und legte beide Hände über ihre Brust. Dort war das Kleid zerrissen.

»Komm näher...« sagte Dr. Tezza freundlich und zeigte auf einen der Ledersessel.

»Nein!«

»Ich habe dich beobachtet, wie du mit diesem jungen Mann gesprochen hast. Was hast du ihm erzählt?«

»Die Wahrheit!«

»Was nennst du die Wahrheit?«

»Alles, was Sie mit mir getan haben und tun wollten!« schrie Claudia und ballte die kleinen Fäuste. »Alles! Alles!«

»Und das hat er dir geglaubt?«

»Ja!«

»Er scheint ein Mensch von primitivem Geist zu sein.« Dr. Tezza trat wieder an das Fenster. Unten, vor der Klinik, standen Hellberg und Haußmann und verhandelten mit einem der grauen Wärter. Erika saß auf einer Bank im Schatten einer Pinie. »Ist er ein Bekannter von Herrn Haußmann?«

»Sein Freund.« Triumph lag in Claudias Stimme.

»Hm.« Dr. Tezza wandte sich ins Zimmer. Sein Blick, mit dem er Claudia musterte, verhieß nichts Gutes. »Weißt du, daß es mir leichtfällt, dich für irr zu erklären? Dann kommst du in eine Irrenanstalt, und wer da einmal drin ist, kommt nicht oder nur sehr schwer wieder hinaus. Es wäre klug, ein liebes, stilles Mädchen zu sein und ein wenig zärtlich zu deinem Onkel Dottore zu werden.« Dr. Tezza wollte näher kommen. Claudia wich vor ihm zurück und flüchtete um den Schreibtisch. Dr. Tezza stürzte auf sie zu, riß sie zurück, wollte sie in seine Arme reißen, als es klopfte.

»Maledetto!« schrie Dr. Tezza. »Was ist?« Er ließ Claudia los, die zur Wand flüchtete, mit weiten, entsetzten Augen. Sie wußte, es gab für sie keine Hilfe mehr.

Einer der grauen Pfleger kam herein. Seine Miene war sehr ernst und fast erschrocken.

»Dottore«, sagte er, »der Mann draußen ist Journalist. Er droht, in allen Zeitungen der Welt einen Skandal zu machen.«

Dr. Tezza fuhr herum. »Wußtest du das?« schrie er Claudia an. Claudia nickte.

»Ja –«, log sie. Und plötzlich war das Leben nicht mehr grau und hoffnungslos.

»Von welcher Presse?«

»Von der deutschen.«

»Auch das noch!« Dr. Tezza trat an einen Spiegel, strich die Haare etwas zurecht und verließ schnell sein Zimmer. Den Wärter ließ er zur Bewachung Claudias zurück.

An der großen Eingangstür stand allein Frank Hellberg und hatte die Hände um die Gitterstäbe gelegt. Karl Haußmann kümmerte sich um seine Frau. Er begriff das alles noch nicht. Nur Erika schien die Wahrheit zu ahnen. Sie lächelte schwach und schwieg, als Karl fragte: »Verstehst du das, Rika?«

Dr. Tezza gab ein Zeichen, als er in der Marmorhalle seiner

Klinik erschien. Surrend fuhr das Scherengitter hoch, die Türen öffneten sich, Frank Hellberg trat ein. Ohne auf eine Vorstellung zu warten, wußte Hellberg gleich, wer der elegante Mann in dem weißen Anzug war. So mußte Dr. Tezza aussehen, es war gar nicht anders möglich.

»Lassen Sie sofort Claudia frei!« sagte Hellberg scharf und blieb drei Schritte vor Tezza stehen. Die beiden Männer sahen sich in die Augen und wußten in dieser Sekunde, daß sie Todfeinde waren. Dr. Tezza lächelte ironisch.

»Signorina Torgiano ist krank, sehr krank. Außer einem Bronchial-Ca. leidet sie auch an zeitweiligen geistigen Störungen. Schizophrene Schübe, wenn Ihnen damit gedient ist. Wir müssen dann sofort handeln, damit sie keinerlei Unheil anrichtet. Entschuldigen Sie also bitte das verwunderliche Eingreifen meiner Assistenten.«

Elegant klang das, unangreifbar. Hellberg kräuselte die Lippen.

»Das haben Sie gut ausgedacht, Doktor! Damit kann man alles lahmlegen.«

»Nicht wahr?« Dr. Tezza lächelte breiter. »Da brechen selbst einem deutschen Journalisten die Bleistifte ab.«

»Irrtum.« Hellberg zog das Kinn an. »Ich habe genug gehört, um Ihren Laden hier hochgehen zu lassen!«

»Das ist eine Nötigung«, sagte Dr. Tezza milde.

»Bitte! Sie soll es auch sein! Gehen wir zusammen zur Polizei! Dann wollen wir sehen...«

»Obzwar Sie mir zuwider sind, möchte ich Ihnen eine Blamage ersparen.« Dr. Tezzas Stimme war sanft wie ein Streicheln. »Die Polizei! Glauben Sie wirklich, daß im weiten Umkreis ein Polizist gegen einen Dr. Tezza ermitteln wird? Sie verkennen die Verhältnisse zwischen Apennin und Abruzzen. Wir leben hier nicht im kühlen Germania.«

»Das alte Lied! Gute Lire...«, sagte Hellberg bitter.

»Sehr gute Lire.« Dr. Tezza hob beide Hände. »Was wollen Sie eigentlich? Einen Artikel über mich schreiben? Viel

Feind, viel Ehr'... das ist eines Ihrer deutschen Sprichwörter. Außerdem verklage ich Sie!«

»Es gibt da manche Dinge, die für die Öffentlichkeit interessant sind: Einem Lungenkranken legten Sie goldene Amuletts auf die Brust. Andere Krebskranke werden hypnotisiert, bekommen Breipackungen, werden elektrisiert und mit Magnetismus behandelt. Und dann das Wichtigste ›Dr. Tezza Lebenstrank‹! Er schmeckt nach Zitrone und wird nichts anderes sein als Zitronenwasser. Jeden Tag zwei Liter müssen die Kranken trinken. ›Wir spülen mit dem Lebenstrank den Krebs hinaus‹, das sagen Sie selbst allen Kranken. Und die Armen trinken und zahlen, trinken und zahlen... bis sie sterben oder arm geworden sind. Zitronenwasser gegen Krebs!«

»Die Ausgeburt einer kleinen Irren!« Dr. Tezzas Gesicht hatte sich verdunkelt. »Ich habe Beweise echter Heilungen. Innerhalb von acht Tagen! Die sind stärker als die Phantasien einer Schizophrenen.«

»Man wird das alles nachprüfen.« Hellberg spürte, daß er Land gewonnen hatte. Zum erstenmal schien ein Journalist zu wissen, wie man in der Clinica Santa Barbara Krebs ›heilte‹. »Lassen wir also den Tanz beginnen: Tezza gegen Hellberg. Ich glaube, die Weltpresse hat da einen herrlichen Stoff!«

»Was soll der ganze Rummel?«

»Lassen Sie Claudia frei, geben Sie den Scheck an Herrn Haußmann zurück!«

»Das muß Herr Haußmann selbst...«

»Ich handle im Auftrag von Herrn Haußmann.«

»Und dann?«

»Dann verlassen wir so schnell wie möglich diesen Ort.«

»Warten Sie.«

Dr. Tezza ging die Marmortreppe hinauf.

In seinem Arbeitszimmer stand Claudia noch immer an der Wand, zusammengeduckt, als habe man sie geschlagen. Tezza beachtete sie gar nicht, setzte sich, spannte einen Bogen in die Schreibmaschine und schrieb. Dann hob er das Papier über den Tisch, legte einen Kugelschreiber daneben und winkte Claudia.

»Unterschreibe!«

Claudia kam an den Tisch. Sie überflog die wenigen Zeilen, es war eine Art Ehrenerklärung:

Ich versichere hiermit, daß ich entgegen ärztlichen Anraten und im vollen Bewußtsein aller möglichen Komplikationen und Konsequenzen aus freien Stücken die ›Clinica Santa Barbara‹ verlasse.

Ich habe gegen Herrn Dr. Giancarlo Tezza keinerlei Ansprüche mehr und versichere, daß alles getan worden ist, was zur Heilung meiner Krankheit aus ärztlicher Sicht möglich war. Ich bestätige, daß Herr Dr. Tezza nach bestem Wissen gehandelt hat. Ich kann seine Klinik nur empfehlen.

»Das unterschreibe ich nicht!« sagte Claudia und trat zurück. »Nicht den letzten Satz.«

»Willst du vielleicht ins Irrenhaus?«

»Das ist eine Lüge, was da steht!«

»Das ganze Leben ist eine Lüge, mein Kleines. Du bist frei und kannst mit deinem Liebhaber hingehen, wohin du willst.«

»Er ist nicht mein Liebhaber.«

»Er wird es werden.« Dr. Tezza lächelte spöttisch. »Du könntest auch bei mir leben. Es fehlte dir an nichts.«

Claudia biß die Lippen zusammen. Sie trat wieder vor, nahm den Kugelschreiber und unterschrieb die Ehrenerklärung Dr. Tezzas. Sie wußte, daß er damit unangreifbar geworden war. Aber was tut man nicht alles, um einer Hölle zu entfliehen?

»Danke, mein Kleines!« sagte Dr. Tezza. »Laß dir von der Oberschwester deine Sachen geben.« Er faltete das Papier zusammen. »Du kannst gehen, wann du willst.«

Mit fliegenden Haaren rannte Claudia hinaus.

In der Halle standen sich wenig später Dr. Tezza und Hellberg wieder gegenüber. Diesmal waren auch Karl und Erika dabei. Mit kurzen Worten hatte Hellberg ihnen erklärt, was hier in dieser Klinik gespielt wurde. Haußmann war hochrot und maßlos erregt. Daß er einem Scharlatan aufgesessen war, konnte er nicht überwinden.

»Mein Geld!« schrie er sofort, als Dr. Tezza auf der Treppe sichtbar wurde. »Mein Geld, Sie Pfuscher!«

»Bitte!« Dr. Tezza schwenkte den Scheck Haußmanns. Er war weit davon entfernt, sich beleidigt zu fühlen. Niemand hörte sie.

Die Kranken hatten Zimmer-Liegestunde, das Personal war sowieso für solche Vorwürfe taub. Man konnte ungeniert sprechen.

»Wo ist Claudia?« rief Hellberg.

»Sie packt die Koffer. Zufrieden?« Dr. Tezza sah jeden an. Seine Sicherheit war bedrückend. Hellberg ahnte etwas Unangenehmes. Und seine Ahnung wurde sofort bestätigt. Tezza reichte Hellberg die unterschriebene Erklärung.

»Bitte lesen Sie.«

Hellberg gab das Papier zurück, nachdem er es zweimal gelesen hatte.

»Damit sind Sie gerettet!«

»Ich glaube, ja. Ihre Kronzeugin fällt aus. Andere Zeugen haben Sie nicht. Es wird auch niemand aussagen in diesem Haus.«

Dr. Tezza steckte die Erklärung in die Brieftasche. »Nun schreiben Sie Ihre Artikel, Herr Hellberg! Es wird Sie Millionen Schadenersatz kosten.«

Oben erschien Claudia. In beiden Händen Koffer. Mit glücklichem, strahlendem Gesicht. In Hellbergs Herz leuchtete eine heiße Sonne auf. Er rannte ihr entgegen, nahm ihr die Koffer ab.

»Kommt!« rief er. »Gehen wir! Ich kann nicht garantieren, ob ich mich noch fünf Minuten zu beherrschen vermag!«

Sie verließen die Clinica Santa Barbara, ohne sich umzublicken, und fuhren zurück nach Avezzano.

Dr. Tezza sah dem Auto nach, bis es hinter einer Kurve der

Serpentinenstraße verschwand. Er war der Sieger, aber er kam sich nicht als solcher vor.

Er ahnte: Er hatte nur eine kleine Galgenfrist bekommen.

Neben dem Gutshof, auf einer Wiese, lag unter einem Sonnenschirm Marion Gronau auf einer Decke. Sie sprang erschreckt auf, als sie die quietschenden Bremsen des Wagens vor dem Haus hörte. Karl half seiner Frau aus dem Wagen, Hellberg bemühte sich um Claudia.

»Nanu, wer ist denn das?« fragte Marion, die mit verzerrtem Gesicht an der Hauswand lehnte. »Bekommt man Medizin jetzt in solcher Verpackung mit?«

»Laß die dummen Bemerkungen, bitte.« Hellberg stellte Claudia vor, und Marion nickte von oben herab. Wie zwischen Tezza und Hellberg war zwischen Claudia und ihr gleich vom ersten Blick an eine stille, aber unüberwindliche Feindschaft.

»Ein Heilungserfolg Dr. Tezzas?« fragte Marion.

»Nein. Ich habe Fräulein Torgiano aus der Klinik dieses Scharlatans geholt. Ich erzähle es dir später.«

»Du entwickelst dich zum großen Samariter, mein Lieber. Nur scheint mir, daß in den Zimmern der Klinik auch weniger junge Patientin liegen, die man ›retten‹ müßte!«

Hellberg antwortete nicht. Er trug die Koffer ins Haus, Claudia folgte. In Marions Zimmer stellte Hellberg die Koffer ab und zeigte auf das Bett.

»Ruhen Sie sich etwas aus, Claudia. Die Aufregung war zuviel für Sie. Und mit meinen Freunden werde ich sprechen... wegen Bari.« Er drehte sich um und ging. An der Tür aber fühlte er eine Hand auf seiner Schulter. Lautlos war ihm Claudia nachgeeilt und stand nun dicht vor ihm.

»Sie sind ein guter Mensch«, sagte sie leise. Dann hob sie sich auf die Zehenspitzen und gab ihm einen schnellen Kuß auf den Mund. Ehe Hellberg etwas sagen konnte, hatte sie ihn aus dem Zimmer geschoben.

»Claudia...« sagte Hellberg leise und legte den Zeigefinger auf seine Lippen, wo er noch ihren Kuß spürte. »O Claudia...«

Marion lag wieder auf der Decke unter dem Sonnenschirm. Sie richtete sich auf, als Hellberg zu ihr kam. Haußmanns blieben auf ihrem Zimmer. Erika hatte einen Weinkrampf bekommen, als sie endlich wieder zur Ruhe gekommen war.

»Nun?« fragte Marion.

»Was nun?«

»Keine Erklärungen?«

»Nein.«

»Du machst es dir einfach, mein Lieber. Läßt mich allein nach Hause humpeln, empfiehlst mir Krimis und kommst nach Hause mit einem jungen Mädchen. Und das alles soll ich schlucken wie Zuckerwasser.«

»Das verlangt keiner.« Hellberg setzte sich neben Marion auf die Decke. »Claudia ist sehr krank. Lungenkrebs.«

»Ach! Mir scheint, du wirst Krebsspezialist. Was sollen wir mit ihr?«

»Wir fahren alle nach Bari.«

»Wozu sind die Füße da... zum Marschieren...«

»Von Bari fahren wir nach Dubrovnik und dann weiter nach Sarajewo.«

»Leider gibt es keinen Kronprinzen mehr, den man da erschießen kann.«

»Aber einen Arzt, der ein neues Krebsmittel entdeckt hat. Hunderte, ja Tausende fahren seit Wochen zu ihm. Es ist fast wie eine Wallfahrt. Wir sollten alle uns bietenden Chancen ausnützen... zumal sich Frau Erika nicht operieren lassen will.«

»Ach!« Marion legte die Arme unter den Kopf. Ihre Brüste wölbten sich hoch in die gleißende Sonne. »Das wußte ich ja noch gar nicht.«

»Und Claudia glaubt an dieses Mittel. Sie ist ein armes

Ding, so hoffnungslos – bis auf die letzte Hoffnung in Sarajewo.«

»Soll ich weinen?« Marion nagte an der Unterlippe. »Wie soll das überhaupt werden. Wo soll sie denn schlafen?«

»Bei dir.«

Marion schnellte hoch wie ein Gummiball. »Du bist wohl verrückt!« rief sie.

»Wieso?«

»Womöglich noch in meinem Bett!«

»Wir haben keine andere Möglichkeit.« Hellberg blinzelte zu Marion hinauf. »Oder soll ich sie bei mir schlafen lassen?«

Marion schwieg. Sie wandte sich ab und sah hinüber zum Fenster ihres Zimmers. Dort war Bewegung hinter der dünnen Gardine.

»Sie ist ja schon drin!«

»Ja. Sie soll sich ausruhen. Marion...« Hellberg setzte sich auf. »Eine Nacht ist es nur. Morgen fahren wir alle nach Bari. Überwinde dich diese eine Nacht.«

»Es scheint dir viel am Glück dieser Claudia zu liegen.«

»Ja, sehr viel. Wenn du in ihrer Lage wärst, wärest du auch froh, wenn dir jemand helfen würde.«

Damit war das Thema erledigt.

Verbissen schwieg Marion. Aber sie wußte nun, wie gefährlich ihr Claudia werden konnte. Und sie beschloß, besonders nett zu sein, um Hellberg keinen Anlaß zu geben, sich mit ihr zu streiten.

Am Abend aßen Hellberg, Marion und Claudia allein. Karl blieb bei Erika. Sie war noch immer total erschöpft, lag im Bett und nahm nur ein paar Bissen gebratenes Kalbfleisch zu sich. Dazu trank sie Mineralwasser.

»Geh doch auch 'runter, Karl«, sagte sie nach dem Essen. »Ich weiß doch, wie gern du Rotwein trinkst. Trink' deine Flasche. Mir geht es wieder gut, nur müde bin ich.«

»Wenn du meinst. Ich wollte aber bei dir...«

»Geh nur, Karli.« Erika lächelte und streichelte seine Hände.

»Mir tut der Schlaf gut... und dir der Wein nach all der Aufregung.«

Karl Haußmann ging nach unten in den Speiseraum. Er traf Marion allein an, mit einem Gesicht, als habe sie Essig getrunken.

»Nanu?« sagte Haußmann. »Wo sind denn die anderen?«

»Fort! Signorina Claudia wurde es nach dem Essen übel und sie mußte an die Luft.«

»Und du bist nicht mitgegangen?«

»Nein. Ich wußte, daß du noch herunterkommst. Ich muß mit dir sprechen.«

Karl Haußmann öffnete den Kragen seines Hemdes. Ihm war plötzlich wärmer, als es tatsächlich war.

»Es hat sich vieles geändert, Marion...«

»Ich weiß.« Marion stand auf. »Gehen wir auch hinaus. Ich möchte solche Dinge nicht unter anderen Menschen besprechen.«

Sie verließen das Speisezimmer und gingen hinter dem Gasthaus auf der Liegewiese hin und her. Hellberg und Claudia sahen sie jenseits der Straße auf einem kleinen Hügel sitzen. Ein bitteres Lächeln umspielte den Mund Marions.

»Frank scheint ja ein rührender Sanitäter zu sein. Und auch du entwickelst dich zu einem perfekten Krankenpfleger. Ich frage mich: Was soll ich noch hier?«

»Marion, es haben sich Dinge ereignet...«

»Wir wollen nicht mehr daran denken, daß du mich nach Italien mitgenommen hast, um einen gedanklichen Ehebruch in der Realität zu vollenden. Und unser Alibi Frank, der Ahnungslose, bricht auch die Spielregeln. Ich mache mir nichts vor; er hat sich in diese Claudia verliebt. Das tut ein wenig weh, Bärchen, denn Frank und ich kennen uns gut...«

»Erika ist sehr krank.«

»Ja. Das ist etwas, woran wir alle nicht denken konnten, als wir die Reise antraten. Ich finde es furchtbar, daß Erika Krebs haben soll. Ich bedauere sie wirklich tief. Wenn ich wüßte, wie ich ihr helfen könnte, ich würde es sofort tun.«

»Du, Marion?« Haußmann starrte sie ungläubig an.

Welche Wandlung! Oder war es wiederum nur gutes Theater?

»Dieses Schicksal ist furchtbar, Bärchen. Ich kann verstehen, daß du hin- und hergerissen wirst. Aber du sollst auch wissen, daß ich dich sehr liebe. Dieser Liebe wegen könnte ich auch deine Frau pflegen, wenn es nötig ist. Du sollst das Unglück nicht so hart empfinden, ich bin ja auch noch bei dir.« Sie lehnte sich an Karl und legte den Arm um seine Schulter.

Haußmann atmete schneller. Die Wärme von Marions Körper, ihre Schönheit, der Duft ihres Haares, ihre Anschmiegsamkeit, die Gewißheit, wirklich nicht mehr in schweren kommenden Stunden allein zu sein – das alles zusammen war ein wirklich wundervolles Gefühl. Ein Gefühl, das sich mit Schauder mischte.

»Daß auch alles so kommen mußte«, sagte er heiser und zog Marion an sich. »Ich danke dir, Marion. Bisher habe ich dich für ein kleines Aas gehalten.«

»Mein dummes, brummendes Bärchen!« flüsterte sie ihm zärtlich ins Ohr.

Dann küßten sie sich.

Aber von Karls Seite war es mehr Dankbarkeit.

Am Fenster des dunklen Zimmers trat Erika langsam zurück. Sie hatte alles beobachtet, ohne die Worte verstehen zu können. Doch es genügte ihr, daß Karl Marion küßte.

Verloren, dachte sie. Ich habe ihn endgültig verloren. Jetzt habe ich es mit eigenen Augen gesehen. Nun ist meine Welt dunkel und leer. Für mich ist hier kein Platz mehr.

Sie ging mit einem Glas zum Wasserhahn, ließ es halb volllaufen, ging zurück zum Bett und öffnete ein Röhrchen mit Tabletten, das ihr Dr. Tezza nach den Untersuchungen gegeben hatte. »Wenn Sie starke Schmerzen haben ... zwei Stück, mehr nicht!« hatte er gesagt. »Sie werden danach schlafen wie ein Murmeltier. Ich habe das Präparat selbst entwickelt. Es wirkt auch krampflösend.«

Zwanzig Tabletten waren in dem Glasröhrchen.

Erika schüttelte alle zwanzig in das Wasserglas und rührte mit einem Strohhalm so lange herum, bis sie sich aufgelöst hatten. Das Wasser war milchig, undurchsichtig geworden. Es roch stark nach Kampfer.

Einen Augenblick lang zögerte Erika. Sie dachte an ihre Kinder. Aber die waren erwachsen und lebten ihr eigenes Leben. Noch einmal trat sie ans Fenster. Über Capistrello hing ein herrlicher Mond am fahlen Nachthimmel. Karl und Marion waren nicht mehr im Garten. Irgendwo, in der Dunkelheit, sind sie jetzt, und küssen sich oder...

Erika spann den grausamen Gedanken nicht weiter. Sie hob das Glas an die zitternden Lippen und trank. Vier tiefe Schlucke... und es war geschehen. Es gab kein Zurück mehr.

Erika stellte das Glas ab, überlegte, spülte es dann aus und legte sich ins Bett. Noch spürte sie nichts, im Gegenteil, ihr Herz schlug rasend.

So ist also mein Ende, dachte sie. Das ist mir von meinem Leben übriggeblieben: Ein selbstgewählter Tod in einem spärlichen Gastzimmer einer Pension in Avezzano. So klein und elend kann eine glückliche Welt werden.

Dann wurde sie müde und schlief ein.

Auf leisen Sohlen, in den Samtschuhen des Traumes, kam der Tod zu ihr...

Karl Haußmann saß in der Gaststube und trank Wein. Einen goldroten, süßen, schweren Wein. Er kannte ihn nicht und ahnte nicht seine Tücken. Er merkte nur, wie glatt der Wein ins Blut ging und seine Aufregung glättete. Und das brauchte er. Er hatte in ein paar Minuten erlebt, wie der ganze Plan seiner Italienreise zusammenbrach. Frank Hellberg zeigte seine

Sympathie zu Claudia so deutlich, daß Marion mit verbissenem Gesicht auf ihr Zimmer ging. Kurz darauf zogen sich auch Hellberg und Claudia zurück, und Karl blieb allein mit seinem Wein und seinem vielschichtigen Kummer.

Nach Bari, dachte er und sah den goldroten Wein. Zum ›Schiff der Hoffnung‹. Ist das nicht auch wieder ein Trugbild, eine Illusion, ein Strohhalm, der schnell bricht? Ein Wundermittel gegen Krebs. Gibt es denn noch Wunder? Soll man Erika diese anstrengende Fahrt überhaupt noch zumuten? Wäre es nicht besser, gleich zurück nach Deutschland zu fahren? War dieser Dr. Tezza nicht Warnung genug?

Fragen über Fragen. Und dann die persönlichen Probleme. Die offensichtlich echte Liebe Marions. Das Mädchen Claudia. Die kommende Auseinandersetzung zwischen Marion und Hellberg. Ein Gebirge von Problemen.

Haußmann sah nicht auf die Uhr, als er aufstand, aber er spürte, wie er schwankte und wie der süße, schwere Wein wie Blei in sein Gehirn drang. Mühsam tappte er die Treppe hinauf, suchte nach dem Zimmerschlüssel, den ihm Erika mitgegeben hatte, fand nach längerem Stochern das Schlüsselloch, ging hinein und zog sich aus. Er warf noch einen Blick auf Erika. Sie lag auf der Seite, schlief ruhig und fest und rührte sich nicht.

Morgen fahren wir, Rika, dachte Karl und zog die Decke über sich. Du sollst nicht sagen, ich hätte für dich nicht jede Chance wahrgenommen. Dann überschwemmte der Alkohol völlig sein Bewußtsein. Fünf Minuten später schnarchte er.

Zwei Zimmer weiter hatte sich in den vergangenen zwei Stunden ein nur äußerlich höflicher, haßerfüllter Kampf zugetragen.

Marion lag schon im Bett, als Claudia ins Zimmer kam. Vom Flur her hörte sie den geflüsterten Abschied zwischen Frank und dem italienischen Mädchen. Sie küssen sich, dachte sie wütend. Jetzt küssen sie sich.

Dann kam Claudia herein.

»Guten Abend«, sagte sie.

»Guten Abend.« Marion legte das Buch weg, in dem sie gelesen hatte. »Eine romantische Nacht, nicht wahr?«

Claudia blieb an der Tür stehen. »Herr Hellberg schlug vor, daß ich diese Nacht hier schlafe. Nirgendwo ist etwas frei. Aber, wenn es Ihnen nichts ausmacht, rücke ich einen Stuhl ans Fenster und warte dort den Morgen ab. Ich will Sie nicht stören.«

»Sie stören nicht.« Marion drehte sich zur Wand. »Das Bett ist breit genug für zwei.«

Wenig später schlüpfte Claudia unter die Decke. Sie hatte kalte Füße, und sie war so zart, daß Marion kaum ihre Gegenwart spürte. Aber das war es nicht... das Bewußtsein, neben einem Mädchen zu schlafen, das Frank Hellberg durch ihre engelhafte Art zu erobern begann, machte das Bett eng und nahm Marion fast die Luft. Es war ihr, als lägen Zentner neben und auf ihr.

Nach Mitternacht, die Glocken der Kirche von Avezzano hatten sie eingeläutet, hielt es Marion nicht mehr im Bett. Es kribbelte über ihren ganzen Körper wie von Tausenden von Ameisen. Vorsichtig stieg sie über die tief schlafende Claudia aus dem Bett, zog ihren Bademantel an und stellte sich ans Fenster. Die Luft war kühl und rein und herrlich für die erhitzten Nerven. Ein paarmal sah Marion zu Claudia hinüber. Ihr Gesicht war wie aus Porzellan. Sie hatte noch nie etwas so Zerbrechliches und Schönes gesehen.

Gegen ein Uhr verließ Marion das Zimmer. Sie hatte vor, zu Frank hinüberzugehen und wenigstens bei ihm eine Entscheidung zu erzwingen. Es war nicht die erste Nacht, die sie beisammengewesen wären, aber es würde die entscheidende Nacht werden. Die Ausschaltung der elfenhaften Claudia.

Auf dem Wege zu Franks Zimmer kam sie an Haußmanns Zimmer vorbei. Der Schlüssel steckte von außen im Schloß, und die Tür war nur angelehnt. Marion blieb erstaunt stehen, schob die Tür dann einen Spalt breiter auf und sah hinein.

Karl lag auf dem Rücken und schlief mit rasselndem Atem. Neben ihm aber hing Erika halb aus dem Bett. Ihr Kopf lag fast auf dem Fußboden, die Arme pendelten über der Bettkante. Ihr Gesicht war leichenblaß, die Augen halb geöffnet.

Marion stieß einen leisen Schrei aus, schlüpfte ins Zimmer, hob Erika ins Bett zurück und legte die Hand auf ihre Stirn. Sie war kalt und blutleer. Marion riß das Hemd über Erikas Brust auf, drückte das Ohr auf das Herz... es schlug noch, aber es war kaum hörbar. Es war wie das letzte, zaghafte Tikken einer Uhr, deren Feder abgespult ist.

»Karl!« schrie Marion und rüttelte Haußmann an den Schultern. »Karl! Wach' auf! Wach' auf!« Haußmann grunzte im Schlaf, aber Marion ließ ihm keine Ruhe. Sie rüttelte so lange, bis Karl im Bett auffuhr und sich die Augen rieb.

»Marion...« stammelte er entsetzt. »Bist du verrückt?«

»Deine Frau... Karl!«

Karl sah zur Seite. Dann sprang er mit einem Satz aus dem Bett. »Erika!« rief er. »Mein Gott! Mein Gott! Was hat sie bloß getan?« Er rannte im Zimmer herum, kopflos, während Marion versuchte, Erika Wasser zwischen die bleichen Lippen zu gießen. Dann sah er das leere Röhrchen auf der Erde liegen und wußte, was geschehen war.

»Einen Arzt!« rief Haußmann. »Sofort einen Arzt!« Er rannte hinaus auf den Flur und rief so lange, bis der Gastwirt erschien und Hellberg hinunterrannte zum Wagen.

Der alte Landarzt von Avezzano erschien wenig später, von Hellberg geholt, im Schlafanzug. Seine Anzughose hatte er einfach darübergezogen. Er brachte ein vorsintflutliches Magenauspumpgerät mit: einen dünnen, roten Gummischlauch, einen verbeulten Irrigator, drei große Spuckschalen.

»Nein, so etwas!« sagte er immer wieder. »So etwas! Solche Dummheit!«

Erika wurde im letzten Augenblick gerettet. Über vier Liter entgiftende Flüssigkeit pumpte der Arzt in Erikas Magen und pumpte sie wieder heraus. Dann gab er ihr zwei starke Kreislaufinjektionen und massierte das Herz. Als wieder etwas Farbe in Erikas leichenblasses Gesicht kam, lehnte sich der alte Arzt erschöpft zurück und nickte Haußmann zu.

»Bene...« sagte er.

»Ich danke Ihnen, Doktor.« Karl zitterten die Knie. Mehr konnte er nicht sagen. Was er in der letzten halben Stunde mitgemacht hatte, war nicht in Worten auszudrücken.

»Legen Sie sich hin, Herr Direktor«, sagte Marion, als der Arzt gegangen war. »Ich bleibe bei Ihrer Frau und halte Wache.«

»Das kann ich nicht verlangen«, stotterte Karl.

»Verlangen nicht. Aber ich tue es.«

»Sie haben es entdeckt.« Karl schluckte mehrmals. »Ihnen verdanke ich die Rettung meiner Frau.«

»Reden wir nicht mehr davon.« Marion setzte sich an die Bettkante. »Ruhen Sie sich jetzt aus.«

»Sie können in meinem Zimmer schlafen.« Frank Hellberg stand am Fenster. »Ich bleibe auch hier.«

»Danke. Ich... ich bin völlig durcheinander.«

Hellberg wartete, bis Karl das Zimmer verlassen hatte. Dann trat er hinter Marion und legte ihr die Hand auf die Schulter.

»Du bist besser, als du aussiehst«, sagte er leise.

Marion verstand ihn. Er schien das Doppelspiel durchschaut zu haben.

»Man täuscht sich oft«, antwortete sie.

Erika schlief drei Tage lang. Zweimal täglich kam der alte Arzt, gab ihr eine Kreislaufspritze, schimpfte über den Lumpen Tezza und trank auf Kosten Haußmanns nach der Konsultation einen Liter Rotwein in der Wirtschaft.

»Sie ist über'n Berg«, sagte er am dritten Tag. »Aber zehn Tage Ruhe ist das mindeste, was sie braucht. Wenn sie aufwacht, haben wir die Krisis überstanden.«

In diesen drei Tagen waren viele Fragen zwischen Karl,

Marion, Frank und Claudia besprochen worden. Zunächst ging es darum, die Schiffsplätze in Bari auf dem Fährschiff ›Sveti Stefan‹ zu bekommen. Hellberg, der in Bari angerufen hatte bei der Stazione Marittima, erfuhr, daß telefonische Anmeldungen völlig sinnlos seien. Man schlage sich um die Schiffskarten. Aus Foggia und Brindisi habe man schon Polizeiverstärkung heranholen müssen. Die Menschen benähmen sich wie die Raubtiere. Die Todesangst zerriß alle Erziehung und Moral.

»Es bleibt uns nichts übrig, als nach Bari vorauszufahren, die Karten zu besorgen und Sie und Ihre Frau dann abzuholen«, sagte Frank. »Sonst warten wir in Bari zwei oder drei Wochen. Vielleicht gelingt es mir, Karten für eine baldige Passage zu bekommen. Es wird alles nur eine Geldfrage sein.«

»Bieten Sie, was man vertreten kann. Ach was, zahlen Sie jeden Preis!« Karl Haußmann wischte sich den Schweiß von der Stirn.

»Und Sie wollen wirklich das Opfer auf sich nehmen und vorausfahren, Frank?«

»Das bedarf doch keiner Frage, Herr Haußmann.«

»Sie sind ein wahrer Freund.« Karl drückte Frank die Hände. »Ich kann noch immer nicht begreifen, daß Erika so etwas getan hat. Ich habe ihr nie die Verzweiflung über die Krankheit angemerkt. Es muß ein Kurzschluß gewesen sein. Das Erlebnis bei diesem Schuft Tezza ... das war zuviel für sie.«

Die anderen nickten stumm.

Auch sie blieben in dem Irrtum befangen, Erika sei angesichts ihrer Krankheit verzweifelt.

Wenn sie die Wahrheit gewußt hätten!

Vielleicht hätte die Fahrt nach Bari zum ›Schiff der Hoffnung‹ nie so stattgefunden, wie sie an diesem Abend beschlossen wurde.

»Ich fahre mit«, sagte Marion, als man wieder auf die Fahrt kam. »Ich kann dich ablösen, Frank. Ich fahre zwar nicht gut, aber besser schlecht gefahren, als gut gelaufen.«

»Und ich?« fragte Claudia leise.

»Sie natürlich auch.« Frank nickte ihr zu. »Sie gehören jetzt zur Familie.«

»Das walte Gott!« Marion nahm einen Schluck Wein. Was sie sonst noch sagen wollte, mußte sie hinunterspülen.

Frühmorgens, gleich nach der Morgendämmerung, starteten sie. Es war ein sonniger, aber windiger Tag. Über die Hänge von Capistrello pfiff der Wind und rüttelte die Pinien.

Zuerst saß Frank Hellberg am Steuer. Er fuhr die Straße Nr. 82 über Sora bis zur Kreuzung der Straße Nr. 6, die nach Cassino entlang dem Höhenrücken der Monti Simbrunini führt. Über Cassino erreichten sie die Autobahn nach Neapel. Aber Hellberg fuhr nicht bis zu der vielbesungenen Straße, sondern zweigte vorher ab auf die Straße Nr. 7 in Richtung Caserta–Benevento–Foggia. Ihm schien dies der nächste Weg zu sein, quer durch den Appennino Meridionale, durch Weingärten und rauhe Felsschluchten, verlassene Täler und Höhen mit wundervoller Weisheit.

»Rechts von uns liegt Neapel«, sagte Marion etwas wehmütig, als sie das Straßenschild las. »Man könnte den Vesuv sehen, Capri, Ischia, Pompeji ... Kinderträume, an denen wir jetzt vorbeifahren.« Sie beugte sich zu Frank hinüber. »Liebling, kannst du nicht den kleinen Umweg über Neapel machen?«

»Jede verlorene Stunde kann einen Tag längeren Wartens in Bari bedeuten. Neapel läuft nicht weg, das sieht in 100 Jahren noch genauso postkartenromantisch aus wie heute. Aber in Bari müssen wir um die Zeit rennen!«

»Es war ja nur ein kleiner Gedanke.« Marion lehnte sich wieder zurück. »Verzeih. Du hast ja recht.«

Sie war sanft wie eine Taube.

Am Nachmittag waren sie in Foggia. In einer Trattoria aßen sie ein paar Happen und tranken Fruchtsaft. Dort kaufte Hellberg auch die neueste Zeitung. Auf der ersten Seite stand ein großer Bericht aus Bari. ›Ansturm auf Krebsheilmittel.‹ Der Reporter schilderte in mitreißenden Worten den Sturm auf die Schiffskarten. Daneben veröffentlichte ein italienischer Professor Dr. Cradeno seine Ansicht über das neu entdeckte Wundermittel HTS. »Ich warne!« schrieb er. »Ich warne alle! Auch dies ist wieder ein Irrlicht wie viele vor ihm. Es gibt kein sicher wirkendes Chemotherapeutikum gegen den ›Krebs‹. Brustkrebs ist etwas ganz anderes als Magenkrebs oder Darmkrebs. Laßt euch nicht in Panik jagen! Wartet die klinischen Untersuchungen von HTS ab...«

Frank Hellberg vernichtete die Zeitung, ohne sie Claudia oder Marion gezeigt zu haben. Was dieser Professor Dr. Cradeno schrieb, war auch seine Ansicht. Aber wenn man sieht, wie sich ein Kranker an die Hoffnung klammert... Man kann, man darf ihn nicht enttäuschen. Der Lebenswille ist gerade bei einem Krebskranken ungeheuerlich. Er sprengt alle Maße. Und die Hoffnung ist der große Motor, der ihn immer wieder antreibt.

Von Foggia ab fuhr Marion.

Noch 127 Kilometer waren es bis Bari. Entlang der Küste des Adriatischen Meeres. Die herrliche Sonnenstraße von Barletta, Bisceglie und Molfetta. Links das blaue Meer und der weiße Strand, rechts die Weinberge, auf denen ein herrlicher Rosé reift. Ein gottgesegnetes Land, fruchtbar und schön und ewig wie die Sonne, die es prägt.

Zwischen Molfetta und Bari kamen sie in eine Polizeikontrolle. Karabinieri in hellgrauen Uniformen hatten die Straße gesperrt und fragten jeden Wagen nach dem Ziel der Fahrt.

»Nach Bari?« fragte einer der Polizisten und starrte Marions goldene Haare fasziniert an.

»Ja!« sagte Hellberg.

»Sie werden umgeleitet. Die Zufahrtstraße ist verstopft. Sie werden Bari heute nicht mehr erreichen. Sie müssen in Altamura oder Materna übernachten.«

Hellberg zog seinen Ausweis aus der Tasche und hielt ihn hoch.

»Presse.«

»Trotzdem.«

»Muß das sein?« Marion beugte sich etwas vor. Ihre Bluse war zwei Knöpfte weit offen. Der Carabiniere warf einen Blick auf die gewölbte, weiße Aussicht und schnaufte. Welcher Italiener bekommt da nicht ein weiches Herz?

»Freie Fahrt!« rief der Polizist seinen Kollegen zu und winkte. »Presse!«

Und während alle anderen Wagen umgeleitet wurden und nicht nach Bari durften, erreichten Hellberg, Marion und Claudia die Hafenstadt unter einem vom Sonnenuntergang feuerroten Himmel, das Meer in Gold und Flammen getaucht.

»Bari!« sagten alle drei, als das Ortsschild auftauchte. Sie hupten zur Begrüßung und fuhren dann langsam über die Staatsstraße 16 in die ersehnte Stadt ein. Links erhob sich die gewaltige Ellipse des Stadio della Vittoria, vor ihnen erhoben sich neben den niedrigen alten Häusern die Neubauten in den glutenden Abendhimmel. Moderne Hochhäuser, Wohnblocks, Hotels, der schlanke Kirchturm der Kathedrale. Sie fuhren die Via Napoli hinunter, bogen in die Via Pizzoli ein und stellten den Wagen am Rande der Piazza Garibaldi ab.

Mit steifen Beinen kletterten sie aus dem Wagen und gingen erst ein wenig hin und her, ehe sie etwas sagten.

»Na, wie bin ich gefahren?« fragte Marion.

»Sehr gut.« Hellberg lachte befreit. »Am besten war deine offene Bluse bei Molfetta.«

»Es stimmt also wieder, daß eine Frau am Steuer alle Hindernisse überwindet. Wie, das ist gleichgültig!«

Man war in einer ausgelassenen Stimmung. Die Nervenanspannung des langen Tages auf den Landstraßen löste sich. Wie die Kinder alberten sie herum, kauften sich an einem Eiswagen Gelati Motta und ließen reihum bei dem anderen lecken, denn sie hatten jeder ein verschiedenes Eis. Schokolade, Erdbeer, Pistazien.

»Und nun auf zur Zimmersuche!« sagte Hellberg, als sie das Eis gegessen hatten. »Das wird ein harter Brocken.«

Seine Ahnung trog nicht.

Bari war ein Heerlager geworden. Rund um den Hafen waren alle Hotels, Pensionen, Privathäuser, ja selbst die Lagerhäuser besetzt. Auf der Piazza Christ. Colombo standen Wohnwagen an Wohnwagen, die findige Italiener beim Einsetzen des Krankensturmes sofort dorthin gefahren hatten und für teures Geld vermieteten. Denn kein Platz war günstiger als der Kolumbus-Platz. Links von ihm ging die breite Molo Foraneo ab, eine mit Schienensträngen übersäte künstliche Halbinsel, der Hauptumschlagplatz des Hafens von Bari. Am Ende der Mole aber lag der Ankerplatz der ›Sveti Stefan‹, dem Fährschiff nach Jugoslawien.

»Das Schiff der Hoffnung.«

Drei Stunden lang liefen Hellberg und die beiden Mädchen durch Baris Straßen. Durch die enge, winkelige Altstadt, durch die saubere, schachbrettartig angelegte Neustadt mit ihren breiten Boulevards, dem Corso Vittore Emanuel II., Corso Cavour und Corso Mazzini. Vom Hauptbahnhof bis zum alten Castello liefen sie, vom Fischereihafen bis zurück zur Piazza Garibaldi mit dem ewig plätschernden Brunnen und der subtropischen Pflanzenpracht. Der Verkehr brandete an ihnen vorbei. Omnibusse, Schlangen von Autos, Pferdekarren, Droschken, schreiende Kinder.

Vom Fremdenverkehrsbüro Uffizio Informanzioni Corso Cavour 2 hatte Hellberg eine Liste mit Privatpensionen, kleinen Hotels und Privatzimmern erhalten.

»In den großen Hotels – unmöglich, Signore«, sagte der freundliche, aber erschöpfte Mann hinter der Theke des Fremdenverkehrsbüros. Seit Tagen und Wochen sagte er immer das gleiche. Er kam sich wie ein Papagei vor. »Alles ausgebucht. Für Wochen. Im Hotel Palace? Nicht für 1000 Dollar, Signore. Sie glauben ja nicht, was hier los ist!«

Hellberg glaubte es. Er sah es ja. Um den Hafen herum und auch in der Stadt stauten sich die Autos mit fremden Nummernschildern. Es schien, als sei man dörferweise nach Bari gezogen. Und in allen Augen, in die er am Hafen blickte, sah er Entschlossenheit und Kampf um das nackte Leben.

Hinüber nach Jugoslawien.

Hinüber nach Sarajewo.

Die Wunderkapsel HTS.

Sechzehn Stück sollen einen Krebskranken heilen!

Sechzehn Stück!

Und heute nacht fährt wieder das Schiff über das Meer nach Dubrovnik.

Auf dem Schwarzmarkt in Bari, in den Gäßchen hinter dem Fischereihafen, verkauft man die Fährkarte schon für 100 Dollar.

Die Zimmerliste nützte Hellberg wenig. Überall, wo er hinkam, war das Zimmer schon besetzt. Aber in einem Haus in der Via Tanzi erlebte er einen Teil des Wunders, auf das er wartete. Der Padrone, der Hauswirt, der ihm öffnete, hob sofort beide Hände, als er die Liste in Hellbergs Hand sah.

»Nix! Nix!« sagte er in richtiger Einschätzung, einen Deutschen vor sich zu haben. »Voll bis unters Dach.« Und dann zog er Hellberg in die Diele der Pension, beugte sich vor und sagte: »Billietti für Schiff, ja? Quanta? Drei... vier...«

Hellberg hielt den Atem an. War so etwas möglich?

»Fünf!« sagte er.

»Prego.« Der Padrone griff in die Tasche. »Stück 200 deutsche Mark. Data... prego...« Er holte eine der Schiffskarten hervor. Es war die Reservierung von zwei Kabinen zweiter Klasse für eine Überfahrt nach Dubrovnik in 11 Tagen. »Macht 1000 deutsche Mark. Hast du?«

»Ich habe!« Hellberg zählte 10 Hundertmarkscheine in die schmuddelige Hand des Padrone. Dann nahm er die Karten entgegen und verstaute sie wie einen Goldschatz in seiner Brieftasche.

»Und wo bekommen wir drei Betten?« fragte er danach. »Seit drei Stunden rennen wir herum.«

»Ich habe einen Freund.« Der Padrone riß von der Zeitung,

die auf dem Tisch in der Diele lag, den Rand ab und schrieb eine Adresse darauf. »Hier, Signore. Zeigen Sie Schrift, er kennt sie. Sie werden Betten bekommen.«

»Das Wunder zweiter Teil!« sagte Hellberg, als er wieder bei den Mädchen war. »Wir haben die Karten und wir haben Betten! Wir müssen wahre Glückskinder sein!«

So kamen sie zu der Pensione Renzo. Sie lag in einer der engen, winkeligen, schmutzigen Gassen der Altstadt. Ein Haus, an dem Hellberg normalerweise schnell vorbeigelaufen wäre.

Der Hauswirt las den abgerissenen Zeitungsrand, nickte und gab den Eintritt frei.

»Dritte Etage«, sagte er. »Nummer 14. Nur ein Raum, aber mit zwei Betten. Eins kommt noch. Pro Kopf und Nacht 100000 Lire. Drei Tage im voraus. Prego.«

Und wieder zahlte Hellberg.

Dann lagen sie alle drei erschöpft im Bett, machten sich gar nicht die Mühe, sich auszuziehen, sondern sanken so, wie sie waren, auf die Decken.

»Meine Füße...« sagte Marion. Dann schlief sie ein, als habe man sie betäubt.

Auch Claudia, total ausgepumpt von dem stundenlangen Lauf, war nicht mehr fähig, etwas zu tun. Sie streckte sich aus und schlief schon, als der Padrone mit einem dürren Hausknecht das dritte Bett brachte und aufstellte.

Und dann – endlich – konnte sich auch Hellberg hinlegen und kam sich vor, als habe man ihm alle Knochen gebrochen.

Die Nacht sank über Bari. Über Gerechte und Ungerechte.

In dieser Nacht geschah etwas Furchtbares.

In der Pensione Renzo, auf Zimmer 15, wurde ein Mann ermordet. Der Hauswirt, der spät in der Nacht von einem Bummel durch einige Weinlokale zurückkam, sah hinter den blinden Scheiben noch Licht. Das wunderte ihn, denn der Bewohner von Nr. 15 war gerade aus Dubrovnik zurückgekehrt. Er hatte das Zimmer schon bei der Abfahrt von Bari fest bestellt gehabt. Nun war er zurückgekommen aus Sarajewo, ein glücklicher, ein strahlender, ein verjüngter Mensch.

»Ich habe die Wunderpillen!« hatte er schon im Hausflur geschrien. »Ich habe 20 Pillen! Damit kann ich meine Frau völlig heilen! 20 Pillen! Ich werde morgen der Madonna in der Kathedrale eine dicke Kerze opfern, die dickste, die es in Bari gibt!«

Der Hauswirt stieg die drei Treppen hinauf, klopfte an die Tür von Nr. 15, legte das Ohr an das Holz, und als er nichts hörte, drückte er die Klinke herunter.

Die Tür war nicht verschlossen.

Im Schein der trüben Deckenlampe lag der Mann vor dem Tisch auf dem Boden. Um seinen Kopf hatte sich eine große Blutlache gebildet.

Der Mörder hatte ihm die Kehle durchschnitten. Eine grauenhafte Wunde zog sich fast von Ohr zu Ohr.

In der Hand hielt der Tote eine Damenhandtasche, in die sich seine Finger im Todeskampf fest verkrallt hatten.

Zehn Minuten später war die Polizei da.

Zwei Spezialisten untersuchten die Leiche, der junge Polizeioffizier löst die Tasche aus den Händen des Toten. Aufgeregt, mit beiden Armen fuchtelnd, sprach der Padrone auf ihn ein.

Und dann klopfte es an die Tür von Nr. 14. Hart, fordernd.

Hellberg fuhr aus dem Bett. Claudia und Marion richteten sich auf. »Aufmachen, Polizei!« dröhnte eine Stimme vom Flur.

Die schwarzen Fahrkarten, dachte Hellberg. Verdammt! So große Glückskinder schienen wir doch nicht zu sein.

Er öffnete und prallte geblendet zurück. Ein Handscheinwerfer strahlte ihn an.

»Kommen Sie heraus!« sagte die schneidende Stimme wieder. Claudia und Marion folgten Hellberg in den Flur.

Da sahen sie die offene Tür vom Zimmer 15 und blieben mit einem Aufschrei entsetzt stehen.

Der Tote in der Blutlache.

Der grauenhafte Schnitt in der Kehle.

Und hinter ihnen sagte die schneidende Stimme:

»Sie sind verhaftet wegen Mordes! Mitkommen und Hände auf den Rücken!«

Noch geblendet von dem Handscheinwerfer und wie gelähmt von dem grauenhaften Anblick, rührten sie sich nicht. Erst, als jemand Hellberg unsanft in den Rücken stieß und laut »Avanti! Avanti!« rief, löste sich ihre Erstarrung.

»Das dürfte doch wohl ein Irrtum sein!« sagte Hellberg erregt. »Wie kommen Sie dazu, uns...«

»Mitkommen! In Nebenzimmer.« Der junge Polizeioffizier sprach etwas Deutsch. Plötzlich war der obere Flur voller Polizeiuniformen, und harte Hände packten Hellberg und die beiden Mädchen und schoben sie in ihr Zimmer zurück. Im Nu war der Raum taghell, zwei neue Handscheinwerfer strahlten Hellberg, Claudia und Marion an. Von der Straße tönte eine Sirene. Die Mordkommission. Der Leichenwagen. Der Polizeiarzt. Die enge, winkelige Gasse war nun hellwach. Aus allen Häusern quollen die Menschen, umstanden das Mordhaus, diskutierten mit weiten Armbewegungen und südländischem Temperament.

Der Leiter der Mordkommission sah sich die Leiche noch einmal genau an und ließ sich eingehend von dem Polizeioffizier berichten, ehe er ins Nebenzimmer ging, sich hinter einen in der Zwischenzeit herbeigeholten breiten Tisch setzte und eine Brille aufsetzte.

»Sprechen Sie englisch?« begann er sein Verhör und sah Hellberg dabei an.

»Ja.« Von jetzt ab wurde nur englisch gesprochen, was auch Claudia verstand. Marion saß auf dem Bett und schüttelte immer wieder den Kopf. »So ein Blödsinn!« sagte sie. »So ein verrückter Blödsinn! Man sollte darüber lachen.«

Diese Meinung änderte sich in ein paar Minuten. Der Leiter der Mordkommission ließ keinen Zweifel, daß die Situation äußerst ernst war.

»Sie sagen, Sie hätten mit dem Mord nichts zu tun?« fragte er. »Gar nichts?«

»Sehr richtig! Ich protestiere gegen diese Unterstellung.« Hellberg trat einen Schritt vor. »Es ist absurd!«

»Sie werden gleich sehen, daß es gar nicht absurd ist, Sir. Was wollen Sie in Bari?«

»Karten zur Überfahrt nach Dubrovnik besorgen.«

»Um nach Sarajewo zu kommen?«

»Ja.«

»Zu den Wunderpillen des Dr. Zeijnilagic?«

»Ja.«

»Sie sind krebskrank?«

»Nein. Einer meiner Bekannten. Sie warten in Avezzano auf unsere Rückkehr mit den Karten.«

»Name.«

»Karl und Erika Haußmann aus Gelsenkirchen in Westdeutschland. Ich bin Journalist und heiße Frank Hellberg.«

»Ein Journalist. Sieh an!« Der Leiter der Mordkommission von Bari lächelte mokant. »Immer zur richtigen Zeit am richtigen Ort. Mord wegen 20 Wunderpillen ... eine gute Schlagzeile, nicht wahr?«

»Was wollen Sie eigentlich?« rief Hellberg empört.

»Ihren Paß bitte.«

Hellberg reichte ihn hin. Der Beamte prüfte ihn und legte ihn zur Seite auf den Tisch. »Und Ihre Pässe bitte«, sagte er zu den beiden Mädchen.

Marion trat an den Tisch. Unter ihrem Bademantel trug sie hauchdünne Shorties. Während sie ging, schlug der Mantel auf und gab einen Blick auf ihre langen, schlanken Beine frei. Für einen Süditaliener ist so etwas Alibi genug, aber der Polizeichef der Mordkommission schien aus Norditalien zu kommen. Er beachtete Marions aufreizende Figur nicht einmal.

»In Ordnung!« sagte er und legte Marions Paß auf den Hellbergs.

»Und Sie, Signorina?«

Claudia suchte verzweifelt nach ihrer Handtasche. Sie sah neben und unter das Bett, sie räumte ihren kleinen Koffer völlig aus, sie kroch im Kleiderschrank herum.

»Suchen Sie etwas?« fragte der Leiter der Mordkommission.

»Meine Handtasche.« Claudia trat außer Atem an den Tisch.

»Signore Capitano ... ich hatte gestern abend meine Handtasche hier auf den Stuhl gelegt. Ich weiß es genau.«

»Und in der Tasche war Ihr Paß?«

»Ja.«

»Ist das hier Ihre Tasche?«

Der Beamte griff unter den Tisch und hob eine Damenhandtasche hoch in das Scheinwerferlicht.

»Ja!« rief Claudia. »Das ist sie!« Ihr kleines, zartes Gesicht wurde ratlos. »Wie kommen Sie an meine Tasche? Wo war sie?«

»Der Ermordete hatte sie in der Hand«, sagte der Capitano ruhig. »Er umklammerte sie noch im Tode. Ich verhafte Sie wegen Mordes, Signorina.«

Mit einem leisen Schrei sank Claudia ohnmächtig zusammen. Zwei Polizisten trugen sie auf das Bett und stellten sich dann daneben auf, als sei das Mädchen ein gefährlicher Gewaltverbrecher. Frank Hellberg, der zu ihr eilen wollte, wurde von einem stämmigen Polizisten am Ärmel festgehalten.

»Das ist ja Wahnsinn!« schrie Hellberg. »Signorina Torgiano soll einen Mann ...« Er schlug sich mit der flachen Hand gegen die Stirn. »Es ist nicht zu fassen, was sich Beamte ausdenken können!«

»Gehen wir weiter.« Der Capitano reagierte nicht im geringsten auf den Protest Hellbergs. »Ein Mädchen wie die Signorina ist nicht in der Lage, einen solchen Halsschnitt auszuführen. Für einen solchen sogenannten Kragenschnitt braucht man Kraft. Er wird in einem Zuge gemacht, und dazu braucht man Muskeln. Signorina Torgiano aber ist zu zart dazu. Also haben *Sie* den Mann ermordet, während die Signorina vielleicht das Opfer festhielt, umklammerte, mit ihrem Körper niederdrückte.«

»Nein! Sie hat den Mann mit ihrer Handtasche erst niedergeschlagen und dann mit ihrem Büstenhalter gefesselt«, sagte Hellberg voller ironischer Bitterkeit.

Der Polizeikommissar schlug mit der Faust auf den Tisch.

»Lassen Sie die albernen Witze, Sir!« brüllte er. »Die Lage, *Ihre* Lage ist ernst genug. Jedes Gericht wird die Tasche in der Hand des Toten als maßgebendes Indiz werten! Auch ein deutsches Gericht!«

»Und warum wohl sollten wir den Mann von nebenan ermordet haben?«

»Wegen der Wunderpillen aus Sarajewo. Er hatte 20 Stück bekommen und wollte morgen weiter nach Rom. Und Sie haben vorhin selbst gesagt, daß Sie nach Sarajewo wollen, um diese Pillen zu holen! Da Sie keine Schiffskarten mehr bekamen, war der Weg hier einfacher. Hinein ins Nebenzimmer, Kehle durchgeschnitten...«

»O Himmel!« Hellberg schlug sich wieder gegen die Stirn. »Sie sollten Kriminalromane schreiben, Capitano! Ich habe ja die Schiffskarten!«

»Wo?« Man sah an den Augen des Kommissars, daß er unsicher wurde. Hellberg griff in die Brieftasche und zog seinen großen Schatz hervor. Der Capitano warf einen Blick darauf. Sein Gesicht entspannte sich wieder.

»Das sind plumpe Fälschungen!« sagte er.

Es war Hellberg, als habe ihn jemand von hinten mit einem Hammer gegen den Kopf geschlagen. »Nein...« stammelte er. »Das ist unmöglich. Ich habe...«

»Sie haben einen hohen Betrag schwarz dafür bezahlt, nicht wahr? Man hat Sie betrogen – falls Sie die Karten nicht als gutes Alibi selbst anfertigten.«

»Ich kann Ihnen die Adresse nennen, wo ich sie gekauft habe. Es ist ein Freund des Hauswirtes. Er hat mir sogar einen Zettel mitgegeben, sonst hätten wir nie das Zimmer bekommen.«

»Warten Sie, Sir.«

Der Kommissar ging hinaus. Auf dem Flur hörte man einen erregten Wortwechsel, der lauter und lauter wurde. Dann kam der Capitano herein und setzte sich. Seine verschlossene Miene ließ nichts Gutes vermuten.

»Der Padrone sagt aus und ist bereit, es zu beeiden, daß er von Ihnen nie einen Zettel bekommen hat. Er hat überhaupt keinen Freund, der Schiffskarten, und dazu noch gefälschte, verkaufen könnte. Er sagt aus, daß Sie und die beiden Damen bei ihm klingelten, und da er noch ein Zimmer frei hatte und Sie alle so erschöpft aussahen, habe er Ihnen das Zimmer gegeben.«

»Ich habe die Adresse seines Freundes!« Hellberg suchte mit zitternden Fingern die Liste des Fremdenverkehrsvereins von Bari. Als er sie fand, zeigte er dem Capitano den Namen der Pension in der Via Tanzi. Ein Polizist verließ das Zimmer mit der Weisung, nachzusehen, ob es Wahrheit war.

»Wäre es nicht besser, Sie legen ein Geständnis ab?« fragte der Kommissar. Hellberg starrte ihn an, als käme er von einem anderen Stern.

»Was soll ich denn gestehen?«

Auf dem Bett erwachte Claudia aus ihrer Ohnmacht. Ein Polizist flößte ihr Rotwein ein, der um diese Jahreszeit billiger war als Wasser, das man rationierte. Dann begann sie zu husten, ein trockener, bellender Husten, der den Capitano aufhorchen ließ. Er sah hinüber zu dem sich auf dem Bett krümmenden Mädchen.

»Die Signorina ist auch krank?«

»Ja. Sie hat Lungenkrebs?« antwortete Hellberg hart.

»Ist die Lage nicht sonnenklar, Sir?« Der Capitano steckte die Pässe Hellbergs und Marions in eine Aktenmappe. »Sie redeten immer nur von Ihren Bekannten, die in Avezzano warten. Von der Signorina haben Sie nichts erzählt.«

»Weil Sie nicht danach fragten!«

»Die alte, immer wieder dumme Ausrede.« Der Kommissar winkte lässig ab. »Sie brauchten die Pillen jetzt! Für die Signorina. Dann die gefälschten Passagekarten, die niemand verkauft haben will... denn Sie glauben doch nicht, daß der Pensionsbesitzer in der Via Tanzi ›Ja‹ sagt?!«

»Nein.«

»Na also!« Der Capitano erhob sich und winkte. Je zwei Polizisten stellten sich neben Hellberg, Marion und Claudia. »Kommen Sie mit. Morgen früh werden wir die Verhöre fortsetzen. Bis dahin haben Sie Zeit, sich die Wahrheit zu überlegen.«

»Wird diese dumme Komödie tatsächlich noch weitergespielt?« rief Marion erregt. Von der englischen Unterhaltung hatte sie nur einige Worte verstanden, aber den Zusammenhang nicht begriffen.

»Es scheint so.« Hellberg wandte sich an den Leiter der Mordkommission. »Ich bitte um sofortige Benachrichtigung des deutschen Konsulats in Neapel und um einen Anwalt!«

»Morgen früh, wie Sie wollen, Sir.« Der Capitano machte eine kleine, höfliche Verbeugung. »Bis dahin bitte ich Sie, meine Gäste zu sein...«

Das war nicht ironisch gemeint, sondern wirklich höflich. Erst der überführte Mörder ist ein wirklicher Mörder.

Unter dem Geschrei der Nachbarn und der Kinder, die trotz der nächtlichen Stunde wieder auf der Gasse waren, unter Drohungen und geschwungenen Fäusten wurden Hellberg, Claudia und Marion mit einem Polizeiwagen abtransportiert. Der Tote war schon fortgeschafft. Der Hausdiener scheuerte bereits den Boden vom Zimmer Nr. 15. Es war eine scheußliche Arbeit. Das Blut war in die Ritzen der Dielen gelaufen und mußte mit einem Messer herausgekratzt werden.

Am nächsten Morgen wurden auf der Molo Foraneo, an den wartenden Wohnwagen, von einem mittelgroßen, bärtigen Mann in schäbiger, abgetragener Kleidung 20 Kapseln HTS, das Wundermittel gegen den Krebs von Dr. Zeijnilagic aus Sarajewo, zum Kauf angeboten. Ein Ehepaar aus Marseille kaufte sie für ihren krebskranken Sohn und bezahlte 3000 neue Francs dafür. Überglücklich fuhren sie sofort von Bari ab. Ihr Sohn Marcel lag seit 6 Monaten in der Klinik von Marseille. Lymphogranulomatose, lautete die Diagnose. Unheilbar.

Nun glaubten sie, das Leben in der Hand zu haben. In einer Tüte, 20 Kapseln HTS.

Die Mutter weinte vor Glück, als sie aus der Hand des mittelgroßen, bärtigen Mannes die Tüte bekam.

Aus einer Hand, an der Blut klebte.

Aber wer sah es?

Erika Haußmann hatte sich von ihrem Selbstmordversuch erholt. Die Herzspritzen des alten Landarztes und eine Olivenölkur, die einen radikalen Durchfall erzeugte, aber dadurch den gesamten Darm von Giftstoffen reinigte, retteten ihr das Leben. Nach fünf Tagen konnte sie wieder das Zimmer verlassen. Gestützt auf ihren Mann Karl ging sie in den Garten, legte sich in den Liegestuhl unter den Sonnenschirm und atmete tief die mit Blütenduft und Geruch von gemähtem Gras geschwängerte Luft.

Von der kritischsten Stunde ihres Lebens sprachen sie nicht. Karl Haußmann umsorgte Erika mit rührender Tolpatschigkeit, so wie es Männer immer tun, wenn sie etwas gutzumachen haben. Er holte ihr Eis und eisgekühlte Fruchtsäfte, er kaufte in Avezzano die besten Backwaren, ließ saftige Steaks für sie braten und den zartesten Salat anrichten. Am siebenten Tag mietete er einen Karren mit zwei Mauleseln und ließ Erika durch die herrliche Landschaft fahren. Durch Weinberge und Gemüsefelder, zum Fluß Aterno und den Bewässerungskanälen des Tieflandes von Trasacco, das früher einmal sumpfig war und nun ein blühender Garten.

Es war ein herrlicher Tag. In einem Ristorante, dessen Pergola aus einem Dach von Weinranken bestand, aßen sie eine Minestrone und tranken einen herrlichen, leicht süßen, rubinroten Wein. Und hier erst brach Erika ihr Schweigen über das Vorgefallene.

»Wie hast du bemerkt, was... was ich getan habe?« fragte sie.

Karl Haußmann zuckte zusammen.

»Fräulein Gronau entdeckte es.«

»Marion? Was hatte sie denn in unserem Schlafzimmer zu suchen?«

»Sie sah den Schlüssel von draußen stecken, und die Tür war nur angelehnt. Das kam ihr komisch vor. Und ich hatte ja einen gehörigen Schwips, als ich 'raufkam.« Haußmann sah in sein Glas. Die Minuten der damaligen Nacht kamen aus der Erinnerung zurück, bedrückend und anklagend. »Sie sah dich halb aus dem Bett hängen. Da hat sie mich geweckt. Zuerst wußte ich gar nicht, was los war. Ich war wie vor den Kopf geschlagen. Dann hat Hellberg den Arzt geholt, und Fräulein Gronau hat sich rührend um dich gekümmert. Ich war ja unfähig dazu...«

»Dann verdanke ich also ihr, daß ich lebe?«

»Gewissermaßen ja.«

Erika schwieg. Warum hat sie mich nicht sterben lassen, dachte sie verwundert. Der Weg zu Karl wäre doch dann frei gewesen. Oder war es ihr bloß unangenehm, auf solche Weise das Erbe antreten zu können?

Als sie nach Avezzano zurückkamen, erwarteten sie zwei Männer in hellbeigen Maßanzügen. Sie saßen vor dem Gasthaus bei einer Flasche Wein und erhoben sich sofort, als der Wagen mit den Mauleseln hielt.

»Dolcare«, stellte sich der erste der Männer vor. »Polizeiinspektor Dolcare aus L'Aquila. Das ist mein Assistent Falcioni.« Dolcare sprach ein holpriges Deutsch, durchsetzt mit italienischen Ausdrücken, aber man konnte ihn gut verstehen. »Prego, nicht erschrecken, Signora. Nur eine kleines Frage. Formsache, wie man sagt. Können wir nehmen Platz an dieses Tisch?«

»Ich weiß zwar nicht, daß wir Apfelsinen geklaut haben«,

sagte Karl Haußmann mit gezwungenem Humor, »aber wenn es nötig ist: Bitte, ich gestehe alles.« Er lachte laut. Man setzte sich an den runden Tisch, der Wirt brachte noch zwei Gläser, und zuerst trank man gemeinsam ein Glas Wein. Das hebt die Stimmung und macht freier.

»Nur einiges Fragen, Signore«, sagte Inspektor Dolcare und zog aus der Tasche einen Brief. Es war ein amtliches Schreiben, wie Haußmann am Kopf und an den Stempeln sah. »Welches Wagen fahren Sie?«

»Type oder Nummer?«

»Due, Signore.«

»Ich habe einen hellblauen Mercedes 220 mit der Nummer GE – MZ 921.«

»Und wo ist der Wagen jetzt?«

»Aha!« Haußmann sah Erika an. »Da hat der Frank einen Unfall gebaut, paß mal auf.« Und zu Dolcare sagte er: »Wenn alles normal verlaufen ist, muß er längst in Bari sein.«

»Ist er, Signore.«

»Und dort hat's geknallt.«

»Prego? Ich nicht...« Dolcare hob beide Hände.

»Ein Unfall? Bum. Aus!« Haußmann ließ beide Fäuste zusammenprallen. Eine Sprache, die jeder versteht im Zusammenhang mit Autos. Dolcare lächelte mild.

»Niente, Signore. Auto nix kaputt. Auto steht auf der Piazza Garibaldi in Bari. Plombiert.«

»Warum das denn?« Haußmann wurde unsicher. Wenn die Polizei etwas plombiert, dann ist es etwas Ernstes.

»Wer fuhr Auto?« fragte Dolcare weiter.

»Ein Bekannter. Frank Hellberg. Ein Journalist.«

»Und wer hat gefahren mit?«

»Fräulein Marion Gronau und ein Fräulein Claudia Tortelle oder Torrosa oder so...«

»Torgiano...«

»Richtig!«

»Sie werden können bürgen für sie?«

»In jeder Höhe!« Haußmann lächelte wieder. Geld, dachte

er. Die haben kein Geld mehr. Wer weiß, was da passiert ist. Vielleicht ist es ihnen gestohlen worden. Und nun sitzen sie irgendwo fest und haben uns als Bürgen genannt. Na, wir werden es ja gleich erfahren.

»Wo sind sie, Herr Inspektor?« fragte Karl Haußmann und griff in die Brusttasche. »Wieviel Geld brauchen sie?«

»Nix Lire, Signore. Signore Hellberg ist in Bari. Verhaftet mit den Signorinas.«

»Verhaftet? Aber wieso denn?« stotterte Karl.

»Wegen Mordes...«

Es war, als habe zwischen ihnen ein Meteor eingeschlagen. Karl starrte Erika an, und er sah in ihren Augen die gleiche Verblüffung wie bei sich. Sekundenlang waren sie unfähig, etwas zu sagen, aber dann plötzlich begann Haußmann zu lachen und schlug sich auf die Schenkel.

»Inspektor!« rief er und holte tief Atem. »So einen herrlichen Blödsinn habe ich selten gehört!«

»Sie haben ermordet Mann, der 20 Tabletten HTS mitgebracht hat aus Sarajewo.« Dolcare war sehr ernst, als er das sagte. »Mann war im Nebenzimmer von Pensione. Er hatte Tasche von Signorina Torgiano in Hand.«

Erika Haußmann schüttelte den Kopf. »Das ist doch alles nur eine Verwechslung. So etwas kann man doch im Ernst nicht glauben.«

»Man will Sie anhören in Bari. Wann können Sie abfahren?«

»Sofort!« Haußmann sprang auf. »Aber womit? Mein Wagen ist ja in diesem Bari!«

»Signore Falcioni wird Sie gerne hinbringen.« Inspektor Dolcare sah zu dem erregten Haußmann hinauf. »Vielleicht wirklich nur alles Irrtum, Signore. Aber Indizien... man muß tun seine Pflicht, nicht wahr?«

»Natürlich.« Haußmann sah auf seine Frau. »Fühlst du dich auch wirklich stark genug, um schon zu fahren? Verdammt noch mal... wenn einmal der Wurm drin ist...«

»Es wird schon gehen, Karli.« Erika lächelte ermunternd. »Wer weiß, in welcher Situation unsere Freunde sind.«

Eine Stunde später fuhr Kriminalsergeant Falcioni die Haußmanns mit einem kleinen, weißen Fiat nach Bari. Da der Kofferraum nicht ausreichte, hatte man die Hauptlast des Gepäcks auf das Dach geschnallt.

Nur wer schon einmal mit einem Italiener gefahren ist, weiß, was Karl und Erika Haußmann in den nächsten Stunden aushielten. Es gab keine Kurven, in die man nicht hineinflog; es gab keine Serpentinen, die man nicht mit kreischenden Reifen nahm; es gab Engpässe, in die man laut hupend hineinraste, und wenn die Straße gerade war, beugte sich Falcioni über das Lenkrad und wurde zum Rennfahrer.

Dreimal kippte der kleine Wagen fast um, weil in scharfen Kurven die Dachlast verrutschte und das Gepäck herunterhing. Dann stieg Signore Falcioni seelenruhig aus, zurrte alles wieder fest, lächelte verzeihend zu Erika, machte mit weiten Armbewegungen klar, daß alles gar nicht so schlimm sei, sah auf seine Uhr, rief: »Madonna mia!«, sprang hinter das Steuerrad und gab Gas.

»Und da meckerst du immer, wenn ich ein bißchen scharf fahre«, sagte Karl Haußmann und hielt sich am Türgriff fest.

»Ich werde nie mehr etwas sagen, Karli, wenn wir heil in Bari ankommen.« Erika schloß die Augen. Sie rasten quer durch den Apennin. Eine Bergstraße, links ein unbefestigter Abgrund, rechts ein schroffer Felshang.

Falcioni hupte wie ein Irrer und jagte die Straße hinauf. Dabei pfiff er vor sich hin und war anscheinend sehr vergnügt und zufrieden mit seinem donnernden und fauchenden Auto.

Was Haußmann nie geglaubt hatte: Sie schafften es, heil und noch an diesem Tage nach Bari zu kommen. Allerdings war es schon dunkel, als sie die Via Napoli hinunterrasten und kreischend zur Piazza Garibaldi abbogen. Dort stand unter einer Platane der hellblaue Mercedes mit der Gelsenkirchener Nummer.

»Mein Wagen!« rief Haußmann und klopfte gegen die Scheibe. »Da steht er ja! Halt! Halt!«

Sergeant Falcioni nickte und lachte. »Capito!« rief er. »Erst Policia!«

Und weiter rasten sie durch das nächtlich erleuchtete, elegante, aus Tausenden Lichtern glitzernde, reiche Bari. Corso Vittore Emanuel II... um die Ecke wie ein Irrer in die Via Sparano... hinunter zur Piazza Umberto.

Das Haus der Kriminalpolizei. Unscheinbar. Eine Toreinfahrt. Falcioni hupte, bog in vollem Tempo auf das Haus, durchraste die Toreinfahrt, es gab einen Schlag, als das Gepäck vom Dach gerissen wurde, denn die zweiteiligen Tore waren nur unten geöffnet worden, dann flogen Erika und Karl nach vorn gegen die Sitze und stellten erschöpft und in den Knien zitternd fest, daß die Fahrt endlich ein Ende hatte.

»Ich sage nie mehr was, Karli...« stammelte Erika, als sie auf sicherem Boden im Hof des Hauses stand. »So etwas könnte ich nicht noch einmal ertragen.«

»Und dabei ist die Unfallziffer in Italien geringer als bei uns.« Haußmann streckte sich. »Ich komme mir vor wie ein vom Schafott Geretteter.«

»Bitte mitkommen!« sagte ein Beamter, der aus einer Seitentür in den Hof kam. »Der Capitano erwartet Sie schon.«

»Die Situation hat sich geändert«, sagte der Leiter der Mordkommission von Bari, als Erika und Karl ihm in dem engen, muffigen Büro gegenübersaßen und bestätigt hatten, daß die Bilder in den Pässen wirklich stimmten und Hellberg, Marion und Claudia vorausgefahren waren, um Schiffskarten zu besorgen. »Vor einer Stunde ist ein neuer Mord verübt worden. Wieder an einem Mann, der 20 Kapseln HTS aus Sarajewo mitgebracht hatte. Die gleiche Tötungsart. Mit einem scharfen, großen Messer die Kehle durchschnitten. In einer Pension in der Nähe der Molo S. Nicola. Wir haben auch eine Spur. Ein Mann mit einem struppigen Bart, der natürlich falsch ist. Aber es steht nun fest, daß Signore Hellberg und die beiden Signorinas nicht als Täter in Betracht kommen.«

»Welches Glück, daß der Mörder wieder mordete.« Haußmann sah den Capitano wütend an. »Man hätte sonst unseren Freunden wirklich den Prozeß gemacht.«

»Wem kann man noch trauen, Signore?« Der Capitano erhob sich, küßte Erika vollendet die Hand und klopfte Karl freundschaftlich die Schulter. »Vor sich selbst hat man ja bald Angst. Gute Fahrt nach Dubrovnik und viel Glück in Sarajewo.« Und als Erika schon vorausgegangen war, hielt er Karl noch einmal zurück. »Glauben Sie an diese Pillen, Signore?«

»Nein. Aber man soll einem Kranken nie die letzte Hoffnung nehmen. Die Hoffnung ist das letzte menschliche Gefühl, das stirbt.«

»Viel Glück!« Noch einmal gab der Capitano Haußmann die Hand. In seiner Stimme lag ehrliche Teilnahme.

Im Hof warteten schon Hellberg, Claudia und Marion. Man hatte sie aus dem Untersuchungsgefängnis gebracht. In zwei dunklen Zellen der Carabinieri-Kommando-Zentrale in der Lungomare Nazario Sauro hatten sie nun 96 Stunden wartend verbracht, waren vorzüglich verpflegt worden, aber niemand hatte ihnen gesagt, was nun geschehen würde. Plötzlich hatte man sie abgeholt, und nun standen sie im Hof der Kriminalpolizei auf dem Corso Italia.

Das Wiedersehen war herzlich. Man umarmte sich; sogar Erika gab Marion die Hand und sagte: »Mein Mann hat mir alles erzählt. Ich muß Ihnen wohl danken...«

Alles erzählt? Marion warf einen Seitenblick auf Karl, der mit Hellberg eine laute Debatte über die italienische Polizei führte und vorschlug, eine dicke Beschwerde beim Konsulat, ja bei der Botschaft in Rom loszulassen. Alles! *Was* hatte er erzählt?

Dann standen sie alle auf der Straße, dem breiten Corso Italia, gingen hinunter zur Piazza Roma und zum Hauptbahnhof und setzten sich auf die Terrasse eines der vielen Cafés.

»Nun fangen die Probleme erst an«, sagte Frank Hellberg, als sich Karl und Erika durch einen Fruchtsaft und Cassata-Eis von der Fahrt mit Falcioni gestärkt hatten. »Wir haben keine Wohnung mehr, keine Schiffskarten und einen Paß zu wenig. Claudias Tasche, die der Mörder aus unserem Zimmer gestohlen hat, um den Verdacht auf uns zu lenken, ist zwar da, aber ohne Inhalt. Der Paß fehlt mit allen anderen Sachen. Wer weiß, wo der Kerl alles hingeschüttet hat. Verdammt, ich werde das Gefühl nicht los, daß der Hausdiener auch der Mörder ist!«

»Um Gottes willen, bloß kein Sherlock-Holmes-Spiel!« Haußmann hob abwehrend beide Hände. »Wir haben schon genug Ärger. Wir wollen froh sein, daß wir hier gemütlich sitzen können. Und was die Zimmer betrifft – das macht Karl Haußmann schon!«

Er breitete einen Stadtplan von Bari aus, den er in einem Kiosk am Bahnhof gekauft hatte. Fein aufgereiht stand da eine lange Liste von Hotels und Pensionen.

Hotel Nazioni. Poriente. Palace. Europa. Miramare. Moderno. Corona. Continental. Excelsior. Adria...

»Irgendwo bekommen wir Betten!« sagte Haußmann siegessicher. »Es ist nur eine Frage des Geldes.«

Um ein Uhr nachts standen sie wieder auf der Piazza Garibaldi vor ihrem nun entplombten Wagen. Haußmanns hatten ein winziges Zimmer am Fischmarkt, an der Molo S. Nicola, bekommen. Claudia und Marion wohnten in einem Zimmer hinter dem Bahnhof, in der Via Re David. Für Frank Hellberg hatte sich kein Bett auftreiben lassen.

Nach der Abfahrt des Fährschiffes waren die Straßensperren gelockert worden, ein Strom neuer Wagen hatte sich nach Bari ergossen. Ein erschütterndes Bild bot sich auf der Piazza Christ. Colombo. Dort parkte ein Kombiwagen aus Padua. In ihm lag auf einer Bahre eine ausgezehrte, gerippeähnliche Frau mit schlohweißen Haaren. Der Tod war schon in ihren großen, fiebrigen Augen. Die ganze Familie saß um den Wagen herum, ein Wall von Leibern, der die Sterbende schützte. Als die Polizei kam, war sie machtlos.

Der Chef der Familie trat einfach vor und sagte so laut, daß es alle hörten: »Wir haben unter dem Auto zwei Ladungen

Sprengstoff. Wenn ihr uns wegjagt, sprengen wir uns alle in die Luft. Wir müssen nach Sarajewo! Seht ihr denn nicht, daß Mama stirbt, wenn sie nicht die Wunderpille bekommt?«

Und die Polizei zog ab.

Vor so viel Elend und Glauben versagt selbst das Gesetz.

»Ich schlafe im Wagen«, sagte Hellberg, als alle Hoffnung auf ein Bett für ihn sinnlos wurde. »Ich werde dort herrlich schlafen wie im Palace-Hotel nach den Nächten in der Zelle.«

Am nächsten Morgen trafen sie sich alle wieder auf der Piazza Garibaldi. Hellberg hatte sich in einem nahen Café gewaschen und rasiert. Er hatte eine stürmische Nacht hinter sich, denn alle zwei Stunden wurde er von der Polizeistreife geweckt, die ihm sagte, daß er auf der Straße nicht übernachten dürfe. Und jedesmal sagte Hellberg seinen gleichen Spruch: »Es ist nicht meine Schuld, sondern die des Capitanos. Er hat mich als Mörder verhaftet, und dadurch habe ich mein Zimmer verloren. Geht und fragt ihn!«

Gegen Morgen konnte er endlich schlafen. Es hatte sich auf den Revieren herumgesprochen, welch ein seltener Vogel in einem deutschen Wagen im Garibaldi-Park lag. Man ließ Hellberg in Ruhe.

»Also los!« sagte Haußmann tatenfreudig. »Wir haben gut gefrühstückt, die Sonne scheint... stürmen wir die Fahrkartenausgabe!«

Es klang gewollt lustig, aber hinter dem saloppen Klang schwang die Tragik. In der vergangenen Nacht hatten sich Karl und Erika ausgesprochen. Es war wie eine Erlösung gewesen, ja, fast wie eine neue Ehe, und es gab Erika neuen Mut und eine ungeahnte Kraft.

»Jetzt will ich selbst nach Sarajewo«, sagte sie in dieser Nacht. »Ehrlich, Karli – ich habe nie an diese Pillen geglaubt. Aber nun setze ich alle Hoffnung darauf. Es geht ja nicht nur um mich, sondern auch um dich. Um unser gemeinsames Glück. Es soll alles wieder so werden wie früher.«

»Es ist schon so, Rika«, sagte Karl und kam sich ganz klein und schäbig vor. »Man kann sich doch mal verirren … das ist doch menschlich …«

Frank Hellberg sah die breite Straße des heiligen Franz v. Assisi hinunter, die zu dem alten Castello Svevo, dem wehrhaften Mittelpunkt des alten Bari, führte. Dahinter, vom Corso Trieste an, begann der Weg der Leiden. Hier hatte die Polizei hohe Eisengitter errichtet und eine Wachbaracke aufgeschlagen. Nur wer einen gültigen Paß hatte, genügend Geld und eine Fahrkarte nach Dubrovnik oder Bar in Jugoslawien, wurde in den inneren Hafenbereich hineingelassen. Erschütternde Szenen hatten sich schon an diesem Gitter abgespielt. Ende November, als die ersten Nachrichten von der Wunderdroge HTS um die Welt flogen, erschoß sich ein Mann an diesem Gitter, weil ihn die Polizisten nicht durchließen zum Fährschiff nach Bar. Er hatte vergessen, seinen Paß zu verlängern. Er war zehn Tage vorher abgelaufen.

»Was machen wir mit Claudia?« fragte Hellberg stockend.

»Sie fährt natürlich mit uns«, rief Karl.

»Ohne Paß kommt sie nicht zum Schiff. Und um einen neuen Paß zu bekommen, muß sie erst nach Hause. Nur die Heimatbehörde stellt ihn aus. Sie kann ihn auch hier beantragen, aber bei dem italienischen Tempo dauert das mindestens 6-8 Wochen, wenn nicht schon länger. So lange dauert's ja schon in Deutschland. Beamte scheinen in jedem Land durch zuviel Arbeit gelähmt zu sein. Das geht also nicht. Wir müssen für Claudia einen anderen Weg finden.«

»Keine wilden Abenteuer, Frank!« Haußmann hob warnend die Hand.

»Wir wollen nicht James Bond spielen. Wir müssen in aller Ruhe die Möglichkeiten überdenken …«

»Es gibt nur eine Möglichkeit und die ist: Schwarzfahrt!« sagte Hellberg entschlossen.

»Und das kann ins Auge gehen!«

»Wissen Sie etwas anderes, Besseres?«

»50000 Lire in die hohle Hand eines Carabinieris.«
»Und drüben in Dubrovnik?«
»25000 Dinare in die gleiche hohle Hand.«
»Und auf der Rückfahrt das gleiche? Das ist doch Irrsinn!«
»Ich gebe ein Vermögen her, um an das HTS zu kommen!« sagte Haußmann laut.

»Ich schlage einen anderen Weg vor.« Hellberg sah dabei Marion an, die in der Gegend umherblickte, aber genau zuhörte. »Wir trennen uns.« Marions Kopf flog herum. »Trennen? Wieso?«

»Du, Frau und Herr Haußmann bilden die eine Gruppe. Sie haben die gültigen Pässe, sie haben das nötige Geld, bei ihnen wird alles glattgehen. Nach der nötigen Wartezeit sind sie auf dem Schiff. In Dubrovnik besteigen sie wieder den Wagen und fahren nach Sarajewo. Dort treffen wir uns.«

»Die zweite Gruppe, gebildet aus Frank Hellberg und Claudia Torgiano«, sagte Marion mit einem giftigen Unterton. »Prinz Frank, der edle Ritter! Willst du ein Schiff entern? Oder versuchst du, auf einer Luftmatratze die Adria zu überqueren? Oder bist du ein verkappter Froschmann, der nachts an auslaufende Schiffe heranschwimmt und sich an die Bordwände klebt?«

»Ich werde versuchen, Claudia auf einem anderen Wege nach Jugoslawien zu bringen, das stimmt«, antwortete Hellberg ganz ruhig. Auf den Ton Marions ging er nicht ein. Er wunderte sich selbst, wie sehr er sich innerlich schon von ihr gelöst hatte. Sein ganzes Denken galt nur noch Claudia, dem Mädchen aus durchsichtigem Porzellan. »Ich werde einen weniger abenteuerlichen Weg finden, als Marion denkt. Aber wir werden uns in Sarajewo sehen, das verspreche ich!«

»Das klingt filmreif.« Marion lachte gequält. »Du solltest Drehbücher schreiben, Frank!«

»Einverstanden. So schwer es mir fällt.« Karl Haußmann sah kurz zu seiner Frau. Marion Gronau blieb also bei ihnen. Diese bittere Last war der Preis für Sarajewo. Und Erika nickte kaum merklich.

Keine Sorge, Karli. Ich weiß ja, wie du denkst.

»Sie brauchen sicherlich Geld, Frank?« fragte Karl.

»Ja. Aber ich zahle es Ihnen zurück, wenn wir wieder in Deutschland...«

»Wollen Sie mich beleidigen?« Haußmann griff in die Tasche, holte aus einem Kuvert ein Bündel Scheine und gab sie Hellberg, ohne sie zu zählen. »Wir sitzen jetzt alle in einem Boot, und wenn wir uns nicht gegenseitig helfen, gehen wir kläglich unter.« Er blickte auf Claudia, die sich an den Wagen lehnte und bisher noch kein Wort gesagt hatte. »Wissen möchte ich doch, was Sie vorhaben, Frank.«

»Ich habe mich mit einem der Polizisten, die mich in der Nacht alle zwei Stunden weckten, lange unterhalten. Ein Kollege von der ›Gazetta Bari‹ hat den Weg Bari–Dubrovnik oder Bar schon mehrmals gemacht, *ohne* Fährschiff. Wie, das wußte der Polizist auch nicht. Der italienische Journalist hat keine Mittelsmänner verraten. Aber ich habe die Hoffnung, daß man so von Kollege zu Kollege etwas machen kann...«

»Also doch ein kleiner James Bond«, warf Marion ein.

»Machen Sie nichts Unüberlegtes, Frank!« warnte auch Haußmann.

»Ich glaube, es ist beser, ich fahre zurück, nach Hause!« Es war der erste Satz, den Claudia an diesem Morgen sprach. »Ich sehe, ich bin eine große Last. Das wollte ich doch gar nicht. Ich wollte nur nach Bari. Aber nun ist der Paß gestohlen... ich fahre zurück.« Sie lächelte Hellberg mit einem traurigen, unendlich süßen Lächeln an. »Ich danke dir, Frank, für alles. Vergiß dieses Mädchen Claudia... es hat es nie gegeben... und wird es in spätestens einem Jahr auch nicht mehr geben...« Sie sah Erika und Karl und auch Marion aus ihren großen, dunklen Augen an und nickte ihnen zu. »Ich wünsche Ihnen viel Glück und vor allem die Heilung... die herrliche Gesundheit...«

Mit einem Ruck wandte sie sich um und rannte davon, die Via Piccinni hinunter.

»Claudia!« schrie Hellberg. »Claudia! Warte!«

Aber sie blieb nicht stehen, sondern rannte weiter. Ihr Haar wehte wie eine zerzauste Fahne.

»Lauf!« sagte Marion leise. »Lauf schon, Frank! Ich weiß ja, wie es um dich steht!«

Und Frank Hellberg lief hinterher, holte Claudia an der Ecke der Via de Rossi ein, faßte sie unter, küßte sie vor allen Leuten auf den Mund und sagte: »So etwas Dummes, mein Mädchen! Als ob ich dich von jetzt ab jemals allein ließe!«

Karl Haußmann und die anderen sahen den beiden nach, wie sie in der Menge der Spaziergänger verschwanden. Marion war etwas blaß geworden, aber sie trug den Schlag mit Fassung.

»Nun haben sich die Gruppen gebildet!« sagte Karl und schloß seinen Wagen ab. »Frank und Claudia sehen wir erst in Sarajewo wieder.«

»Hoffentlich.« Erika sah immer noch die Straße hinunter, die die beiden entlanggerannt waren. »Ich habe Angst um sie. Ich habe so ein merkwürdiges Gefühl...«

»Ich habe volles Vertrauen zu Frank.« Haußmann faßte seine Frau unter. »Und jetzt wollen wir unsere Fahrkarten holen, auch wenn sie erst in 3 Wochen gültig sind. Ich glaube nicht daran... wenn alle nach Sarajewo fahren, wäre die Stadt jetzt schon so groß wie Dortmund. Du sollst sehen, es geht schneller als befürchtet. Also los denn!«

Erika blieb stehen, noch immer die Via Piccinni hinunterblickend. »Wir sollten sie zurückholen«, sagte sie leise. »Mein Gefühl... Ich habe Angst um sie.«

»Frank ist in Judo ausgebildet«, sagte Marion.

»Judo!« Erika strich sich nervös über ihr kastanienbraunes Haar. »Was nutzt das, wenn man ein Messer in den Rücken bekommt?«

Der Reporter der ›Gazetta Bari‹, Enrico Sampieri, empfing seinen deutschen Kollegen mit südländischem Temperament.

»O Kollege!« rief er. »Sie haben sich einen Engel geholt!« Er küßte Claudia die Hände und schüttelte Hellberg an den Schultern. »Eine Tragik ist das; unsere schönsten Mädchen holen die Fremden weg. Ein Glück nur, daß so viele blonde Signorinas im Sommer nach Italia kommen, um dolce amore bei uns zu genießen.«

So ging es über zehn Minuten, bis Frank auf das eigentliche Thema kam. Enrico Sampieri wurde nachdenklich.

»Das ist ein heißes Eisen, Kollege! Ich spreche nicht gern darüber. Nicht einmal geschrieben habe ich darüber... Sie wissen, was das für einen Journalisten heißt! Da liegt Gold im Dreck, und man darf es nicht aufheben, weil einem das schöne Leben zu lieb ist! Es lebt sich nicht gut mit Blei im Körper.«

»So heiß?« fragte Hellberg zweifelnd.

»Heißer als die Hölle, mein Freund.« Sampieri winkte ab. »Laß das Mädchen warten auf den neuen Paß, das ist sicherer.«

»Es kann Wochen dauern!«

»Und es kann Sekunden dauern und Sie sind ein Reporter der ›Himmlischen Tageszeitung‹.«

»Trotzdem!« Frank Hellberg sah seinen italienischen Kollegen bittend an. »Sie brauchen als Informant gar nicht aufzutreten. Ich will das Ding allein machen.«

»Das klappt überhaupt nicht!« Enrico Sampieri trat ans Fenster. Er wohnte in einem alten Fischerhaus am Ende der Piazza Mercantile, das man renoviert und rosa angestrichen hatte. Vom Fenster aus konnte er über den Fischerhafen blikken, über die Molo S. Antonio, den Porto Vecchio und die Molo S. Nicola. Unzählige kleine Boote lagen hier an den Quais und schaukelten im seichten Wasser. Aber auch weiße, luxuriöse Jachten glänzten in der Sonne. Visitenkarten des Reichtums.

»Wenn, dann muß ich mit«, sagte Sampieri. »Und ich muß Ihren Eid haben, daß Sie in Deutschland nie darüber schreiben werden. Tun Sie es doch, werden Sie damit zu meinem Mörder... denn das kostet mich das Leben!«

»Ich schwöre es Ihnen, Enrico.« Hellberg streckte seine Hand aus. »Ich will keinen Sensationsknüller daraus machen. Ich will nur, daß Claudia gesund wird.«

»In Ordnung.« Sampieri sah auf seine goldene Armbanduhr. »Wir müssen noch zwei Stunden warten. Dann mache ich Sie mit Umberto Saluzzo bekannt.«

»Saluzzo? Wer ist das?«

»Der einzige, der Ihnen wirklich helfen kann, wenn er will.« Enrico Sampieri zündete sich eine Zigarette an. Er war sichtlich nervös. »Ein vollendeter Gentleman – und ein ebenso vollendeter Teufel.«

»Sie machen mich wirklich neugierig auf diesen Umberto Saluzzo«, sagte Frank Hellberg und blickte hinaus auf das Gewimmel im Hafen. Fischerboote fuhren zum Fischmarkt, die Netze vom Nachtfang wurden zum Trocknen an langen Stangen aufgehängt. Auf dem Betonboden einer Bootanlegestelle schlug ein junger Fischer einen Tintenfisch weich. Die Fangarme sausten durch die Luft und klatschten dann auf den Boden, als knallten zehn Peitschen auf einmal.

»Neugier ist das letzte, was Sie haben sollten!« sagte Sampieri. »Es ist am besten, Sie fragen so wenig wie möglich. Er liebt es, selber zu reden, und erwartet, daß die anderen zuhören. Außerdem ist es fraglich, ob er Sie mitnimmt.«

»Wir wollen das Beste hoffen.«

Die zwei Stunden Wartezeit verbrachten sie dann im Restaurant ›Adriatica‹ auf dem Ende der Molo S. Nicola. Sie saßen an sauberen, gelb gedeckten Tischen hinter einer riesigen gläsernen Wand und sahen hinaus aufs Meer, auf den Porto Vecchio, auf die Molo S. Antonio mit dem kleinen Leuchtturm und hinüber zur Altstadt mit der Kathedrale und dem wehrhaften Castello. Kellner mit Servierwagen voll Früchten, Eierspeisen, gefüllten Tomaten, Reisallerlei, Tintenfischen, Muscheln und kleinen, in Öl gebackenen Fischen umringten sie. Aber sie hatten kaum Appetit, aßen nur ein paar Kleinigkeiten und tranken einen leichten Rosewein.

In den Hafen fuhr nach über einer Stunde, von Süden

kommend, eine herrliche, weiße Motorjacht ein. Majestätisch glitt sie zwischen den kleinen und schmutzigen Fischerbooten in den Porto Vecchio, und die Ruderkähne, die in ihrem Kurs lagen, machten schnelle Bewegungen, um das Wasser für das weiße Schiff freizumachen. Die Sonne spiegelte sich in den blanken Fenstern der Deckaufbauten.

»Da kommt Saluzzo«, sagte Sampieri und nahm einen tiefen Schluck Wein.

»Geld hat er.« Hellberg und Claudia sahen zu dem herrlichen Schiff. Ein Mann in weißem Anzug stand neben der Brücke, auf dem Kopf eine goldbestickte Kapitänsmütze. »Ist er das?«

»Nein. Das ist Luigi Foramente, im wahrsten Sinne des Wortes die rechte Hand Saluzzos, denn er allein hat das Seepatent und kann einen solchen Kahn fahren. Ein Gauner, wie er in Romanen steht, aber ein kleiner, schmieriger Gauner, der vom Abglanz des großen Saluzzo lebt. Es ist schon eine herrliche Besatzung!«

»Wovon lebt Saluzzo eigentlich?«

»Von allem. Er bezahlt die höchsten Steuern in der ganzen Provinz, freiwillig, und deshalb fragt ihn auch keiner, woher das Geld kommt. Solange es fließt und fließt und die Kassen füllt, ist Saluzzo ein geachteter Mann. Außerdem hat man Angst, daß er ein Mafioso ist.«

»Auch das noch!« Es war Claudia, die es sagte. Für sie als Italienerin war die Mafia ein fester Begriff. Sie schauderte und starrte auf die weiße Jacht, die lautlos in den alten Hafen glitt.

»Saluzzo handelt offiziell mit Teppichen«, sagte Sampieri und strich sich nervös über die schwarzgelockten Haare. »Aber niemand kann sich erinnern, Saluzzo jemals mit einem Teppich gesehen zu haben.« Sampieri erhob sich, winkte dem Oberkellner und ließ Hellberg für sie alle zahlen. »Gehen wir, Freunde.« Und draußen, auf der Molo S. Nicola, blieb er noch einmal stehen und sah Hellberg fest in die Augen. »Was ich tue, mein Lieber, ist gegen meine Überzeugung, das muß ich noch einmal betonen. Ich mache Sie mit Saluzzo bekannt, alles andere ist Ihre Sache! Machen Sie mich später nicht für Dinge verantwortlich, die Ihnen an die Leber gehen können. Ich weiß von nichts, und ich habe Sie auch nie mit Saluzzo zusammengebracht.«

»Ich verstehe.« Hellberg sah, wie die weiße Jacht anlegte und die Leinen an Land geworfen wurden. Ein Fallreep mit blitzendem, verchromtem Geländer wurde über Bord geschoben.

»Wenn wir von Sarajewo zurückkommen, werde ich Ihnen alles erzählen, was uns Saluzzo, Ihr Gentleman-Teufel geboten hat.«

»*Falls* Sie zurückkommen! Oder überhaupt erst hinkommen. Das normale Fährschiff braucht bis Dubrovnik neun Stunden, mit der Jacht werden es gut vierzehn bis sechzehn Stunden sein. Sechzehn Stunden mit Saluzzo allein auf hoher See – das ist ein Buch voller Erlebnisse.«

»Das ich nie schreiben darf.«

»Ich habe Ihr Ehrenwort.«

»Und ich halte es.« Hellberg legte den Arm um Claudias schmale Schulter. »Es geht ja um Claudias Gesundheit, um nichts anderes.«

Im Gewimmel des Fischmarktes warteten sie dann noch etwa zwanzig Minuten, kauften sich Eis und sahen den lautstarken Verhandlungen um die Fischpreise zu. Enrico Sampieri war allein zu der weißen Jacht gegangen, um mit Saluzzo zu sprechen und zu erkunden, ob es überhaupt einen Sinn hatte, Hellberg und Claudia Torgiano vorzustellen.

Als Sampieri zurückkam und sich durch die Fischkäufer schob, hatte sein Gesicht einen fröhlicheren Ausdruck als bei seinem Weggang.

»Kommt mit!« sagte er und schien wie von einer großen, inneren Last befreit zu sein. »Umberto ist in selten guter Laune. Ihr sollt zu ihm kommen.«

Wenig später standen Hellberg und Claudia dem großen reichen Saluzzo in dessen Salon auf der Jacht gegenüber. Ein großer, mit Mahagoni getäfelter Raum, in dem eine weiße Couchgarnitur auf einem roten Teppich die Blicke an sich zog. Vergoldete Schiffslampen hingen an den Wänden. Die Holzdecke hatte die Form eines riesigen Steuerrades.

Wer Umberto Saluzzo zum erstenmal sah, wäre an ihm vorbeigegangen wie an allen anderen fremden Menschen. Nichts Ungewöhnliches war an ihm. Er war mittelgroß, hatte einen kleinen Bauchansatz, gewelltes, schwarzes Haar mit einigen grauen Strähnen darin und trug einen der typischen, wundervoll sitzenden italienischen Maßanzüge, in denen jeder Mann wie ein junger Gott aussieht. Das Gesicht war rund mit einer starken fleischigen Nase, während der Mund wie lippenlos schien, ein Schlitz im gebräunten Gesicht, weiter nichts. Nur etwas fiel an Saluzzo auf, etwas völlig Unitalienisches: Er trug im linken Auge ein Monokel. Ein Monokel aus braungetöntem Glas, wie bei einer starken Sonnenbrille. Und der Blick des Auges hinter diesem Glas war starr, leblos.

Ein künstliches Auge.

»Enrico hat mir ein trauriges Lied gesungen, Signorina«, sagte Saluzzo mit einer kleinen Verbeugung zu Claudia. Er musterte dabei schnell Frank Hellberg, den jungen blonden Mann mit dem offenen Gesicht. Ein großer, nordischer Junge, dachte Saluzzo.

»Ich habe Krebs.« Claudia sagte es ohne Zögern und ohne zu stocken. »Und ich hoffe, daß das neue Mittel, das man in Sarajewo entdeckt hat, auch mir helfen wird.«

»Das HTS?« fragte Saluzzo und verzog etwas sein Gesicht. »Wer sagt übrigens, daß Sie Krebs haben, Signorina?«

»Die Ärzte, die mich bisher untersuchten.«

»Was halten Sie davon, Signor Hellberg?« Saluzzo hatte sich in einem harten Deutsch an Frank gewandt. Der zuckte zusammen, als er so unvermittelt angesprochen wurde.

»Ich habe kein Röntgenbild gesehen, aber warum sollte ich an Claudias Wahrheit zweifeln? Ich habe sie vor einem Scharlatan gerettet...«

»Enrico erzählte es mir. Und Sie halten das HTS nicht für eine Scharlatanerie?«

»Ich weiß nur, daß es die letzte Hoffnung ist. So etwas sollte man nicht mit einer Kritik aus Unwissenheit zerstören.«

Umberto Saluzzo lächelte kaum merklich. Der deutsche Idealist. Der romantische Träumer. Es war nötig, die harte Realität dagegenzusetzen.

»Wieviel können Sie zahlen?« fragte Saluzzo.

Hellberg hob die Schultern.

»Was verlangen Sie?«

»Das Mädchen fährt umsonst mit.« Saluzzo musterte Claudia mit dem klebrigen Blick eines von Frauenschönheit stets angeregten Mannes. »Bezahlen müssen Sie! Oder haben Sie auch Krebs?«

»O nein, ich bin kerngesund!«

Das war eine leise Warnung und Mahnung. Saluzzo verstand sie und lächelte stärker. Jetzt sah man, daß er auch Lippen hatte. Er zog sie nur ein, wenn er nicht sprach.

»Kerngesund kostet das Doppelte.« Saluzzo setzte sich in die weiße Couch und winkte zu den Sesseln. »Nehmen Sie Platz. Ich bin Geschäftsmann. Ich verkaufe Teppiche, aber ich handele auch mit dem Elend, wenn es einträglich ist. Seit drei Wochen nehme ich Kranke an Bord und schmuggle sie nach Jugoslawien, wenn sie bereit sind, den nötigen Preis dafür zu bezahlen. Schließlich laufe ich Gefahr, daß man mir mein schönes Schiff beschlagnahmt. Sie sehen, ich bin ganz ehrlich. Ich könnte auch einen umgekehrten Weg gehen und durch Aufkäufer in Sarajewo dieses HTS aufkaufen lassen, um die Pillen dann hier zwanzigstückweise zu verkaufen. Aber ich habe mir ausgerechnet, daß meine ›Privatfähre‹ mehr bringt! Die Angst um das Leben macht den Geldbeutel weit offen.«

»Nennen Sie einen Preis. Kann ich ihn bezahlen, handele ich nicht mit Ihnen.«

»Es wäre auch zwecklos.« Saluzzo unterbrach sich. Ein Steward brachte auf einem Tablett eine Karaffe mit Orangensaft und drei mit gehacktem Eis halb gefüllte, hohe Gläser. Saluzzo füllte selbst das Glas Claudias und reichte es ihr hin. »Sie sind ein schönes Mädchen...« sagte er dabei.

Claudia nickte und zog die Hand mit dem Glas schnell zurück. »Man sagt es.«

»Ich hatte eine Tochter, die Ihnen glich.« Saluzzo rührte klappernd in seinem eisgefüllten, von der Kälte beschlagenem Glas. »Sie ertrank bei Capri. Eines der Boote, die zur Blauen Grotte fahren, stieß sie am Kopf an, und sie versank, ehe man sie an Bord ziehen konnte.«

»Wie schrecklich«, sagte Claudia leise und rückte schutzsuchend näher zu Frank Hellberg.

»Dann hatte ich zwei Freundinnen, die meiner Tochter glichen. Die eine starb durch einen Stich in den Rücken, die andere vergiftete sich mit Gas.« Saluzzo hob beide Hände und sah Claudia aus seinen gesunden, lebenden Auge starr an. »Ich bin ein Mann von fünfzig Jahren. Als Julia, meine Tochter, ertrank, war ich zweiundvierzig. Acht Jahre lang habe ich nach Mädchen gesucht, die meiner Tochter glichen, und alle wurden meine Geliebten, denn wie meine Tochter konnte ich sie nicht lieben. Bis vor drei Wochen waren es genau sieben Mädchen, die Julia ähnlich sahen; fünf von ihnen leben nicht mehr.« Saluzzo beugte sich vor und sah Claudia in die großen, flimmernden Augen. »Nun sind Sie hier an Bord, Signorina, und Sie gleichen meiner armen Julia wie eine Zwillingsschwester. Sie sind ihr am ähnlichsten von allen Mädchen... und Sie haben Krebs.« Saluzzo ließ sich zurückfallen an die Couchlehne. »Ist das nicht eine bittere Ironie des Schicksals?«

Ein Verrückter. Das war der erste Gedanke, der durch Frank Hellberg fuhr. Ein Psychopath mit dem tödlichen Tochterkomplex. Aber dann erkannte er, wie gefährlich dieser Saluzzo war und wie recht Enrico Sampieri hatte, als er sagte, daß man sich über nichts, was in Saluzzos Nähe geschah, wundern sollte.

Hellberg stellte sein Glas mit einem lauten Ruck auf den Tisch. Der Blick Saluzzos flog aus dem Augenwinkel zu ihm.

»Der Orangensaft war vorzüglich, Signore Saluzzo«, sagte er. »Erfrischt gehen wir von Bord.« Hellberg stand auf und zog Claudia an der Hand mit sich empor. »Doch ich glaube, daß ich Ihre finanziellen Vorstellungen nicht erfüllen kann. Ich bin ein kleiner Schreiberling, und die Gehälter der deutschen Verleger sind nicht gerade die besten. Entschuldigen Sie, daß wir Sie so lange aufgehalten haben...«

Umberto Saluzzo war sitzengeblieben. Jetzt rührte er wieder in seinem Glas, nahm einen vorsichtigen Schluck der eiskalten Limonade und kniff die Augenhöhle, in der sein Monokel festgeklemmt war, etwas zusammen.

»Was haben Sie vor, Signore Hellberg?«

»Wir werden wohl auf Claudias Paß warten müssen.«

»Ich werde zurück nach Livorno fahren«, sagte Claudia. »Vielleicht arbeiten die Behörden schneller, wenn sie sehen, wie es um mich steht.«

»Ich glaube, Sie haben eine völlig falsche Auffassung von den Dingen«, erklärte Saluzzo. »Sie fahren ja umsonst, Signorina.«

»Ich fahre nicht ohne Frank.«

»So ist es.« Hellberg zog Claudia eng an sich. »Ich lasse Claudia nicht allein.«

»Ein edler Mensch!« Saluzzo sah auf seine goldene, mit Brillanten verzierte Armbanduhr. »In einer halben Stunde essen wir. Ich hoffe, daß Ihnen mein Koch gefällt. Ich will, daß sich meine Gäste an Bord wohl fühlen wie im besten Grandhotel.«

»Gehen wir!« sagte Hellberg und zog Claudia mit zur Tür des Salons. Verrückte muß man durch Taten überzeugen, dachte er. Sie müssen die Stärke des anderen anerkennen. Darin sind sie wie Raubtiere, die ihren Herrn sehen müssen.

»Um Ihr Gepäck brauchen Sie sich nicht zu kümmern«, sagte Saluzzo gemütlich und lächelte wieder. »Es ist bereits an Bord.«

»Wer hat Ihnen...« rief Hellberg laut, aber Saluzzo ließ ihn nicht aussprechen. Er winkte lässig ab. »Sampieri ist ein guter Informant. Während wir miteinander plauderten, haben zwei meiner Matrosen Ihr Gepäck abgeholt. Kabine 4 und 6 ist reserviert. Aus Gründen der Moral sind es zwei Einzelkabinen, die sich gegenüberliegen.« Saluzzos Lächeln war plötzlich schleimig. »Mir liegt die Gesundheit von Signorina Claudia sehr am Herzen.«

Hellberg atmete tief auf. Ruhe, sprach er sich zu. Nur Ruhe. Denk an Sampieri! Auch sein Leben hängt von deinen Reaktionen ab. Dieser Saluzzo ist gar kein Verrückter; er ist der eiskalteste Verbrecher, den man sich vorstellen kann. Ein vollendeter Teufel. Sampieri hatte recht.

»Ich verlange, daß unser Gepäck zurück an Land gebracht wird«, sagte Hellberg scharf.

»Umberto Saluzzo hat noch nie in seinem Leben eine Handlung rückgängig gemacht.«

»Dann fangen Sie heute damit an.«

»Warum? Gefällt es Ihnen nicht an Bord? Ich sehe in Ihnen reizende Gäste.« Und wieder der Blick zu Claudia. Dieser deutliche, abtastende Blick, unter dem das Kleid Claudias wegschmolz, als habe man es versengt.

»Ich zahle Ihnen keine Lire.«

»Einverstanden. Ich lade Sie ein zu einer Fahrt nach Dubrovnik.«

»Ich habe meinen Plan geändert. Wir fahren nach Deutschland.«

»Zu spät, Signore Hellberg.«

Ein leises Zittern lief durch das herrliche, weiße Schiff. Irgendwo brummte es leise. Wasser schlug gegen die Wände. »Wir fahren bereits.« Saluzzo erhob sich und trat an eines der großen Fenster. »Mir wird durch den Gestank auf dem Fischmarkt übel. Deshalb habe ich die Angewohnheit, außerhalb des Hafens, auf freier See, zu essen. Für die Signorina gibt es das zarteste Hühnchen, das je einen Backofen verlassen hat.«

Hellberg war mit zwei großen Schritten ebenfalls an einem der Fenster. Die Jacht schob sich wirklich langsam wieder aus dem Hafen hinaus, die Fischerboote und Kähne wichen erschrocken aus, ein Polizeiboot fuhr vorbei und grüßte mit dreimaligem Sirenengeheul. Resignierend wandte sich Hellberg ab.

»Dann bitte ich, daß Sie uns nach dem Essen wieder an Land bringen«, sagte er energisch. Saluzzo hob die Schultern.

»Wer weiß, was nach dem Essen ist«, antwortete er. »Dann haben wir uns schon aneinander gewöhnt.«

Glück muß der Mensch haben, heißt eine billige Weisheit. Ohne Glück kann man sogar beim Zähneputzen ertrinken. Man mag das, was Karl und Erika Haußmann an diesem Tag in Bari erlebten, ein ganz, ganz großes Glück nennen – und doch war es ein salziges Glück, über das man sich nicht laut freuen konnte.

Es begann damit, daß Erika, Marion und Karl nach der Verabschiedung von Hellberg und Claudia hinunter zum Hafen gingen in der Absicht, sich um die Schiffskarten zu kümmern. Als sie die lange Menschenschlange an den Schaltern sahen und von einem Polizisten hörten, daß Personenkarten noch zu haben, die Wagenplätze auf dem Autodeck jedoch für drei Wochen durch Vorbestellungen ausgebucht seien, stellte sich Karl Haußmann erst gar nicht bei der Schlange an.

»Schlange gestanden habe ich 1946 für 150 Gramm Brot genug«, sagte er und setzte sich auf eine Bank. »Wir sollten uns überlegen, ob wir den Wagen nicht hier lassen und drüben in Jugoslawien mit Bus oder Eisenbahn nach Sarajewo fahren. So schlimm kann das nicht sein. Schließlich ist es ja ein kultiviertes Land.«

»Ich überlasse es dir, Karl.« Erika Haußmann blickte hinüber zu einem Wohnwagen, der abseits zwischen zwei Güterschuppen parkte. Die Vorhänge vor den beiden Fenstern waren dicht zugezogen. Neben der geschlossenen Eingangstür saßen zwei Frauen auf zusammenklappbaren Schemeln und beteten.

»Kannst du die Strapazen durchhalten?« fragte Karl.

»Ich weiß es nicht. Im Augenblick fühle ich mich ganz wohl.«

»Ich finde den Vorschlag nicht gut«, meinte Marion Gronau. »Wir müssen mit dem Wagen rüber. Wissen wir, was wir in Sarajewo antreffen? Solange wir den Wagen bei uns haben, sind wir unabhängig und beweglich. Und das kann uns unter Umständen viel nutzen.«

Haußmann wischte sich den Schweiß von der Stirn. »Also gut, stellen wir uns an. In drei Wochen! Verdammt noch mal... was sollen Hellberg und Claudia in dieser Zeit machen? Wenn man wüßte, wo sie jetzt sind.«

»Ich setze voraus, daß wir uns um Frank keine Sorgen zu machen brauchen.« Marions Stimme schwankte etwas, und plötzlich tat sie Erika leid. Dieses Mädchen mochte ein kleines Aas sein, doch hatte sie auf dieser Reise an jedem Tag einen Schlag einstecken müssen – vom mißglückten Rimini bis zur Einsicht, daß zwei Männer, die in ihrem Leben eine Rolle spielen sollten, eigene Wege gingen und sich immer mehr von ihr entfernten. »Frank wird völlig selbständig handeln.«

»Wenn er klug ist.« Haußmann erhob sich ächzend. »Also ran an die Schlange! Kinder, holt mir wenigstens jede halbe Stunde ein Eis und macht mich frisch.«

Das klang alles sehr fröhlich, aber jeder von ihnen wußte, wie bitter die Tage sein würden, die man wartend in Bari verbringen mußte. Würde Erika neue Schmerzen haben? Erlitt sie einen neuen Anfall? Waren die drei oder gar vier Wochen Wartezeit vielleicht ein Todesurteil für Erika? Wußte man, wie schnell die tückische Krankheit im Körper wuchs und wann sie das Leben bedrohte? War es nicht besser, nach Deutschland zurückzukehren und die Krankheit in einer großen Klinik von Fachärzten behandeln zu lassen? Sollte man auf dieses ›Schiff der Hoffnung‹ nicht ganz verzichten? Auch auf das geheimnisumwitterte HTS des jugoslawischen Arztes Dr. Zeijnilagic. Wer war dieser Mann überhaupt?

Aber dann dachte Karl Haußmann an das, was er bereits über dieses neue ›Wundermittel‹ wußte. Die Heilung von nachweisbaren Krebskranken, bei einer Ärztin sogar, die Brustkrebs hatte und aufgegeben worden war von allen Kollegen, und die jetzt, nach der Behandlung mit HTS, wieder Dienst im Krankenhaus tat, gesund wie nie zuvor.

Märchen? Propaganda? Wirkliche Wunder? Die so seltenen Spontanheilungen, die jeder Mediziner kennt und nicht zu erklären weiß? Wo war hier Wahrheit, wo Sensationsmache? Gab es für Erika eine Rettung?

Wir haben die Hoffnung, dachte Haußmann. Wir wollen alles tun, was auf Erden möglich ist. Nie soll der Vorwurf laut werden: Du hast eine Möglichkeit ausgelassen! Du bist an einem Wunder vorbeigegangen...

»Gehen wir!« sagte er mit fester Stimme. »Wir sind ja nicht allein. Die anderen warten genauso wie wir.«

Auf dem Weg zur Kartenverkaufsstelle kamen sie auch an dem abseits stehenden Wohnwagen mit den zwei betenden Frauen vorbei. Das Auto hatte eine griechische Nummer, und die Frauen, die im Gebet versunken auf ihren Schemeln hockten, trugen die klagende, schwarze Tracht griechischer Bäuerinnen.

Gerade, als Karl Haußmann an dem Wohnwagen vorbeiging, öffnete sich die Tür, und ein Mann trat auf die Straße. Für einen Sekundenbruchteil sah man im Innern des Wagens eine lang ausgestreckte weibliche Gestalt mit schwarzen Haaren, die bis auf den Boden hingen, und einem spitzen, weißen, wie aus Marmor gehauenen Gesicht. Der Mann zog die Tür schnell wieder hinter sich zu, rückte an seinem schwarzen Schlips und sagte etwas zu den schwarzgekleideten Frauen. Diese senkten den Kopf noch tiefer, und ihr Betgemurmel schwoll an zu einem gleichförmigen Klagegesang.

Karl Haußmann blieb stehen. Es war ihm, als hielte ihn eine unsichtbare Hand fest.

Auch Erika und Marion verhielten den Schritt und starrten auf die leise singenden Frauen in ihren eng anliegenden, schwarzen Kopftüchern.

»Kann ich Ihnen helfen?« fragte Karl Haußmann. Nachdem er es gesagt hatte, kam er sich dumm vor, denn wie sollte ein Grieche deutsch verstehen?

Der Mann schüttelte den Kopf. »Grazie...« Er blieb an der Tür stehen und sah in den blauen, sonnenflimmernden Himmel. »Es ist vorbei...«

»Sie können deutsch?« fragte Haußmann verblüfft.

»Wennig. War Ingenieur bei deutsches Firma in Ludwigshafen. Ein Jahrr. Dann krank Maria. Sehrr krank. Maria meine Frau. Mama von drei Kinderr.« Der Mann wischte sich über die Augen, seine Lippen zitterten. »Nun vorbei. Eben. Zu spät für Sarajewo...«

Haußmann sah auf die zugezogenen Fenster des Wohnwagens. Die Frau mit den langen schwarzen Haaren, die er eine Sekunde lang gesehen hatte... er senkte den Kopf und reichte dem Mann die Hand.

»Es muß furchtbar sein«, sagte er leise.

»Wir haben es erwartet. Sarajewo war letzte Rettung. Morgen geht Schiff nach Dubrovnik... zu spät...« Der Grieche trat ein paar Schritte von seinem Wohnwagen weg zum Schuppen und suchte in seinen Taschen nach einer Zigarette. Haußmann holte schnell seine Packung heraus und hielt sie ihm hin. »Deutsche Zigaretten...« Der Mann lächelte schwach. »Seit einem Jahr mal wiederr. Grazie.« Er nahm eine Zigarette heraus, steckte sie mit bebenden Fingern an und tat ein paar tiefe Züge. Dann blickte er zu Erika und Marion, die abseits standen und stumm auf die betenden und singenden schwarzen Frauen sahen. »Ihre Frau?«

»Ja. Die braune, ältere.«

»Anderes Ihre Tochter?«

»Nein...« sagte Haußmann gedehnt.

»Auch nach Sarajewo?«

»Ja.«

»Frau?«

»Ja.«

»Noch nix zu spät wie bei Maria?«

»Wer weiß das?«

»Wann fahren?«

»Ich weiß es auch noch nicht. Ich habe noch keine Karten für den Wagen?«

»Nehmen Sie meine Karten.«

»Wie bitte?« Haußmann war es, als durchfahre ihn ein glühender Strahl. »Sie haben die Karten schon?«

»Für morgen. Habbe drei Wochen gewartet. Nun zu spät. Maria tot. Wollen Sie Karten?«

»Für... für drei Personen...«

»Habbe Karten für sechs Personen und zwei Autos. Morgen nacht nach Dubrovnik.« Der Grieche faßte in die Brusttasche seines zerknitterten Anzugs. Zwei Nächte hatte er neben seiner Frau gelegen und auf ihren Tod gewartet, hatte sie gestützt, ihr zu trinken gegeben, hatte sie gewaschen und zu ihren Füßen gebetet. Nun brannten seine Augen und waren rot umrändert.

»Wollen Sie?«

»Das ist das erste Wunder«, stammelte Karl Haußmann. »Wir haben Karten...«

»Vielleicht kann helfen Marias Todd Ihres Frau.« Der Grieche reichte Haußmann seine Hand voll Billets hin. »Nehmen Sie.«

»Wieviel bekommen Sie dafür?« Haußmann griff mit zitternder Hand zur Brieftasche. Der Grieche winkte ab.

»Nix! Nix! Nehmen Sie so!«

»Das kann ich nicht. Sie haben...«

»Maria will es so.« Der Grieche wandte sich ab und wollte zurück zum Wohnwagen gehen. Haußmann hielt ihn am Ärmel zurück. Er hatte ein Bündel Geldscheine in der Hand, es mochte über fünfhundert Mark sein.

»Nehmen Sie das Geld für einen Zuschuß zu einem besonders schönen Grabstein für Maria«, sagte Haußmann mit belegter Stimme. »Wie kann ich Ihnen sonst danken... Vielleicht ist es wirklich die Rettung Erikas.«

Der Grieche nahm das Geld und stopfte es in seine Anzugtasche.

»Wenn Sie nach Euböa kommen... nach Heraneklion... dort wohnen ich. Miltiades Euponopolos. Fraggen Sie. Man kennt überall Miltiades. Habbe Fabrik dort.« Er sah Haußmann groß aus seinen rotumränderten, übernächtigten Augen an und nickte ihm zu. »Viell Glück in Sarajewo. Von Geld werde ich Maria zwei Zypressen an Grab pflanzen. Wie heißen?«

»Haußmann. Karl Haußmann«, stotterte Karl.

Miltiades Euponopolos nickte noch einmal, ging dann zu seinem Wohnwagen zurück, öffnete die Tür und setzte sich neben seine tote Frau. Wieder sah Haußmann für eine Sekunde das schöne, schmale, bleiche Gesicht mit den langen, bis auf den Boden reichenden Haaren. Dann fiel die Tür zu.

»Wir haben die Karten... schon morgen nacht... O Gott, soll das der Anfang eines Wunders sein?«

Marion Gronau schwieg. Sie hatte auch das bleiche Gesicht Maria Euponopolos' gesehen, und der Anblick des Todes hatte sie maßlos erschreckt und ergriffen. Erika legte den Kopf gegen Karls Brust und weinte plötzlich. Dann küßte sie ihn, und er mußte sie stützen, weil er merkte, wie schlaff ihr Körper wurde.

»Morgen nacht schon«, stammelte sie. »Karl, glaubst du... glaubst du... daß es wirklich einen Sinn hat?«

»Jetzt mehr als zuvor!« Haußmann umfaßte sie mit beiden Armen. »Wenn das kein Wink des Schicksals ist!«

Später standen sie an der hohen Eisengitterwand, die den Zugang zum Zollhafen abriegelte, und blickten hinüber zu den weißen Schiffen, dem flachdachigen Zollhaus gleich hinter dem breiten Einfahrtstor, auf die herumstehenden Matrosen und Carabinieri, die Zöllner und die Wasserpolizei; blickten hinüber zu den Hinweisschildern und den weißen Pfeilen, die zu den einzelnen Molen und Anlegepiers wiesen.

Brindisi.

Foggia.

Pátrai.

Dubrovnik.

An der Molo Foraneo ein gedrungenes, weißes Schiff. Der Bug zum Pier hin offen wie ein riesiges Maul, vom Land zum Schiff eine eisenbeschlagene Brücke, über die jetzt mit Elektrokarren Kisten und Kartons ins Innere des Schiffes rollten. Der Radarschirm auf dem niedrigen, breiten Kamin stand still. Zwei Matrosen kletterten an den Rettungsbooten herum und kontrollierten die Davits, Taljen und Taljenläufer, an denen die Rettungsboote hingen. Die italienische und die jugoslawische Flagge wehten von den beiden Stahlmasten.

Am Kiel glänzte in der Sonne der Name des Schiffes.

Sveti Stefan.

»Unser Schiff der Hoffnung«, sagte Karl Haußmann leise und drückte Erika an sich.

»Ich glaube jetzt auch daran.« Erika Haußmann atmete tief auf. »Ich fühle mich so stark wie nie zuvor...« Sie lächelte ihren Mann an. »Du sollst sehen, es wird alles wieder gut.«

»Das soll es auch, Rika.«

Marion Gronau stand abseits, in der Nähe des Tores, und flirtete mit einem der Carabinieri.

Sie hatte erkannt, daß sie nur noch Statist sein konnte in diesem Schauspiel ehelicher Zusammengehörigkeit. Sie war da, aber sie fühlte sich überflüssig.

Wer wußte, daß es anders kommen würde.

Die weiße, schnelle Jacht Umberto Saluzzos warf die Anker außerhalb des Hafens im noch seichten Wasser der Küste. In der Offiziersmesse, wie das Speisezimmer an Bord genannt wurde, war der Tisch gedeckt. Ein herrliches Arrangement von Blumen und frischen Früchten stand mitten zwischen den Tellern aus bestem Porzellan und den geschliffenen, kristallenen Baccaratgläsern, in die jetzt ein weißuniformierter

Steward einen goldenen, nach Kräutern duftenden Wein goß. Einen griechischen Traminer, wie Saluzzo erklärte, als er sein Glas nahm und Claudia zuprostete.

Frank Hellberg hatte sich auf dem Schiff umgesehen, so gut er es konnte. Seine Kabine lag außen, aber die beiden dickverglasten Bullaugen waren zu eng, um sich hindurchzuzwängen. Außerdem waren sie fest verschraubt. Frischluft blies eine an der Decke angebrachte Klimaanlage in die Kabine.

Ein luxuriöses Gefängnis, dachte Frank Hellberg. Ledersessel, ein modernes, flaches Bett, eine eingebaute Bar mit allen erdenklichen Alkoholika und Mineralwasser, ein Berberteppich auf dem blanken Parkettboden, ein Radioapparat und ein Fernsehgerät. Die Welt war zu Gast bei den Gefangenen Umberto Saluzzos.

Bis jetzt konnte sich Hellberg noch kein Bild machen, warum das alles geschah. Wenn es Saluzzo um Claudia ging, wäre es einfacher gewesen, Hellberg irgendwie vom Schiff bringen zu lassen und allein mit dem Mädchen wegzufahren. Skandal? Saluzzo hatte keinen zu fürchten. Jeder Polizist in Bari hätte Hellberg bei einer Anzeige gegen Saluzzo ausgelacht. »Kann man einem Mann ein Abenteuer mit einer Signorina übelnehmen?« hätte man gesagt. »Entführung? Ich bitte Sie, Signore? Die Mädchen an Bord Saluzzos lassen sich gern entführen. Wir kennen das. Addio!«

Warum also nahm Saluzzo ihn mit?

Hellberg zog sich vor dem Essen um, trank aus der Bar ein Glas Zitronenwasser und schlief, während er sich den Schlips umband, im Sitzen vor dem Spiegel ein. Es mußte ein ganz kurzer, aber tiefer Schlaf gewesen sein, denn als er wieder aufwachte, waren nur zwanzig Minuten vergangen, er fühlte sich gar nicht mehr müde, keine Schwere war in seinem Kopf, nur der Abdruck der Glasplattenkante an seiner Wange bewies, daß er fest geschlafen und den Kopf auf den Frisiertisch gelegt hatte.

Dafür war sein Paß nicht mehr in der Jackett-Tasche, als er

die Jacke anzog und gewohnheitsmäßig Brieftasche und alle nötigen Papiere kontrollierte. Er machte das immer, seitdem er einmal seinen Führerschein in einem anderen Jackett gelassen hattte und von einer Autobahnstreife angehalten worden war.

Frank Hellberg wußte nun, daß der schnelle Schlaf mit dem Zitronenwasser zusammenhing. Mißtrauisch musterte er die anderen Flaschen in der Bar. Bargen sie neue Überraschungen? Was hatte man mit ihm vor? Warum nahm man ihm den Paß ab? Damit er nicht flüchten konnte; Er lächelte etwas bedrückt. Wie kann man von einem Schiff flüchten? Umberto Saluzzo überschätzte ihn.

»Sammeln Sie Pässe, Signore?« fragte Hellberg, als man den ersten Schluck Wein getrunken hatte und der Steward die Hors-d'oeuvre servierte. Einen Eiersalat mit winzigen, gesalzenen Krabben und Ananasstückchen. Dazu Toast und frische Landbutter.

Umberto Saluzzo lachte gemütlich. Sein getöntes Monokel blitzte im Licht des vielflammigen Kronleuchters.

»Im Paß steht Wahrheit«, sagte er. »Wenigstens in den ehrlichen Pässen normaler Menschen. Sie sind also Journalist. Das wußte ich nicht. Sampieri sagte, Sie seien Fotograf.«

»Ein Irrtum von ihm. Natürlich fotografiere ich auch als Journalist.«

»So kann man mit Worten jonglieren, natürlich. Ich werde Sampieri dafür einen Denkzettel geben. Mit Saluzzo jongliert man nicht. Aber das nebenbei... Guten Appetit.«

Hellberg sah zu Claudia, die ihm schräg gegenübersaß, näher an Saluzzo als an ihm. Sie war bleich, und ihre porzellanene Durchsichtigkeit schien noch zugenommen zu haben. Sie hatte Angst, schreckliche stumme Angst; ihre großen, dunklen, klagenden Augen schrien sie hinaus.

Hellberg nickte ihr ermutigend zu. Sie nickte kaum merkbar zurück, aber ihr Besteck klirrte gegen den Tellerrand. Saluzzo trank wieder den duftenden, goldenen Wein und schnalzte mit der Zunge.

»Haben Sie schon einmal solchen Wein getrunken, Signore Hellberg?«

»Nein. Ich habe auch vieles noch nicht gesehen, was ich jetzt sehe.«

»Sie sind noch jung. Laut Paß ganze 26 Jahre. In diesem Alter begann ich gerade, mein stilles, unsichtbares Imperium aufzubauen. Ich kaufte mir einen Motorkahn in Sciacca und schmuggelte nach Tunis goldene Uhren. Und Medikamente. Damals war gerade in Nordafrika die Ruhr ausgebrochen! Das war ein großes Geschäft. Packungen mit jeweils sieben Röllchen einfacher Kalktabletten. Ich habe in vier Monaten über eine Million verdient.« Saluzzo lachte wie über einen guten Witz. »Merkwürdigerweise meldeten die Zeitungen, daß man nach einem Großeinsatz von Ärzten die Ruhr unter Kontrolle habe. Mit Kalktabletten. Damals sagte ich mir, daß auf der ganzen Welt die Menschen belogen und betrogen werden, denn ohne Lüge gibt es auf unserer Welt anscheinend keine Ordnung mehr. Mit dieser Erkenntnis ist es unangenehm, als einzelner ehrlich zu sein. Also wurde ich das, was ich jetzt bin.«

»Und was sind Sie?« fragte Hellberg.

»Ihr Gastgeber.« Saluzzo verneigte sich leicht im Sitzen. »Kann der zweite Gang kommen? Ein seltener Fisch, meine Lieben. Sein Fleisch ist so weiß wie zartes Huhn und schmeckt nach Kalb.«

»Wenn ich erst meinen Paß wiederhaben könnte«, sagte Hellberg unbeirrt von der bedrückenden Liebenswürdigkeit Saluzzos.

»In Dubrovnik.«

»Wenn wir es erreichen.«

»Zweifeln Sie daran?« Saluzzo lehnte sich zurück und winkte dem Steward. Das Essen ging weiter. »Signorina Claudia will die Wunderpillen haben, sie wird sie bekommen. Das heißt, wenn sie nötig sind.«

»Wie wollen Sie das beurteilen?«

»Wir werden heute nacht in Brindisi einen bekannten Arzt

an Bord nehmen, mit einer zusammenlegbaren Röntgeneinrichtung und einem transportablen Labor. Es ist telegrafisch schon alles bestellt. Die schöne Signorina wird gründlich und von einem Fachmann untersucht. Bewahrheitet sich die Diagnose der ersten Ärzte, so werde ich mich persönlich um die Wunderdroge HTS kümmern.« Saluzzo sah die bleiche Claudia mit seinem strahlenden, gesunden Auge an. »Sie sind wirklich das erste Mädchen, das meiner Tochter völlig ähnlich sieht. Daß es so etwas gibt...«

»Und welche Rolle spiele ich in Ihrem Stück?« fragte Hellberg gereizt.

»Eine Heldenrolle!« Saluzzo lehnte sich wieder zurück. Der weißfleischige, nach Thymian duftende Fisch wurde aufgelegt. »Warten Sie ab, mein Bester. Daß ihr Journalisten immer so neugierig und ungeduldig seid. Sehen Sie sich diesen Fisch an. Er ist zwei Meter lang. Ihn mit der Angel zu fangen und aus dem Meer zu holen, ist eine Knochenarbeit. Ein Zweikampf wie unter gleichwertigen Gladiatoren. Ich habe den Kampf bisher immer gewonnen.« Das klang stolz und warnend.

Nach einer Stunde beendeten sie das Essen, Saluzzo entschuldigte sich, ging in die Funkkabine und streifte die Kopfhörer über. Von irgendwoher mußten wichtige Nachrichten kommen. Man sah, wie er sie mitschrieb.

»Ich habe Angst«, sagte Claudia kläglich, als sie mit Frank allein an Deck war und an der Reling stand. Fern von ihnen, in einem Streifen blausilbernen Dunstes, sah man die Küste Italiens. Um das Schiff kreisten Möwen. Tümmler sprangen aus dem Wasser und schnappten nach Küchenabfällen, die aus dem Kombüsenfenster geworfen wurden. »Weißt du, was er vorhat?«

»Ich ahne es.« Hellberg ergriff beide Hände Claudias. Er spürte, wie sie zitterte und wie sie glücklich war, daß er ihr beistehen konnte. »Wie sieht deine Kabine aus?«

»Wie das Zimmer auf einem Märchenschloß. Aber es hat

keine Fenster. Es ist eine Innenkabine. Wenn man hier schreit, hört es niemand.«

Hellberg nagte an der Unterlippe. »Wir müssen heute noch von Bord. Auf jeden Fall diese Nacht.«

»Aber wie, Frank?«

»Ich weiß es noch nicht.« Hellberg blickte hinüber zu dem kaum sichtbaren Streifen der Küste. »Würdest du unter Umständen allein an Bord bleiben, vielleicht einen oder zwei Tage?«

»Ich habe schreckliche Angst, Frank«, sagte Claudia leise. »Wenn du bei mir bist, ist es nicht so schlimm.«

»Ich könnte dir mehr helfen, wenn ich an Land käme.«

»Heute nacht sollen wir nach Brindisi kommen, sagte Saluzzo. Glaubst du, daß es dort eine Möglichkeit gibt?«

»Ich werde einfach über Bord springen. Und in Brindisi werde ich einen Alarm schlagen, den die taubsten Ohren hören, auch wenn das Geld Saluzzos sie verklebt hat!« Hellberg ballte die Fäuste. »O Gott, hätte ich doch mehr auf die Warnungen Sampieris gehört!«

Er umfaßte Claudia, und sie gingen zum Bug, wo unter einem Sonnensegel Liegestühle standen und eine fahrbare Bar mit Erfrischungen.

Umberto Saluzzo kehrte von der Funkkabine in sein Büro zurück und schaltete dort das Tonband ab, das bis jetzt gelaufen war. Alles, was Claudia und Frank an der Reling gesprochen hatten, war über versteckte Mikrophone aufgenommen worden. Nun hörte Saluzzo das Gespräch ab, und ein böses Lächeln glitt über seinen dünnlippigen Mund.

Saluzzo ging zum Bordtelefon und drückte auf einen Knopf. »Luigi«, sagte er, »wir ändern die Abmachung mit Professor Caroni. Telegrafiere ihm, daß wir ihn nicht in Brindisi an Bord nehmen, sondern daß ihn eine Barkasse vom Hafen abholt. Wir bleiben auf See und ankern am Riff.«

»Das ist schlecht«, antwortete die Stimme Luigi Foramentes.

»Warum?«

»Dann kann keiner schwimmen, Umberto. Am Riff gibt es Haie.«

»Ich weiß, Luigi.« Saluzzo rückte an seinem dunkelgetönten Monokel. »Gerade deswegen wollen wir in der Nacht dort ankern.«

Am Abend dieses Tages fand Karl Haußmann einen Zettel der Polizei an der Windschutzscheibe seines Wagens auf der Piazza Garibaldi. Eine Bitte, sofort zur Landespolizei zu kommen.

Im Dienstzimmer des Polizeichefs war reges Leben. Offiziere und Polizisten kamen und gingen, das Telefon rasselte ununterbrochen, eine Sekretärin nahm im Stenogramm die einlaufenden Meldungen auf.

»Ein Irrenhaus, Signore!« sagte der Polizeichef zu Karl Haußmann und zog ihn an das Fenster, wo sie allein waren. »Vier dicke Sachen auf einmal: ein Überfall auf der Straße nach Foggia. Ein schweres Omnibusunglück bei Gióia – leider sieben Tote, alles Schwestern, die auf einer Wallfahrt waren. Ein Großbrand bei Bitonto, drei Lagerhäuser in Flammen. Ja, und den Mörder haben wir auch.« Der Polizeichef griff in die Tasche und hielt Haußmann ein dünnes Büchlein unter die Nase. »Der Paß von Signorina Torgiano. Der Mörder hatte ihn bei sich, um mit seiner Geliebten nach Afrika zu verschwinden. Sie sollte Claudia Torgiano werden. Der Kerl hat gestanden, er wollte noch zehnmal diese blödsinnigen Wunderpillen rauben und verkaufen, dann plante er sich abzusetzen. Es ist übrigens der Hausdiener der Pension, in der Ihre Bekannten gewohnt haben.«

Haußmann nahm den Paß und steckte ihn ein. »Die Aufklärung kommt ein paar Stunden zu spät«, sagte er.

»Wieso?« Dem Polizeichef wurde es heiß unter dem Kragen. »Ist etwas geschehen?«

»Noch nicht. Aber wir haben uns getrennt. Frank Hellberg und Fräulein Torgiano haben sich selbständig gemacht und wollen illegal nach Jugoslawien – eben, weil Claudia ohne Paß nicht hinausgelassen wird.«

»Ach so.« Der Polizeichef atmete auf und lächelte. »Warten Sie ab, die beiden werden spätestens morgen früh wieder bei Ihnen sein. Illegal nach Dubrovnik, das ist völlig ausgeschlossen. Die Überwachung der Küste hier und drüben in Jugoslawien ist perfekt. So etwas liest man in Romanen, die Wirklichkeit ist härter und einfacher. Passen Sie auf, Ihre Bekannten sind bald wieder da!«

»Und wenn nicht?«

»Dann fischt sie die Küstenwache auf. So oder so, sie kommen zurück!«

Von dieser Ankündigung alles andere als beruhigt, verließ Haußmann die Polizeidirektion von Bari und setzte sich in seinen Wagen. Erika und Marion warteten auf ihn.

»Strafe wegen Dauerparkens?« fragte Marion fröhlich.

»Nein. Der Paß von Claudia. Sie haben den Mörder!«

»Der Paß!« Erika nahm ihn aus Karls Händen und blätterte ihn durch. »Nun wäre alles so einfach. Wir haben für uns alle Fahrkarten. Es gäbe keine Probleme mehr. Karl, wir müssen die beiden suchen.«

»Aber wo, um Himmels willen?«

»Im alten Hafen, bei den Fischern, im Jachthafen. Ich nehme an, daß Frank mit einem Privatboot übersetzen will. Sie sind bestimmt im Hafen.«

»Suchen wir!« Haußmann startete. »Vielleicht haben wir zum zweitenmal Glück.«

Aber im Hafen sahen sie Hellberg und Claudia nicht. Auch als sie die Fischer und Matrosen fragten, die herumstanden, erhielten sie als Antwort nur ein Achselzucken. Der Abend senkte sich über Bari. Tausende von Lichtern flammten auf, ein Zauberreich leuchtete über das schimmernde Meer. Und ganz weit draußen, gegen den dunklen Horizont gut zu sehen, schwamm eine herrliche, weiße Jacht, mit bunten Lampen übersät wie auf einem prunkvollen Schiffskorso.

»Auf solch einer Jacht zu sein«, sagte Marion träumerisch. »Wie muß man sich da fühlen...«

»Vielleicht ist Frank schon darauf?« Es sollte scherzhaft klingen, und sie alle lächelten auch. Wenn Haußmann gewußt hätte, wie wahr seine Worte waren.

Es war um die gleiche Stunde, in der Frank Hellberg, umgezogen zum Abendessen, aus seiner Kabine wollte und plötzlich die Klinke in der Hand hielt. Die Tür aber war von außen abgeschlossen. Er klopfte, dann trommelte er mit den Fäusten, schließlich trat er mit aller Wucht gegen die Holzfüllung. Sie war massiv und gab nicht einen Millimeter nach.

Und irgendwo glaubte er einen Schrei zu hören. Einen Schrei aus hellster Angst.

Die Stimme Claudias.

Mit einem weiten Anlauf warf sich Hellberg gegen die schwere Tür. Immer und immer wieder.

Einmal muß sie splittern, dachte er wütend und faßte an seine brennende, anschwellende Schulter. Einmal muß diese Tür aus den Fugen gehen.

Und er lief wieder dagegen an und warf sich gegen das massive, in der Verankerung knirschende Holz.

Nach dem siebenten Anlauf hielt er keuchend inne und rieb sich erneut die schmerzende Schulter. Nicht einen Millimeter hatte sich die schwere Tür bewegt. Zwischen dem Holzfurnier muß eine Stahlplatte sein, dachte Hellberg. Anders ist es nicht möglich. So hartes Holz gibt es nicht. Das ist eine schußsichere Stahltür, die man nur umkleidet hat mit Mahagoni.

Noch einmal wollte er es versuchen, obgleich er wußte, daß es sinnlos war. Er duckte sich, stemmte die Füße vom Boden ab und wollte sich wieder gegen die Füllung werfen, als die Tür von außen aufgeschlossen wurde. Ein junger, schwarzlockiger Mann in einem eleganten, weißen Anzug stand in dem schmalen Flur und sah verwundert auf den schwitzenden, geduckten, zum Sprung bereiten Hellberg.

»Was soll der Lärm, Signore?« fragte der Mann höflich.

»Mißfällt Ihnen etwas? Dann bedienen Sie sich bitte des Bordtelefons; es wird sofort ein Steward kommen.«

Frank atmete tief auf. Dann machte er einen weiten Satz, warf mit seinem Körper den jungen Mann zur Seite und stürzte an die Tür der gegenüberliegenden Kabine Nr. 6. Er riß sie auf.

Claudia Torgiano saß vor dem großen Toilettenspiegel und kämmte gerade ihr langes, seidenschwarzes Haar. Mit einem leisen Schrei fuhr sie auf, als Frank wie ein Irrer in die Kabine stürzte.

»Liebling!« rief er. »Was hat man dir getan? Warum hast du geschrien?« Er sah sich mit flackernden Augen um, aber Claudia war allein, niemand war in der Kabine.

»Wie siehst du denn aus?« fragte Claudia und lief auf Frank zu. Sie umarmten sich und fühlten, daß sie beide zitterten. »Was ist denn geschehen, Frank?«

»Warum hast du geschrien, Liebling?«

»Ich habe nicht geschrien.«

»Aber ich habe es ganz deutlich gehört. Eine Mädchenstimme. Sie rief in höchster Not um Hilfe.«

Claudia schüttelte den Kopf. »Ich habe nichts gehört, Frank.«

»Mein Gott, ich bin doch nicht verrückt!« Hellberg lief zur Kabinentür Claudias. Das Holz war viel dünner und leichter. Es klang voll und schwang im Ton, als er mit den Knöcheln dagegentrommelte. Eine reine Holztür, ohne Stahleinlage und dünn genug, daß Claudia den Schrei viel deutlicher gehört haben mußte als er durch die eisenisolierte Tür. »Hier hat jemand geschrien«, sagte Hellberg und schloß die Kabine. Der junge Mann in dem weißen Maßanzug war nicht mehr im Flur. In der Aufregung hatte Claudia ihn auch gar nicht vermißt. »Claudia, ich leide doch nicht unter Halluzinationen!« Hellberg setzte sich auf die Bettkante. Es war ein herrliches französisches Bett, mit gelber Seide bespannt und mit einem Tüllhimmel, der nachts indirekt beleuchtet werden konnte. »Da sind noch mehr Personen auf dem Schiff als

Saluzzo, seine Mannschaft und wir. Irgendwo hält er andere versteckt.« Frank wischte sich über die Stirn und die Augen. Seine Hand zitterte etwas. »Ich habe das Gefühl, auf einer schwimmenden Insel des Teufels zu sein.«

An der Tür klopfte es. Höflich und diskret. Claudia ließ den Kamm fallen, ihre Augen weiteten sich vor Angst.

»Bitte?« sagte Frank Hellberg laut.

Umberto Saluzzo trat ein. Er trug einen nachtblauen Smoking mit seidenen Ärmelaufschlägen und eine dunkelrote Schleife auf einem gefälteltem Hemd. Im Knopfloch leuchtete ein blaßviolette Zwergorchidee.

»Luigi Foramente beschwerte sich eben, Signore«, sagte er mit leicht tadelndem Ton. »Sie haben ihn gegen die Wand geworfen, obwohl er Sie höflich nach Ihren Wünschen fragte. Sie sind sehr nervös, lieber Hellberg.«

Frank blieb auf dem Bett sitzen. Mit zusammengekniffenen Augen musterte er Saluzzo. »Vorhin hat jemand geschrien!«

»Mag sein. Eine Möwe! Unser Smutje wirft die Küchenabfälle immer über Bord. Das lockt Möwen, Delphine, Tümmler, Tintenfische – und Haie an.« Vor dem Wort Haie machte Saluzzo eine wirkungsvolle Kunstpause. »Wir ankern in einem Gebiet mit Felsenriffen, Unterwasserriffen, um genau zu sein. Sie bilden einen idealen Schlupfwinkel für Haie und Kraken. Solange man an Bord ist, kann man sich der sicherste Mensch nennen. Niemand kann kommen, aber es kann auch niemand gehen.«

»Das haben Sie wundervoll gesagt, Saluzzo.« Hellberg faltete die Hände im Schoß. »Also ein doppeltes Gefängnis.«

»Wenn Sie meine Gastfreundschaft so auffassen, Signore...«

»Wir drehen uns im Kreis. Was haben Sie mit mir vor?«

Saluzzo blickte auf seine goldene Armbanduhr. Die Manschettenknöpfe blitzten, sie waren aus Diamanten.

»In drei Stunden legen wir wieder ab und fahren zur jugoslawischen Küste.«

»Ich denke, es soll ein Arzt an Bord kommen und Claudia untersuchen?«

»Ach ja, der gute Professor. Da ist eine kleine Verzögerung eingetreten. Er wurde abgerufen zwischen meinem ersten und meinem zweiten Telegramm. Aber das ist nicht wichtig. Er wird in ein paar Tagen an Bord kommen.«

»Sie wollen uns nicht nach Dubrovnik bringen?« Hellberg sprang auf. »Wo fahren Sie mit uns hin?« schrie er.

»Claudia wird untersucht werden«, sagte Saluzzo höflich und machte in Richtung des zurückgewichenen Mädchens eine kleine Verbeugung. »Und wenn es nötig ist, werden wir dieses HTS aus Sarajewo besorgen. So viel, wie sie braucht. Allerdings, Signore Hellberg, werden Sie dann nicht mehr an Bord sein. Ich nehme an, daß Sie dann bereits vor der Küste der Cyrenaika kreuzen und auf ein Schiff aus Libyen warten.«

»Sie sind wahnsinnig, Saluzzo«, sagte Hellberg heiser vor Erregung. »Was soll ich in Afrika?«

»Lassen Sie sich überraschen, Signore.« Saluzzo lächelte charmant. »Es ist meine Art, meine Gäste mit unvorhergesehenen Situationen zu unterhalten.« Saluzzo ging zur Tür zurück, ein eleganter, mit sich äußerst zufriedener Teufel. »Etwas kann ich Ihnen garantieren, Hellberg«, sagte er, bevor er hinaus in den Gang trat. »Sie werden Gelegenheit haben, von diesen Tagen einen Sensationsbericht zu schreiben. Bedauerlich nur, daß ihn niemand lesen wird!«

Die Tür klappte zu.

Hellberg stand starr mitten in der Kabine. Claudia hatte sich in die hinterste Ecke gedrückt, wie ein getretenes Hündchen.

Die Kampfansage war erfolgt. Keinen Zweifel gab es mehr über die Gnadenlosigkeit Saluzzos.

Afrika. Die Cyrenaika. Libyen.

Wohin trieb dieses Abenteuer, in das sich Hellberg eingelassen hatte? Was brachte der nächste Morgen?

Claudia und Frank schraken zusammen. Über ihnen, in der Decke, ertönte ein Lautsprecher.

»Bitte zum Diner, Signorina und Signore. Es ist gedeckt auf dem Oberdeck.«

»Gehen wir, Liebling«, sagte Hellberg rauh und faßte Claudia unter. »Und Kopf hoch, mein Kleines. Es bleibt uns gar nichts anderes übrig, als mutig zu sein.«

Gegen Mittag schon sprach es sich herum, was an der Molo Foraneo geschehen war. Große Aufregung herrschte unter den Fahrgästen, die für diesen Tag ihre Überfahrtbilletts in der Tasche hatten, vor allem aber bei den Autofahrern, die ihren Wagen hinüber nach Dubrovnik bringen wollten.

Das große Fährschiff ›Sveti Stefan‹ hatte einen Motorschaden. Die Reparaturen dauerten mindestens drei Tage, da Ersatzteile aus Jugoslawien herangeholt werden mußten. Statt des großen Schiffes fuhr nun ein viel kleineres über die Adria nach Dubrovnik. Ein altes, klappriges, ungepflegtes schwimmendes Museum, das sich ›MS Budva‹ nannte. Es machte den Eindruck, als habe es zehn Jahre irgendwo in einer Hafenecke gelegen und still vor sich hin gerostet. Ein paar Farbtöne, schnell über das Schiff verspritzt, sollten nun die Tüchtigkeit für eine Seefahrt vortäuschen. Schlimmer noch aber war die Tatsache, daß die ›Budva‹ nur fünfzehn Autos mitnehmen konnte und nicht, wie bei der schönen ›Sveti Stefan‹, auf einem besonderen Autodeck; vielmehr müßten die Wagen mit einem Kran an Oberdeck gehievt und dort mit Stricken vertäut werden.

»Nun wird der Mist komplett!« sagte Karl Haußmann, als er vor dem großen Einfahrtstor zum inneren Hafen die Polizeiabsperrung sah und schon von weitem das vielfache Geschrei protestierender Reisender hörte. Mit Marion Gronau war er noch einmal zum Hafen gefahren, um zu erfahren, wann die Einschiffung begann. Erika hatte sich etwas hingelegt, die Aufregung der vergangenen Tage war doch zuviel für sie. Außerdem hatte das Schicksal der schönen, jungen Griechin in dem Wohnwagen sie mehr ergriffen, als sie es wahrhaben wollte. So werde auch ich einmal daliegen, hatte sie gedacht. Aber ob Karl so um mich trauern wird wie der arme Euponopolos? Ein häßlicher Gedanke, Erika wehrte sich dagegen, aber sie konnte ihn nicht abschütteln. Karls Haltung gegenüber Marion Gronau war in den letzten Tagen eher unhöflich als reserviert, und Marion schien erkannt zu haben, daß es sinnlos war, ihr Spiel – denn weiter war es nichts – fortzusetzen. Aber ganz tief im Herzen blieb doch ein Stachel, eine Wurzel der Eifersucht, die niemand ausrotten konnte, wenn sie erst einmal gepflanzt war.

»Es stimmte also, was man in der Pension erzählte: Das große Schiff ist kaputt, und es fährt ein kleiner Kahn.« Marion lehnte sich aus dem Fenster. Autos standen seitlich des Tores, man hatte ihnen die Durchfahrt zur Mole sichtlich verweigert, und nun bestürmten die Fahrer mit wilden Armbewegungen die Polizeiposten. Nur Wagen mit sichtbar Kranken wurden durchgelassen. Ein großer Bentley aus England zum Beispiel, auf dessen Hintersitzen ein Mann lag, eingehüllt in Wolldecken trotz der Sommerhitze. Ein atmendes Gerippe. Die Polizisten sahen in den schweren Wagen, eine Frau mit einem bunten Kopftuch hielt einen Zettel hin, und der Polizist nickte, die Postenkette löste sich, der Wagen fuhr langsam in den inneren Hafen zur Molo Foraneo.

Vielstimmiges Geschrei begleitete den Engländer. Die Postenkette der Carabinieri schloß sich wieder.

»Sie lassen nur Schwerkranke auf das Schiff«, sagte Marion.

Karl Haußmann nickte. Er hatte es auch gesehen.

»Fünfzehn Autos soll der Dreckskahn mitnehmen können«, sagte er bitter. »Himmel noch mal, was sind 15 Wagen? Und dann auf dem Oberdeck!«

»Warten wir, bis die ›Sventi Stefan‹ wieder fährt.«

»Dann verfallen die Karten! Heute abend müssen wir an Bord, und wenn wir auf dem Schiff wie die Ölsardinen aufeinander liegen.«

»Also ohne Auto?«

»Mit!«

»Wir könnten von Dubrovnik auch mit der Bahn fahren, Bärchen.«

Haußmann schielte zu Marion. Das Kosewort Bärchen berührte ihn komisch. Es rief Erinnerungen wach, die noch gar nicht so lange vergangen waren. Jeden Morgen im Büro ... die Viertelstunde Morgenknutscherei ... das ›Ankurbeln des Motors‹, wie es Haußmann nannte ... die Diktate, bei denen niemand stören durfte, die Geschäftsreisen, die immer in einer Bar endeten ... Bärchen!

»Die Bahnfahrt hält Erika nicht aus«, sagte er grob.

»Und ein Bus fährt auch.«

»Bist du schon mal mit einem balkanischen Bus durch einen Karst gefahren?«

»Nein.«

»Dazu gehört ein Lederhintern. Erika käme nie in Sarajewo an.«

»Wenn es das Schicksal so will, Bärchen ...«

Haußmann drehte sich voll zu Marion. Seine Augen waren hart.

»Fängst du schon wieder an?« fragte er. »Wir hatten uns geeinigt, so lange nicht mehr über private Dinge zu sprechen, bis wir wieder in Deutschland sind und wissen, was das Schicksal uns zugedacht hat.«

»Das Schicksal!« Marion Gronau zog die Lippen kraus. »Seit Rimini wird nur noch in großen Worten gesprochen.« Sie legte Haußmann die Hand gegen die Backe und zwang ihn so, sie anzusehen. »Du hast doch gesehen, daß ich Frank aufgegeben habe.«

»Sagen wir es andersherum: Frank hat dich aufgegeben.«

»Es wäre mir ein leichtes gewesen, diese kleine, blasse Italienerin auszustechen. Aber ich wollte nicht. In all den Tagen habe ich es mir genau überlegt und habe mich entschieden: Soll Frank mit seiner durchsichtigen Claudia glücklich werden – ich liebe dich, Bärchen.«

»Laß den Blödsinn«, antwortete Haußmann steif.

»Es ist vielleicht eine unglückliche Liebe.« Marion sah hinüber zum Meer, und ihr Gesicht nahm einen leidenden Ausdruck an. »Ich sehe ja, daß du zu deiner Frau zurückgefunden hast.«

»Ich war nie weg.«

»Du wolltest dich vor zehn Tagen noch scheiden lassen, ihr das Haus überschreiben und ihr eine Rente zahlen.«

»Vage Ideen ...« Haußmann schaltete den Rückwärtsgang ein und setzte zurück. Marion sagte die Wahrheit, aber es war ihm, als habe er nie solche Gedanken geäußert. Auch spürte er erneut, daß in ihm eine Wandlung vorgegangen war: Die Begierde nach Marions jungem, üppigen Körper war der Angst gewichen, sie könnte Erika alles erzählen, was in den letzten Monaten in der Fabrik geschehen war. Nur diese Angst vor der Rache einer enttäuschten und zur Seite geschobenen Geliebten hinderte ihn noch daran, Marion nicht grob ins Wort zu fahren. »Wir sollten von solchen Dingen überhaupt nicht mehr sprechen, Marion«, sagte er heiser. »Es geht jetzt nur noch darum, daß wir heute nacht mit diesem Mistkahn da nach Dubrovnik fahren.«

»Und wenn deine Frau wirklich unheilbar ist?«

»Du bist abscheulich nüchtern!«

»Krebs ist eine Krankheit, die man nur nüchtern und sachlich betrachten sollte. Es gibt keine Illusionen bei Krebs!« Marion griff Haußmann ins Lenkrad. Er bremste scharf und fluchte leise.

»Bist du verrückt? Sollen wir uns überschlagen?«

»Ganz klar, mein Lieber: Was tust du, wenn du die Gewißheit hast, daß deine Frau unheilbar ist?«

»Ich werde sie bis zu ihrem Tode pflegen mit allem, was ich tun kann.«

»Und dann?«

»Was dann?«

»Dann bist du Witwer, Bärchen.« Marion hielt seine Hand fest, die nervös an der Handbremse spielte. »Wirst du mich dann heiraten?«

Karl Haußmann zögerte. Zeit gewinnen, dachte er. Sie beruhigen, das ist wichtig. Was später kommt, wer weiß es jetzt schon? Alles, was ich jetzt sage, ist doch wie ein ungedeckter Scheck. Man kann ihn später immer noch zurückziehen.

»Ja...« sagte er gedehnt. »Dann heiraten wir.«

»Dann ist es gut.« Marion lehnte sich in die Polster zurück. Ihr schönes, etwas puppenhaftes Gesicht leuchtete. »Wir müssen alles versuchen, auf das Schiff und nach Sarajewo zu kommen. Nun will auch ich Gewißheit haben, *wie* krank deine Frau ist, Bärchen.« Sie beugte sich zur Seite und küßte Haußmann auf die Schläfe. »Ich habe nie gewußt, wie sehr ich an dir hänge. Glaub es mir: Der Gedanke, daß du mich wegschicken könntest, macht mich wahnsinnig.«

So schnell es die engen Straßen der Altstadt erlaubten, fuhren sie zurück zur Pension. Marion war inzwischen aufgestanden und stand am Fenster, als Karl und Marion vor dem Haus ausstiegen. Kritisch beobachtete sie die beiden, aber sie sah nichts, was sie hätte mißtrauisch werden lassen. Im Gegenteil, Karl war so unhöflich, Marion nicht einmal aus dem Wagen zu helfen, sondern lief einfach vor ihr ins Haus und ließ sie nachkommen wie einen Lakai.

»Rika! Da draußen im Hafen ist ein toller Zirkus im Gang!« rief Karl, als er mit einem Elan ins Zimmer stürmte, als müßten sie Hals über Kopf flüchten. »Die Polizei läßt nur Schwerkranke mit Wagen aufs Schiff. Alles ist abgesperrt. Wenn wir nach Sarajewo mit unserem eigenen Wagen wollen, können wir dich ab sofort nur noch liegend transportieren.«

»Was ist los?« fragte Erika zurück. Sie sah ihren Mann an, als habe er Donner und Blitz mit ins Zimmer gebracht.

»Du mußt schwerkrank sein. Ich lege dich hinten auf die Hintersitze, decke dich zu, und du mußt so tun, als hättest du große Schmerzen und seiest am Ende deiner Kräfte.«

»Nein!« sagte Erika laut. Ein Beben lief durch ihren Körper. »Nein! Ich versuche das Schicksal nicht.«

»Anders kommen wir nicht über das Meer!« rief Haußmann verzweifelt. »Rika, Liebste, du versuchst das Schicksal, wenn wir unsere Karten verfallen lassen.«

»Ich kann keine Sterbende spielen.« Erika wandte sich ab, das Zittern ihres Rückens wurde stärker. Plötzlich weinte sie und preßte die Hände flach vor das Gesicht. »Habt ihr denn alle Nerven wie Drahtseile?« schluchzte sie. »Ihr verlangt, daß ich spielen soll, wovor ich aus Angst vergehe. Ich will nicht krank sein. Ich will nicht sterben! Auch nicht gespielt...«

Karl Haußmann ließ sich schwer auf einen Stuhl fallen und hob hilflos beide Arme. »Dann war alles umsonst, Rika«, sagte er tonlos. »Laß uns wieder nach Deutschland fahren.«

»Und Frank Hellberg mit der armen Claudia?«

»Sie werden schon durchkommen. Ich habe ihnen Geld genug gegeben. So nahe vor dem Ziel umdrehen, das ist nicht Haußmanns Art! Nur bis wir auf dem Schiff sind, brauchst du die Kranke zu spielen. Ist der Wagen erst einmal auf Deck, holt ihn keiner wieder runter.« Karl sah Erika fast flehend an. Sie wandte sich wieder ab und trat ans Fenster.

»Ich habe Angst«, sagte sie leise.

»Angst? Wovor?«

»Daß aus dem Spiel plötzlich Ernst wird.« Sie drehte sich um, lief zu ihrem Mann und warf sich ihm in die Arme. »Karl«, stammelte sie. »Karl, wenn ich hilflos daliegen werde, wenn ich mich nicht mehr rühren kann, wenn mir nur noch Morphium hilft, wenn du siehst, es geht langsam zu Ende: Versprich mir, daß du mich nicht so grausam sterben läßt. Versprich mir, daß du mir soviel Morphium gibst, daß ich ohne Schmerzen einschlafe.«

»Mein Gott, welche Gedanken!« Haußmann hielt Erika umfangen und drückte ihren bebenden Kopf an sich. In seinem Hals würgte es, er hatte das Gefühl, einen Stein verschluckt zu haben. »Wer wird denn so 'was denken«, stotterte er. »Rika, so darfst du nicht denken! Damit machst du dich selbst verrückt. Es wird doch nie so weit kommen, nie!

Darum fahren wir ja nach Sarajewo. Darum holen wir ja dieses HTS! Darum wollen wir uns ja auf das ›Schiff der Hoffnung‹ schmuggeln. Du sollst gesund werden, ganz gesund ...«

Eine Stunde später benachrichtigte Karl Haußmann den Inhaber der Pension, daß seine Frau einen schweren Anfall bekommen habe und nun gehunfähig sei. Marion machte aus den Hintersitzen des Autos bereits ein weiches Bett und verhängte das Rückfenster und die Seitenfenster mit Tüchern. Dann trugen Haußmann und drei Männer – der Hausdiener, der Koch und ein zufällig anwesender Milchmann – Erika auf einer Trage aus dem Haus und betteten sie hinten in das Auto. Wie es Haußmann bei dem Engländer gesehen hatte, deckte er Erika bis zum Hals zu.

»Ich vergehe vor Hitze«, flüsterte sie, als er sich über sie beugte. »Wenn wir am Hafen sind, bin ich wirklich ohnmächtig.«

»Nur eine halbe Stunde, Rika«, sagte Haußmann leise und strich ihr über das Haar. »Halte durch, Liebling. Auf dem Schiff, im frischen Abendwind, kannst du dich dann erholen.«

Bedrückt standen der Padrone, seine Frau und die drei hilfreichen Männer an der Haustür, als der deutsche Wagen abfuhr. Sie winkten nicht nach. Das war eine traurige Fahrt.

»Sie kommt auch zu spät«, sagte der Padrone und wischte seine Hände an der Hose ab.

»Eine so schöne Frau«, sagte der Hausdiener.

»Und die Nachfolgerin ist auch gleich dabei«, meinte die Padrona giftig.

»Immer diese eifersüchtigen Weiber!« Der Padrone warf einen verzweifelten Blick in den sich rötlich färbenden Himmel. »An was anderes denkst du wohl nicht?«

»Ich kenne doch die Männer, he?« Die Frau stemmte die Hände in die Hüften. »Bist du anders? Alle sind sie gleich. Man sollte die Männer, sobald sie an die Fünfzig gehen, vergiften!«

Eine Viertelstunde später fuhr Haußmann im Schritt-Tempo durch die Reihen wartender Wagen, die man rechts und links der Hafenzufahrt abgestellt hatte. Vor dem Gittertor stauten sich die Menschen. Es war ein Lärm wie bei einer Revolution – und es war auch eine, denn alle vor der Polizeikette revoltierten gegen die Sperrung der Molenzufahrt.

Drei Polizisten, die entlang der abgestellten Wagen patrouillierten, schleusten Haußmanns Wagen durch das Gewühl, nachdem sie einen Blick in das Innere des Autos geworfen hatten. Vor der Sperre kurbelte Haußmann sein Fenster herunter und hielt die Fahrscheine hinaus. Ein Polizeileutnant trat heran und grüßte höflich. Er sah in den Wagen, erkannte das schweißnasse, bleiche Gesicht zwischen Kissen und Decken und zog den Kopf zurück.

»Aus Deutschland?« Er sah flüchtig auf die Fahrkarten. »Etwas zu verzollen?«

Haußmann lächelte gequält, es gelang ihm sehr gut. »Was sollten wir wohl mitnehmen, Herr Offizier?«

»Passieren!« Der Lieutenant hob die Hand. Die Polizeikette öffnete sich. »Nummer 12!« schrie jemand. »Noch drei.«

Vom Tor her antwortete ein unverständliches, vielstimmiges Geschrei. Haußmann sah, wie die Carabinieri zusammenrückten und die Hände auf die Pistolentaschen legten. Da gab er etwas Gas und fuhr so schnell, daß es nicht auffiel, die leere Molenstraße hinauf zur Anlegestelle auf der Molo Foraneo.

»Geschafft!« rief er, als er außer Hörweite der Postenkette war. »Rika, Liebes, geschafft!« Er hielt an, beugte sich über seine Sitzlehne und riß die Decken von Erika.

Sie rührte sich nicht. Bleich, mit auf der Brust gefalteten Händen, lag sie zwischen den Kissen. Sie war wirklich ohnmächtig geworden.

»Hier, nehmen Sie das«, sagte Marion und reichte Haußmann ihr Kölnisch-Wasser-Fläschchen. Karl rieb mit dem erfrischenden Parfüm Erikas Stirn ein, massierte ihre Brust und küßte sie auf den Mund, als sie endlich, mit einem tiefen Seufzer, die Augen wieder aufschlug.

»Wo... wo sind wir?« fragte sie und richtete sich ächzend auf.

»Vor dem Schiff, Liebes!« Haußmann gab Marion das Parfümfläschchen zurück. Dabei berührten sich ihre Finger, aber kein Funke sprang über. »Wir sind durch! In zehn Minuten sind wir an Bord, und heute nacht schwimmen wir deiner Gesundheit entgegen. O Rika, ich könnte die ganze Welt umarmen!«

»Dann fang' bei Fräulein Gronau an!« antwortete Erika. Und ein Schatten fiel über Haußmanns ehrliche Freude. Er kam sich schäbig vor, denn er dachte an das Gespräch, das er vor zwei Stunden noch mit Marion geführt hatte.

Aber so ist es im Leben: Ein zwischen Jugend und Pflicht schwankender Mann im Alter Karl Haußmanns hat eine gewisse Narrenfreiheit. Man muß nur warten können, bis er aus seinem Wahn wieder erwacht.

Am Kai lag die ›MS Budva‹ in der untergehenden Sonne. In diesem goldenen Licht sah sie gar nicht mehr so morsch aus; vielmehr war es, als sei sie jetzt, leuchtend in sattem Rotgold, das wahre ›Schiff der Hoffnung‹, ein Traumboot zum ewigen Leben, das durch ein violettes Meer schwimmt zu einer Küste, die kein Sterben mehr kennt.

Während Erika, noch immer die Schwerkranke spielend, mit einer Trage des Schiffes von zwei Matrosen an Bord gebracht wurde und Marion wie eine rührend besorgte Krankenschwester nebenherlief, überwachte Haußmann das Verladen seines Wagens auf das Oberdeck der ›Budva‹ und nahm es klaglos in Kauf, daß zwei Haken des Kranes einen großen Kratzer in den Lack der linken Tür zogen. Dann schwebte der Wagen an Bord, und Haußmann stieg in fast übermütiger Laune über die Gangway auf das Schiff.

»Der Bordarzt ist bereits bei Ihrer Frau«, sagte der I. Offizier der ›Budva‹ zu Karl, als er die Fahrkarten kontrolliert und die Pässe an sich genommen hatte. Haußmann bekam sie erst nach der Landung beim Zoll in Dubrovnik wieder. Es war also ausgeschlossen, ohne Papiere an Land zu kommen.

Haußmann sah den I. Offizier, der ein hartes Deutsch sprach, verblüfft an.

»Sie haben einen Arzt? Hier, auf diesem Schiff?«

»Seit wir bei den Überfahrten der letzten Zeit ein paar Todesfälle hatten, war das notwendig. Kabine 17 und 18, mein Herr. Erster-Klasse-Deck.«

»Oh! Das gibt es hier auch?«

Der I. Offizier ließ Haußmann wortlos stehen. Alle Verachtung lag darin. Die Deutschen mit ihrer großen Fresse, sollte das heißen. Anstatt daß sie froh sind, überhaupt mitzukönnen...

Haußmann suchte über drei Decks hindurch die Kabinen 17 und 18, bis er sie endlich im Anschluß an die Kommandobrücke fand. Der Arzt war schon wieder gegangen. Marion saß am Bett Erikas und lächelte Haußmann wie um Verzeihung bittend zu. Erika schlief, mit tiefen seufzenden Atemzügen.

»Er hat ihr gleich eine Spritze gegeben«, sagte Marion, als sich Haußmann erschrocken über seine Frau beugte. »Morphium, glaube ich. Was sollte ich machen? Der Arzt versteht kein Wort Deutsch. Und als deine Frau aufspringen wollte, hat er sie zurück aufs Bett gedrückt und schwupp, hatte sie die Spritze weg. Sie ist sofort eingeschlafen. Er muß ihr eine starke Dosis injiziert haben.«

»Das kann ja heiter werden.« Haußmann setzte sich neben die betäubte Erika auf die Bettkante und zog sich den Schlips vom Hals. »Wo ist der Kerl jetzt?«

»Nebenan. Bei dem Engländer. Ich glaube, der stirbt, bevor wir Dubrovnik erreicht haben. Ich konnte vorhin einen Augenblick in die Kabine sehen: Der Mann sieht wirklich wie ein Gerippe aus. Da hilft doch auch kein HTS mehr.«

»Der Glaube vermag viel.« Haußmann trat an das runde Bullauge. Durch das Glas schimmerte das alte Bari. Der jetzt dunkle Abendhimmel über der Stadt war fahl und streifig.

Der Widerschein tausender Lampen. »Was wären wir alle, wenn wir die Hoffnung nicht mehr hätten«, sagte Karl leise.

»Das stimmt«, antwortete Marion Gronau. Und ihr Unterton bewies die Doppeldeutigkeit ihrer Worte.

Pünktlich um 23 Uhr gellte die Sirene der ›MS Budva‹. Der Kran rollte vom Kai, die Gangway wurde eingezogen, die Leinen wurden losgeworden.

Ein Zittern rann durch den Schiffsleib, die alten Dieselmotoren begannen zu stampfen, das Schiff schlingerte etwas in der Dünung, die Schrauben wirbelten das Wasser auf; es war, als ächzte ein alter Mann unter einer schweren Last, die er noch wegtragen mußte. Dann löste sich die ›MS Budva‹ von der Mole und glitt in die Nacht hinaus, auf das finstere Meer, entlang der den Hafen abgrenzenden, langen Außenmole, die flach aus der Adria ragte.

Haußmann stand oben an Deck neben seinem vertäuten Wagen und blickte zur langsam entschwindenden, hellerleuchteten, flimmernden Küste zurück. Marion hockte neben ihm auf einem Seilknäuel und rauchte nervös.

»Das ist aus Rimini geworden«, sagte sie, als Bari nur noch ein heller Strich war.

»Ich wünschte, es hätte Rimini nie gegeben!« Haußmann wandte sich abrupt ab und ging unter Deck.

Das Abendessen auf dem Oberdeck der weißen Jacht war vorzüglich wie immer. Ein livrierter Steward servierte. Claudia erhielt eine besondere Diät, und statt des schweren Weines schimmerte in ihrem Glas ein dunkelroter Traubensaft. Das Schiff machte langsame Fahrt, während sie aßen, und Hellberg konnte nicht mehr feststellen, ob sie sich vom Land entfernten, ihm entgegenfuhren oder parallel mit ihm waren.

Umberto Saluzzo war bester Laune.

Er erzählte Witze. Schwänke aus seinem Leben, die

ebenso grotesk wie grausam waren. Schwarzer Humor, nur selbst erlebt.

Ab und zu beugte er sich zu Claudia, tätschelte ihre blasse, kalte Hand und nannte sie »Mein Töchterchen.« Dann zuckte sie jedesmal zusammen wie unter einem Schlag und sah Hellberg hilfesuchend an. Das besonders schien Saluzzo sehr zu amüsieren. Hilfe von einem Mann, der völlig hilflos war. Wie sehr ein Mensch doch an phantastischen Hoffnungen hängt!

»Es wird eine dunkle Nacht«, sagte er, als zum Nachtisch ein Cocktail aus Muschelfleisch in rotem Champagner serviert wurde. »Neumond! Es ist genau das, was wir brauchen.« Er rauchte eine Zigarre an, blies einen Ring in die Luft und zuckte mit den Schultern, als Hellberg ablehnend die Zigarrenkiste zurückschob. »Muß ein Journalist eigentlich mehrere Sprachen sprechen?« fragte er unvermittelt.

»Das kommt auf sein Aufgabengebiet an. Ein Fotoreporter etwa, der in der Welt herumreist, muß verschiedene Sprachen beherrschen.«

»Und was sprechen Sie?«

»Englisch, Französisch und bißchen Italienisch, und seit einem halben Jahr nehme ich Unterricht in Spanisch.«

»Interessant.« Saluzzo sah dem Rauch seiner Zigarre nach. »Sie können sich schon auf spanisch verständigen?«

»Mühsam. Es fehlen noch viele Vokabeln und vor allem die Grammatik.«

»Es wird schon gehen«, sagte Saluzzo geheimnisvoll.

»Was wird gehen?« fragte Hellberg zurück.

»Sie sind ein ungeduldiger Mensch, Hellberg.« Saluzzo lächelte Claudia an. »Sieht sie nicht bezaubernd aus in dieser romantischen Beleuchtung? Wie von innen beschienenes Porzellan. Meine Tochter war eine einmalige Schönheit, Hellberg; sie hatte *noch* größere Augen als Claudia. Aber sonst...« Saluzzo beugte sich vor. »Ich habe mich erkundigt – du bist Waise.«

Claudia nickte. Ihre Kehle war wie zugeschnürt.

»Ich werde dich adoptieren.« Saluzzo lehnte sich wieder zurück. »Seit zwanzig Jahren leide ich darunter, kein Vater mehr sein zu können. Und nun finde ich durch Enrico Sampieri, diesen Windbeutel, das Mädchen Claudia! Ich werde ihn deshalb auch nicht bestrafen, daß er mich mit Ihnen, Hellberg, belästigt hat. Ich mußte Sie in Kauf nehmen, um Claudia an Bord zu bekommen. Aber nun sind Sie überflüssig, eine verbrauchte Verpackung. Nur Ihre spanischen Sprachkenntnisse werde ich noch gebrauchen können.«

Saluzzo erhob sich, und auch Hellberg sprang auf. Claudia kroch in sich zusammen. In ihren Augen schrie die Angst. Laß mich nicht allein, Frank, hieß dieser Blick. Laß mich bitte, bitte nicht allein mit ihm...

»Kommen Sie mit, Signore!« sagte Saluzzo knapp.

»Wohin?« Hellberg blieb neben Claudia stehen. Sie müssen mich jetzt totschlagen, freiwillig tue ich keinen Schritt, dachte er.

»Unter Deck«, sagte Saluzzo.

»Ich lasse Claudia nicht allein!«

»Sparen Sie sich Ihre Heldenposten, Hellberg! Claudia wird kein Haar gekrümmt. Mein Wort ist an Bord wie ein Gesetz. Ein einziges Mal hat es ein Matrose versucht, sich darüber hinwegzusetzen. Er wollte opponieren. Eine Stunde später fief er über Bord. Trotz aller Suchmanöver haben wir ihn nie mehr gefunden. Man weiß ja, daß an der jugoslawischen Küste Haie leben...« Saluzzo winkte ab, als Hellberg den Mund zu einer Antwort öffnete. »Keine Reden, Signore. Claudia wird sich für kurze Zeit, die wir unter Deck sind, allein amüsieren. Luigi Foramente kann ihr über das Tonband flotte Melodien vorspielen. Kommen Sie!«

»Bleib, Frank!« schrie Claudia auf und klammerte sich an Hellberg fest. »Geh nicht!«

»Eine Tochter muß ihrem Vater gehorsam sein«, sagte Saluzzo ernst und kam langsam näher. »Das ist die erste Vorbedingung. Ein ungehorsames Kind wird bestraft, ein gehorsames kann den Vater um den Finger wickeln.«

Hellberg stellte sich zwischen Claudia und Saluzzo. Nur eine Handbreit voneinander entfernt standen sie sich gegenüber.

»Wenn Sie Claudia anrühren, zerbreche ich Ihnen die Knochen«, sagte Hellberg ganz ruhig.

»Vorher werden Sie Haifraß, Hellberg.«

»Dazu gehört mehr als ein großes Maul! Ich bin Stadtmeister im Judo.«

Saluzzo lächelte breit. »Ein Rindvieh sind Sie! Während wir jetzt miteinander sprechen, sehen uns sechs Augen zu. Schauen Sie sich nicht um, Sie sehen sie doch nicht. Aber wenn Sie die Hand gegen mich erheben würden, wird es unter Garantie aus irgendeiner Ecke krachen, aus der Ecke mit dem besten Schußwinkel. Was nützt Ihnen da Ihr Judo, Sie Phantast?« Saluzzo trat zwei Schritte von Hellberg zurück. »Also kommen Sie nun?«

Hellberg nickte. Er sah sich nicht nach Claudia um, sondern folgte Saluzzo unter Deck.

Wieder war demonstriert worden, wer hier der Stärkere war.

Saluzzo führte Hellberg über eiserne Treppen am Kabinendeck vorbei hinunter zum Maschinenraum und von dort durch drei Schottentüren in einen Teil der Jacht, der unter dem Bug lag und fensterlos war.

Ein schmaler Gang, erleuchtet von Neonröhren. Links und rechts Türen aus Eisen, blau lackiert. In den Türen, in Sichthöhe, Klappen, die mit einem Riegel verschlossen waren. Beim Anblick dieses Ganges blieb Hellberg ruckartig stehen.

»Was haben Sie?« fragte Saluzzo, der ihm vorausging.

»Das sieht wie ein Gefängnis aus«, rief Frank.

»Sie kennen Gefängnisse von innen?«

»Ich habe einmal eine Reportage über Zuchthäuser geschrieben. Das sind die typischen Zellentüren.«

»Gratuliere.« Saluzzo lächelte. »Es *ist* ein Gefängnis.«

»Mein Gott...« stammelte Hellberg. Er starrte Saluzzo mit

weiten Augen an. Die Überzeugung, einen Wahnsinnigen vor sich zu haben, wurde nun fast zur Gewißheit.

»Ein schwimmendes Gefängnis. Aber luxuriös. Wenn Sie gleich einen Blick in diese Zellen werfen, werden Sie es bestätigen. Sie haben ja Vergleichsmöglichkeiten zu den deutschen Zellen. Früher nannte man die schwimmenden Gefängnisse Galeeren... das war schon mehr ein Todesurteil. Aber dieses Gefängnis hier dient dem Leben, Hellberg!«

»Wer ist in diesen Zellen?« fragte Hellberg tonlos.

»Das werden Sie in wenigen Minuten sehen.«

»Haben Sie mich deshalb nach meinen Sprachkenntnissen gefragt, Saluzzo?«

»Ja.«

Umberto Saluzzo ging weiter. Fast am Ende des Ganges – man hörte deutlich das Meer gegen die Bordwand schlagen – blieb er vor einer der eisernen Türen stehen und holte einen Schlüssel aus der Hosentasche.

In dem Augenblick, in dem er den Schlüssel ins Schloß steckte und ihn herumdrehte und der leise knirschende Laut die Stille zerriß, ertönte aus dem Inneren der Zelle ein heller, markerschütternder Schrei.

Die Stimme einer Frau.

Der gleiche Schrei, den Hellberg in seiner Kabine gehört hatte und von dem er glaubte, Claudia hätte in ausgestoßen.

»Die Möwe...« sagte er heiser. »Unser Smutje wirft die Küchenabfälle immer ins Meer...«

»Sie haben ein blendendes Gedächtnis, Hellberg.«

»Alles, was *Sie* sagen, Saluzzo, schreibt sich bei mir wie mit Feuer ein. Es sind Brandzeichen.«

»Wie schade, daß dieses Feuerchen nie jemand sehen wird.« Saluzzo schloß noch einmal herum. Aus dem Inneren der Zelle gellte der zweite Schrei. Ein Schrei, der einen Schauer über den Rücken Hellbergs laufen ließ.

Was würde er sehen, wenn die Tür aufschwang?

Welche Teufelei verbarg Saluzzo in diesen kleinen Zellen? Wen hielt er dort gefangen? Und warum?

»Bitte!« sagte Saluzzo und öffnete die Tür.

Geblendet wich Hellberg an die Gangwand zurück. Die Lichtfülle, die ihm entgegenflutete, war zu stark. Viel stärker als die normale Flurbeleuchtung.

Er sah mit blinzelnden Augen, die sich langsam an das Licht gewöhnten, zunächst nur die Einrichtung eines Salons in Weiß-Gold. Rokokomöbel, Gobelinbezüge, Damastvorhänge, eine Seidentapete und an der holzgetäfelten Decke einen Kristalleuchter, der das starke Licht ausstrahlte. Ein dikker, englischer Blumenteppich bedeckte den Boden.

»Ich glaube nicht, daß deutsche Zuchthäuser solche Zellen haben«, sagte Saluzzo spöttisch. »Die Tür ist zwar konservativ, aber die Einrichtung wird Sie überzeugen, daß ich kein Unmensch bin.«

»Und wer lebt in diesem goldenen Käfig?« Hellberg kam langsam auf die Tür zu. »Wer schreit da so entsetzlich und aus höchster Not?«

»Das eben sollen Sie feststellen ... warum man schreit!« Saluzzo winkte. »Kommen Sie schneller, Hellberg. Hier ist kein Ungeheuer, das plötzlich hervorbricht.«

Hellberg atmete tief auf. Dann machte er einen großen Schritt, ging an Saluzzo vorbei und betrat das luxuriöse Gefängnis.

Überrascht und betroffen blieb er stehen, wischte sich verwirrt über die Augen und sah sich dann fragend nach Umberto Saluzzo um.

Auf einem Bett, das mit einem Überwurf aus echten Leopardenfellen abgedeckt war, lag ein wunderschönes Mädchen. Die langen, schwarzen Haare hingen wie ein Schleier über dem schlanken Körper, den nichts bedeckte als ein kurzes, durchsichtiges Spitzenhemdchen. Als das Mädchen die beiden eintretenden Männer sah, kroch es auf dem breiten Bett bis zur Wand, zog die Beine an und starrte Hellberg aus flackernden, halb wahnsinnigen Augen angstvoll an.

»Wer ist denn das?« fragte Hellberg atemlos. Der Luxusraum, die strahlende Beleuchtung und auf dem Leopardenbett ein Mädchen von solcher Schönheit, wie er sie nur aus Kunstdruckjournalen kannte – das alles verwirrte ihn einen Augenblick. Umberto Saluzzo hinter ihm lachte leise.

»Ein herrliches Raubtier, was?« sagte er stolz. »Der Brillant in meiner Kollektion.«

»Kollektion...« wiederholte Hellberg tonlos. Das Mädchen auf dem Fellbett starrte ihn durch den Vorhang ihrer schwarzen Haare an. Als Hellberg einen Schritt weiter in die Kabine trat, hob sie beide Hände zur Abwehr und begann wie ein getretener Hund zu wimmern.

»Fragen Sie sie, was sie hat.« Saluzzo stieß Hellberg leicht in den Rücken. »Sie hat alles, was sie braucht, Sie sehen es ja – und trotzdem benimmt sie sich wie eine Irre!«

»Wer ist die Dame?« fragte Hellberg leise.

»Juanita Escorbal... ich erzähle Ihnen nachher mehr. Erst zeigen Sie mal, wie gut Sie spanisch sprechen.«

Frank Hellberg setzte sich auf einen der Gobelinsessel und schüttelte den Kopf, als Juanita noch mehr in sich zusammenkroch. »Keine Angst«, sagte er auf spanisch. »Ich komme als Ihr Freund, Señorita Escorbal.«

Das Mädchen schob die Haare aus den Gesicht. Ihre Schönheit ergriff Hellberg, mehr aber noch erschütterte ihn ihr gehetzter Blick. Ihre großen, schwarzen Augen schienen leergeweint. Geblieben waren Angst und Hoffnungslosigkeit.

»Sie lügen«, sagte Juanita Escorbal. Sie hatte eine warme, melodische Stimme und sprach ein äußerst gepflegtes Spanisch. »Auch Sie gehören zu diesem Schiff! Sie wollen mich nur in Sicherheit wiegen. Sie sind wie die anderen.«

»Ich bin selbst Gefangener.« Frank Hellberg beugte sich im Sitzen vor. »Wir, das sind ein junges italienisches Mädchen und ich, sind auf das Schiff gekommen, weil wir glaubten, man könne uns nach Dubrovnik bringen, ohne Paß. Noch wissen wir nicht, was man mit uns vorhat.«

Juanita musterte Hellberg. War es eine Falle? Log er? Wollte er sich mit dieser Erzählung in ihr Vertrauen einschleichen?

»Ist sie hübsch«, fragte sie. »Ist Ihre Begleiterin sehr hübsch?«

»Ja.«

»Dann wird sie bald wie ich in einem Harem oder in einer Spelunke in Beirut enden.«

Hellberg krampfte sich das Herz zusammen. Er vermied es, Saluzzo anzusehen. So also ist das, dachte er. Hier haben wir einen Zipfel des Geheimnisses gelüftet, das Saluzzo umgibt: Das Geheimnis seiner großen Einnahmen! Statt mit Teppichen handelt er mit lebender, hübscher Ware. Unter den Augen der Polizei, mit dem Glorienschein des erfolgreichen Mannes, mitten unter uns, im 20. Jahrhundert.

»Was sagt sie?« fragte Saluzzo ungeduldig an der Tür. Daß er keinen Sinn in den Worten entdeckte, obgleich Italienisch und Spanisch ähnlich klingen, ärgerte ihn.

»Sie hat Heimweh«, sagte Hellberg auf gut Glück. Saluzzo lachte hämisch.

»Das gibt sich, Signore Hellberg. Jeder Mensch braucht eine bestimmte Zeit zur Akklimatisierung. Der eine mehr, der andere weniger. Aber darum braucht sie nicht so zu schreien.«

Hellberg beugte sich wieder zu Juanita vor. »Er versteht kein Wort unserer Unterhaltung, Señorita«, sagte er. »Vertrauen Sie mir, bitte. Ich habe gesagt, Sie hätten Heimweh. Erzählen Sie mir schnell, woher Sie kommen und wie ich Ihnen helfen kann.«

Juanita Escorbal ließ die Haare wieder über ihr Gesicht fallen. Saluzzo sollte nicht sehen, wie neuer Glanz in ihre Augen kam. Glanz der Hoffnung und neuen Mutes.

»Ich bin die Tochter von Juan Carlos Comte de Escorbal aus Tarragona. Mit Freunden war ich auf einer Segeljacht unterwegs nach Mallorca. Da kamen wir in einen Sturm, einen der seltenen Sommerstürme, die Sand aus der Sahara mitbringen. Das Meer wurde zur Hölle, der Hauptmast brach, mußte gekappt werden und ging über Bord. Beim Versuch meines Bruders, mit dem Hilfsmotor weiterzukommen, gerieten wir in eine riesige Welle, die uns Ruder und Aufbauten völlig zerstörte. Führerlos trieben wir drei Tage auf der sich beruhigenden See, bis uns die Jacht Saluzzos sichtete. Er kam längsseits, besichtigte unser wundgeschlagenes Schiff, ließ mich als erste an Bord seiner Jacht kommen und dampfte dann ab, ohne sich um meinen Bruder und meine Freunde zu kümmern. Ich hörte sie noch nach mir schreien ... aber was sollten sie anderes tun? Sie waren ja völlig wehrlos. Was aus ihnen geworden ist, weiß ich nicht. Wenn die Madonna gnädig war, hat ein anderes Schiff sie aufgelesen.«

»Wie lange sind Sie jetzt hier, Señorita?« fragte Hellberg. Er konnte vor Erregung kaum sprechen.

»Vielleicht zwei Wochen ... ich weiß es nicht. Ich habe keinen Zeitbegriff mehr. In meine Kabine scheint nie die Sonne. Ich zähle die Tage so, wie ich schlafe ... und ich habe bisher fünfzehnmal geschlafen.«

Hellberg wischte sich über die Augen. Zwischen den Fingern sah er zu Saluzzo. Der elegante Teufel stand lässig an der Tür, lehnte sich gegen den Rahmen und rauchte eine Zigarette.

»Wie kann man Ihnen helfen?« fragte Frank. »Warum haben Sie so geschrien?«

»Ich werde schreien, bis mir die Kehle platzt. Ich lasse mich nicht kampflos verschleppen!« Juanita kroch von der Wand weg. Als sie vor dem Bett stand und das grelle Licht aus dem Kristalleuchter sie überflutete, sah Hellberg erst, wie atemberaubend schön sie war. »Wissen Sie, daß in den Kabinen auf diesem Gang noch mehr Mädchen gefangengehalten werden?«

»Nein!« Hellberg sprang auf.

»Was sagt sie?« fragte Saluzzo an der Tür.

»Gleich ...« Hellberg war es nicht mehr möglich, seine Erregung zu beherrschen. Ein Zittern lief durch seinen Körper. Juanita ging zu einem Sessel, auf dem ein seidener Morgenmantel lag, und zog ihn über ihr durchsichtiges Hemdchen. »Wie viele Mädchen sind an Bord?«

»Ich weiß es nicht genau. Nachts klopfen wir zur Verständigung gegen die Wände. Aber es sind mindestens fünf andere Mädchen. Und nun wird Ihre Begleiterin dazukommen.«

»Nie und nimmer!« sagte Hellberg verbissen.

»Was wollen Sie tun? Wir sind doch wehrlos! Ich kann wenigstens schreien... dann kommt jemand und gibt mir eine Beruhigungsspritze. Aber Sie können gar nichts tun.« Juanita kämmte sich vor dem großen Kristallspiegel. Umberto Saluzzo lächelte zufrieden. Was dieser Hellberg auch gesagt haben mochte – er hatte sie wenigstens beruhigt. »Sie werden übrigens auch verkauft.«

»Blödsinn!«

»Denken Sie. Wenn man so etwas lesen würde, glaubt man, das seien dumme Phantasien. Dabei weiß die internationale Polizei, daß heute noch in Saudi-Arabien und Somaliland geheime Sklavenmärkte abgehalten werden. Die weißen Mädchen sind dort die teuersten Angebote, sie werden mit Gold aufgewogen. Männer wie Saluzzo verdienen damit ein Vermögen. Dabei ist er nur ein Zwischenhändler. Der Anfang einer Kette, die von Europa über Nordafrika und Kleinasien bis zum fernsten Orient reicht.«

»Und woher wissen Sie das, Juanita?«

»Von ihm selbst. Er hat mir meinen ferneren Lebensweg selbst in allen Einzelheiten ausgemalt.«

Saluzzo an der Tür wurde wieder unruhig. »Was redet sie eigentlich unentwegt?« fragte er. Hellberg erhob sich von dem Gobelinsessel, nickte Juanita ermunternd zu und wandte sich ab.

»Spanisch hat viele Ausdrücke!« sagte er hart. »Alles in allem aber sagt sie, daß Sie ein ungeheures Schwein sind, Saluzzo.«

»Das freut mich.« Saluzzo verbeugte sich leicht vor Juanita. »Wenn sich kein guter Käufer findet, mein Süßes, werde ich mich selbst um dich bemühen.«

»Und im Schlaf werde ich dich erwürgen!« knirschte Juanita wild. Hellberg fuhr herum. Erst jetzt erkannte er Juanitas Spiel. »Sie können italienisch?« fragte er. Sie antwortete in Spanisch.

»Ja. Natürlich. Ich nehme an, daß er mir sonst nicht erzählt hätte, was mich erwartet. Ich tat aber so, als wenn ich ihn nicht verstehe.«

»Haben Sie keine Sorgen, Juanita.« Hellberg nickte dem schönen Mädchen ermunternd zu. »Noch sind wir nicht in Beirut. Bis dahin kann noch viel passieren, und es wird viel passieren! Bleiben Sie ruhig, schonen Sie Ihre Kräfte und Nerven, wir werden sie bald gebrauchen können. Ich habe das im Gefühl.«

Dann standen sie wieder im Gang, Saluzzo schloß die Luxuszelle wieder ab und steckte den Schlüssel ein. »Nun?« fragte er. »Was denkt sie? Warum schreit sie so unnütz?«

»Können Sie sich nicht denken, daß ein Mädchen Angst hat?« Hellberg überlegte, ob er jetzt nicht Saluzzo mit einem Sprung anfallen und zu Boden schlagen sollte. Sie waren allein im Gang, und Frank fühlte sich stark genug, mit einem Mann wie Saluzzo fertig zu werden. Aber was geschah dann? Ober wartete Luigi Foramente, der ›Kapitän‹ der Jacht. Wie viele Besatzungsmitglieder das Schiff hatte, wußte Hellberg noch nicht. Allein drei Stewards hatte er gezählt. Sie waren auch für die Pflege der Mädchen hier unten bestimmt und damit Komplizen Saluzzos. Was hatte es für einen Sinn, den Kopf dieser Teufelsbande niederzuschlagen und dann hilflos in den vielen Armen des Verbrecherpolypen zu landen?

Saluzzo schloß die Tür auf, sie kamen in den Maschinenraum. Die Gelegenheit war vorbei. Das Warten, das Belauern, die Hoffnung auf eine rettende Situation ging weiter.

Als sie wieder das Deck betraten, scholl ihnen Musik entgegen. Luigi Foramente tanzte mit Claudia. Hellberg sah, wie steif sie ihren Körper hielt, wie ekelhaft es ihr war, jetzt die Vergnügte zu spielen. Saluzzo blieb stehen.

»Sie haben nun gesehen, was mit meinem Schiff los ist«, sagte er.

»Ja. Sie handeln mit lebender Ware!«

»Und es ist Ihnen doch wohl klar, daß dieses Wissen Ihre Rückkehr in das normale Leben verhindert?«

»Von Ihrer Warte aus gesehen, ja.«

»Meine Warte ist immer die richtige, Hellberg!«

»Wenn ich Sie richtig verstehe, wollen Sie auch mich verkaufen!« Hellberg lachte gequält. »Saluzzo, das ist doch eine ausgemachte Blödheit!«

»Wir fahren morgen früh hinaus ins offene Meer. Auf halbem Wege werden Sie und die Mädchen umgeladen auf ein Boot, das uns irgendwo erwartet. Wo, das kann Ihnen egal sein. Sie verstehen doch nichts von Seekarten. Die Leute auf diesem Schiff aber sind keine Europäer mehr, sondern Orientalen. Ich traue Ihnen soviel Intelligenz und Wissen zu, daß Ihnen klar ist, wieviel ein Orientale vom Menschen an sich hält. Ob Sie Hellberg heißen oder Fürst Pipapo, das ist diesen Leuten völlig gleichgültig. Sie sind Ware, weiter nichts. Ware wie Apfelsinen oder Melonen, Feigen oder Kuhhäute. Leisten Sie Widerstand, wird dieser Widerstand gebrochen. Brutal, das kann ich Ihnen sagen. Ich habe in Dschibuti auf dem Markt Männer gesehen, die einen Kopf wie einen Blumenkohl hatten; so zusammengeschlagen hat man sie, bis sie keinen Willen mehr hatten und glücklich waren, in die Hände neuer Herren zu kommen.« Saluzzo hielt Hellberg am Rock fest, als er zu Claudia gehen wollte.

»Nicht so stolz, Signore. Man hat in den Felsen des Yemen Gold entdeckt. Nicht im Flußsand, sondern unter Tage, im Steinabbau. Dort sucht man jetzt intelligente Vorarbeiter. Ich dachte, daß sei ein Job für Sie.«

»Sie sind wahnsinnig, Saluzzo!« Hellberg riß sich los. »Und was haben Sie mit Claudia vor?«

»Sie bleibt an Bord. Von den besten Ärzten wird sie untersucht werden, und ich werde ihr auch dieses verdammte HTS besorgen, wenn es notwendig ist. Claudia wird meine zweite Tochter werden.«

»Wenn sie will!« Hellberg lächelte böse. »Sie können Menschen zum Haß quälen, aber nicht zur Liebe.«

»Ich sehe, Sie unterschätzen mich, Signore Hellberg.« Saluzzo schüttelte wie bedauernd den Kopf. »Gehen wir zu der fröhlichen Musik. In zwei Tagen ist dieses schöne Leben ja zu Ende...«

In der Nacht, als man Hellberg wieder in seine Kabine eingeschlossen hatte, fand er keinen Schlaf. Unruhig rannte er hin und her, dachte an Juanita Escorbal, an die anderen Mädchen in den Zellen und an Claudia Torgiano, deren Schicksal doppelt tragisch war: Die Angst, Krebs zu haben, und die Angst, in den Händen Saluzzos zu bleiben.

Ob Enrico Sampieri, der Redakteurskollege von der Gazetta Bari, das alles gewußt hat? Und wenn ja, warum hatte er Hellberg dann an Bord gehen lassen? Fehlte ihm der Mut, über Saluzzo zu schreiben, und hoffte er, der deutsche Kollege könne sich durchboxen und einmal diesen Teufel in Menschengestalt zur Strecke bringen?

Es war für Frank Hellberg eine schreckliche Nacht. An der Vibration des Schiffsbodens und dem leisen Stampfen aus dem Maschinenraum merkte er, daß sie bereits wieder fuhren – der Stelle irgendwo im Mittelmeer entgegen, wo das Schiff der orientalischen Händler ihn und die Mädchen übernehmen sollte.

Und je weiter sie sich jetzt von der Küste entfernten, um so sicherer wurde es für Frank Hellberg, daß er im Augenblick keinerlei Chancen hatte, Saluzzo entgegenzutreten. Abwarten – das war alles, was ihm blieb. Auf den Zufall warten, diesen großen Verbündeten der Bedrängten.

Und wenn dieser Zufall nicht kam...?

Ruhig glitt die alte ›MS Budva‹ durch das nächtliche Meer. Sie schlingerte, die Maschinen verursachten einen Höllenlärm, aber an Bord war alles zufrieden, die Passagiere schliefen, die Lichter waren gelöscht bis auf die Positionslampen und die Lichter auf der Kommandobrücke. Wer sie von weitem sah, hatte den Eindruck, einen schlafenden Luxusdampfer majestätisch vorbeiziehen zu sehen, langsam, nach außen hin lautlos, denn das Maschinenstampfen hörte man nur auf Deck 2 und im Laderaum. Dort allerdings dröhnte es wie mit hundert Kesselpauken. Hier auf Deck 2 lagerten auch die ärmeren Passagiere in guter, alter Auswanderermanier auf Decken und Luftmatratzen, neben Kinderwagen und Gepäcksäcken. Familien mit Kindern, Großvater und Großmutter, Tanten und Onkeln. Ein Haufen zusammengeballter, auf engem Raum liegender, sitzender und hockender Menschen, umgeben vom Geruch geschälter Orangen, frischen Schafskäses und menschlicher Ausdünstung.

Auf Deck 1, den ›Luxuskabinen‹, brannten hinter verhängten Bullaugen noch vereinzelte Nachttischlampen. Der sterbende Engländer, dieses mit Haut überzogene Gerippe, atmete noch immer. Er war nach der Spritze des Bordarztes sogar für einen Augenblick bei Besinnung und hatte seine Verwandten, die um sein Bett saßen, groß angesehen. »Wann sind wir in Sarajewo?« hatte er gefragt. Und der Neffe, der die mitreisenden Verwandten verpflichtet hatte, immer optimistisch zu tun, hatte gesagt: »Übermorgen, Onkel James.«

»Bestimmt?«

»Bestimmt!« murmelten die Verwandten.

»Laßt euch nicht einfallen, mich irgendwo abzuladen, wenn ich wieder die Besinnung verliere, und mich verrecken zu lassen! In meinem Testament steht, daß dieser Dr. Zeijnilagic unterschreiben muß, mich gesehen zu haben. Sonst gibt es keinen Penny, keinen Penny, verdammt noch mal!«

Dann fiel er wieder in Ohnmacht, aber er atmete tiefer, als habe diese Drohung an die Verwandten sein Herz wesentlich gestärkt.

Karl Haußmann lag neben Erika und hörte auf ihre tiefen Atemzüge. In der Nacht, er war gerade eingeschlafen, weckte ihn leises Klopfen an der Tür. Er öffnete, und der Schiffsarzt steckte den Kopf in die Kabine und blickte zu Erika hinüber.

»Alles o. k.!« sagte Haußmann. Okay muß er verstehen,

dachte er. Das kennt der Neger im Busch so gut wie ein Jugoslawe. Der Bordarzt, ein alter Mann, der nach Slibowitz roch, wenn er ausatmete, rollte mit den Augen.

»Nix okay«, sagte er heiser. »Très malade...«

Er drückte Haußmann zur Seite, kam in die Kabine und stellte ein altes, abgegriffenes und fleckiges Lederköfferchen auf den Tisch. Dann beugte er sich über Erika, zog die Bettdecke von ihr, schob ihr das Nachthemd bis zum Kinn und betastete ihren nackten Leib.

»Was machen Sie denn da?« stotterte Haußmann verblüfft. »Sie können doch nicht einfach meine Frau nackt...« Dann fiel ihm ein, daß der Arzt ja kein Wort verstand, und er ging hin, faßte den Arzt am Rock und zog ihn von Erika weg, in dem Augenblick, wo er Erikas Brust abhorchen wollte. »Nix!« sagte er dabei. »Ne pas malade... Nur très fatiguée...«

Der nach Slibowitz riechende Arzt fuhr herum wie eine fauchende Katze und schlug Haußmann auf die Finger. Eine Flut jugoslawischer Worte rauschte über Haußmann, und es schienen keine höflichen Worte zu sein.

Haußmann wußte sich nicht mehr zu helfen. Er zog die Decke über Erikas entblößten Körper, ging zur Tür, öffnete sie weit und zeigte hinaus.

Diese Sprache ist international. Der Arzt bekam kleine, böse Augen, sagte etwas, das mit Zischlauten begleitet war, raffte sein Lederköfferchen vom Tisch und rannte an Haußmann vorbei hinaus auf den Gang.

»Na also«, sagte Haußmann zufrieden und schloß die Tür wieder. »Die Völkerverständigung klappt ja.«

Aber die Ruhe war nur kurz. Zehn Minuten später klopfte es wieder. Karl fuhr aus dem Bett und riß die Tür auf, bereit, dem betrunkenen Arzt auf gut Ruhrdeutsch die Meinung zu sagen. Aber vor der Tür stand nicht der Doktor, sondern der I. Offizier. Der gleiche unhöfliche Mensch, der Haußmann beim Verladen des Wagens einfach stehenließ, weil er ein Deutscher war.

»Was ist los?« fragte der I. Offizier in seinem harten Deutsch. Auch er roch nach Slibowitz. In der Offiziersmesse mußte gefeiert werden, vielleicht hatte jemand Geburtstag. Haußmann sah den Mann mit den goldenen Ärmelstreifen entgeistert an.

»Vielleicht darf ich fragen, was Ihr dämlicher Arzt nachts um 2 Uhr in meiner Kabine macht?! Kommt da herein, entkleidet meine schlafende Frau...«

»Das ist seine Pflicht!« Der I. Offizier sah hinüber zu der schlafenden Erika. Die Injektion hatte sie wie betäubt. »Sie hat Krebs?«

»Höflichkeit ist wohl nicht Ihre Stärke, was?« rief Haußmann. »Was erlauben *Sie* sich eigentlich?! Wenn Sie keinen Slibowitz vertragen...«

»Ich vertrage keinen Deutschen!« sagte der I. Offizier hart.

»Ach! So ist das!« Haußmann schluckte. Natürlich, dachte er. Wir waren ja im Krieg auch in Jugoslawien. Tito, die Partisanenkämpfe, die Geiselhinrichtungen, die Schießkommandos, die die Berge durchkämmten. Er sah den I. Offizier verzeihend an und hob die Schultern. »Ich kann nichts dafür. Und außerdem ist das ja lange her...«

»Nicht für mich! Ich habe meinen Vater verloren, meine Mutter, meine Schwester. Ich war in deutscher Gefangenschaft. In Recklinghausen.«

»Ach, sieh an. Recklinghausen. In der Grube?«

»Ja.« Der I. Offizier atmete tief auf. »Ich hasse alle Deutschen, aber Sie sind Passagier. Doch Sie haben sich den Bordgesetzen zu fügen. Trotz Ihres Geldes.«

»Steht in den Bordgesetzen, daß Ihr Arzt meine Frau nachts um 2 Uhr entkleidet und abtastet?«

»Dr. Mihailovic ist von der Regierung eingesetzt, den Transport Kranker nach Dubrovnik zu überwachen und zu kontrollieren. Seit jeden Tag Schwerkranke nach Sarajewo fahren, hat er es besonders schwer. Jeder Passagier, der an Bord stirbt, bedeutet viel Papier und Schreiberei. An Land sind die staatlichen Krankenhäuser dafür zuständig, an Bord nur Dr. Mihailovic. Er handelt in unser aller Interesse, wenn er die kranken Passagiere so betreut, daß sie wenigstens lebend in Dubrovnik an Land gehen.«

Karl Haußmann wußte darauf keine Antwort. Etwas hilflos stand er in der Tür und kam sich vor, als müsse er sich entschuldigen, daß andere ihn in den Hintern getreten hatten. Er dachte an den todkranken Engländer in der Nebenkabine, an die anderen Kranken, die man – wie Erika – auf einer Trage zum Schiff gebracht hatte, und er hütete sich auch, dem I. Offizier zu sagen, daß Erika gar nicht bettlägerig sei, sondern eine der Kranken, der man ein unheilbares Leiden gar nicht glaubt, wenn man ihnen unbefangen und unbekannt begegnet.

Um auf ein anderes Thema zu kommen, lächelte er und schnupperte in die Luft. »Sie feiern?« fragte er.

»Kapitän hat viertes Kind bekommen!«

»Gratuliere.« Haußmann atmete auf. Das Thema verschob sich. Die dreckige Politik wurde unwichtig. »Junge oder Mädchen?«

»Junge.« Der I. Offizier nickte kurz. »Sie werden den Doktor nicht mehr hindern?«

»Nein. Natürlich nicht. Aber meiner Frau geht es besser.«

»Das muß der Doktor entscheiden.«

»Wir sind ja morgens schon in Dubrovnik. Bis dahin wird sie sicherlich schlafen.«

»Trotzdem.« Der I. Offizier wandte sich ab und ging grußlos zur Treppe. Haußmann wartete, sah ihm nach, und als der Offizier verschwunden war, ging er hinüber zu Marions Kabine und klopfte. Niemand antwortete. Er klopfte stärker, so laut, daß auch eine tief Schlafende es hören mußte. Keine Antwort. Da drückte er die Klinke herunter. Die Tür war unverschlossen.

Haußmann schlüpfte hinein, schloß die Tür, tastete in der tiefen Dunkelheit nach dem Lichtschalter und drehte die Deckenleuchte an.

Die Kabine war leer. Das Bett unberührt. Nur Marions

Kleid, das sie am Abend getragen hatte, lag hingeworfen über der Bettdecke. Die Schranktür stand offen. Sie mußte es mit dem Umziehen und Weggehen eilig gehabt haben.

Durch Haußmanns Herz ging ein kleiner, heißer Stich. Er wollte ihn nicht wahrhaben, aber er ließ sich nicht überdecken. Eifersucht! Wohin war Marion gegangen? Hatte sie bereits in dieser kurzen Zeit eine Bordbekanntschaft gemacht?

Eklige, schlüpfrige Gedanken kamen in Haußmann hoch. Er sah eine halbdunkle Kabine, zwei verschlungene Körper, hörte das girrende Lachen Marions. »Verdammt!« sagte er laut. »O verdammt! Und ich habe gedacht, es sei nun endgültig vorbei.«

Er sah noch einmal auf das hingeworfene Kleid, lief dann zurück zu seiner Kabine, blickte kurz hinein und stellte fest, daß Erika in tiefem Schlaf lag. Leise schloß er die Tür und ging, mit nagender Eifersucht im Herzen, die ihm sogar das Atmen schwermachte, hinauf an Deck.

Die Kapitänskabine war hell erleuchtet. Musik scholl durch die geschlossenen Fenster, Lachen und Singen. Sonst war alles still an Bord. Nur an einem der Rettungsboote stand ein Mann, beugte sich über die Reling und würgte. Seekrank. Als Liebhaber Marions kam er nicht in Betracht.

Karl Haußmann ging weiter. Das sogenannte Sonnendeck, das Spieldeck, das Ladedeck mit den vertäuten Autos. Alles still, dunkel, unwirklich unter dem Nachthimmel und auf dem rauschenden Meer.

Er stellte sich an seinen Wagen, nachdem er hineingesehen hatte, ob Marion nicht drin war. Alles war ja möglich. Man hört da die tollsten Sachen und ist ja schon selbst in verteufelten Situationen gewesen. Er ließ sich die kalte Nachtbrise um den Kopf wehen und rätselte herum, wie er Marion aufstöbern könnte.

Aus dem Kapitänszimmer erscholl Kreischen. Die Musik wurde lauter. Ein Twist. Dazwischen wieder Frauenlachen.

Karl Haußmann hob die Schultern. Das ist richtiges Feiern, dachte er. Die Frau im Wochenbett, der Mann besäuft sich mit jungen Weibern!

Ob in Gelsenkirchen oder auf einem jugoslawischen Schiff... es ist überall dasselbe!

Haußmann nahm sich ein Herz, kletterte die verbotene, mit einer Kette abgesperrte Außentreppe zur Kommandobrücke hinauf und drückte das Gesicht gegen das Fenster der Kapitänskajüte. Im Raum tanzte der I. Offizier mit einer der Köchinnen. Der Kapitän lag betrunken auf einem Sofa und klopfte mit der Flasche den Takt auf der Tischkante. Der Arzt hüpfte wie ein Floh als Solotänzer herum. Und in der Mitte des Raumes bewegte sich Marion Gronau in einem wilden Twist, hatte den Rock ihres an sich schon freizügigen Sommerkleides hochgezogen bis zu den Schenkeln und verrenkte den Körper unter dem Gebrüll der Männer zu fast artistischen Leistungen. Ihr blondes Haar hing schweißnaß über dem geröteten Gesicht. Ein wilder, unbeherrschter, für einen nüchternden Zuschauer schrecklicher Anblick. Eine rasende Megäre mit dem Körper einer Venus.

Karl Haußmann wandte sich ab und stieg die Treppen von der Brücke hinunter.

So etwas wollte ihn heiraten, dachte er erschrocken. Wirklich, ihretwegen hätte ich mich von Erika scheiden lassen. In Rimini sollte die Entscheidung fallen. Ihretwegen hätte ich meine schöne, sanfte, immer gütige Erika verlassen. O mein Gott, wohin wäre ich geraten! Wie hätte ich in zwei Jahren ausgesehen? Ein gehörnter Ehemann, gegen den ein Kronenhirsch wie ein Einjähriger aussieht.

Und Karl Haußmann war dem Schicksal dankbar, daß er diese Nacht erlebt hatte... ja, er war dem Arzt Dr. Mihailovic und dem I. Offizier dankbar, denn sie hatten ihn geweckt. Ohne sie hätte er eine große Erkenntnis verschlafen und wäre gefangengeblieben in dem süßen Wahn, in seinem Alter noch wirklich geliebt zu werden von der herrlichen Jugend.

Langsam ging er zurück in seine Kabine und legte sich neben Erika ins Bett. Er beugte sich über sie und küßte sie auf die schlafwarmen, leicht geöffneten Lippen.

»Verzeih mir, Rika!« sagte er leise. »Du hast recht gehabt: Ich bin ein alter Esel.«

Gegen Morgen gab es einen Ruck, der durch das ganze Schiff ging. Es war, als habe die ›MS Budva‹ etwas gerammt, ein Riff, einen riesigen Fisch, eine Sandbank. Durch den stählernen Körper lief ein Zittern; dicke, weiße Qualmwolken quollen aus dem Schornstein. Dann schwiegen plötzlich die Maschinen, das Stampfen im Bauch der ›Budva‹ verflatterte mit einem stöhnenden Klappern, die Schraube drehte sich nicht mehr, wie ein Spielzeugschiff schaukelte das ›Schiff der Hoffnung‹ stumm auf den Wellen der Adria.

Von der Brücke telefonierte der Rudergänger hinunter zur Maschinenzentrale. »Zum Teufel, was ist los?« brüllte er durch die Röhre. Der II. Offizier, der ebenfalls Brückenwache hatte, saß in einer Ecke des Ruderhauses und schlief. Eine Wolke von Slibowitz umwehte ihn.

Der II. Ingenieur – der Erste lag oben in der Kapitänskajüte über dem runden Tisch und schlief, bleischweren Alkohol im Gehirn – fluchte erst einmal ellenlang, ehe er Antwort gab. »Maschinenschaden, Ivoc!« brüllte er zur Brücke hinauf. »In einer der Turbinen muß 'ne Welle gebrochen sein; wir sehen schon nach.«

»Gebrochen? Mann! Dann liegen wir ja fest!«

»Und wie wir festliegen. Ich habe immer gesagt, die ›Budva‹ ist ein Großmütterchen. Aber ihr laßt sie laufen wie 'n Teenager. Vollgas voraus! Kann dein Großväterchen noch Vollgas geben?«

»Wir haben halbe Fahrt gehabt«, brüllte der Rudergänger zurück. »Der Maschinentelegraf steht noch drauf.«

»Halbe Fahrt ist bei der ›Budva‹ Vollgas!« Der II. Ingenieur hustete. Im Maschinenraum mußte Rauch sein. »Zum Teufel noch mal, jetzt ist auch noch irgendwo ein Kurzschluß. Ein Kabel ist durchgeschmort«, keuchte er. »Geh zum Käpt'n und sag ihm, er soll das Mistschiff versenken!«

In den Kabinen merkte niemand, was geschehen war. Der Ruck wurde vom Schlaf aufgefangen. Nur auf dem Deck 2, bei den Armen, machte sich Unruhe breit. Sie hörten durch die Dielen alles, was im Inneren des Schiffes vor sich ging. Nun schwiegen alle Maschinen. Eine Abordnung der Zweit-Deckler machte sich auf, um oben nachzuforschen, warum die ›MS Budva‹ trieb und nicht mehr fuhr. Riffe, Sandbänke und Eisberge gab es hier nicht, auch keinen sagenhaften Riesenwal, der Schiffe rammt. Es war also keinerlei Anlaß zur Panik.

Der Rudergänger stellte alle Hebel auf Null, rüttelte den II. Offizier, gab es dann aber auf, als dieser weiterschlief. Er stieg hinunter zum Kapitänszimmer und kam in einen Dunst von Schnaps, kaltem Tabakrauch und süßlichem Parfüm. Die Männer saßen oder lagen betrunken auf Stühlen und dem Sofa; die Frauen waren anscheinend gegangen, als sich die Auflösungserscheinungen bemerkbar machten.

Fast eine halbe Stunde brauchte der Rudergänger, ehe der Kapitän mit Hilfe von Sprudelwasser und kalten, nassen Handtüchern soweit klar war, daß er die Lage überblickte und auch verstand. Dann allerdings begann er zu brüllen, kletterte in den Maschinenraum und nannte den II. Ingenieur zunächst einen stinkenden Misthaufen. Dann besichtigte er die durchgeschmorte Leitung, ausgerechnet ein Hauptkabel, und die Turbine mit der gebrochenen Welle.

»Scheiße!« sagte der Kapitän. »Mehr geht nicht. Wir müssen uns abschleppen lassen. Wie ist das bloß möglich?«

»Durch den Ausfall der Turbine ist plötzlich zuviel Strom in den Verteiler und das Kabel...«

»Wie kann die Welle brechen?!« brüllte der Kapitän.

»Chef!« Der II. Ingenieur schob die ölige Mütze in den Nacken. An der Turbine arbeiteten sechs Mann und bauten das Bruchstück aus. »Wenn ein Hundertjähriger Ski fährt und fällt beim Wedeln hin, dann spritzen die spröden Knochen wie bei einer Eierhandgranate. Und wenn...«

Der Kapitän verzichtete auf eine weitere Antwort und kletterte wieder aufs Deck. Dort stieß er auf die Abordnung der Zweit-Deckler, die bis jetzt vergeblich nach einer Auskunft suchten.

»Die Turbine hat gerülpst!« schrie der Kapitän. »Sie wird noch zweimal furzen, und dann läuft sie wieder. Geht zu euren Weibern und schlaft weiter, verdammt noch mal!«

Auf der Brücke, im Ruderhaus, setzte er sich auf einen Hocker und starrte hinaus auf das nachtschwarze Meer. Der arbeitslose Rudermaat trank die Flasche Mineralwasser leer, die er zur Ernüchterung des Kapitäns geholt hatte. Auch der Funker, der nachts ab 24 Uhr Freiwache hatte, war aus der Koje geholt worden und saß vor dem Funkgerät.

»Wen soll ich rufen, Käpt'n?« fragte er verschlafen. »Bari oder Dubrovnik?«

»Deine fette Anna!« schrie der Kapitän. »Mensch, siehst du denn nicht, daß es unmöglich ist, jetzt SOS zu funken?«

»Wieso denn?« fragte der Funker zurück.

Der Kapitän winkte ab und ging auf die Außenbrücke. Der frische Nachtwind tat ihm gut und blies den letzten Dunst aus dem Gehirn. Wir müssen warten bis morgen mittag, dachte er. Wenn jetzt aus Bari Hilfe kommt und sieht, daß alle Offiziere betrunken sind, gibt es einen Skandal. Die italienische Presse wird über uns herfallen wie die blutgierigen Wölfe. Sie warten nur darauf, die Lumpen! Und erst Dubrovnik. Der staatliche Navigationsdirektor! Ins Zuchthaus kommen wir alle wegen Sabotage und Schädigung des Ansehens des Volkes. Ich werde in der Zelle hocken, ohne mein viertes Kind gesehen zu haben. O verflucht, verflucht! Ist das eine Situation! Wir müssen unbedingt mit dem Notruf warten, bis alle wieder auf den Beinen sind. Dann dachte er an Dubrovnik, wo das Schiff um 8 Uhr morgens einlaufen mußte. Man würde bis 9 Uhr warten... dann ging die Meldung hinaus. Mit Funk und Radar würde man das Meer absuchen. Und man würde hinterher fragen: Warum haben Sie kein SOS gegeben? Und er würde antworten: Ich glaubte, mit eigener Kraft weiterzukommen.

Ob man ihm das abnehmen würde?

Zwei Deckstewards bemühten sich in der Kapitänskajüte um die schlafenden Gäste. Es graute bereits im Osten, und das Meer wurde streifig, als alle Offiziere auf der Brücke standen, mit schweren Köpfen, gläsernen, verquollenen Augen und einem schrecklichen Atem.

»Freunde«, sagte der Kapitän krampfhaft ruhig. Er war sonst ein Choleriker, aber was nutzte jetzt alles Toben? »Ihr wißt alle, in welcher Tinte wir jetzt sitzen. Daß die Welle gebrochen ist – Pech! Das durchgeschmorte Kabel – Mist! Aber daß wir besoffen in der Ecke lagen, das ist eine Schande, die jeden von uns zehn Jahre Zuchthaus kosten kann. Wir sind uns also einig, daß wir die ganze Nacht gearbeitet haben, um den Dreckskahn flottzukriegen und nicht gefunkt haben, um durch SOS keine Panik zu erzeugen. Ist das klar?«

»Völlig klar, Andric.«

»Dann alle Mann auf die Posten. Ich alarmiere jetzt Bari und Dubrovnik. Schätze, daß wir nun einen guten Tag länger brauchen, bis man uns abgeschleppt hat.«

Ruhig schaukelte die ›MS Budva‹ auf der sanften Dünung. Eine leichte Brise wehte von Süden, die Sonne stieg silbern auf, es wurde ein schöner, warmer Sommertag, von denen die Urlauber aus dem Norden immer träumen.

Der erste, der aktiv wurde, war Dr. Mihailovic. Er besuchte seine Patienten und gab ihnen eine neue Injektion, damit sie den kommenden Tag des Stillstandes verschliefen. Um ihr Herz nicht zu belasten, setzte er eine Kreislaufspritze hinterher und erzählte in jeder Kabine, daß der Schaden an der Maschine nur leicht sei. Zur Überbrückung der Zeit würde auf Deck I die Kapelle der Freiwache flotte Musik machen.

In der Kabine des Engländers allerdings traf Dr. Mihailovic auf unvorhergesehenen Widerstand. Der Neffe verlangte, daß sofort von Dubrovnik ein Wasserflugzeug herbeigerufen werde, um seinen Onkel nach Sarajewo zu bringen. Geld spiele gar keine Rolle.

»Ein Flugzeug!« sagte Dr. Mihailovic, als handele es sich um die Bestellung einer Mondrakete. »Was glauben Sie, wo wir sind?«

»Biete ihm 10000 Pfund«, sagte der lebende Leichnam aus seinem Bett. »Damit kann er seinen Hintern vergolden lassen.«

Dr. Mihailovic verließ beleidigt die Kabine des Engländers. Er gab ihm weder eine Herzinjektion noch eine Betäubungsspritze. Auch die Kabine von Haußmann, dem unangenehmen Deutschen, mied er. Es gibt eben Patienten, die selbst einem Arzt mißfallen.

Nach dem Frühstück gingen Karl und Erika Haußmann auf dem Sonnendeck spazieren. Sie genossen den herrlichen Tag und hatten sich mit dem Zwangsaufenthalt auf See abgefunden. Sie lagen in ihren Liegestühlen und bedauerten es nur, daß das Schwimmbecken an Deck nicht voll Wasser war, sondern nur eine schmuddelige, rissige Vertiefung. Marion Gronau war noch nicht aus ihrer Kabine gekommen. Erika bemerkte es wohl, aber sie schwieg. Nach dem tiefen Schlaf kam sie sich sehr erholt vor und wunderte sich, daß Dr. Mihailovic, der zur Brücke ging, ruckartig stehenblieb, sie musterte, Karl Haußmann anstarrte, mehrmals den Kopf schüttelte und dann gedankenvoll weiterging.

Gestern noch todkrank auf einer Trage, heute strahlend und hübsch im Liegestuhl in der Sonne – das soll einer begreifen! Die Germanen müssen eine besondere Rasse sein.

Erst gegen Mittag kam Marion an Deck.

Sie sah bezaubernd aus, ihr Blondhaar fiel in weichen Wellen auf die Schulter, und sie trug kurze, enge Shorts und über der Brust eine atemberaubende Corsage. Die Schatten unter ihren strahlenden Augen gaben ihrem Gesicht etwas ungemein Faszinierendes.

»Welch ein Tag!« sagte sie, legte sich neben Erika in Karls Liegestuhl und warf die langen, schlanken Beine hoch.

Haußmann stand an der Reling und grüßte nicht zurück. Er tat, als sehe er Marion gar nicht. »So ein Maschinenschaden ist auch etwas Gutes«, sprach Marion unbeirrt weiter. »So kommt man wenigstens zu etwas Seeluft. Ich bräune übrigens sehr schnell. Morgen werde ich dunkel sein wie eine Mulattin. Das ist bei blonden Typen sonst sehr selten...«

»So vieles ist selten«, sagte Haußmann unhöflich und laut. Er beugte sich vor und half der verblüfften Erika aus ihrem Liegestuhl. »Komm, Rika, wir gehen aufs Spieldeck und versuchen uns im Kricket.«

Ohne ein weiteres Wort hakte er Erika unter und ging mit ihr fort. Unhöflicher ging es nicht, es war eine offene Brüskierung. Betroffen, mit plötzlich kleinen Augen starrte ihnen Marion nach.

Was hat er denn? dachte sie. Warum behandelt er mich wie ein Stück Dreck? Was habe ich ihm getan? Und dann kam Wut und Trotz in ihr hoch, und sie ballte die Fäuste. Na warte, dachte sie. Es geht auch anders, mein liebes Bärchen! So kannst du mir nicht kommen, so nicht! Ich bin keine Dirne, die man nach der Bezahlung hinauswirft! Ich habe immerhin nahe genug mit dir am Traualtar gestanden, und wenn ich aufzähle, was du mir in zwei Jahren im Büro alles gesagt hast – ich glaube nicht, daß deine Rika dann so fröhlich Kricket spielen würde.

Sie legte sich wütend zurück und schloß die Augen.

»Du hast sie nicht schön behandelt, Karl«, sagte Erika, während sie zum Spieldeck gingen. »Warum bist du so unhöflich zu ihr? Wir haben ihr immerhin den versprochenen Urlaub verdorben.«

»Ich kann sie nicht mehr sehen!« Haußmanns Stimme war rauh vor Ärger. Er ärgerte sich am meisten über sich selbst. »Ich habe nie so deutlich gesehen, wie sie sich zur Schau stellt. Aber ihr Benehmen ist unmöglich.« Er faßte Erika um die Schulter, ganz liebender Ehemann. »Wenn wir wieder zu Hause sind, werde ich sie entlassen«, sagte er. »Ich will im Betrieb und auch sonst meine Ruhe haben.«

Dann spielten sie Kricket, und keiner ahnte, was sich in diesen Minuten unter Deck abspielte und welche Ereignisse einige Seemeilen südlicher auf einer weißen Luxusjacht das Schicksal von Claudia und Frank bestimmten.

Die ganze Nacht hindurch waren sie gefahren. Frank Hellberg hatte die langen Stunden wach verbracht, obwohl er zum Umfallen müde war. Als er spürte, wie die Müdigkeit bleiern durch seinen Körper schlich, hatte er sich wach gehalten, indem er laut mit sich selbst sprach und in einem Buch las, das er in der Schublade des Nachttisches gefunden hatte und das – gehörte es zu den kleinen Teufeleien Saluzzos? – eine historische Abhandlung über Sklavenhandel war.

Später dann trommelte er wieder gegen die verschlossene, dicke Tür. Aber niemand kam. Auf dem Schiff war alles ruhig, nur das leise Stampfen der Maschinen zitterte durch den Rumpf.

Wir fahren nach Süden, dachte Hellberg. Bei der Geschwindigkeit, die die Jacht macht, würden wir die jugoslawische Küste längst erreicht haben, wenn wir ostwärts gefahren wären. Aber jetzt befinden wir uns auf dem weiten Mittelmeer, irgendwo auf dem Weg an die nordafrikanische oder kleinasiatische Küste. Und dort wird ein anderes Schiff warten und uns übernehmen.

Das Gefühl, das Hellberg bei diesem Gedanken beschlich, war unangenehm. Keine Angst, aber doch eine lähmende Hilflosigkeit, denn soviel wußte er, daß nach der Übergabe der ›Fracht‹ an die asiatischen ›Kaufleute‹ kaum mehr eine Chance bestand, ins freie Leben zurückzukommen.

Gegen Morgen hatte Hellberg einen Plan gefaßt, der ihm die einzige Möglichkeit schien, sich und die anderen festgehaltenen Passagiere Saluzzos zu retten. In den langen Stunden der vergangenen Nacht hatte er immer wieder alle Komplikationen durchdacht, die möglich waren; dann ging er mit einer Gründlichkeit an die Ausführung des Planes, die alle

Pannen ausschloß; denn vom Gelingen hing ja im wahrsten Sinne des Wortes sein Leben ab.

Von der Übergardine vor dem Bullauge riß er die Gardinenschnur ab und setzte sich vor den großen Toilettenspiegel. Vorsichtig, aber doch so fest, daß man deutliche rote Male auf der Halshaut sah, rieb und zog er die Schnur um seine Kehle zusammen. Es dauerte bei dieser Vorsicht ungefähr eine Viertelstunde, bis sich um seinen Hals aufgeschabte Würgemale zeigten, die jeden, der sie sah, entsetzen mußten. Dann band er die Schnur um den abgeschlossenen Kipphebel des Bullauges, knüpfte eine Schlinge, rückte einen kleinen Hocker unter das Fenster und verschob den Teppich auf dem Boden so, als hätten seine Füße im Todeskampf den Teppich unter sich weggetreten.

Frank Hellberg sah auf seine Uhr. Kurz vor 8 Uhr morgens. Gleich mußte der Schlüssel im Schloß knirschen und der Steward die Tür aufschließen und fragen, was man zum Frühstück wünsche.

Hellberg setzte sich auf den kleinen Hocker, legte die Schlinge um den mit den Würgemalen aufgedunsenen Hals und wartete so auf die Geräusche vor der Tür.

8 Uhr. Auf dem Gang hörte er Klappern. Jetzt schloß man Claudias Luxuszelle auf, dachte er. Unten war der Tag schon begonnen worden... die ›Ware‹ hatte ihr Frühstück bereits erhalten. Auch Juanita Escorbal saß jetzt an ihrem weiß-goldenen Rokokotisch und aß Weißbrot, Butter, Honig und ein geschlagenes Ei mit Rotwein. Und sie dachte an den fremden Mann von gestern, der ihr versprochen hatte zu helfen.

Frank Hellberg biß die Zähne zusammen.

Es muß gelingen, dachte er. *Es muß...*

Hellberg ließ sich sanft vom Hocker gleiten und hing in der Schlinge der Gardinenschnur. Obgleich er es geübt hatte, war es jetzt, wo es ernst wurde, ein merkwürdiges Gefühl, den würgenden Strick an der Kehle zu spüren. Er schloß die Augen, und als die Tür aufgestoßen wurde und der Steward hereinkam, kniete er vor dem Hocker, der Kopf hing weit nach vorn herüber, und die Schnur war strammgezogen vom Hals bis zum Hebel des Bullauges.

»Madonna mia!« rief der Steward, rannte aus dem Zimmer, warf die Tür hinter sich zu und alarmierte Saluzzo.

Umberto Saluzzo saß bereits oben auf dem Sonnendeck unter dem schützenden, orangefarbenen Sonnensegel und wartete auf Claudia Torgiano. Es war schon sehr heiß trotz des frühen Morgens, die weiße, schlanke Jacht glitt schwerelos durch das tiefblaue Wasser, und um sie herum war die Unendlichkeit des Meeres, von Horizont zu Horizont nur das wogende Blau des von Goldfäden durchwirkten Himmels. Saluzzo war guter Laune. Er trug ein kurzärmeliges Hemd und Shorts, und er war stolz darauf, trotz seiner fünfzig Jahre noch einen so sportlichen, schönen Körper zu haben.

Der herbeistürzende Steward störte ihn gerade bei einer romantischen Tätigkeit! Er umlegte das Gedeck Claudias mit Blumen, die in einem besonderen Kühlschrank frisch gehalten worden waren.

»Er hat sich erhängt!« stammelte der Steward mit schrekkensweiten Augen. »Chef... ich komme ins Zimmer, und da hängt er am Fenster.«

Saluzzo warf die Blumen mit einem Fluch beiseite und rannte mit dem Steward unter Deck.

Dort hatte sich nichts verändert. Frank Hellberg hing ohnmächtig – oder schon tot? – in der Schlinge, als Saluzzo und der Steward in die Kabine stürzten.

»Ein Messer!« schrie Saluzzo. »Du Idiot, warum hast du ihn nicht sofort abgeschnitten? Ein Messer, zum Teufel.«

Der Steward holte aus der Tasche ein kleines Taschenmesser, und es dauerte für Saluzzo unendlich lange, bis man die gedrehte Gardinenschnur durchtrennt hatte. Frank Hellberg fiel auf den Boden... er spielte dies verblüffend echt, indem er alle Muskeln löste und erschlaffen ließ, so wie es bei einem Ohnmächtigen oder soeben Gestorbenen der Fall ist. Nun lag er auf dem Rücken, fühlte, wie Saluzzo ihm das Hemd aufriß und das Ohr auf das Herz legte.

»Er lebt!« schrie Saluzzo. »Schnell in den Sanitätsraum! Luigi soll ihm eine Kreislaufspritze geben. Pack an, du Affe! Zittert, weil sich ein Feigling aufknüpfte. Verdammt, ich habe diesen Schreiberling unterschätzt.«

Saluzzo und der Steward packten Hellberg und trugen ihn aus der Kabine. In diesem Augenblick öffnete sich gegenüber die Tür und Claudia trat in den Gang. Sie sah den schlaffen Körper Franks zwischen den Männern und schrie hell auf.

»Was ist mit ihm?« rief sie und starrte entsetzt auf das bleiche Gesicht. Was habt ihr getan?«

»Geh in die Kabine, mein Kind«, keuchte Saluzzo. Hellberg war schwer, und ein Besinnungsloser ist doppelt schwer. »Ein Unglücksfall...«

»Ist er tot?« schrie Claudia und klammerte sich an der Tür fest.

»Geh ins Zimmer!« herrschte Saluzzo sie an.

»Ihr habt ihn umgebracht!« Claudia ballte die kleinen Fäuste und stürzte sich auf Saluzzo. Mit ihrer schwachen Kraft hämmerte sie gegen seinen Rücken, und ihr Schreien wurde zum wimmernden Schluchzen. »Umgebracht habt ihr ihn, ihr Teufel! O ihr Teufel! Bringt mich doch auch um! Warum laßt ihr mich leben? Ich will nicht mehr leben. Tötet mich! Tötet mich!« Saluzzo ließ die Beine Hellbergs, die er umfaßt hielt, fallen, packte die tobende Claudia, schob sie in ihr Zimmer zurück und verschloß die Tür. Dann nahm er wieder die Beine Franks und nickte dem noch immer bebenden Steward zu. »Los, ab ins Krankenzimmer. Und dann holst du Luigi sofort von der Brücke. Er ist als Sanitäter ausgebildet, er wird schon was wissen!«

Der Sanitätsraum war weiß gekachelt, hatte ein großes, aber ebenfalls vergittertes Fenster und strahlte die sterile Sauberkeit aus, die alle solche Räume haben. Warum Saluzzo auf seiner Jacht ein vollkommen eingerichtetes Krankenrevier hatte, war Hellberg rätselhaft. Vielleicht hatte der Vorbesitzer es eingerichtet, und Saluzzo hatte es so belassen. Sogar ein kleiner, schmaler, aber mit allen Finessen eingerichteter

OP-Tisch stand mitten im Zimmer, und Hellberg sah ihn unter gesenkten Lidern interessiert an, während Saluzzo unruhig hin und her lief und auf Luigi Foramente wartete.

Der OP-Tisch hatte in den verchromten Schlaufen die typischen Schnüre zum Festbinden der Operierten. In den beiden Glasschränken an der Wand sah Frank blitzende chirurgische Bestecke und einige dunkelbraune Flaschen, in denen sich Äther und Chloroform befinden mußten.

Hellberg lächelte nach innen. Glück muß der Mensch haben, dachte er fast übermütig. An viele Möglichkeiten hatte er gedacht, die sein Spiel bieten würden, aber was er hier vorfand, ließ ihn fast glauben, gerettet zu sein.

Saluzzo fluchte, während er auf Luigi wartete. Die roten, aufgequollenen Würgemale um Hellbergs Hals, die blutigen, abgeschabten Hautstellen hatten ihm gezeigt, daß Hellberg schon länger in der würgenden Schlinge gehangen hatte. Daß er überhaupt noch lebte, war ein Wunder.

»Verdammt, wo bleibt er denn?« schrie Saluzzo in die Stille des weißen, sterilen Raumes. Er wollte zur Tür gehen, um den Gang hinaufzublicken, und mußte dabei wieder an dem ohnmächtigen Hellberg vorbei.

Es war der Augenblick, auf den Frank gewartet hatte.

Saluzzo ging an ihm vorbei, da schnellte Frank hoch wie eine Raubkatze. Mit der ganzen Schwere seines Körpers warf er sich auf Saluzzo und schlug gleichzeitig beide Hände vor dessen Gesicht und Mund. So erstickte der Aufschrei zu einem dumpfen Gurgeln, sie fielen auf den gekachelten Boden, Saluzzo unter Frank, und bevor es zu einem Kampf kommen konnte, hieb Hellberg gegen die Schläfe Saluzzos, ein Schlag, der unbedingt betäubend wirkte.

Nun kam es auf Sekunden an.

Hellberg schleifte den Körper Saluzzos aus dem Blickfeld der Tür, rannte zu dem gläsernen Schrank mit den braunen Flaschen, riß aus einer Rolle Verbandsstoff einen großen Streifen Zellwatte ab, entkorkte die Flasche, roch den

Äther und schüttete mit abgewandtem Gesicht einen gehörigen Schuß der betäubenden Flüssigkeit auf das Watteknäuel.

Über die eiserne Treppe, die zum Deck und zur Brücke führte, hörte er klappernde Tritte.

Luigi Foramente kam. Ob der Steward folgte, wußte Frank nicht, aber er traute sich zu, auch mit zwei Männern fertig zu werden. Man mußte nur die Schrecksekunde ausnutzen.

Hellberg stellte sich neben die Tür und hielt den Ätherwattebausch bereit. Es war nur Luigi allein, er hörte es, als die Schritte an der Tür zum Sanitätsraum kurz verstummten. Frank atmete auf. Und wieder dachte er: Glück muß der Mensch haben, dann stolpert der Teufel über seinen eigenen Pferdefuß.

Mit einem Ruck wurde die Tür aufgerissen. Der schwarze Lockenkopf Luigis erschien, Hellberg hob blitzschnell die Hand und preßte die Ätherwatte gegen den offenen Mund Foramentes. Ein paarmal schlug Luigi um sich, aber es war eine matte Abwehr, der schnell wirkende Äther vermischte sich mit dem Erschrecken und einer explosiven Angst... dann sank Foramente mit einem Seufzer in die Knie und fiel betäubt nach vorn aufs Gesicht.

»Ruhe sanft!« sagte Hellberg und mußte trotz des Ernstes seiner Lage lachen. Er schleifte Luigi auf das Ruhebett, auf dem er vorhin als ›Erhängter‹ selbst gelegen hatte, und drückte ihm zur Sicherheit den Ätherwattebausch noch einmal auf die Nase. Dann hob er unter Ächzen und ungeheuren Anstrengungen den Körper Saluzzos auf den OP-Tisch und schnallte ihn an Händen, Armen und Beinen fest, so daß er sich nicht rühren konnte, wenn er aus der Betäubung erwachte.

Bei diesen Arbeiten lauschte Frank immer wieder nach draußen zum Gang. Der Steward mußte noch kommen. Vielleicht war er jetzt bei Claudia und beruhigte sie.

Frank hatte Saluzzo gerade festgebunden, als er die Schritte auf den eisernen Treppenstufen klappern hörte. Nummer drei, der Steward, dachte Frank völlig ruhig, nahm die Ätherwatte vom Gesicht Luigis und stellte sich wieder neben die Tür.

»Chef, das Mädchen dreht durch!« hörte er den Steward schon im Gang rufen. Hellberg, mit seinem mangelhaften Italienisch, verstand von diesem Satz nur das Wort Signorina, aber es genügte, um es zu ahnen, was mit Claudia war.

»Chef...« Der Kopf des Stewards erschien in der Tür. Er sah Saluzzo auf dem OP-Tisch liegen, seine Augen wurden groß, er machte einen Schritt vor... »Was ist denn das, Chef?« stotterte er.

Das war das letzte, was er sagte. Süße umwehte ihn, etwas Feuchtes preßte sich gegen seine Nase und den japsenden Mund, die Welt wurde leicht, schwerelos, er kam sich vor, als schwebe er über dem Boden... dann fiel auch er in die Arme Franks und wurde weggeschleift in eine Ecke des weißen Raumes, wo er lang ausgestreckt liegenblieb und tief schlief.

Hellberg blickte auf seine Uhr: 8.30 Uhr. Die weiße Jacht glitt mit ungeminderter Geschwindigkeit weiter durch das blaue, in der Sonne spiegelnde Meer. Ein Matrose stand oben am Ruder und hielt den Kurs, den Luigi ihm gezeigt hatte. Auf dem Sonnendeck wartete das Frühstück auf Saluzzo, Claudia und Frank. Der geeiste Orangensaft war schon serviert.

Hellberg umwickelte Arme und Beine der beiden Narkotisierten mit einer Anzahl Mullbinden. Um ganz sicher zu sein, daß sie sich nicht freimachen konnten, schlang er um alles noch ein paar elastische Binden und sicherte sie obendrein noch mit Arterienbinden.

Als er den letzten Handgriff tat, rührte sich auf dem OP-Tisch Umberto Saluzzo. Er stöhnte leise, wollte an seine Schläfe fassen und bemerkte da erst, daß er gefesselt auf dem Tisch lag.

»Diabolo!« schrie er. Hellberg wirbelte herum und trat an Saluzzo heran. Er blickte in haßerfüllte, flackernde und doch maßlos erstaunte Augen.

»Ich denke, Sie machen Ihren letzten Seufzer?« sagte Saluzzo mit trockenen Lippen. »Haben Sie sich gar nicht erhängt? Aber die Würgemale um den Hals... Hellberg, das war alles nur eine meisterhafte Komödie...«

»Sie haben aufgehört, die Hauptrolle zu spielen, Saluzzo.« Hellberg griff nach einem Leinen und faltete es so, daß man es als Knebeltuch verwenden konnte. Saluzzo erkannte sofort die Absicht Franks und bäumte sich in den Fesseln auf.

»Lassen Sie den Blödsinn, Hellberg!« schrie er. »Zum Teufel, wo bleibt Luigi?«

»Der liegt auf dem Untersuchungsbett und schnarcht. Ein bißchen Äther auf die Nase...«

»Was Sie sich einbilden, Hellberg, ist ein Phantom! Gut, ich liege hier, Luigi haben Sie ausgeschaltet...«

»Ihren Steward auch!«

»Ach! Fleißig! Fleißig! Aber wir sind hier zu 12 Mann an Bord! Und Sie sind allein.«

»Aber ich habe den großen Vorteil, daß die anderen Männer nicht wissen, was unterdessen in der Sanitätsstation vorgefallen ist. Aber was reden wir!« Frank beugte sich zu Saluzzo. Die Augen des Teufels weiteten sich noch mehr. »Hellberg...« rief er. »Begehen Sie keine Dummheiten!«

Frank schüttelte den Kopf. »Ich habe noch nie klüger gehandelt als jetzt.« Er hob den Kopf Saluzzos etwas an, band das Tuch um dessen Mund und erstickte damit alle Worte und Flüche zu einem undeutlichen Murmeln. Das gleiche tat er mit Luigi Foramente und dem Steward. In den Taschen der beiden fand er je eine geladene Pistole, steckte die beiden Waffen ein und verließ das Krankenzimmer. Er schloß die Tür ab – eine schöne, feste, ebenfalls schalldichte Tür –, schob den Schlüssel in die Tasche und ging hinauf aufs Deck und zur Kommandobrücke. Aber auf halbem Wege blieb er wieder stehen, ging zurück zur Sanitätsstation, schloß wieder auf und durchsuchte auch die Shortstaschen Saluzzos. Hellberg hatte Glück. Saluzzo trug die Schlüssel zu den unteren Zellen bei sich. Als er sie aus der Tasche zog, stönte Saluzzo auf und wollte mit letzter Kraftanstrengung die Fesseln sprengen. Aber es waren feste, gute Lederriemen, und alle Kraft war unnütz.

»Sie werden sehen, Saluzzo«, sagte Hellberg und beugte sich über die haßsprühenden Augen, »wie fröhlich es bald an Bord wird. Ich werde jetzt Ihre Mädchen aus den Zellen befreien. Aber keine Angst, ich lasse sie nicht auf Sie los. Ich kann mir denken, wie es Ihnen dann ergehen würde, und ich habe noch so viel Humanität in mir, um das nicht zuzulassen.«

Er schloß wieder sorgsam ab und stieg dann hinunter zu den geheimnisvollen Zellen im Bug der Jacht.

Was werde ich antreffen? dachte er, als er den erleuchteten Gefängnisgang betrat. Wie werden die anderen Mädchen aussehen? Und vor allem: Wo werden wir landen, an welcher Küste, wenn ich den Matrosen oben am Ruder zwingen werde, einfach geradeaus zu fahren oder nach links oder nach rechts abzudrehen?

Während er die erste Zelle mit dem Universalschlüssel Saluzzos aufschloß, wußte Frank Hellberg, daß die Abenteuer mit diesem Tage erst begonnen hatten.

Die ›MS Budva‹ trieb lautlos in der Adria zwischen Bari und Dubrovnik.

Auf dem Spieldeck vertrieb die Bordkapelle tatsächlich den Tag mit flotter Musik, aus der Küche wurden eiskalte Getränke serviert, die Passagiere beobachteten die Tümmler, die um das Schiff herumtanzten, und die Schwärme silberner Fische, die wie ein Strom aus gerilltem Metall durch das blaue Wasser zogen. Man fotografierte, tanzte, machte Gesellschaftsspiele, belagerte die kleine Bar, lag in den Liegestühlen und sonnte oder brauste sich am Rande des leeren Schwimmbeckens.

Unter Deck aber, bei den Schwerkranken, herrschte diese fröhliche Ferienstimmung nicht. Der Engländer war wieder in Agonie gefallen, aber nicht ohne vorher seinen Neffen beschimpft zu haben, weil er nicht fähig sei, ein Flugzeug zu chartern, um Sarajewo und die Wunderpillen des Dr. Zeijnilagic zu erreichen. Auch ein schwedisches Ehepaar, das als erstes an Bord gegangen war und seitdem nur in ihrer Kabine gelebt hatte, machte von sich reden: Die Frau, mit einem als unheilbar diagnostizierten Brustkrebs, hatte allen Mut verloren und flehte ihren Mann an, ihr so viel Morphium zu geben, daß sie ruhig und für immer einschlafe. Dr. Mihailovic, der Bordarzt, soff sich Mut mit seinem geliebten Slibowitz an und versuchte, die Panik unter den Kranken mit Worten und Medikamenten zu lindern.

»Nur 24 Stunden höchstens!« sagte er immer wieder und schrieb, da er nur serbokroatisch sprach, die 24 auf ein Stück Papier und zeigte sie jedem, der es sehen wollte. »Keine Aufregung! Sie werden Sarajewo alle noch rechtzeitig erreichen!«

Um die Mittagszeit, als Karl Haußmann und Erika auf dem Oberdeck Kricket spielten, brach unter Deck die Katastrophe aus. Ein Mann aus Flensburg, der bisher ruhig an der Bar gesessen hatte und von dem niemand Näheres wußte, verließ nach drei Kognaks den Speisesaal und ging in seine Kabine. Dort nahm er aus seinem Koffer ein großes Taschenmesser, klappte die Klinge heraus, trat wieder in den Gang und sah mit irren Augen um sich.

»Der Doktor!« sagte er laut vor sich hin. »Wo ist der Doktor? Alle Ärzte sind Betrüger! Alle Ärzte belügen uns! Alle! Sie verderben die Menschheit. Aber bevor sie es tun können, werde ich im Namen der Menschheit alle Ärzte töten.«

Mit äußerlich ruhigen Schritten ging er durch das Schiff, das Messer in der flachen Hand, so daß es niemand sah, und suchte in den Kabinen nach Dr. Mihailovic.

»Entschuldigen Sie«, sagte er jedesmal, wenn er eine Kabinentür aufriß oder man ihm nach seinem Klopfen öffnete. »Dr. Mihailovic hier?« Er starrte in die Kabinen, schüttelte dann den Kopf und ging weiter.

So kam er auch in die I. Klasse zu der Kabine Karl Haußmanns, klopfte an und betrat sie, als niemand ihm Antwort gab. Erschöpft von seiner Suche nach Dr. Mihailovic setzte er sich in einen der Sessel, legte das Messer auf die Lehne und erholte sich etwas.

Oben, auf dem Spieldeck, legte Erika Haußmann den Schläger weg und strich sich die verschwitzten, kupfern leuchtenden Haare aus der Stirn.

»Eine Hitze ist das, Karli«, sagte sie. »Ich geh' schnell runter und ziehe mich um. Kommst du mit?«

Karl Haußmann schielte auf die kleine Erfrischungsbar. Aus einem Eiskessel zog der Steward Büchsen mit deutschem Bier. Karl Haußmann bekam einen unbändigen Durst. Erika lachte, als sie seinen Blick verfolgte und die schäumenden Gläser sah.

»Geh nur, Karli«, sagte sie. »In fünf Minuten bin ich wieder da. Bestell mir auch eins.«

»Nicht lieber eine Orangeade, Rika?«

»Nein, ein kühles Bier! O Karl, ich fühle mich heute so stark wie selten. Ich kann gar nicht begreifen, daß ich gestern noch krank sein sollte.« Sie lehnte sich an ihn und legte den Arm um ihn. »Vielleicht irren sie sich alle«, sagte sie leise. »Vielleicht sind es nur die Nerven.« Die ganze Hoffnung lag in dieser Frage. Die Hoffnung, die alle Krebskranken so sehr beseelt ... und die immerwährende Flucht vor der schrecklichen Wahrheit.

»Der Himmel möge es so sein lassen.« Karl Haußmann gab Erika einen Kuß. »Es ist unbegreifbar, wenn man dich so sieht, Rika. Ich habe ja nie daran geglaubt. Du wirst sehen, der Arzt in Sarajewo lacht nur und schickt dich nach Hause!«

Wie ein junges Mädchen lief Erika über das Deck und die Treppe hinunter zu den Kabinenfluren. Haußmann sah ihr nach, und er spürte ein so warmes, herrliches Gefühl, wie er es lange nicht mehr empfunden hatte. Ich liebe sie, dachte er. Ja, ich liebe sie, ich habe sie immer geliebt ... Die Sache mit Marion? Das war eine Dummheit. Ein Irrtum! Ein Ausrutscher, wenn man so sagen darf. Ich bin einmal auf dem Glatteis des Lebens ausgerutscht, aber rechtzeitig wieder aufgestanden. Und die Knochen habe ich mir auch nicht gebrochen, das ist wichtig!

Rika, ich liebe dich wie am ersten Tag, als wir zusammen tanzten und ich nicht wußte, wie man seine Tanzpartnerin unterhält. Weißt du noch: Vom Wetter habe ich gesprochen, und dann vom Fußball. Schalke 04 gegen 1. FC Köln. Und du hattest Anstand genug, diesem jungen, stammelnden Idioten, der ich damals war, geduldig zuzuhören. Erst Jahre später erfuhr ich, daß du gar nicht wußtest, wer Schalke 04 ist...

Haußmann ging lächelnd hinüber zur Bar und zeigte auf die eisgekühlten, vor Kälte beschlagenen Büchsen.

»Due«, sagte er und hob zwei Finger zur besseren Verständigung. Und dann wartete er auf Erika.

In der Kabine sprang der Herr aus Flensburg auf, als Erika eintrat. Er riß das Messer an sich, rannte an der erstarrten Frau vorbei zur Tür, warf sie zu und stellte sich davor.

»Erschrecken Sie bitte nicht«, sagte er mit flackernden Augen. »Ich kam in Ihre Kabine, weil ich jemanden suchte, und dann übermannte mich die Müdigkeit. Diese Hitze. Und dann auf dem Wasser! Und dazu mein Auftrag, den ich erfüllen muß.«

Erika wollte schreien, aber sie sah ein, daß es jetzt sinnlos war. Sie starrte auf das blanke Messer und nahm alle Kraft und allen Mut zusammen.

»Sie sind Deutscher?« fragte sie.

Der Herr aus Flensburg zog erfreut die Brauen hoch. »Oh, eine Landsmännin! Gestatten, Uve Frerik mein Name.« Er verbeugte sich mit eckigen Bewegungen und hielt sein Messer an der Hosennaht. »Großkaufmann aus Flensburg.« Dann ließ seine übertriebene Zackigkeit nach, er hob den Kopf und sah Erika mit fieberglänzenden Augen an. »Nach Sarajewo, gnädige Frau?«

Erika nickte. »Ja...« antwortete sie stockend. »Sie auch, Herr Frerik?«

»Leidensgenossin?«

»Ich weiß nicht, was Sie meinen...«

»Krebs, Gnädigste! Die Krankheit unseres Jahrhunderts. Wir Kabineninhaber haben ihn ja doch alle, nicht wahr? Nebenan liegt ein Engländer im Koma, zwei Kabinen weiter liegt eine Dame mit Darmkrebs, in Kabine 9 ein Mammakarzinom, Kabine 23 drei Damen mit Magen-Ca., Uteruskrebs und Leukämie... und so geht es durch das Schiff bis zum C-Deck, wo ganze Sippen nach Sarajewo reisen, zu diesem Dr. Zeijnilagic und seiner Wunderdroge HTS! Auch ich!« Er verbeugte sich wieder wie bei der Vorstellung. »Lymphogranulomatose, Gnädigste. Von den Ärzten aufgegeben. Lebenserwartung noch sieben Monate. Sagen Sie ganz ehrlich: Wenn Sie meinen Körper sehen würden, alle Lymphbahnen sind aufgequollen wie Heferollen...«

Erika sah sich hilfesuchend um. Zum Nachttisch, dachte sie. Dort steht eine Flasche Mineralwasser. Man sollte sie ihm an den Kopf werfen und dann hinausrennen. Doch dann starrte sie wieder auf das Messer in der Hand Freriks und wagte nicht, sich von der Stelle zu rühren.

»Und... was wollen Sie noch in meiner Kabine?« fragte sie mit bewunderswerter Kraft. Wenn doch Karl käme, dachte sie dabei. Er steht oben und wartet auf mich mit dem Bier. Er muß doch nachsehen, warum ich nicht komme. Bestimmt sieht er nach... Noch fünf Minuten Mut... vielleicht zehn Minuten...

»Wie ich schon sagte, Gnädigste, ich ruhte mich aus. Ich suche Dr. Mihailovic. Ich muß ihn töten.«

»Was müssen Sie?« stammelte Erika. Kalter Schweiß trat auf ihre Stirn. Jetzt erst sah sie an dem flackernden Blick und den unruhigen Händen, daß Uve Frerik ein Irrer war, daß sie sich mit einem gefährlichen Verrückten in einem Zimmer befand und keine Möglichkeit hatte zu flüchten. Das schnürte ihr die Kehle zu, und sie wich zur Wand zurück.

»Das Problem ist einfach, Gnädigste«, sagte Frerik in fast dozierendem Tonfall. »Ich habe eine langjährige Erfahrung im Umgang mit Ärzten. Meine Mutter starb an Krebs, mein

Vater verendete an einem verschleppten, durchgebrochenen Blinddarm, der falsch operiert wurde, und – auch so etwas gibt es in unserem Jahrhundert! –, meine Schwester verunglückte und starb an einer Hirnquetschung, die man nicht erkannte. Meine Frau wurde vor drei Jahren mit Kobaltbestrahlungen zu Tode bestrahlt. Sie sehen, ich habe den besten Umgang mit Ärzten und erfuhr, was man ärztliche Kunst und Wissen nennt. Immer haben die Ärzte geglaubt, sie hätten mich beobachtet... ein verzeihlicher Irrtum: Ich habe sie studiert! Ihre Arroganz gegenüber fragenden Patienten, ihre vollendete Lügenhaftigkeit, ihr mangelndes Wissen, das sie mit tönenden, lateinischen Vokabeln umkleiden, ihre Interessenlosigkeit gegenüber dem einzelnen und ihr Spiel mit den Krankenscheinen. Gewiß, es gibt auch weiße Hirsche, zahme Löwen, nicht staubende Briketts und geruchlose Ausdünstungen. Aber das sind Ausnahmen, und die guten Ärzte sind solche Ausnahmen. Man betrachtet sie in ihrem Kollegenkreis ja auch als Außenseiter!«

Uve Frerik, der Irre, holte tief Atem und schlug im Stehen die Beine übereinander. Erika starrte gegen die Tür. Warum kommt Karl nicht, dachte sie. Warum läßt er mich mit diesem Wahnsinnigen allein?

»Als ich dieses Problem unserer Medizin erkannt hatte, und es bedurfte dazu immerhin der Ausradierung meiner Familie durch die Ärzte, erhielt ich den Auftrag, die Ärzte zu vernichten, um der Menschheit die Möglichkeit zu geben, aus eigener Kraft länger zu leben.«

»Und wer... wer gab Ihnen den Auftrag, Herr Frerik?« fragte Erika tapfer.

»Das Gewissen in mir! Jeder große Entdecker hat ein Gewissen gegenüber der Allgemeinheit. Franklin erfand den Blitzableiter für die Allgemeinheit. Galilei konstruierte das erste Fernrohr: Was wären wir heute ohne Fernrohr? Gutenberg erfand den Druck mit beweglichen Lettern – nicht mehr wegzudenken aus unserer Kultur. Und dann der große Mann, der das DDT erfand! DDT, das Insekten vernichtet.

Welche Tat! Welche Befreiung der Menschheit vom Ungeziefer! Und nun kommt Uve Frerik, der Mann, der die Ärzte vernichtet. Glauben Sie, Gnädigste, daß die Menschheit einen ungeheuren Auftrieb bekommt, wenn nicht mehr der Krankenschein, sondern der Wille zur Gesundheit die Welt regiert?«

Erika nickte mehrmals. Karl, bettelte sie innerlich. Karl, bitte, bitte komm... Ich vergehe vor Angst.

Frerik verbeugte sich galant. »Sie sind eine Dame von Welt, Gnädigste«, sagte er. »Sie haben Verständnis, Sie erkennen die großen Zusammenhänge! Es mag sein, daß wir Krebskranken mit dem Blick in Dimensionen gesegnet sind, die anderen Menschen verschlossen bleiben. Ich möchte jedenfalls damit beginnen, dieses betrunkene Individuum von Dr. Mihailovic zu töten. Wissen Sie, was er getan hat? Er hat mir eine Spritze gegeben, trotz Protest! Sie bewirkte, diese Spritze, daß meine linke Leistenseite um zwei Zentimeter angeschwollen ist. Ich sagte zu Dr. Mihailovic: Ich habe Lymphogranulomatose. Aber er schüttelte nur den Kopf und antwortete: ›Nix! Silenzio!‹ und hieb mir die Injektion in den Oberschenkel. Sagen Sie selbst, Gnädigste, muß er nicht sterben?«

Erika schwieg. Uve Frerik schien aber auch keine Antwort zu erwarten, ein neuer Gedanke beseelte ihn. Man sah es am Glanz seiner Augen.

»Immer waren es große Ideen, die die Welt revolutionierten. Ich nehme an, Sie halten mich für verrückt, Gnädigste. Tun Sie es, es ist eine Auszeichnung! Lenin hatte die Paralyse. Nietzsche hatte sie. Von Hugo Wolf sagte man es auch. Geniale Köpfe! Und die Ideen rauschen nur so durch das Gehirn. Bitte, setzen Sie sich hin.«

Das war plötzlich anders gesprochen. Ein Befehl. Mit einer eiskalten Stimme. Erika zuckte zusammen.

»Herr Frerik...« stammelte sie. »Mein Mann...«

»Ihr Gatte ist in der glücklichen Lage, seine Frau für eine große Tat zur Verfügung zu stellen. Setzen Sie sich.«

»Ich schreie um Hilfe!« rief Erika und wich zurück zum Bett.

»Ich bitte darum, meine Gnädigste.«

»Hiiillffee!« schrie Erika grell. »Hilfe!«

»Sehr gut.« Uve Frerik lächelte galant. »Sie haben eine starke Stimme, Gnädigste. Aber bitte... setzen Sie sich hin und rühren Sie sich nicht... Ich wäre sehr unglücklich, irgendwelchen Zwang anwenden zu müssen.«

Gehorsam setzte sich Erika auf die Bettkante. Der Irre legte das Ohr an die Türfüllung und lauschte. Ein Lächeln überflog sein bleiches Gesicht.

»Man hat Ihren Schrei gehört, Gnädigste. Aber man weiß nicht, woher er kam. Bitte, rufen Sie noch einmal um Hilfe.«

Erika schwieg wie gelähmt. Uve Frerik hob das blanke Messer. »Schreien Sie!« rief er mit wieder eisiger Stimme.

»Hiiiiilfe!« schrie Erika grell. Frerik nickte zufrieden.

»Sie haben die Richtung. Sehen Sie...« An der Tür klopfte es. Frerik winkte ab, als Erika aufsprang und auf schwankenden Beinen zur Tür wollte. »Bemühen Sie sich nicht, Gnädigste. Ihre Mitwirkung an der Revolution gegen die Ärzte ist damit beendet. Sie dienen von jetzt ab nur als Mittel zum Zweck.«

Wieder klopfte es an der Tür. Man hörte erregte Stimmen im Gang und dann einen lauten Ruf, bei dem Erika zusammenzuckte.

»Karl!« schrie sie. »Karl! Hilf mir! Hilfe!«

Frerik nickte zufrieden. »Ihr Gatte?«

»Ja.«

»Das Roulette läuft. Werfen wir die Kugel.« Er klopfte mit dem Knöchel gegen die Tür und sagte laut: »Meine Herren, bitte Ruhe. Ich habe Ihnen einen Tausch vorzuschlagen. Die gnädige Frau verläßt gesund das Zimmer, wenn Sie mir Dr. Mihailovic in die Kabine schicken.«

»Rika! Wer ist bei dir?« brüllte im Gang Karl Haußmann. Er rüttelte an der Klinke, aber Frerik hatte sie von innen verschlossen. »Rika! Ist etwas passiert? Was ist los? Wer ist bei dir?«

»Ein Irrer!« schrie Erika zurück. »Helft mir doch! Helft mir. Er will Dr. Mihailovic töten.«

»Das war unklug, Gnädigste«, sagte der Wahnsinnige ruhig. »Die Taktik erfordert es, daß man seine Absichten erst klarlegt, wenn der Gegner einem gegenübersteht. Ich bedauere, jetzt eine andere Marschrichtung einschlagen zu müssen.« Er wandte sich wieder zur Tür. Im Gang war jetzt ein lautes Stimmengewirr. Der Kapitän, der I. Offizier, der I. Ingenieur, Dr. Mihalovic – mit einer Slibowitzfahne – und eine Menge Passagiere verstopften den Gang. Karl Haußmann zeigte auf die Tür und zitterte vor Erregung.

»Aufbrechen!« rief er dem I. Offizier zu. »Mann, holen Sie einen zweiten Schlüssel oder eine Axt oder einen Vorschlaghammer. Sie haben es doch gehört: Meine Frau ist von einem Verrückten eingeschlossen worden.«

»Brechen Sie die Tür nicht auf, mein Herr!« tönte die Stimme des Irren von innen. »Beim ersten Splittern des Holzes müßte ich Ihre verehrte Gattin erstechen...«

»Rika!« brüllte Haußmann und umklammerte die Klinke. »Mein Gott, warum hilft denn niemand?!«

»Ein Vorschlag: Lassen Sie Dr. Mihailovic eintreten! Es dauert keine zehn Sekunden, und Sie haben Ihre Gattin unversehrt wieder.«

Haußmann sah sich mit flackernden Augen um. Der I. Offizier hob die Arme und sprach ein paar Worte mit dem betrunkenen Doktor. Der gab einen Laut von sich, als heule er auf, und hob abwehrend die Hände.

Der Irre schien fantastische Ohren zu haben. Er klopfte an die Tür.

»Der Doktor ist auch da«, sagte er. »Er soll hereinkommen. Er kann der Wissenschaft ein Opfer bringen.«

»Hören Sie...« Karl Haußmann legte die Lippen an die Türritze. »Lassen Sie meine Frau heraus, und wir vergessen den ganzen Rummel...«

»Mein Herr!« rief der Wahnsinnige zurück. »Verlangen Sie von mir nicht einen galileischen Widerruf. Ihre Gattin ist die Stufe zur Reinigung der Menschheit. Ich warte eine halbe Stunde... dann werde ich Ihre Gattin für den Ungehorsam der Welt bestrafen, so leid es mir tut, eine so kluge und schöne Frau zu entstellen. Aber bitte, suchen Sie die Schuld dann ganz bei sich.«

»Rika!« schrie Haußmann und rüttelte wieder an der Klinke. »Rika! Habe Mut! Wir werden einen Weg finden. Habe Mut!«

»Der Weg ist Dr. Mihailovic. Schicken Sie ihn in die Kabine.« Uve Frerik schien hinter der Tür zu lachen. »Wie rar sind die Mutigen...«

Haußmann trat von der Tür zurück. Er schwankte etwas, kalter Schweiß tropfte über sein verzerrtes Gesicht. Der Kapitän und die anderen Schiffsoffiziere verhandelten, Dr. Mihailovic lehnte zitternd an der Gangwand.

»Was wollen Sie tun?« fragte Haußmann heiser. Der I. Offizier zeigte auf drei Matrosen. Sie drängten sich durch die Menge der Neugierigen und hatten Äxte und Rauchpatronen bei sich, die für Notsignale auf den Schwimmflößen gedacht waren. Im Raum wirkten die Rauchpatronen wie Tränengas.

»Wir werden ihn ausräuchern«, sagte der I. Offizier. »Immer diese Deutschen...«

»Lassen Sie die dämliche Politik einmal weg!« schrie Haußmann außer sich. »Sie haben doch gehört: Beim ersten Schlag gegen die Tür tötet er meine Frau.«

»Wissen Sie einen anderen Weg?«

»Verhandeln.«

»In einer halben Stunde ist es sowieso geschehen. Irre sind konsequent. Oder glauben Sie, ihn überreden zu können?«

»Ich weiß es nicht. Man muß es doch versuchen. Mein Gott, Sie können es doch nicht einfach darauf ankommen lassen, ob er meine Frau tötet oder nicht, wenn wir die Tür einschlagen. Wir wollen doch keinen Mord provozieren.«

»Also gut, warten wir!« Der I. Offizier winkte den drei Matrosen. Die stellten die Äxte ab und legten die Rauchpatronen auf einen Sims. Der I. Offizier sah auf seine Armbanduhr.

»Versuchen Sie Ihr Glück…«

»Haben Sie keine andere Möglichkeit, in die Kabine zu kommen, ohne die Tür einzuschlagen?« fragte Haußmann leise.

»Nein!«

»Von außen! Durch das Bullauge.«

»Das ist zu klein. Aber…« Der I. Offizier sprach aufgeregt mit dem Kapitän. Der nickte und rannte davon. Haußmann lehnte sich neben Dr. Mihailovic an die Wand.

»Doch eine Möglichkeit?« stotterte er.

»Wir werden mit dem Streichbrett, das wir immer benutzen für den Außenanstrich, an zwei Seilen einen Mann herunterlassen. Wenn der Wahnsinnige günstig steht, kann unser Mann ihn mit einem Schuß durch die Scheibe unschädlich machen.«

»Das ist gut«, sagte Haußmann schwach. »Das ist sehr gut. Und bis er an der Bordwand heruntergelassen ist, muß ich den Irren besänftigen…«

»Versuchen Sie es.« Der I. Offizier hatte wenig Hoffnung, Haußmann sah es an seinem Blick. »Viel Glück!«

Haußmann trat wieder an die Tür und klopfte.

»Ich höre«, sagte Uve Frerik.

»Dr. Mihailovic ist bereit zu kommen.«

»Ein Held! Er soll einen anständigen Tod haben. Stich in die Halsschlagader.«

»Das ist Ihre Sache!« Haußmanns Stimme schwankte vor Grauen. Meine Erika, dachte er. Meine arme Erika! Und das soll nun das ›Schiff der Hoffnung‹ sein? »Aber wer garantiert, daß meiner Frau nichts geschieht?«

»Mein Wort als Ehrenmann! Die Freriks sind eine alte Handelsfamilie, zurückverfolgbar bis zur Hanse. Mein Wort ist wie ein Scheck von Fugger.«

»Ich schlage vor…« sagte Haußmann mit mühsam fester Stimme, »daß Sie erst meine Frau herauslassen…«

»Halten Sie mich für einen Verrückten?« Haußmann verzog bei dieser Frage das Gesicht. Was sollte man darauf antworten? Uve Frerik lachte laut.

»Der Doktor wird sich aber wehren«, sagte Haußmann. »Sie können nicht erwarten, daß er sich hinstellt wie ein Schaf und sich abstechen läßt.«

»Wer erwartet das von ihm? Er soll sich auch ein Messer holen. Ich bin kein Wilhelm Tell, der aus dem Hinterhalt schießt. Ich halte viel von Tradition, geschichtliche Lösungen von Mann zu Mann zu erstreiten.«

»Einverstanden!« Haußmann sah auf einen Steward, der den Gang entlangkam und dem I. Offizier etwas sagte. »Der Doktor ist gerade gegangen und holt auch ein Messer...«

Der I. Offizier beugte sich vor.

»Es wird gleich abgeseilt«, flüsterte er Haußmann ins Ohr. »Es ist unser bester Schütze. In zehn Minunten kann er vor dem Fenster sein. Sprechen Sie weiter!«

Haußmann preßte beide Hände auf sein Herz. Es schlug wie wild und nahm ihm fast den Atem. Noch zehn Minuten! Sie würden zehn Jahre dauern...

»Hören Sie«, sagte er gegen die Tür.

»Ich höre«, antwortete der Irre.

»Wie denken Sie sich Ihr weiteres Leben, wenn Sie Dr. Mihailovic getötet haben? Zum Beispiel gleich, wenn Sie herauskommen?«

Uve Frerik schien nicht lange nachzudenken. Er lachte wieder. »Welche Frage, mein Herr!« rief er. »Man wird mich als den Befreier feiern! Erst nach dem Tyrannenmord erkennt das Volk die Gerechtigkeit des Mörders.«

Haußmann drückte die Stirn gegen Tür. Jetzt erst wußte er ganz klar, wie groß die Gefahr war, in der Erika schwebte. Dieser Irre hinter der Tür war gnadenlos, denn er hatte eine eigene Weltanschauung.

Gibt es etwas Gnadenloseres als Menschen mit einer Weltanschauung?

Frank Hellberg schloß die erste Zelle auf und sah kurz hinein. Ein kleiner, fensterloser Raum, erleuchtet durch Deckenlampen. Ein Bett, ein Schrank, ein Waschbecken, ein Tisch und ein Stuhl. Auf dem Boden ein Webteppich. Eine Zelle, die ganz den Eindruck eines Gefängnisses machte. Am Tisch saß ein blondes, blasses Mädchen mit verweinten Augen.

»Gehen Sie an Deck!« rief Hellberg und lief weiter. Er mußte schnell handeln, ehe die anderen Matrosen aufmerksam wurden und sich zum Widerstand zusammenrotteten.

Die zweite Zelle. Ebenso eingerichtet wie die erste. Auf dem Bett ein schwarzhaariges Mädchen, das ihn erschrocken anstarrte.

»Gehen Sie an Deck!«

Und weiter. Dritte Zelle, vierte Zelle, fünfte Zelle. Überall junge, kaum dem Kindesalter entwachsene Mädchen.

Die Luxuskabine Juanitas.

Juanita saß vor einem Radio und hörte leise Musik. Sie sprang auf, als Frank die Tür aufriß.

»Sie haben es erreicht?« rief sie und warf die Arme hoch wie zum Jubel.

»An Deck! Schnell!«

Frank rannte zurück. Die Zellen auf der anderen Seite des Ganges waren leer, aber er schloß sie alle auf, um niemanden zu vergessen. Dann rannte er an den Mädchen vorbei, die ihn festhalten wollten, die Fragen hatten, die ängstlich in den Türen ihrer Gefängnisse standen und nicht wußten, was geschehen war, kletterte zum oberen Kabinengang und hetzte zum Zimmer Claudias.

»Du lebst?!« schrie sie auf, als er die Tür aufriß, und breitete die Arme aus. »Frank... du lebst... Was ist denn ge...?«

»An Deck!« rief Frank und rannte weiter. Bevor er die Tür zur Kommandobrücke erreichte, holte er aus der Tasche eine der Pistolen, die er Luigi Foramente und dem Steward abgenommen hatte, und schlich die kleine Treppe hinauf zum Ruderhaus. Dort lehnte der von Foramente mit der Aufsicht über das Steuerrad beauftragte Matrose ahnungslos und lässig an den Holmen und kaute Tabak. Die Sonne flutete durch die großen Fenster und beschien das Gesicht des jungen Seemannes. Er hatte die Augen geschlossen. Er sonnte sich. Das Schiff lief ja allein, und das Meer war weit. Anstoßen konnte man nirgendwo.

Frank Hellberg war mit einem leisen Satz durch die angelehnte Tür im Ruderhaus und hinter dem Matrosen.

Er drückte ihm den Lauf der Pistole in den Rücken und schlug mit der linken Hand auf die Schulter des Mannes. Der Matrose stieß einen glucksenden Schrei aus, aber dann schwieg er, denn den kleinen Druck in seinem Rücken konnte er genau deuten.

»Nach Dubrovnik!« sagte Hellberg kalt. »Navigare Dubrovnik! Avanti...«

Es war ein schauderhaftes Italienisch, aber der Matrose verstand es. Er schüttelte langsam den Kopf.

»Nix Dubrovnik«, sagte er heiser vor Angst. »Isch nix navigare. Nix weiß... Nix capito navigare...«

Frank Hellberg atmete tief auf. Der Schweiß lief ihm über das Gesicht. Er spürte, wie er am ganzen Körper zu zittern begann. Die Verständigung im Primitiven klappte vorzüglich. Der Matrose wußte selbst nicht, wo sie sich befanden, wohin sie fuhren. Das wußten nur Saluzzo und sein Kapitän Luigi Foramente.

Frank Hellberg drückte den Pistolenlauf tiefer in den Rükken des Matrosen. Gehorsam ließ er das Steuerrad los und stellte sich, die Hände im Nacken gefaltet, mit dem Gesicht an die Scheibe.

»Bene, bene!« sagte Hellberg gepreßt. Er trat an das Ruder, blickte auf den für ihn völlig sinnlosen Kreiselkompaß und den glitzernden, wandernden Finger des Radarstrahls auf dem Schirm. Dann drehte er an dem Steuerrad so lange, bis die schnelle, weiße Jacht einen weiten Bogen fuhr und Hellberg meinte, das Schiff gedreht zu haben, so daß es nun dorthin zurückkehren würde, von wo sie gekommen waren. Zurück nach Italien.

Hellberg warf einen Blick über das unendliche Meer. Nach allen Himmelsrichtungen sah es gleich aus, eine herrliche Bläue, die an den Himmel stieß. Nach der Sonne sich zu orientieren, war im Augenblick nicht möglich; sie stand direkt über ihnen.

Mit schäumendem Kiel raste die weiße Jacht durchs Meer. Unten im Maschinenraum schien man nicht bemerkt zu haben, daß die Richtung sich völlig geändert hatte. Hellberg umklammerte das Ruder und sah hinunter auf Deck, ob sich dort etwas rührte. Die Pistole lag schußbereit auf dem Kreiselkompaßgehäuse. Aus dem Kabinengang kam Juanita Escorbal. Sie hatte einen Spitzenschal um die Schultern geworfen und rannte nun die Treppe zum Ruderhaus hinauf. Claudia folgte ihr, und dann stürzten die anderen Mädchen an Deck. Sie hatten in den Händen, was sie gerade gefunden hatten: Eisenstangen, eine Axt, ein Stück dickes Drahtseil, eine Holzstange.

»Wohin fahren wir?« rief Juanita schon auf der Treppe zur Kommandobrücke.

»Ich weiß es nicht.« Frank Hellberg zeigte mit einer weiten Handbewegung über das Meer. »Ich habe noch nie ein Schiff gesteuert. Aber irgendwie werden wir schon ankommen.«

»Lassen Sie mich, Frank.« Juanita beugte sich über den Kreiselkompaß. »Mein Bruder hatte eine Jacht, Sie wissen es ja. Ich habe manches von ihm gelernt. Geben Sie mir das Ruder. Kümmern Sie sich um die andere Besatzung. Die Leute im Maschinenraum und in den Mannschaftskojen haben wir eingeschlossen. Aber zwei Stewards sind noch in der Kombüse...«

Hellberg ließ das Ruder los und rannte die Treppe hinunter an Deck. Und zum Beweis, daß der Kampf erst begonnen hatte, schwiegen plötzlich alle Maschinen. Rauschend bohrte sich der Kiel noch einmal durch das blaue Wasser, dann glitt die weiße Jacht lautlos auf dem spiegelnden Meer. Die Männer im Maschinenraum streikten. Von der Kombüse rannten die beiden Stewards herbei.

Frank Hellberg zog die Pistole und ging hinter dem Ruderhaus in Deckung.

»Stop!« schrie Hellberg. »Hands up!« Das war ein Ausdruck, den jeder verstand, ob Italiener oder Kroate. Die Stewards blieben stehen, sprangen dann zur Seite und nahmen Deckung hinter der aufgeklappten Tür des Kabinenganges. Auf der Brücke stand Juanita Escorbal und unterhielt sich durch das Sprachrohr mit dem Maschinisten im Maschinenraum.

»Ich würde raten«, sagte sie ruhig, aber mit großem Nachdruck, »daß ihr die Maschinen wieder laufen laßt. Es hat doch keinen Sinn, toter Mann zu spielen. Wollt ihr hier herumtreiben, bis ihr verhungert?«

»Verdammtes Weibsbild!« Der Maschinist spuckte in das Sprachrohr. Ohnmächtiger Zorn war es, und Juanita lachte laut. »Ich zerschlage alle elektrischen Verteiler.«

»Und dann? Willst du über Bord zu den Haien, du Idiot?« Juanita steckte den Pfropfen auf das Sprachrohr und blickte hinunter auf das Deck.

Dort hatte sich in wenigen Minuten alles verändert. Frank Hellberg und Claudia standen noch immer im Schutz des Ruderhauses und starrten sprachlos auf die Szene vor sich.

Die befreiten Mädchen waren, ohne auf die Pistolen der Stewards zu achten, mit lautem Geschrei auf die Männer gestürzt. Mit Knüppeln und Fäusten hieben sie auf die Stewards ein, die vor soviel weiblichem Mut eine Sekunde lang sprachlos waren. Das war ihr Unglück. Vier, fünf Mädchenkörper fielen über sie her, die Pistolen wurden ihnen aus den Händen geschlagen, sie stürzten auf die Planken, und es half kein Umsichschlagen und kein Treten: Wie Katzen hingen die Mädchen an ihnen und hieben mit ihren kleinen Fäusten auf die zuckenden Männerkörper.

Knapp fünf Minuten dauerte der Kampf, dann lagen die Stewards besinnungslos und halb ausgezogen auf Deck. Wie die Furien rannten die Mädchen dann wieder in das

Innere des Schiffes; das Schlagen der eisernen Türen und Schotten hörte man bis zur Brücke.

»Der arme Maschinist«, sagte Frank Hellberg und legte den Arm um Claudia. »Ein Glück, daß ich das Krankenzimmer abgeschlossen habe. Sie würden Saluzzo zerreißen wie Raubtiere.«

»Und mit Recht! Mit Recht!« Claudias Augen flammten. Aller Haß einer Frau lag in ihnen. Sie zitterte vor verhaltener Wut und Rache. »Was willst du mit ihm tun, Frank?«

»Der Polizei übergeben.«

»Der Polizei! Ha!« Claudia lachte laut und bitter auf. »Von Ancona bis Taranto gibt es keinen Polizeichef, der nicht mit Saluzzo auf du und du steht! O Liebster, du kennst nicht die Macht des Geldes in Italien.«

»Du, Juanita und die Mädchen sind Zeugen genug, um ihn ins Zuchthaus zu bringen.«

»Ein guter Anwalt wird beweisen, daß die Mädchen freiwillig an Bord gekommen sind. Um etwas zu erleben! Oh, du kennst das alles nicht. Du bist so ehrlich und ahnungslos. Und wenn es ganz hart für Saluzzo wird, stellt er eine Kaution von einer Million Lire – was ist für ihn eine Million! – und geht ins Ausland. Du wirst ihn nie durch Gerechtigkeit besiegen können! Für Saluzzo gibt es keine Gesetze.« Wieder flammten die schönen, schwarzen Augen Claudias auf. »Man sollte ihn töten...« sagte sie leise.

»Claudia!« rief Hellberg entsetzt.

»Solange er lebt, ist er gefährlich.«

»Mein Gott, wie groß kann der Haß einer Frau sein.« Hellberg schüttelte den Kopf und zog Claudia mit zu den beiden halbentkleideten Körpern der Stewards. Einer von ihnen bewegte sich stöhnend und rollte sich auf die Seite. Sein Gesicht war unförmig angeschwollen und färbte sich bläulich.

Claudia ließ einen Eimer an einem Tau ins Meer – es waren die Eimer, die zum Deckwaschen benutzt wurden – und schüttete das Wasser über die Körper der Ohnmächtigen. Im Inneren des Schiffes schien die Hölle los zu sein, die Planken zitterten vom Türenschlagen, ein einzelner Schuß fiel. Auf der Brücke stand Juanita am Sprachrohr und lauschte nach unten. Der Maschinist hatte sich im Maschinenraum eingeschlossen und drohte, jedem, der die Tür aufsprengen würde und hereinkäme, den Schädel einzuschlagen. Mit einem Schraubenschlüssel, schrie er, und einem stählernen Hammer.

Die beiden Stewards erhoben sich taumelnd. An Gegenwehr dachten sie nicht mehr, ihr Widerstand war zerbrochen. Willenlos ließen sie sich von Hellberg und Claudia zur oberen Barkombüse führen und einschließen. Das Schiff war nun in Hellbergs Hand, aber es trieb, leicht schaukelnd, auf dem leuchtenden blauen Wasser der Adria, mit schweigenden Motoren.

Hellberg kletterte wieder die Treppe zur Brücke hinauf und trat neben Juanita. »Was gibt es unten?« fragte er.

»Der Maschinist kommt sich sehr stark vor.« Juanita deckte die Hand über das Sprachrohr. »Er flucht wie ein Fischweib.«

»Versuchen wir es noch einmal. Vielleicht nimmt er Vernunft an. Ohne ihn treiben wir hier wie ein Stück lackiertes Holz. Und ich möchte nicht, daß den Mädchen wirklich die Köpfe eingeschlagen werden, wenn sie die Tür aufbrechen.«

Hellberg trat an das Sprachrohr und klopfte dagegen. Von unten antwortete ein wütendes Hämmern.

»Hallo!« sagte Hellberg. Er winkte Claudia. »Du mußt dolmetschen... Sag ihm, daß es keinen Sinn hat, Widerstand zu leisten. Er ist der einzige der Besatzung, der sich noch wehrt. Sag es ihm...«

Claudia beugte sich über das Sprachrohr, und eine Flut italienischer Worte sprudelte in den Maschinenraum. Dann trat sie zurück, und Hellberg preßte das Ohr ann die trompetenähnliche Sprechmuschel.

Von unten tönte laut die Stimme des Maschinisten. Und er sagte deutlich auf deutsch: »Leckt mich am Arsch!«

»Ach nee!« Hellberg schrie in das Sprachrohr und klopfte dabei gegen das blanke Messing. »Auch das noch. Mensch, ein Deutscher! Mach die Luke auf, du Idiot, und stell die Maschinen wieder an!«

Im Maschinenraum war es einen Augenblick still. Der Maschinist schien ebenso verblüfft zu sein wie Hellberg. Aber dann hatte auch er den Schock überwunden und klopfte gegen das Rohr.

»Hallo...«

»Wo kommst du her?«

»Aus Düsseldorf.«

»Und was machst du auf dem Kahn?«

»Das erzähle ich dir alles nachher. Stell erst die Maschinen an, Junge.«

»Geschissen, Kumpel! Was ist oben los? Was machen die brüllenden Weiber vor meinem Schott?«

»Das Kommando des Schiffes habe ich übernommen! Nun frag nicht so – laß die Motoren rauschen.«

»Klingt wie im Kino! Wo ist der Chef?«

»Saluzzo schläft im Krankenraum, zusammen mit Foramente. Ein bißchen Äther auf die Nase...«

»Ihr habt wohl alle 'ne Meise unterm Hirn?! Glaubt ihr, ich mache das Spielchen mit?«

»Hör mal zu, du dämlicher Hund!« Hellberg drückte den Mund an die Sprechtrompete. »Ich komme gleich runter und wir unterhalten uns. Die Mädchen schicke ich an Deck, denn wenn die dich in die Finger bekommen, zerreißen sie dich. Die beiden Stewards sehen jetzt schon aus wie aufgegangene Hefeklöße! Und unterdessen drückst du aufs Knöpfchen und läßt den Kahn wieder fahren.«

»Einen Dreck werde ich! Ich will mit dem Chef reden!«

»Wie kann ein einzelner Mensch so dämlich sein!« Hellberg klopfte wieder gegen das Messingrohr. »Willst du in deinem Maschinenraum verhungern?«

»Hier halte ich es sechs Wochen aus!« Der Mann im Maschinenraum lachte grob. »Aber ihr da oben! Ihr bratet wie Spiegeleier! Ohne mich seid ihr armselige Pinkler.«

»Wir können dich rausholen, du Idiot.«

»Kommt nur, wenn ihr unbedingt eingeschlagene Hirne haben wollt!«

Hellberg steckte den Pfropfen wieder auf das Sprachrohr und wandte sich um. Juanita und Claudia standen wartend neben Kreiselkompaß und Ruder.

»Es hat so keinen Sinn«, sagte Hellberg. »Ich muß hinunter zu ihm.«

»Er wird dich umbringen!« schrie Claudia auf.

»Das glaube ich kaum.« Hellberg steckte die Pistole ein und schüttelte den Kopf, als er sah, wie Claudia mitgehen wollte. »Nein. Bleib hier, Liebling. Sprich mit den Mädchen, beruhige sie, räumt das Schiff auf und verhindere, daß sie die Stewards vollends ausziehen und sich wie Hyänen benehmen.« Er wandte sich an Juanita, die vor einer Seekarte stand, die an der Wand hinter dem Ruder hing. »Wenn wir das Schiff wieder flottbekommen – wohin fahren wir dann?«

Juanita hob die Schultern. »Ich weiß gar nicht, wo wir sind. Seekarten lesen, Ortsbestimmungen mit dem Sextanten... das konnte mein Bruder. Ich werde nach Kompaß fahren. Immer zurück nach Norden und dann nach Osten. Ich nehme an, daß wir näher an der jugoslawischen oder griechischen Küste sind als an der italienischen. Das erste Stück Land, das ich sehe, steuere ich an...«

Hellberg stieg hinunter zum Maschinenraum. Vor der von innen zugeknebelten Schott-Türe standen die Mädchen mit ihren Knüppeln und Eisenstangen. Aller aufgestauter Haß lag in ihren Augen und Bewegungen, es waren wirklich wilde Katzen, die da an den Wänden lehnten und auf ihr Opfer lauerten. Hellberg blieb auf der untersten Treppenstufe stehen und sah sie einzeln an. Jedes dieser Mädchen war eine Schönheit, aber die Tage in den engen Zellen und der Rausch der plötzlich in ihre Hände gelegten Rache verzerrten ihre ebenmäßigen, hübschen Gesichter. Die wirren, zerwühlten Haare sahen dazu aus wie eine Mähne, und reißende Löwinnen waren sie nun auch.

»An Deck!« sagte Hellberg und zeigte die eiserne Treppe hinauf. »Geht an Deck! Alle!«

Die Mädchen zögerten, sahen sich an. Widerstand wollte aufkommen. Aber Hellberg trat zur Seite und zeigte wieder nach oben.

»Hinauf!« brüllte er.

Langsam stiegen die Mädchen hinauf, bis auf eine, eine braunlockige, üppige Frau. Sie war diejenige, die eine Eisenstange als Waffe in der Hand hielt.

»Na?« sagte Hellberg. »Keine Lust?«

»Wo ist Saluzzo?« fragte das Mädchen auf französisch. Hellberg schüttelte den Kopf.

»Gehen Sie hinauf, Mademoiselle«, sagte er in ihrer Sprache. »Rache ist ein billiges und scheußliches Vergnügen.«

»Ich lebe seit zwei Monaten auf dem Schiff, Monsieur!« Die Finger um die Eisenstange verkrampften sich. Die Knöchel wurden weiß. »In Marseille hat er mich an Bord genommen. Ich war Verkäuferin bei Mireille S. A., einer Schiffsausstattung. Ich sollte Tischdecken abliefern. Aus dieser Lieferung wurden zwei Monate. Neunmal hat er mich vergewaltigt, dieser Teufel. Beim zehntenmal habe ich ihm in die Kehle gebissen, da hat er mich in Ruhe gelassen. Aber jeden Tag, genau um 20 Uhr, ist einer seiner Handlanger gekommen und mußte mir zehn Schläge aufs Gesäß geben. Mit einer Kamelpeitsche. Zwei Monate lang... jeden Abend...« Das Mädchen atmete tief auf. Es war ein erschütterndes Seufzen. »Wo ist Saluzzo, Monsieur?«

»Er wird seiner gerechten Strafe nicht entgehen.« Hellberg hatte einen Augenblick mit dem Gedanken gespielt, dem Mädchen zu sagen, wo Saluzzo war, und ihr den Schlüssel zum Krankenzimmer zu geben. Aber dann schämte er sich, ebenfalls an eine so billige Rache zu denken.

»Bitte gehen Sie hinauf, Mademoiselle«, sagte er erschüttert und doch beruhigend. »Oben ist Sonne und Freiheit... Sie sollten sie genießen... nach diesen zwei Monaten...«

Das Mädchen nickte schwach. Dann stieg auch sie die eiserne Treppe hinauf und warf oben die Tür zu.

Frank Hellberg trat an das Schott und klopfte gegen das Metall.

»Mach auf, Junge!« rief er laut. »Wir sind allein! Die Mädchen sind an Deck.«

»Bestimmt?« tönte es dumpf hinter der dichten Tür.

»Ehrenwort.«

»Ich habe einen Hammer in der Hand, Kumpel! Zehn Pfund schwer. Da zerplatzt eine Hirnschale wie ein Ei!«

»Red keine Romane – mach auf!«

Und die Schott-Türe knirschte von innen und schob sich langsam auf.

Die ›MS Budva‹ trieb wie eine riesige, weiße Nußschale auf dem Meer und wartete auf die Hilfe aus Dubrovnik. An Deck sonnten sich die Passagiere, spielten auf dem Spieldeck oder saßen im Restaurant und an der Bar und tranken eisgekühlte Säfte oder deutsches Bier.

Unter Deck aber näherte sich die gefährliche Situation ihrem Höhepunkt.

Uve Frerik, der Irre, hatte seine Jacke ausgezogen und das Messer an der Handfläche gewetzt. Erika Haußmann saß in einem der Sessel, zusammengekuschelt wie ein frierendes Hündchen. Hinter sich an der Bordwand hörte sie ganz leise ein Kratzen und Schaben. Dort wurde mit dem Anstreicherbrett der Matrose Zentimeter um Zentimeter hinabgelassen. Es mußte so leise geschehen, daß der Irre nichts hörte. Vor der Tür verhandelten noch immer Karl Haußmann und der 1. Offizier mit ihm, lenkten ihn ab und erzählten ihm, daß der Doktor bereit sei, sich einem Zweikampf zu stellen.

»Es ist ganz klar...« flüsterte Dr. Mihailovic dem 1. Offizier zu. Alle Benommenheit war von ihm gewichen. Zum erstenmal sah der 1. Offizier den Arzt völlig nüchtern. »Er hat Hirnmetastasen. Schrecklich ist das. Bei dem einen erzeugen sie Irrsinn, bei anderen Dumpfheit oder einen Dämmerschlaf – es kommt darauf an, welche Hirnzentren sie abdrücken und angreifen. Da kann man gar nichts machen, gar nichts... Morphium... und warten, bis er stirbt...«

»Schon gut, Doktor.« Der 1. Offizier starrte gegen die Mahagonitür. »Aber erst müssen wir ihn haben. Glauben Sie, daß er die Frau tötet, wenn wir die Tür aufbrechen?«

»Ganz sicher!« Dr. Mihailovic nickte wie eine Puppe mit Spiralhals. »Solch ein Kranker glaubt ja, im Recht zu sein. Er hat ja kein Gefühl mehr für seine Tat.«

Karl Haußmann war am Ende seiner Kräfte. Er lehnte an der glatten Holztür, hatte die Hände gegen die Füllung gedrückt, der Schweiß lief ihm über Augen und Gesicht in den aufgerissenen Hemdkragen.

»Rika... wie geht es dir...« rief er mit letzter Kraft, die seiner Stimme noch etwas Festigkeit gab. »Wo bist du, Rika?«

»Ich sitze im Sessel, Karl...« Weit weg war ihre Stimme wie hinter zehn Türen. Haußmann stöhnte auf. Von innen klopfte es an die Tür. Der Irre.

»Ihrer verehrten Gattin geht es vorzüglich«, sagte Uve Frerik. »Ein wenig blaß sieht sie aus, aber wer erlebt auch schon eine solche historische Stunde? Man darf ergriffen sein, wenn ein Jahrhundert sich verändert. – Wo ist Dr. Mihailovic?«

Der Arzt zuckte bei seinem Namen auf und winkte stumm mit beiden Händen ab.

»Wir erwarten ihn jede Minute.« Haußmann streichelte die Tür, als sei sie das Gesicht seiner Frau. »Aber überlegen Sie bitte, was Sie tun...«

»Überlegen?« Uve Frerik lachte laut. »Die großen Männer der Geschichte handelten aus Intuition. Denken Sie an Alexander und den Gordischen Knoten. Denken Sie an Caesar, als Cleopatra aus dem Teppich rollte. Denken Sie an Napoleon bei der Kaiserkrönung: Die Krone nahm er dem Papst aus der Hand und setzte sie sich selber auf. Das sind Männer! Ihnen gehörte die Welt. Sie sind Vorbild. Aber keiner wagte sich an die Vernichtung der Ärzte. Das ist die größte Tat der Geschichte. Ich werde sie vollziehen...«

Der 1. Offizier bekam durch einen Matrosen eine Meldung.

»Das Anstrichbrett ist nur noch einen halben Meter von der Luke entfernt«, flüsterte er Haußmann ins Ohr. »Jetzt wird es kritisch. Der Irre darf nicht zum Fenster sehen. Reden Sie... reden Sie... nur noch fünf Minuten...«

Und Karl Haußmann redete. Was er sprach, er wußte es später nicht mehr zu sagen. Ohne Unterbrechung redete er auf den Irren ein, entwickelte eine Philosophie der Macht, die Uve Frerik hinter der Tür entzückte, denn ein paarmal rief er ›Bravo! Bravo!‹ und klatschte in die Hände wie ein spielendes Kind.

Mit flatternden Augen starrte Haußmann den 1. Offizier an.

»Ich kann nicht mehr«, stammelte er. »Ich werde selbst noch verrückt...«

»Sprechen Sie weiter!« flüsterte der 1. Offizier. »Er darf sich nicht umdrehen.«

Und Haußmann redete.

Über Napoleon und Alexander den Großen. Über Bismarck und Kaiser Wilhelm II. Sinnloses Zeug, über das der irre Uve Frerik lachte wie über herrliche Witze.

In der Kabine saß Erika immer noch mit angezogenen Beinen im Sessel. Das Kratzen an der Bordwand hatte aufgehört. Ein Gesicht erschien draußen am Bullauge. Dann eine Hand, die Erika zuwinkte und Zeichen gab, sich in den Sessel zu ducken. Der Lauf eines Gewehres schob sich an die Scheibe, das runde Loch der Mündung starrte ins Zimmer.

Erika Haußmann zog den Kopf in die Schulter und ließ sich tief in den Sessel rutschen. Uve Frerik stand mit dem Rücken zu ihr, das Messer in der rechten Hand, in der linken den ausgezogenen Rock, den er von sich hielt wie ein Torero seine Cappa. Er hatte eine erregte Diskussion mit Karl Haußmann über Hannibals Elefantenzug über die Alpen.

Der Matrose vor dem Bullauge zielte auf den rechten Arm. Alles lag jetzt an einem treffsicheren Schuß. Ging der erste Schuß daneben, war Erika Haußmann in höchster Lebensgefahr.

Der Matrose wartete, bis der Irre mit dem ganzen Rücken zu ihm stand. Dann drückte er ab.

Der Schuß war kaum zu hören, er zerflatterte draußen im Seewind. Glas splitterte, und Uve Frerik wurde wie von einer riesigen Faust gegen die Tür geschleudert. Er brüllte auf, das Messer entfiel seiner Hand, Blut rann aus seiner rechten Schulter. Mit einem Satz sprang Erika aus dem Sessel und riß einen Stuhl hoch, um sich zu wehren, falls der Irre sich auf sie werfen würde.

Aber dazu kam es nicht. Fast gleichzeitig mit dem Aufschrei Freriks zersplitterte die Mahagonitür unter ein paar gewaltigen Axthieben, und Karl Haußmann und der 1. Offizier stürzten ins Zimmer.

»Karl!« schrie Erika auf und ließ den Stuhl fallen. »O Karl...« Dann sank sie in sich zusammen, und Haußmann konnte sie gerade noch auffangen und zum Bett tragen.

»Rika!« stammelte er. »Es ist ja alles gut. Alles ist vorbei. Rika...« Er küßte sie und streichelte ihr bleiches Gesicht und wußte in dieser Stunde, daß ein Leben ohne sie für ihn sinnlos gewesen wäre.

Der I. Offizier und zwei Matrosen kümmerten sich um Uve Frerik. Er stand an der Wand, das Blut lief an ihm herunter, aber er lächelte und hob stolz den Kopf, als ihn die Männer packten und festhielten.

»Tun Sie Ihre Pflicht, meine Herren«, sagte er laut und mit fester Stimme, der man nichts von dem Schmerz anmerkte, der von der zerschossenen Schulter durch seinen ganzen Körper zuckte. »Auch Kaiser Maximilian ging erhobenen Hauptes zur Exekution! Es lebe der freie Geist!«

Mit stolzer Haltung ließ er sich abführen und beachtete Dr. Mihailovic mit keinem Blick, als er an ihm vorbeiging. Man brachte ihn in einen Verschlag des Laderaumes II, wo ein Matrose notdürftig die Einschußwunde verband. Dr. Mihailovic weigerte sich, das zu tun.

Karl Haußmann richtete sich vom Bett auf, als er Marions Stimme in der Kabine hörte. Sie hatte oben auf dem Spieldeck nichts von dem Drama unter Deck gehört. Erst als der Schuß fiel, war sie die Treppe hinuntergerannt und sah die Ansammlung der Menschen vor der zersplitterten Tür.

»Was ist geschehen?« rief sie. »Mein Gott... Karl... Bärchen... Was ist mit deiner Frau? Wer hat geschossen?«

Dann sah sie das zersplitterte Bullauge und davor den Matrosen auf seinem pendelnden Anstrichbrett. Sie preßte die Hände gegen den Mund und sah sich entsetzt um.

»Es ist nichts geschehen«, sagte Haußmann und führte Marion zur Tür zurück. An der Blutlache auf der Erde stockte sie, ein Zittern lief über ihren Körper. »Gar nichts! Spiel weiter Kricket oder tanze Twist, schließlich sollte es eine Vergnügungsreise sein.«

»Bärchen...« stammelte Marion mit weiten Augen.

»Bitte geh –« sagte Haußmann rauh.

»Was habe ich dir getan?«

»Nichts! Und das ist gut so.«

»Was... was ist denn hier geschehen? Was ist mit deiner Frau?«

»Sie schläft. Laß ihr die Ruhe. Geh an Deck und amüsiere dich.«

Er drängte Marion auf den Flur und sah den I. Offizier an, der etwas verlegen allein noch im Flur stand. Die Menschenmenge hatte sich zerstreut. Die Nachricht von dem Geschehen unter Deck verbreitete sich nun über das ganze Schiff und wurde zur willkommenen Urlaubssensation. Der Matrose wurde wieder hochgezogen. Er wurde an der Reling empfangen wie ein siegreicher Weltmeister im Boxen.

»Kann man die Tür ersetzen?« fragte Haußmann.

»Der Bordschreiner wird sofort ein paar Bretter davornageln.« Der I. Offizier kaute an der Unterlippe. »Noch eins, mein Herr...«

»Bitte?«

»Ich hatte mich unhöflich benommen. Bitte, verzeihen Sie.«

Mit einem Ruck wandte sich der I. Offizier ab und verließ schnellen Schrittes den Gang. Marion folgte ihm mit gesenktem Kopf. Wie geprügelt kam sie sich vor, und sie erlitt es stumm wie eine Buße für die Monate, die hinter ihr lagen.

Karl Haußmann trat in die Kabine zurück und hängte eine Decke vor die zersplitterte Tür. Dann setzte er sich neben Erika auf das Bett, nahm ihre kalten Hände zwischen seine Hände und wartete, bis sie aus der Ohnmacht erwachte.

Eine Stunde später erhängte sich Uve Frerik in seinem Verschlag mit einem in Streifen zerrissenen Hemd.

Und Dr. Mihailovic stellte sachlich den Tod durch Erstikken fest. Er roch schon wieder nach gutem, altem Slibowitz.

In Dubrovnik war man zunächst nicht erstaunt, daß die ›MS Budva‹ nicht pünktlich um 8 Uhr morgens in den Hafen einlief. Die Abfahrt aus Bari war gemeldet, die Nacht war ruhig und fast windstill, also gar kein Anlaß, sich Gedanken zu machen. Der Hafenkommandant und der Geschäftsführer der Linie telefonierten nur kurz miteinander und versicherten sich gegenseitig, daß alles normal sei.

»Die ›Budva‹ ist ein alter Kahn, Genosse Mirko«, sagte der staatliche Reederei-Sekretär. »Wir müssen mit Verspätungen rechnen. Die Reparaturen an der ›Sveti Stefan‹ werden noch zwei Tage dauern, dann läuft wieder alles normal.«

»Natürlich, Genosse«, sagte der Hafenkommandant. »Ein alter Gaul springt über keine Zäune mehr.«

Nachdenklich wurde man erst, als gegen 10 Uhr noch immr keine ›MS Budva‹ am Horizont erschien und auch kein Funkspruch kam, obgleich man seit einer halben Stunde das Schiff anrief.

»Verstehen Sie das?« fragte der Reederei-Sekretär nervös. Er saß bei dem Hafenkommandanten im Zimmer und sah mit einem starken Feldstecher über das blau flimmernde Meer. »Aus Bari ist uns bestätigt worden, daß die ›Budva‹ pünktlich abgelegt hat. Sie muß etwas an der Funkanlage haben, denn niemand antwortet.«

»Es ist eine blöde Situation, Genosse.« Der Hafenkommandant sah auf seine drei Telefone und die vielen Knöpfe, die ihn mit den verschiedensten Dienststellen verbanden. Ein Druck auf einen dieser Knöpfe, und ein wohlgeordneter Apparat lief an: Auslaufen von kleinen, schnellen Motorbooten, Alarm bei der Flugstaffel, Alarm beim Kommandeur der Seeflugzeuge, Einsatz einer Funksuchmeldung an alle Schiffe auf dem Adriatischen Meer. »Geben wir Alarm, und die mistige ›Budva‹ taucht da hinten am Horizont auf, sind wir blamiert. Geben wir keinen Alarm, und es ist wirklich etwas passiert, sind wir ebenfalls blamiert. Ich sage es ja... eine blöde Situation!«

Man wartete bis 10.30 Uhr, sucht den Horizont ab und fragte mit harmlos klingenden Worten ein aus Brindisi kommendes Frachtschiff, ob es der ›MS Budva‹ begegnet sei.

»Nein!« funkte das Schiff zurück. »Nicht gesehen.«

Der staatliche Reederei-Sekretär wurde rot und begann kalt zu schwitzen. »Geben wir Alarm, Genosse«, sagte er mit belegter Stimme. »Ich bin verantwortlich für die Schiffe. Man wird mir in Belgrad die Hose ausziehen, wenn ich nichts tue. Geben Sie Alarm, Genosse. Zunächst nur die Flugstaffel. Der Mistkahn muß Havarie haben. Wer weiß, wo er herumschwimmt. Sinken kann er nicht, bei diesem Wetter. O Gott, es lohnt sich nicht, ein paar tausend Dinare zu verdienen, wenn man dafür weiße Haare bekommt...«

Der Hafenkommandant wartete noch bis 11 Uhr, dann rief er den Militärflugplatz Zelenika an. Drei Aufklärer starteten sofort, überflogen Dubrovnik und drehten dann auf das Meer ab.

»Diese Aufregungen!« sagte der Reederei-Sekretär. »Ist es ein Wunder, Genosse, wenn ich magenkrank bin?«

Um 11.12 Uhr begann der Telegraf zu ticken. Der Hafenkommandant und der staatliche Reederei-Sekretär sahen wie gebannt auf den Streifen, der aus dem Telegrafen rasselte.

»Die ›Budva‹ ...« stöhnte der Sekretär. »Jetzt funkt das Miststück, wo die Flugzeuge unterwegs sind.«

»Sie haben Maschinenschaden.« Der Hafenkommandant riß den Morsestreifen ab und las die Funkmeldung. »Eine Turbinenwelle gebrochen. Treiben auf dem Meer. Haben versucht, den Schaden selbst zu reparieren. Bitten um Abschlepp.«

Der Kopf des Reederei-Sekretärs war rot wie ein Winterapfel. »Warum erst jetzt?« schrie er. »Warum melden sie es nicht gleich, Genosse? Den Kapitän lasse ich strafversetzen. Ins Zuchthaus kommt er. Ein Abschleppschiff! Vor heute abend können sie gar nicht in Dubrovnik sein. Diese Blamage! In allen Zeitungen wird es stehen. Und dazu mein Name. Mit dem Kopf an die Wand sollte man rennen!«

Er rannte hinaus, hinüber zur Sprechfunkanlage. Nach zehn Minuten war er wieder da, ein wenig bedrückt und mit einem zerknitterten Gesicht. Der Hafenkommandant hatte unterdessen Verbindung mit den Suchflugzeugen. Er saß, Kopfhörer um die Ohren, an einem Schaltpult und regulierte den Ton.

»Sie überfliegen die ›Budva‹«, sagte er, als der Sekretär eintrat. »Sie treibt ungefähr auf der Mitte der Strecke. Alles scheint wohlauf. Die Beobachter melden, daß auf einem Deck Kricket gespielt wird, und auf dem anderen Deck tanzen sie. Tolle Stimmung, Genosse!«

»Sie tanzen! Alles in Ordnung.« Der Sekretär fiel auf einen Stuhl und wischte sich den perlenden Schweiß vom Gesicht. »Ich habe mit dem Kapitän gesprochen, der Teufel zerreiße ihn! Eine Schießerei hat's gegeben, einen Irren, der sich erhängt hat, und zwei Tote durch Krebs. Die Maschine ist völlig hinüber, ein Hauptkabel durchgebrannt, und das Schiff manövrierunfähig.«

»Das reicht, Genosse!« Der Hafenkommandant nahm die Kopfhörer ab und legte sie neben sich. »Mit dieser Liste sind

Sie rehabilitiert. Das ist eine Ansammlung von höherer Gewalt, die zwingend ist.«

»Ich habe es schon nach Belgrad gemeldet.« Der Reederei-Sekretär sah traurig über das in der Sonne herrlich leuchtende blaue Meer. »Zwei Schlepper sind unterwegs zur ›Budva‹. Sie, Genosse Mirko, werden gleich Befehle vom Kommandanten in Mostar bekommen. Bevor die Passagiere an Land dürfen, soll eine genaue Untersuchung der Vorfälle stattfinden. Die ›Budva‹ soll außerhalb des Hafens ankern. Miliz wird an Bord gehen. Man wird einen gewaltigen Wirbel machen.«

»Und die Kranken an Bord, die nach Sarajewo wollen?«

»Weiß ich es?« Der Sekretär hob hilflos die Schultern. »Ordnung ist alles! Und Befehle soll man nicht überdenken. Oder sind Sie anderer Ansicht, Genosse?«

»Nein!« Der Hafenkommandant setzte den Kopfhörer wieder auf. »Ich werde erst einmal dafür sorgen, daß Särge und ein Lastwagen am Hafen sind, wenn die ›Budva‹ einläuft. Und die Genossen vom Leichenkeller des Krankenhauses müssen auch Bescheid wissen.« Der Hafenkommandant lehnte sich zurück und sah an die weißgetünchte Decke. »Wann hört dieser Blödsinn eigentlich auf, in Sarajewo auf Wunder zu warten...?«

Der Maschinist Julius Scheible war ein untersetzter, blonder, etwas bulliger Mann mit dicken Muskeln an den Armen und einer plattgedrückten Nase. Er hatte das Haar kurz geschnitten wie ein Igel, und die Hände, die den schweren Hammer umklammert hielten, waren voll Öl und Maschinenfett.

Er stand in dem offenen Schott, sah hinaus auf den Gang und hob den Hammer, als Frank Hellberg einen Schritt nach vorn machte.

»Stehenbleiben, Freundchen!« sagte Julius Scheible. »Sonst knallt's aufs Hirn!«

»Laß die großen Sprüche, Junge.« Hellberg lehnte sich an

die eiserne Gangwand. »Leg das Hämmerchen weg und spiel keinen Samson! Du siehst, die Weiber sind weg, und wir zwei können uns wohl vernünftig unterhalten, was?«

»Wer sind Sie?« fragte Scheible und ließ den Hammer sinken.

»Frank Hellberg. Ich bin Journalist.«

»Auch das noch!« Scheible verzog das Boxergesicht. »Zwei Typen gibt's, die ich nicht mag: Politiker und Journalisten. Die einen machen Mist, und die anderen drucken ihn auch noch ab.«

Frank Hellberg lachte. »Schlechte Erfahrungen mit beiden gemacht?« fragte er dann.

»Sehr schlechte.« Julius Scheible setzte sich auf den erhöhten Rand der Schottentür. Den Hammer legte er abwehrbereit auf seine Knie. »Sie haben den Chef kaltgestellt?«

»Ja. Wundert Sie das?«

»Nein.«

»Sie wissen, was auf dem Schiff los ist?«

»Natürlich.«

»Mensch, wollen Sie auch ins Zuchthaus?«

»Ich habe mich nur um die Maschine gekümmert... das sind mildernde Umstände. Und im übrigen ist das hier alles Scheiße. Glauben Sie, ich hocke hier freiwillig unter der Meeresoberfläche?«

Frank Hellberg sah den Mann mit der eingeschlagenen Nase erstaunt an.

»Sagen Sie bloß noch, Sie seien auch von Saluzzo entführt worden.«

»Nicht gerade.« Julius Scheible wischte sich die Nase mit dem Handrücken. »Das ist eine lange Geschichte, lieber Journalist.« Er grinste. Das Wort tat ihm gut. »Ich bin in Stuttgart geboren, in Berlin aufgewachsen, in Köln in die Fürsorge gekommen und in Flensburg zum erstenmal in den Knast. Beim Militär habe ich mehr im Bau gesessen als in der Kaserne, im Krieg habe ich Partisanen ausgeräuchert, nach dem Krieg kam mir ein Schupo auf dem Schwarzmarkt in die Quere, den habe ich krankenhausreif geschlagen. Dann ab über den Rhein nach Kehl. Meldebüro der Fremdenlegion. Angenommen. Marseille. Sidi-bel-Abbès in Algerien, Indochina, zurück in die Wüste nach Ghardaia, Flucht nach Tunis, in Abwesenheit in Frankreich zum Tode verurteilt. Und in Tunis heuert mich Saluzzo als Maschinist an, erfährt, wer und was ich bin, zeigt mir das Todesurteil und sagt: Mein Lieber, wenn du nicht klein wie ein Mäuslein bist, liefere ich dich an die Franzosen aus.« Julius Scheible leckte sich über die Lippen. »Na, mein kluger, studierter Junge ... was hättest du getan? Tanzen, wie Saluzzo flötet, oder sich in Frankreich erschießen lassen? Mir ist es seitdem Wurscht, was oben an Deck passiert... wenn man nur mich hier unten in Ruhe läßt!«

»Das ist ein Roman für sich«, sagte Hellberg leise.

»Blas was auf deinen Mistroman! Was habt ihr mit dem Chef und seiner Bande vor?«

»Ich will sie der Polizei abliefern. Aber dazu mußt du erst den Kahn laufen lassen.«

»Welcher Polizei?«

»Irgendeiner.«

»Die Welt ist tatsächlich voller Idioten! Könnt ihr Saluzzo was nachweisen? Ein Schiff voller Weiber? Ist das ein Beweis? Der kann beweisen, daß er jeden Tag massenweise Kaviar frißt und dadurch überpotent ist! Da kannste gar nichts machen!« Julius Scheible wiegte den schweren Hammer in seinen öligen Händen. »Das Ganze ist mir zu unsicher. Am sichersten ist, ich gehe hinauf und hämmere dem Boß das Hirn auf.«

»Nein!«, sagte Hellberg hart. »Keinen Mord!«

»Dann leck mich!« schrie Scheible und erhob sich. »Sieh zu, wie du den Kahn zum Laufen bekommst.«

Frank Hellberg zog die Pistole aus der Tasche, aber sie machte gar keinen Eindruck auf Scheible. Er lachte breit und schüttelte den dicken Kopf.

»Junge, spiel keinen Film ab! Knall doch! Dann fall ich um,

und ihr könnt hundertprozentig auf diesem Kahn verdorren wie Bratäpfel. Ohne Julius fährt nichts.« Er drehte sich um und ließ den Hammer in seiner Hand pendeln. »Gib den Chef her, und in fünf Minuten rauscht ihr durchs blaue Meer.«

»Nein!« sagte Hellberg noch einmal. »Solange ich es verhindern kann, geschieht auf dem Schiff keine Untat mehr.«

»Dann balsamiere dich ein mit deiner Humanität!« schrie Julius Scheible und warf die Schottentür hinter sich zu. Der Knebelverschluß knirschte. Hellbert hörte noch, wie Scheible den Hammer in eine Ecke warf und dann wegging zu den schweigenden Maschinen.

Langsam stieg Hellberg die Treppe wieder hinauf, wo die Mädchen unter Leitung Claudias dabei waren, das Deck aufzuräumen. Durch das Fenster der kleinen Barküche starrten die beiden Stewards auf Hellberg und warteten anscheinend auf das Wunder, Saluzzo kommen zu sehen.

»Wir müssen die Nerven behalten«, sagte Hellberg oben auf der Brücke und setzte sich erschöpft neben Juanita. »Vielleicht denkt er jetzt nach und sieht ein, daß es besser ist zu fahren, als hier zu verfaulen.«

»Wir könnten die Nacht abwarten und Leuchtkugeln schießen. Vielleicht sieht uns einer. Auf jedem Schiff sind solche Notpistolen.«

»Und wenn wir weit ab von allen Schiffsrouten sind? Wenn wir mit diesen Signalen nur die ›Geschäftsfreunde‹ Saluzzos anlocken?«

Juanita hob die schönen Schultern. »Das kann sein. Aber wissen Sie einen anderen Rat?«

Als ob die Frage so laut gewesen wäre, daß man sie bis in den letzten Schiffswinkel hätte hören können, klopfte es wie zur Antwort an dem Sprachrohr. Julius Scheible meldete sich.

»Hören Sie!« sagte er, als Hellberg sich über den Trichter beugte und ›Was wollen Sie noch?‹ hinunterrief. »Ich habe eine Frage.«

»Dann machen Sie schnell, denn ich habe die Absicht, mit Saluzzo zu verhandeln.«

»Sind Sie verrückt?«

»Nein, aber auch nicht lebensmüde. Wenn Saluzzo uns zusichert, uns an Land zu bringen, lasse ich ihn frei.«

»Das ist doch ein Witz!« schrie Julius Scheible.

»Mein vollster Ernst.«

»Ich habe einen Vorschlag.«

»Ich höre.«

»Ich lasse die Maschinen wieder an. Und Sie geben mir Ihr Ehrenwort, mich ohne weitere Fragen laufenzulassen, wenn wir irgendwo anlegen.«

»Ehrenwort von einem verhaßten Journalisten?«

»Lassen wir den Blödsinn, Hellberg. Sie wissen, wie's gemeint war. Also, wie ist's?«

Hellberg zögerte, dann sagte er: »Gut, Julius. Wenn wir glücklich landen, können Sie abhauen wie ein Hase aus der offenen Falle.«

»Danke! Ich revidiere mein Urteil: Journalisten sind auch Menschen…«

Sekunden später ging ein Zittern durch den Leib der weißen Jacht. Die Motoren dröhnten auf, die beiden Schrauben wühlten das blaue Wasser zu weißer Gischt auf. Einen Ruck gab es, und dann schnitt der schlanke Kiel in die sanften Wellen.

»Wir fahren!« schrie Juanita udn stürzte zum Ruder. »Wir fahren!« Sie fiel Hellberg um den Hals und küßte ihn wild. »Wir fahren…«

Über das Deck scholl vielstimmiger Jubel. Die Mädchen umarmten sich und tanzten umeinander. Claudia rannte die Brücke hinauf und fiel in die ausgebreiteten Arme Franks.

»Wir sind gerettet, Liebling!« rief sie. »Wir fahren zurück ins Leben!«

»Und wir werden ab jetzt für immer… für immer zusammenbleiben. Ich liebe dich, Claudia…«

»Und du bist meine ganze Welt, Frank!«

Die schöne, weiße, stolze Jacht rauschte durch das blaue Meer. Juanita lenkte sie nach dem Kreiselkompaß, fuhr einen weiten Bogen und nahm Kurs nach Nordosten.

Delphine jagten neben ihnen her, sprangen aus dem Wasser, und die Sonne ließ ihre nassen Leiber wie blankes Silber leuchten. Auf dem Deck sangen und tanzten noch immer die Mädchen.

»So, das wäre geschafft«, sagte Hellberg und löste sich aus den Armen Claudias. »Jetzt müssen wir uns um Saluzzo und die anderen Burschen kümmern. Ich nehme an, daß ihnen der Ätherrausch schwer im Magen liegt.«

Am Sprachrohr klopfte es wieder. Hellberg nahm den Stopfen ab und klopfte zurück.

»Danke, Julius! Was gibt's?« rief er in den Maschinenraum hinunter.

»Wo sind wir?« fragte Julius Scheible.

»Wenn ich das wüßte! Warum? Irgendwo auf dem schönen Mittelmeer...«

»Alles Scheiße mit Soße!« schrie Scheible zurück. »Sieh mal auf die Kontrolluhr! Wir haben nur noch für fünf Stunden Brennstoff.«

»Verdammt!« sagte Hellberg leise.

»Und wenn ihr immer mit voller Kraft fahrt, reicht's nur drei Stunden.«

»Und dann, Julius?«

»Dann können wir ein Damenkaffeekränzchen aufmachen und warten, bis uns ein Mann vom Jungferndasein erlöst.«

Hellberg trat vom Sprachrohr zurück. Ihm war gar nicht zum Lachen zumute. Stumm starrte er über das sonnenglänzende Meer. Noch drei Stunden Brennstoff. Und dann?

Der Weg zurück ins Leben endete wieder im Nichts...

Über der ›MS Budva‹ kreisten die drei Aufklärungsflugzeuge der jugoslawischen Luftflotte. Die Menschen auf den Decks winkten ihnen zu, mit Händen, Taschentüchern und Handtüchern. Die Bordkapelle spielte Tanzmusik. Der I. Ingenieur hatte eine glorreiche Idee gehabt: Er ließ mit drei dicken Schläuchen Wasser aus dem Meer in das Schwimmbecken pumpen. Die ersten Männer und Frauen in Badeanzügen warteten schon am Rand, bis das Becken wenigstens nabelhoch gefüllt war. Ein fröhliches Leben war auf dem Schiff. Man genoß den sonnendurchtränkten Zwangsaufenthalt auf dem Meer wie ein überraschendes Geschenk.

Nur unter Deck, in den Kabinen der Schwerkranken, machte man sich Sorgen. Bei ihnen ging es um jeden Tag, ja um jede Stunde. Sie waren nicht mehr zu heilen, jeder sah es, aber sie klammerten sich mit einer erschütternden Kraft an den Glauben, in Sarajewo würde die Wunderdroge HTS sie von den Bahren lösen und sie das Gehen wieder lehren.

Erika Haußmann hatte die große, nervliche Belastung der letzten Stunde überstanden. Die Tür hatte man mit Brettern notdürftig abgedichtet, vor das zerschossene Bullauge hatte man eine Pappscheibe genagelt. Nun war es dunkel im Zimmer, und man mußte den ganzen Tag über das Licht brennen lassen.

Karl Haußmann hatte sich gewaschen, und auch Erika hatte sich umgezogen und ein neues Kleid genommen, als es an die Bretter der zerschlagenen Tür klopfte. Haußmann öffnete sie einen Spalt und sah draußen den jungn Engländer von nebenan stehen, den Begleiter der lebenden Mumie, des Greises, der nicht sterben konnte und wollte und dessen Herz stärker war als sein übriger Körper.

»Verzeihen Sie, mein Herr«, sagte er in einem fließenden, fast akzentfreien Deutsch, wie man es auf englischen Colleges lernt, »wenn ich Sie trotz der vergangenen Ereignisse auch noch belästige, aber mein Onkel, Lord James Willliam Rockpourth, möchte mit Ihnen sprechen. Wenn Sie ein paar Minuten Zeit übrig hätten ... mein Onkel wünscht die Unterhaltung, und wenn Sie meinen Onkel kennen würden, sähen Sie ein, daß alle Gegenargumente vergeudete Zeit sind. Ist es Ihnen möglich, Sir?«

»Aber ja... ja...« sagte Karl Haußmann verwirrt. »Ich weiß nicht... Was soll ich... Ihr Onkel... Lord Rock...« Er dachte an den Mann auf der Trage, das Gesicht, ein pergamentüberzogener Totenschädel.

»Mein Onkel ist aus seiner Agonie erwacht. Das geht seit zwei Monaten so. Soviel ich hören konnte, geht es ihm um sein Testament. Um einen Letzten Willen... Er hat bisher genau siebzehn Letzte Willen ausgedrückt.« Der elegante, junge Engländer lächelte verzeihend. »Wenn Sie es möglich machen könnten, Sir.«

»Natürlich. Ja.« Karl Haußmann zog seine Jacke an und kontrollierte noch einmal den Sitz seiner Krawatte. »Ich komme selbstverständlich.«

»Ich gehe mit«, sagte Erika hinter Karl. »Ich habe Angst davor, noch einmal allein zu sein...«

»Bitte!« Der junge Engländer trat höflich zur Seite. »Mein Onkel ist von dem Schuß durch das Fenster aus der Agonie erwacht. Er hat wie ein heilender Schock gewirkt. Er wird sich freuen, Sie kennenzulernen, Mrs. Haußmann.«

Karl Haußmann nickte verwirrt. Er faßte Erika unter, und sie gingen hinüber zur Nachbarkabine.

Als der junge Engländer die Klinke herunterdrücken wollte, flog die Tür von innen auf, und Dr. Mihailovic stürzte in den Gang. Er hatte eine noch volle Injektionsspritze in der Hand und war betrunken. Aus der Kabine tönte die fluchende Greisenstimme des lebenden Toten.

»Umbringen wollen Sie mich!« schrie der alte Engländer. »Aber ich lebe! Ha! Ich lebe weiter! Und ich werde in Sarajewo die Pillen schlucken, pfundweise, jawohl.«

Dr. Mihailovic sah Haußmann, den Neffen des Tobenden und Erika aus wäßrigen Augen an. Sein Mund zitterte, als wolle er weinen. Dann zuckte er mit den Schultern, steckte die Spritze einfach in seine Jackentasche und rannte weiter, hinauf an Deck.

Der junge Engländer lächelte mokant. »Sie sehen, Sir, wie munter mein Onkel ist. Darf ich bitten einzutreten!«

Lord James William Rockpourth saß in seinem Bett, gestützt von einem Berg zerknüllter Kissen. Sein Totenschädel mit der pergamentenen Haut saß auf einem erschreckend dünnen, faltigen Hals. Darunter begann ein dicker Morgenmantel, der den schon mumienähnlichen Körper ganz einhüllte. Der Lord winkte mit beiden Händen, als er Haußmann und Erika sah, und zeigte auf zwei Sessel, die neben dem Bett standen.

»Kommen Sie bitte näher«, sagte er mit dem gleichen, gepflegten Deutsch, das auch sein Neffe sprach. »Und du gehst hinaus, Robert.«

»Onkel James...«

»Hinaus«, brüllte der Greis.

Robert hob die Schultern und sah Haußmann vielsagend an. Er wandte sich ab, aber an der Tür blieb er noch stehen.

»Ich darf dich daran erinnern, Onkel James, daß die Herrschaften zu dem gleichen Zweck auf dem Schiff wie...«

»Hinaus!« schrie Lord Rockpourth und wedelte mit den Skeletthänden.

»Ich warte vor der Tür«, sagte der Neffe Robert leise beim Hinausgehen, »es kann sein, daß er in fünf Minuten wieder in Agonie fällt. Rufen Sie mich dann bitte, Sir.«

»Natürlich, natürlich...« stotterte Haußmann verwirrt. Dann griff er nach hinten, nahm die kalte Hand Erikas und ging zu den angebotenen Sesseln ans Bett.

Lord Rockpourth musterte Haußmann mit grauen, ungemein lebendigen Augen, die gar nicht zur Verfassung seines Körpers paßten. Es waren die Augen eines Mannes, der zeit seines Lebens nur befohlen hatte.

»Ich hörte, Sie sind Deutscher?« sagte er und nickte dabei Erika zu.

»Ja, mein Herr.« Haußmann dachte krampfhaft darüber nach, wie man einen Lord anredet. Mylord, das kannte er. Aber da er sich nicht sicher war, ob es hierher paßte, unterließ er es.

»Nennen Sie mich James«, sagte Lord Rockpourth.

»Aber ich kann doch nicht...« Haußmann warf einen Seitenblick auf Erika.

»Wir sitzen nicht nur im gleichen Schiff, sondern auch im gleichen Boot des Schicksals.« Lord Rockpourth lehnte sich etwas zurück. »Man hat mir gesagt, ich sei unrettbar an Krebs erkrankt. Pankreaskrebs, eine gemeine Art des Krebses. Wenn man ihn entdeckt, ist es zu spät. Alle Sprüche von Früherkennung sind Blödsinn. Ich hatte die besten Ärzte, sie haben meinen Bauch jahrelang geröntgt, fotografiert, durchleuchtet. Alles nervös, sagten sie. Sie sind kerngesund, Mylord. Und was bin ich wirklich? Sehen Sie mich an! Ist es denkbar, daß ich einmal zehn Preise im Reitturnier gewonnen habe? Parforcejagden habe ich geritten, wie ein roter Teufel. Nun, wo es zu spät ist, sagen sie die Wahrheit... und heben dumm die Schultern. Aber ich gebe nicht auf, mein Bester. Ein Lord Rockpourth gibt nie auf! Seit einem Jahr fahre ich durch die Welt. Wo ein neues Mittel gegen den Krebs angeboten wird, wo man forscht, wo ein Funken Hoffnung glimmt, bin ich da. Ich habe bisher 200000 Pfund dafür ausgegeben. Nun geht es nach Sarajewo.« Lord Rockpourth zog den Totenschädel noch weiter in die Kissen hinein. »Glauben Sie an das HTS?«

»Ja«, sagte Haußmann fest. »Wären wir sonst auf dem Schiff?«

»Sie sehen blühend aus, Mrs. Haußmann.« Lord Rockpourth schüttelte den Kopf. »Welcher Idiot hat Ihnen einen Krebs angedichtet?«

»Wir haben die Röntgenbilder gesehen«, sagte Erika ohne Erregung in der Stimme. Für sie war die Krankheit nun eine Tatsache, mit der man fertig werden mußte. Was halfen Klagen und Panik, Angst und Tränen? Sie war noch jung, ihr Körper hatte noch die Kraft, sich gegen die Krankheit zu stemmen, und wenn die Pillen des Dr. Zeijnilagic auch nur eine kleine Wirkung haben würden... vielleicht genügte das als Initialzündung, um den Tod in ihr zu besiegen. Ganz fest glaubte sie nun daran.

»Es ist lächerlich, aber auch ich glaube an dieses HTS.« Lord Rockpourth klopfte die Bettdecke um sich flach und strich sich dann über den Mumienkopf. »Ein Vermögen habe ich für Scharlatane und Großsprecher ausgegeben. Ich habe Rote-Bete-Saft gesoffen, habe mich magnetisieren lassen, bin bestrahlt worden und habe Tränke geschluckt, die wie Jauche schmeckten. Von den Pillen, Tabletten, Dragees und Pülverchen wollen wir gar nicht sprechen. In Japan war ich und habe Bambusgraspulver gefressen, und ein französischer Arzt kam zu mir und beschien mir 14 Tage lang meine Bauchdecke mit einer blauen Lampe. Dann schmiß ich ihn raus! Ja, und nun ist es soweit, daß meine Verwandtschaft, die sich seit drei Jahren versammelt, um meinen Tod zu sehen und auf ihr Erbe zu warten, mich für einen Verrückten hält, der sein Vermögen zum Fenster hinauswirft. Auch mein Neffe Robert, der elegante Robert, Sie kennen ihn. Mein Lieblingsneffe, aber ein Windhund. So windig, wie ich in der Jugend war – darum mag ich ihn. Ich habe den Verdacht, daß er im Auftrage meiner jüngeren Brüder und vor allem deren Frauen handelt und es verhindern will, daß ich Sarajewo erreiche. Er hetzt mir diesen Dr. Mihailovic auf den Hals, der in seinem Suff noch nicht einmal meine Armvene findet! Und er tut alles, um mir klarzumachen, daß ich zu sterben habe, weil ich reif dazu bin. Ha!« Der Totenschädel begann wild zu schwanken. »Ich lebe noch! Und ich werde weiterleben! Sarajewo, ich spüre es, wird mich retten.«

Lord Rockpourth sah Karl Haußmann und Erika lange an, ehe er weitersprach. Haußmann schwieg. Was sollte man darauf sagen? Ein Sterbender klammert sich an die große Hoffnung. Auch hier war es wieder deutlich: Niemand, außer einem Lungenkranken, glaubt so sehr an eine Gesundung wie ein Krebskranker. Verstohlen sah er zur Seite auf Erika. In ihren Augen las er, daß sie den alten Lord verstand.

»Können wir Ihnen helfen?« fragte Haußmann, obgleich er nicht wußte, wie.

»Ja, Mr. Haußmann. Das können Sie!« Lord Rockpourth

sah zur Tür. Seine Stimme wurde etwas gedämpfter. »Zwei Dinge sind es. Zeit meines Lebens war ich von Dienern und Liebedienern umgeben, von Freunden, die mich ausnützten, und von Verwandten, die mir um den Bart strichen. Echte Freunde, wo gibt es die, Mr. Haußmann? Ich lernte sie nur einmal kennen: damals, in Südafrika, beim Burenkrieg, wo ich als kleiner Junge von Soldaten befreit wurde und mit ihnen durch die Steppen zog. Seitdem war alles nur ein Nicken vor meinem Reichtum. Sie sind anders, ich sehe es Ihnen an. Ich habe Sie beobachtet, als wir aufs Schiff gingen. Ihre Gattin lag auf einer Trage wie ich; es war ein guter Trick, Mr. Haußmann.«

»Für die Rettung meiner Frau gehe ich in die Hölle!« sagte Haußmann etwas pathetisch. Lord Rockpourth lächelte. Es sah schrecklich aus.

»Brauchen Sie Geld, Mr. Haußmann?«

»Nein!« sagte Haußmann laut. »Ich bin Fabrikant.«

»Würden Sie – zusammen mit meinen Anwälten Gibson & Gibson & Sohn – darauf achten, daß mein Testament vollstreckt wird und daß ich vor allem, falls ich wieder die Besinnung verlieren sollte, nach Sarajewo zu diesem Dr. Zeijnilagic gebracht werde? Auf dem schnellsten Wege. Man kann nämlich nach Sarajewo in ein paar Stunden und in ein paar Tagen fahren. Ich möchte in ein paar Stunden da sein, wenn wir in Dubrovnik landen. Ich setze Ihnen dafür 10000 Pfund aus, das sind fast 110000 Deutsche Mark!«

Haußmann dachte an den vor der Kabinentür wartenden Neffen Robert und an alles das, was kommen konnte, wenn er jetzt versprach, dafür zu sorgen. Er wandte sich zu Erika, und sie nickte ihm leicht zu. Tue es, sagte ihr Blick. Wenn ich so hilflos daläge wie er...

»Wie stellen Sie sich das vor, Mylord?« sagte Haußmann ausweichend. »Was sollte ich tun?«

»Ich übergebe Ihnen mein letztes Testament. Sollte ich wider Erwarten doch sterben, so reichen Sie es an Gibson & Gibson & Sohn weiter und sagen Sie unter Eid aus, daß ich es im Vollbesitz meiner geistigen Kräfte aufgesetzt habe. Man wird es nämlich anfechten. Meine Schwägerinnen sind Aasgeier! Sterbe ich nicht vor Sarajewo, dann begleiten Sie mich zu Dr. Zeijnilagic und beschaffen mir die HTS-Kapseln. Verlassen Sie mich nicht, gehen Sie nicht von meiner Seite!«

»Ich... ich will es versuchen«, sagte Karl Haußmann zögernd nach einem neuen Blick zu Erika. »Wenn Sie Ihren Neffen darüber informieren...«

»Das werde ich!« Lord Rockpourth lächelte wieder, ein grinsender Totenschädel. »Er ist ein lieber Junge, der Robert. Aber seine Mutter, Lady Harriet, die Frau meines jüngsten Bruders... eine Bestie ist sie. Und er steht ganz unter ihrem Einfluß, das Muttersöhnchen.« Der Greis steckte Haußmann seine Knochenhand entgegen. »Kann ich mich darauf verlassen, Mr. Haußmann? Sie sehen, wie allein ein alter, reicher Mann sein kann, wenn er sterben soll, aber nicht sterben will! Ich wünsche keinem dieses Schicksal.«

Und Karl Haußmann nahm die Hand Lord Rockpourths und drückte sie stumm.

Er übernahm damit eine Aufgabe, deren Schwere er noch nicht ahnte.

Nach drei Stunden Fahrt, immer in nordöstlicher Richtung, klopfte es wieder am Sprachrohr. Julius Scheible meldete sich.

»Noch für eine halbe Stunde Brennstoff!« rief er. »Kein Land in Sicht?«

»Nichts!« Frank Hellberg wandte sich an Juanita Escorbal, die die Jacht seit Stunden auf gleichem Kurs hielt. Ein bewunderungswürdiges Mädchen, dachte er. Im Ruderhaus glühte die Sonne, und sie steht da, starrt über das blaue, flimmernde Meer und auf den Kompaß und scheint Nerven wie Stahl zu haben. Wie hoffnungslos, wie verzweifelt war sie noch vor wenigen Stunden in ihrem Luxusgefängnis!

Die anderen Mädchen lagen unter dem Sonnensegel und

ruhten sich aus. Claudia war unter Deck gegangen, in die kühlere Kabine. Sie hatte wieder einen Hustenanfall bekommen, und ihr schmaler, zerbrechlicher Körper wurde hin und her geschüttelt.

Ich liebe sie, dachte Hellberg. Bei Gott, wenn man sie retten könnte, wenn es wirklich ein Mittel gäbe, diese Krankheit zu besiegen... Wir müssen nach Sarajewo kommen! Wir müssen!

»Hat außer Foramente noch einer eine Ahnung, wie man den Standort bestimmt?« rief Hellberg hinunter in den Maschinenraum. Julius Scheible antwortete sofort.

»Nee! Keiner! Das machte ihn ja für Saluzzo so unentbehrlich.« Scheible hustete. »Wenn wir Land sehen, wie wird das überhaupt?«

»Wie ich es dir gesagt habe. Du kannst hingehen, wohin du willst. Die Mädchen werden sich bei der nächsten Behörde melden, und Saluzzo mit den anderen Gaunern kommt hinter Schloß und Riegel.«

»Ich habe keinen Pfennig Geld...«

»Bevor wir landen, wirst du genug bekommen, um dich irgendwohin durchzuschlagen. Ich verspreche es dir, Julius.«

»Dann seht mal zu, daß ihr Land bekommt!«

Frank Hellberg steckte den Stöpsel auf das Sprachrohr und begab sich nach unten zum Krankenraum. Er schloß die Tür auf und wurde von einem Knurren und unverständlichen Schimpfen empfangen. In den Fesseln bäumten sich Saluzzo und Foramente auf und versuchten, die Knebel von den Mündern zu drücken.

Hellberg wandte sich zuerst an Saluzzo. Er band das Tuch von dem wutverzerrten Gesicht und setzte sich neben dem Gefesselten auf einen Schemel.

»Sie Idiot!« keuchte Saluzzo. »Sie Phantast! Nun kommen Sie sich als der Herr der Lage vor. Aber einmal werden Sie ja anlegen müssen, und es gibt niemanden an der Küste, der Saluzzo und sein Schiff nicht kennt. Was glauben Sie, was man mit Ihnen machen wird?«

»Sparen wir uns alle Schimpfereien, Saluzzo.« Hellberg sah hinüber zu Foramente, der jetzt still lag und ihnen zuhörte, obgleich er kein Deutsch verstand. Der I. Steward schlief; die Versuche, sich aus den Schnüren zu befreien, hatten ihn ermüdet. »Wir fahren seit drei Stunden übers Meer, ohne Orientierung, nur nach Kompaß. Wir wissen nicht, wo wir sind.«

»In der Hölle!« schrie Saluzzo.

»Vielleicht. Aber Sie braten mit, das ist es. In einer halben Stunden ist der Brennstoff verbraucht, dann treiben wir hier herum, und wenn wir abseits einer befahrenen Gegend sind, können wir verhungern und verdursten. Es ist Ihnen doch klar, daß aller Wasser- und Eßvorrat erst unter den Mädchen verteilt wird, ehe Sie drankommen. Helfen Sie uns also nicht, werden Sie zuerst verhungern.«

Saluzzo schwieg und starrte an die weiße, lackierte Decke. Er überlegte. Was Hellberg sagte, war nicht widerlegbar. Aber aus einer verzweifelten Lage kann man Kapital schlagen.

»Was wollen Sie, Hellberg?« fragte Saluzzo, wieder völlig ruhig, ja überlegen.

»Sagen Sie Foramente, daß ich ihn gleich losbinde und mit an Deck, zum Ruder, nehme. Er soll den Standort bestimmen und dann auf einen Kurs gehen, der uns in Landnähe bringt. Ob es noch reicht, weiß ich nicht. Auf jeden Fall soll er in ein Gebiet fahren, wo wir gesehen werden können.«

Saluzzo hob den Kopf. Hellberg tippte ihn auf die Schulter, bevor Saluzzo anfing, zu sprechen.

»Noch eins: Sagen Sie Foramente keinen Blödsinn! Ich habe mir erzählen lassen, daß Verdursten noch schrecklicher ist als Verhungern. Sie alle bekommen den nächsten Tropfen Wasser erst, wenn Foramente bewiesen hat, daß er das Schiff auf richtigen Kurs gebracht hat.«

»Sie sind ein eiskalter Bursche, Hellberg.« Saluzzo sah hinüber zu Foramente. Und dann sprudelten italienische Worte zwischen den beiden Männern, eine Flut von schnellen Sätzen, in denen Hellberg keinen Sinn sah. »Es ist gut«, sagte Saluzzo nach diesem Feuerwerk von Worten. »Sie können Foramente mitnehmen. Ich habe ihm genaue Anweisungen gegeben...«

»Wir wollen es sehen, Saluzzo.«

Hellberg beugte sich über Luigi Foramente, löste die Fesseln und wartete dann, die Pistole in der Hand, bis sich der schlanke, schwarzgelockte Kapitän gestreckt und die Glieder gerieben hatte. Als Foramente zur Tür ging, trat Hellberg zur Seite, ließ ihn auf den Gang gehen, schloß dann die Tür des Sanitätsraumes wieder ab und winkte mit der Pistole nach oben.

Auf der Brücke sah Foramente mit einem schiefen Lächeln Juanita Escorbal an und warf einen kurzen Blick auf den Kreiselkompaß.

»Die Richtung stimmt!« sagte Juanita hart. »Vor uns ist entweder die griechische oder die jugoslawische Küste.«

Stumm nahm Foramente aus einem Holzkasten einen Sextanten, trat hinaus auf die Treppe und schoß die Sonne an. Schon immer war es Hellberg ein Rätsel gewesen, wie man mit diesem Gerät den genauen Standpunkt auf dem Meer berechnen konnte. Auf dem Gymnasium hatte man es zu erklären versucht, aber nie hatte er es begriffen. Nun sah er, wie Foramente auf dem Halbkreisbogen des Gerätes eine Zahl ablas, zurückging zur Seekarte und mit einem Bleistift ein kleines Kreuz machte.

»Prego...« sagte er voll Spott zu Hellberg und zeigte auf das Kreuz. Auch Juanita ließ das Steuerrad los und trat heran.

»Wie weit bis zur Küste?« fragte sie.

»Bis Ulcinj, das liegt am nächsten, noch 4 Stunden.«

»Und Treibstoff für eine halbe Stunde!«

Foramente hob die Schultern. Über sein Playboy-Gesicht lief ein ironisches Lächeln. »Ist es meine Schuld? Aber wenn Sie Kurs auf die Küste halten – ich richte Ihnen den Kurs ein – können wir in ein Gebiet kommen, wo uns jugoslawische Thunfischfänger sehen.«

»Bitte...«

Juanita beobachtete den Kompaß, als Foramente ein paar Drehungen am Steuerrad machte und dann die weiße, schnelle Jacht gegen die Sonne laufen ließ.

»Das ist es!« sagte er und trat zurück, die Hände auf dem Rücken. Dann sah er Hellberg an, mit der Frage in den Augen, was nun weiter geschehen sollte.

»Kommen Sie mit!« sagte Hellberg und winkte, da Foramente ihn doch nicht verstand. Er führte ihn zum Bug, wo Saluzzo immer seine Speisetafel aufgeschlagen hatte, und zeigte auf einen Teller mit Früchten, Weißbrot und Butter. Daneben stand ein großes Glas Orangensaft.

Foramente zögerte, doch dann stürzte er sich heißhungrig wie ein eingesperrtes Raubtier auf das Brot, legte die Butter darauf, aß mit würgendem Schlucken und trank mit einem Schluck das halbe, große Glas leer.

Einen Augenblick nur war Hellberg unvorsichtig, und Foramente nutzte es sofort aus. Aus dem Kabinengang kam Claudia, und Hellberg drehte sich herum und sah ihr entgegen. Er wollte ihr zuwinken, aber ihr Aufschrei warnte ihn.

»Frank!« schrie sie. »Hinter dir...«

Hellberg warf sich herum. Ein brennender Schmerz durchfuhr seinen linken Arm, er fühlte, wie Blut über seine Hand rann, aber geistesgegenwärtig schlug er mit der rechten Faust gleichzeitig auf den Körper ein, der sich ihm entgegenwarf.

Foramente taumelte zurück. Das Messer, mit dem er gerade noch das Weißbrot bestrichen hatte, blitzte in seiner Hand und war rot vom Blut Franks.

Hellberg schnellte vor. Wieder hieb er auf Foramente ein, traf ihn am Kinn, doch die Stichwunde in seinem Arm schmerzte so höllisch, daß es ihm schwarz vor Augen wurde und er zu taumeln begann.

Foramente duckte sich. Wie ein Tiger vor dem Sprung war er, das Messer mit der blanken Klinge von sich gestreckt. Hellberg hob den rechten Arm zur Abwehr, der linke hing an ihm herunter, und um seine Füße bildete sich eine breite Blutlache.

In diesem Augenblick fiel ein Schuß. Foramente ließ das Messer fallen, sein Gesicht nahm einen erstaunten Ausdruck an, dann knickte er in den Knien ein und rollte auf die Seite über das Deck bis an den Tisch.

Hellberg lehnte sich keuchend gegen eine Stange des Sonnensegels. Das Blut rann aus seinem Arm über Hose und Schuhe. Claudia lief auf ihn zu, die Pistole in der Hand, und vom Kiel, wo sie sich gesonnt hatten, rannten kreischend die anderen Mädchen zu ihnen.

»Ist es schlimm?« rief sie und hob Franks schlaffen Arm hoch. »O Liebster, Liebster ... er hätte dich getötet ...« Sie riß sich die Bluse vom Körper und drückte sie auf die Wunde, während die anderen Mädchen einen Kreis um sie bildeten und entsetzt auf Foramente starrten.

Hellberg atmete tief auf. Der Schwächeanfall ging vorüber, die sich drehenden Nebel lichteten sich. Er nahm Claudia die Pistole aus den weißen Fingern und steckte sie ein.

»Ist er tot?« fragte er.

»Ich weiß es nicht. Aber du lebst! Du lebst! O Gott, er wollte dich von hinten erstechen!« Sie klammerte sich an ihm fest und verbarg ihr Gesicht an seiner Brust.

Foramente rührte sich. Er stöhnte auf, rollte sich auf den Rücken und tastete mit der Linken nach seiner rechten Schulter. Dort war in der Uniform ein kleines Loch, mehr sah man nicht.

»Sag den Mädchen, sie sollen ihn verbinden und in irgendeine Kabine einsperren«, sagte Hellberg. Er stützte sich auf Claudia, als er gehen wollte, und als er das viele Blut auf den Planken sah, wußte er, daß er eine Menge Blut verloren hatte. Mit weichen Beinen ging er unter Deck, legte sich auf ein Bett, und Claudia wusch ihm die große Fleischwunde aus und verband sie mit ein paar Handtüchern.

»Gib mir den Schlüssel zum Sanitätsraum, Liebster«, sagte sie mehrmals. »Dort ist alles, was du brauchst ...«

Hellberg schüttelte den Kopf. »Nein«, sagte er. »Die Mädchen würden Saluzzo zerreißen. Ich könnte sie nicht daran hindern. Ich will kein indirekter Mörder werden...«

Nach knapp einer dreiviertel Stunde blubberten die Maschinen merkwürdig, dann schwiegen sie. Julius Scheible pochte an das Sprachrohr.

»Aus!« sagte er, als sich Juanita Escorbal meldete. »Der letzte Tropfen ist weg. Ich komme jetzt rauf und sonne mich. Darauf habe ich wochenlang gewartet. Ist das Wasser schön warm?«

Juanita steckte den Stöpsel ohne Antwort auf den Trichter und verließ die Brücke. Ihre Aufgabe war erfüllt. Nun lag es ganz in des Schicksals Hand, ob man sie auf dem Meer entdeckte oder ob man sie eines Tages als vertrocknete Tote von einem Geisterschiff holte.

Bis zum Abend treiben sie auf der leichten Dünung dahin, ohne daß sie am Horizont ein Segel oder die Aufbauten eines Schiffes entdeckten. Ganz weit sahen sie einmal, im Abendrot, ein kreisendes Flugzeug... der Pilot mußte auch das weiße Schiff sehen, aber er hielt es sicherlich für eine der Luxusjachten, die auf dem Meer ankern oder langsam von Küste zu Küste ziehen.

Als die Dunkelheit über das Meer glitt, schoß Juanita die erste Notrakete in den Himmel.

Hellberg war neben ihr auf der Brücke. Er hatte, als er die Schwäche überwunden hatte, aus dem Sanitätsraum Verbandszeug geholt und Tabletten gegen die Schmerzen. Nun lag Foramente mit einem Schulterschuß und leicht fiebernd in der Kabine Claudias, und auch Hellberg spürte, daß sein Kopf zu summen begann und sein Körper glühte.

Nach einer halben Stunde schoß Juanita die zweite Rakete in den Nachthimmel. Blutrot hing die Feuerkugel an einem kleinen Fallschirm und pendelte langsam ins Meer zurück.

Hellberg suchte mit dem Nachtglas den Horizont ab.

Keine Antwort.

Unendlich lag das Meer im fahlen Mondlicht. Julius

Scheible, der auf der anderen Seite den Horizont mit dem Fernglas abtastete, putzte sich die Nase und schnaubte.

»Hier sind wir am Arsch der Welt!« sagte er laut. »Kinder, der Foramente hat uns verschaukelt. Wer weiß, wo wir hier rumgondeln?«

»Dort irgendwo muß Ulcinj sein.« Hellberg hielt das Glas mit einer Hand umklammert, die Linke trug er in einer schwarzen Schlinge. »Wir dürfen nicht den Mut verlieren, Julius! Noch ein Ding hoch, los!«

Die dritte Rakete.

Nichts. Stumm und feindlich in seiner nächtlichen Schwärze umgab sie das Meer.

Die vierte Rakete war eine weiße. Eine grelle Leuchtkugel, die an ihrem Fallschirmchen ein paar Minuten in der Luft schwebte und das Meer weit im Umkreis taghell erleuchtete.

Und da geschah es.

Claudia und Juanita stießen gemeinsam einen Schrei aus. Ganz fern, kaum sichtbar, antwortete ihnen eine andere Rakete. Ein weißer Strahl pendelte durch die Nachtluft, wie ein fallender Stern sah es aus, der im Meer versinkt.

»Gerettet!» schrie Claudia und fiel Hellberg um den Hals. »Wir sind gerettet, Liebster!«

Der Jubel der Mädchen, die auf dem Deck angstvoll ausgehalten hatten, antwortete ihnen. Ein Jubel, der hinunterdrang bis zu Saluzzo, den Stewards und zu dem bewegungslosen Foramente.

Von jetzt an ging alles schnell, und obgleich es Stunden dauerte, war es allen, als verfliege die Zeit.

Ein Motorfangboot kam auf sie zu, von dem staatlichen jugoslawischen Thunfisch-Kombinat. Mit Megaphon rief man sich zu, aber man verstand sich nicht, denn die Jugoslawen sprachen nur ihr Serbokroatisch und schüttelten bei Italienisch, Französisch und Englisch nur die Köpfe. Soviel sahen sie aber, daß das Schiff bewegungsunfähig war, warfen starke Leinen hinüber und nahmen die Jacht in Schlepp.

Hellberg stieg hinunter in den Sanitätsraum.

»Meinen Glückwunsch, Hellberg«, empfing ihn Saluzzo. Seine Stimme war rauh, die Lippen waren aufgesprungen, er litt einen entsetzlichen Durst. Hellberg nahm ein Glas, füllte es mit Wasser und gab Saluzzo und dem Steward zu trinken. Gierig schlürften sie das Wasser; es war das köstlichste Getränk, das sie je getrunken hatten.

»Wir sind im Schlepp, Saluzzo«, sagte Hellberg, nachdem er ihnen den brennendsten Durst gestillt hatte. »Wir werden wahrscheinlich nach Ulcinj abgeschleppt. Haben Sie dort auch Freunde?«

»Überall.« Saluzzo lächelte schwach. »In Ulcinj kenne ich den staatlichen Fischereidirektor, Sofic Urbangic. Er wird für mich gut aussagen und alles als einen Irrtum hinstellen.«

»Aber die Mädchen sind frei, das ist die Hauptsache. Einmal wird die Gerechtigkeit auch Sie ergreifen!«

»Das hoffen viele!« Saluzzo lauschte auf das Tuckern des Fischerbootes, das die Jacht an den Trossen hatte. »Ich mache Ihnen einen Vorschlag, Hellberg: Spielen wir die Komödie elegant zu Ende. Sie binden mich los und meine anderen Männer auch, wir laufen wie gute Freunde in Ulcinj ein, die Mädchen können frei über sich verfügen – und alles ist vergessen!«

»Danke, Saluzzo.« Hellberg erhob sich und schüttelte den Kopf. »Jetzt weiß ich, daß Sie Angst haben. Sie haben in Ulcinj gar keine Freunde...«

Es war gegen Morgen, als sie den kleinen Hafen der jugoslawischen Fischerstadt erreichten. Der Hafenkommandant, durch Funk bereits unterrichtet, stand an der Mole, neben sich zehn Mann Miliz mit Maschinenpistolen. Man nahm es sehr genau in Ulcinj. Das fremde Schiff hatte keine Landeerlaubnis, und merkwürdig war es auch, daß abseits der normalen Wasserstraßen eine italienische Jacht treibt.

»Das habe ich gern«, sagte Julius Scheible neben Hellberg und sah hinüber zu den Milizsoldaten. »Von Uniformen habe ich die Schnauze voll. Wieder Verhöre, wieder in 'ner Zelle, und dann abgeschoben werden. Nee! Ich mache mich selbständig. Wie ist das, du wolltest mir Geld geben ...«

»Hier, Julius.« Hellberg holte aus der Brieftasche ein paar Geldscheine. Scheible rollte sie zusammen, steckte sie in die Hosentasche und beugte sich dann an der dem Land abgewandten Seite über Bord.

»Mach's gut, Junge«, sagte er. »Und grüß mir die Heimat. Sie vermißt mich zwar nicht, aber manchmal ich sie. Das Leben ist eben beschissen, wenn man einmal auf der Scheiße ausgerutscht ist. Ahoi, Junge und denk mal an mich ...«

Mit einem Kopfsprung sprang er über Bord und taucht im schwarzen, öligen Hafenwasser unter. Das letzte, was Hellberg von ihm sah, war sein breites Gesicht, als er noch einmal auftauchte, tief Luft holte und dann wie ein Fisch wegschwamm.

Der Hafenkommandant empfing Hellberg und die Mädchen mit sichtbarer Verblüffung. Er sprach sogar französisch, und es war Hellberg leicht, sich mit ihm zu unterhalten. In kurzen Worten schilderte er die Erlebnisse, und der Hafenkommandant verfiel in eine totale Sprachlosigkeit. Er brauchte eine ziemliche Zeit, ehe er den Kopf schüttelte.

»Das ist ja unglaublich, Monsieur«, sagte er. »So etwas gibt es ja gar nicht!«

»Ich bringe Ihnen die Beweise. Ich weiß, daß es eine Dokumentation der UNO gibt, die sich mit dem modernen Menschenhandel befaßt, ein grauenhaftes Dokument, das überall auf Zweifel stößt, weil es einfach unglaublich ist. Ich habe es nun erlebt, und es bleibt Ihnen vorbehalten, der Weltöffentlichkeit diese Sensation zu bieten.«

»Wir werden sehen.« Der Hafenkommandant von Ulcinj war vorsichtig. »Wir werden ein Protokoll aufnehmen, genaue Untersuchungen führen, und selbstverständlich muß ich die Staatsanwaltschaft in Titograd benachrichtigen, denn das ist ja ein internationaler Fall! Monsieur –« Er machte eine kleine, höfliche Verbeugung vor Hellberg und vor Claudia.

»Mademoiselle … ich muß Sie alle bis zur Klärung des haarsträubenden Falles in Haft nehmen!«

Hellberg wollte protestieren, aber es hatte keinen Sinn. Die Mädchen, Saluzzo, die Stewards, Juanita Escorbal wurden mit ihnen unter strenger Bewachung der Miliz von der Jacht geholt, der fiebernde Foramente wurde auf einer Trage in das Krankenhaus von Ulcinj gefahren. In drei Jeeps kam nun auch der Polizeikommandant mit einer schnell gebildeten Sonderkommission angerast, denn der Hafenkommandant hatte aufgeregt gemeldet, daß es sich hier um diplomatische Verwicklungen handeln könnte.

Als die Morgensonne wieder das Meer vergoldete, saßen Hellberg und Claudia in einem Zimmer des Hotels ›Skutari‹, dem besten Haus von Ulcinj. Neben ihnen im Zimmer wohnten Saluzzo und die Stewards, ihnen gegenüber auf der anderen Flurseite in drei Zimmern die Mädchen und Juanita Escorbal. Vor jeder Tür stand ein Posten der Miliz mit Maschinenpistole. Es war eine Idee des Polizeikommandanten. »Wir können sie nicht wie Verbrecher behandeln, Genosse«, hatte er zum Hafenkommandanten gesagt. »Angenommen, es ist alles wahr. Das kann Schwierigkeiten geben. Man muß sie behandeln wie Gäste, bis die Genossen aus Titograd entscheiden, was geschieht.«

Claudia saß am Fenster und sah über den kleinen, schmutzigen Hafen und das leuchtende Meer. An der Mole lag die weiße Jacht. Neben der Brücke standen zwei Soldaten und rauchten.

»Nun sind wir in Jugoslawien, Frank«, sagte sie leise und legte den Kopf müde auf die Arme. »Und wir sind Sarajewo ferner als zuvor.«

»Abwarten, Kleines.« Hellberg ging im Zimmer hin und her. Er rauchte hastig und suchte einen Ausweg aus ihrer Lage. »Uns ist der Sprung über das Meer geglückt. Und es sollte schon der Satan unser Feind sein, wenn es nicht gelänge, auch Sarajewo zu erreichen!«

Das klang mutig, aber nicht sehr hoffnungsvoll. Denn

nicht auf den Satan kam es jetzt an, sondern auf die jugoslawischen Behörden und Kommissare, die bereits von Titograd aus unterwegs nach Ulcinj waren.

Die ›MS Budva‹ lief in den herrlichen, neuen Hafen von Dubrovnik ein wie ein Luxusvergnügungsschiff. Die trutzige Burg der Altstadt leuchtete mit roten Quadern in der Abendsonne, am Quai der Neustadt glänzten die Fenster der Hotelpaläste, im Jachthafen gingen die Lichter auf den vielen, kleinen Motorbooten an, und vom Hotel ›Petka‹ klang Musik über das Wasser bis hinüber zur ›MS Budva‹. Die grünen Hänge hinauf zogen sich die Villen und weißgetünchten Häuser, am Ende des Hafens ankerten Schiffe der jugoslawischen Kriegsmarine, die Fassade des großen Kaufhauses ›Minceta‹ blitzte mit ihren Fenstern, und in den Gärten über der Steilküste wiegten sich Pinien, Apfelsinenbäume, Palmen und Zitronenbäume im Wind, der vom Meer kühlend über die schönste Stadt Jugoslawiens strich.

In die Passagiere war nun Unruhe gekommen. Die Ausschiffung stand kurz bevor, nach der unplanmäßigen Freude eines Sonnentages auf See kam nun der Alltag, der Ernst der Reise wieder. Weiter nach Sarajewo, weg vom Schiff der Hoffnung zum Zug oder Bus der Hoffnung oder mit dem eigenen Wagen auf die Straße durch den Karst der Herzegowina, durch ein ödes, heißes, feindliches Land.

Die Koffer wurden an Deck getragen, die Planen von den vertäuten Wagen gezogen, die Kräne schwenkten bereits ein. Die Passagiere standen an der Reling und sahen hinüber auf die in der Abendsonne wie brennende Stadt, ein Anblick, den sie nie vergessen würden in seiner wilden Schönheit.

Unter Deck schrie Lord Rockpourth wieder herum. Er war, allen Erwartungen zum Trotz, nicht wieder in Agonie gefallen, sondern kommandierte seine Ausschiffung selbst. Er rief nach Karl Haußmann, der aber oben neben seinem Wagen stand und dem Kranführer 1000 Dinare in die Hand drückte, damit er den Wagen als ersten an Land setzte. So eine Sprache ist international, auch in einem kommunistischen Land, und der Kranführer nickte und tippte mit dem Zeigefinger an die Mütze.

Zuerst aber gab es eine Stockung. Kurz vor der Mole blieb die ›MS Budva‹ liegen, und ein Polizeiboot kam längsseits. Vier Offiziere kletterten an Strickleitern an Bord und wurden vom Kapitän empfangen. Es war eine frostige Begrüßung, aber man hatte auch keinen Bruderkuß erwartet.

Der I. Offizier war es, der Karl Haußmann von seinem Wagen wegholte zum Verhör. Die ›Budva‹ durfte nicht eher anlegen, bis man die Vorfälle an Bord geklärt hatte. Eine Art ›Quarantäne‹ war über sie verfügt worden.

In seiner Kabine tobte Lord Rockpourth. Er verlangte ein Blitzgespräch mit dem britischen Botschafter in Belgrad und beschimpfte den Polizeioffizier wild, weil dieser nur den Kopf schüttelte.

Karl und Erika Haußmann saßen unterdessen vor einem Polizeihauptmann und machten über einen Dolmetscher, der ein miserables Deutsch sprach, ihre Aussagen über den Irren Uve Frerik. Dann war auch dies alles aufgeschrieben worden, die ›Budva‹ konnte anlegen, das Fallreep wurde heruntergelassen, und als erstes kamen drei Särge an Bord und verschwanden mit ihren Trägern unter Deck. Die Zollbeamten folgten, die Paßkontrolle, merkwürdigerweise auch ein paar Soldaten unter der Führung eines Leutnants. Sie verhafteten den Kapitän der ›Budva‹, aber keiner bemerkte es, denn der Drang, an Land zu kommen, war jetzt so groß, daß niemand mehr einen Blick für seine Umwelt hatte.

In Dubrovnik!

Die zweite Station auf dem Weg nach Sarajewo. Zu den Wunderpillen HTS des Dr. Zeijnilagic! Zum wiedergeschenkten Leben!

Dubrovnik.

Der Hafen der Freude, die Stadt im Grünen, der Stolz der

Küste. Aber in diesen Wochen Ankerplatz des Elends und Station zitternder Hoffnung.

Karl Haußmann stand neben seinem Wagen, der eben vom Kran auf die Mole geschwenkt war, und kam sich glücklich vor. Er sah Erika im Strom der anderen Passagiere über das Fallreep von Bord gehen, vorbei an den grüßenden Offizieren der ›Budva‹ und den Zoll- und Paßbeamten. Oben, auf der Treppe der Brücke und des Kapitänhauses, saß Dr. Mihailovic und weinte. Man hatte ihm eröffnet, daß er seine ärztliche Approbation entzogen bekäme. Nun war er ein vernichteter Mann und beschloß insgeheim, sich mit wissenschaftlicher Gründlichkeit totzusaufen.

Nach der Ausschiffung der Passagiere wurde es ein paar Minuten einsam auf der ›Budva‹. Dann wurden die drei Särge an Land getragen, in die bereitstehenden Wagen geschoben und weggefahren. Als letzte wurden die Schwerkranken aus dem Schiff gebracht. Auf ihren Tragen, in Dekken gehüllt, schwankten sie über die Mole zu den Krankenwagen oder den Privatautos, die mit der ›Budva‹ herübergekommen waren wie Haußmanns Auto. Auch der riesige, graue Rolls von Lord Rockpourth stand da, und erstaunt sah Haußmann, daß sogar ein Chauffeur in Livree am Steuer saß, den er auf dem Schiff gar nicht bemerkt hatte. Zwei Matrosen trugen gerade die Bahre mit dem Lord an Land, und Robert, der Neffe, ging nebenher und schien eine Kanonade von Schimpfworten über sich ergehen zu lassen. Er erkämpfte sich sein Erbe heroisch, das mußte man ihm lassen.

»So!« sagte Lord Rockpourth, als er hinten in dem für seine Bahre umgebauten Rolls lag. Er schien zufrieden zu sein. Man war in Dubrovnik, er lebte noch, Mr. Haußmann sorgte für die Fahrt nach Sarajewo – es lief alles so, wie es von ihm geplant war. »Jetzt zum Hotel Petka. Ich habe dort sechs Zimmer bestellt. Sie sind meine Gäste, Mrs. und Mr. Haußmann. Morgen früh geht es dann weiter – oder wollten Sie in dieser Nacht noch fahren?«

»Nein, Mylord. Meine Frau ist recht müde.« Haußmann

»Fertig!« sagte Marion Gronau fröhlich und trat an den Wagen heran. Der Blick des jungen Lords hatte ihr gutgetan. Nun habe ich eine massive Waffe gegen Karl, dachte sie zufrieden. Wenn er nur ein klein wenig noch für mich fühlt, wird er vor Eifersucht zerplatzt sein, bevor wir in Sarajewo sind. Oder er wird mir erklärt haben, daß er mich noch liebt und die Zukunft nicht so dunkel ist, wie er sie jetzt hinstellt. Frank Hellberg ist für mich verloren, ein junger Lord kann nur eine kleine Abwechslung sein, so einer heiratet keine kleine Sekretärin... es bleibt nur noch Karl Haußmann, der alternde Mann, der froh ist, wenn ihn die Jugend anhimmelt und belügt.

»Können wir?« fragte sie und schüttelte die langen, blonden Haare.

»Schon längst! Steigen Sie endlich ein, Marion!« sagte Haußmann grob.

Im Hotel ›Petka‹ wurden sie empfangen wie fremde Fürsten. Vier Boys bemühten sich, die Trage mit dem ungemein lebendigen Lord Rockpourth ins Hotel zu schleppen. Drei Hausdiener kümmerten sich um das Gepäck. Die Zimmer waren groß und sauber, wenn auch für verwöhnte europäische Begriffe einfach eingerichtet. Das schönste an ihnen war der Balkon. Von ihm aus hatte man einen zauberhaften Blick über den Hafen, die Einfahrt, die weißen Jachten und hinüber zu den Hügeln mit den Villen inmitten blühender Gärten.

»Ein Märchen...« sagte Erika, als sie zurück ins Zimmer trat. Haußmann saß auf dem Bett, umgeben von Koffern und Taschen, und schwitzte. Er hatte eine kurze Auseinandersetzung mit Marion gehabt, von der Erika nichts ahnte.

Und das war so gekommen: Die Boys hatten einen Koffer verwechselt, er hatte ihn hinüber in Marions Zimmer getragen und dabei gesehen, wie der junge Lord Robert gerade herauskam und etwas verlegen grüßte.

»Aha!« sagte Haußmann, als er eintrat. Marion saß vor dem Frisierspiegel und kämmte sich die windzerzausten Haare. »War sehr stürmisch, der junge Herr, nicht wahr?«

»Oh, mein Bärchen!« Marion lächelte spöttisch. »Es ist ein Unterschied, ob man 24 oder 50 Jahre alt ist...«

»Man sollte dich rechts und links...« schrie Haußmann und warf Marions Koffer auf den Boden.

»Bitte!« Marion hielt ihren Kopf Haußmann entgegen. »Schlag zu! Wenn das alles ist, was du an Männlichkeit zu bieten hast.«

»Es wäre besser, du würdest gleich morgen zurückfahren nach Deutschland!«

»Das geht nicht, Bärchen. Ich bin jetzt auch noch Gast des Lords. Robert – oder sagt man besser Bob? – brachte mir eben die offizielle Einladung. Ich habe natürlich zugesagt.«

»Natürlich!«

»Wo du immer so böse zu mir bist...« Sie zog einen Schmollmund, aber Haußmann wandte sich ab und trat an das Balkonfenster.

»Laß die Albernheiten! Du machst dich über mich lustig. Ich weiß es. Und ich habe es auch verdient. Es war mein Fehler, auf deine körperlichen Vorzüge hereinzufallen und dabei zu übersehen, was für einen Charakter du hast.«

»Fehler radiert man aus«, sagte Marion schnippisch. »Auf der Schreibmaschine – und auch im Leben. Warum bist du eigentlich so wütend, Bärchen?«

»Du benimmst dich unmöglich!«

»Und du? Auf dem Schiff, die ganze Reise über? Als ob ich ein Stück Dreck wäre, das man nicht abschütteln kann. Gut, deine Frau ist schwerkrank, vielleicht unheilbar...«

»Ich bitte dich zum letzten Mal, Marion, nicht so gleichgültig über Erika zu sprechen«, schrie Haußmann und ballte die Fäuste. »26 Jahre lebe ich mit ihr zusammen, sie ist die Mutter meiner Kinder, und wenn ich sie auch betrogen habe: Du, gerade du solltest Achtung vor ihr haben. Ihre Krankheit sollte uns beide erschüttern.«

»Du bist ein merkwürdiger Mensch.« Marion Gronau legte den Lippenstift weg und leckte über ihre bemalten

Lippen. »Aus dir soll man klug werden. Wen liebst du eigentlich? Erika oder mich?«

Haußmann atmete tief auf. Wie oft hatte er sich diese Frage gestellt und wie oft hatte er vor ihr kapituliert. Darauf gab es keine Antwort. Das war ein Zwiespalt, der nicht erklärt werden konnte.

Über die Stadt senkte sich die Nacht. Rings von den Bergen flimmerten die Lichter wie große Sterne. Als eine breite, silberne Lichtstraße spiegelte sich der Mond im Hafenwasser. Haußmann war nach diesem Gespräch gegangen und hatte das Zimmer verlassen wollen, aber die Stimme Marions hielt ihn noch einmal zurück:

»Kannst du mir darauf keine Antwort geben?«

»Nein!« hatte er laut geantwortet. »So etwas fragt man nicht in unserer Situation.«

Innerlich noch immer ungewöhnlich erregt, saß er jetzt auf dem Bett zwischen den Koffern und Taschen, während Erika von der Märchenstadt Dubrovnik schwärmte.

»Hier möchte ich ein paar Wochen bleiben, Karli«, sagte sie und sah wieder hinaus auf den mondsilbernen Hafen.

»Ich auch. Aber erst nach Sarajewo, Rika! Auf dem Rückweg, wenn die Pillen geholfen haben, können wir so lange hierbleiben, wie du willst.«

Es wurde eine kurze Nacht.

Lord Rockpourth bestand darauf, daß man zusammen speiste. In seinem großen Zimmer hatte man eine Tafel gedeckt, drei Kellner bedienten, und es war alles ganz anders, als man es sich in einem kommunistischen Land dachte. Lord Rockpourth aß nichts; man hatte ihm einen dünnen Haferschleim gemacht, den er durch ein Glasröhrchen schlürfte. In diesem Haferschleim löste Neffe Robert Vitamintabletten auf.

»Ich habe ein Schloß«, sagte der Lord Rockpourth. »Große Ländereien in Schottland und eine Hazienda in Argentinien. Wieviel Rinder habe ich, Robert?«

»17000, Onkel James«, sagte der junge Lord.

»17000! Wenn man sich das vorstellt! Diese Berge von Filets und Rumpsteaks! Und was muß ich essen? Haferschleim! So ist das Leben, liebe Freunde! So betrügt einen das Schicksal!«

Es war spät, als die Haußmanns endlich schlafen konnten. Lord Rockpourth verfiel gegen Mitternacht wieder in eine stumme Lethargie, aber er war hellhörig, nahm alles wahr, und seine Adleraugen blitzten vor Leben. Nur die äußere Hülle versagte wieder ihren Dienst. Es war ein schrecklicher Zustand, einem Scheintod gleich, und es gab keinen Arzt der Welt, der dies ändern konnte.

Marion hatte sich schon früher verabschiedet. Sie täuschte Kopfschmerzen vor. Und wieder glomm in Haußmann die Eifersucht. Warum geht sie schon? Wo geht sie hin? Mit wem hat sie sich verabredet? Was geschieht hinter meinem Rükken?

Unruhig wälzte er sich später im Bett hin und her, während Erika – sie hatte zwei Glas eines süßen, schweren Weines getrunken – fest schlief. Wirre Bilder überfielen ihn, er rang im Halbschlaf mit hundert Lords, wurde auf Schirmen aufgespießt, in der Themse ertränkt. Am Morgen weckte ihn Klopfen an der Tür, pünktlich 7 Uhr, wie er es an der Rezeption hinterlassen hatte. Er stand auf und fühlte sich elend wie nach einer gewaltigen Sauftour des Kegelclubs in Gelsenkirchen.

Das Frühstück auf der gläsernen Terrasse war kurz. Der junge Lord Robert erschien, ein wenig bleich, und berichtete, daß Onkel James schon im Wagen liege, steif wie ein Brett, aber bei vollem Bewußtsein.

»Wir sollten sofort fahren«, sagte er. »Sie kennen Onkel James ja jetzt. Jede Verzögerung lastet er mir an.«

Haußmann nickte und würgte den Rest eines Brötchens hinunter. Erika hatte gut geschlafen. Sie sah verblüffend jung aus, und immer wieder fragte sich Haußmann, ob nicht doch alles eine Fehldiagnose sei, denn so wie Erika sah keine unheilbar Krebskranke aus. Marion Gronau wirkte bezaubernd. Sie hatte sich in der Hotelhalle an einem Verkaufsstand ein goldenes Stirnband erstanden, bestickt mit roten Rosen. Nun trug sie die Haare aus der Stirn zurückgekämmt, lang über die Schulter fließend, und in ihren blonden Locken glänzte das goldene Band mit den Rosen, als wüchsen die Blüten aus der Pracht ihrer Haare.

»In zehn Minuten sind wir startbereit«, sagte Haußmann.

In der Hotelhalle stand schon alles bereit. Die Rechnung war von Lord Rockpourth bezahlt, so sehr Haußmann auch protestierte. Vor dem Eingang wartete der große Rolls auf Marion, die neben dem starren Lord fahren sollte. Der Direktor des Hotels kümmerte sich selbst um alles, einerseits, um jugoslawische Gastfreundlichkeit zu demonstrieren, andererseits, weil der junge Lord ihm heimlich ein Trinkgeld gegeben hatte, das zwei Monatsgehälter ausmachte.

Dann fuhren die beiden Wagen los, die Küstenstraße entlang Richtung Ploca, wo kurz vor der Stadt die Straße abzweigt nach Mostar und weiter nach Sarajewo. Durch die dalmatinischen Berge führte dieser Weg und dann später durch ein verkarstetes Land mit Wildbächen und romantisch-schwindeligen Brücken über den Fluß Bosna.

Noch waren sie alle in einer fröhlichen Stimmung. Die Sonne meinte es gut, nur wenige Wagen begegneten ihnen auf der Straße, meistens uralte Lastwagen, die Obst und Gemüse transportierten, zweimal auch ein klappriger Omnibus, überfüllt und schwankend, mit wehmütig heulendem Motor.

Dreimal hielten sie an, um Lord Rockpourth etwas zu trinken zu geben. Marion übernahm das. Aus einer Schnabeltasse flößte sie kalten Tee zwischen die blassen Lippen des Kranken, und nur an den Augen erkannte man, wie gut es Lord Rockpourth tat und wie dankbar er dafür war.

»Wie lange fahren wir?« fragte beim dritten Halt der junge Lord und bot Haußmann eine Zigarette an.

»Bei diesem Tempo etwa zehn Stunden.« Haußmann sah auf seine Uhr. »Wenn wir Glück haben, können wir gegen 21

Uhr in Sarajewo sein. Jetzt ist es 10.30 Uhr. Aber ich befürchte, daß wir unterwegs übernachten müssen. Ihr Onkel hält es nicht durch.«

»Es ist sein Wille, in einem Tage nach Sarajewo zu kommen.«

»Na, dann Prost!« Haußmann inhalierte die süßliche englische Zigarette. »Dann machen Sie sich darauf gefaßt, daß wir eine halsbrecherische Nachtfahrt über Schluchten und durch verlassene Täler vor uns haben.«

In Ulcinj waren Frank Hellberg und Claudia Torgiano von Experten aus Titograd eingehend verhört worden. Sogar zwei Kommissare der politischen Polizei waren gekommen, denn der Fall Saluzzo weitete sich zu einem in seinen Auswirkungen – bis jetzt noch unbekannten – internationalen Skandal aus. Umberto Saluzzo nämlich, sofort die Lage überblickend, daß er hier keinerlei Chancen mehr besaß, hatte Verbindungen spielen lassen, bohrte einen heißen Pfahl ins Fleisch jugoslawischer Vaterlandsliebe. Er sagte aus, daß einer der ›Zwischenverkäufer‹ ein gewisser Milan Osijek sei, Mitglied des Volskrates in Belgrad und Präsident der Anwaltskammer in Zagreb. Außerdem ein alter Partisan und Duzfreund von Marschall Tito.

Die Sensation war vollkommen. Ein Telefongespräch, ganz vorsichtig und harmlos, bestätigte, daß ein Milan Osijek tatsächlich im Volksrat saß und ein bekannter Rechtsanwalt war.

»Eine schöne Schweinerei, Genossen«, sagte der verhörende politische Kommissar, als man Saluzzo wieder abgeführt hatte. »Wie soll man jetzt weiter ermitteln, ohne nicht den eigenen Hals in die Schlinge zu legen? Stellen Sie sich vor, Genossen, man muß hingehen zu Marschall Tito und ihm sagen: ›Ihr Freund Milan ist ein schönes Früchtchen. Mit Mädchen handelt er!‹«

Die anderen Polizeioffiziere schwiegen. Sie konnten es sich nicht vorstellen. So etwas hatte man nicht eingeplant.

»Aber es muß doch etwas geschehen, Genosse!« sagte der Polizeichef von Ulcinj. »Wir haben sie nun mal alle verhaftet. Und sie werden nicht schweigen, sondern protestieren. Vor allem der Deutsche! Ein Journalist ist er. Durch die ganze Presse wird es gehen.«

»Man sollte einmal mit dem Deutschen sprechen.« Der politische Kommissar malte nervös Kreise und Winkel auf seine Schreibunterlage. »Was ist eigentlich passiert? Sehen wir es uns genau an, Genossen. Eine Privatjacht hat keinen Brennstoff mehr, wird abgeschleppt, kommt nach Ulcinj ... weiter nichts. Es kann also gar keine Rede sein von illegaler Einwanderung oder dergleichen Blödsinn. Man tankt die Jacht wieder auf, und die fährt davon. Basta!«

»Und die Mädchen?« fragte der Hafenkommandant.

»Die werden nach Dubrovnik gebracht und mit dem nächsten Schiff nach Bari geschickt. Saluzzo ist italienischer Staatsangehöriger; wenn sie Klagen haben, geht das Italien etwas an, nicht uns. Wozu Verwicklungen, Genossen? Man hätte das in Ulcinj auch selbst überblicken können, ohne Titograd zu belästigen. Wir handeln korrekt, wir schieben die Mädchen in die Heimatländer ab. Was will man mehr?«

»Und der Deutsche mit seiner Braut? Sie wollen nach Sarajewo.«

»Sollen sie!«

»Diese Claudia hat keinen Paß.«

»Dann fährt sie zurück nach Italien mit den anderen. Wozu diese Aufregungen? Es ist doch alles so einfach.«

Es zeigte sich, daß die Kommissare aus Titograd wirklich Fachleute waren. In Gruppen wurden die Inhaftierten aus dem Hotel entlassen. Zuerst Frank Hellberg und Claudia Torgiano.

Man war sehr höflich zu ihnen, entschuldigte sich und sagte dann:

»Sie werden heute noch nach Dubrovnik gebracht und fahren mit dem Fährschiff zurück nach Bari. Ohne Paß geht es leider nicht. Bitte, haben Sie Verständnis dafür.«

Hellberg versuchte gar nicht zu handeln. Dubrovnik, dachte er. Sind wir erst einmal dort, wird es auch leicht sein, nach Sarajewo zu kommen. Die Hauptsache ist, wir sind keine Gefangenen mehr.

Eine Stunde später saßen sie in Begleitung eines Polizisten in Zivil in dem klapprigen Omnibus, der die Küstenstraße entlang fuhr über Bar-Budva-Zelenika nach Dubrovnik. Was mit Saluzzo und seinen Männern geschehen war, hatte man ihm nicht gesagt, auch von den Mädchen und Juanita Escorbal konnte er sich nicht verabschieden. Sie standen noch unter Bewachung und hockten in ihren Hotelzimmern. Aber einen Brief hinterließ Hellberg mit seiner deutschen Adresse und der Bitte, sich zu melden, wenn Juanita wieder Spanien erreicht hatte. Ob sie den Brief jemals bekam, wer wußte es?

Frank Hellberg hörte jedenfalls nie mehr etwas von Juanita Escorbal. Und auch von Umberto Saluzzo nicht.

Der Bus war überfüllt. Hellberg und Claudia erhielten nur deshalb einen Fensterplatz, weil der begleitende Polizist zwei Bauern einfach von den Sitzen zog und in den Gang stieß. Es gab ein großes Geschrei, der Fahrer kam herangelaufen, einen dicken Schraubenschlüssel in der Faust. Aber dann erkannte er den Polizisten, grinste verlegen, tippte an die Mütze und ging zurück zum Fahrersitz. Vor dem Bus brüllte der Schaffner zwei Frauen in schwarzen Kopftüchern an, weil sie geflochtene Körbe mitnehmen wollten, aus denen gackernd Hühnerköpfe heraussahen. Als der Bus endlich fuhr, saßen alle drin wie in einer Kiste zusammengepreßte Heringe. Es roch nach Knoblauch und Schweiß, gesäuertem Kohl und Slibowitz.

Fröhlich hupte der Fahrer zum Abschied von Ulcinj, dann ratterte er aus der Fischerstadt, schob die Kappe in den Nakken und konzentrierte sich auf die enge Straße.

Eine Kontrolle der Geschwindigkeit gab es nicht, der Tachometer auf dem Armaturenbrett war kaputt. Auch die anderen Instrumente, ohne Glas, versagten. Doch was tat's?

Wenn der Motor spuckte, war es zu schnell, und blieb der Bus stehen, fehlte Benzin – es war eine einfache Regel.

Drei Stunden fuhren sie die Steilküste entlang; über Haarnadelkurven, bei denen sich Claudia ängstlich an Frank klammerte, denn mehr als einmal war es, als stürze der Bus in die Tiefe. Dann kam wieder eine Station, meistens ein Gasthaus in einem der gottverlassenen Dörfer. Fahrer, Schaffner und der Polizist stiegen aus, und wenn sie zurückkamen, roch der Bus noch stärker nach Slibowitz, und die Stimmung stieg.

Eselskarawanen kamen ihnen entgegen. Am Straßenrand kampierten Zigeunerfamilien, mit primitiven Zelten, über dem offenen Feuer Hühner bratend. Vor den Dörfern überholten sie Frauen, die Riesenlasten auf dem Kopf trugen. Ballen und Körbe, Tonkrüge und sogar Kisten.

Vor jeder Serpentine und scharfen Kurve ging ein Zucken des Erschreckens durch die Reisenden: Der Fahrer drückte auf die Preßluftfanfaren und raste schleudernd und mit einem Höllenlärm um die Felsen. Der Polizist neben Hellberg wickelte ein Butterbrot aus und begann zu essen. Salami, die scharf nach Knoblauch roch, und ein Stück Käse, dessen Duft durch den vollen, heißen Wagen zog wie eine klebrige Masse. Irgendwo würgte eine Frau und übergab sich in eine Tüte, die der Schaffner im Laufschritt heranbrachte. Der Polizist grinste und bot auf der Messerspitze Hellberg ein Stück des radikalen Käses an.

»Danke«, sagte Hellberg und schluckte krampfhaft. »Nein, danke.«

Kurz vor der uralten Stadt Kotor mit ihren Befestigungen, den fjordähnlichen Meeresengen und den unheimlich steilen, hohen Bergen ringsum drückte der Fahrer mehrmals auf seine höllische Preßluftfanfare.

Vor ihnen, auf der Straße, lief gemütlich ein Esel. Er sah sich um, wackelte mit den Ohren, hob den Schwanz und lief dann weiter, ohne sich um den Lärm der Hupe zu kümmern.

An den Fenstern klebten die Gesichter der Reisenden, schadenfroh und fröhlich.

»Immer langsam, Freundchen!« rief jemand.

Und ein anderer: »Es ist seine Straße. Kann man's ihm übelnehmen?«

Behutsam fuhr der Bus hinter dem trottenden Esel her. Als das Tier endlich abbog in einen Feldweg, klatschten die Reisenden Beifall, der Bus heulte auf und rasselte die Serpentinen hinunter zur Fähre, die über einen der Fjorde nach Kotor fährt. Aus zwei Fischerbooten war sie zusammengesetzt, und als der voll beladene Bus darauf rollte, sank sie so tief ein, daß das Wasser über die Seiten schwappte.

Claudia umklammerte wieder den Arm Franks.

»Sie sinkt…« stammelte sie. »Wir werden alle ertrinken!«

Aber nichts geschah. Tuckernd überquerte man die Meerenge, legte auf der Seite von Kotor an, und als sie in die uralte Stadt einfuhren, war es fast ein Triumphzug, denn alle winkten ihnen zu.

Es war später Nachmittag, als sie die letzte Strecke zwischen Hercegnovi und Dubrovnik befuhren. Noch einmal gab es einen Aufenthalt von einer halben Stunde, weil ein Erdrutsch die Straße verschüttet hatte. Große Felsbrocken lagen auf der Fahrbahn. Kritisch starrte Hellberg die steilen Hänge hinauf. Wenn sich dort wieder ein Teil der Felsen löst, dachte er, sind wir in Sekunden zermalmt und begraben.

Aber auch dieses Hindernis wurde überwunden. Alle stiegen aus, und unter dem Kommando des Polizisten und des dreiviertel betrunkenen und nach Slibowitz weithin duftenden Schaffners schleppte man die Felsbrocken zur Seite und rollte sie einfach ins Tal. Wohin sie stürzten… wen kümmerte es? So etwas ist ein Naturereignis. Man muß ihm aus dem Weg gehen…

»Eine schöne Fahrt!« sagte der Polizist, als man durch die ersten Vororte Dubrovniks rollte, vorbei an den stillen Villen in den herrlichen Gärten. »Ist es nicht ein schönes Land, Freunde?«

Hellberg verstand ihn nicht, aber nickte zustimmend, denn zu allem ja zu sagen, war jetzt das beste.

Der Bus hielt mit kreischenden Bremsen vor dem Stadion-Hotel in Dubrovnik. Die Reisenden quollen auf das heiße Pflaster, um den Heck-Kofferraum versammelten sich schimpfende Gruppen, denn das Gepäck wurde einfach auf die Straße geworfen, auch wenn einige schrien: »Vorsicht, Brüder! Glas ist drin! Glas! Gebt doch acht, Genossen!«

Der Polizist sah Hellberg und Claudia aus umflorten Augen an und rülpste. Er war müde, hatte Durst und sehnte sich nach einem gebratenen Hühnchen. Sein Auftrag war klar: Ablieferung der beiden Fremden am Hafen. Hinweis auf das Fährschiff. Rückkehr mit dem Bus am nächsten Morgen. Konnte da noch etwas schiefgehen?

Er winkte, ging mit staksigen Beinen voraus bis zur nächsten Mole, zeigte hinüber zum Hafen und auf die Schiffe und sagte:

»Italia! Navigare! Prego! Subito...« Dann grüßte er, lächelte Claudia an, machte eine scharfe Kehrtwendung und ging, leicht schwankend, zum Bus zurück.

Auftrag erfüllt! Es lebe der Abend in Dubrovnik.

Sprachlos sah Frank Hellberg ihm nach. Es dauerte lange, bis er begriff, daß nun alles erledigt war, daß sie nicht mehr bewacht wurden, daß sie lediglich den Befehl bekommen hatten, auf das Fährschiff nach Bari zu gehen.

»Wir sind frei, Frank«, sagte Claudia leise. Trotz der Abendhitze war ihre Hand kalt, als sie nach ihm tastete. »Wir sind keine Gefangenen mehr.«

»Komm!« Hellberg faßte sie fest an der Hand. »Weg von hier. Zum Hafen! So schnell wie möglich weg, ehe er es sich anders überlegt oder wieder nüchtern wird.«

Wie Kinder rannten sie die Uferstraße entlang, bis sie den Bus nicht mehr sahen, sondern nur noch die schlanken, weißen Leiber der Jachten und Segelboote und die in der Abendsonne blitzenden Scheiben des Hotels ›Petka‹. An den Molen der Fährschiffe herrschte reger Betrieb. Ein Ersatzschiff für die ›Sveti Stefan‹ und die ›Budva‹ wurde beladen. Am Quai wartete die lange Wagenreihe auf die Freigabe der Fahrt in den hohen Leib des Schiffes.

»Haußmanns werden längst in Sarajewo sein«, sagte Hellberg. Er saß auf einem Stapel Rundstämme und blickte hinüber zum Hotel Petka. »Wie ich Herrn Haußmann kenne, hat er eine Nachricht hinterlassen. Aber wo? Wir sollten einmal alle Hotels abgehen. Vielleicht haben wir Glück.«

Und sie hatten Glück, schon beim ersten Fragen. Der Chefportier des Hotels Petka, der ein wenig deutsch sprach, begrüßte Hellberg wie einen alten Freund, als dieser seinen Namen nannte und nach Karl Haußmann fragte.

»Ein Brief für Sie, mein Herr!« rief der Chauffeur. »Gestern sind die Herrschaften abgefahren. Liebe Menschen, liebe Menschen! So großzügig...«

Hellberg verstand. Er schob einen Zwanzig-Mark-Schein unter einen Hotelprospekt und riß den Brief auf. Der Chefportier schob unterdessen den Prospekt weg, zerknüllte ihn und trug ihn zur Seite. Sauberkeit ist alles!

Hellberg und Claudia setzten sich in die Ledersessel der Hotelhalle und lasen den Brief Haußmanns. Er war kurz, in großer Eile geschrieben.

»... wir fahren jetzt gleich nach Sarajewo. In unserer Begleitung ist ein Lord Rockpourth. Wir müssen uns um ihn kümmern. Lord R. hat in Sarajewo Zimmer bestellt. Wir wohnen im Hotel Europa. Werden auch für Sie und Claudia Zimmer reservieren. Lord R. kann anscheinend alles. In größter Eile herzlichst Haußmann...«

Hellberg faltete den Brief zusammen und steckte ihn ein. Dann ging er zurück zur Theke der Rezeption. Der Chefportier glänzte ihn an wie ein Liebhaber seine Geliebte.

»Mein Herr...?«

»Wie kommt man am schnellsten nach Sarajewo?« fragte Hellberg.

»Am schnellsten mit dem Auto, am sichersten mit dem

Zug. Ich würde den Zug empfehlen. Abfahrt 8.30 Uhr, Ankunft gegen 21 Uhr... genau weiß man das nicht. Es gibt da viele unvorhergesehene Dinge...«

»Zum Beispiel Erdrutsche.«

»Auch, mein Herr.«

»Ein Esel auf den Schienen...«

»Kommt alles vor.« Der Chefportier grinste breit. »Soll ich zwei Karten besorgen lassen? Auch Geld können Sie bei mir wechseln, mein Herr. Bei mir können Sie alles haben.«

Hellberg nickte. Er gab dem Portier fünfhundert deutsche Mark und wußte, daß er sich bis morgen früh um nichts mehr zu kümmern brauchte. Zwei Zimmer, das Abendessen, das Frühstück, die Fahrkarten, die eingewechselten Dinare... alles würde bereit sein.

»Morgen sind wir endlich, endlich in Sarajewo«, sagte er, als er zurück zu Claudia kam, die noch immer in dem Ledersessel saß. Sie sah bleich aus. Die schönen, glänzenden Augen lagen tief in den Höhlen. »Morgen stehen wir vor dem Haus deines Wunderdoktors, mein Liebling, und übermorgen kannst du die ersten Kapseln nehmen.«

»Und ich werde gesund«, sagte Claudia ganz leise und legte das Gesicht auf Franks Hände. So viel Zärtlichkeit und Glaube war in dieser Geste, daß Hellbergs Herz bis zum Halse schlug.

Mein Gott, dachte er, was wird bloß, wenn auch HTS nicht hilft? Wenn dieses Mittel nur eines der vielen Wundermittel ist, die eine gewissenlose Propaganda emporhebt in den Himmel, um dann die Hoffenden in die tiefste Hölle stürzen zu lassen? Rennen wir nicht mit offenen Augen einem Phantom nach? Alle, die sich mit dem Krebsproblem beschäftigen, alle Ärzte in aller Welt sagen: Es gibt kein Allheilmittel gegen den Krebs. Wer das behauptet, ist ein Betrüger. Wie kann es ein Mittel gegen eine Krankheit geben, von der man noch nicht einmal weiß, wie sie entsteht?

»Ich bin müde, Frank«, sagte Claudia leise. »So müde,

Liebling... Wenn du nicht bei mir wärst, ich hätte es schon längst aufgegeben...«

Später saß Hellberg auf dem Balkon seines Zimmers und sah hinaus in die warme Nacht und über das Lichtermeer von Dubrovnik. Nebenan schlief Claudia, mit einem Lächeln auf den Lippen, wie ein beschenktes Kind.

Vom Chefportier hatte er zwei neue englische Zeitungen bekommen. In beiden stand ein Artikel über das HTS des Dr. Zeijnilagic in Sarajewo.

»Schwindel oder Rettung für Millionen?«

»Ärzte warnen: Es gibt kein ›Wundermittel‹!«

»Gutachterkommission fordert: Verbot für HTS!«

Hellberg hatte die Zeitungen auf den Kleiderschrank gelegt, damit Claudia sie nicht fand, wenn sie am Morgen zu ihm kommen würde.

Der Kampf hat begonnen, dachte er. Die Experten zerfleischen sich bereits. Neid und Unwissenheit, Borniertheit und Hochmütigkeit fallen wieder übereinander her. Leidtragende sind die Kranken, denen niemand mehr hilft. Aber wen kümmert das? Das ›wissenschaftliche Gesicht‹ der Experten ist wichtiger.

Morgen werden auch wir in Sarajewo sein. Wie Hunderte vor uns werden wir am Haus auf der Straße und im Treppenhaus des Dr. Zeijnilagic Schlange stehen und um 20 Kapseln HTS bitten. Auch wenn es ein Verbrechen ist, wie die Gegner schreiben.

Ist Hoffnung ein Verbrechen?

Aus dem Hafen lief das Fährschiff nach Bari aus.

Morgen früh würde es an der Molo Foraneo anlegen, und vierzig, fünfzig Augen würden es anstarren und die Hände falten.

Das Schiff der Hoffnung.

Solange es Hoffnung gibt, ist der Mensch nie allein.

Das Alleinsein aber ist die erste Stufe des Todes...

Die beiden Wagen quälten sich durch Staub und aufwirbelnde Steine die bergige Straße hinauf. Die Felsen links und rechts waren fast kahl, von der Sonne ausgeglüht. Vereinzelt sah man Dächer, Ansammlungen grauer, aus Felsgestein gebauter Häuser – einsame Dörfer, zu denen nur enge Pfade führten.

Man fragte sich, wovon diese Menschen dort lebten, ob sie Steine aßen und aus hartem Gras Kuchen backten. So öde war das Land, so steinig und hart der Boden, daß man verstand, warum die Frauen in schwarzen Kleidern gingen. Sie trauerten darum, daß sie lebten.

Nach drei Stunden Fahrt hielt der schwere Rolls Lord Rockpourths zum viertenmal. Aber diesmal war es nicht der Durst, sondern der Chauffeur stieg aus dem Wagen, nahm die Mütze ab und sagte in steifer, britischer Art:

»Mylord, wir haben eine Panne. Ich glaube, ein Zylinder fällt aus.«

Haußmann bremste scharf, denn der Wagen Lord Rockpourths war unmittelbar hinter einer Kurve stehengeblieben, und um ein Haar wäre Haußmann aufgeprallt.

»Kreuzdonnerwetter!« schrie er. »Was ist denn? Wenn das so dauernd weitergeht, sind wir erst Weihnachten in Sarajewo!«

»Karli...« sagte Erika sanft und legte beruhigend ihre Hand auf seinen Arm. Seit einer Stunde verfiel sie zusehends. So jung und frisch sie bei der Abfahrt am Morgen von Dubrovnik ausgesehen hatte, so erschreckend alt wirkte sie jetzt. Sie lag halb auf den Hintersitzen, hatte das Kleid geöffnet, ihre Haut wirkte fahl und grau, und der seidige Glanz ihrer rotbraunen Haare war verschwunden. Stumpf und leblos war das Haar.

»Reg dich nicht auf«, sagte sie mit mühsam fester Stimme. »Er ist doch schwer krank...«

»Was geht mich der Lord an?« rief Haußmann und drückte mehrmals auf die Hupe. »*Dich* bringe ich nach Sarajewo, nicht ihn! Um dich geht es, verdammt noch mal!« Er beugte sich über die Lehne und streichelte Erika über das graue Gesicht. »Wie geht es dir denn, Rika? Wieder Schmerzen?«

»Ein wenig.« Sie lächelte krampfhaft und nickte ihm zu. »Aber es geht schon. Man kann sie ertragen. Ich nehme gleich eine Tablette.«

Marion stieg aus dem großen Rolls und kam auf Haußmanns Mercedes zu. Ihr wiegender Gang war aufreizend und provozierend. Neben dem Rolls verhandelten der junge Lord und der Chauffeur.

»Sie sollten Ihrem Patienten einen Schlauch ansetzen, wenn er dauernd Durst hat!« rief Haußmann aus dem heruntergekurbelten Fenster. »Himmel, wann sollen wir denn in Sarajewo sein?«

»Heute nicht mehr.« Marion hob die schönen Schultern. »Ein Zylinder ist kaputt! Der Wagen läuft nicht mehr.«

»So ist Blödsinn! Hat acht Zylinder. Auf sieben Pötten läuft der Kahn immer noch 100!« Haußmann stieg aus seinem Wagen und knallte die Tür zu. »Sollen wir hier Steinchen sammeln und Backe-backe-Kuchen spielen?«

»Der Chauffeur sagte, wenn er weiterfährt, überlastet er die anderen Zylinder so stark, daß am Ende der ganze Motor kaputt ist. Ein Rolls sei eben nicht für solche Straßen gebaut.«

»Es ist zum Heulen!« Haußmann ließ Marion stehen und lief zu dem jungen Lord. Er kam an, als der Chauffeur gerade zum letztenmal dargelegt hatte, daß er ein Auto, das er seit zehn Jahren wie einen eigenen Sohn pflegte, nicht zuschanden fahre.

»Es hat gar keinen Sinn, weiter darüber zu reden, Sir«, sagte der junge Lord Robert. »Der Wagen muß abgeschleppt werden. Die nächste Stadt ist Mostar. Dort werden wir vielleicht ein Fahrzeug bekommen, das meinen Onkel weitertransportiert nach Sarajewo. Und wenn's ein Lastwagen ist.«

»Robert!« tönte eine zitternde Stimme aus dem Rolls. »Zum Teufel! Robert!«

»Er wacht immer zur unrichtigen Zeit auf«, sagte der junge Lord seufzend. »Ja, Onkel James?«

»Umladen!«

»Wohin?«

»In den Wagen von Mr. Haußmann. Ich hinten, die gnädige Frau vorn.«

»Aber Onkel James...«

»Ruhe! Ihr bleibt hier stehen und seht, wie ihr weiterkommt! Soll ich im Straßengraben verrecken? Das könnte euch so passen. Wie einen räudigen Hund mich sterben lassen. Ha! Umladen, sage ich!«

Der junge Lord sah Haußmann achselzuckend an. Er trat ein paar Schritte vom Wagen weg und winkte Haußmann, zu ihm zu kommen.

»Was sollen wir machen?« sagte er leise. »Ich kann Ihnen doch unmöglich Onkel James allein mitgeben. Parker und ich, wir kommen schon weiter. Aber Miß Marion? Doch das ist typisch mein Onkel. Er kennt keine Rücksichten.«

»Eines ist klar: Wir können nicht hier stehenbleiben«, sagte Haußmann. Er bezwang sich, nicht zu brüllen, obwohl ihm danach zumute war. »Ich *muß* nach Sarajewo. Meiner Frau geht es wieder schlechter. Sie hat Schmerzen. Sie muß sofort in ärztliche Behandlung. Ich kann es mir nicht leisten, auch nicht für Ihre lächerlichen 10000 Pfund, das Leben meiner Frau zu gefährden, nur weil Ihr Onkel einen Dickkopf hat.«

»Wenn nichts geschieht, das wissen Sie, schiebt er mir die Schuld zu und enterbt mich. Das Testament tragen Sie ja in der Brusttasche.«

»Wenn Sie wollen, zerreiße ich es und werfe es die Schlucht hinunter!« schrie Haußmann.

»Das ändert gar nichts.« Der junge Lord hob die Schultern. »Wir haben nun einmal eine Aufgabe übernommen, und es ist die Pflicht eines Gentleman, sie zu Ende zu führen. Ich nehme an, Sir, Sie *sind* ein Gentleman!«

Haußmann hatte eine unhöfliche, ja unschickliche Bemerkung auf den Lippen, aber er schluckte sie hinunter.

»Gut. Was soll geschehen?« fragte er heiser.

»Wir laden Onkel James wirklich um, und Sie fahren ihn nach Sarajewo. Parker, Miß Marion und ich werden uns bis Mostar durchschlagen und mit dem nächsten Gefährt nachkommen. Ich nehme an, daß auf dieser Straße mehr als zwei Autos am Tage fahren.«

»Bitte!« Haußmann hob resignierend die Schultern. »Laden wir um. Mir ist schon alles Wurscht. Wenn es nur schnell geht.«

Und es ging verhältnismäßig schnell. Parker, der Chauffeur, der junge Lord, Haußmann und Marion trugen Lord Rockpourth in Haußmanns Mercedes, betteten ihn auf die Hintersitze, stopften den Raum zur Rückenlehne der Vordersitze mit Kissen und Koffern aus, damit der Lord nicht herunterrollte in den Kurven oder beim scharfen Bremsen herumgeschleudert wurde, und dann saß Haußmann wieder hinter dem Steuer, fuhr mit verbissenem Gesicht an und reagierte nicht auf das Winken der Zurückbleibenden.

»Das war eine gute Idee«, sagte hinter ihm Lord Rockpourth und kicherte heiser. »Jetzt schwitzt der Junge Blut, denn er weiß nicht, was wir alles besprechen werden.«

Zehn Minuten später fiel er wieder in Lethargie. Erika stieß ihren Mann sachte an. »Er ist wieder starr«, flüsterte sie.

»Gott sei Dank, dann schweigt er wenigstens«, antwortete Karl böse.

Mit hoher Geschwindigkeit raste er die Bergstraße entlang und rauschte hupend um die engen Kurven.

Kurz vor Mostar stieß Erika einen so grellen Schrei aus, daß Haußmann zusammenzuckte und der Wagen fast geschleudert wäre. Erika krümmte sich vor Schmerzen, preßte die Hände auf den Leib, und ihr Gesicht war ein einziger, verzweifelter Aufschrei.

»Mein Leib!« stöhnte sie. »Karl... mein Leib... ich sterbe... o Karl, ich sterbe... Jetzt ist etwas gerissen... da drinnen... ich sterbe...«

Haußmann überlief es eiskalt. Er umklammerte das Lenkrad und stieß den Fuß auf dem Gaspedal ganz durch. Wie ein Irrer raste er über die Straße, die Hand auf der Hupe.

Mostar, dachte er dabei. Gleich haben wir Mostar erreicht. Einen Arzt! O Gott, einen Arzt!

Bitte, bitte einen Arzt!

Mit stierem Blick starrte er geradeaus. Der Wagen heulte, Häuser tauchten auf, Pferdefuhrwerke, Bauern mit Traglasten, Frauen, Kinder, Esel, Wohnwagen, Autos, Lastwagen, eine kleine Moschee, ein Minarett... vorbei, vorbei... hupen, Gas geben, hupen...

Aus dem Weg! Aus dem Weg!

Einen Arzt...

Wie ein Irrer raste er in Mostar ein. Neben ihm lag Erika verkrümmt auf dem Sitz, die Hände gegen den Bauch gepreßt, und stöhnte. Ihre bleichen Lippen zitterten, aber der Schmerz war so groß, daß sie nicht mehr schreien konnte. Verkrampft war ihr Gesicht, gelähmt der Mund. Nur der Atem ging durch die Zähne, und an den Lippen wurde er zum hellen Stöhnen.

Ein Polizist in weißer Uniform sprang entsetzt zurück, als er den hupenden, rasenden Wagen sah, der plötzlich bremste und auf ihn zuschleuderte.

»Hospital?« schrie Haußmann aus dem Fenster. »Ma femme... malade... pas de morde...« Mein Gott, was kommt es darauf an, ob's richtig ist. Erika stirbt... seht es doch... sie stirbt. »Un docteur...« schrie Haußmann. »Où est un docteur?«

Der Polizist wischte sich den Schweiß vom Gesicht. Dann sah er in den Wagen, blickte auf die verkrümmte, stöhnende Erika und auf den Lord, den er als eine Leiche ansah. Da riß er die Tür auf, drückte Haußmann weg zu seiner Frau, setzte sich selbst ans Steuer und fuhr, genau wie Haußmann hupend und unter Mißachtung aller Regeln, durch das winkelige, alte, von Menschen berstende Mostar.

Zehn Minuten später rollte Erka auf lautlosen dicken Gummirädern über den langen, weißen Flur des Krankenhauses von Mostar. Sie war besinnungslos aus dem Wagen gehoben worden, und vier Ärzte hatten sich sofort um sie gekümmert. Ein Oberarzt, der sogar Deutsch sprach, hatte nach der ersten Untersuchung, einem Abtasten des geschwollenen Leibes, kurz und knapp seine Anweisungen gegeben und wandte sich nun an Haußmann, der schweißüberströmt, zitternd und am Ende seiner Kräfte an der Wand lehnte. Der Polizist war unten beim Wagen und sah dem Transport von Lord Rockpourth zu, der zu seiner sprachlosen Verwunderung noch lebte.

»Wir werden Ihre Frau gleich operieren«, sagte der Oberarzt. »OP II ist gerade frei geworden. Sie haben Glück, mein Herr: Das ganze Team mit Professor Kraicic steht bereit. Haben Sie keine Angst, in zehn Minuten ist der Röntgenbefund fertig, und wir wissen, was es ist, obschon ich meiner Diagnose bereits jetzt sicher bin.«

»Ihre Diagnose...« Karl Haußmann schloß die Augen. »Nicht operieren«, sagte er leise. »Es ist ihr Tod... sie kann nicht operiert werden... es ist ja sinnlos... sie... sie ist doch inoperabel...«

»Was ist sie?« fragte der serbische Oberarzt. »Inoperabel? Wieso denn?«

»Sie hat Krebs«, stammelte Haußmann. »Unheilbaren Krebs! Wir wollten zu Dr. Zeijnilagic, nach Sarajewo zu dem HTS!«

»Krebs?« Der Oberarzt drückte das Kinn an. Dann sah er Haußmann nachdenklich an und hatte es plötzlich sehr eilig. »Professor Kraicic wird nachher mit Ihnen selbst sprechen. Entschuldigen Sie mich bitte...«

»Werden Sie operieren?« rief Haußmann ihm nach. Er hatte sich von der Wand abgestoßen und lief dem Oberarzt nach.

»Wenn es nötig ist... ja!«

Haußmann blieb stehen. Eine Wand aus Milchglas war vor ihm. Darauf in Schwarz eine Schrift. Er konnte die Worte nicht lesen, aber er wußte, was sie bedeuteten.

Eintritt verboten.

Der OP-Trakt.

Überall ist es so, ob in Gelsenkirchen oder in Mostar.

»Erika...« sagte er leise, deckte die Hand über die Augen und drückte die Stirn gegen die kalte Glasscheibe. »Erika... verlaß mich nicht... geh nicht weg... O Gott, mein Gott... laß sie leben...«

Eine Schwester mit großer, weißer Haube führte ihn weg in ein Zimmer und drückte ihn in einen Sessel aus geflochtenen Kunststoffschnüren. Karl Haußmann merkte es gar nicht; er stierte vor sich hin, hatte die Hände gefaltet und schien darauf zu warten, daß jemand ihn aus seiner Starrheit weckte mit den Worten: ›Es ist vorbei... wir konnten Ihre Frau nicht mehr retten...‹

Auf dem Gang war ein Kommen und Gehen. Weiße Kittel wehten an der offenen Tür des kleinen Zimmers vorbei, in dem Haußmann hockte. Ein Arzt sah kurz herein, aber er sprach Haußmann nicht an, sondern rannte wieder durch die Milchglastür in den OP-Trakt.

Wie lange Haußmann so dasaß, wußte er nicht. Er hatte jegliches Gefühl für Zeit verloren. Hätte man ihm gesagt: Sie sitzen zehn Stunden hier, er hätte es ebenso geglaubt wie eine halbe Stunde.

Die Luft wurde stickig im Zimmer. Die Hitze brütete auf den Dächern. Karl Haußmann lief der Schweiß über die Augen und das Gesicht. Aber er wischte ihn nicht ab, er saß nur da, starrte vor sich hin und wartete.

Wartete.

Und büßte ab.

Das Fegefeuer kann nicht grausamer sein, dachte er einmal. Ja, ich habe Erika betrogen... nicht nur mit Marion Gronau. Verdammt, ich gestehe es: Ich habe sie mehrmals betrogen. Mit einer Kellnerin vom Clublokal des Gesangsvereins. Mit der Buchhalterin der befreundeten Firma Meyering & Co. und mit einer Platzanweiserin im Kino. Abenteuer waren es, weiter nichts, aber es war Betrug. Es waren

Gemeinheiten angesichts der Liebe Erikas und ihres Vertrauens zu mir.

Ich bin ein schlechter Mensch. Ich weiß es. Aber sie hat es nicht verdient, so zu sterben, auf einem OP-Tisch in Mostar...

Haußmann sprang auf. Er lief aus dem Zimmer und prallte auf dem Flur gegen einen älteren Arzt, der gerade aus der Milchglastür kam.

»Erika!« rief Haußmann, und man sah ihm an, daß er gar nicht wußte, was er rief und was er tat. »Sie dürfen dich doch gar nicht operieren...!«

»Beruhigen Sie sich«, sagte der ältere Arzt in fließendem Deutsch. »Kommen Sie mit, ich habe mit Ihnen zu reden!«

Er nahm Haußmann an der Hand wie ein verirrtes Kind und zog ihn zurück in das kleine Zimmer. Dort ließ er ihn am Fenster stehen, schloß die Tür und knöpfte seinen weißen Kittel auf. »Ich glaube, man sollte Sie gründlicher behandeln als Ihre Frau! In was reden Sie sich da hinein?«

Karl Haußmann wischte sich über das schweißnasse Gesicht. Wie aus einem quälenden Traum erwachte er, und was er bisher wie durch Nebelwände gesehen hatte, wurde klar um ihn. Er wandte sich um, riß das Fenster auf und atmete die einströmende warme Luft ein, als sei sie wundervoller, kühler Gebirgsozon. Dann drehte er sich zurück ins Zimmer und riß sich den Kragen auf.

»Wer sind Sie?« fragte er heiser.

»Kraicic«, sagte der ältere Arzt.

»Professor Kraicic...« Haußmann hob wie flehend beide Hände. »Was ist mit meiner Frau? Bitte, sagen Sie mir die Wahrheit. Lebt sie noch? Sie haben sie nicht operiert, nicht wahr? Sie ist doch inoperabel, wie die Ärzte sagen. Kann... kann ich sie sehen...?«

Professor Kraicic griff in die Hosentasche, holte eine Packung Orientzigaretten heraus und hielt sie Haußmann hin. Karl schüttelte den Kopf. Der Professor steckte sich eine der goldgelben Zigaretten an.

»Ihre Frau wird gerade operiert«, sagte er. »Oberarzt Dr.

Dravo macht es allein mit drei Assistenten. Ich brauchte nicht einzugreifen. So etwas ist Routine.«

»Natürlich, natürlich...« stotterte Haußmann hilflos. »Routine. Es sterben ja so viele...«

»Wer redet hier von Sterben?« Professor Kraicic setzte sich und sah Haußmann ein wenig reserviert an. »Woher kommen Sie?«

»Aus Gelsenkirchen, Herr Professor. Eine Industriestadt in Deutschland... Ruhrgebiet...«

»Ich kenne Deutschland. Ich habe als kriegsgefangener Militärarzt vier Jahre in Duisburg gearbeitet.«

»Ach so«, sagte Haußmann. »Jaja, der Krieg...«

Erika ist nicht tot, dachte er dabei. Sie ist *noch nicht* tot...

»Wer hat Ihre Frau dort untersucht?« fragte Professor Kraicic.

»Unser Hausarzt.«

»Mit Röntgenkontrolle?«

»Ich weiß nicht.« Haußmann sah zu Boden. Er schämte sich. Nie hatte er sich um die Krankheit seiner Frau gekümmert. »Deine Nerven«, hatte er immer gesagt. Oder: »Nun fang bitte nicht wieder an, hysterisch zu werden!« Er hatte sie nie gefragt, was der Arzt festgestellt hatte. Und hätte sie es ihm gesagt, würde er sicherlich geantwortet haben: »Diese Ärzte! Gnädige Frau hinten, gnädige Frau vorn, und dann 100,– DM für die Beratung. So was kennt man. Was dir fehlt, ist Arbeit. Du hast zuviel Langeweile. Früher, als wir von morgens sieben bis in die Nacht arbeiteten, da hattest du keine Zeit für Wehwehchen...«

»Ich weiß es nicht«, sagte Haußmann leise. »Erika sprach nie darüber.«

»Und wer hat die Krebsdiagnose gestellt?«

»Dr. Borgoporte in Rimini und Dr. Tezza in Capistrello.«

»Mit Röntgen?«

»Ja. Ich habe die Aufnahmen selbst gesehen.« Haußmanns Stimme zitterte. »Die dicke Verschattung im Leib... die... die Krebsgeschwulst...«

»Ach!« Professor Kraicic zerdrückte die halb gerauchte Zigarette. »Und was wurde getan?«

»Dr. Borgoporte riet mir, sofort nach Hause zu fahren, in eine gute Klinik. Zur Kontroll-Diagnose. Er hält Erikas Geschwulst für inoperabel.«

»Und warum sind Sie nicht gefahren?«

»Ich hörte von diesem Dr. Tezza...« sagte Haußmann, und wieder schämte er sich. »Er... er galt als eine Art Wunderdoktor.«

»Und Sie haben daran geglaubt?«

»Würden Sie nicht an Wunder glauben, wenn Ihnen jemand sagt, die normale Medizin ist am Ende ihres Wissens?« rief Haußmann verzweifelt.

»Nein!« Professor Kraicic sagte es ganz hart. »In der Medizin gibt es kein Ende. Täglich entwickelt sie sich weiter. Aber ohne Wunder. Durch Wissen und Können.«

»Darauf hoffte ich ja!« stöhnte Haußmann.

»Dieser Tezza war ein Schwindler, nehme ich an?«

»Ja. Ein Erzgauner. Gott sei Dank merkten wir das zeitig.«

»Und dann hörten Sie von unserem Kollegen Dr. Zeijnilagic in Sarajewo. Von seinem HTS. Und es gab für Sie nur eins: Hin nach Sarajewo. Wie die Kühe, die einem Leittier nachtrotten, und wenn's in den Abgrund geht.«

Haußmann nickte müde. Er wurde von Professor Kraicic seelisch zerpflückt, moralisch so ausgezogen, daß er sich wirklich wie nackt und angespuckt vorkam.

»In allen Zeitungen stand, daß dieses HTS große Heilerfolge hat. Warum fahren Tausende nach Sarajewo?«

»Warum zogen Millionen singend in den Krieg? Es ist das alte Rätsel, Herr Haußmann: Glaube an unbewiesene Dinge und Massenwahn.«

»Sie glauben nicht an das HTS?«

»Es ist noch nichts bewiesen! Es liegen keine klinischen Berichte vor, keine Forschungsreihen über Jahre hinweg, man hat ein paar Spontanheilungen in der Hand, aber in der Medizin ist man bei diesen Spontanheilungen sehr kritisch.«

»Dann ist also auch Dr. Zeijnilagic ein Schwindler?« stotterte Haußmann.

»Aber nein! Nein! Kollege Zeijnilagic ist ein ernsthafter Arzt und Forscher, der in jahrelanger Arbeit sein HTS entwickelt hat und ohne staatliche oder kommerzielle Hilfe, nur mit seinem eigenen Geld, einen Traum der Menschheit Wahrheit werden lassen will: den Sieg über den Krebs. Ob ihm das mit seinem HTS gelungen ist, wer weiß es? Das ist eben das Problem: Wir *wissen* es noch nicht. Wir hoffen wie Millionen Kranke. Aber in der Medizin gilt keine Hoffnung. Medizin ist eine exakte Wissenschaft. Experimente gehören in das Labor, die Arbeit am Menschen verlangt Realitäten. Das ist ein großer, menschlich verständlicher Fehler Dr. Zeijnilagics: Er ist zu früh an die Öffentlichkeit getreten. Jetzt haben wir die Aufregung der ganzen Welt über uns; die Kranken – wie Sie – pilgern nach Sarajewo, als sei es das Mekka der Medizin, und dabei ist es nur ein kleiner Brunnen, an dem man sich erfrischen kann.«

»Das sagen Sie alles so schön, Herr Professor.« Karl Haußmann sah aus dem Fenster. Jenseits der Mauer, die das Krankenhaus von der Straße abschirmte, brauste der Verkehr Mostars. Alte Busse, Autos, Eselskarren, Handwagen, ein Gewimmel von Menschen mit roten, runden Käppchen auf den Köpfen. Ein Hauch von Orient. Jetzt blickte er den Arzt an: »Man hat Ihnen noch nicht gesagt, daß Ihre Frau inoperabel ist...«

»Nein!« erwiderte Professor Kraicic und hob seine schmalen langen Hände. »Meine Frau starb vor drei Jahren an einem Mammakarzinom.«

»Verzeihung...« sagte Haußmann leise. Und er kam sich zum drittenmal elend und beschämt vor.

Der Professor erhob sich. »Kommen Sie bitte mit«, sagte er. »Ich möchte Ihnen etwas zeigen.«

Sie gingen zusammen durch die große Milchglastür, auf der Eintritt verboten stand. Auf dem gekachelten Gang der OP-Station war es still und kühl. Ein Klimagerät arbeitete lautlos. Über einer Doppeltür mit Gummidichtungen brannte einsam ein kleines rotes Lämpchen.

Ruhe! Operation.

Erika...

Haußmann blieb stehen und starrte hinauf zu der kleinen roten Birne.

Verzeih mir, dachte er. Verzeih mir alles, Rika. Nun ist es zu spät für uns, ein völlig anderes Leben zu beginnen, aber du sollst wissen, wie leid mir alles tut...

»Kommen Sie!« sagte Professor Kraicic sanft. Haußmann blieb stehen, rührte sich nicht.

»Was machen sie jetzt mit Erika?« fragte er dumpf.

»Sie operieren. Wenn alles glatt verläuft, ist Dr. Dravo jetzt dabei, die Bauchhöhle auszuräumen.«

»Die Bauchhöhle...« Haußmann schwindelte es. Er lehnte sich gegen die gekachelte Wand und schloß die Augen. Wie ein rasender Kreisel kam er sich vor. »Aber es ist doch sinnlos, Herr Professor.«

Er wußte später nicht, wie er weitergegangen und in das Zimmer gekommen war. Plötzlich stand er vor einer matt schimmernden Leuchtwand, in die man drei große Röntgenbilder geschoben hatte. Die Bauchhöhle Erikas, von drei Seiten fotografiert, und in ihr, ganz deutlich zu sehen, die große, fast runde Verschattung. Ein Klumpen wie aus Wasser, von einem Ballon umgeben. Das große Auge des Todes...

Haußmann nickte. Sein Herz schmerzte, als sei es in Fetzen gerissen.

»Ja«, sagte er langsam. »So ist es. So war es auch auf dem Bild von Dr. Borgoporte.«

»Diese Aufnahmen in drei Ebenen haben uns veranlaßt, sofort zu operieren«, sagte Professor Kraicic und knipste das Licht der Leuchtwand wieder aus. »In drei Wochen können Sie Ihre Frau zur Erholung ans Meer mitnehmen. Nach Hvar oder Krk.«

Haußmann schluckte. Dann wurden ihm die Beine weich,

er setzte sich, und in seinem Kopf brummte es wie ein riesiger Hummelschwarm.

»In... drei... Wochen...« stotterte er. »Gesund...?«

»Ja.«

»Durch Operation?«

»Ja.«

»Dann... dann ist es kein Krebs?«

Ein Aufschrei war es. Ein Schrei, der hell durch den großen Raum gellte.

»Nein!« sagte Professor Kraicic fest. »Es war kein Krebs!«

»Aber... das Röntgenbild...«

»Es zeigt ein subseröses Myom an der Oberfläche des Uterus. Myome sind kein Anlaß zur Panik. Sie sind selten bösartig und entwickeln sich nur vereinzelt zu Sarkomen. Ihre Gutartigkeit steht im umgekehrten Verhältnis zu ihrer gefährlichen Demonstration. Starke, wehenartige Schmerzen, Druckerscheinungen auf die Nachbarorgane, unregelmäßige Blutungen... das alles können auch Anzeichen eines Karzinoms sein. Nur: Bei einer histologischen Untersuchung und ein wenig Kenntnis vom Röntgenbildlesen erkennt man ein Myom sofort.« Professor Kraicic lächelte, als er Haußmanns entgeistertes Gesicht sah. »Ja, so ist das. Nehmen wir an, Sie hätten ohne Zwischenfälle Sarajewo erreicht, man hätte Ihnen das HTS gegeben, Ihre Frau hätte die Kapseln genommen und das Myom – Myome tun das gern! – wäre nach einiger Zeit verschwunden, was vor allem in der Menopause sich vollzieht, denn dieses Muskelknotenwachstum ist an die ovarielle Funktion geknüpft: Was wäre dann gewesen? Ein neues Wunder einer Wundermedizin HTS! Unheilbarer Krebs besiegt! Inoperable Frau gerettet! Die Zeitungen hätten sich überschlagen. Und was war es in Wahrheit? Ein gutartiger Tumor, dessen Entstehung zwar bis heute nicht geklärt ist, der aber alle Schrecken verloren hat.« Professor Kraicic lachte befreit. »Sehen Sie... so entstehen Wunder.«

Haußmann nickte. Noch glaubte er nicht, was er da hörte. Noch war alles so erschreckend einfach, so lächerlich normal.

Es war wie das Erwachen aus einem Alptraum, in den man sich hineingewühlt hatte, und nun erwacht man und sieht, daß die Sonne scheint und die Blumen blühen.

»Erika ist gar nicht todkrank?« sagte er kaum hörbar.

»Nein.« Professor Kraicic schüttelte energisch den Kopf. »Um alle späteren Komplikationen zu vermeiden, eben die Bildung eines Karzinoms, machte Dr. Dravo jetzt eine abdominale Uterusexstirpation. Kinder wollen Sie ja nicht mehr...«

»Nein, nein«, stammelte Haußmann. »Unsere Kinder sind schon groß... erwachsen...«

»Dann sehe ich keinerlei Anlaß zur Sorge.« Der Professor ging auf Karl zu und klopfte ihm freundschaftlich und ermutigend auf die Schulter. Nichts ist für einen Mann tröstender als solch ein Schulterklopfen. »Ihre Frau wird wieder völlig gesund, und ich wünsche Ihnen, daß Sie beide über hundert Jahre alt werden... übrigens bei uns in den Bergen gar keine Seltenheit!«

Während im OP ein gut eingearbeitetes Ärzteteam unter Leitung von Oberarzt Dr. Dravo das Myom entfernte, bemühten sich zwei Ärzte um die lebende Mumie, die in einem kleinen Zimmer neben der Aufnahme auf der Trage lag, mit wachen Augen alles aufnahm, sich aber weder rühren noch sprechen konnte.

Ratlos standen die Ärzte um das mit Haut überzogene Gerippe, bis Professor Kraicic kam. Karl Haußmann begleitete ihn. Er wollte der Enge des Zimmers und dem Warten entfliehen und hing sich an den Professor wie eine Klette.

»Wen haben Sie da mitgebracht?« fragte Kraicic. »Will der auch zu Dr. Zeijnilagic?«

»Ja. Es ist Lord James Rockpourth. Seit Jahren fährt er zu allen Krebsärzten der Welt. Was daraus geworden ist, sehen Sie. Sarajewo und das HTS sollen seine letzte Station sein.«

Haußmann sah in den Augen des Lords Zorn aufglimmen,

aber der Mund verschloß jeden Ton, den er so gern sagen wollte.

Professor Kraicic beugte sich über den Mumienkopf, schob die unteren Lider herunter, sah Lord Rockpourth tief in die wütenden Augen und nickte.

»Zimmer 2 a«, sagte er. »Lassen Sie eine Calcium-Enzym-Infusion vorbereiten. Ich komme gleich.«

Man rollte den starren Lord Rockpourth aus dem Zimmer und deckte ihm ein Handtuch über den Kopf, damit Besucher, die das Krankenhaus betraten, nicht sofort durch diesen Anblick geschockt würden.

»Erzählen Sie mir von dem Lord«, sagte Professor Kraicic und steckte sich wieder eine Zigarette an.

»Da kann ich wenig erzählen.« Haußmann hob die Schultern. »Wir lernten uns auf dem Schiff kennen, und auf einmal hatte ich ihn im Gefolge. Sein Wagen hat eine Panne. Chauffeur, sein Neffe Robert und meine Sekretärin werden bald nachkommen.«

»Sehr gut. Mir scheint nämlich, daß der Lord nichts anderes ist als das Opfer einer falschen Ernährung. Vor allem fehlt ihm in hohem Maße Calcium. Seine Starrheiten sind ausgeprägte Pseudo-Tetanien. Ein Wunder, daß der Mann noch lebt. Er muß das Herz eines Bullen haben.« Der Professor sah Haußmann plötzlich mit schräg geneigtem Kopf an. »Sie reisen mit Ihrer Sekretärin?« fragte er etwas gedehnt.

»Ja…« Haußmann starrte an Kraicic vorbei gegen die Wand. Er fühlte, wie er rot wurde, und das ärgerte ihn maßlos.

»Hm.« Der Professor rauchte einen tiefen Zug. »Ich möchte es noch einmal sagen, Herr Haußmann: Ihre Frau wird gesund. Wir verstehen uns?«

»Ja«, sagte Haußmann ganz leise.

Und er schämte sich zum viertenmal.

Der erste Helfer, der bei dem großen Rolls hielt und die drei Wartenden befreite, war ein Ochsenfuhrwerk. Neffe Robert und der Chauffeur hatten den Wagen etwas von der Kurve weggerollt. Nun saßen sie alle im spärlichen, harten, von der unbarmherzigen Sonne vergilbten Gras, aßen Melonenscheiben, die ihnen das Hotel in einem Verpflegungspäckchen mitgegeben hatte, tranken kalten Tee aus einer Thermosflasche und lauschten auf ein rettendes Motorengeräusch.

Marion Gronau faßte das Ganze als eine willkommene, romantische Unterbrechung der langweiligen Reise auf. Sie lag im Gras, das Kleid war an ihren schönen Schenkeln emporgerutscht, und sie machte keinerlei Anstalten, es wieder herunterzuziehen. Im Gegenteil: Sie öffnete noch zwei Knöpfe des blusenartigen Oberteils, und der junge Lord hatte die Auswahl, was er mehr bewundern sollte – die weißen, langen Beine oder den prallen Brustansatz.

»Was wollen Sie einmal werden, Bob?« fragte sie und räkelte sich. »Sie haben studiert?«

»Ja, Miß Marion. Soziologie.«

»Das ist doch so etwas wie Politik...«

»Gesellschaftslehre.«

»Und was wollen Sie damit anfangen?«

»Ich werde einmal einen Platz im Oberhaus bekommen, Miß Marion. Außerdem werde ich die Güter meiner Familie verwalten und Golf spielen.«

»Ist das auch ein Beruf?« fragte Marion anzüglich.

»Natürlich! Englands ökonomischer Blick wird beim Golfspiel trainiert. In den Pausen werden die Geschäfte abgeschlossen.«

»Und wenn Ihr Onkel James Sie wirklich enterbt?«

Neffe Robert lächelte mokant. »Ich bin sein einziger Erbe. Wer die englische Familientradition kennt, hat vor solchen Drohungen keine Angst.«

»Sie werden also einmal sehr reich sein?«

»Reich sein ist relativ.« Robert Rockpourth warf sich neben Marion in das harte, staubige Gras. »Ein Mann, der an einem schottischen See sitzt und angelt, kann reicher sein als ein

Bankier in der City; denn allein die Zeit, dort zu sitzen und zu angeln, muß durch Reichtum erworben sein! Und dabei kann es ein Streckenwärter der Bahn sein. Verstehen Sie?«

»Nein«, sagte Marion ehrlich.

»Macht nichts.« Robert lächelte in den weißblauen Sommerhimmel. »Die meisten Menschen glauben, Reichtum sei es, Kisten voll Geld zählen zu können.«

»Genau so denke ich auch.«

Die Hitze war einschläfernd. Marion dehnte sich, eine wohlige Müdigkeit überkam sie, und sie fühlte, wie sie langsam wegglitt in den Schlaf. Doch bevor sie ganz versank, wurde sie wieder hellwach, denn über ihr wurde es dunkel, ein Schatten fiel auf sie, und dann spürte sie einen Kuß, schüchtern und doch voll Begehren.

Ebenso schnell war die Sonne wieder da. Sie hörte ein leises Seufzen und neben sich das Rascheln des trockenen Grases.

»Oh...«, sagte sie mit kindlicher Stimme. Sie breitete die Arme aus und wußte, daß jetzt auch ihr Ausschitt auseinanderklaffte. Sie drehte den Kopf zur Seite und sah in die blauen Augen von Robert Rockpourth. »Ich habe geträumt... Ein schöner Traum. Ich wurde geküßt...«

»So etwas träumt man manchmal.« Neffe Robert kaute an der Unterlippe. »Das macht die Sonne, Miß Marion.«

»Es war ein Märchenprinz, der mich küßte.« Sie blinzelte zu ihm hin. »Können Sie sich vorstellen, daß ein Prinz eine arme Sekretärin küßt?«

»Nein!« sagte Robert Rockpourth zurückhaltend. »Es gibt gewisse Konventionen, die man nicht durchbrechen sollte.«

»Das dachte ich mir auch!« Marion setzte sich mit einem Ruck auf. Ihr Blick war giftig, aber sie sah nicht den jungen Lord an, sondern das in der Sonne schillernde Auto. Na warte, dachte sie. Du scheinheiliger Patron! Ich werde dich noch dazu bringen, daß du vor meinem Fenster stehst und Steinchen gegen die Scheibe wirfst. Und ich werde nicht aufmachen. Nein! Ich werde dich kochen lassen im eigenen Saft.

Sie knöpfte den Ausschnitt wieder zu, zog den Rock über ihre Knie und setzte sich schicklich hin.

Wenig später bog knarrend der Ochsenkarren um die Kurve. Der Retter.

Man band den Rolls mit einer Leine hinten an den Karren an, der Bauer schrie unartikulierte Laute, drosch auf die beiden brummenden Ochsen ein, und während der Chauffeur mit saurer Miene hinter dem Steuer saß – man stelle sich das vor: ein Rolls-Chauffeur hinter einem Ochsenkarren! Diese Blamage! –, kletterten Robert und Marion zwischen die Leiterseiten des Karrens und setzten sich auf die obere Stange.

»Es stinkt nach Schweinen«, sagte Robert Rockpourth und hob die Nase. »Ich kenne diesen Geruch ganz genau. Der Bauer hat mit diesem Karren Schweine zum Markt gebracht.«

»Und nun transportiert er uns«, sagte Marion giftig.

»Sie haben Sinn für Humor, Miß Marion«, lächelte Robert. »Das gefällt mir.«

Und er steckte sich eine Zigarette an.

So rückten sie nach einer Stunde glutvoller Zuckelei in Bosinj ein, einem Dorf, in dem die Welt vor 300 Jahren stehengeblieben war.

Aber es gab doch ein Auto in Bosinj. Es gehörte dem Schmied, und für 2000 Dinare erklärte er sich bereit, nach Sarajewo zu fahren.

Es war später Abend, als sie ankamen. Die vorbestellten Zimmer im Hotel ›Europa‹ waren leer. Von Lord Rockpourth, Karl und Erika Haußmann wußte man nichts. Sie waren noch nicht angekommen. Und keiner wußte auch, wo sie waren.

»Das ist aber merkwürdig«, sagte Robert. »Es gibt doch nur diese Straße nach Sarajewo. Wenn sie auch eine Panne hatten... wir hätten sie doch einholen müssen. Sie können nicht einfach verschwinden...«

»Vielleicht sind sie in Mostar geblieben?« sagte Marion. In ihren Augen stand ehrliche Sorge. »Wir sind ja durch Mostar gerast wie die Irren. Als ob wir ein Rennen nach Sarajewo gewinnen müßten.«

»Was sollen sie in Mostar?«

»Vielleicht ist etwas passiert? Ihr Onkel...«

Robert nickte. Er ließ durch den Chefportier in den beiden Mostaer Krankenhäusern anfragen. Nach einer halben Stunde wußte man Bescheid. Robert kam sehr nachdenklich an den Tisch in der Hotelhalle zurück, wo Marion wartete.

»Sie sind in Mostar. Mrs. Haußmann ist operiert worden, und mein Onkel hat nach einer Infusion so viel Kraft bekommen, daß er mit dem Oberarzt über schottische Schafzucht diskutiert.«

»Operiert...«, sagte Marion leise. Ihre Augen verdunkelten sich. »Ich dachte, Erika ist nicht mehr zu operieren...?«

»Anscheinend geht es ihr gut.« Der junge Lord lächelte etwas ironisch. »Man spricht sogar davon, daß sie völlig gesund wird.«

In dieser Nacht schlief Marion Gronau nicht eine Minute. Sie saß auf dem Balkon, sah hinunter auf die Straße und hinüber zu den schlanken Minaretts der Moscheen und wußte, daß sie den Kampf um Karl Haußmann und um ein sorgloses Leben endgültig verloren hatte.

In der Nacht klopfte es leise an die Tür.

Frank Hellberg schreckte auf, sprang aus dem Bett und öffnete die Tür einen Spalt. Draußen stand, schüchtern wie ein Kind und mit großen, bettelnden Augen, Claudia Torgiano. Sie hatte die Arme über der Brust gekreuzt und sah erbärmlich hilflos aus.

»Ich kann nicht schlafen, Frank«, sagte sie leise. »Ich habe Angst, so sinnlose, dumme Angst... Kann ich hereinkommen?«

Hellberg öffnete die Tür ganz und zog sie in sein Zimmer. Auf nackten, tapsenden Füßen lief sie zu seinem Bett, warf sich hinein und deckte sich bis zum Hals zu. Ihr kleiner, von den langen, schwarzen Haaren umrahmter Kopf war kaum in den Kissen zu sehen.

»So ist es gut«, sagte sie. »So habe ich keine Angst mehr. Komm Frank, leg dich zu mir.«

Hellberg atmete tief durch. Dann kam er langsam zum Bett und setzte sich auf die Kante. Claudias Hände waren heiß und feucht, als er sie zwischen seine Finger nahm.

»Du hast Fieber?« fragte er erschrocken.

»Das macht nur die Angst. Ich kann nicht allein sein, Frank. Ich muß bei dir sein. Immer...«

»Zunächst müssen wir vernünftig sein, mein kleiner Liebling.« Er strich ihr über das Haar, und sie nahm seine Hand, drückte sie an ihren Mund und küßte seine Handfläche.

»Komm!« sagte sie leise.

»Wir haben morgen eine anstrengende Reise vor uns.« Es fiel ihm schwer, so zu reagieren. »Du solltest schlafen, Liebste.«

»Du liebst mich nicht, Frank...«

»Ich liebe dich, wie es Worte gar nicht ausdrücken können.«

»Du sagst es bloß. Du willst mich trösten. Du spielst mir etwas vor.« Ihre kleine Stimme zerbrach. »Du ekelst dich vor mir, weil ich Krebs habe.«

»Claudia!« Hellberg riß sie aus den Kissen und preßte sie an sich. »So etwas darfst du nie, nie wieder sagen.«

»Ich habe solche Sehnsucht nach dir«, flüsterte sie. »Und ich habe doch nur noch so wenig Zeit für die Liebe...«

Später lagen sie nebeneinander, aber sie lagen wie Schwester und Bruder. Claudia schlief. Ihr Kopf lag auf seinem Oberarm, ihr zierlicher, kindlicher Körper schmiegte sich an ihn. Ein glückliches Lächeln lag auf ihren Lippen. Sie fühlte sich geborgen. Sie war nicht mehr allein auf der Welt. Sie hatte eine Heimat in den Armen Franks.

Sie war so glücklich...

Am nächsten Morgen um 8.30 Uhr standen sie auf dem Bahnsteig des Schmalspurbahnhofes am Zug nach Sarajewo.

Sie waren pünktlich gekommen, aber sie kannten die Gepflogenheiten Serbiens nicht. Schon eine Stunde vor der Abfahrt war der Zug von Hunderten von Reisenden gestürmt worden, die wie eine donnernde, brüllende Woge in die Wagen stürzten, kaum daß der Zug hielt. Nun war er bereits überfüllt, in den Gängen stand man eingekeilt, ein Umfallen war unmöglich. Die rauchende, blubbernde und zischende Lock wirkte wie aus dem Museum entliehen, die pufferlosen Wagen waren eine Mischung zwischen Viehwagen und Werkstattwaggons. Aus den heruntergeschobenen Fenstern quoll eine Wolke von Stimmen und Kindergeschrei, getragen vom Duft aus Knoblauch, Schweiß und nicht bestimmbaren Gerüchen.

»O Gott...«, sagte Claudia. Aber es war kein Schreckensruf. Das Glück der vergangenen Nacht hatte sie verwandelt. Für sie war die Welt nun immer voll Sonne; es gab nichts, was ihre innere Freude zerstören konnte. »Wir müssen aufs Dach klettern, Frank.«

Hellberg hielt einen Beamten fest, der an ihm vorbeilief, zeigte ihm die Fahrkarten und wies auf den überfüllten Zug.

»Nix...« sagte er. »Prego...«

Der Bahnbeamte sah Hellberg und Claudia kurz an. »Italiano?« fragte er zurück.

»No. Allemani...«

»Oh!« Der Beamte grüßte, lächelte breit, hob die Hand und sagte etwas, was Hellberg so verstand, daß er warten solle. Er sah, wie der Beamte mutig – und es gehörte Mut dazu! – einen der besseren Wagen enterte, die an der Tür stehenden Menschen, ganz gleich ob Mann oder Frau, mit den Fäusten zur Seite boxte und unter lautem Geschrei im Inneren des Wagens verschwand. Es war, als habe jemand mit einem Stock in einen Ameisenhaufen gestoßen. In dem Waggon quirlten die Körper durcheinander, eine Frauenstimme schrie hysterisch, durch ein offenes Fenster flog eine Mütze auf den Bahnsteig... dann, nach ungefähr zehn Minuten, erschien der todesmutige Beamte wieder an der Tür, schwitzend, aber mit breitem Lächeln, und winkte mit beiden Armen.

»Wir haben Plätze«, sagte Hellberg ehrlich erstaunt. »Das nennt man echte Gastfreundlichkeit.«

Sie zwängten sich durch die Menschen, kämpften sich an Bäuchen und Brüsten vorbei, aber was Hellberg erwartet hatte, geschah nicht: Niemand schimpfte, niemand wurde handgreiflich, keiner war beleidigt. In einem Abteil waren zwei Plätze am Fenster geräumt. Wer dort vorher gesessen hatte, wußte Hellberg nicht. Er ließ Claudia Platz nehmen und wandte sich dann an die anderen Reisenden, die wie gestapelte Rundhölzer nebeneinander standen.

»Verzeihung«, sagte er. »Das habe ich nicht gewollt. Ich wollte nur mitgenommen werden.«

Die Reisenden grinsten ihn an, nickten, und die vorderen, die sich noch bewegen konnten, winkten ihm zu.

Um 9 Uhr gellte ein Pfiff über den Bahnhof. Der Zug ruckte plötzlich an, die Mauer der Leiber wankte, aber sie konnte nicht fallen, Dampf zischte aus dem Schornstein der kleinen, alten Lok, und dann fuhr der Zug, polternd und rumpelnd, schaukelnd und stöhnend und verließ das Paradies Dubrovnik, um einzutauchen in ein Land, das wild und feindlich war.

Hellberg und Claudia sahen hinaus. Durch Schluchten und über steile Täler, in deren Gründe ein Wildbach rauschte, schwankten die Wagen langsam bergan. Es war ein Eilzug, aber man konnte gemütlich während der Fahrt auf- und abspringen, und ein paar junge Burschen taten es auch, angefeuert von den Rufen der Zuschauenden.

Vor jedem Tunnel pfiff die Lok, dann wurden schnell die Fenster hochgedreht, denn die Tunnels waren eng, und eine Woge von Ruß schlug in dem engen Schlauch über den Wagen zusammen. Kaum wieder im Tageslicht, rasselten die Fenster herunter, denn auch der Gestank innerhalb des Zuges war selbst starken Nerven bei geschlossenen Fenstern zuviel.

Die erste Station. Hellberg merkte sich den Namen nicht, aber fasziniert starrte er auf die Händler, die am Zug mit lautem Geschrei und wilden Gesten entlangrannten. In Bauchläden boten sie Gebäck und Limonade oder Trinkwasser in Plastikflaschen an, Andenken aus Gips, Bettvorleger, Kopftücher und Glasketten. Ein Mann mit einem Kofferradio stieg ein. Jubel empfing ihn, er mußte sein Gerät sofort anstellen und auf volle Lautstärke drehen. Musik kreischte durch den Gang, jemand sang mit, ein Kind schrie. Im Abteil, in dem Hellberg und Claudia saßen, war auch ein junges Pärchen. Es stand neben der Tür. Und dieses Pärchen begann nun zu tanzen nach der plärrenden Musik. Aber das war kein Tanz mehr, sondern nur mehr ein wildes Aneinanderreiben, und das Mädchen bekam große, glänzende Augen, feuchte Lippen und stieß kleine, spitze Schreie aus.

Weiter. Die Lok keuchte. Steil ging es bergauf, dann über eine Hochebene, über kühn gespannte Brücken, vorbei an silbern glitzernden Talsperren und rauschenden Flüssen.

»Jetzt schwimmen...« sagte Claudia und lehnte sich schwitzend zurück. Die Luft war zum Schneiden dick, es machte Mühe, tief zu atmen, obgleich das Fenster offen war.

Eine neue Schlucht, Steilhänge, bewachsen mit niedrigem Gestrüpp, das kaum die kahlen Felsen überwucherte. Ein Land, das gegen alles kämpft, gegen Sonne und Regen, gegen Wasser und Fruchtbarkeit, das nur eins kennt: Haß gegen alles, was Leben bringen kann.

Grelle Pfiffe. Ein neuer Tunnel. Fenster hoch. An der Unruhe der erfahrenen Reisenden erkannte Hellberg, daß etwas bevorstand. Man holte Taschenlampen heraus und Feuerzeuge. Also ein langer Tunnel, der längste bisher.

Claudia tastete nach Hellbergs Hand, als sie in den schwarzen Tunnel hineinschwankten. Trotz der geschlossenen Fenster quoll Ruß in die Waggons, wieder schrie das Kind, das Radio brachte jetzt anscheinend Nachrichten, denn eine Stimme sprach monoton dahin, das junge Pärchen küßte sich ungeniert und hielt sich eng umklammert... und dann plötzlich, nach einem lauten Schnaufen und Zucken, hielt der Zug mitten im Tunnel.

Das hatte man erwartet. Im Tunnel ging die Strecke steil bergauf, der Zug war überfüllt, und die kleine, alte Lok streikte nun.

»Was wird nun?« fragte Claudia ängstlich. »Müssen wir alle aussteigen und schieben?«

Hellberg lachte. Jemand, der etwas deutsch konnte, sagte aus dem dunklen Hintergrund im Gang:

»Nix Angst! Nur mehr Feuer machen. Mehr Puffpuff! Dann weiter!«

Und so war es. An der Lok arbeiteten vier Mann und schippten Kohlenberge in die Kesselfeuerung. Zwischendurch versuchte man, ob genug Dampfdruck vorhanden sei. Dann ruckte der Zug an, krabbelte ein paar Meter vorwärts und stand wieder.

Die Kohlenschipperei ging weiter. Mehr Dampf, Genossen! Mehr Kraft! In ein paar Jahren ist hier die Normalspurbahn. Der Fortschritt. Bewegt die Schaufeln, Leute!

Es dauerte gute zwanzig Minuten, bis es aus der Lok hell zischte. Durch die Menschenmauern ging ein Aufatmen. Gleich geht's los. Zur Sonne, Brüder!

»Es läßt sich nicht ändern, Genossen«, sagte ein älterer Mann, der im Abteil Hellbergs stand und sich am Gepäcknetz festgeklammert hatte. »Zucker habe ich. Ein Spritzchen muß ich haben, genau zur festgesetzten Zeit. Jetzt ist's soweit. Entschuldigt, Bürger, kein schöner Anblick ist's, aber es geht um meine Gesundheit.«

Er sah sich nach allen Seiten um, grinste, holte aus der Tasche ein verchromtes Kästchen, entnahm ihm eine kleine Injektionsspritze, sägte eine Ampulle ab, zog die Spritze auf und drückte die Luft aus der Kanüle. Dann streifte er die Hosenträger ab, knöpfte die Hose auf, zog sie herunter, hob sein Hemd hoch und suchte auf seinem Oberschenkel eine gute Stelle.

Claudia sah schnell weg zur Seite, hinaus in die Schwärze

des Tunnels. Das Mädchen mit den feuchten Tanzaugen kicherte blöd, eine Frau, die neben Hellberg saß, hochschwanger, mit dem Leib wie ein prall gefüllter Ballon, deckte sich ein feuchtes Handtuch über das Gesicht.

»So –« sagte der Mann, als er sich die Spritze mit Insulin gegeben hatte. »Das war nötig. Ich danke euch, Genossen. Man ist ein armer Mensch, wenn man nur durch Spritzen leben kann.«

Die Lok zischte, wie kurz vor einer Explosion, aber die Wagen rollten langsam weiter, wurden schneller und schneller und rumpelten wie Musik. Jubel war in allen Wagen, und als man die Sonne ahnte, als es fahl wurde im Tunnel, sangen sogar einige. Eine Flasche Slibowitz kreiste plötzlich im Abteil. Die Schwangere nahm einen Schluck, das Pärchen, der Zuckerkranke, und auch Hellberg ließen den scharfen Schnaps in sich hineinlaufen, um den Spender nicht zu beleidigen.

Mostar. Großer Aufenthalt. Die einen stürmten aus dem Zug, die anderen wollten hinein. Wer bisher stand, saß jetzt, denn während der Fahrt hatte man über die Sitzplätze bereits verhandelt. Ein altes Mütterlein in der Ecke, niemand hatte sie bisher gesehen, bekreuzigte sich, als der Zug doch weiterfuhr. Hinaus aus Mostar mit seinen steinigen Gassen und Moscheen. Und ohne zu wissen, wie nahe sie Karl und Erika Haußmann waren, sahen Claudia und Hellberg auch hinüber zu dem langgestreckten Gebäude des Krankenhauses.

»Eine ganz moderne Klinik!« sagte Hellberg sogar. »Wer vermutet das hier?«

Und weiter ging die Fahrt, Güterwagen wurde angekoppelt und auf der nächsten Station wieder stehengelassen, eine zweite Lok drückte den Zug von hinten einen neuen Berghang empor, und dann rappelten sie wieder durch karstiges Land und durch Landstriche, in denen selbst die Füchse weinen.

Claudia war am Ende ihrer Kräfte, zu schlaff, um ohne

Hilfe Hellbergs zu gehen, als sie gegen 21.30 Uhr endlich den Bahnhof von Sarajewo erreichten.

Neues Geschrei umgab sie. Eine Menschenmenge stürzte sich auf die Reisenden, als wolle sie sie lynchen. Aber es war nur Hilfsbereitschaft, nur Brüderlichkeit, denn alle, die da angestürmt kamen, hatten etwas anzubieten: eine Taxe, das Tragen des Gepäcks, Hotelzimmer, Privatquartiere, Adressen von Cafés und Weinlokalen, Tanzsälen und Goldschmieden. Ein Schuhputzer baute seinen Schemel auf und hieb die Bürsten gegeneinander wie die Becken einer Militärkapelle. Eine alte Frau schob auf kreischenden Rollen eine Waage heran und schrie, man solle sich wiegen lassen. Zur Gesundheit gehöre es, Genossen. Und Gesundheit ist Volkspflicht.

Die Menschen aus dem Abteil Hellbergs waren freundliche Leute. Jeder gab Hellberg und Claudia die Hand wie alten Freunden, man winkte ihnen zu und eilte davon. Und sie alle sahen gleich aus, wie Brüder: rußgeschwärzt im Gesicht, mit schmutzigen Hemden und Händen, wie überzogen mit Schmiere, aber fröhlich und freundlich, denn man hatte Sarajewo wohlbehalten erreicht.

Frank Hellberg führte Claudia durch die ihn umgebenden quirlenden Menschenmassen zu einer Bank. Dort sank sie nieder und legte den Kopf weit in den Nacken, um tief, tief Luft zu holen.

»Ich werde uns ein Quartier besorgen«, sagte Hellberg. »Irgendwo gibt es hier einen Schalter der Fremdenverkehrsorganisation. Ich bin schnell wieder zurück, Liebste.«

Claudia nickte. Schlafen, dachte sie. Ein Bett, die Arme Franks, seine Wärme, seine Geborgenheit, und träumen... nur träumen... schlafen...

Hellberg rannte durch die Halle des kleinen Schmalspurbahnhofes hinaus auf den Vorplatz und hinüber zu dem großen Bahnhof der Normalbahn, in dem die Züge aus dem Norden und Osten hielten. Hier war alles großstädtischer, sauberer, propagandistischer. Hier hingen Fahnen und

Spruchbänder, hier herrschte Ordnung und wachte das Auge der Miliz.

Vor einem Zeitungsstand blieb Hellberg stehen. Sein Blick überflog die Zeitungen. Eine deutsche war nicht darunter, aber ein paar englische.

Und dann wurden seine Augen starr, und Blässe ließ sein Gesicht fahl werden. Es war, als fiele es zusammen. Wie hundert Jahre sah er aus.

Eine Schlagzeile.

Der Daily Mirror.

»Das darf nicht wahr sein...« sagte Hellberg leise. »Das darf einfach nicht wahr sein...«

Er trat näher und nahm die Zeitung aus der Drahtklemme. Die Schlagzeile zitterte in seinen Fingern.

»Nach Gutachten der Spezialisten:

Verbot des Krebs-›Wundermittels‹ HTS.«

Frank Hellberg faltete die Zeitung schnell zusammen, nachdem er den Artikel überflogen hatte. Ein Gremium jugoslawischer Ärzte hatte die Gesundheitsinspektion von Bosnien dazu überredet, das Mittel HTS als ›unwissenschaftlich und unerprobt‹ abzulehnen und damit zu verbieten.

»Erst lange Versuchsreihen an Tieren und in Kliniken, Veröffentlichungen in medizinischen Fachblättern und Erfahrungsaustausch ausländischer Kliniken sind die Voraussetzungen für die Entwicklung eines Mittels, das anerkannt werden kann«, schrieb die Zeitung. »Hier aber ist ein Arzt mit völlig unorthodoxen Mitteln vorgegangen und hat Hoffnungen erweckt, die nicht zu realisieren sind!« Aber auch die erste Stellungnahme Dr. Zeijnilagics war abgedruckt. Es war ein trauriger, ein fassungsloser Appell an die Welt, die Hoffnung nicht zu verlieren und den Intrigen der anderen Ärzte nicht mehr zu glauben als ihm: »Ich habe das Präparat HTS für den Menschen entwickelt und nicht für das Tier«, sagte er. »Ich bin kein Scharlatan. Ich habe 15 Jahre an dem Mittel gearbeitet. 3000 Krebskranke haben es bisher bekommen, und 1000 sind geheilt oder wesentlich gebessert worden!

Man soll doch abwarten, wie die Tumorzellen auf mein Mittel wirken! Warum verurteilen, was man noch nicht kennt?«

Frank Hellberg kam langsam zu der Bank zurück, auf der Claudia wartete. Sie war eingeschlafen, hatte den Kopf auf den rechten Arm gelegt und hockte auf der Bank wie ein kleines, vergessenes, vom Weinen erschöpftes Mädchen.

Hellberg blieb stehen und sah sie mitleidig an.

War alles umsonst? dachte er traurig. Muß sie wirklich sterben, nur weil sich die Ärzte untereinander nicht den Ruhm gönnen? Nur weil ein Mensch es wagte, ›unwissenschaftlich‹ vorzugehen und weil dies als eine Brüskierung der Medizin empfunden wurde, auch wenn er Erfolg hatte. Ist ein Expertenstreit wichtiger als Tausende Menschenleben, die in der Zeit des Streitens zugrunde gehen? Geht es hier nur um die Form, um die Ansicht einzelner und nicht um den kranken Menschen?

Arme Claudia. Nun sind wir am Ziel, aber es ist wie bei einer Wüstenwanderung: Man erreicht den ersehnten, lebensrettenden Brunnen, und er ist leer!

Hellberg beugte sich über Claudia und küßte sie auf den Nacken. Sie fuhr empor, wischte sich die Augen, und ihr mit Ruß und Staub verschmiertes Gesichtchen starrte erschrokken umher. Dann wußte sie wieder, wo sie war, und sah Frank mit einem kindlichen Lächeln an.

»Ich habe geschlafen. Hast du ein Quartier, Frank?«

»Ich habe eine Liste der Hotels und Pensionen gekauft. Fahren wir erst zum Hotel ›Beograd‹. Ein gutes, nicht so teures Hotel. Ich glaube, daß wir mehr Platz finden, als wir erwartet hatten.«

Er dachte an den zwei Tage alten Artikel in der Daily Mirror und den damit versiegenden Strom der Kranken aus Italien und anderen Ländern.

In einem uralten, klapprigen Taxi fuhren sie zur Princip-Straße 9, wo das Hotel Beograd lag, ein schönes Haus mit Terrasse und Sommergarten und einem romantischen Blick auf die Spitze der Minarette. Halb Sarajewo schien aus Moscheen zu bestehen, und viele der Menschen, an denen sie vorbeifuhren, trugen rote Feze auf den Köpfen und sogar die weiten, orientalischen Pumphosen.

Hellberg hatte recht, man hatte zwei Zimmer frei. Niemand störte sich an dem schmutzigen Aussehen der neuen Gäste. Man wußte: Sie sind mit der Kleinbahn aus Dubrovnik gekommen. Allah hat sie gut geführt – sie leben noch! Und das schöne Mädchen ist sehr krank, das sieht man auch.

»Am besten treffen Sie Dr. Zeijnilagic um die Mittagszeit an«, sagte der Portier hinter der Rezeptionstheke, bevor Hellberg noch ein Wort gesprochen hatte. »Wenn Sie wünschen, melde ich Sie an. Wir haben einen guten Kontakt zu Dr. Zeijnilagic.« Das alles geschah in einem fließenden Englisch, mit großer orientalischer Höflichkeit.

»Morgen!« sagte Hellberg schnell. Er hatte Angst, der Portier könne etwas von dem Verbot des HTS sagen. »Erst wollen wir uns ausschlafen. Es war eine anstrengende Reise.«

»Ein schönes Land, unser Bosnien, nicht wahr?« sagte der Portier. »Allah hat es gesegnet.«

»Das hat er gewiß«, antwortete Hellberg knapp. Dann fuhren sie in einem engen Fahrstuhl in den zweiten Stock und bekamen zwei kleine, saubere, aber spärlich eingerichtete Zimmer mit Blick auf den Sommergarten und hinüber zu den Moscheen.

Claudia war zu müde, um noch etwas zu essen. Hellberg bestellte für sie eine dicke Melonenscheibe und für sich ein Schaschlik. Sie aßen zusammen in Claudias Zimmer; dann gab Frank ihr einen Kuß, sagte: »Und nun schlaf schön, mein Liebling«, und verließ das Zimmer.

Er wartete eine halbe Stunde, bis er sicher war, daß Claudia schlief, und ging hinunter in die Hotelhalle. Der Portier vermittelte ein Telefongespräch mit Dr. Zeijnilagic, und dann war es Hellberg, der den Atem anhielt, als aus dem Hörer eine kräftige, männliche Stimme tönte und ›Guten Abend, Zeijnilagic!‹ sagte. Auch er sprach englisch.

»Hier ist Frank Hellberg«, sagte Frank und wunderte sich,

wie gepreßt plötzlich seine Stimme klang. »Für Sie ist es ein Name wie tausend andere, und auch, wenn ich Ihnen sage, daß meine Begleiterin Lungenkrebs hat und Ihr HTS für sie die letzte Hoffnung ist, wird das nichts Neues für Sie sein. Ich rufe Sie an, Doktor, weil ich deutscher Journalist bin. Nicht ein Journalist, der bedenkenlos hurra schreibt und im nächsten Artikel ›Kreuzige ihn‹, sondern der die Wahrheit schreiben will, wo so viel Unwahres gedruckt wird.«

»Das hört sich gut an«, sagte die Stimme Dr. Zeijnilagics. »Was wollen Sie wissen?«

»Alles, Doktor.«

»Alles ist sehr viel. Es umfaßt fast 16 Jahre.«

»Heilt Ihr Mittel HTS?«

»Das ist eine Frage, wie etwa: Können Sie Ebbe und Flut regulieren? – Ich weiß es nicht. Mein HTS ist kein anti-tumoröses Mittel; es beeinflußt lediglich den Krankheitsverlauf günstig. Kommt es dabei zu völligen Ausheilungen, so haben wir Gott zu danken.«

»Das ist eine weite Deutung«, sagte Hellberg.

»Ich weiß.« Die Stimme Dr. Zeijnilagics war ganz ruhig. »Kommen Sie zu mir und sehen Sie sich alles an.«

»Sehr gern! Wann paßt es Ihnen?«

»Wenn Sie wollen... sofort.«

»Es ist schon spät.«

»Für die Wahrheit ist es nie zu spät.«

»Sie werden müde sein, Doktor.«

»Ich schlafe seit Jahren wenig. Werden Sie die Kranke mitbringen?«

»Nein. Ich komme allein. Ich habe von dem Verbot gehört.«

»Sehen Sie sich alles an. Ich heiße Sie willkommen.«

Ein Klicken in der Leitung. Dr. Zeijnilagic hatte aufgelegt. Frank Hellberg wischte sich über das Gesicht. Kalter Schweiß stand ihm auf der Stirn. Er sah auf seine Uhr. Das Glas war verkratzt, ob im Omnibus oder bei der Zugfahrt, er wußte es nicht.

In zehn Minuten sitze ich dem Mann gegenüber, der vielleicht die Möglichkeit entdeckt hat, die Geißel der Menschheit, den Krebs, ernsthaft zu bekämpfen. Ohne Operation, ohne starke Strahlungen, nur mit ein paar Kapseln eines stark nach Kampfer riechenden Pulvers.

Vielleicht...

Oder ist auch er ein Scharlatan wie dieser Dr. Tezza? Nur noch raffinierter, kälter, skrupelloser?

»Das Taxi wartet, Sir«, sagte der Portier, als Hellberg die Telefonkabine verließ. Dabei lächelte er breit, begleitete Hellberg auf die Straße und nahm mit einer schnellen, gekonnten Handbewegung die 1000 Dinare an, die Hellberg in der hohlen Hand verborgen hielt. Trinkgelder sind im sozialistischen Land verpönt, aber welcher Mohammedaner lehnt ein Bakschisch ab?

Die Fahrt von der Princip-Straße bis zum Hause Dr. Zeijnilagics war nur kurz. Ein paar Ecken herum, ein paar enge Gassen, dann rollten sie an dem Flüßchen Miljacka entlang über die Obala-Straße, und Hellberg sah, daß der Taxichauffeur in echter orientalischer Art mit ihm ein paar Straßen und Häuserblocks zuviel umfahren hatte, um den Taxenpreis zu erhöhen.

Diese Gegend kenne ich von historischen Bildern her, dachte Hellberg und sah hinaus auf die Brücken über die Miljacka. Hier ganz in der Nähe fielen die Schüsse des Attentäters Princip auf den Erzherzog Franz Ferdinand. Hier begann der 1. Weltkrieg, der rund neun Millionen Tote kostete. Hier war am 28. Juli 1914 der Teufel los. Ein blutgetränkter Boden.

Mit einem quietschenden Ruck hielt die Taxe.

Das Haus Dr. Zeijnilagics. Dreistöckig. Ein alter Bau mit abblätterndem, braunem Putz. Im Parterre eine Apotheke, um die Ecke herum ein kleiner Friseursalon. Ein Eckhaus mit drei halbrunden Balkonen, Eisengittern und Blumenkästen. Gegenüber eine Bar. Folklore-Musik drang auf die stille Straße. Hinter dem Haus griffen die Minaretts der Moscheen in den Nachthimmel. Hier begann das alte Sarajewo. Das

Eingeborenenviertel mit den engen Gassen, den Goldschmiedewerkstätten, Teppichknüpfern und Tondrehern.

»Zweites Etages...« sagte der Taxichauffeur und grinste. »Deutsch?«

»Ja«, sagte Hellberg und starrte das Haus an. Hier wurde vielleicht eine Entdeckung geboren, die eine Welt verändert, dachte er. In einem ungepflegten dreistöckigen Haus, auf der zweiten Etage in einer kleinbürgerlichen Wohnung.

Hellberg dachte an den weißen Palast Dr. Tezzas in Capistrello, und plötzlich hatte er Vertrauen zu Dr. Zeijnilagic, ohne ihn vorher gesehen zu haben. Hier arbeitet ein Mann nicht um des Geldes willen, empfand er. Hier hat ein Arzt ernsthaft geforscht und nur an den kranken Menschen, nicht an seinen eigenen kranken Geldbeutel gedacht.

Er stieg aus, bezahlte den Chauffeur und blickte zurück zur Princip-Brücke, wo der Mondschein bleich über die Stelle glitt, die zum Schicksal der ganzen Welt geworden war.

»Warten?« fragte der Chauffeur.

»Nein.«

»Nachher Tanz? Schönes Mädchen? Weiß Wohnung...«

»Danke.« Hellberg steckte die Hände in die Jackentaschen. Hinter den Gardinen der Wohnung im 2. Stock schimmerte Licht.

Langsam betrat Hellberg das Haus. Die Tür war offen. Als er eintrat, schlug ihm der Geruch von Medizin und Kampfer entgegen. Dazwischen hing der Duft gekochten, gesäuerten Kohles. Im Treppenhaus brannten zwei kleine Lampen. Die Dielen der Stufen waren verwahrlost, vor Jahren einmal gestrichen, vom sommerlichen Straßenstaub wie mit Mehl überzogen.

Wohnt hier ein Genie?

Hellberg dachte an Professor Hahn. Die erste Kernspaltung gelang auf einer Art Küchentisch. Und als er starb, lebte er in einer Dachkammer. Wirkliche Genies leben nicht in Palästen, denn weil sie genial sind, verachtet sie die Welt.

Schritt für Schritt stieg Hellberg langsam die Treppen hinauf. 2. Stock.

Ein Namensschild. ›Professor Zeijnilagic Fahrudin.‹

Eine elektrische Klingel.

Hellberg hob die Hand. In wenigen Sekunden stand er ihm gegenüber... dem Retter der unheilbar Kranken... oder dem Schwindler, der mit menschlichem Leid jongliert.

War es auch Rettung für Claudia?

Frank Hellberg drückte auf die Klingel. Er schrak zusammen, als er den schnarrenden Laut hörte.

Die Tür öffnete sich. Ein schlankes, schwarzhaariges Mädchen von etwa 13 Jahren mit großen, dunkelbraunen Augen stand in der weiten, düsteren Diele, an deren Wänden eine Reihe alter Stühle standen. Das notdürftige Wartezimmer eines Retters der Menschheit...

»Guten Abend«, sagte das schlanke, glutäugige Mädchen auf englisch und machte einen Knicks. »Ich heiße Meliha. Mein Vater erwartet Sie.«

Mit Lord Rockpourth war nicht zu reden. Nachdem ihm die Transfusionen und Infusionen so gutgetan hatten, die Herzspritzen anschlugen und die Kreislaufmittel ihn ungeheuer tatenlustig werden ließen, kam der alte Ärger über seinen Greisenkörper zurück, der ihm den Dienst versagte. Außerdem traf gegen Morgen Neffe Robert mit Marion Gronau ein, während der Chauffeur in Sarajewo im Hotel Europa blieb und mit der Werkstatt in Belgrad telefonierte, die ihrerseits Verbindung mit der Rolls-Vertretung in Wien aufnahm.

»Was ist das?« schrie Lord Rockpourth, kaum daß Robert ins Zimmer kam. Professor Kraicic, der neben dem Bett saß, hob seufzend die Augen und starrte an die Decke. Er hatte schon viele Kranke erlebt, Skurrile und echte Verrückte, Psychopathen und Simulanten, still und gefaßt Sterbende und Tobende, die sich gegen den Tod stemmten. Lord Rockpourth war eine völlig neue Art von Patient: Medizinisch war er längst tot, aber er tyrannisierte seine ganze Umgebung. Wieso er noch lebte, war Professor Kraicic ein Rätsel. Darin teilte er die Ansicht der anderen Ärzte, die Rockpourth im Laufe der Jahre verschlissen hatte. Nur die Krebsdiagnose, die hielt Kraicic für falsch. Rockpourth war schon von der Erscheinungsform her gar kein Magenkrebstyp, im Gegenteil. Er hatte sich Bilder des Lords zeigen lassen, die Rockpourth mit sich herumschleppte, um zu demonstrieren, welch ein stattlicher Kerl er einmal gewesen war; auf diesen Bildern war der Lord als dicker, schwerer Mann zu sehen, eine Kraftnatur voll Saft und Energie. Wer heute die Mumie sah, glaubte nicht daran, daß dies Lord Rockpourth sein könnte. Der Gegensatz war zu groß.

»Was ist das, Bob!« schrie Rockpourth und klopfte auf die Bettdecke. »Du warst in Sarajewo!«

»Ja, Onkel James.«

»Die erste Pille her!«

»Verzeih, aber ich habe sie nicht. Erstens hatten wir noch keine Zeit, mit Dr. Zeijnilagic zu sprechen, weil wir sofort zurück nach Mostar gefahren sind, als wir erfuhren, daß du hier bist, und zweitens ...«

»Viele Worte, verdammt noch mal! Faul ward ihr alle!«

»... und zweitens gibt es kein HTS mehr.«

»Was?« Lord Rockpourth starrte seinen Neffen und dann Professor Kraicic an. »Das ist doch eine Lüge, eine ganz infame Erbschleicherlüge! Man will mich verrecken lassen, Professor, jetzt hören und sehen Sie es! Keine Pillen mehr! Haha!«

Professor Kraicic nickte. »Es stimmt, Mylord. Man hat das HTS staatlich verboten. Vor zwei Tagen.«

»Ist man in Belgrad verrückt?«

»Vorsichtig, Mylord. Es gibt da Unklarheiten ...«

»O diese Worte! Nur Worte! Nur Gestammel! Hat das HTS bisher geholfen? Ja oder nein?«

»Ja und nein! Aber Erfolge sind keine Beweise für die Unschädlichkeit des Mittels. Es fehlen Versuchsreihen, es fehlen Überwachungen von Nachwirkungen ...«

»Diese Wissenschaftler!« schrie Lord Rockpourth und klopfte mit der knochigen Faust wieder auf die Bettdecke. »Wie gut, daß man weiß, aus welchen chemischen Bestandteilen ein Furz besteht, man müßte sonst heimlich, hinter dem Haus, in die hohle Hand...«

»Onkel James!« sagte Robert warnend.

»Wer hat das HTS verboten?«

»Die Gesundheitsinspektion von Bosnien«, antwortete Professor Kraicic.

»Ärzte?«

»Natürlich.«

»Aha! Der Futterneid! Einer entdeckt was, und die anderen sehen ein, daß sie Rindviecher sind, und wehren sich dagegen! Bei Koch war es so, bei Semmelweis, bei Pasteur, überall. Man müßte eine Liga der Arztgeschädigten gründen, Robert!«

»Onkel James?« fragte Neffe Robert voll dunkler Ahnungen.

»Besorg einen Wagen! Wir fahren nach Sarajewo weiter.«

»Sie sind nicht transportfähig, Mylord«, rief Professor Kraicic entsetzt. »Sie müssen weiterbehandelt werden!«

»Ich muß nach Sarajewo!« schrie Rockpourth zurück.

»Was wollen Sie denn da?«

»Das HTS, verdammt! Ich kaufe den ganzen Dr. Zeijnilagic. Ich kaufe ihn für eine Million und nehme ihn mit nach England. Ich richte ihm ein Labor ein, ich baue ihm eine Fabrik. Wenn Ihre Regierung zu dumm ist, Größe zu erkennen: Wir Briten können es! Wir haben einen sechsten Sinn für Größe. Und dieser Dr. Zeijnilagic *ist* ein Genie.«

»Wenn Sie wüßten, woraus dieses HTS besteht. Aus welchen einfachen, bekannten pharmazeutischen Nichtigkeiten...«

»Und wenn er gemahlenen Eulendreck verarbeitet – falls es hilft, baue ich ihm eine Fabrik.« Rockpourth winkte mit beiden Händen zu Robert. »Einen Wagen! Bob, du Faulpelz. Einen Wagen nach Sarajewo!«

Professor Kraicic beugte sich über das Mumiengesicht Rockpourth'. »Ich will Ihnen einmal etwas sagen, Mylord«, sagte er betont und langsam. »Sie sind eine alte, hysterische männliche Jungfer! Ich habe Sie geröntgt, während Sie in Ihrer Tetanie lagen.«

»Ich weiß«, sagte Rockpourth erstaunlich leise. »Ich habe ja alles gesehen.«

»Ich habe mir Ihren Magen angeguckt! Vertrocknet ist er, aber Krebs haben Sie nicht!«

»So spricht ein Verrückter, Professor«, sagte Rockpourth schwach. »Bisher haben genau dreiundvierzig Ärzte, von New York bis Tokio, Krebs festgestellt. Einwandfrei.«

»Und ich sage Ihnen als vierundvierzigster Arzt, daß Sie keinen Krebs haben! Sie haben eine chronische Stoffwechselstörung, und zwar eine solch radikale, daß es bestimmt über ein Jahr dauert, bis man Ihren Körper umgestellt hat. Für Sie wäre das HTS nichts anderes, als wenn Sie Brausepulver schluckten.«

»Und meine Starrheit, he?« schrie Rockpourth.

»Sie wird nicht wiederkommen. Noch drei Enzym-Infusionen, und Sie sollen sehen, wie wohl Sie sich fühlen.«

Lord Rockpourth schloß die Augen. Einen Augenblick lang dachten alle, er sei vor Schreck gestorben. Aber dann atmete er wieder und schlug die Augen auf.

»Hast du das gewußt, Bob?« fragte er. Neffe Robert bekam einen roten Kopf.

»Aber nein, Onkel James. Wäre ich sonst ...«

»Du lügst! Du wußtest es!«

»Onkel!« Robert straffte sich. »Wozu soll ich alle die Monate gelitten haben ...«

»*Er* hat gelitten! Ha! Gelitten! *Er!*« Rockpourth brüllte wieder. »Man hat mich zur lebenden Mumie gemacht. Wenn es kein Krebs ist – Professor, Sie sind mein letzter Strohhalm! Wenn es wirklich keiner ist, zum Teufel auch –, ich werde die dreiundvierzig Ärzte verklagen. Wegen Dummheit! Wegen Gemeingefährlichkeit gegenüber der Menschheit.«

»Das werden Sie nicht«, sagte Professor Kraicic ruhig. »Ich nehme an, daß meine dreiundvierzig Kollegen nur mit Schrecken an Sie denken.«

Neffe Robert hielt den Atem an. Zwei Dinge gab es nur, die jetzt möglich waren – entweder Lord Rockpourth tobte wie ein Irrer, oder er fiel wieder in seine Starrheit, wie es so oft geschehen war, wenn ein Schock ihn traf.

Doch nichts dergleichen geschah. An eine dritte Möglichkeit hatte niemand gedacht: Rockpourth lächelte und legte die Mumienhände brav auf die Decke.

»Da haben Sie recht, Professor«, sagte er sanft. »Ich nannte sie alle Idioten! Wie alt sind Sie?«

»52 Jahre, Mylord.«

»Noch jung genug, um berühmt zu werden. Ich nehme Sie mit nach England. Ich baue Ihnen eine Privatklinik.«

Professor Kraicic lächelte milde. »Ich bin staatlich angestellt«, sagte er. »Mir gefällt es in Sarajewo. Ich kenne England; mir ist es dort zu kalt und nebelig. Aber nun werden Sie eine neue Infusion bekommen, und ich ordne an, daß Sie sofort still sind und sich meinen Worten fügen!«

Lord Rockpourth winkte seinem Neffen. »Hinaus, du Flegel!« sagte er, aber sein faltiger Mund lächelte. »Siehst du, wie man mit deinem armen Onkel umgeht?«

Auf dem Flur hielt Professor Kraicic den jungen Lord an. Seine frohe, optimistische Miene war verschwunden.

»Sie leben bei Ihrem Onkel, Sir?« fragte er.

Robert sah den Professor verblüfft an. »Nein. Ich studiere... und ich mußte unterbrechen, als mein Onkel mich rief, um ihn zu pflegen.«

»Ich habe gehört, Sie haben Verwandte in Amerika?«

»Ja. Zwei Tanten. Warum fragen Sie?«

Professor Kraicic drückte das Kinn an. Seine gütigen Augen waren plötzlich hart. »Wenn Sie genügend Mittel haben, fliegen Sie in die USA, Sir. Von Belgrad können Sie nach Rom fliegen, von dort nach Frankfurt und weiter nach Montreal–New York.«

»Aber warum denn?« Roberts Augen bekamen einen flimmernden Glanz. Über seine linke Wange zuckte es nervös. »Was soll das, Professor?«

»Muß ich es Ihnen deutlicher sagen?« Kraicis Mund wurde hart. »Wir haben eine Magenaushebung gemacht, eine große Blutuntersuchung und eine Zellanalyse. Die Präparate sind noch im Labor, es liegt nur ein Zwischenbericht vor, aber er genügt. Wir haben im Körper Lord Rockpourths deutlich Thallium gefunden.«

Das Gesicht Roberts versteinerte sich. Nur seine Augen brannten. »Was wollen Sie damit andeuten, Professor?« fragte er rauh.

»Genau das, was Sie jetzt denken, Sir! Ihr Onkel hatte ein chronisches Magenleiden mit Stoffwechselstörungen. Weil er glaubte, er habe Krebs, rief er Sie, seinen einzigen Neffen und Erben. Sie sahen eine einmalige Chance und griffen zum Thallium. Sie mixten es unter jede Medizin. Ein Wunder, daß Ihr Onkel noch lebt!«

»Sie sind verrückt!« sagte Robert steif. »Sie sind komplett verrückt!«

Professor Kraicic hob die Schulter, wandte sich ab und ließ Robert wortlos stehen.

Zwei Stunden später war Robert auf dem Weg nach Belgrad, mit einem Mietwagen.

Greifen wir weit vor: Drei Monate später schrieb er aus Kansas City, es gehe ihm gut und er habe eine Anstellung als stellvertretender Leiter eines Reitstalles. Von da an hörte man nichts mehr von Robert Rockpourth. Und keiner vermißte ihn.

Erika Haußmann hatte die Operation gut überstanden. Sie war noch sehr schwach und unendlich müde, als Karl ins Zimmer geführt wurde, aber sie konnte schon wieder lächeln und die Hand nach ihm ausstrecken.

»Karli...« sagte sie matt und schloß die Augen, als er sich

über sie beugte und ganz vorsichtig auf die Stirn küßte. »Daß ich dir solche Unannehmlichkeiten machen muß...«

In Haußmanns Kehle würgte es. Hatte er sich bei Professor Kraicic maßlos geschämt, so überkam ihn jetzt eine Reue, die er nicht mehr in Worte fassen konnte.

»Du wirst gesund«, stammelte er. »Rika, der Professor hat es mir gesagt. Du wirst wieder ganz gesund. Du hast keinen Krebs. Nur ein Myom ist es gewesen, ganz ungefährlich... Wir... wir werden in ein paar Wochen eine neue, glückliche Zeit beginnen. Wir werden alles ganz anders machen als bisher. Ich verspreche es dir: Reisen werden wir, zusammen einkaufen, in unserem Garten liegen...«

»Und deine Fabrik?«

»Ich habe einen guten Prokuristen. Verdammt noch mal, soll ich mich kaputtarbeiten? Soll es immer so weitergehen: du zu Hause allein und ich hinterm Schreibtisch? Und dann kommt man kaputt nach Hause, schlingt sein Essen runter und ist mürrisch und ungerecht. Nein, Rika. Jetzt wollen wir leben; jetzt, wo ich endlich gelernt habe, wie schön es ist, mit dir zusammenzusein.«

Erika hob die Hand und legte sie auf den Kopf ihres Mannes. Sie war so leicht, diese Hand, aber für Haußmann war es, als laste ein Zentnerblock auf seinem Nacken.

»Weißt du noch, was du zu mir gesagt hast, als wir heirateten?«

»Ja.« Haußmann schluckte. Dieser Kloß im Hals! »Unsere Hochzeitsreise machen wir nach Venedig. So, wie es alle verliebten Paare erträumen. – Aber wir hatten nie Zeit dazu.«

»Nun haben wir Zeit...«

»Ja, Rika. Nun haben wir sie. Wann wollen wir nach Venedig fahren?«

»Gleich von hier aus, Karl. Wenn ich entlassen werde.«

»Ich verspreche es dir, Rika.« Haußmann nickte und streichelte ihr eingefallenes, von den langen Schmerzen fahles Gesicht. »Ich bin so glücklich, daß alles so gekommen ist. Es ist mir, als seien sechsundzwanzig Jahre nicht vergangen und wir hätten eben erst geheiratet und schmiedeten Pläne für die Zukunft.«

»So müßte es immer sein, Karli«, sagte Erika. Sie schloß wieder die Augen. Eine wohlige Müdigkeit glitt über sie. Sie spürte die streichelnden Finger ihres Mannes, und unter diesem seligen Gefühl schlief sie ein.

Auf Zehenspitzen verließ Haußmann das Krankenzimmer und zog hinter sich ganz leise und langsam die Tür zu.

»Wie geht es ihr?« fragte eine helle Stimme. Haußmann fuhr wie nach einem Boxhieb in den Rücken herum. Marion Gronau saß in einem Flechtsessel in einer Ausbuchtung des Ganges und ließ ihr goldblondes Haar in der Sonne leuchten. Sie sah berückend aus. Braungebrannt, in einem engen Kleid, die Lippen grellrot geschminkt, die Augenbrauen dunkel nachgezogen. Ein Bild aus einem Männer-Magazin.

»Wo kommst du denn her?« fragte Haußmann rauh.

»Aus Sarajewo, Bärchen.«

»Seit wann bist du hier?«

»Seit zwei Stunden. Der junge Lord Robert hat mich mitgenommen, aber dann geschahen anscheinend wunderliche Dinge, denn Robert verabschiedete sich vor einer halben Stunde von mir, sagte: ›Leben Sie wohl, Marion. Es ist schade, daß die Zeit zu kurz war, um uns näher kennenzulernen ...‹ und ging davon, als käme er nicht mehr zurück. Nun sitze ich hier wie das verlaufene Rotkäppchen und hoffe, daß mein Bärchen nicht wie der Wolf ist, der es frißt.«

»Laß diesen Blödsinn! Benimm dich doch nicht wie ein Kind! Was willst du hier?«

»Welche Frage!« Das Puppengesicht Marions veränderte sich. Es wurde ›dienstlich‹. »Ich hocke hier in dieser heißen, alten, nach Ziegen stinkenden Stadt, statt in Rimini am Strand und in deinen Armen zu liegen, wie du es mir versprochen hast. Und da fragst du noch ...«

In Karl Haußmann war nichts mehr, was ihn an Marion Gronau band. Er sah zwar ihre golden leuchtenden Haare, er sah ihre in dem engen, tief ausgeschnittenen Kleid kaum verhüllten, straffen Brüste, er sah ihre langen, schlanken Beine, aber sie hatten auf ihn keine Wirkung mehr. Er wurde nicht unruhig, sein Herz begann nicht zu zucken, seine Gedanken kreisten nicht mehr wollüstig in Vorsünden. Kühl betrachtete er sie und schob die Unterlippe etwas vor.

»Du sollst haben, was du willst«, sagte er geschäftsmäßig. Er griff in die Tasche und holte einige Geldscheine heraus. »Das wird reichen für eine Überfahrt nach Italien, für zwei Wochen Rimini und die Rückkehr nach Gelsenkirchen. Und wenn du mehr Kapital brauchst: Es wird dir nicht schwerfallen, gewisse Dinge in Münze umzusetzen.«

»Du bist ein ganz gemeiner, mieser Bursche«, sagte Marion gefährlich leise.

»Ich wünsche dir eine gute Fahrt«, erwiderte Haußmann steif.

»Du schiebst mich also ab?«

»Ich ziehe einen Strich.«

»Aus also?«

»Ja.«

»Aber dann für immer!«

»Natürlich.«

»Wenn du in Gelsenkirchen mich wieder in dein Büro rufen läßt... ich schlage dir ins Gesicht.«

»Dazu wird es nie kommen.« Haußmann legte die Geldscheine vor Marion auf den kleinen, runden Blumentisch. »Wenn du nach dem Urlaub in den Betrieb kommst, wirst du deine Kündigung vorfinden.«

»Ich habe einen Dreijahresvertrag als Chefsekretärin!«

»Man wird dich auszahlen.«

»Wie nobel! Also endgültig Schluß?«

»Ja.«

Marion raffte das Geld zusammen und schob es in ihre Handtasche. »So schiebt man eine alternde Hure ab«, sagte sie laut.

»Zwinge mich bitte nicht dazu, dir darauf eine Antwort zu geben.« Haußmann sah sie noch einmal an. Ganz kurz leuchtete die Erinnerung auf, der lächerliche Bocktanz eines alternden Mannes. Da wurde sein Gesicht hart, und Marion wußte, daß zwischen ihnen jetzt eine unüberbrückbare Kluft war. Es hatte keinen Sinn mehr, zu reden und zu vermitteln. »Leb wohl«, sagte sie gepreßt.

»Gute Fahrt.«

»Bärchen...«

»Bitte?« Haußmann drehte sich noch einmal um. Seine Augen waren fremd.

»Ich habe dich wirklich geliebt...«

Stumm wandte sich Haußmann ab und ging den langen weißen Gang entlang zum Fahrstuhl. Er fuhr hinunter ins Parterre, zu Zimmer 2a, wo Lord Rockpourth auf ihn wartete, um ihm zu erzählen, daß er gar keinen Krebs habe und daß alle Ärzte Dummköpfe seien.

Meliha, das schlanke, kindhafte Mädchen, führte Frank Hellberg in das geräumige Wohnzimmer. Durch ein hohes, großes Fenster, vor das tagsüber eine Sonnenblende aus hellgrünem Plastik hängt, fiel der Blick auf die Straße und den Fluß Miljaca. Ein ovaler Eßtisch stand in der Mitte des Zimmers, bedeckt mit einer Samtdecke. Darüber hatte man zum Schutz gegen Flecken eine durchsichtige Plastikdecke gezogen. Sechs Stühle standen um den Tisch, eine Deckenlampe gab warmes, aber nicht das ganze Zimmer ausfüllendes Licht. Rechts neben der Tür stand ein Tischchen mit einem modernen Radiogerät. Hellberg mußte unwillkürlich lächeln. Ein deutsches Gerät. Grundig. Die Wände des Zimmers waren blaugetüncht. Eine Couch stand an der Längswand, eine zweite Couch unter dem Fenster. Über beiden lagen dunkelrote, orientalische Decken und viele Kissen mit Samtbezügen. Sie waren mit leuchtenden Farben reich bestickt. Eine goldene Schrift fiel Hellberg sofort auf. ›Souvenir of Lybia‹ stand auf einem der Kissen. Der Fußboden war mit Linoleum in Parkettmuster ausgelegt. Darauf lag ein maschinengewebter Orientteppich. An den Wänden hingen Bilder. Gerahmte Koransprüche in arabischer Sprache, Bilder aus Mekka, Surentexte, arabische religiöse Darstellungen. Über der Couch an der blauen Wand mit den stilisierten Blütenmustern hing ein gewebter Wandbehang: ein orientalischer Palast im Mondschein, den zwei Reiter flüchtend verlassen. Der eine Reiter preßte eine geraubte Frau in seine Arme, der andere, der Verfolger, jagte ihnen nach mit einem Vorderlader in der Hand, bereit, den Frauenräuber niederzuschießen.

Über den Tisch verstreut standen kristallene Aschenbecher und Vasen mit künstlichen Blumen. Nelken aus Plastik. Ein Kamel marschierte über den Tisch, so sah es aus – aber es war nur ein Feuerzeug. Drückte man auf den einen Höcker, sprang der zweite auf und gab die Flamme frei. Ein Kamel, aus Silber geschmiedet.

Frank Hellberg hatte dies alles mit wenigen Blicken erfaßt. So wohnt ein Genie, dachte er, und war über diese Bürgerlichkeit sehr enttäuscht. Hier soll ein Mittel entdeckt worden sein, das man ein Wunder nennt?

An dem ovalen Tisch saß die ganze Familie. Dr. Fahrudin Zeijnilagic hatte sich sofort erhoben, als seine Tochter Meliha den Besucher ins Zimmer führte. Er war ein großer, stattlicher Mann mit markantem Gesichtsschnitt, der beherrscht wurde von einer starken, spitzen Nase. Über einer hohen Stirn wellte sich volles, schwarzbraunes Haar. Eine leichte Schläfenglatze war geschickt von einer großen Locke bedeckt. Als er Hellberg die Hand gab, war der Druck kräftig und selbstbewußt. Die dunklen Augen blickten Hellberg ruhig und doch forschend an.

»Ich freue mich«, sagte Dr. Zeijnilagic mit sympathischer Stimme auf englisch, »daß ich Sie heute allein sprechen kann. Sonst ist es unmöglich, da drängen sich in der Diele die Kranken, stehen auf der Treppe bis hinaus auf die Straße. Es gab Tage, da war das Haus umlagert wie eine Festung. Die Miliz mußte den Verkehr von der Obala umleiten. Aber seit zwei Tagen ist es ruhiger.«

»Das Verbot des HTS.« Hellberg verbeugte sich vor den anderen, die um den ovalen Tisch saßen. Dr. Zeijnilagic stellte sie vor.

»Meine Frau Emina. Sie ist Chemikerin und Lehrerin. Meliha, meine älteste Tochter, kennen Sie schon. Das ist Virdana, die jüngere. Und das ist meine Mutter Naifa. Sie ist nach Mekka gepilgert.« Hellberg hörte, mit welcher Hochachtung er das sagte. Eine Mekkapilgerin in der Familie, eine Mutter, die am Grabe des Propheten gebetet hatte – das ist eine Gnade Allahs für die ganze Familie.

Hellberg verbeugte sich, dann wurde ihm ein Stuhl hingeschoben, er saß am ovalen Tisch, und es war ihm, als sei er damit in den Kreis der Familie aufgenommen. So selbstverständlich war das alles, als lebe er schon Jahre hier und sei eben von einem Spaziergang zurückgekommen. Meliha, die älteste der Töchter, ging hinaus und kam mit einer Kanne Tee zurück.

»Trinken Sie Rum dazu?« fragte Dr. Zeijnilagic. »Oder Kognak? Wir nehmen keinen Alkohol, wir sind strenge Moslems.«

»Danke«, sagte Hellberg ein wenig unsicher. Er war beeindruckt von der Einfachheit dieses Lebens, von der Freundlichkeit und der familiären Atmosphäre.

»Sie sagten, Sie wollten alles wissen«, fing Dr. Zeijnilagic die Unterhaltung an. Er bot Hellberg goldgelbe orientalische Zigaretten an. Er selbst rauchte nicht. »Das ist eine weite Frage.«

»Darf ich ganz hart sein, Doktor?« Hellberg tat es fast leid, dies zu fragen. Dr. Zeijnilagic nickte.

»Bitte.«

»Glauben Sie selbst an Ihr HTS?«

»Ich habe sechzehn Jahre damit zugebracht, mich an den Glauben zu gewöhnen, daß mir eine große Entdeckung gelungen ist«, antwortete Zeijnilagic. »Es begann mit einem Patienten, der einen Tumor in der Mundhöhle hatte. Ich bin Zahnarzt und Mundhöhlenspezialist. Damals, vor 16 Jahren, konnte ich meinen Patienten nicht heilen, nur belügen, es sei ungefährlich. Aber diese Lüge war in mir wie ein Motor: Du mußt helfen! Ich hatte ein kleines Labor, primitiv eingerichtet. Was kann sich ein junger Zahnarzt schon leisten! Aber ich stieß bei einer Reihe Blutuntersuchungen auf interessante Dinge, die jetzt zu erklären zu umfangreich sind. Kurzum: Ich spezialisierte mich auf Blutsedimente und entdeckte einen Weg zur Frühdiagnose bestimmter Ca-Formen. Aus dem Blutbild heraus. Ein paar Jahre später bekam ich den ehrenvollen Ruf, Lehrer an einer Dentistenschule zu werden. Ich wurde Professor, Chef eines Kliniklabors in Sarajewo ... und ich hatte endlich Möglichkeiten, meine Blutsedimente in großem Stil zu erforschen. Ich fuhr nach Belgrad und nach Köln, zu Professor Gohr. In Belgrad wurde ich ausgelacht, in Köln überprüfte Professor Gohr meine Forschungen und ermunterte mich weiterzumachen. Es ist wie überall auf der Welt, Herr Hellberg: In Sarajewo nannte man mich einen Phantasten, in Belgrad hörte ich unverbindliche Reden; die anderen Ärzte, vor allem die Kliniker, schnitten mich. Aber ich gab nicht auf. Ich stellte eines Tages mein Ur-HTS her und verabreichte es Krebskranken. In den Augen der Wissenschaft ein Verbrechen, weil vorher nicht hundert Kaninchen, tausend Meerschweinchen, zweitausend Ratten und zehn Affen behandelt worden waren!«

Dr. Zeijnilagic nippte an dem heißen Tee. Seine alte Mutter, Naifa, nickte ihm zu, obwohl sie kein Wort verstanden hatte. Seine Frau Emina, die ebenso gut englisch sprach wie er, hatte ernste Augen.

»Rückschläge schienen meinen Gegnern recht zu geben: Es gab Sekundärschäden durch das HTS. Aber das lag nicht am Präparat selbst, sondern an der chemischen Zusammensetzung, an der Dosierung der einzelnen Stoffe zueinander. Ich arbeitete weiter, und dann kam der Tag, vor vier Jahren, als die Ärztin Dr. Zlata Babic zu mir kam. Ich werde Ihnen ihre Krankengeschichte zeigen, es ist kein Trick dabei. Durch eine Kommission, zu der verschiedene Ärzte gehörten, war

Dr. Zlata Babic als hoffnungsloser Fall aufgegeben worden. Sie war zum Sterben verurteilt. Diagnose: Bereits inoperabler Ca mammae golidum mit Metastasen unter dem linken Arm. Über die Lymphe also eine weitere Streuung im ganzen Körper... An Dr. Babic versuchte ich mein neues HTS... sie ist heute völlig geheilt, praktiziert wieder, wohnt hier in Sarajewo und ist bereit, sich mit Ihnen zu unterhalten. Es ist röntgenologisch und pathologisch festgestellt, daß Dr. Zlata Babic keine Ca-Zellen mehr im Körper hat. Das war mein erster Fall von Heilung. Es war ein Kuß Allahs auf meine Stirn.«

»Und heute...« sagte Hellberg seltsam ergriffen von diesem Bericht.

»Gehen Sie auf die Straße«, sagte Dr. Zeijnilagic ruhig. »Fragen Sie die Menschen. Jeder dritte wird Sie zu einem HTS-Geheilten führen. Dreitausend Kranken konnte ich helfen. Über tausend sind geheilt, den anderen habe ich ein sanftes, schmerzfreies, nicht von Morphium umdunkeltes Lebensende verschafft.«

»Tausend vollkommene Heilungen...« sagte Hellberg leise. Es war ihm, als stocke ihm der Atem. »Und trotzdem verbietet man jetzt das HTS?«

Dr. Zeijnilagic griff zu den Zigaretten und steckte sich eine an. Jetzt, wo er rauchte, sah Hellberg, wie nervös und aufgewühlt er innerlich war. Seine gepflegten Finger zitterten leicht.

»Es ist einfach, einem Mann sein Lebenswerk zu zerstören«, sagte Dr. Zeijnilagic ohne Bitterkeit in der Stimme. »Ein Gremium von fünfzehn Ärzten, das das Gesundheitsministerium in Belgrad eingesetzt hat, kam zu negativen Ergebnissen. Ein harmloses Mittel, sagten die einen. Gefährlich in den Nebenwirkungen, die anderen. Die fünfzehn wurden sich nicht einig... aber Belgrad verbot vorgestern das HTS mit der Begründung, die unkontrollierte Herstellung und Abgabe solle damit verhindert werden. Aber kein Wort gegen HTS selbst! Der Neid meiner Kollegen ist eben stärker.«

»Und die Kranken?«

»Sie saßen noch gestern auf meiner Treppe und weinten und bettelten, und ich konnte ihnen kein HTS geben! Ich habe mit ihnen geweint.«

Das klang nicht dramatisch. Es klang einfach wahr. Hellberg sah auf seine Hände.

»Ich werde Ihnen helfen, Dr. Zeijnilagic«, sagte er fest. »Ich glaube an Sie und Ihr HTS!«

Dr. Zeijnilagic sprang auf. Mit großen Schritten ging er um den ovalen Tisch herum. Seine Familie verfolgte ihn mit den Blicken.

»Man soll mich doch nicht a priori verdammen!« sagte er laut. »Man soll prüfen, prüfen, prüfen! Ich kann sagen, was ich will: Entweder glaubt man mir, oder man verdammt mich. Aber keiner geht wissenschaftlich an die Sache heran. Nichts wünsche ich mehr als die klinische Erprobung auf breiter, wissenschaftlicher Basis. In Ialien fangen ein paar Kliniken damit an – aber sonst? Man schweigt einfach! Warum? Geht es nicht um Millionen hoffnungsloser Krebskranker? Warum prüft man nicht in aller Welt mein HTS? Dem Resultat einer solchen weltweiten Untersuchung werde ich mich beugen.«

Frank Hellberg nickte. Er war versucht, aufzuspringen und den Arzt zu umarmen.

»Ich werde diesen Aufruf in die Welt hinaustrommeln!« rief er. »Ich werde so lange rufen, bis man es hört... hören muß! Und wenn die Kranken Sturm laufen gegen die Borniertheit der Schulmedizin!«

Dr. Zeijnilagic lächelte nachsichtig, gerührt vom Enthusiasmus Hellbergs. »Ich habe eine hohe Achtung vor den Deutschen«, sagte er. *»Ich hoffe sehr, daß auch in Deutschland einmal klinische Versuche mit HTS gemacht werden. Ich kenne die Deutschen als ernsthafte, ehrliche und unvoreingenommene Forscher.«* (Anmerkung des Verfassers: Wörtliches Zitat aus einem Interview mit Dr. Z. in Sarajewo.)

»Es wird eines Tages soweit kommen«, sagte Hellberg und erhob sich gleichfalls. »Man kann daran nicht vorübergehen, wenn man ein ärztliches Gewissen hat! Man kann Wunder nicht ignorieren.«

Dr. Zeijnilagic schüttelte den Kopf. »Es ist gar kein Wunder, mein junger Freund. Es ist kein Geheimnis, woraus HTS besteht. Lauter bekannte Drogen: Chinin, Natriumtiosulfat, Kampfer, Prokain und Koffein-Natrium Benzoat. In minimalen, aber genau zueinander ausgewogenen Quantitäten. Hier liegt allein das ganze Geheimnis! Es ist wie das Salz in der Suppe – richtig dosiert, gibt es der Suppe Würze, falsch dosiert, versalzt es alles oder geht geschmacklos unter. Ich brauchte sechzehn Jahre, um die richtige Dosierung zu finden... es wäre ein Unglück für die hoffenden Krebskranken, wenn nochmals sechzehn Jahre vergehen müßten, ehe man diese Dosierung als richtig bestätigt. Ich sage es erneut: Ich wäre glücklich, wenn Deutschland sich in die große Überprüfung einschalten würde. Ich bin bereit, deutschen Arzneimittelfabriken mein HTS zu überlassen. Aber man soll mich nicht verdammen, einen Scharlatan nennen. Es ist mir nur gelungen, eigene und fremde Erfahrungen auszusieben und zu kombinieren. Und ich habe nie behauptet, Krebs heilen zu können, sondern ich habe immer gesagt: Ich kann helfen, die Leiden zu lindern. Ich kann den Krankheitsverlauf beeinflussen, ich kann mit HTS in Verbindung mit einer Polyvitamin-Therapie erreichen, daß die Schmerzen schnell nachlassen, die Darmfunktion verbessert wird, der Appetit wiederkommt, die Krankheit an sich zurückgeht, der Kranke neuen Lebensmut schöpft und eigene Abwehrstoffe aktiviert... und gibt es dann eine Heilung, so sollte man Gott danken und nicht von Betrug reden!«

Hellberg nickte zustimmend. Dieser Mann ist ein Geschenk Gottes, dachte er. Er wird Claudia heilen und Frau Haußmann, Lord Rockpourth und viele andere Hoffnungslose. Und es war gut, daß Hellberg in dieser Minute nicht wußte, was sich in Wahrheit ereignet hatte.

»Man hat das HTS verboten«, sagte er, »aber das Volk

wird auf die Barrikaden gehen. Glauben Sie es mir, Doktor. Und ich gehe mit.«

Dr. Zeijnilagic hob ein wenig müde die Hände. »Morgen wird eine Abordnung von Krebskranken und deren Angehörigen von Marschall Tito empfangen. Sie werden ihn um Wiederzulassung des HTS bitten und eine weitere Überprüfung des Präparates. Und vor meinem Haus wird man Unterschriften sammeln für einen großen Protest...«

»Das wird helfen!« rief Hellberg. »Das wird die Augen in aller Welt öffnen!«

»Nein.« Dr. Zeijnilagic setzte sich wieder und legte seine Hand auf den Arm seiner alten Mutter Naifa, der Pilgerin nach Mekka zum Grabe des Propheten. »Im Gegenteil... man wird es mir übelnehmen und mich einen Marktschreier nennen. Warten wir den Morgen ab...«

Wie benommen ging Frank Hellberg später zu Fuß in sein Hotel zurück.

Morgen, dachte er. O nein... in ein paar Wochen. Wenn er Claudia heilen kann, wird es meine Lebensaufgabe sein, der Welt zu verkünden, daß der Krebs, die Geißel unserer Menschheit, seinen Schrecken verloren hat, wenn die Menschheit es nur will.

An Claudia Torgiano sollte es bewiesen werden, wie vor vier Jahren an der jugoslawischen Ärztin Dr. Zlata Babic. Wie ein Sieger betrat Hellberg die Halle des Hotels Beograd. Der Nachtportier wartete schon auf ihn. Ein Anruf aus Mostar war notiert worden. Karl Haußmann hatte alle Hotels Sarajewos angerufen, bis er Hellbergs Quartier fand.

»Please...« sagte der Nachtportier.

»Kommen Sie zurück nach Mostar«, las Hellberg mit immer ratloseren Augen. »Erika ist operiert worden. Es war kein Krebs. Auch der Lord soll keinen haben. Lassen Sie Claudia hier untersuchen. Das HTS ist vielleicht ganz falsch für uns.«

Langsam, wie gelähmt, ließ sich Hellberg in einen der Sessel der Hotelhalle gleiten. Der Zettel flatterte auf den schönen, roten Teppich.

»Das durfte nicht kommen«, sagte er leise. »Das hebt eine ganze Welt der Hoffnung aus den Angeln.«

Und er beschloß, in Sarajewo zu bleiben. Gerade weil es um Claudia ging und er blindes Vertrauen zu Dr. Zeijnilagic hatte.

Mit einem schweinsledernen Koffer und einer Umhängetasche stand Marion Gronau in der großen Hotelhalle des neuen Bahnhofes in Sarajewo und wartete auf den Schnellzug nach Zagreb. Er wurde in Sarajewo eingesetzt und fuhr über Ljublijana nach Villach und von dort durch Österreich nach München.

Marions Ferienabenteuer war beendet, und mit ihm auch ein Lebensabschnitt. In Gelsenkirchen erwartete sie die Kündigung, und sie hatte nicht die Absicht, dagegen Protest zu erheben oder vor dem Arbeitsgericht zu klagen. Zuviel schmutzige Wäsche würde dann gewaschen werden; niemandem nützte es, bei allen bliebe höchstens ein dunkler Fleck auf der Weste zurück.

Wie sie jetzt auf dem Bahnsteig stand und mit Hunderten Jugoslawen, meistens Moslems, auf den Zug wartete, kam sie sich elend und ungerecht behandelt vor. Wie eine Ausgestoßene war sie. Haußmann hatte sie von Mostar weggehen lassen, ohne ein weiteres Wort zu sagen. Dreimal hatte sie noch versucht, ihn zu sprechen, aber er verkroch sich in das Krankenzimmer Erikas, das ihm jetzt wie eine Festung war. Auch auf einem Zettel, den sie einer Schwester mitgab, reagierte er nicht: Abfahrt nach Sarajewo 12.42 Uhr.

Karl Haußmann kam nicht zum Bahnhof. Bis zum Abfahrtspfiff hatte Marion gewartet und immer wieder auf die Eingänge gestarrt, und auch als der Zug nach Sarajewo schon fuhr, stand sie am offenen Fenster und suchte nach Haußmann.

In Sarajewo erkundigte sie sich sofort nach Frank Hellberg. Da nur wenige Hotels in Frage kamen, fand sie ihn schnell im

Hotel Beograd. Aber auch Frank Hellberg war nicht auf seinem Zimmer. »Er ist bei Dr. Zeijnilagic«, sagte der Portier und musterte die auffällige Blondine. Portiers in Hotels haben ein gutes Auge, sind Psychologen und haben einen sechsten Sinn. Hier ist eine Komplikation zu befürchten, dachte der Portier und dachte an die zarte, blasse Claudia Torgiano. »Soviel ich weiß, will sich Herr Hellberg mit Signorina Claudia in eine Privatklinik begeben.« Das war gelogen, denn in Sarajewo gab es gar keine Privatklinik, die unter Leitung Dr. Zeijnilagics stand. So etwas gibt es in ganz Jugoslawien nicht, denn die Gesundheit ist staatlich. Aber wer weiß das?

»Wann kommt Herr Hellberg wieder?« fragte Marion. Sie war müde von der Fahrt durch den heißen Sommertag.

»Ganz unbestimmt«, sagte der Hotelportier.

»Wenn er zurückkommt, geben Sie ihm bitte einen Brief.«

Marion setzte sich in die Halle an einen der kleinen Tische und schrieb ein paar Zeilen. Dann ging sie zum Hotel Europa, wo Lord Rockpourth Zimmer bestellt hatte, und wartete. Sie blieb auf ihrem Zimmer, ließ sich das Essen hinaufbringen und kam sich ausgesprochen elend vor.

Als es Abend wurde und Frank Hellberg immer noch nicht gekommen war und auch nicht angerufen hatte, begann sie zu weinen. Gegen 22 Uhr telefonierte sie mit dem Hotel Beograd. Hellberg kam nicht ans Telefon. Er ließ sagen, daß er ihr eine gute Reise wünsche. Eine Brüskierung, die Marion wie einen Schlag ins Gesicht empfand.

Nun wußte sie, daß sie allein war. Völlig allein. Dieser Zustand würde zwar nicht lange andauern, denn dazu wirkte sie zu sehr auf Männer, aber es war beschämend, nun dazustehen wie ein Hund, den man vor der Tür getreten hat.

Kurz vor der Abfahrt des Zuges nach Villach sah Marion die große Gestalt Hellbergs durch die Menschenmenge drängen. Seine blonden Haare schimmerten in der Sonne. »Hier!« schrie Marion aus dem Fenster. »Hier! Frank, Frank!« Sie winkte mit beiden Armen. Ein Schimmer Hoffnung glomm in ihr auf. Er kommt doch! Er läßt mich nicht wegfahren wie eine Aussätzige.

»Marion...« Hellberg stand unter dem Abteilfenster und reichte ihr die Hand hinauf. Sie ergriff sie mit beiden Händen und hielt sie fest.

»Das ist schön, daß du gekommen bist«, sagte sie mit Tränen in der Stimme. »Du läßt mich nicht einfach verschwinden...«

»Würde es dich gewundert haben, wenn ich es getan hätte?« fragte er ernst.

»Nein...« Marion senkte den Kopf. »Ich habe vieles falsch gemacht, Frank.«

»Alles!«

»Ja. Ich habe einen Traum vom goldenen Glück geträumt.«

»Auf Kosten anderer. Das war gemein.«

»Ich weiß es, Frank.«

»Was wirst du nun tun?«

»Ich fahre so schnell wie möglich zurück nach Gelsenkirchen, packe meine Sachen und verschwinde. Eine Stellung ist leicht zu finden... ja, und das Leben geht dann weiter...« Sie hielt noch immer seine Hand umklammert und sah ihn jetzt aus ihren großen, blauen Augen traurig an. Augen, die ihn noch vor zwei Wochen fasziniert und jünglingshaft verliebt gemacht hatten.

»Und du, Frank?«

»Ich fahre mit Claudia nächste Woche auch zurück nach Deutschland.«

»Du liebst sie?«

»Ja«, sagte Hellberg schlicht.

»Und dieser Dr.... Dr. Znei...«

»Zeijnilagic...«

»Ja. Er kann Claudia helfen?«

»Ich glaube nicht. Er hat sie heute untersucht, wir sind zum Krankenhaus gefahren und haben sie durchleuchtet und Röntgenaufnahmen gemacht.«

»Und sie hat Krebs?«

»Ja.« Hellbergs Gesicht wurde wie aus Stein. »Es ist einwandfrei Lungenkrebs. Sie sollte operiert werden... auch Dr. Zeijnilagic rät dazu. Er hat uns 20 Kapseln HTS gegeben. Nicht zur Heilung, sondern zur Vorbeugung gegen Metastasen. Heute hat Claudia die erste Kapsel genommen.«

»Dann wünsche ich dir... euch... viel Glück«, sagte Marion Gronau leise.

Die Bahnbeamten schrien den Zug entlang, die Türen klappten, vorne pfiff die Lokomotive.

»Und wenn Claudia sterben sollte...« sagte Marion.

»Daran denke ich gar nicht.« Hellberg drückte ihre Hände. »Mach's gut, Marion! Und viel Glück im Leben.«

»Danke, Frank!«

Der Zug ruckte an. Marion Gronau winkte noch ein paarmal, dann trat sie zurück vom Fenster und schloß es mit einem Ruck. Es war ein Schlußstrich unter die Vergangenheit. Nun begann die Zukunft wieder. Aber es war nicht mehr so trostlos wie vor ein paar Minuten. Der Abschied von Frank Hellberg hatte ihr neuen Mut gegeben. Ihre Niedergeschlagenheit war verflogen. Ich bin noch jung, dachte sie. Himmel, 23 Jahre – da beginnt doch erst das Leben!

Hellberg sah dem Zug nach, bis er zwischen den Bergen verschwand. Dann ging er zurück zur Straße und zu der dort wartenden Taxe. Claudia stieß die Tür auf, als sie ihn kommen sah.

»War's schlimm, Liebster?« fragte sie und lächelte, als brauche er Trost.

»Gar nicht.« Hellberg ließ sich neben Claudia auf die zerschlissenen und verblichenen Polster fallen. »Ein bißchen peinlich ist so ein Abschied fürs ganze Leben, aber Gott sei Dank ging es schnell.«

»Nun sind wir allein.« Claudia legte den Kopf an seine Schulter, und er legte den Arm um sie. »Nun gehören wir nur noch uns.«

»Uns ganz allein, Claudia.«

»Und ich werde gesund, nicht wahr?«

»Ja. Du wirst wieder ganz gesund.«

»Das haben die Ärzte im Krankenhaus gesagt?«

»Ja, mein Liebes.«

»Und auch Zeijnilagic?«

»Hätte er dir sonst die Kapseln HTS gegeben?«

»Und wenn ich wieder ganz gesund bin...«

»Ja, wir heiraten!« Hellberg beugte sich über ihr blasses Gesichtchen und küßte sie auf die großen, braunen Augen. »Wer könnte dich so lieben wie ich!«

Die Taxe fuhr an. Ohne zu fragen, fuhr der Chauffeur aus Sarajewo hinaus zum Bergmassiv des Trebevic, zu den schattigen Wäldern und stillen Schluchten und den Berghütten Dobra Voda, Brus, Celina und Ravne... den Wäldern der Verliebten, wie man in Sarajewo sagt.

Um die gleiche Zeit wanderte Marion Gronau durch den Zug zum Speisewagen. Alle Plätze waren besetzt, bis auf einen Doppelsitz, auf dem ein älterer Herr mit gelockten, melierten Haaren und einer goldenen Brille saß. Als er die suchend sich umsehende Marion bemerkte, sprang er auf und zeigte auf den freien Platz an seiner Seite:

»Madame... wenn Sie mit der Gesellschaft eines alten Mannes vorliebnehmen wollen?«

Marion lächelte dankbar. Der gepflegte ältere Herr sprach französisch, aber er schien kein Franzose zu sein.

»Danke«, sagte Marion auf deutsch. Der Herr rückte noch mehr zur Seite. »Eine Landsmännin!« rief er. »Das ist doppeltes Glück. Sie gestatten: Bronneck. Helmar von Bronneck aus Wiesbaden. Nun sind die kahlen, heißen Felsen da draußen nicht mehr so trostlos.«

Am Abend, hinter Villach, tranken sie schon zusammen Wein und waren sehr fröhlich. Das Leben geht weiter... und es war für Marion Gronau immer angenehm...

In Mostar gingen vierzehn Tage wie im Fluge herum.

Erika erholte sich von der Operation erstaunlich schnell,

vor allem, weil Professor Kraicic mehrmals eine Bluttransfusion gab und Erikas Widerstandskraft mit Injektionen von Hormonen und Vitaminen stärkte.

»Wie sind Ihre weiteren Pläne?« fragte er nach zehn Tagen Karl Haußmann.

»Wie Sie mir geraten haben: Ab nach Venedig, und vier Wochen Nichtstun und nur glücklich sein.«

»Und sonst...?« Professor Kraicic sah Haußmann fragend an, ein Blick von Mann zu Mann. »Auch alles in Ordnung?«

»Ja...« antwortete Haußmann.

Er kam sich mickrig vor diesem Arzt gegenüber, der ihn mit seinen gütigen und doch zwingenden Augen sofort durchschaut hatte. »Alles...«

»Ihre Sekretärin?«

»Ist bereits seit Tagen in Deutschland.«

»In Ihrem Betrieb?«

»Nein. In Wiesbaden. Sie hat gekündigt und tritt eine Stelle in einer Sektkellerei an, Baron von Bronneck.«

Professor Kraicic nickte. »Dann werden Sie das Wunder erleben, wie schnell ein Mensch heilen kann. Nicht nur die Operationswunde verheilt... auch der seelische Schmerz.«

»Welch ein Glück, daß wir nicht allein dem HTS ausgeliefert waren«, sagte Karl Haußmann.

»Es hätte in diesem Fall wenig geholfen, nein, gar nichts. Aber es scheint doch, als wenn man dem Kollegen Zeijnilagic Unrecht getan hätte. Die staatliche Gesundheitsbehörde hat nach vielen Protesten, vor allem aus dem Ausland, die Herstellung der HTS-Kapseln wieder freigegeben. Aber nun unter ständiger Kontrolle. Die chemische Fabrik Bosna-Lijek in Sarajewo, Blagoja Parovica, stellt sie jetzt her und gibt sie zu Forschungszwecken, aber auch an Patienten und Ärzte kostenlos ab.«

»Sie helfen also wirklich?« fragte Haußmann.

»Das müssen wir abwarten.« Professor Kraicic sah aus dem Fenster hinaus in den etwas staubigen, sonnendurchglühten Klinikgarten. »Ich habe auch einige hundert Kapseln kommen lassen. Ich habe neun inoperable Krebsfälle auf Station I. Eine wichtige Veränderung im Allgemeinbefinden haben wir festgestellt, und sie sind wertvoll für einen Krebskranken, dessen psychologische Betreuung mit am Anfang jeder Therapie steht: Das HTS regt den Appetit des Kranken an, fördert die Verdauung, hebt sein allgemeines körperliches Befinden und gibt ihm durch diese Kleinigkeiten neuen Lebensmut. Außerdem wirkt HTS schmerzlindernd und befreit den Kranken von starken Schmerzen ohne das Gift des Morphiums. Interessant ist, daß HTS auch hilft bei Ulcus, Gastritis chronica und rheumatischem Ischias. Natürlich müssen eingehende Kontrollen durchgefühlt werden, deshalb ist es leichtsinnig, einem Kranken das Mittel ohne ärztliche Betreuung zu geben. Kommt erneut Fieber auf, zeigt sich Durchfall, läßt der Kranke innerhalb von vierundzwanzig Stunden weniger als einen halben Liter Urin, dann muß man unterbrechen. Außerdem soll man das HTS mit einer Hormon-Polyvitamintherapie unterstützen... es ist nicht damit getan, daß man HTS nimmt wie ein Bonbon... Auch bei Wundermitteln braucht man den Arzt.«

»Und wenn der Arzt das Mittel ablehnt?«

»Dann ist er ein kurzsichtiger Arzt. Revolutionen in der Medizin beginnen nicht immer mit Großlabor. Und Borniertheit hat noch keinem Patienten geholfen. Ich weiß...« Professor Kraicic hob die Hand, als Haußmann etwas entgegnen wollte. »Ich kenne die Trägheit der meisten Ärzte. Da hat man eine große Praxis mit täglich sechzig bis hundert Patienten, die man gar nicht individuell untersuchen kann. Und da legt man sich zehn Stammrezepte zu, die man verteilt. Ein bißchen Theater vorweg... Zunge zeigen, hier und dort drücken, Blutdruck messen, wenn's hoch kommt, Abhören mit dem Stethoskop... und dann Rezept Nr. 7! – Ich weiß das alles, Herr Haußmann! Aber viel schuld ist Ihr System mit den Krankenscheinen. Das verleitet zur Gleichgültigkeit gegenüber dem Individuum. Bei uns ist das anders. Wir sind Staatsbeamte. Das Gesundheitswesen ist staatlich. Die Behandlung der Kranken ist frei. Wir bekommen ein Gehalt. Die Jagd nach dem Krankenschein ist vorbei. Und wir haben Zeit und vor allem Interesse für den Menschen; wir brauchen nicht um eine volle Kartei zu ringen. Bei uns ist der Kranke nicht Inhaber eines Krankenscheins, der ein Vierteljahr Sicherheit für den Arzt bedeutet, sondern ein Teil unseres Volkes, den man gesundhalten muß. Damit das ganze Volk, unser Staat gesund bleibt.«

»Erzählen Sie das mal in Deutschland.« Haußmann lächelte sauer. »Die Ärzte würden sich zusammenfinden, Sie für irr erklären und in einer Heilanstalt verschwinden lassen.«

Professor Kraicic nickte wieder. »Ich weiß. Das unterscheidet uns von der kapitalistischen Welt. Darum geben wir auch das HTS kostenlos ab. Als es verboten wurde, wurde eine Kapsel HTS mit zwei Gramm purem Gold auf dem Schwarzmarkt gehandelt. So etwas ekelt uns an. Diese Geschäftemacher mit der Todesangst sollte man aufknüpfen.«

Haußmann schwieg. Er sah Kraicic in die ernsten Augen. Jetzt ist er wieder Orientale, dachte er. Aufknüpfen. Das sagt er, der große Chirurg von Mostar. Welches Rätsel ist doch der Mensch! Ein Rätsel und ein Wunder geschah aber wirklich in diesen Tagen: Rockpourth stand aus dem Bett auf und bewegte sich auf seinen eigenen Beinen.

Er ging.

Zwar noch am Arm von zwei Pflegern, aber er bewegte die Beine, trat auf und stieß bei jedem Schritt, den er tat und bei dem er die Dielen unter seinen Fußsohlen spürte, einen schnaufenden Laut aus.

»Sehen Sie sich das an, Sir!« sagte er, als Haußmann ihm auf dem Flur begegnete. »Die Mohammedaner kriegen hin, was Christen und Mongolen nicht fertigbrachten: Ich gehe wieder! Ihre ehrliche Meinung, Sir: Was halten Sie davon, wenn ich zum islamischen Glauben übertrete und mich Ali Achmed Ben Jussuf nenne?«

Haußmann lachte schallend. Lord Rockpourth verzog das Gesicht und humpelte am Arm seiner Pfleger weiter.

Er war ein Paradepatient geworden. Jeder Kommission, die aus Belgrad, Sarajewo oder Zagreb kam, und sie kamen laufend, um die HTS-Erkenntnisse auszutauschen, zeigte Professor Kraicic den ›unheilbar Krebskranken‹ Lord Rockpourth.

»Ich komme mir vor wie ein Pavian, der statt eines roten Hinterns einen blauen hat!« sagte Rockpourth einmal zu Haußmann. Es war am vierzehnten Tag. Sie saßen auf einer schattigen Bank im Garten und fütterten große, unbekannte, rotschillernde Vögel mit Brotkrumen. Erika ging langsam mit einer Schwester im Rosengarten spazieren. Sie war noch schwach, aber ihr Gesicht hatte alles Leid verloren, selbst die Fältchen an den Augen und im Mundwinkel waren wie weggestrichen. Wie jung sie wieder aussieht, dachte Haußmann, als er zu ihr hinüberblickte. Wer traut ihr zwei erwachsene Kinder zu? Verdammt, gegen sie bin ich ja ein alter Mann.

»Ich lade Sie ein nach Old England«, sagte Rockpourth. »Mein Schloß ist Ihr Schloß, Sir. Ohne Sie wäre ich noch immer eine Mumie oder vielleicht schon vertrocknet! Daß wir uns auf dem ›Schiff der Hoffnung‹ kennenlernten, war wirklich eine Schicksalsfügung! Wo ist eigentlich Marion?«

»Fort«, sagte Haußmann kurz.

»Oha! Krach?«

»Es gehörte zur Therapie«, sagte Haußmann dunkel.

»Verstehe.« Lord Rockpourth zupfte Haußmann am Hemd. »War ein herrliches Körperchen, mein Lieber. Aber im Hirn war Ebbe. Alles hatte sich eine Etage tiefer etabliert! Wir sind für solche architektonischen Extravaganzen zu alt, Sir. Ich bewundere Sie ehrlich, daß Ihre Frau mit Ihnen noch zufrieden sein kann. Ihre Frau ist wie eine voll erblühte Rose. Sie sollten Angst haben, daß nicht auch andere an dem Duft schnuppern!«

»Bei Erika...« Haußmann lächelte und sah hinüber zu seiner Frau. Sie stand in der Sonne, und ihr Haar funkelte kupfern. »Sie ist die treueste Frau, die es gibt.«

»Man soll nie so sicher sein! Man sollte sich immer bemühen, nie als überflüssig zu gelten.«

Haußmann verstand und erhob sich von der Bank. »Wie lange bleiben Sie noch in Mostar, Mylord?«

»Der Professor sagte was von einem halben Jahr. Und dann gehe ich an die Küste. Wenn ich an das winterliche, nebelige London denke... nicht auszumalen! Aber Sie besuchen mich im nächsten Jahr?«

»Ganz sicher, Mylord.«

»Schön! Und nun kümmern Sie sich um Ihre Frau.« Lord Rockpourth hielt Haußmann wieder am Hemd fest und zog ihn zu sich herab, als könne jemand anderes seine Worte hören. »Übrigens – Ihre Frau ist viel hübscher als diese Marion!«

»Das weiß ich, Mylord.«

»Dann waren Sie bisher ein Rindvieh. Gehen Sie, ich habe kein Mitleid mit Ihnen!«

Beschwingt ging Haußmann in den Rosengarten und faßte seine Frau unter.

»Der Professor meint, in vier Tagen könnten wir fahren«, sagte er und führte sie den geharkten Weg entlang. »Das Hotelzimmer in Venedig ist schon bestellt.«

»Ist das nicht alles wie ein Wunder, Karl? Ich fühle mich wie ein ganz anderer Mensch. Ich fühle mich so jung.«

Sie umarmte Karl und gab ihm einen Kuß. Wie ein junges Mädchen benahm sie sich. Haußmann atmete tief auf.

»Wenn das so weitergeht, bekomme ich Komplexe«, sagte er. »Was muß ich tun, um mit deiner neuen Jugend mitzuhalten?«

»Ganz lieb zu mir sein!«

Es wurde ein besonderer Tag.

Professor Kraicic hatte angeordnet, daß nach dem Abendessen niemand mehr das Zimmer Erika Haußmanns betreten dürfe. Die Stationsschwester beherzigte diesen Befehl, aber gegen 22 Uhr rief sie doch sorgenvoll den Klinikchef an.

»Herr Professor«, sagte sie, »Herr Haußmann überzieht die Besuchszeit sehr. Er ist noch immer im Zimmer. Wenn ich ihm aber Bescheid sage, muß ich es betreten...«

»Sagen Sie ihm keinen Bescheid«, meinte Kraicic.

»Aber wenn er die ganze Nacht bleibt?«

»Dann bleibt er eben.«

»Herr Professor...«

»Vergessen Sie's, Schwester. Gute Nacht!«

Und Karl Haußmann blieb auf dem Zimmer.

Bei der Visite am nächsten Morgen sah Kraicic lange auf Erika herunter, die – so war die Anordnung – bei der Visite noch zu Bett lag.

»Wie fühlen Sie sich, Erika?« fragte der Professor vertraulich.

»Sehr gut.« Erika wurde etwas rot und sah zur Seite. Kraicic lächelte.

»Ab heute haben Sie alle Rechte einer Gesunden«, sagte er laut. »Die Heilung ist vollendet...«

Die Proteste gegen das Verbot des HTS hatten vollen Erfolg. Die Abordnung der Kranken, die Tito persönlich vorließ, hinterließ einen großen Eindruck. Die Ärzteschaft, so schwer es ihr fiel, mußte zugeben, daß an dem Mittel des Dr. Zeijnilagic etwas Gutes dran sei. Man könne zwar von keinem ›Krebs-Wundermittel‹ reden, denn so etwas würde es nie geben, aber das HTS wäre eine gute Hilfe bei der symptomatischen Behandlung des Krebses. Das war zwar eine Abwertung und hieß soviel wie: Es nutzt nichts, aber es schadet auch nicht, aber die Fabrik Bosna-Lijek durfte produzieren; der Makel des Scharlatans war von Dr. Zeijnilagic genommen; die Krankenhäuser in vielen Staaten begannen mit Versuchsreihen; die Wissenschaft, die sonst alle Außenseiter ignoriert, nahm sich des HTS an und machte Experimente... aber von da an wurde es stiller um Dr. Zeijnilagic; das ›Schiff der Hoffnung‹ wurde wieder ein normales Fährschiff zwischen Bari und Dubrovnik, die Hotels in Sarajewo hatten wieder Zimmer zu jeder Zeit frei, und die Journalisten reisten ab, um in anderen Teilen der Welt nach Sensationen zu suchen.

Die große Schau war vorbei. Das Geschäft mit den Kranken ging rapide zurück. Der Reiz der Neuheit verblaßte. Das Ungewöhnliche verblühte. Übrig blieb ein Heilmittel, das ein Chemiekonzern herstellte wie andere Pyramidon oder Calcium; das man in die Hand bekam, ohne dafür ein Abenteuer zu erleben. Das ›Wunder‹ wurde Alltag. Und der Name Dr. Zeijnilagic wurde vergessen.

Wenn man heute einen Arzt fragt, in Bonn oder Hamburg, München oder Offenburg, London oder Kopenhagen: Kennen Sie Dr. Zeijnilagic, dann wird er einen nachdenklich ansehen, in der Erinnerung suchen und dann den Kopf schütteln.

Strohfeuer einer Tagessensation oder Tragik eines Genies?

Wer kann das beurteilen?

Wir wissen nur eins: In aller Welt warten Millionen Krebskranke auf ihre Rettung.

Millionen hoffen.

Millionen sterben.

Jeder fünfte von uns stirbt an Krebs.

Warum ist die Menschheit nur so gleichgültig...?

Dr. Zeijnilagic trug diese Entwicklung mit der Ruhe des echten Moslems, dem alles Schicksal von Allah gesandt ist, eine göttliche Fügung, gegen die man sich nicht auflehnen kann. Er forschte weiter, er behandelte seine Zahnkranken, hielt Vorlesungen in der zahnärztlichen Fakultät, gab das HTS den wenigen Bittenden, die noch immer an seine Tür in der Obala-Straße 40, nahe der Princip-Brücke, klopften und sagten: »Bitte, bitte, helfen Sie mir. Mein Vater... meine Mutter... meine Schwester... mein Kind... Erbarmen Sie sich, Doktor...«

Aber es waren nicht mehr viele. Die Nachricht über das Verbot war stärker haftengeblieben als die Meldung der Wiederfreigabe. Das Verbot brachten die Zeitungen in zwei-, drei-, oder gar vierspaltigen Artikeln... die Freigabe war eine kleine Meldung irgendwo am Rande, wo man drüber wegliest.

»Was wollen Sie?« sagte Dr. Zeijnilagic, als sich Hellberg über diese Ungerechtigkeit aufregte. »Es steht dort veröffentlicht. Wenn mein HTS statt langsamer Heilungen plötzlich hundert Vergiftungstote gebracht hätte, dann stünde es wieder auf der Titelseite. Das Normale, mein Lieber, ist uninteressant.«

Er sagte es mit einem traurigen Lächeln, rauchte seine Zigarette und trank Tee.

Hellberg und Claudia verabschiedeten sich von ihm. Zwei Tage vorher hatte es ein Zusammentreffen zwischen Haußmann und Hellberg in Sarajewo gegeben. Da Frank nicht nach Mostar gekommen war, reiste Haußmann nach Sarajewo.

Sie trafen sich in der Bar des Hotels Europa. Nur sie allein... Erika war in Mostar geblieben und hörte sich die Komplimente von Lord Rockpourth an; Claudia blieb im Hotel Beograd und saß auf dem Balkon unter einem Sonnenschirm.

»Guten Tag, Frank«, sagte Haußmann und gab Hellberg die Hand.

»Guten Tag, Herr Haußmann.«

Sie sahen sich in die Augen und wußten, daß dies ihre letzte Begegnung war.

»Ich glaube, ich habe Ihnen einige Erklärungen abzugeben«, sagte Haußmann stockend und sah in sein Cocktailglas.

»Wegen Marion? Nein!«

»Ich will versuchen, Ihnen klarzumachen, warum das alles...«

»Wozu, Herr Haußmann?« Hellberg winkte ab. »Ich liebe Claudia, und wenn es vielleicht auch eine unglückliche, eine todgeweihte Liebe ist – von Marion wollen wir nicht mehr sprechen.«

»Ich danke Ihnen, Frank.« Haußmann legte seine Hand auf Franks Arm. »Sie nehmen einen großen Druck von mir.«

»Das Geld, das Sie mir in Bari gaben...«

»Kein Wort mehr davon!« sagte Haußmann laut.

»Doch! Ich zahle es Ihnen ab.« Hellberg zog ein Telegramm aus der Tasche. »Bitte, betrachten Sie das als eine Art Schuldschein oder Sicherheit. Die Redaktion der in unserem Verlag erscheinenden Illustrierten hat die HTS-Story für eine große Serie aufgekauft. Die erste Folge habe ich schon geschrieben. Ich werde Ihnen das Geld in acht bis zehn Wochen zurückgezahlt haben.«

Haußmann nahm das Telegramm, überflog es und zerriß es. »Ich bin beleidigt, wenn Sie auch nur einen Pfennig schikken, Frank. Was wird mit Claudia?«

»Wir fahren nach Heidelberg. Dort soll sie operiert werden.«

»Schwerer Fall?« Haußmanns Stimme wurde leise. Hellberg atmete tief auf.

»Sicherlich kein leichter. Aber die Heilungschancen sind da, wenn keine Metastasen-Ausstreuung vorhanden ist. Das will Dr. Zeijnilagic mit dem HTS verhindern. Ich glaube daran, daß es ihm gelingt.«

»Und Heidelberg, das ist klar?«

»Ich hoffe.«

»Sie haben noch keine Zusage, kein Bett, keinen Termin?«

»Nein.«

»Und die Kosten? Es wird ein paar tausend Mark verschlingen.«

»Ich habe das Honorar der Artikelserie.«

»Und wovon wollen Sie heiraten? Frank, Sie sind ein sturer Hund. Ich übernehme alles! Fahrtkosten, Operationskosten, ein Zimmer 1. Klasse, eine sechswöchige Erholungsreise...«

»Nein!«

»Verdammt noch mal! Doch! Keine Widerrede! Ohne Sie,

ohne alle die Verwicklungen in unserem Leben wären wir nie nach Mostar gekommen, hätte ich nie wieder eine gesunde Frau bekommen. Das Schicksal geht oft komische und krumme Wege, aber man soll ihm immer dankbar sein.« Haußmann trank sein Glas aus und gab Hellberg beide Hände. »Frank, kümmern Sie sich nur noch um Ihre Claudia. Alles andere überlassen Sie mir! Wir werden uns, so nehme ich an, nicht mehr sehen, aber wir werden immer voneinander hören. Leben Sie wohl, Frank, und viel, viel Glück mit Ihrer Claudia, so wie ich es mit meiner Erika habe.«

»Herr Haußmann...« Hellberg wollte hinter Karl herlaufen, der aus der Bar hinausging. Dann besann er sich, blieb sitzen, trank noch einen doppelten Kognak und fuhr dann zurück zum Hotel Beograd.

Karl Haußmann hielt Wort. Nach drei Tagen traf aus Heidelberg, von der I. Chirurgischen Klinik, die Nachricht ein, daß ein Bett I. Klasse am 2. September frei sei. Operationsbeginn sei völlig unbestimmt, da man ja erst die Kranke genau untersuchen und diagnostizieren müsse.

»Am 2. September«, sagte Hellberg und sah auf seinen Kalender. »Hast du Angst, Claudia?«

Sie schüttelte den schmalen Kopf mit den langen, schwarzen Haaren. Ihre Rehaugen glänzten. »Du bist ja da, Liebster.«

»Dr. Zeijnilagic hat versprochen, daß du nach den HTS-Kapseln so stark sein wirst, die Operation ohne weiteres zu überstehen.«

»Ich habe gar keine Angst.« Claudia schüttelte den Kopf. »Ich *muß* ja gesund werden, um deine Frau zu werden. Dieses Müssen ist stärker als jede Medizin.«

Und dann kam der Tag heran, an dem Hellberg und Claudia aus Sarajewo abreisen mußten. Der 2. September war nicht mehr weit; sie mußten einen Umweg über Belgrad machen, um bei der italienischen Botschaft vorzusprechen, der sie ihre abenteuerliche Reise nach Sarajewo genau geschildert hatten. Fast vierzehn Tage lang hörten sie nichts aus Belgrad, dann kam ein Brief der Botschaft, nach dessen Lesen Claudia im Kreise herumzutanzen begann.

»... Wir haben Ihre Angaben in Bari überprüfen lassen und können Ihnen zu unserer Freude mitteilen, daß Ihr Paß bei dem inzwischen gefaßten Mörder gefunden wurde. Wir haben um die Zusendung des Passes nach Belgrad gebeten, und Sie können ihn in den nächsten Tagen in der Italienischen Botschaft, Konsularabteilung, Zimmer 19, abholen...«

»Ich habe meinen Paß wieder! Ich habe ihn! Ich habe ihn!« jubelte Claudia. »Nun gibt es keine Schwierigkeiten mehr, nach Deutschland zu kommen.«

Der Abschied von Dr. Zeijnilagic war herzlich.

»Gott segne Sie«, sagte Dr. Zeijnilagic und legte die Hände auf Claudias Kopf. »Und glauben Sie ganz fest daran, daß Sie gesund werden.«

Dabei sah er Frank Hellberg an, und Frank erkannte die Sorge in seinen Augen.

»Es ist schon viel besser geworden, Doktor«, sagte er. »Wenn Claudia hustet, hat sie nicht mehr diese stechenden Schmerzen. Sie ißt mit Appetit – und sehen Sie nur ihr Gesicht! Sie hat sogar leicht rote Backen. Sie fühlt sich viel wohler als zuvor; so wohl, wie seit zwei Jahren nicht mehr!«

»Das ist ein gutes Zeichen.« Dr. Zeijnilagic sah Claudia lange stumm an. Er fühlte ihr den Puls, maß den Blutdruck, kontrollierte die Durchblutung der Schleimhäute und bat sie, sich noch einmal auszuziehen. Zum letztenmal hörte er sie mit dem Membranstethoskop ab. Ein zartes, zerbrechliches Körperchen von porzellanhafter Schönheit. »Sie haben Monate wieder aufgeholt«, sagte er, als Claudia wieder angezogen war. »Ich bin ehrlich glücklich. Ich hätte es selbst nicht erwartet.«

»Ihr HTS, Doktor«, sagte Hellberg heiser vor Ergriffenheit.

»Oder die Liebe.« Dr. Zeijnilagic lächelte und reichte beiden die Hand. »Man hat die therapeutischen Möglichkeiten der Liebe noch nicht gründlich erforscht. Aber es wird noch kommen! Ich behaupte, daß die Liebe wichtiger ist als mancher Berg verschluckter Tabletten.«

Er brachte Claudia und Frank bis auf die Obala-Straße und winkte ihnen nach, bis sie in die Straße zum Hotel Beograd einbogen.

Ein großer, einfach gekleideter Mann, dem niemand ansah, was er für die Menschheit bedeuten könnte.

Dann trat er zurück in sein Haus Nr. 40, stieg die schmuddelige Treppe hinauf zum zweiten Stockwerk und betrat wieder seine bescheidene Wohnung. Großmutter Naifa kochte, Meliha, die älteste Tochter, deckte den Tisch. Emina, seine Frau, ordnete die Post.

Dreiundzwanzig Briefe aus allen Ländern.

Bitte, schicken Sie uns HTS.

Doktor, helfen Sie…

Der Tag ging weiter.

2300 v. Chr. Geburt, im Neolithikum, wohnten schon Menschen an der Miljacka und an der Zeljeznica. Butmir nannten sie ihr erstes Dorf.

Seitdem waren 4265 Jahre vergangen. Und 5000 würden noch kommen.

Was bedeutet da dieser Tag im Leben Dr. Zeijnilagics, ein Tag, an dem er sah und hörte, daß sein Mittel HTS wieder einen Erfolg hatte…

Auch Karl und Erika Haußmann verließen in diesen Tagen Mostar. Sie flogen nach Triest und wollten von dort übersetzen nach Venedig. Ihren Wagen würde ein Chauffeur abholen.

Professor Kraicic verabschiedete Erika wie eine eigene Tochter; Karl Haußmann nahm er noch einmal zur Seite.

»Noch eins«, sagte er mit allem Ernst. »Ihre Frau wird nach dieser Operation – wir mußten ja eine Totalexstirpation machen – zunehmen. Sie wird fülliger werden. Das ist kein Anlaß, nach Schlanken zu sehen! Es ist das Opfer, das Ihre Frau bringt, um für Sie völlig gesund zu sein.«

»Ich weiß, Herr Professor.« Haußmann spürte wieder Scham in sich aufsteigen. »Unsere Ehe wird mustergültig sein.«

Kraicic gab Haußmann die Hand. Es war wie ein Eid zwischen den Männern.

Lord Rockpourth ließ es sich nicht nehmen, die Haußmanns in seinem inzwischen reparierten Rolls zum kleinen Flugplatz zu fahren. Der Chauffeur und Haußmann führten Rockpourth zum Wagen, dort setzte er sich, klopfte gegen die Tür und begann wieder zu kommandieren.

»Los! Immer diese langen Abschiede. Das ist zum Kotzen! Fahr, du Träne!« Er stieß den Chauffeur in den Rücken und schimpfte die ganze Fahrt über auf das Personal, insbesondere auf die Chauffeure, die alle Gauner seien und Benzin verkauften, das sie aus dem Tank der Herrschaftswagen zögen.

Und dann blieb auch Lord Rockpourth zurück und wurde Erinnerung. Auf dem Flugplatz stand er, noch immer eine Mumie, aber er konnte wenigstens wieder aufrecht gehen, stützte sich auf seinen Chauffeur und winkte mit seinen Mumienfingern dem kleinen, sechssitzigen Flugzeug nach, das schnurrend in die Luft stieg. Hinter den Fenstern winkten Karl und Erika Haußmann zurück.

»Ob wir ihn wiedersehen?« fragte sie, als sie in einiger Entfernung noch einmal an ihm vorbeiflogen.

»Wir sollen nächstes Jahr nach England kommen.«

»Willst du das?«

»Ich weiß nicht. Wer kann sagen, was nächstes Jahr ist.«

»Ob er dann noch lebt?«

»Es scheint, er gehört zu den Unsterblichen.«

Das kleine Flugzeug hob vom Boden ab, schwenkte in den blauen Himmel, stieg den wenigen, weißen, geballten Wolken entgegen.

Erika lehnte den Kopf an Karls Schulter und sah hinaus in das endlose Blau, in das sie hineinschwebten.

»Venedig...« sagte sie. »Morgen sind wir in Venedig. Der Lido... der Markusplatz...«

»... der Campanile... der Canale Grande... Santa Maria della Salute... der Markt in Chioggia... die Glasbläser von Murano... der Dogenpalast...«

»Ich komme mir vor, als sei ich zwanzig«, sagte Erika leise und tastete nach Karls Hand. »Wir machen unsere Hochzeitsreise.«

»Und wir fangen unsere Ehe wieder ganz von vorn an.«

»Ja, Karl.«

Sie küßten sich und kümmerten sich nicht um die anderen Fluggäste.

Hochzeitsreisende dürfen das. Sie haben die Freiheit der Glücklichen.

Am 12. September rollte ein fahrbares Bett lautlos auf Gummirädern über den Flur zum Aufzug und hinunter zum OP II der I. Chirurgischen Klinik in Heidelberg.

Im Vorraum warteten die Ärzte und Schwestern. Der Anästhesist hatte Claudia Torgiano schon auf dem Zimmer eine Beruhigungsinjektion gegeben. Im Halbschlaf merkte sie kaum, daß sie weggefahren wurde, daß Frank Hellberg bis zum Aufzug neben ihr herging und ihre schlaffe Hand hielt.

Die elektrische Uhr über dem OP zeigte 9.30 Uhr.

Das Operationsteam wartete auf Professor Dr. Seidler. Er nahm den Eingriff selbst vor, zusammen mit Dozent Dr. Battenberg.

Zehn Tage lang hatte man Claudia nach allen Regeln ärztlicher Kunst untersucht, beobachtet und auf die schwere Operation vorbereitet. Professor Dr. Seidler hatte etwas Erstaunliches zu Frank Hellberg gesagt:

»Ich bin ehrlich... von dem HTS halte ich gar nichts! Man kann mit einem solchen Mittel nicht einen manifesten Tumor auflösen! Das ist Quatsch! Aber ich gebe zu, daß sich, entgegen unseren Befürchtungen, keine sichtbaren Metastasen gebildet haben. Das ist bei Lungenkrebs verblüffend.«

»Das HTS, Herr Professor«, sagte Hellberg fest.

»Man muß sich einmal damit beschäftigen.« Professor Seidler sah Hellberg hinter blitzenden Brillengläsern an. »Sie haben mit diesem serbischen Arzt gesprochen. Wenn wir einmal länger Zeit haben, wäre es nett, wenn Sie mir von ihm erzählen könnten. Man soll an gewissen Zeichen nicht vorbeigehen... vielleicht weisen sie wirklich einen noch unbekannten Weg...«

Nun war es soweit. Claudia lag im Vorbereitungsraum. Noch einmal wurden Herz und Blutdruck kontrolliert, zwei Schwestern entkleideten sie und hüllten sie in angewärmte, sterile Tücher. Im OP machte der Anästhesist den komplizierten Narkoseapparat einsatzfertig. Die OP-Oberschwester überblickte noch einmal das ausgelegte chirurgische Besteck auf dem Nebentisch.

9.37 Uhr. Professor Dr. Seidler betrat den OP-Trakt. Er hatte auf dem Flur kurz Hellberg die Hand gedrückt. »Kopf hoch!« hatte er gesagt. »Und stehen Sie nicht hier rum. Gehen Sie gegenüber ins Café. Ich lasse Sie rufen, wenn alles vorbei ist. Es kann drei Stunden dauern...«

»Alles klar?« fragte Seidler. Der II. Oberarzt nickte. Im OP I wurde der Boden geschrubbt. Dort war eine Gallenoperation schon beendet. Auf der schwarzen Tafel für OP I stand als nächstes eine eingeklemmte Hernie. Routine-Arbeit.

Professor Seidler betrat den Vorbereitungsraum von OP II. Claudia lag auf dem OP-Tisch, in Seitenlage, und wurde narkotisiert.

»Befinden?« fragte Seidler kurz und zog den Rock aus. Er trug ein Hemd mit kurzen Ärmeln. Eine Schwester kam von hinten, band ihm den sterilen OP-Kittel um, eine andere hielt die Gummischürze bereit. Seidler trat an sein Waschbecken und begann mit dem Abschrubben seiner Hände und Unterarme. Dabei sah er durch das breite Fenster hinein in den OP.

»Befinden gut.« Dozent Dr. Battenberg war schon operationsbereit. Mit Kappe und Handschuhen, die Hände von sich gestreckt, stand er da. Den Mundschutz hatte er noch am Kinn baumeln.

»Machen Sie schon auf, Battenberg«, sagte Seidler. »Ich komme, wenn wir am Rippenfell sind.«

Dr. Battenberg betrat den OP. Der Anästhesist nickte zufrieden. Alles normal.

Von den Wänden traten die Assistenten heran, die OP-Schwestern nahmen die Plätze ein.

Lobektomie stand draußen auf der schwarzen Tafel.

Im OP II keine Sensation. Nur für den Laien eine mystische Handlung, etwas Gottbegnadetes.

Dr. Battenberg sah auf den eingezeichneten Operationsraum auf dem Rücken Claudias. Er streckte die Hand aus. Das Skalpell wurde zwischen seine Finger geschoben.

Der erste Schnitt in die Haut.

Ein weiterer Bogenschnitt.

Der Kampf um das Leben Claudias begann. Die nächsten Stunden entschieden ihr Schicksal.

Die Operation dauerte bis gegen Mittag.

Frank Hellberg durchlebte in diesen Stunden alle Qualen der Hölle; wenigstens sagte er sich, daß sie nicht schlimmer sein könnten als diese langsam wegtropfenden Minuten, die unendlich waren, bis sie sich zu einer Stunde sammelten.

Im OP-Trakt rührte sich nichts. OP I war längst verlassen und stand leer, über den luftdicht schließenden Türen des OP II brannte die rote Lampe, die ›Eintritt verboten‹ verkündete.

Hellberg hielt es nicht mehr in dem Warteraum. Er lief hinaus, fuhr mit dem Fahrstuhl herunter und wanderte unruhig durch den Klinikgarten. Wieviel Zigaretten er rauchte – er wußte es später nicht mehr. Halb geraucht, warf er sie weg und steckte sich die neue an. Mit zitternden Fingern wie ein Alkoholiker. Um 12 Uhr rannte er wieder hinauf zum OP-Trakt.

Stille.

Die rote Lampe brannte.

»Mein Gott!« sagte Hellberg und wischte sich über das schweißnasse Gesicht. »So lange kann das doch gar nicht dauern! Was machen sie bloß mit Claudia?«

Gegen 12.30 Uhr erlosch plötzlich die rote Lampe. Hellberg, der nach eingehenden Verhandlungen mit einem Assistenzarzt im kleinen Büro neben dem Verbandsraum I innerhalb des abgesperrten Flures warten durfte, von wo er die rotglimmende Lampe beobachten konnte, sprang auf.

Vorbei, durchzuckte es ihn. Vorbei die Operation... oder vorbei mit dem jungen Leben Claudias? Sein Herz verkrampfte sich, er mußte sich gegen die Wand lehnen und bekam keine Luft mehr.

So traf ihn Professor Seidler an, der als erster aus dem OP II kam, in einem sauberen, weißen Kittel, der noch die Knickfalten der Bügelmaschine hatte. Seidler sah etwas abgespannt aus, aber durchaus nicht erregt oder gar innerlich erschüttert.

»Sie sehen aus, als fielen Sie gleich um!« sagte er zu Frank Hellberg und schloß die Tür zum Flur. »Wer hat Sie überhaupt in den OP-Flur gelassen?«

»Ein junger Arzt.« Hellberg nagte an der Unterlippe. »Ich habe ihn angefleht, und ich glaube, er hat mich hier hereingelassen, nur um endlich Ruhe vor mir zu haben.«

»Setzen Sie sich hin. Ich gebe Ihnen ein Beruhigungsmittel.«

»Nein! Bitte, nein!« Hellberg hob beide Hände. »Wie geht es Claudia? Wie... wie war die Operation? Haben Sie Hoffnung? Wird sie weiterleben können?«

»Dr. Battenberg näht gerade die oberen Schichten. In fünfzehn Minuten ist Ihre Braut auf dem Zimmer.« Professor Seidler trat an das Fenster des kleinen Zimmers und sah hinaus in den Klinikgarten. »Wir mußten einen ganzen Lungenflügel entfernen...«

»Und Claudia wird leben?«

»Wir sollten Gott darum bitten...«

»So schlimm ist es?«

»Das nicht! Was wir Chirurgen tun konnten, haben wir getan. Aber wissen wir, wie sich der Krebs im Körper verhält? Wissen wir, ob nicht noch irgendwo winzige Metastasen sich angesiedelt haben, die eines Tages erschreckend schnell wachsen und inoperable Tumore bilden? Können wir Rezidive vorhersehen? Hier muß die innere Medizin etwas tun. Und die innere Medizin ist arm an prophylaktischen Medikamenten.«

»Das HTS...« sagte Hellberg leise.

»Wenn Sie daran glauben...« Professor Seidler sah noch immer in den Garten. So konnte man seinen Gesichtsausdruck nicht studieren. »Vielleicht hilft es, vielleicht ist es eine Illusion. Ich weiß es nicht. Ich bin Chirurg. Ich sehe einen Krebs und schneide ihn weg. Und ich lasse bestrahlen, weil ich glaube, daß diese Bestrahlungen zellwachstumshemmend sind. Unsere Erfolge geben uns recht. Aber mehr können wir nicht, wir sind keine Hellseher.«

»Was raten Sie mir, Herr Professor?« Hellberg kam langsam durch den Raum und stellte sich neben Professor Seidler. »Sollen wir nach Sarajewo zurückfahren, wenn Claudia wieder stark genug dazu ist?«

»Ich kann Ihnen diese Frage nicht beantworten.«

»Was können Sie hier für Claudia tun?«

»Sie beobachten.«

»Und weiter?«

»Weiter nichts. Abwarten, bis fünf Jahre vergangen sind.«

»Die berühmte Fünf-Jahres-Grenze, ich weiß.« Hellberg nickte mehrmals. »Und medikamentös?«

»Ich sagte es Ihnen schon... wenig. Bestimmte Diäten, einige Antizytostatika...«

»Dann fahren wir wieder zu Dr. Zeijnilagic nach Sarajewo. Ich glaube an das HTS!«

»Das muß man Ihnen überlassen, Herr Hellberg.«

»Was man hier für Claudia tun kann, ist auch in Sarajewo möglich.« Hellberg atmete tief auf. »Claudia wird gesund werden, Herr Professor.«

»Wollen Sie fünf Jahre in Sarajewo bleiben?«

»Nein, ein paar Wochen. Dr. Zeijnilagic braucht für die Behandlung vielleicht zwanzig Kapseln.«

Professor Seidler drehte sich um. Sein Blick war nachdenklich, fragend und doch voller Abwehr.

»Wenn so etwas möglich wäre...« Dann schwieg er und schüttelte den Kopf. »Ich wünsche Ihnen und Ihrer Braut viel Glück«, sagte er.

»Ich sehe es Ihnen an: Sie denken, das HTS sei ein Betrug.«

»Wenn man mit zwanzig Kapseln einen Krebs heilen oder Rezidive verhindern kann, wäre das eine völlige Revolution der Medizin!«

»Und wenn es das ist?« rief Hellberg.

»Dann wüßte man mehr davon, mein Bester.«

»Wie kann man etwas wissen, wenn sich die Schulmediziner vor diesen Forschungen verschließen? Wenn sie sich zumauern? Wenn sie mit einer Handbewegung, mit einem milden Lächeln, mit Spott oder sogar Verachtung diese kühnen Experimente auf ein totes Gleis schieben?«

»Das verstehen Sie nicht, Herr Hellberg.« Professor Seidler hob lauschend den Kopf. Aus dem OP II wurde das fahrbare Bett mit der Operierten gerollt. Die Tür des breiten Aufzuges klappte zu. Claudia war auf dem Weg in die Intensivstation, den gläsernen Krankenzimmern der Frischoperierten, die von einem Schwesternzimmer aus mit einem Blick übersehen werden konnten. »Es geht hier nicht um ein Mittel wie das HTS. Es geht um eine gesamte Wissenschaft. Denken Sie an Galilei: Daß sich die Erde um die Sonne dreht und nicht umgekehrt, war so ungeheuerlich, daß man ihn als Ketzer verbrennen wollte. Auch, wenn er recht hatte, was wir heute wissen, war es damals eine Zerstörung eines jahrhundertealten Weltbildes. Nicht anders ist es bei der Medizin. Ein Außenseiter ist immer ein Ketzer! Auch Ihr Dr. Zeijnilagic! In spätestens einem halben Jahr wird es still um ihn, um seine

Forschungen sein, weil niemand sie zur Kenntnis nehmen wird.«

»Und wenn ich Ihnen in ein oder zwei Jahren Claudia wieder vorführe und Ihnen beweise, daß sie gesund ist?«

»Dann wird es ein Triumph der modernen Chirurgie sein«, sagte Professor Seidler hart. »Denn ich habe sie operiert...«

Bedrückt blieb Hellberg zurück, nachdem Seidler gegangen war. Erst, als Dozent Dr. Battenberg in den Raum kam, erwachte er wie aus einer Erstarrung. Battenberg hatte ein offenes, ja fast fröhliches Gesicht.

»Ihre Braut ist jetzt auf Station W I/5. Sie können sie vom Schwesternstand aus sehen.«

»Danke, danke.« Hellberg wischte sich mit den beiden Händen über das zuckende Gesicht. »Haben Sie Hoffnungen, Doktor?«

»Aber ja! Auch mit *einem* Lungenflügel kann ein Mensch glücklich sein. Und die Narbe auf dem Rücken... na ja, nur Sie sehen sie ja.«

»Sie ist also gerettet?«

»Nach menschlichem Ermessen, ja! Eine gute, glatte Operation. Ich würde an Ihrer Stelle keinerlei Sorgen mehr haben.«

Hellberg nickte und reichte Dr. Battenberg die Hand. »Ich danke Ihnen«, sagte er heiser. »Ich danke Ihnen herzlich. Ich wünschte, ich könnte so optimistisch sein wie Sie.«

Später saß er neben der Wachschwester in dem gläsernen, runden Zimmer, von dem aus man die Frischoperierten übersehen konnte.

Claudia lag in Zimmer 5, ein schmaler, bleicher Kopf mit schwarzen, nun kurzgeschnittenen Haaren, der fast in dem Kissen verschwand. Sie lag noch in der Narkose, und eine OP-Schwester saß neben dem Bett und wartete auf ihr Erwachen.

»Sie ist gleich da«, sagte die junge Schwester neben Hellberg. Sie wunderte sich im stillen, wieso der sonst so strenge Chef es erlaubt hatte, daß ein Angehöriger in der Intensivstation sitzen durfte. »Sie bewegt schon die Hände.«

Hellberg nickte stumm. Er starrte auf Claudia. Ihre Finger tasteten über das Bettuch, ihre Beine zuckten, der Kopf drehte sich langsam.

Sie kam ins Leben zurück.

Und Frank Hellberg schwor sich in diesem Augenblick, alles vorzubereiten: Wenn Claudia aus der Klinik entlassen wurde, würden sie nicht wegfahren aus Heidelberg, sondern von der Tür der Klinik aus würde ein Wagen sie zum Standesamt fahren, und er würde sein Leben für immer mit dem Claudias verbinden.

Ich liebe dich, dachte Hellberg stumm und faltete die Hände, als Claudia die Augen aufschlug und die OP-Schwester – das sah er, aber hörte er nicht – mit ihr sprach. O Gott, ich liebe dich...

Und ich weiß, daß du gesund bist, daß wir den Tod in dir besiegt haben.

Ob es Professor Seidler war oder Dr. Zeijnilagic – das ist im Augenblick nicht wichtig.

Du lebst.

Und ich danke Gott dafür.

Durch den Sand des Lido von Venedig liefen zwei glückliche Menschen um die Wette, balgten sich wie übermütige Kinder, jagten sich gegenseitig in das aufspritzende Meer, warfen sich einen großen Luftball zu und spielten Federball.

Die Sonne und das Wasser bräunten ihre Haut. Und manchmal setzte sich der Mann in den Sand, hob die Arme hoch empor und rief: »Ich kapituliere! Ich ergebe mich! Rika, hab Mitleid; ich bin ein alter Mann!«

Dann lachte sie, bewarf ihn mit Sand, kugelte ihn zum Ufer und stieß ihn ins Wasser, und dann prustete er wie ein Seehund und lachte und hätte schreien können vor Glück.

Alle, die zuschauten, freuten sich mit ihnen. Sie ahnten

nicht, was sechs Wochen vor diesen übermütigen Tagen noch geschehen war, und sie sahen auch nicht die hellrote Narbe auf dem Leib der jungen, schönen Frau; der Badeanzug verbarg sie allen Blicken. Sie beneideten nur den Mann um diese temperamentvolle, schlanke Frau mit den kastanienfarbenen Haaren, die in der Sonne leuchten konnten wie rotglühendes Gold.

Wenn Karl Haußmann fortging, Eis holen oder eine Limonade, umlagerten Papagalli den Liegestuhl Rikas und riefen Komplimente. Betraten sie den Saal des Hotels zum Abendessen, bekam Haußmann ein steifes Kreuz vor Stolz, denn er sah die Blicke der anderen Männer, die seiner Frau folgten. Wie ein Pfau ging er neben ihr, und um zu zeigen, wie sinnlos alle anderen Männergedanken waren, legte er beim Gehen seinen Arm um ihre Hüften und sie spielte mit, bog sich zurück und lachte schallend.

In der Nacht lagen sie jetzt wach und sahen in den mondhellen Himmel.

Vor dem Fenster plätscherte das Meer. Aus der Bar klang leise Tanzmusik zu ihnen herauf. Irgendwo, vielleicht in dem Café auf der Piazza St. Giulio, sang eine helle Männerstimme von Amore. Es war heiß im Zimmer, und sie lagen auf den Bettdecken, bekleidet mit dem Mondschein.

»Du...« sagte Erika leise und legte ihre Hand auf Haußmanns Brust.

»Ja, Rikchen?«

»Wann ist das Paradies zu Ende?«

»Nie!«

»Wie lange bleiben wir noch in Venedig?«

»Noch eine Woche.« Haußmann drehte sich auf die Seite. Der nackte, braune Körper seiner Frau glänzte im Mondlicht. Unterhalb des Nabels war die lange, rote Narbe... eine Straße, die aus der Todesangst herausgeführt hatte.

Karl Haußmann beugte sich vor, legte seinen Kopf auf Erikas Leib und küßte die Narbe. Mit beiden Händen umgriff sie seinen Kopf und drückte ihn an sich.

»Wenn du willst... ich bleibe so lange hier, bis du sagst: Nun laß uns fahren«, sagte Haußmann.

»Wir haben noch zwei Kinder, Karl.«

»Die sind erwachsen! Wir sollten endlich unser eigenes, unser ganz alleiniges Leben genießen.«

»Deine Fabrik...«

»Ich habe einen guten Prokuristen!« Haußmann umarmte den Leib Erikas. »Überhaupt das Geldverdienen... der Satan ist da drin. Was hat die Jagd nach dem Geld aus uns gemacht, Rika!«

»Zwei moderne Menschen, Karl.«

»Ich möchte lieber unmodern sein, aber glücklich mit dir!«

»Dann laß uns fahren, Karl.«

»Fahren?« Haußmann richtete sich auf und legte seine Hände auf ihre Brüste. Er spürte, wie sie zitterte. »Wann?«

»Morgen schon...«

»Wohin denn, Rika?«

»Zurück nach Gelsenkirchen. In unser Haus... in meine Heimat... zu uns... Karl...«

»Weg von Venedig, Rika?«

Sie nickte und lächelte. Und plötzlich sah er, wie sie weinte, wie lautlos die Tränen aus ihren großen, schönen Augen rollten.

»Wir haben ein so schönes Haus, Karl.«

»Aber die Gegend ist staubig, rußig, es regnet immer, und die Sonne schwimmt hinter den Rauchwolken der Fabriken.«

»Trotzdem.« Sie ergriff seine Hände und zog sie an ihre Lippen. »Laß uns morgen schon fahren, Karl. Ich... ich habe Sehnsucht nach den Kindern... nach unserer Terrasse, nach dem Wohnzimmer mit dem indischen Teppich – weißt du noch, zum 40. Geburtstag hast du ihn mir gekauft –, nach dem Blick aus meinem Schlafzimmer, der auf die Blutbuche im Garten fällt... ich habe Sehnsucht nach unserer kleinen, eigenen Welt, die wir beide uns gemeinsam geschaffen haben.«

Karl Haußmann nickte und zog sie an sich.

Er war so glücklich, daß er tief atmen mußte, denn großes Glück macht das Herz schwer, wie mit Blei gefüllt.

Am nächsten Morgen fuhren sie ab. Zurück nach Deutschland.

Das ›Schiff der Hoffnung‹ fuhr auch weiterhin.

Von Bari nach Dubrovnik.

Von Dubrovnik nach Bari.

Täglich hin und her, mit einem Leib voller Autos, mit fröhlichen, urlaubsübermütigen Menschen auf den Decks.

Die Kranken waren verschwunden. Nur wenige, die von Bekannten oder aus alten Zeitungen von dem HTS hörten, begaben sich auf die weite Reise nach Sarajewo. Aber nichts Sensationelles war mehr an ihnen, keiner beachtete sie mehr, kein Reporter schrieb über sie, kein Fotograf schickte ihre Bilder in alle Welt.

Das Neue, das Außergewöhnliche, der große ›Knüller‹, wie es die Presse nannte, war vorüber. Auch vor dem Haus des Dr. Zeijnilagic standen sie nicht mehr Schlange, bettelten die Kranken nicht um die helfenden Kapseln, entfalteten sich keine Tragödien auf den Stufen der abgetretenen Treppe des Hauses Obala-Straße 40. Das alles war vorbei.

Die Kapseln wurden fabrikmäßig hergestellt und unentgeltlich verteilt. Der jugoslawische Staat wollte nicht daran verdienen, Dr. Zeijnilagic hatte nie daran verdient, sondern nur sein eigenes Vermögen dafür geopfert. Wie Drops wurden sie ausgegeben, und wie saure Drops werden die Kapseln HTS seitdem auch von der schnell beleidigten Schulmedizin betrachtet.

Wer prüft heute das HTS? Wo finden Versuchsreihen statt? Wo entwickelt man Statistiken des Heilens oder auch nur Helfens? Welche Kliniken setzen sich heute dafür ein? Wer hält den Namen Dr. Zeijnilagic im Gespräch?

Denn es geht doch um den Krebs!

Die Geißel der modernen Menschheit.

Jeder fünfte stirbt heute an einem Karzinom.

Millionen hoffen auf ein Heilmittel. Millionen Kranke hoffen auf die Kunst der Ärzte, auf die Entdeckungsgabe der Wissenschaften, auf den Genieblitz eines Außenseiters.

Oder dürfen diese Blitze nicht sein?

Ein häßlicher Verdacht taucht auf: Noch ist der Krebs ein großes Geschäft. Solange Menschen sterben, leben ganze Industrien von ihrem Tod.

Und die Berechnungen der Anthropologen und Bevölkerungsbiologen liegen auch schon vor: Durch den Fortschritt der Medizin leben die Menschen heute zwanzig Jahre länger. Gelingt es, den Krebs zu besiegen und noch einige andere infektiöse Krankheiten, gelingt es, die Menschheit zu Hundertjährigen zu machen, dann wird im Jahre 2200 nach Christi Geburt die Erde auseinanderplatzen, und wir werden untergehen wie Saurier, weil die Erde für die wimmelnden Menschen keinen Platz und keine Nahrung mehr hat.

Ist Krebs, die Geißel der Menschheit, bloß eine natürliche Bremse für die Überbevölkerung?

Müssen wir in einem vernünftigen Alter sterben, um den nachfolgenden Generationen Lebensraum zu geben?

Muß es heißen: Medizin stopp!

Die Welt der Hundertjährigen ist das Ende der Menschheit, schlimmer als jetzt der Krebs?!

Wer gibt darauf eine Antwort? Wer wagt das überhaupt...

In Sarajewo entdeckte ein kleiner, unbekannter Arzt das HTS.

Wer kennt ihn noch!

Irgendwo wird vielleicht auch etwas gegen den Krebs entdeckt... wer weiß es?

Aber die ›Schiffe der Hoffnung‹ werden immer fahren, ob zwischen Bari und Dubrovnik oder einmal zwischen Erde und Mars – kein Weg wird zu weit sein, keine Anstrengung zu groß.

Denn was wären wir Menschen ohne die Hoffnung...

QUELLENVERZEICHNIS

KINDERSTATION

(Der Titel erschien bereits in der Allgemeinen Reihe mit der Band-Nr. 01/8855)

SCHIFF DER HOFFNUNG

(Der Titel erschien bereits in der Allgemeinen Reihe mit der Band-Nr. 01/7981)